KB172727

A.J. 크로닌 장편소설

성 (城砦) 채
The Citadel

지성문화사

이 책을 읽는 분들에게
—— 작가와 작품에 대하여 ——

《城砦, The Citadel》는 1937년에 간행되어 작가 크로닌에게 일약 세계적 명성을 안겨다 준 불후의 명작이다. 영어로 씌어진 원저(原著)가 이미 세계적 베스트셀러가 되었는데, 다시금 그 다음에 불역(佛譯)과 독역(獨譯)으로 간행되기에 이르러 이 작품은 더욱 광범한 독자를 얻게 되었다.

이 작품의 무엇이 그와 같이 많은 독자들을 불러모으게 되었던 것일까. 주인공이 추구하고 있는 끈질긴 휴머니즘과 불타는 듯한 이상주의(理想主義)가 많은 독자들의 공감과 감동을 불러일으키게 되었다는 사실은 쉽사리 상상할 수가 있지만, 거기에다 다시금 평이하고 밝은 문제와 교묘한 화술(話術), 변화와 파란이 가득한 스토리의 전개 등, 소설 본연의 즐거움을 구성하는 요건이 모두 이 한 작품에 충분히 갖추고 있기 때문이라고 나는 생각한다.

《城砦》와 같은 작품은 가장 소설다운 소설이라고 할 수가 있을 것이다. 처녀작인 《帽子장수의 城》에서 비롯하여 다섯번째의 장편에 해당되는 《城砦》에 이르러 탁월한 크로닌의 소설작법은 완전히 달관의 경지에 이르렀다.

《城砦》의 주인공인 앤드루 맨슨은 감상적인데다가 인도주의적이고 이상주의적인 꿈을 안고 있는 재능이 뛰어난 청년 의사이다. 그가 남 웨일즈 지방의 광산지대인 드라이네피로 진료소 대진(代診)으로 부임한 데서부터 소설은 시작된다. 인간의 무지(無知), 탐욕(貪慾), 무기력(無氣力)에 직면하여 맨슨은 절망하거나 고민하기도 하고, 분노를 느끼기도 한다. 그러나 그가 타고난 휴머니즘과 과학적 진리에의 로맨틱한 구도정신(求道精神)에 힘입어, 그는 하나하나의 장애를 극복하고 그때마다 의사로서도, 인간으로서도 성장해 간다.

환경이 약간은 나은 어벨라러우 탄광지대의 의료원조조합(醫療援助組合)으로 의사의 자리를 얻어 옮겨가서도 인간의 무지나 추악함에는 변함이 없어 사회의 인습과 마주 서서 싸우는 맨슨의 의젓한 자세는 맨손으로 바빌론의 성채를 공략하고자 시도하는 무모한 기사(騎士)를 연상케 해준다. 다시금 광산노무대책위원회(鑛山勞務對策委員會)의 의무관으로서 그는 런던으로 가는데, 여기서는 국가라는 조직의 무지와 침체, 거드름을 피우는 의사의 타락, 보수적인 의료조직 자체의 모순, 부패들에 정면으로 대결하며 악전고투를 계속한다. 그리고 한번은, 좌절하여 타락한 사회의 감미로운 유혹에 그 자신을 팔아 넘긴다.

주인공이 사회적 지위와 부(富)를 얻는 데서 이 소설은 끝맺을 수도 있었겠으나, 그래서는 크로닌의 작품일 수는 없다. 어떤 휴머니스틱한 전기(轉機)가 불꽃처럼 타오르는 이상주의를 맨슨의 가슴속에 다시 불지르자, 그는 명예도 부(富)도 다 버리고 눈에 보이지 않는 성채를 공략하기 위해 재출발하는 것이다.

이 장편은 주인공의 정신이 끊임없는 열렬한 투쟁을 통해 상처를 입으면서 성장하여 본래의 건전한 모습을 획득하기에 이르는 과정을 그린 일종의 반자전적(半自傳的)인 작품이라고 할 수 있 겠다.

의학계의 보수적인 조직의 모순이나 부패는 어쩌면 의사인 자신 의 체험을 통해 아주 섬세한 작은 부분에 이르기까지 정성들여 묘 사하고 있으며, 그렇기 때문에 그 한복판에 몸을 내던진 젊은 청 년 의사의 고뇌의 온갖 양상들은 더 없는 독자들의 공감을 일으키 게 하는 것이다.

탄광회사의 의무부원이나 광산노무대책위 의무관이라는 의사로 서의 직위도 작가 자신이 체험한 것이며, 맨슨의 연구 테마 〈무연 탄갱의 갱부와 폐질환의 관계〉도 크로닌 자신이 〈무연탄갱 내의 진애 감염에 관한 연구보고〉라는 논문을 의사 시절에 쓰고 있는 것과 대조된다. 불리한 생활의 조건 속에서 맨슨이 한도를 넘은 노력과 연구를 계속한 결과 영국의학회 회원의 지위와 의학박사의 학위를 획득한 것도 어딘지 모르게 작가 자신의 체험을 대부분 표 본으로 한 것으로 보인다.

주인공 맨슨을 둘러싸고 여러 가지의 성격과 유형의 의사가 수 시로 곳곳에서 등장하여 드라마를 전개시켜 나가고 있는 것은 작 가의 의사로서의 생활체험이 없고서는 도저히 불가능한 일로 생각 되어지며, 의학자로서의 작가의 전문영역인 흉부의학(胸部醫學)의 해박한 지식이 큰 역활을 하고 있는 부분도 적지가 않다.

《帽子장수의 城》을 써내기까지 크로닌은 의사이며 의학자였었는데, 그 동안의 생활경험이 뒷날의 작가로서의 그의 일에 얼마 만큼 도움을 주고 있는가는 헤아릴 수 없을 정도이다. 가정에 있어서의 맨슨을 지탱하면서 시종 땅에 발붙인 정확한 세계관을 잃지 않는 애처 크리스틴을 여성의 하나의 이상형으로서 극명하게 그려 내고 있다. 부부애의 절정의 무렵에 뜻밖의 죽음을 당하는 그녀는 이따금씩은 가혹한 맨슨의 비판자임과 동시에, 그에게 있어 궁극의 비호자이기도 했었다. 주인공이 크리스틴에게 구혼을 하고 그녀가 그것을 받아들이는 장면은 누구의 작품에서나 흔히 느끼지 못하는 정말 아름다운 장면이라 하겠다.

등장인물들 중에 한 순간 이채를 띠고 인상을 선명하게 남겨 주는 것은 맨슨이 한때 그 매력의 포로가 되는 프랜시스 로렌스 부인이다. 궤변적 화술이 뛰어난, 세련미가 풍부한 유럽 사교계의 특산물이라고도 할 수 있는 상류층 부인의 민감한 매력을 간직한 그 자태가 지면으로부터 떠올라오는 듯하여, 소설 전체에 화려한 색채의 조화가 모자라는 듯한 이 명작에 오히려 향기로운 정서를 더해 주고 있다.

옮긴이 씀

성채

차례

■ 주요등장인물

앤드루 맨슨 : 이 소설의 주인공. 대학을 갓 졸업한 이상에 불타는 청년 의사로서 남 웨일즈 탄광촌의 대진(代診)이 되어 인생의 첫발을 내딛음.

크리스틴(애칭 크리스) : 탄광촌 국민학교 여교사. 앤드루의 아내가 되어 그를 사랑하고 인도하고 격려해 나감.

필립 데니 : 외과의사. 뛰어난 솜씨를 지닌 의학박사이며 앤드루를 깊이 이해하는 둘도 없는 친구.

콘 볼랜드 : 소탈하고 유머가 풍부한 치과의사. 앤드루의 친구임.

프레디 햄슨 : 앤드루의 대학시절 친구. 오직 출세와 부를 추구하는 경박한 개업의(開業醫).

루엘린 박사 : 어벨라러우의 의료원조조합 의장.

로버트 어베이경 : 유럽에서도 알아주는 의학박사. 첫 대면 때부터 앤드루에게 호감을 느낌.

호프 : 광산 노무대책위에 근무하고 있는 젊은 세균 학자.

로렌스 부인 : 미모의 유한 부인.

리차드 스틸맨 : 의사들 사이에 이단시되고 있는 미국의 생물학자. 결핵 치료에 새로운 방법을 발견하여 요양소를 세움.

제 **1** 부

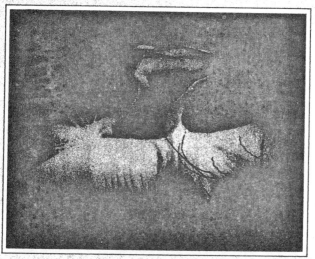

행복이라는 것은―설사 남들이 뭐라고 비웃든―세속적인 재산 따위와는 무관한, 완전히 정신적인 마음의 상태라는 사실을 분명하게 깨달았다. ―본문 중에서 발췌―

제1부

1

1924년 10월의 어느 날 늦은 오후, 허름한 옷차림의 한 젊은이가 스원시에서 페노웰 골짜기의 오르막길로 접어들고 있는 열차의 텅 빈 삼등실에 앉아 긴장된 눈초리로 줄곧 창 밖을 내다보고 있었다. 그날 맨슨은 온종일 머나먼 북쪽 스코틀랜드에서 출발하여 칼라일과 슐즈베리에서 열차를 갈아타고 여행을 계속해 왔다. 이제 남(南)웨일즈에서의 황홀한 여정도 거의 끝나가는 지금, 의사로서의 첫 출발이 이처럼 낯설고 추하고 괴상한 고장에서 시작되어 장차 벌어질 자신의 장래를 생각해 보니 흥분은 더욱더 드높아졌다.

창 밖에서는 단선(單線) 철로 양쪽에 솟아 있는 산들 사이로 거친 비바람이 세차게 휘몰아치고 있었다. 산마루는 온통 잿빛인 황량한 하늘에 가려져 있었고, 채광(採鑛)의 흔적이 생생한 산허리는 밑으로 내려감에 따라 꺼멓게 황폐되어 있었다. 큼직큼직한 돌더미가 여기저기 쌓여 있는 사이에서는 때묻은 양 몇 마리가 이리저리 풀을 찾아 헤매고 있었다. 주변에는 숲은커녕 풀 한 포기 보이지 않았다. 저물어 가는 석양 속에 보이는 크고 작은 나무들은 껑충하여 가냘프게 보였다. 모퉁이에 다다르자 주조소(鑄造所)의 빨간 빛이 시선에 들어왔다. 그 순간 웃통을 벗어제친 직공들의 활기에 넘친 몸통이며 치켜올린 팔 따위가 반짝 비쳐 드러났다. 그 광경은 순간적이어서 곧바로 광갱(鑛坑)의 복잡한 자아틀 따위에 가려서 보이지 않게 되었지만, 강한 힘에 대한 느낌은 매우 인상적이라 그 후에도 마음속에 강하게 남아 있었다. 맨슨은 휴우 하고 숨을 길게 내쉬었다. 그러자 반사적으로 의욕적인 기분이 되어 문득 장래에 대한 희망과 기대로 용솟음치는 강한 흥분을 느끼지 않을 수 없었다.

그리고 나서 반 시간 뒤, 이 산간지방의 마지막 마을이자 종착역이기도 한 드라이네피로 기관차가 칙칙폭폭 소리를 내며 들어갔을 무렵에는 벌써 땅거미가 깔려 있어 주변의 풍물은 멀리 타국에 왔다는 느낌을 더욱더 돋우어 주었다. 마침내 도착한 것이다. 맨슨은 손가방을 거머쥐고 기차에서 뛰어내려 재빨리 플랫폼을 걸으면서 혹시 누군가 마중나와 있지 않을까 하고 사방을 두리번거렸다. 역의 출구를 빠져나오자 바람에 흔들리는 초롱불 밑에서 네모진 모자를 쓰고 고무로 된 길다란 우비를 걸친 누런 얼굴의 노인이 누군가를 기다리는 듯한 표정으로 서 있었다. 노인은 시무룩한 눈초리로 맨슨을 물끄러미 쳐다보면서 무뚝뚝한 음성으로 물었다.

"이봐요, 당신이 페이지 선생 대진(代診)으로 새로 온 분인가요?"

"맞아요. 난 맨슨입니다. 앤드루 맨슨."

"흠, 난 토머스라 하오. 모두들 토머스 할아범이라 부르죠. 자, 여기 마차를 끌고 왔으니 타시오. 하긴 헤엄쳐 가고 싶다면 별 문제이지만 말이오."

맨슨은 손가방을 던져 올리고는 뼈대가 굵직한 검은 말이 끄는 낡아빠진 마차에 뛰어올랐다.

"이러, 타피!"

마차는 마을 거리를 누비며 달렸다. 앤드루는 거리의 윤곽만이라도 보려고 시선을 한데 모았으나, 억수같이 내리는 빗속에서는 한결같이 높은 산기슭에 늘어서 있는 나지막한 회색 집들만이 더덕더덕 보일 뿐, 그밖에는 아무것도 분간할 수 없었다. 몇 분이 지나도록 늙은 마부는 단 한 마디도 꺼내지 않고 빗물이 뚝뚝 떨어지는 모자 아래로 줄곧 앤드루 쪽으로 비관적인 시선만 던지고 있을 뿐이었다. 경기가 좋은 의사의 맵시 있는 모습을 한 마부와는 아주 동떨어진 바짝 말라빠진 엉성한 꼬락서니인데다, 썩어가는 콩기름 특유의 강렬한 냄새를 계속 풍기고 있었다. 그러다가 마침내 노인 쪽에서 먼저 말을 걸어왔다.

"의사 면허증을 이제 막 받은 모양이군, 그렇잖소?"

앤드루는 고개를 끄덕였다.

"난 다 알고 있다우."

토머스 노인은 이렇게 말하면서 침을 탁 뱉었다. 그것 보아란듯이 아까와는 달리 이번에는 더욱 진지한 어조로 지껄여대기 시작했다.

"먼젓번 대진 의사는 열흘 만에 그만둬 버렸죠. 모두들 웬일인지 오래 있으려 하지 않더군요."

"왜 그렇죠?"

앤드루는 기분이 언짢았지만 억지로 미소를 지었다.

"우선 일이 너무 고된 모양이더군요."

"우선이라니요, 그밖에 또 다른 이유라도 있나요?"

"지내 보면 차차 알게 되겠죠, 뭐!"

얼마 후, 관광 안내원이 훌륭한 사원(寺院)이라도 설명하듯 토머스는 채찍을 쳐들고, 등불이 켜져 있는 작은 창구에서 김이 나오고 있는 집 한 채를 가리켰다.

"보시오! 저게 내 마누라가 경영하고 있는 튀김집이오. 일주일에 두 번 튀기죠. 싱싱한 생선을 말이오."

제깐엔 그것이 흐뭇한 모양인지 노인은 길다란 윗입술을 비쭉거려 보였다.

"댁도 반드시 지금 내가 한 말의 의미를 알게 될 거요. 머지않아서."

큰길은 거기에서 끝나고, 울퉁불퉁한 좁은 뒷골목으로 꼬부라져 꽤 넓은 공터를 빠져나오자 칠레 소나무가 세 그루 서 있는 뒤쪽에 외딴집 한 채가 있었다. 집 앞에서 마차가 섰다. 문기둥에 '브링거워'라고 적혀 있었다.

"여기오."

토머스는 마차를 세우면서 말했다.

앤드루는 내렸다. 그리고는 초대면 인사를 하려고 들어가는 순간 현관문이 열리고 화색이 도는 얼굴에 밝고 대담스런 눈을 번쩍거리는 몸집이 작고 오동통한 마흔 살 가량 된 여인이 방글방글 웃으면서 나오더니 불이 켜져 있는 홀 안으로 그를 상냥하게 맞아들였다.

"어머! 어서 오세요. 닥터 맨슨이시죠? 자, 안으로 들어오세요. 저는 페이지의 아내랍니다. 먼 여행길에 무척 고단하시겠어요. 정말 잘 와주셨어요. 전에 있던 사람이 엉뚱한 일을 저질러 놓고 떠나버린 뒤, 전 얼마나 입장이 난처했는지 몰라요. 한번 만나보셨으면 좋았을 텐데. 그런 건달 녀석은 난생처음 봤어요. 그러나 이젠 괜찮아요. 당신이 와주셨으니까요. 자, 이리로 오세요. 제가 방으로 안내해 드리겠어요."

2층 앤드루의 방은 하얀 페인트칠을 한 작은 방으로서, 놋쇠 침대와 황색 니스를 칠한 옷장, 그리고 대나무 탁자 위에 세면기와 물주전자가 놓여 있었다. 상대방이 검은 단추 같은 눈으로 그의 안색을 살피고 있는 동안 그는 방안을 휙 둘러보고서, 되도록 공손한 말투로 얘기했다.

"썩 좋은 방이군요, 부인."

"그렇죠?"

그녀는 빙그레 웃으며 어머니 같은 몸짓으로 그의 어깨를 다독거렸다.

"여기서 지내시면 일이 잘될 거예요. 당신만 잘해주신다면 저도 다 생각이 있으니까요. 더 이상 잘할 필요는 없을 거예요, 그렇잖아요? 그럼, 이제 제 남편을 만나보세요."

그녀는 잠깐 입을 다물고 슬쩍 눈치를 살피듯 그의 얼굴을 뚫어져라 들여다보고는 이내 아무렇지도 않다는 투로 말했다.

"편지에다 썼는지 어쩐지는 잊어버렸습니다만, 사실을 말한다면…… 남편은 별로 좋은 편이 아니에요, 요즘엔……."

앤드루는 깜짝 놀라면서 그녀의 얼굴로 시선을 돌렸다.

"뭐, 그리 대단한 건 아니에요."

그가 말을 채 꺼내기도 전에 그녀는 급히 말을 이었다.

"2, 3주째 누워 있어요. 하지만 곧 일어나게 될 거예요. 너무 큰 걱정하지 마세요."

속은 것 같은 기분이 들었지만 앤드루는 그녀의 뒤를 따라 복도 끝까지 갔다. 그녀는 명랑하게 말하면서 문을 활짝 열었다.

"닥터 맨슨이 오셨어요. 에드워드……, 당신 대진을 보실 분이에요. 당신에게 인사하러 왔어요."

앤드루는 방안으로 들어갔다. 셰닐로 짠 커튼을 빈틈없이 늘어뜨리고, 활활 타고 있는 난로와 낡고 오래된 길다란 가구가 있는 침실이었다. 에드워드 페이지는 침대 위에서 느릿느릿 몸을 일으켰는데, 움직이는 것조차도 무척 힘이 드는 모양이었다. 예순은 되어 보이는, 몸집이 크고 골격이 굵직한 사나이였다. 거친 얼굴 생김새에, 피곤해 보이기까지 하지만 맑은 눈을 하고 있었다. 표정 전체에 고통과 권태에 지친 일종의 끈기가 새겨져 있었다. 그뿐만이 아니다. 베개를 비스듬히 비추고 있는 석유램프 빛은 그의 얼굴 절반을 무표정한 납인형처럼 보이게 했다. 몸의 왼쪽 절반도 역시 마비되어 있었으며, 군데군데 기운 덧이불 위에 내놓은 왼손은 오므라들어 번들번들한 솔방울처럼 보였다. 이런 중증으로 미루어 보아 꽤 오래전에 발병했음이 틀림없었다.

전후의 사정을 짐작한 앤드루는 갑자기 쇼크를 받고 당황하지 않을 수 없었다. 잠시 무거운 침묵이 흘렀다.

"여기가 마음에 들었으면 정말 고맙겠군."

마침내 페이지 의사가 느릿느릿 헐떡거리면서 입을 열었다. 말을 약간 더듬었다.

"만약 일이 너무 벅차기라도 한다면 곤란하지만 말이야. 허나, 자네는 무척 젊군 그래."

"이제 스물넷입니다."

앤드루는 어색한 대답을 했다.

"아무튼 이곳은 저에겐 첫 근무지이니까요……. 그렇지만 어떤 일이든 두려워하지 않을 겁니다."

"그것 보시라구요." 하고 페이지 부인이 눈을 반짝거렸다.

"제가 말했잖아요, 에드워드. 이번에 와주실 분은 꼭 좋은 분일 거라구요."

페이지의 얼굴이 또다시 아까처럼 굳어졌다. 그리고 앤드루를 물끄러미 쳐다보았다. 그러다가 이내 흥미가 없어졌는지 그는 피곤한 목소리로 말했다.

"어쨌든 쭉 여기에 있었으면 좋겠는데……."

"어머, 무슨 그런 말씀을 하시는 거예요."

페이지 부인이 큰 소리로 외쳤다. 그녀는 앤드루 쪽을 돌아보며 변명이라도 하듯 싱긋 웃었다.

"그저 오늘은 좀 기운이 없어서 그런 거예요. 하지만 이제 곧 나아서 다시 일할 수 있게 되겠죠. 그렇죠, 여보."

그녀는 허리를 굽혀 다정하게 키스를 했다.

"그럼, 우리가 식사할 때 당신 것은 애니 편에 보내드리겠어요."

페이지는 대답하지 않았다. 얼굴의 절반이 제대로 움직이지 않고 굳어 있었기 때문에 입술을 비트는 시늉만 했다. 그리고 움직일 수 있는 손을 쳐들어 침대 곁 탁자 위에 놓여 있는 책을 더듬어 찾고 있었다. 앤드루가 보니, 그것은 《유럽의 들새》라는 제목의 책이었다. 그는 페이지 의사가 그 책을 펼치기 전에 스스로 방에서 나와야겠다고 생각했다.

저녁식사를 하려고 아래층에 내려갔을 때에도 앤드루는 어쩐지 기분이 무겁고 안정되지 않았다. 이번 대진 일자리는 잡지 〈런세트〉에 실린 광고를 보고 웅모한 것이었다. 편지로 교섭중일 때에도, 또한 이렇게 페이지 부인과 교섭이 성립될 때까지도 페이지 의사의 병에 관해서는 아무런 말도 듣지 못했다. 하지만 페이지는 앓고 있는 뇌일혈 증세가 워낙 심해서 앞으로 계속 일을 하게 되느냐 어떠냐를 따질 여지도 없는 형편이었다. 설사 일을 할 수 있게 된다 하더라도, 앞으로 적어도 몇 개월은 걸리게 될 것이다.

앤드루는 되도록이면 이처럼 골치아픈 문제는 생각하지 않기로 했다. 자신은 아직 젊고 건장하므로, 페이지의 와병으로 말미암아 일을 더 많이 하게 된다 하더라도 별로 불평을 늘어놓을 생각은 없었다. 오히려 택진(宅診)이든 왕진이든 일이 많을수록 좋다고까지 생각했다.

"당신은 운이 좋았어요."

페이지 부인이 바쁜 듯이 식당으로 들어오면서 명랑한 목소리로 말했다.

"오늘 저녁엔 지금 곧 식사를 드실 수 있을 거예요. 택진이 없으니까요. 데이 젠킨스가 맡아서 해줄 테니까요."

"데이 젠킨스라뇨?"

"우리 집 약제사예요."

페이지 부인은 아무렇지도 않다는 듯이 말했다.

"솜씨가 썩 좋은 꼬마죠. 마음씨도 아주 착하구요. 젠킨스 선생님이라고 부르는 사람도 더러 있기는 하지만, 물론 남편과는 비교도 할 수 없지요. 택진도 왕진도 하고 있답니다. 최근 열흘 동안은요."

앤드루는 또다시 놀란 듯한 시선을 그녀에게 보냈다. 이 외진 웨일즈 계곡에서 이루어지고 있는 괴상망측한 의료상황에 대해서 일찍이 듣고 주의를 받았던 사실이 그 순간 퍼뜩 다시 떠올랐던 것이다. 이번에도 잠자코 입을 다물고 있을 수밖에 없었다.

페이지 부인은 난로를 등지고 식탁 윗자리에 앉았다. 그녀는 쿠션이 깔려 있는 의자에 편안히 자리잡고 나서 즐거운 기대 속에 한숨을 내쉬며 앞에 놓인 작은 종을 울렸다. 창백한 얼굴을 공들여 정성껏 손질한 중년의 가정부가 저녁식사를 들고 들어오면서 앤드루를 힐끔 쳐다보았다.

"자, 애니……."

페이지 부인은 부드러운 빵에 버터를 발라 입에 넣으면서 말했다.

"이분이 맨슨 선생이야."

애니는 대답하지 않았다. 어색하게 침묵을 지키면서 앤드루 앞에 얇고 차가운 비프스테이크 접시를 놓았다. 그런데 페이지 부인 쪽에는 두툼하고 뜨거운 비프스테이크에 양파를 곁들인 접시와 커다란 스타우트(시고 쏜 흑맥주) 병을 놓았다. 그녀는 자기 몫인 특별요리의 뚜껑을 열고 김이 무럭무럭 나는 고깃덩이를 썰다가 군침을 꿀꺽 삼키며 변명을 늘어놓았다.

"난 말이에요, 오늘 점심을 제대로 먹지 않았어요, 선생. 게다가 나는 식사에 무척 신경을 써야만 한답니다. 빈혈이니까요. 피에 좋다니까 흑맥주를 좀 들어야 해요."

앤드루는 '제기랄!' 하고 투덜거리며 자기 몫인 힘줄투성이의 질긴 고기를 씹으며 냅다 냉수를 들이켰다. 화가 치밀어오른 것도 잠시였고, 다음 순간 견딜 수 없을 만큼 우스워졌다. 꾀병 부리는 그녀의 모습이 너무 과장되어 참을 수 없도록 우스꽝스러웠다.

식사하는 동안, 페이지 부인은 먹는 데 정신이 팔려 있는지 거의 말을 하지 않았다. 마지막으로 빵을 고깃국물에 적셔 먹고는 비프스테이크 접시를 한쪽으로 밀어놓고 흑맥주를 쭉 마셨다. 그녀는 입맛을 다시고, 약간 묵직한 한숨을 내쉬면서 등을 의자에 기댔다. 둥그스름한 작은 볼이 상기되어 번쩍거리고 있었다. 이번에는 맨슨이라는 인물에 대해 알아보려는 심사인지 그녀는 허물없는 태도로 얘기를 꺼내며 좀처럼 식탁을 떠날 기미를 보이지 않았다.

그녀의 눈에 비친 그는 야위고 무뚝뚝하며, 약간 거친 듯한 외모에다가 광대뼈가 툭 튀어나오고, 턱은 뾰족하고, 살갗은 거무스름하며 눈동자는 파란 청년이었다. 그 눈을 치뜨면 이마가 신경질적으로 팽팽해지고, 눈빛이 유난히 날카로워 속마음을 꿰뚫어보는 듯한 느낌을 주었다. 블로드웬 페이지는 몰랐지만, 그는 전형적인 켈트인이었다. 그녀는 앤드루의 얼굴에서 정력과 활발한 지성을 엿볼 수 있었지만, 그녀를 가장 흡족하게 만들어 준 것은 사흘 전에 산 딱딱한 고기를 아무 불평도 없이 깨끗이 먹어주었다는 사실이었다. 마침 배가 고팠던 탓도 있었겠지만, 어쨌든 이 정도라면 식성은 까다롭지 않겠군, 하고 그녀는 흡족해했다.

"잘돼나갈 거예요. 당신과 나하고라면 말이에요."

그녀는 머리핀으로 이를 쑤시면서 또다시 상냥하게 말을 던졌다.

"조금쯤 운이 따라줘야지, 그렇지 않고서야 어디……."

취기가 도는지 그녀는 지난날 자신이 힘들게 고생했던 이야기며, 이곳의 일과 상황 등을 얼추 지껄여댔다.

"하기야 무척 어려웠던 적이 있었죠. 남편은 병석에 누워 있지, 고약한 대진에게 걸려들어 낭패를 보지 않았나, 수입은 별로 없는데도 지출은 늘어나기만 하고……. 그야 당신은 도무지 믿어지지 않겠지만요. 감독이며 탄광 직원들과도 잘 지내야 되고……. 진료소의 돈은 모두 그 사람들의 손을 거쳐서 들어오기 때문이죠……. 그래서 말인데요."

그녀는 재빨리 이렇게 덧붙였다.

"이봐요, 드라이네피에서는 모두 이런 식으로 해나가고 있지요. 회사에는 의사가 세 사람 등록되어 있답니다. 당연히 우리 집 주인양반은 다른 의사보다 실력이 월등히 뛰어나죠. 게다가 여기 온 지 벌써 30년이 넘었으니……. 그것만 봐도 대단한 거죠. 그리고 이곳 의사들은 아무리 많은 대진을 두어도 무방하답니다……. 남편에겐 당신이, 니콜스 씨에겐 데니라고 하는 애송이 의사가 딸려 있죠. 하지만 대진 선생들은 회사에 등록이 되지 않아요. 그건 어쨌든간에, 아까도 말했듯이, 회사에선 광산이나 채석장에 고용된 인부들의 급료에서 일정한 액수를 떼내어 치료를 받은 사람의 수만큼 등록되어 있는 의사에게 지불하는 형식으로 되어 있어요."

별로 좋지도 못한 머리를 억지로 짜내고, 지나치게 많은 음식을 위장 속에 쑤셔넣은 탓인지 그녀는 일단 거기서 말을 뚝 끊었다.

"어떤 제도인지 저로서는 짐작이 가지 않는군요, 부인."

"그럼 말이에요."

그녀는 유쾌한 웃음을 터뜨렸다.

"앞으로 까다로운 얘긴 하지 않겠어요. 다만 한 가지 잊어선 안 되는 것은, 당신이 우리 집 양반을 위해 일하고 있다는 사실이에요. 그게 무엇보다 중요한 문제에요, 선생. 페이지 선생님을 위해 일하고 있다는 사실만은 절대로 잊지 말아주세요, 제발……. 그래야만 당신도 나도 만족하게 일을 해나갈 수 있을 거예요."

긴장한 채 침묵을 지키고 있던 맨슨은, 그녀가 아무렇지도 않은 것처럼 얘기하면서도 사실은 그의 동정심을 불러일으키는 동시에 벌써부터 그의 기를 팍 꺾어놓으려는 속셈이라는 것을 알아차렸다. 그녀 자신도 너무 지나칠 정도로 허물없는 얘기를 털어놓았다고 깨달은 모양이었다. 힐끗 벽시계를 쳐다보고는 자세를 고쳐 바로 하고서 머리핀을 기름때 묻은 검은 머리에 도로 꽂았다. 그리고 이내 자리에서 일어나 이번에는 목소리까지 바꾸어 명령조로 말하는 것이었다.

"그런데 글리더 플레이스의 7호 주택에서 왕진을 부탁해 왔어요. 5시가 지나면 곧 와달라고 했으니 지금 가봐야 되겠군요."

2

앤드루는 해방된 것 같은 이상 야릇한 기분으로 재빨리 왕진에 나섰다. 이로써 브링거워에 도착한 이후 왠지 모르게 침울했던 기분에서 해방된다고 생각하니 그것만으로도 유쾌해졌다. 그는 거의 폐인에 가까운 주인을 위해, 또한 앞으로 블로드웬 페이지에게 어떻게 이용당할 것인가, 하는 사정을 대강 짐작할 수 있었다. 묘한 입장에 서게 된 셈이어서, 자신이 상상하고 있던 낭만적인 생활과는 아주 동떨어진 것이었다. 그렇긴 하지만 결국 중요한 것은 일이었고, 그 이외의 것은 모두 하잘것없는 것일 뿐이었다. 어쨌든 지금 당장이라도 일을 시작하고 싶었다. 기대에 넘쳐서 긴장되고, 희망의 실현에 들떠서 그는 자기도 모르게 발걸음을 재촉했다. 이것이야말로 자신의 최초의 환자였던 것이다.

아직도 비가 내리고 있었다. 그는 흐릿하고 어두운 공터를 빠져나가 페이지 부인이 대충 알려준 방향으로 교회당 거리를 성큼성큼 걸어갔다. 그러다 보니 차츰 어둠 속에서 거리가 보이기 시작했다. 상점과 교회당들인 시온, 카펠, 헤브론, 베테스다 등 열 손가락으로도 다 꼽을 수 없는 회당(會黨)을 지나자 드디어 양쪽에 커다란 협동조합의 점포며, 서부합동은행의 지점 따위가 늘어서 있는 중심가의 깊은 골짜기 바닥에 그는 가로놓여 있었다. 산과 산이 갈라진 그 틈새에 깊숙이 파묻혀 있는 듯한 느낌에는 어떤 중압감마저 감돌고 있었다. 사람의 그림자조차 보이지 않았다. 교회당 거리에서 오른쪽 모퉁이로 돌자 곧바로 양쪽에는 푸른 지붕의 노무자 주택이 몇 줄씩 줄지어 늘어서 있었다. 그런가 하면 저쪽 골짜기의 끝, 어둠에 물든 밤하늘에 거대한 부채꼴로 펴져 있는 붉은 불빛 아래에 드라이네피 철광산과 그 공장들이 듬성듬성 놓여져 있었다.

그는 글리더 플레이스 7호 주택에 이르러 숨을 헐떡이면서 문을 두드렸고,

곧바로 부엌으로 안내되었다. 환자는 벽의 움푹 패인 곳에 놓인 침대에 누워 있었다. 젊은 여인인데, 윌리엄즈라고 하는 연철공의 부인이었다. 그는 가슴이 두근거리는 것을 느끼며 머리맡으로 다가갔는데, 압도되는 것 같은 기분으로 이것이 바로 인생의 출발점이라는 데 대한 의미심장한 감동을 절실히 느꼈다. 학창시절, 램플러우 교수의 담당병실에서 임상실습에 임하면서 얼마나 자주 이러한 장면을 상상했던가. 하지만 현재의 그에게는 자신을 도와줄 사람도, 올바르게 설명해 줄 교수도 없지 않은가. 지금 그는 혼자서 누구의 도움도 없이 진단하고 처방해 주어야 할 환자를 눈앞에 두고 있는 것이다. 그러자 이같은 일에 처하여 자신이 지나칠 정도로 신경과민이라는 사실, 경험이 없다는 사실, 그리고 전혀 준비가 되어 있지 않다고 하는 사실이, 별안간 몸이 욱신거릴 만큼 뼈아프게 의식되었다.

비좁고 조명이 나쁜 돌바닥 마룻방에서 환자의 남편이 곁에서 지켜보는 가운데 그는 세심한 주의를 기울여 환자를 진찰했다. 무슨 병이 있는 것만은 틀림이 없었다. 그녀는 견딜 수 없을 만큼 머리가 아프다고 호소했다. 체온, 맥박, 혀 등 모두 상당한 중증을 나타내고 있었다. 무슨 병일까?

앤드루는 다시 한 번 환자를 진찰하고 나서 긴장된 기분으로 자기 자신에게 물어보았다. 어쨌든 최초의 환자가 아닌가. 그런 까닭에 자신이 지나치게 걱정하고 있다는 것도 알고 있었다. 만일 오진을 한다면?, 큰 잘못을 저지르기라도 한다면? 그보다도 만일 어떤 진단이라도 내리지 못한다면 도대체 어떻게 한단 말인가? 잘못 진찰한 점은 전혀 없었다. 절대로……, 더구나 그는 문제를 풀기 위해 자기가 알고 있는 모든 병명에 이러한 징후를 적용시켜 보려고 무척 서둘고 있었다. 그러는 동안 더 이상 진찰을 지연시킬 수 없다는 생각이 들어 서서히 몸을 일으키고 청진기를 둘둘 말면서 더듬더듬 말을 꺼냈다.

"춥게 자서 배탈이 난 게 아닐까요?"

그는 시선을 마룻바닥으로 떨구면서 물었다.

"네, 그렇습니다."

윌리엄즈는 진지한 말투로 대답했다. 너무 길었던 진찰로 몹시 걱정이 되었던 모양이었다.

"사흘인가 나흘 전인데, 틀림없이 춥게 잤었던 것 같습니다만, 선생님."

앤드루는 자신이 느끼지 못한 확신을 어떻게 해서든지 끌어내리려고 안간힘을 쓰면서 고개를 끄덕여 보였다.

"곧 나을 거예요. 진료소로 와주십시오, 반 시간쯤 후에. 물약을 드릴 테니까요."

하고 혼잣말로 중얼거렸다.

작별인사를 하고 집에서 나온 그는 고개를 푹 숙인 채 깊은 사색에 잠기며 무거운 발걸음으로 진료소로 돌아왔다. 진료소는 페이지의 자택 바로 곁에 있는 낡아빠진 목조건물이었다. 들어서자마자 그는 가스등을 켜고 먼지투성이의 선반 위에 늘어놓은 청색이며 녹색 유리병 앞을 왔다갔다 하면서 머리를 쥐어짜며 끊임없는 암중모색에 잠기기 시작했다. 확실한 징후라곤 아무것도 없었다. 그것은 분명했다. 춥게 잠을 잤기 때문에 배탈이 난 게 아니라면 감기몸살이 틀림없었다. 그러나 마음 한구석에는 감기가 아님을 확실히 알고 있었다. 그는 자신의 역부족이 원망스럽고 화가 났다. 자신도 모르게 신음소리를 토해냈다. 싫더라도 어쩔 수 없이 일시적인 미봉책을 강구하는 수밖에 별다른 방도가 없었다. 램플러우 교수는 병실에서 뚜렷한 증상을 파악할 수 없는 환자를 만나게 되면, 작은 처방전에 P.U.O.(원인불명의 발열)라고 아무렇게나 적어넣었다. 그것은 애매한 것처럼 보이면서도 적절한 표현이었으며, 어쩌면 그렇게도 놀랄 만한 과학적인 여운을 지니고 있는가!

앤드루는 견딜 수 없는 안타까운 마음으로 조합대 밑에서 6온스들이 약병을 꺼내어 진지하게 미간을 모은 채 해열제를 조제하기 시작했다. 초석정(硝石精)과 살리실산(Salizyl酸) 소다……, 도대체 살리실산 소다는 어디에 있단 말인가? 아, 있다. 여기 있군 그래. 그는 될 수 있는 한 이런 약들이 모두 우수하고 효과적이며 해열에는 더없이 안성맞춤이라고 생각하고 자신의 기분을 돋우려고 했다. 램플러우 교수는 살리실산 소다만큼 어디에나 효능이 있는 약은 없다고 곧잘 말하곤 했었다.

그럭저럭 조제를 마치고, 일을 끝낸 뒤의 홀가분한 기분으로 약병에 용법을 쓰고 있었다. 이때 진료소 초인종이 울리더니 바깥 문이 확 열리면서 몸집은 작지만 어깨가 떡벌어진 불그스름한 얼굴의 서른 살 가량의 한 사나이가 개를 끌고 성큼 안으로 들어섰다. 상대방은 잠자코 있었으며, 흑다갈색의 잡종 개는 흙투성이의 꼬리를 축 늘어뜨린 채 바닥에 엎드렸다. 사나이는 낡은 솜 비로드 옷에 광산용 양말과 징을 박은 구두를 신고 젖은 우비를 걸친 채 앤드루를 아래위로 훑어보고 있었다. 이윽고 말을 꺼냈는데, 그 목소리는 무례하기 짝이 없었다.

"마침 지나가던 길에 창문에 불빛이 비치기에 환영하는 인사차 들어왔지. 난 데니라고 하는데 L. S. A. 의 니콜스 박사 밑에서 대진을 보고 있다구. L. S. A. 라 말해봤자 모르겠지. 그것은 약제사 사회에서의 공인약제사를 말하는데, 이 분야에서는 최고의 자격이라구."

앤드루는 이상한 녀석이라고 생각하며 묵묵히 쳐다보고만 있었다. 필립 데니는 꾸깃꾸깃한 종이뭉치 속에서 담배를 꺼내 불을 붙여 물고는 성냥 재를 마룻바닥에 휙 내던졌다. 그리고 한껏 거만한 태도로 느릿느릿 올라오더니 느닷없이 약병을 쳐들어 이름과 용법을 눈으로 읽었다. 마개를 빼서 냄새를 맡아본 다음 이내 마개를 도로 막고 원래의 자리에 내려놓았다. 그러나 무뚝뚝하고 불그스레한 얼굴이 온화하고 상냥한 표정으로 바뀌었다.

"이거 훌륭하군! 벌써 확실한 처방을 내리셨군. 세 시간마다 식사용 큰 스푼으로 하나씩이라고? 그럴 듯한 처방이군 그래. 이것이야말로 진짜 옛부터 전해내려오는 귀중한 미신적 처방법이라 아니할 수 없군. 하지만 닥터, 어째서 하루 세 번이라고 하지 않은 거요. 우리 전래의 까다로운 처방대로라면 하루 세 차례, 큰 스푼으로 하나를 반드시 식도로 통과시켜야 한다는 게 규칙이 아니던가요?"

그는 잠시 입을 다물었으나 이번에는 마치 은밀한 이야기라도 하려는 듯 더욱 무례한 태도를 취했다.

"그런데 말이오, 닥터! 이건 뭡니까? 초석정인 모양이군. 냄새를 맡아보니 말이오. 멋진 것이죠. 초석정은 감기에도 좋고, 흥분제로도 좋고, 이뇨에도 좋고, 게다가 물통 가득 마셔도 조금도 독이 되지 않으니 말이오. 저 붉은 표지의 책에도 씌어 있지 않던가요? 병의 원인을 확실히 알 수 없을 때는 덮어놓고 초석정을 투여하라고. 아니, 요오드화 칼륨이었던가? 이건 원! 중요한 약품 이름을 까맣게 잊어버렸군 그래."

그는 또다시 입을 다물었다. 목조 오두막집 안은 온통 양철지붕을 두들기는 빗소리만 요란스러웠다. 별안간 데니는 앤드루의 아연한 얼굴 표정을, 과연 그렇겠지 하고 묻는 듯한 시선으로 바라보면서 조소하듯 웃어대기 시작했다. 이윽고 멸시하는 듯한 낮은 목소리로 말했다.

"학문 얘긴 집어치우고, 닥터, 어떻소? 내 호기심을 만족시켜 주지 않겠소? 왜 당신은 이런 곳까지 굴러들어왔소?"

이번에는 어지간히 참았던 앤드루도 화가 치밀어올랐다. 그리고 질책하듯 호된 대답을 던졌다.

"내 생각을 솔직히 털어놓으면, 나는 드라이네피를 휴양지로 삼고 싶단 말이오. 온천장처럼 말입니다."

데니가 또다시 큰 소리로 한바탕 웃어댔다. 무척 사람을 깔보는 듯한 웃음이라서 앤드루는 다짜고짜 상대방을 때려눕히고 싶다는 충동을 느꼈다.

"묘안이로군. 정말 묘안이야, 닥터. 스코틀랜드 사람이 아니고선 도저히 생각해 내지 못할 익살이군. 그러나 유감스럽게도 이곳의 물은 그런 온천물이 아니라오. 게다가 이곳 의사들로 말할 것 같으면…… 닥터, 이 영광스럽고 진실하고 고귀한 직업의 쓰레기가 아니면 꼬리밖에 되지 않는다구."

"당신도 그 속에 끼여 있겠군 그래?"

"옳소."

데니는 고개를 끄덕였다. 그는 모래빛 눈썹 아래로 잠시 말없이 앤드루를 쳐다보고 있었다. 그러다가 멸시하는 듯한 태도를 이내 바꾸고는 멋없는 얼굴에 또다시 무뚝뚝한 표정을 지었다. 그는 신랄하게 말했지만 어디까지나 진지한 어조였다.

"여보게, 닥터. 나는 자네가 지금 할리가(街, 일류 의사들이 거주하고 있는 런던의 거리 이름)에의 길을 걸어가고 있음을 잘 알고 있네. 설사 그렇다 하더라도 이 고장에 관해 자네가 꼭 알아둬야 할 것이 한두 가지 있는데, 그것은 이 직업의 고상하고 낭만적인 면과는 전혀 일치하지 않는 걸세. 도대체 여기엔 병원이 없단 말이야. 구급차도 없거니와 렌트겐도 없다네. 아무것도 없단 말일세. 수술을 해야 할 경우에도 부엌의 식탁을 사용할 수밖에 없지. 수술이 끝나면 부엌의 개수통에서 손을 씻어야 되고 말이야. 위생시설 따윈 기대할 수도 없는 형편이지. 한여름이 되면 아이들은 소아 콜레라로 시름시름 앓다가 파리처럼 죽어가고……. 자네의 주인인 페이지는 썩 훌륭한 의사이긴 하지만, 마누라 엉덩이에 깔려 있어서 지금은 아무 쓸모도 없고, 또다시 재기할 수도 없을 거야. 그리고 나의 주인인 니콜스는 돈만 아는 인색한 산파에 지나지 않고 말이야. 은발왕(銀髮王)인 브람엘은 감상적인 노래와 솔로몬의 노랫가락을 좀 알고 있을 뿐, 전혀 아무것도 모르는 무식쟁이라구. 그런데, 나로 말하면 아직 좋은 기회를 기다리고 있어야만 하기에……, 무턱대고 마실 뿐이야. 아이쿠, 그 젠킨스 말인데, 자네 집에 있는 색시 같은 약제사 말이야.

그 녀석은 여자 환자들에게 작은 납덩이 환약을 팔아 단물을 빨고 있지. 뭐 대강 이런 형편이라네. 자, 허킨스, 이제 그만 가자."

그는 개 이름을 부르면서 천천히 문 쪽으로 발길을 돌렸다. 그러나 갑자기 걸음을 멈추고 다시 조제대 위의 약병으로 시선을 옮겼다. 그리고 허전하고 지루하다는 말투로 이렇게 덧붙였다.

"참고로 말해두겠는데, 나라면 저 글리더 플레이스의 환자는 장티푸스로 진단을 내릴 거야. 그런 병은 좀처럼 뚜렷한 징후를 보이지 않으니까 말일세."

또다시 초인종 소리가 울렸다. 앤드루가 대답하려고 하는데 필립 데니는 자신의 개 허킨스를 데리고 비내리는 어둠 속으로 사라져 갔다.

3

그날 밤 앤드루는 잠을 쉽사리 이루지 못했다. 그것은 털실 찌꺼기를 넣어 울퉁불퉁한 침대 때문이 아니라, 글리더의 환자가 점점 걱정되기 시작했기 때문이었다. 과연 장티푸스일까? 데니가 떠나면서 지껄인 말이 벌써 반신반의하고 있던 그의 마음에 새로운 의혹과 함께 불안의 불씨를 내던졌다. 뭔가 중대한 징후를 발견하지 못했던 것은 아닌가 하는 의구심에 휩싸인 채 어처구니없게도 이른 새벽에 다시 한 번 왕진을 가보고 싶다는 심정을 가까스로 억제하고 있었다. 기나긴 초조의 하룻밤을 엎치락뒤치락 잠을 설치면서, 정말 자신에게 조금이라도 의학지식이 있는 건가 하고 자문하지 않을 수 없었다.

맨슨의 성격은 유달리 격한 편이었다. 그것은 어쩌면 고향인 알러풀의 얼어붙은 하늘에서 스며나오는 북극의 별빛을 어릴 때부터 보면서 자라난 고지지방(高地地方)의 여인인 모친한테서 물려받은 것인지도 모른다. 부친인 존 맨슨은 파이페셔의 가난한 농부로서, 착하고 부지런한 사람이었다. 그는 일평생 가난에서 헤어나지 못하다가 의용농기병단(義勇農騎兵團)에 들어가서 전사했다. 그때 그는 보잘것없이 황폐해진 작은 농장 하나를 유산으로 남겨놓았다. 모친인 제시 맨슨은 1년 동안 열심히 일하여 그것을 낙농장으로 바꾸었고, 앤드루가 공부에 열중하고 있는 걸 보람으로 느끼며 손수 마차를 몰아 우유배달까지 하는 철저한 근면성을 보여주었다. 그 무렵부터 그녀는 가벼운 기침을 하기 시작했는데, 대수롭지 않게 생각하고 몇 년을 그냥 지내다가 갑자기 악화되어 결국 폐가 상하고 말았다. 살갗이 매끄럽고 머리칼이 검은 타입의 사람은 아무래도 결핵에는 허약하게 마련이다.

열여덟 살 때 앤드루는 어머니를 여의고 고아가 되었는데, 그는 당시 성안드레아 대학의 1학년으로서 연 40파운드의 장학금을 받는 것 외에는 거의 무일푼 상태였다. 그가 받고 있었던 것은 글렌 장학금으로서 '안드레아라는 세례명을 가진 가난하지만 유능한 학생에게 연간 50파운드를 초과하지 않는 범위내에서 5년간 지급함. 단, 본인이 자격을 획득한 후에는 성실하게 반환해야 한다.'라는 고(故) 앤드루 글렌경(卿)의 소박한 취지에 의해 만들어진, 다분히 스코틀랜드인다운 것이었다.

이 글렌 장학금 덕분에 앤드루는 가난하지만 즐거운 학창생활을 보낼 수 있었으며, 성안드레아 대학을 졸업한 후 댄디 시(市)의 의과대학에 진학했다. 그리고 장학금에 대한 감사하는 마음과 정직한 자의 성실성 때문에……갓 자격을 얻은 대진으로서는 최고의 보수, 연 50파운드라는 봉급을 준다고 하기에……남웨일즈의 외진 시골까지 이렇듯 서둘러 들어오게 되었던 것이다. 그가 진정 바랐던 것은 에든버러 왕립병원(王立病院)의 임상의사가 되는 것이었지만, 보수를 이곳의 10분의 1밖에 받지 못했으므로 포기했다.

이렇게 하여 드라이네피에서의 생활이 시작되었다. 그는 처음 맡은 환자에 대해 이런 저런 걱정을 하면서 일어나 수염을 깎고는 곧 외출복으로 갈아입었다. 빠르게 아침식사를 마친 다음 다시 자기 방으로 올라갔다. 그는 가방을 열고 파란색의 조그만 가죽 상자를 꺼내어 그 속에 들어 있는 상패를 물끄러미 들여다보았다. 성안드레아 대학에서 최우수 성적의 임상학도에게 수여하는 헌터 금패였다. 바로 앤드루 맨슨이 그것을 받았던 것이다. 그는 상패를 무엇보다도 소중히 생각했으며, 마치 자신의 수호신처럼 여겼다. 그러나 오늘 아침에는 그러한 긍지 따위는 말끔히 사라져 버리고, 어떻게 해서든 자신감을 회복하려고 하듯이 은밀히 애원하는 눈초리로 바라볼 뿐이었다. 이윽고 그는 서둘러 오전 진찰에 나섰다.

목조 오두막집 진찰실에는 벌써 데이 젠킨스가 나와 있었다. 그는 커다란 질그릇 병에 물을 담고 있었다. 그는 정맥혈관이 돋아나고 볼이 말라빠진, 한꺼번에 모든 것을 보고 있는 듯한 민첩한 눈을 가진 작은 사나이로서, 깡마른

다리에는 앤드루가 전에 한 번도 본 적이 없는 아주 폭이 좁은 바지를 입고 있었다. 그는 맨슨에게 아첨하듯 상냥하게 인사를 했다.

"아니, 이렇게 일찍 나오시지 않아도 상관없는데요, 닥터. 처방의 조제와 진단서 정리는 나오시기 전에 제가 벌써 다 해놓았답니다. 페이지 선생님이 편찮으실 때는, 부인이 선생님의 사인과 고무도장을 가지고 계시죠."

"고맙소. 환자는 내가 직접 보겠소."

앤드루는 잠시 입을 다물었는데, 약제사의 거동이 하도 우스워서 얼마 동안은 자신의 걱정거리도 까맣게 잊어버리고 있었다.

"뭘 하는 거요, 그건?"

젠킨스는 눈을 깜박거려 보였다.

"물을 여기에 넣어 따라 마시면 맛이 훨씬 좋답니다. 전혀 특별하지 않은 아쿠어(라틴어로 '물'이라는 뜻)가 어떠한 것인지 우리들은 잘 알고 있잖습니까. 그렇죠, 선생님? 그렇지만 환자들은 그걸 모르고 있단 말입니다. 제가 이렇게 수도꼭지에 약병을 대고 물을 넣고 있는 걸 바라보고 있는 사람들을 보면 정말 얼빠진 듯한 표정을 하고 있다니까요."

이 조그만 약제사는 좀더 이야기를 계속 하고 싶은 눈치였으나, 그때 갑자기 40야드쯤 떨어진 주택 뒤쪽에서 큰 소리로 외치는 소리가 들려왔다.

"젠킨스! 젠킨스! 빨리 이리 와봐요. 빨리 오라니까요."

젠킨스는 마치 단장의 채찍소리에 놀란 곡마단의 개처럼 벌떡 일어났다. 그리고 떨리는 목소리로 재빨리 말했다.

"미안합니다, 닥터. 부인이 부르고 있군요. 전, 전 빨리 가봐야 하기 때문에……."

다행히 오전 진찰에는 환자가 별로 없었다. 10시 반쯤에 대충 일이 끝났다. 앤드루는 젠킨스로부터 왕진명부를 받아들자마자 토머스와 함께 마차에 올라탔다. 그는 긴장되어 견딜 수 없는 심정으로 토머스 노인에게 곧장 글리더 플레이스 7호 주택으로 가달라고 말했다.

그로부터 20분 뒤, 그는 창백한 얼굴에 입술을 꽉 다물고 기묘한 표정으로 7호 주택에서 나왔다. 그리고 두 집 걸러, 역시 왕진명부에 실려 있는 10호 주택으로 들어갔다. 거기에서 나와 도로를 가로질러 18호 주택에 들렀다가, 다음에는 모퉁이를 돌아 라드너 플레이스로 갔다. 젠킨스의 왕진명부에 의하면 그곳에도 어제 왕진을 한 환자가 두 사람씩이나 있었다. 한 시간 동안에 모두 일곱 명의 환자를 진찰한 셈인데, 그 가운데 전형적인 발진을 나타내기 시작한 글리더 플레이스 7호의 환자를 포함한 다섯 명은 틀림없는 장티푸스 증상을 보이고 있었다. 지난 열흘 동안, 젠킨스는 탄산칼슘과 아편만으로 이들 환자들을 치료해 왔던 것이다. 그런데 어제 밤새도록 그토록 생각을 쥐어 짰으면서도 이제서야 자기 환자들 중에서 장티푸스가 발생했다는 사실을 깨닫고 앤드루는 새삼 불안에 사로잡히지 않을 수 없었다.

그는 정신을 잃을 정도로 고조된 흥분을 감추고 서둘러서 나머지 왕진을 끝마쳤다. 점심식사 때 페이지 부인은 먹음직스럽게 익은 송아지 요리를 혼자 먹으면서 자못 기쁜 듯이 변명했다.

"남편을 위해 주문했는데 웬일인지 잡숫고 싶지 않다고 하셔서……."

앤드루는 냉랭한 표정을 지은 채 아무런 대꾸도 하지 않고 전염병에 대해서 골똘히 생각하고 있었다. 페이지 부인으로부터는 어떠한 지식도, 어떠한 협조도 얻을 수 없음이 분명했다. 그는 페이지 의사에게 직접 이야기하기로 마음먹었다.

그러나 의사의 방에 들어가 보니 온통 커튼이 내려져 있고, 에드워드는 몹시 골치가 아프다며 고통으로 붉게 물들은 이마를 잔뜩 찡그리고 엎드려 있었다. 의사는 앉으라고 손짓을 해 보였지만, 앤드루는 현재 이런 상황에서 페이지에게 그 문제를 의논하는 것은 잔인한 일이라는 생각을 했다. 그래서 몇 분 동안만 침대 모서리에 걸터앉아 있다가 자리를 뜨려고 했으나 적어도 이 일만은 묻지 않을 수가 없었다.

"페이지 선생님, 전염병 환자가 발생했을 경우 어떻게 하는 것이 가장 좋습니까?"

한동안 대답이 없었다. 페이지는 눈을 감은 채 입을 열기만 해도 편두통이 심해지는 듯 몸을 꼼짝도 하지 않고 간신히 대답했다.

"그 문제로 언제나 골치를 앓고 있단 말이야. 격리병동은커녕 변변한 병원도 없는 형편이 아닌가. 무척 불쾌한 일이겠지만 토니글랜의 그리퍼스에게 전화를 걸어보게. 이 계곡에서 15마일 가량 떨어진 곳이기는 하지만 말이야. 그는 지방검역관(地方檢疫官)이네."

이 말이 끝나자 이번에는 조금 전보다도 훨씬 오랫동안 침묵이 감돌았다.

"그러나 그 사나이는 별로 도움이 안 될지도 모르겠군."

그러나 앤드루는 용기를 얻고 급히 아래층 홀로 내려가서 토니글랜으로 전화를 걸었다. 그는 수화기를 귀에 대고 서서 가정부 애니가 부엌 문틈으로 내다보는 것을 바라보았다.

"여보세요, 토니글랜의 그리피스 선생이십니까?"

간신히 전화가 연결되었다.

몹시 조심스러운 남자의 목소리가 들렸다.

"누구신데요?"

"저는 드라이네피의 맨슨입니다. 페이지 선생님의 대진입니다만."

앤드루의 목소리는 흥분되었다.

"장티푸스 환자가 다섯 명이나 발생했습니다. 그리피스 선생님께서 곧 와주셨으면 좋겠는데요."

상대방은 잠시 잠자코 있더니 이윽고 심한 웨일즈 사투리로 변명하기 시작했다.

"그것 참 안됐습니다, 닥터. 그리피스 선생님은 스원시에 가 계십니다. 중요한 공무가 있어서 말입니다."

"몇 시쯤 돌아오실까요?"

맨슨은 큰 소리로 물었다. 전화상태가 고르지 못했다.

"그게 말씀이죠……, 정확한 건 알 수 없는데요."

저쪽에서 찰칵 하는 소리가 났다. 아주 조용히 전화를 끊어버린 것이다. 맨슨은 안절부절 못하며 자신도 모르게 큰 소리를 내질렀다.

"제기랄! 지금 전화를 받은 사람은 분명히 그리피스였어."

또다시 같은 번호를 돌렸으나 계속 통화중이었다. 그래서 화가 몹시 난 그는 다시 다이얼을 돌리려다 문득 뒤돌아다보니, 애니가 양손을 앞치마 위에 살포시 포개고 진지한 시선을 그에게 쏟으면서 홀로 들어오는 게 눈에 띄었다. 말쑥하고 소박하며 인내심이 강하고 조용한 표정을 한, 마흔대여섯으로 보이는 여인이었다.

"본의 아니게 듣게 되었는데요, 선생님. 그리피스 선생은 지금쯤 토니글랜에는 안 계실 거예요. 오후에는 대체로 골프를 치기 위해 스원시에 가 계시니까요."

그는 목구멍에 걸린 덩어리를 꿀꺽 삼키고 부아를 터뜨리면서 대답했다.

"그러나 지금 전화를 받은 사람은 그인 것 같던데."

"어쩌면 그럴지도 몰라요."

그녀는 희미하게 웃어 보였다.

"스원시에 가지 않을 때는 곧잘 자신이 집에 없다고 말하니까요."

그녀는 그 자리를 떠나면서 온화한 호의를 보이며 덧붙였다.

"만약에 저라면 헛되이 시간을 낭비하는 일은 하지 않겠어요."

앤드루는 더욱 치밀어오르는 울분과 곤혹을 느끼면서 수화기를 내려놓았다. 그리고 투덜거리면서 다시 한 번 왕진을 돌았다. 되돌아왔을 때는 어느새 저녁 진료시간이었다.

그때부터 한 시간 반 동안 그는 오두막집의 작은 침실 정도밖에 안 되는 진료소에서 땀투성이의 몸에서 발산되는 수증기로 대기실의 벽이 젖을 정도로 숨막히게 몰려드는 환자들을 진찰했다. 무릎의 타박상, 손가락의 상처, 눈병, 만성관절염 등을 앓는 광부들, 게다가 기침이 나온다거나, 감기에 걸렸다거나, 관절을 삐었다거나 하는 그들의 처자들……, 누구나 걸릴 수 있는 대수롭지 않은 병이나 부상인 것이다. 여느 때라면 이렇게 검고 혈색이 나쁜 피부를 지닌 사람들을 온화하고 자세히 진찰하는 것을 당연히 기쁘게 생각했을 것이다. 그러나 보다 중요한 문제가 머릿속에 도사리고 있는 지금 이 상태로서는 이같은 사소한 질병들을 대하자니 짜증스럽고 머리만 빙빙 돌 뿐이었다. 더구나 그는 처방을 쓴다거나 가슴을 진찰한다거나, 또 환자에게 주의를 주면서도 줄곧 이런 생각에 잠겨 있었다.

'나를 이 지경으로 몰아넣은 것은 그 녀석이야. 지긋지긋한 녀석이야. 그렇다, 난 그 녀석이, 그 교만하기 짝이 없는 그 녀석이, 한없이 밉다. 그러나 아무래도 그 녀석한테 갈 수밖에 없으니 정말 미칠 노릇이 아닌가.'

9시 반에 마지막 환자가 나가버리자 그는 결의에 찬 눈빛으로 진료소를 나섰다.

"젠킨스, 닥터 데니는 어디서 살고 있지?"

땅딸보 약제사는 더 이상 환자가 들어오지 못하도록 서둘러 바깥 문에 고리를 잠그는 중이었는데, 그의 말을 듣고는 익살맞을 정도로 공포에 질린 표정을 지었다.

"뭔가 그 사나이와 관련된 일이라도 있습니까, 닥터? 우리 사모님은……, 그 사나이라면 딱 질색을 하신답니다."

앤드루는 노기를 띠고 물었다.

"무엇 때문에 부인은 그 사람을 싫어하는 거죠?"

"다른 사람들이 싫어하는 것과 마찬가지 이유죠. 그 사람은 사모님에게 무례한 말만 하니까요."

젠킨스는 잠깐 입을 다물었으나 맨슨의 표정을 살피면서 마지못해 말을 이었다.

"정 알고 싶다면 가르쳐 드리죠. 교회당 거리 49번지의 시거 부인 댁입니다."

앤드루는 또다시 뛰어나갔다. 오늘은 하루종일 밖으로 나다녔으나, 당장 자신의 두 어깨를 짓누르는 환자들을 생각하면 그 책임감 때문인지 피로 따위는 어디론가 훌쩍 날아가 버렸다. 교회당 거리까지 이르러 데니가 집에 있다는 말을 들었을 때, 그는 무엇보다도 구원을 받은 듯한 느낌이 들었다. 그 집의 안주인이 나와서 안내를 해주었다.

그의 얼굴을 보고 데니는 놀란 것 같았으나 곧 애써 그런 기색을 감추려고 했다. 데니는 꽤 오랫동안 물끄러미 쳐다보고 있다가 단지,

"뭔가! 누가 죽기라도 했단 말인가, 벌써?"

라고 물었을 뿐이다.

지저분하게 흐트러지고 무더운 방의 입구에 그대로 서 있던 앤드루는 벌컥 화가 치밀어올랐다. 그러나 지금은 꾹 참고 견뎌야 할 때라고 생각하며 울분과 자존심을 꾹 억눌렀다. 그러다가 느닷없이 말을 꺼냈다.

"당신이 말한 대로였어. 장티푸스라구. 그걸 모르다니 난 총살감이지 뭔가. 환자가 다섯 명으로 늘어났어. 이곳으로 찾아오는 것이 별로 즐거운 일은 아니었지만, 달리 부탁할 데도 없어 어쩔 도리가 없었네. 검역관에게 전화를 걸어봤지만 전혀 상대도 해주지 않더군. 그래서 당신의 조언을 얻으려고 이렇게 불쑥 찾아온 거요."

데니는 파이프를 입에 문 채 벽난로 곁의 의자에 앉아 몸의 반은 앤드루 쪽을 향하고 있었는데, 한참 후에야 비로소 궁한 제스처를 했다.

"어쨌든 들어오게."

그리고는 갑자기 초조해하면서 말했다.

"이봐! 제발 부탁이니 어서 앉게. 그렇게 장로교회 목사처럼 우두커니 서서 잘못된 결혼이라도 선언할 듯한 태도는 일찌감치 집어치우게. 그보다 한 잔 들지 않겠나? 뭐 싫다구! 내 그럴 줄 알았지."

앤드루는 내키지 않는다는 듯 마지못해 자리에 앉아 나도 질소냐 하며 담배

에 불을 붙였다. 그러나 데니는 별로 서두르는 기색도 보이지 않았다. 그는 앉은 채 찢어진 슬리퍼 끝으로 귀엽다는 듯이 허킨스를 툭툭 건드리고 있었다. 맨슨이 담배를 한 대 피우고 나자 그는 고개로 탁자 쪽을 가리키며 말했다.

"저걸 한번 들여다보지 않겠나?"

가리킨 식탁 위에는 훌륭한 투아이스의 현미경과 슬라이드가 몇 장 놓여 있었다. 앤드루가 초점을 맞추고 기름을 바른 프레파라트를 끼워넣자 이내 간상균(桿狀菌)의 움직임이 또렷이 보였다.

"물론, 무척 서투른 솜씨이긴 하지만 말이야."

데니는 상대방의 비평에 선수를 칠 심산이었는지 빠른 어조로, 게다가 비꼬는 투로 말했다.

"사실 서투른 솜씨지. 여긴 교육용품 가게가 아니니까. 다행스럽게도 외과의사 나부랭이이긴 하지만 말이야! 그렇지만 이렇게 형편없는 곳에 있다 보면 아무래도 '잡동사니 가게'가 되지 않을 수 없다구. 사실 그것은 육안으로 봐도 틀림이 없다는 걸 알 수 있지. 우리 집에서 오븐으로 젤라틴 배양을 한 걸세."

"당신에게도 그런 환자가 있군 그래."

앤드루는 상당히 흥미를 느끼면서 물어보았다.

"네 명이야! 원인은 모두 자네 환자와 마찬가지지."

데니는 잠깐 입을 다물었다가 덧붙여 말했다.

"게다가 이 균은 글리더 플레이스의 우물에서 채취한 거라네."

앤드루는 긴장된 눈초리로 그를 노려보았다. 묻고 싶은 말도 많고, 이 사나이의 일에 대한 순수성도 알게 되었으나, 무엇보다도 전염병의 근원지를 알게 된 것이 가장 기뻤다.

"알겠나? 장티푸스는 이 고장에서는 거의 풍토병과 같은 것이라네."

데니는 여전히 매정하게 비꼬는 투로 계속해서 말했다.

"그러나 언젠가는, 그것도 상당히 가까운 장래에 걷잡을 수 없이 세균이 설칠 걸세. 문제는 하수도의 본관이야. 하수물이 악마처럼 새어나와 거리의 낮은 지대의 우물을 절반이나 오염시키고 있어. 나는 그리피스에게 이런 이야기를 정말 신물이 날만큼 들려줬다구. 그러나 그놈은 워낙 형편없는 게으름뱅이고 이런 저런 변명만 늘어놓는 능력 없는 위선자라구. 돼지 같은 녀석이야. 요전에 전화를 걸었을 때 다음에 만나면 배에다 구멍을 뚫어놓겠다고 말해줬지. 오늘 집에 있으면서도 없다고 자네를 따돌린 건 그 때문일 거야."

"참 괘씸하기 짝이 없는 녀석이군 그래."

앤드루는 화가 나서 자기도 모르게 큰 소리로 외쳤다.

데니는 어깨를 으쓱해 보였다.

"그 녀석은 그런 일을 평의회(評議會)에 내놓으면 그에 따른 비용으로 인해 자신의 월급이 줄어들까봐 그것이 두려운 거야."

잠깐 동안 침묵이 흘렀다. 앤드루는 어쩐지 더 이야기하고 싶은 마음이 간절했다. 데니에게 적의를 품고 있으면서도, 상대의 염세관이며, 회의론이며, 냉철하고 태연한 시니시즘에 자신이 이상하게 매료되는 것을 느꼈다. 그러나 더 이상 지체할 만한 구실이 없었다. 그는 그런 감정을 애써 감추고 탁자 앞 의자에서 일어났다. 그는 문 쪽으로 걸어나가면서, 어쨌든 어깨가 다소나마 가벼워진 것에 대해 깍듯한 감사표시라도 해야겠다고 생각했다.

"여러 모로 가르쳐 줘서 정말 고맙네. 덕분에 나도 잘 알게 됐어. 세균의 출처에 대해서 아리송했는데……. 보균자만은 어떻게든 치료할 수 있으리라 생각하고 있던 참이었는데, 이제 우물이 원인이라는 것을 알게 되었으니 일은 한결 간단해진 셈이군. 앞으로는 글리더 플레이스의 물은 모조리 끓여서 마시도록 조치하겠네."

데니도 함께 의자에서 일어섰다.

"그리피스 녀석이야, 끓여서 삶아버릴 놈은."

그리고는 또다시 예의 입버릇처럼 비꼬는 유머로 말했다.

"이봐, 그런 시시한 인사말은 듣기 싫네. 그보다 우리는 이 일이 처리될 때까지 당분간은 서로 참고 견뎌야 될 테니까 말이야. 언제라도 찾아오게, 자네만 지장이 없다면 말이야. 이 근방에는 사귈 만한 사람이 별로 없다구."

그는 힐끗 개 쪽을 돌아보고는 이내 거친 어조로 말했다.

"스코틀랜드인 의사라도 환영하자구나. 그렇잖니, 존?"

그의 애견 존 허킨스는 맨슨을 깔보기라도 하듯이 빨간 혀를 축 늘어뜨리고 꼬리로 융단을 탁탁 치고 있었다.

앤드루는 돌아가는 길에 글리더 플레이스에 들러 물에 관해 엄중히 주의를 시켰다. 그리고 지금은 이미 자기가 얼마전에 생각했던 것처럼 데니를 미워하고 있지 않다는 것을 깨달았다.

4

앤드루는 천성인 성급하고 격렬한 성질을 더욱더 불태워 장티푸스 방역운동에 적극 나섰다. 그는 자신의 일을 사랑하고 있었으며, 의사가 된 지 얼마되지도 않아 이같이 좋은 기회를 만나게 된 것을 행운이라고까지 생각했다. 그리고 몇 주일 동안 기꺼이 노예처럼 일에 몰두했다. 일상적 진찰이며 왕진은 물론 모두 도맡아 처리했으며, 그것이 끝나면 이번에는 자진해서 장티푸스 환자에게 매달렸다.

그 첫 싸움에서는 운도 따라주었던 것 같다. 하순 무렵에는 그의 장티푸스 환자는 모두 상태가 호전되었으며, 장티푸스는 그대로 소멸할 듯이 보였다. 엄중히 지키도록 지시한 예방책, 즉 음료수 끓여서 마시기, 소독, 격리, 집집마다 석회산에 적신 천을 준비하고, 페이지 부인에게 비용을 부담케 하는 한편 자신도 그 일부를 충당해서 대량의 석회를 글리더 플레이스의 하수구에 살포한 일 등이 효과를 거둔 것이라고 생각하니, 그는 자부심이 한껏 용솟음치는 것을 느꼈다.

'잘됐다. 나 혼자의 힘으로 해낸 것은 아니지만, 그러나 확실히 내 힘도 상당히 도움이 된 거야.'

또한 그는 자기 환자들이 데니의 환자들보다 빨리 치유된 데 대해 은근한, 그러나 한편으론 불안한 기쁨을 느꼈다.

데니는 여전히 그를 거북하게 만들거나 화나게 만들곤 했다. 두 사람은 환자들이 모두 근처에 있었기 때문에 자연히 얼굴을 마주치는 일이 종종 있었다. 데니는 현재 둘이서 하고 있는 일에 신랄하고 얄궂은 야유를 퍼부으면서도 흐뭇하게 여기고 있었다. 그는 곧잘 맨슨과 자신을 가리켜 자칭 '전염병에 완강히 도전하고 있는 사람들'이라고 했는데, 그런 진부한 형용 속에는 어딘지 모르게 복수라도 하고 있는 듯한 심정이 숨겨져 있었다. 그리고 '알겠나, 자네. 우린 진정 영광스러운 직업의 체통을 세우기 위해 일하고 있는 걸세.'라는 등 일부러 듣기 싫은 말을 하는 건지, 아니면 스스로를 비웃는 말을 하는 건지 도무지 종잡을 수 없는 말을 서슴없이 내뱉었다. 그러면서도 그는 환자 곁으로 가까이 다가가서 그 침대에 걸터앉아 환자의 몸에 손을 대보기도 하며 몇 시간이나 태연히 병실에서 시간을 보내곤 했다.

가끔 앤드루는 데니가 수줍은 듯한 순진한 일면을 언뜻언뜻 드러내 보일 때면 약간 호감을 갖기도 했지만, 바로 다음 순간 무뚝뚝하고 깔보는 듯한 무례한 말이 불쑥 튀어나오기 때문에 모처럼 가졌던 호감이 이내 사라져 버리곤 했다.

어느 날 앤드루는 너무 불쾌한 나머지 《의사명감(醫師名鑑)》이라도 뒤져보면 기분전환이 될까 하고 무심코 펼쳐보았다. 그것은 페이지 의사의 책장에 꽂혀 있던 5년 전 판이었는데, 거기에는 약간 놀랄 만한 정보가 실려 있었다. 필립 데니는 케임브리지 대학의 우등졸업생으로서 가이 병원(런던의 자선병원)에서 실습을 받고 영국의 의학박사 학위를 획득했으며, 그 당시 공작령(公爵領)이었던 리보러 시(市)의 명예외과의사의 지위에 있었던 것이다.

그런데 11월 10일, 뜻밖에 데니한테서 전화가 걸려왔다.

"맨슨, 잠깐 만나고 싶은데. 어때, 3시에 우리 집으로 올 수 있겠나? 중대한 일이라네."

"좋고말고, 가지."

앤드루는 점심을 들려고 집에 돌아왔으나 머릿속에는 온통 그 일이 가득 차 있었다. 그는 식탁에 오른 다진 고기파이를 먹으면서 블로드웬 페이지가 거만스런 눈초리로 자기 얼굴을 노려보고 있는 것을 어렴풋이 느꼈다.

"누구 전화죠? 데니 아닌가요? 그런 사람과 사귀면 안 돼요. 형편없는 사람이에요."

그는 차가운 눈길로 그녀를 마주 쏘아보았다.

"당치 않은 말씀이에요. 그는 아주 쓸모 있는 인간이랍니다."

"그런가요? 그렇다면 가보시죠, 선생!"

블로드웬은 그가 말대꾸라도 하면 으레 험상궂은 표정으로 쏘아붙였다.

"그 사람은 정말 괴짜라구요. 약 같은 것도 거의 조제해 주지 않으니까 말이에요. 그때까지 약을 끊어본 적이 없는 메건리스 모건 씨가 그 사나이한테 진찰을 받으러 갔더니, 날마다 2마일씩 등산을 하고 하찮은 약 따위 딱 끊어버리라고 말했다지 뭐예요. 정말이지 그런 소릴 했다구요. 나중에 그분은 우리 집으로 찾아왔는데, 그때부터 젠킨스가 좋은 약을 끊임없이 대주고 있다구요. 그자는 정말 무례하고 인간 이하의 짐승 같은 놈이에요. 아마 어딘가에 부인을 감춰두고 있는 모양이라구요. 그런 못된 놈과는 아예 인연을 맺지 말아야 해요, 선생. 당신이 주인양반을 위해 일하고 있다는 걸 설마 잊지는 않았겠죠."

여느 때처럼 명령이라도 내리는 듯한 말투로 종알거리는 바람에 앤드루는 왈칵 부아가 치밀어올랐다. 지금까지 그는 그녀의 기분을 거스르지 않으려고 나름대로 열심히 참고 견뎌왔는데도, 그녀의 요구에는 도대체 한도라는 게 없었다. 그녀는 노상 의심하려 들고, 어떤 때는 상냥한 듯이 아양을 떨다가도 언제나 그에게서 마지막 한 방울까지 짜내려고 갖은 잔꾀를 다 부리고, 자기가 내놓아야 될 보상은 되도록 주지 않으려는 배짱이었다. 첫 월급만 해도 벌써 사흘이나 늦어지고 있지 않은가. 어쩌면 깜빡 잊고 있는지도 모른다. 그러나 받을 사람 입장으로는 걱정이 되기도 하고 또한 불쾌하기 짝이 없는 처사이기도 했다. 그러한 그녀가 영양이 넘쳐서 기름살이 피둥피둥 찐 몸집으로 혼자 잘난 체하며, 데니를 무턱대고 헐뜯고 있는 꼴을 보고 있자니 그는 더 이상 자제할 수 없을 만큼 속이 메스꺼워지는 것이었다.

그래서 그는 발끈 화가 나서 볼멘소리로 말했다.

"페이지 선생을 위해 일하고 있다는 걸 더욱더 잊지 않을 겁니다. 월급만 제날짜에 제대로 지불해 주신다면 말입니다, 부인."

그녀의 얼굴이 즉시 뻘겋게 물드는 표정을 보니 잊고 있었던 것이 아님을 대번에 알 수 있었다. 그녀는 당장이라도 덤벼들듯이 고개를 홱 치켜올렸다.

"드리죠, 돈을 드리겠어요! 그까짓 걸 가지고! 흥!"

식사가 끝날 때까지 그녀는 모욕이라도 당한 듯이 그를 쳐다보지도 않고 내내 시무룩한 얼굴을 하고 있었다. 그러나 식사 후 그를 거실로 불러들였을 때는 조금 전과는 다르게 상냥한 미소를 머금고 쾌활하게 말했다.

"자, 봉급을 드리겠어요, 선생. 어서 여기 앉으세요. 우리 사이좋게 지냅시다. 우리들이 서로 협력하지 않으면 절대로 아무 일도 안 되니까요."

그녀는 녹색 면 비로드를 씌운 팔걸이 의자에 깊숙이 앉아서 파운드 지폐 20매와 검은 가죽지갑을 오동통한 무릎 위에 얹어놓고 있었다. 그녀는 지폐를 천천히 세면서 맨슨에게 건네주기 시작했다.

"한 장, 두 장, 석 장, 넉 장……."

그러다가 지폐가 마지막 장에 가까워지자 동작이 한층 더 둔해지면서 상대방의 비위라도 맞추려는 듯이 교활한 검은 눈을 번득였다. 열여덟 장째까지 세었을 때 그녀는 문득 손동작을 멈추고는 자신의 처지가 딱하고 가엾다는 듯이 가느다란 한숨을 내쉬었다.

"이봐요, 선생. 이런 불경기 때는 이것도 대단한 돈이에요. 어때요, 서로 주거니받거니 하는 생활방식이 내 '주관'인 만큼 나머지 두 장은 선생의 장래를 축복하는 뜻으로 내가 맡아두는 것이?"

그는 그저 잠자코 있을 뿐이었다. 상대방의 극단적인 인색함이 자아내는 분위기를 아무래도 견뎌 내기 힘들었다. 진료소의 수입이 상당하다는 것은 그도 잘 알고 있는 바였다. 그녀는 1분 가량 그의 안색을 조심스레 살피면서 말없이 앉아 있었는데, 얼마 후 상대방의 돌덩이처럼 굳은 표정밖에는 아무런 반응을 얻지 못한다는 걸 깨닫자 뾰로통한 제스처로 남은 지폐를 홱 던져 주면서 찢어질 듯한 소리를 냈다.

"가져가라구요, 제기랄!"

그녀는 갑자기 의자에서 일어나 방에서 나가려고 했다. 앤드루는 상대방이 아직 문앞에 당도하기 전에 불러세웠다.

"잠깐만, 부인."

목소리는 신경질적이었지만 단호한 결의가 담겨 있었다. 그렇게까지 하고 싶지 않았지만 상대방을, 아니 상대방의 탐욕을 충족시켜 주기 위해 자신이 일부러 져줄 필요는 없다고 결심했다.

"아직 20파운드밖에 받지 않았는데요. 이렇게 되면 1년에 240파운드가 됩니다. 그러나 계약서에는 연 250파운드로 되어 있지 않습니까. 나머지 16실링 8펜스를 더 받아야 계산이 맞는데요, 부인."

"그, 그런가요!"

하고 그녀는 더듬거렸다.

"우리 사이에 그런 작은 돈까지 따질 생각인가요. 스코틀랜드 사람은 원래 구두쇠라고 소문이 자자하던데, 오늘 여기서 그 실물을 봤군요. 이까짓 더러운 은화며 동전을 다 가져가요."

그녀는 불룩한 지갑에서 돈을 꺼내며 계산하기 시작했다. 손은 와들와들 떨리고 눈은 그를 뚫어져라 날카롭게 쏘아보고 있었다. 그리고 다시 한 번 노려보고는 방에서 얼른 빠져나가 쾅 하고 문을 닫았다.

앤드루는 울화통이 터질 것 같아 집 밖으로 뛰어나왔다. 그녀의 욕지거리와 부당한 처사가 더욱 부아를 치밀게 했다. 몇 푼 안 되는 그까짓 돈이 문제가 아니었다. 그는 공명정대한 도리를 분명히 했을 뿐이다. 왜 그걸 모른단 말인가. 어쨌든 그런 고상한 도덕상의 문제는 제쳐두고라도 북쪽에서 태어난 인간의 기질로서, 일시적이나마 자기를 우롱한 자들은 이쪽의 사지가 멀쩡한 이상 상대방이 어디의 누구이든 결코 용서할 수 없다고 다짐했다.

그는 우체국으로 가서 현금등기봉투를 구입하여 20파운드를 글렌 장학회에 송금하고 반짝 빛나는 은화는 자신의 용돈으로 남겨두었다. 한결 마음이 가라앉았다. 우체국 계단에 잠시 서 있다가 브람엘 의사가 다가오는 것을 보고 그의 표정은 더욱 밝아졌다.

브람엘은 허름한 검정색 옷차림에 자세를 꼿꼿이 세우고 제멋대로 자란 백발을 칼라 너머로 휘날리면서 팔을 앞으로 뻗어 들고 있는 책에 눈길을 쏟은 채 큼직한 발로 보무도 당당하게 보도를 밟으면서 천천히 다가왔다. 도중에 앤드루를 보았으므로 분명히 의식하고 있을 텐데도 곁에 와서야 이제 처음 알아차렸다는 듯 마치 연극배우처럼 과장되게 놀란 시늉을 하는 것이었다.

"야아, 자네 누군가 했더니 바로 닥터 맨슨 아닌가! 책에 몰두하다 보니 하마터면 모르고 지나칠 뻔했군 그래."

앤드루는 빙그레 미소를 지었다. 브람엘은 또 한 사람의 '등록' 의사인 니콜스와는 달리 그가 이 고장에 오자마자 인사차 방문해 주었기 때문에 벌써부터 가까운 사이가 되어 있었다. 브람엘에게는 환자가 그다지 많지 않았으므로 대진을 고용할 만큼 여유는 없었지만, 그 당당한 체구며, 태도는 어딘지 모르게 명의다운 품격을 갖추고 있었다.

그는 때묻은 검지를 읽다 만 페이지에 끼고 책을 덮고는 비어 있는 손을 그림에서 곧잘 볼 수 있는 것처럼 색이 바랜 낡은 저고리 가슴에 찔러넣었다. 그것은 마치 가극에서나 볼 수 있는 몸짓이어서 어쩐지 보통 사람이라고 여겨지지 않았다. 그러나 그는 지금 이 드라이네피의 대로에 버젓이 서 있는 것이다. 데니가 그를 가리켜 '은발왕'이라고 부른 것도 무리가 아니었다.

"어떤가 자네, 내 조촐한 살림살이가 마음에 들지 않았나? 요전에 '한거정(閑居亭)'으로 우리 내외를 찾아와 주었을 때도 말했지만, 우리 집은 첫인상처럼 그렇게 심한 건 아니라고 생각하는데 말일세. 우리에겐 저마다 재능이며 교양이 있지 않은가! 우리 내외는 전력을 다해 그것을 키워나갈 작정이라네. 우린 말일세, 맨슨. 황야에 서 있더라도 횃불만은 들고 있다네. 언젠가 또 밤에 한번 놀러와 주게나. 자네는 노래를 부를 줄 아는가?"

앤드루는 그만 웃음이 터져나오려는 것을 가까스로 참았다. 브람엘은 감격한 어조로 계속 말했다.

"물론 장티푸스 환자를 다룬 자네의 활약은 나도 들어서 잘 알고 있네. 드라이네피에선 자네를 자랑거리로 삼고 있다네. 내게도 그런 기회가 와줬으면 하고 바랄 정도라네. 내가 도와줄 일이라도 생기면 서슴없이 와주게나!"

앤드루는 후회하는 마음에 사로잡혀서—이런 선배를 우습다고 생각한 것이 누군가?—재빨리 대답했다.

"사실은 브람엘 선생님, 제 환자 중 한 사람에게 아주 흥미 있는 잔류흉선(殘留胸腺)이 있습니다. 어떻습니까, 희귀한 병인데 시간이 나시는 대로 함께 가봐주시지 않겠습니까?"

"그런가?"

브람엘은 왠지 맥빠진 듯한 말투로 되물었다.

"하지만 자네에게 방해가 되면 곤란하지 않은가."

"바로 저 모퉁이를 돌면 그곳입니다."

앤드루는 상냥한 어조로 말했다.

"게다가 데니 선생 댁을 방문할 때까진 아직 반 시간쯤 남아 있으니까요. 바로 이 근방인걸요."

브람엘은 주저하면서 거절하려는 눈치였으나, 이윽고 마지못해 동의하는 몸짓을 해 보였다. 그들은 글리더 플레이스까지 걸어서 환자가 있는 집으로 들어갔다.

환자는 맨슨이 말했듯이 특이한 증세로 잔류흉선염의 아주 드문 예였다. 이런 진단을 내린 게 그로서는 큰 자랑거리였으므로 그는 발견해 낸 감동의 기쁨을 함께 나누기 위해 브람엘에게 같이 가달라고 청했던 것이다. 그리고 그도 같은 진단을 내릴 게 분명하다는 생각에서 가슴이 몹시 두근거렸던 것이다.

그러나 브람엘 의사는 말뿐이지 전혀 이 환자에게 마음이 끌리지 않는 눈치였다. 그는 앤드루를 따라 마지못해 방으로 들어서자 코를 벌름거리면서 마치 귀부인과 같은 동작으로 침대를 향해 다가갔다. 그는 적당히 안전한 간격을 유지해 걸음을 멈추고는 서둘러 검사를 했다. 별로 주의를 기울이는 것 같지도 않은 간단한 검사였다. 그리고 그 집을 나오자마자 신선한 공기를 쭉 들이마셨는데, 비로소 여느 때의 웅변을 되찾았다. 그는 앤드루 쪽을 보고 환한 얼굴로 말했다.

"함께 자네의 환자를 보게 해줘서 참 고맙네. 첫째는 전염병의 위험을 무릅

쓰고 꽁무니를 빼지 않는 게 의사의 임무임을 통감했으며, 둘째는 과학의 진보를 확인할 수 있어서 즐거웠단 말일세. 자넨 어떻게 생각할지 모르지만, 나로서는 췌장염의 그렇게 좋은 예를 본 적은 처음이거든."

그는 이렇게 말하고는 앤드루와 악수를 나누고 총총히 사라져 버렸다. 뒤에 남은 앤드루는 멍할 뿐이었다. 췌장염이라니 당치도 않은 말이 아닌가. 브람엘이 그런 큰 실책을 범했다는 것은 다만 실언을 했다는 것뿐만이 아니었다. 환자를 대하는 태도가 그의 무지를 낱낱이 폭로하고 있었다. 요컨대 지식이 없는 것이다. 앤드루는 이마를 닦았다. 몇 백 명이라고 하는 인명을 도맡아 책임지고 있는 어엿한 개업의가 흉부에 있는 췌장과 홍선의 차이도 모르고 있대서야……. 이런 어처구니없는 일이 있을 수 있단 말인가.

그는 데니의 하숙집을 향해 천천히 걸어가면서 의술에 대한 이제까지의 모든 개념이 밑바닥에서부터 흔들리는 걸 새삼 통감했다. 자신이 아직 애송이 의사로서 실습 훈련도 모자라고 경험도 없기 때문에 어쩌다 실수를 할 수도 있다는 것은 염두에 두고 있었다. 그러나 브람엘은 경험이 없을 리 없고, 그렇다면 그의 무지는 결코 용납할 수 없는 게 아닌가.

생각이 거기까지 미치자 앤드루의 머릿속에 언제나 자기들의 직업을 조소해 마지않던 데니가 떠올랐다. 데니는 앤드루를 만난 지 얼마 지나지 않아 영국에는 완전한 '바보'이거나 환자를 속이는 걸 일삼는 '돼먹지 못한 의사'가 몇 천 명이나 있다고 하는 따분하기 그지없는 논법으로 그를 몹시 화나게 만들었던 것이다. 그런데 지금에 이르러서는 그도 데니의 말에 다소의 진리가 담겨 있음을 차츰 깨닫기 시작했다. 오늘은 한번 이 의론을 문제삼아 보기로 결심했다.

그러나 데니의 방에 들어섰을 때, 그는 그런 공론을 논할 만한 분위기가 아님을 깨달았다. 데니는 우울한 눈과 어두운 이마를 하고 불쾌한 듯이 침묵을 지킨 채 그를 맞이했다. 얼마 후, 그가 입을 열었다.

"존스 청년이 오늘 새벽에 죽었어. 천공(穿孔)이야."

차가운 노여움을 담은 조용한 말투였다.

"그리고 이스트래드 거리에 다시 장티푸스 환자가 둘이나 발생했어."

앤드루는 동정하여 눈을 지그시 감았다. 뭐라고 위로의 말을 해야 좋을지 알 수 없었다.

"너무 심각하게 생각하지 말게나."

데니는 씁쓸한 목소리로 계속 말했다.

"그야, 내 환자는 좋아지지 않고 자네 환자는 회복되어 진다면 통쾌하겠지. 하지만 저 지긋지긋한 하수가 자네 쪽으로도 새어나가기 시작한다면 문제는 제대로 풀리지 않을 걸세."

"당치도 않은 소리야! 난 진심으로 자넬 동정하고 있네."

앤드루는 충동적으로 말했다.

"그 하수도를 어떻게든 처치하지 않으면 안 되겠군 그래. 보건성에다 진정서를 제출해야겠네."

"진정서야 얼마든지 쓸 수 있지."

데니는 불만을 가까스로 억누르며 대답했다.

"그 결과는 반 년이나 지난 다음에서야 위원회 녀석들이 어슬렁어슬렁 기어오는 게 고작이지. 안 되지 안 돼! 나라고 왜 그 정도 일을 못하겠나? 그 놈들에게 새로운 하수도를 만들게 하려면 방법은 오직 하나뿐이야."

"하나뿐이라니?"

"지금 있는 하수구를 폭파해 버리는 거야!"

그 순간 앤드루는 데니가 실성이라도 한 게 아닌가 하고 생각했다. 그러나 마침내 그는 상대방의 발언에 뭔가 확고부동한 의도가 있음을 눈치챘다. 그는 경탄의 눈으로 새삼스럽게 상대방을 눈여겨 보았다. 그 혁신적인 안을 그가 아무리 제지해봤자 데니는 완강히 반발할 것이 틀림없으리라. 앤드루는 중얼거렸다.

"필경 여러 가지 까다로운 문제가 생길 거야, 만일 발각되는 날엔 말이야."

데니는 흥분된 눈을 치떴다.

"굳이 자네에게 가담을 요청하는 건 아니야, 자네에게 그럴 마음이 없다면 말일세."

"아, 아니야. 나도 함께 할 테야."

앤드루는 차분한 목소리로 말했다.

"그렇지만 말야. 나로선 뭐가 뭔지 잘 이해가 가지 않는군 그래."

그날 오후 앤드루는 일에 쫓기면서도 데니와의 약속을 후회하는 심정으로 안절부절 못하고 있었다. 저 데니라는 사나이는 미치광이로서 언젠가는 나를 끔찍한 사건으로 끌어넣고야 말리라. 지금 녀석이 제안한 것은 법률을 위반한 난폭한 행위로서, 만일 발각되는 날엔 즉결재판에 회부될 뿐만 아니라 의사 자격마저 박탈될지도 모른다. 눈앞에 펼쳐진 눈부시게 아름다운 미래가 순식간에 사라지고 자신은 이내 파멸하고 말 것이라고 생각하니 앤드루는 두려워서 등골이 오싹해졌다. 그리고 데니를 악한이라고 저주하면서 마음속 깊이 몇 번이고 절대로 가담하지 않겠다고 굳게 굳게 맹세했다.

그러나 그는 뭐라고 설명할 수 없는 복잡한 이유에서, 이제 와서 뒤로 물러선다는 것도 싫었고, 사나이가 일단 약속한 일인 이상 번복하여 어길 수도 없는 일이었다.

그날 밤 11시, 데니와 그는 허킨스를 데리고 교회당 거리의 외진 곳으로 향했다. 칠흑같이 어두운 밤이었다. 거리의 모퉁이에 이르자 돌풍에 뒤섞여 가랑비가 정면으로 불어닥쳤다. 데니는 빈틈없이 계획을 세워 신중히 시간을 재고 있었다. 광산의 심야 교대는 이미 한 시간 전에 끝났다. 변두리의 토머스네 튀김집에 젊은이 두세 명이 서성거리고 있을 뿐, 그밖에 사람 그림자라곤 눈 씻고 찾아봐도 없었다.

두 사나이와 개는 조용조용 걸어가고 있었다. 데니는 투박한 외투 호주머니에 다이너마이트 여섯 개를 숨겨가지고 있었다. 그날 오후에 하숙집 아들인 톰 시거가 채석장 화약고에서 훔쳐다 준 것이었다. 앤드루는 뚜껑에 구멍을 뚫은 코코아 깡통 여섯 개와 회중전등, 그리고 도화선을 휴대하고 있었다. 그는 허리를 구부리고 외투의 깃을 세운 후 어깨 너머로 세심한 주의를 기울이고 있었으나, 마음속에서는 서로 상반되는 감정이 소용돌이치고 있었다. 데니가 뭐라 말을 걸어와도 그저 무뚝뚝하게 대꾸할 따름이었다. 그리고 램플러우 교수가, 저 정통파의 온화하고 차분한 교수가, 이 난폭한 밤의 모험에 말려든 자신을 보면 어떻게 생각할 것인지 불안해졌다.

그들은 글리더 플레이스의 바로 위에 있는 하수구의 커다란 맨홀에 이르렀다. 홈집이 난 콘크리트에 끼워넣은 녹슨 뚜껑은 몇 년째 움직인 흔적이 없었지만 두 사람은 억지로 들어올렸다. 그리고 앤드루는 회중전등으로 냄새나는 밑바닥까지 비춰보았다. 허물어진 포석 위를 시궁창 물이 미끄럽게 흐르고 있었다.

"깨끗하군 그래, 그렇잖아?"

데니는 냉정한 목소리로 말했다.

"저 구멍난 빈틈을 보라구. 이 세상에서 마지막이 될지도 모르니까 말이야, 맨슨."

그후로는 둘 다 약속이나 한 듯이 서로 입을 열지 않았다. 무슨 까닭인지 앤드루는 아까와는 달리 마음이 변하여 데니 못지않게 굳은 결의를 하고 무턱대고 광폭한 심정이 솟아오르는 것을 의식했다. 수많은 사람이 이 불결하기 짝이 없는 존재 때문에 목숨을 빼앗기는데도 쓸모없는 공무원 나부랭이들은 아무런 대책도 세우지 않고 그저 수수방관하고 있었던 것이다. 이쯤 되고 보면 이미 병상에서의 의사의 태도가 어떻고, 약의 조제가 어떻고 하는 따위의 사소한 일을 따지고 있을 때가 아닌 것이다.

두 사람은 잽싸게 코코아 깡통에 다이너마이트를 채우기 시작했다. 도화선을 알맞은 길이로 절단하여 깡통에 부착했다. 성냥불이 어둠 속에서 불타며, 데니의 창백하고 긴장된 얼굴과 자신의 떨리는 손을 비췄다. 그러자 최초의 도화선이 타기 시작했다. 깡통에 부착된 가장 긴 도화선부터 차례로 하나씩 느리게 흐르는 물 위에 띄워졌다. 앤드루의 눈에는 이미 아무것도 또렷하게 보이지 않았다. 흥분된 탓인지 심장이 두근거리기만 했다. 이것은 의술의 왕도(王道)는 아닐지 모르지만, 이다지도 멋진 감동은 일찍이 경험하지 못했다. 마지막으로 짧은 도화선을 매단 깡통이 내던져졌을 때 허킨스가 쥐를 발견하고 하수구로 기어들어갔다. 쥐를 쫓아가서 붙잡을 때까지 개는 마구 짖어댔고 발밑에서는 언제 폭발할지 모르는 숨막히는 순간이 계속되었다. 이윽고 맨홀 뚜껑이 탕 하고 닫혀지자 두 사람은 30야드 가량 죽어라고 뛰었다.

그들이 간신히 라드너 플레이스의 모퉁이까지 와서 발길을 멈추고 주위를 둘러보는 순간 별안간 천지를 요동하는 굉음이 쾅 하고 났다. 최초의 깡통이 터진 것이다.

"와!"

앤드루는 기쁨에 겨워 헐떡였다.

"드디어 해치웠군, 데니."

그는 상대방에게 왠지 모르게 친근감을 느꼈다. 그의 손을 맞붙잡고 큰 소리로 외치고 싶었다.

그때 억눌린 듯한 폭음이 한층 두드러지게 연달아 터졌다. 둘, 셋, 넷, 다섯, 그리고 최후의 굉장한 폭발은 적어도 이 골짜기를 4분의 1마일쯤 내려간 근처에서 난 것이 틀림없었다.

"됐다!"

하고 데니는 억압된 것 같은 목소리로 자기의 인생에서 겪은 남모를 갖가지

고민을 이 한 마디에 응축한 듯이 말했다.

"이젠 저 썩어빠진 수채도 마지막이야."

그의 말이 끝나자마자 대소동이 벌어졌다. 그 근처의 문이며 창들이 일제히 열리고, 어두운 도로에 환하게 불빛이 흘러나왔다. 어느 집에서나 사람들이 뛰어나왔다. 순식간에 거리는 사람들로 꽉 메워졌다. 처음에는 모두들 이구동성으로 광산이 폭발했다고 외쳐댔다. 그러나 이내 그럴 리가 없다며 폭음은 골짜기 저 아래쪽에서 들려왔다고 정정했다. 온갖 추측이 나오고 근거없는 유언비어가 난무했다. 한 무리의 사나이들이 초롱불을 들고 조사차 나타났다. 소요와 혼란이 밤의 정막을 깼다. 어둠과 소음을 틈타서 데니와 앤드루는 뒷길을 따라 살짝 빠져나갔다. 앤드루의 피는 개가를 올리듯이 뛰었다.

다음날 아침 8시가 되기도 전에 검역관인 그리피스가 살찐 송아지와 같은 얼굴을 하고 당황스런 모습으로 자동차를 타고서 현장에 달려왔다. 평의원인 그린 모건으로부터 호된 책망을 듣고 따뜻한 잠자리에서 호출당한 것이다. 시골 의사가 부를 때는 거들떠보지도 않던 그가 그린 모건의 호통에는 꼼짝도 못했던 것이다. 게다가 사실 그린 모건이 불같이 화를 낸 것도 당연한 일이었다. 골짜기를 따라 반 마일쯤 내려간 곳에 있는 평의원의 신축 별장이 하룻밤 사이에 중세기에나 있을 법한 불결한 도랑물에 둘러싸였기 때문이다. 평의원은 반 시간 가량이나 같은 패거리인 헤머 데이비스와 다운 로버트를 거느리고 와서 검역관에게 모두들 들으라는 듯 큰 소리로 좋지 않은 그의 평판에 대하여 노골적으로 꾸짖었다.

꾸중이 대충 끝나자, 그리피스는 손등으로 이마의 땀을 닦으면서 왁자지껄 떠들어대는 군중 속에 앤드루와 함께 서 있는 데니 쪽을 바라보며 어정어정 다가왔다. 앤드루는 검역관이 다가오는 것을 보고 갑자기 양심의 가책을 느꼈다. 불안한 하룻밤을 보낸 탓인지 어쩐지 기운이 하나도 없었다. 차가운 아침 햇살 속에서 형편없이 망가져 버린 도로를 눈앞에서 보고 있자니 새삼 불안과 당혹스러운 감정에 사로잡혔다. 그러나 그리피스는 두 사람을 의심하고 있는 기색은 전혀 보이지 않았다.

"여보게, 자네."

그는 떨리는 목소리로 데니에게 말을 걸었다.

"일이 이렇게 되어버렸으니 당장 새 하수구를 만들어야 하지 않겠는가?"

데니의 얼굴은 무표정 그대로였다.

"한 달 전부터 내가 말하지 않던가요."

그는 냉랭하게 쏘아붙였다.

"왜, 기억하지 못하시나요?"

"아, 그랬었지, 그래! 그러나 이렇게까지 엉망이 될 줄이야 누가 알았겠나. 어떻게 해서 이런 일이 일어났는지 도무지 알 수가 없군 그래."

데니는 그를 쌀쌀하게 노려보고 있었다.

"공중위생에 대한 지식은 도대체 어디다 두셨습니까, 선생? 하수구의 가스는 인화성이 매우 강하다는 사실 정도는 알아두셔야 하지 않겠어요?"

새로운 하수도 공사는 다음주 월요일부터 시작되었다.

5

그로부터 석 달 뒤인 3월 어느 맑게 개인 날 오후였다. 봄소식이 산에서 불어오는 보드라운 산들바람에 실려, 그 산의 추하게 쌓여올려지고 파헤쳐진 흙더미 위에도 희미하게 푸른 줄무늬가 싹트기 시작하고 있었다. 상쾌한 푸른 하늘 아래에서는 드라이네피도 아름답게만 보였다.

때마침 호출을 받고 리스킨가 3번지로 왕진을 나섰을 때 앤드루는 이날의 유별난 상쾌함에 마음이 들뜨는 것을 느꼈다. 그도 차츰 이 낯설기만 한 마을에 친밀감을 느끼기 시작했다. 원시적이며 소박한 이 마을은 산속에 갇혀서 오락장이라고는 영화관조차 없이 황량한 광산과 쓸쓸한 집들이 이상하게도 묵묵히 억눌린 듯한 사회였다.

게다가 이 고장 주민도 별난 사람들이었다. 그렇지만 앤드루는 자신과는 전혀 다른 인종처럼 여기면서도 그들에 대해 친밀한 정이 솟구치는 것을 느끼지 않을 수 없었다. 상인과 목사와 소수의 지적 직업인들을 제외하고 나면 나머지는 모두 회사와 직접 고용관계에 있는 사람들이었다. 교대시간이 되면 조용했던 마을의 거리가 갑자기 활기를 띠고, 바닥에 징을 박은 신발소리를 요란스럽게 울리며 오가는 사람들의 행렬로 떠들썩해진다. 적철광산(赤鐵鑛山)에서 나오는 사람들은 복장도 신발도 손도, 아니, 얼굴까지도 선홍색 광석의 가루투성이였다. 채석장에서 일하는 노무자들은 솜바지와 무릎까지 올라

오는 각반을 두르고 있었다. 연철공들은 청색 능직 바지를 입고 있었으므로,
가장 두드러지게 눈에 띄었다.

그들은 말수가 적었고, 어쩌다 말하는 것을 들어보면 한결같이 거의 웨일
즈 사투리를 썼다. 말이 없는 그들의 초연한 태도에는 인종의 차이를 느끼게
하는 것이 있었다. 그렇지만 모두 친절한 사람들이었다. 그들의 오락생활은
아주 단순했다. 보통 집안에서 놀거나 교회당에 가거나, 그렇지 않으면 변두
리 언덕에 있는 작은 럭비 경기장을 찾아가 운동하는 것이 고작이었다.

그들의 일반적인 공통된 정열이라고 하면, 우선 음악에 대한 기호이리라.
그것은 유행가와 같은 값싼 것이 아니라 진지한 고전음악이었다. 앤드루가
밤에 주택가를 거닐고 있노라면 아주 가난한 가정에서 베토벤의 소나타며,
쇼팽의 전주곡을 연주하는 아름다운 피아노 소리가 조용한 공기 속에 스며들
어 끝없는 산마루를 따라 아득히 먼 곳까지 퍼져가는 것을 흔히 들을 수 있
었다.

페이지 의사의 진료소에 관해서는 이제 앤드루도 잘 알게 되었다. 에드워
드 페이지가 또다시 직접 환자를 진찰하는 그런 일은 앞으로 없을 것 같았다.
그러나 세상 사람들은 30년 이상이나 자신들을 위해 성의를 다해준 페이지가
'그만두는' 것을 바라지 않았다. 게다가 뻔뻔스런 블로드웬은 노무자들의 의
료비를 직접 지불하는 광산감독인 워킨스를 협박하거나 속여서 계속 페이지
를 회사의 촉탁의사로 앉혀놓음으로써 결과적으로 상당한 수입을 얻고 있는
것이다. 그것은 적어도 진료소 일을 도맡고 있는 앤드루 급료의 여섯 배는 될
것이다.

앤드루도 에드워드 페이지에게는 깊은 동정심을 가지고 있었다. 인자하고
단순한 성격의 에드워드는 포동포동하고 깔끔하지만 나서기를 좋아하는 수다
스런 소녀 블로드웬과 그 초롱초롱한 푸른빛이 감도는 검은 눈의 배후에 무엇
이 숨겨져 있는지도 모르고, 아벨라스투스의 다방에서 알게 되어 결혼하게
되었다는 것이다. 지금은 몸도 부자유스럽고 병석에 누워 있는 형편인지라
입에 발린 소리로 농락하는 그녀에게 말 한번 제대로 못하고 그저 따를 수밖
에 없었다. 그렇다고 블로드웬이 남편을 사랑하지 않는 것은 아니었다. 좀 이
상하게 들리겠지만 아무튼 에드워드를 좋아하고 있었다. 페이지 의사는 그녀
의 '소유물'이었다. 어쩌다 앤드루가 그와 함께 있기라도 하면 그녀는 재빨리
방에 들어와서 겉으로는 웃고 있지만 이상하게도 질투에 가득 찬 독점욕을 노

골적으로 드러내며 큰 소리를 내지르곤 하는 것이었다.

"어머나, 두 분이 무슨 이야기를 하고 계셨나요!"

앤드루 역시 에드워드 페이지가 희생적이고 욕심이 없으며 깨끗한 정신의 소유자임을 잘 알고 있었기에 아무래도 사랑하지 않을 수 없었다. 몸이 부자유스러운데다 하는 일 없이 줄곧 누워만 있었으므로 나서기를 좋아하고 화를 잘 내고 얼굴이 검은 자기 아내가 지금 제멋대로 말하고 소리쳐도 꾹 참고 있으며, 결국 탐욕스럽고 고집쟁이고 뻔뻔한 옹고집의 희생 양이 되고 있는 셈이었다.

페이지는 언제까지나 드라이네피에 머물러 있을 필요는 없었다. 그는 좀더 따뜻하고 쾌적한 고장으로 가고 싶어하고 있었다. 언젠가 한번은 앤드루가 이렇게 물었다.

"뭔가 하고 싶은 일이라도 있으십니까?"

그는 탄식하면서 대답했다.

"난 이곳을 떠나고 싶다네. 요즘 저… 카플리섬에 관한 책을 읽고 있는데, 그 섬을 새 사냥을 금지하는 곳으로 만들려는 운동이 한창 벌어지고 있는 모양이더군."

그렇게 말하고는 베개 위에서 얼굴을 돌려버렸는데, 그 목소리에 담겨 있는 동경의 정은 실로 애절한 것이었다.

페이지는 자신의 직업에 관해서는 일체 말하려고 하지 않았는데, 그래도 언젠가는 피곤에 지친 목소리로 이런 말을 한 적이 있었다.

"난 대단한 지식은 없다고 생각하지만 그래도 내 나름대로 최선을 다했다고 자부하고 있네."

그는 매일 아침 애니가 부지런히 빵부스러기며 베이컨 껍질, 코코아 가루 같은 것을 놓아두는 창가를 몇 시간이고 꼼짝하지 않고 바라보곤 했다. 일요일 오전이 되면 늙은 광부인 이노크 데이비스가 색이 바랜 검은 양복에 셀룰로이드로 된 가슴받이를 댄 딱딱한 모습으로 페이지를 자주 찾아왔다. 두 노인은 말도 하지 않고 물끄러미 새를 바라보며 시간을 보내는 게 하루 일과였다.

어느 날, 앤드루는 흥분하여 계단을 내려오는 이노크와 마주쳤다.

"잠깐, 자네."

늙은 광부는 큰 소리로 외쳤다.

"오늘 아침은 무척 기분이 좋다네. 박새 두 마리가 한 시간 동안이나 창가에 날아와서 놀고 갔으니 말이야."

이노크는 페이지의 유일한 친구였다. 그는 광부 동료들 사이에서도 대단한 세력을 가지고 있었다. 자기 눈에 흙이 들어가기 전에는 페이지를 해고시키게 놔두지는 않겠다고 큰소리치고 있었다. 그는 그런 자신의 성의가 가엾은 에드워드 페이지에게는 도리어 피해가 된다는 사실을 모르고 있었던 것이다.

그밖에 또 한 사람, 서부합동은행(西部合同銀行)의 지점장인 애뉴린 리스가 종종 찾아오곤 했다. 그는 키가 홀쭉하고 무뚝뚝한 대머리로서 앤드루는 처음 만났을 때부터 그를 신용할 수 없는 작자라고 생각했다. 리스는 상당히 존경받고 있는 시민이었는데, 어느때든지 상대방과 시선을 마주치는 적이 없었다. 그는 그 집에 오면 인사치레로 5분 가량 페이지 의사의 방에 있다가 그 다음에는 언제나 한 시간쯤 페이지 부인의 안방에서 밀담을 나누었다. 밀담이라 해도 공명정대한 것이었다. 두 사람의 얘기는 바로 금전에 관한 문제였다. 앤드루의 추측에 의하면 블로드웬은 꽤 많은 돈을 자신의 명의로 주식에 투자하여, 애뉴린 리스의 뛰어난 자문을 받아 시기에 맞춰 빈틈없이 재산을 늘리고 있었던 것이다. 돈이라는 것은 그 당시의 앤드루에게 있어서는 전혀 무의미한 것이었다. 장학금을 반환하는 의무를 꼬박꼬박 이행할 수만 있다면 그것으로 충분했다. 그는 담뱃값으로 몇 실링 정도만 호주머니에 지니면 되었으며, 그밖에는 일하는 것만으로도 만족했다.

현재 그는 이전보다 한층 더 임상 경험이 자신에게 얼마나 중요한 의미를 가지게 되는가를 잘 알고 있었다. 의학 지식은 그가 피곤하거나 울적하거나 혹은 곤란을 겪게 되었을 때 몸을 데워주는 불처럼 따스하고 끊임없이 준비되어 있는 마음속의 의식이었다. 최근에는 정말 전에는 느껴보지 못했던 어려운 사태마저 생겨나 그것이 그의 마음을 격렬하게 뒤흔드는 것이었다. 그는 처음 의사로서의 자기 자신을 고찰하게 되었던 것이다. 어쩌면 이것도 데니의 급진적이며, 파괴적인 인생관의 영향이었는지도 모른다. 데니의 처방은 맨슨이 학교에서 공부한 것과는 상이한, 문자 그대로 모두 정반대였다. 그래서 그는 교과서처럼 '나는 믿지 않는다'라는 구절을 요약해 써서 표구해 머리맡에 매달아 놓고 싶은 심정이었다.

학교에서 틀에 박힌 듯한 교육을 받아왔던 맨슨은 특제의 완고한 의학서만을 의지하여 자신의 장래를 구상해 왔었다. 물리, 화학, 생물학 등을 가능한 한 깊이 파고들었다. 심지어는 지렁이까지 해부해 연구했다. 그리고 종래의 학설을 뜻이나 내용을 소화할 겨를도 없이 덮어놓고 무조건 받아들였다. 온갖 종류의 질병과 그 징후를 일람표로 만들어 그 치료법을 머릿속에 암기했다. 이를테면 통풍(痛風)이 그것이다. 이것은 콜히쿰(백합과의 식물)으로 치료할 수 있다고 되어 있었다. 그는 램플러우 교수가 교실의 학생들에게 온화한 음성으로 만족스럽게 강의하던 모습이 지금도 눈에 선했다.

"뷔눔 콜히치(콜히쿰이 든 약용주)는 20 내지 30방울 정도의 적은 양으로도 통풍 치료에 특효가 있다. 알겠나, 제군들!"

그러나 과연 그럴까? 지금은 그것이 의심스러웠다. 한 달 전쯤 그는 이 콜히쿰을 통증이 심한 중증의 어느 가난한 통풍환자에게 한계량까지 사용해 보았다. 하지만 그 결과는 비참하게 실패로 끝났다.

그렇다면 처방전에 나와 있는 다른 치료법의 반수 내지 4분의 3은 어떤가? 그렇게 생각하니 이번엔 약물학 강사인 엘리어트 박사의 음성이 들려왔다.

"그럼 제군들! 다음에는 엘레미에 관해 설명하겠다. 이것은 고형의 수지 삼출물(樹脂滲出物)로서 그 식물의 계통에 대해서는 여러 가지 설이 있지만 필시 카나리움 콤뮤네(아시아·아프리카산의 교목으로서 약용으로 사용됨)라고 추정된다. 주로 마닐라에서 수입되는데 5대 1의 비율로 연고로 사용하면 절상이나 농흡출(膿吸出)에 두드러진 효능을 볼 수 있을 뿐만 아니라 살균의 효력까지 있다."

넌센스이다. 순전히 넌센스이다. 이제 와선 그도 그것을 명확히 알았던 것이다. 엘리어트는 한 번이라도 엘레미 연고를 실제로 사용해 본 일이 있을까? 그가 사용해 보았을 리가 만무하다. 그러나 그는 그렇게 굳게 믿고 있다. 그 해박한 지식은 모두 책 속에 담겨 있는 것이며, 필시 중세기쯤으로 거슬러올라가 책에서 책으로 차례로 전해내려온 것임에 틀림없으리라. 지금은 사어(死語)가 되어버린 '농흡출'이란 낱말이 이미 그러한 견해를 충분히 입증해 주는 것이다.

데니를 처음 만났던 날 밤, 그는 앤드루가 고지식하게 약을 제조하고 있는 것을 보고 야유한 적이 있었다. 데니는 약을 조제하는 사람과 그것을 무턱대고 먹는 사람을 언제나 냉소했다. 데니는 조금이라도 쓸모가 있는 약이란 것은 고작 반 정도나 있을까 말까 할 뿐 나머지는 모두 거름에 지나지 않는다고 늘 입버릇처럼 비웃었다. 한밤중에 곰곰이 데니의 말을 되새겨 본 앤드루는 분명하지는 않지만 그 속에 뭔가 절실한 뜻이 담겨져 있다는 느낌이 들었던 것이다.

여기까지 회상하는 동안에 어느덧 그는 리스킨 거리까지 왔다. 그는 3번지 주택으로 들어갔다. 환자는 조이 하우엘즈라고 하는 아홉 살 난 사내아이로서, 가벼운 유행성 홍역에 걸려 있었다. 환자의 증세는 그리 대단치 않았지만, 워낙 집이 가난했기 때문에 조이의 엄마로서는 여간 걱정스러운 일이 아닐 수 없었다. 아버지인 하우엘즈는 채석장의 날품팔이꾼이었는데, 늑막염으로 석 달이나 병석에 누운 채 결근수당도 제대로 못 받고 있는 형편이었다.

허약한 체질인 하우엘즈 부인은 베테스다 교회당 청소 뿐만 아니라, 간호해야 될 환자가 한 사람 더 생긴 셈이 되었던 것이다.

진찰이 끝나자 앤드루는 입구 쪽으로 나와 그녀에게 유감의 뜻을 표하며 말을 꺼냈다.

"이것 참 큰일이군요. 안됐지만 아이드리스는 학교에 보내지 않는 게 좋겠군요."

아이드리스는 조이의 동생이다.

하우엘즈 부인이 별안간 머리를 들었다. 두 손은 빨갛게 번들거리고 손가락은 고된 노동으로 마디마디가 굵어져 있었다. 만사를 체념해 버린 듯한 인상을 풍기는 자그마한 여자였다.

"하지만 바아로 선생께선 학교에 보내도 좋다고 말씀하시던데요."

동정은 어디까지나 동정이고, 앤드루는 약간 불쾌한 기분을 느꼈다.

"예? 누구죠, 바아로 선생이란 분은?"

그는 되물었다.

"은행 거리에 있는 국민학교 여선생이에요."

아무런 의욕도 없는 하우엘즈 부인이 말했다.

"오늘 아침에도 잠깐 문병을 와주셨어요. 내 처지가 딱한 것을 보시고 아이드리스를 학교에 보내도 괜찮다고 말씀하셨어요. 그애까지 돌봐주어야 한다면 어떻게 해야 될지 모르겠어요."

앤드루는 은근히 화가 치밀어올라 주제넘은 여교사의 말 따위는 듣지 말고 자기의 지시를 따르라고 말해주고 싶었다. 그러나 하우엘즈 부인에게 잘못이 없다는 건 그도 잘 알고 있었다. 그래서 당장 그 자리에서는 아무런 말도 하지 않았지만 그곳을 떠나 리스킨 거리에 이르자 웬일인지 화가 나서 얼굴을 찌푸렸다. 그는 간섭을 받는 일, 특히 자신의 일에 관해 간섭받는 것은 정말 딱 질색이었다. 무엇보다도 주제넘은 짓을 하는 여자를 몹시 싫어했다. 생각하면 생각할수록 더욱더 부아가 치밀어올랐다. 형인 조이가 홍역에 걸려 있는데도 동생 아이드리스를 학교에 보낸다는 것은 분명히 규칙위반이었다. 그는 당장 결심을 했다. 그는 주제넘은 바아로 부인을 찾아가서 한바탕 혼을 내주어야겠다고 다짐했다.

그로부터 5분쯤 지나서, 그는 은행 거리의 언덕을 올라 학교 문안으로 들어섰다. 정문의 수위에게 물어 1학년 교실 앞까지 갔다. 그는 노크를 한 다음 안으로 들어갔다.

별채로 되어 있는 큼직한 교실이었는데, 환기시설이 잘 되어 있었고, 한쪽 구석에는 난롯불이 보기 좋게 타고 있었다. 어린이는 모두 일곱 살 이하의 꼬마들뿐이었다. 그가 들어섰을 때는 마침 오후 휴식시간이었는데 아이들은 모두 우유를 한 잔씩 마시고 있었다. 그것은 광산노동조합의 지방분회(地方分會)에서 보조를 받고 있는 급식이었다.

그의 시선은 곧장 여교사 위에 멎었다. 그녀는 등을 돌리고 흑판에다 열심히 숫자를 쓰고 있었기 때문에 그가 들어온 것을 곧바로 알아채지 못하고 있었다. 그러다가 갑자기 그녀가 뒤돌아보았다.

이때 그가 본 그녀는, 화가 난 상태에서 제멋대로 상상했던 그런 주제넘은 여자하고는 전혀 달랐다. 때문에 한순간 그는 멈칫했다. 어쩌면 그녀의 다갈색 눈동자 속에 놀란 듯한 표정이 나타났기에 더욱 당황했는지도 모른다.

그는 얼굴을 붉히면서 말을 꺼냈다.

"바아로 선생님이십니까?"

"네."

그녀는 날씬한 몸매에 고동색 트위드 스커트, 털실로 짠 긴 양말과 튼튼해 보이는 작은 구두를 신고 있었다. 나와 같은 나이일까, 아니, 더 젊은, 대충 스물둘쯤 되었을 거라고 그는 짐작했다. 그녀는 이상한 얼굴을 하고 그를 쳐다보고 있었는데 어린애들과 산수 공부를 하는 데 싫증이 났는지, 이 맑게 개인 날에 기분전환을 하게 되어 기쁘다는 듯 방긋 웃는 것이었다.

"이번에 새로 오신 페이지 선생의 대진이신가요?"

"그런 건 아무래도 좋습니다."

그는 굳은 표정으로 대답했다.

"분명히 나는 말씀대로 맨슨입니다만, 여기에 보균의 위험성이 있는 어린이가 있을 겁니다……. 아이드리스 하우엘즈라는 아이 말입니다. 알고 계시겠죠, 그애의 형이 홍역에 걸렸다는 사실을."

그는 잠시 입을 다물었다. 그녀의 눈은 아까와 마찬가지로 의아스럽다는 표정을 짓고 있었는데, 아무리 봐도 지나칠 정도로 상냥하기만 했다. 그녀는 흩어진 머리칼을 쓸어올리면서 대답했다.

"네, 알고 있어요."

그가 찾아온 뜻을 조금도 진지하게 의식하지 않는 것 같아 그는 다시 부아가 치밀어올랐다.

"당신은 모르신단 말이죠, 그애를 여기 놔둔다는 게 규칙위반이란 것을?"

그의 노기에 질려 그녀는 불현듯 얼굴을 붉히고 이제까지의 상냥하던 태도는 언제 그랬느냐는 듯 말끔히 사라져 버렸다. 그는 그녀의 피부가 맑고 성싱하다는 것, 그리고 오른쪽 볼 위에 눈 빛깔과 비슷한 고동색의 작은 사마귀가 박혀 있다는 사실을 알아차렸다. 새하얀 블라우스를 입은 그녀의 모습은 청초하고 귀여울 뿐만 아니라 이상할 정도로 앳되어 보였다. 그녀는 약간 숨을 헐떡거리며, 그러나 차분한 어조로 입을 열었다.

"하우엘즈 어머니는 더 이상 힘이 없답니다. 이곳 아이들은 대부분 홍역에 걸려 있어요. 걸리지 않은 아이들도 이제 조만간 걸릴 거예요. 만약 아이드리스를 자기 집에 놔둔다면 우유를 먹일 수 없게 돼요. 우유 덕택에 꽤 건강해졌어요."

"우유 따윈 문제가 되지 않아요."

그는 호되게 반격했다.

"그애는 반드시 격리해 둘 필요가 있어요."

그녀는 아무리 말해도 듣지 않았다.

"나도 그애를 격리해 두고 있어요. 내 나름대로 말예요. 어디 거짓말인가 당신 눈으로 직접 확인해 보세요."

그는 그녀의 시선을 따라갔다. 다섯 살 난 아이드리스는 난로 곁에 있는 작은 책상 앞에 혼자 앉아 있었는데, 그것이 무척 기쁜 모양이었다. 그리고 연푸른 눈동자를 우유병 너머로 자못 흡족하다는 듯 깜박거리며 이리저리 굴리고 있었다.

앤드루는 신경이 곤두섰다. 그리고는 조롱하는 듯한 미소를 지었다.

"저것이 격리시킨 건가요. 당장 저 아이를 집으로 돌려보내십시오."

"그럼 나를 고발하세요. 아니, 나를 체포하세요. 그렇게 되면 선생께선 훈장감이 되실 테니까요."

입장이 완전히 거꾸로 뒤바뀐 것을 느끼면서 그는 광폭한 심정이 되었으나 꾹 참고 대답하지 않았다. 그는 열세를 만회하기 위해 마음을 가다듬고 그녀의 콧대를 꺾어주려고 고양이가 쥐를 노려보듯 쏘아보았다. 그대로 두 사람은 잠시 동안 얼굴을 마주보고 있었다. 그 거리가 너무 가까웠기 때문에 그는 그녀 목덜미의 조용한 맥박이며, 반쯤 벌어진 입술 사이에서 아름다운 치아가 반짝거리는 것까지 보고 말았다. 그녀가 먼저 말했다.

"이젠 용무가 끝나셨나요?"

그녀는 갑자기 몸을 홱 돌려 어린이들 쪽으로 향했다.

"자, 모두 일어서서 인사를 드립시다. '안녕, 맨슨 선생님. 와주셔서 감사합니다. 부디 안녕히 돌아가세요.'라고 큰 소리로 말해야 돼요."

그러자 어린이들은 일제히 의자에서 일어서서 그녀가 명령한 대로 합창을 했다. 그는 귀까지 빨갛게 물든 채 그녀의 배웅을 받으면서 문 쪽으로 갔다. 시종 열세에 몰려 속이 상해 견딜 수 없는 판국에 그녀의 태연스럽게 자제하고 있는 모습을 보니 더욱더 짜증이 났다. 그녀의 기를 꺾을 만한 무슨 신랄한 말은 없을까, 하고 그는 초조해졌다. 그러나 미처 좋은 생각이 떠오르기도 전에 그의 코앞에서 문은 소리없이 닫혀지는 것이었다.

6

그날 밤, 맨슨은 부아가 나서 검역관에게 신랄한 편지를 세 통이나 썼다가 이내 찢어버렸다. 그리고 결국 오늘 있었던 일은 잊어버리기로 마음을 고쳐 먹고 진정을 되찾기로 했다. 그는 오늘 은행 거리 근처에서 일시적이나마 유머감각을 잃고 비열한 감정을 드러내고만 자신에 대해 견딜 수 없는 느낌이 있었다. 완고한 스코틀랜드인 특유의 긍지와 격렬하게 싸운 결과, 결국 자기가 잘못했다는 것을 인정해야 했다. 그리고 그녀를 고발하겠노라고 말했으니, 그것도 다른 사람이 아닌 저 그리피스 녀석에게 고발한다니 당치도 않은 짓이 아닌가. 게다가 저 크리스틴 바이로의 모습을 자신의 마음에서 몰아낸다는 것은 결코 쉬운 일이 아니었다.

그렇게 젊은 여교사가 이다지도 집요하게 자신의 마음을 사로잡고, 또 그녀가 자기를 어떻게 생각하고 있을까 하고 걱정한다는 사실이 어리석게 생각되었다. 그것은 다만 자신의 긍지를 손상시킨 우연한 사건에 지나지 않는다고 그는 자기 자신을 타이르고 있었다. 그는 자신이 여성을 만나면 수줍어 하고, 또 우직한 사나이라는 것을 잘 알고 있었다. 하지만 아무리 변명을 늘어놓는다 해도 자신이 안절부절 못하고 약간 초조한 감정을 느끼고 있다는 사실은 아무래도 부정할 수 없었다. 정신을 잃고 있는 순간, 이를테면 잠이 들려고 하는 순간에는 그 교실의 정경이 눈에 선하게 떠오르곤 했는데, 그럴 때마다 어둠 속에서 눈썹을 한껏 찌푸리고 있는 자신을 발견하는 것이었다. 사실 지금도 백묵을 꽉 움켜쥐고 다갈색 눈동자에 이글거리던 노여움을 가득 담고 있던 그녀의 모습이 눈앞에서 아른거렸다. 그녀의 블라우스 앞자락에 진주와 비슷한 작은 단추가 3개 달려 있었던 것까지 생각났다. 날씬하고 민첩하며 균형이 잡힌 그 몸매는 그녀가 소녀시절에 힘겨운 달리기며, 줄넘기로 몸을 단련시켰다는 사실을 말해주고 있었다. 그녀가 미인인가 아닌가는 문제가 아니었다. 마음의 스크린에 그녀가 세련된 모습으로 생생하게 서 있는 것만으로도 충분했다. 그리고 자기도 모르게 가슴속에서 이제까지 겪어보지 못했던 일종의 달콤한 압박감이 느껴지는 걸 어쩔 수 없었다.

그로부터 2주일 뒤, 그가 교회당 거리를 넋을 잃고 거닐고 있었는데 역 앞으로 돌아가는 모퉁이에서 브람엘 부인과 우연히 마주쳤다. 모른 체하고 지나쳐 버리려고 했는데 상대방이 재빨리 알아보고는 눈부시도록 환한 미소를 지으면서 그를 불러세웠다.

"어머나, 맨슨 선생님 아니세요! 그러잖아도 아까부터 선생님을 만나고 싶었는데 잘됐군요. 우리 집에서 오늘 밤 조촐한 모임을 가지려고 하는데 선생님도 꼭 와주셔야 해요."

글라디스 브람엘은 서른다섯 살이었다. 엷은 다갈색 머리칼에 화사한 드레스를 즐겨 입고, 갓난아이 같은 파랗고 맑은 눈을 가진, 소녀처럼 앳된 몸짓을 곧잘 하는 여성이었다. 그녀는 낭만적인 어조로 자기는 한 남성에게 무조건 헌신하는 지조 있는 여성이라고 입버릇처럼 말하곤 했다. 하지만 드라이네피의 수다쟁이들은 그렇게 말하고 있지 않았다. 브람엘 의사는 이 여인에게 완전히 빠져 있었다. 그의 부인과 토니글랜에 사는 흑인 의사 갸벨과의 관계를 단순한 바람기라고 여기고 있는 것도 그의 맹목적인 애정 탓이라는 소문이 자자했다.

앤드루는 상대방을 물끄러미 바라보면서 초대를 적당히 거절할 구실을 찾고 있었다.

"아무래도 오늘 저녁엔 바쁜 일이 있어서……."

"무슨 말씀이세요. 그럼 안 돼요. 내가 난처해진다구요. 모두 훌륭한 분들만 초대했어요. 광산회사의 워킨스 내외, 그리고……."

그녀는 잠깐 억지로 꾸민 웃음을 보이고 나서 말을 이었다.

"토니글랜의 갸벨 선생……. 어머, 깜박 잊을 뻔했군요. 그리고 국민학교 선생님인 크리스틴 바아로양."

맨슨의 몸에 한 가닥 전율이 스쳐지나갔다. 그는 갑자기 어색한 웃음을 지었다.

"그래요. 물론 찾아뵙겠습니다, 부인. 이렇게 초대해 주셔서 고맙습니다."

그는 그녀와 헤어지기 전까지 잠시 억지로 말벗이 되어주었다. 그런데 그는 무슨 말을 주고받았는지 전혀 기억이 안 났다. 알고 있는 것은 단지 오늘 저녁에 크리스틴을 만날 수 있다는 것뿐이었다.

브람엘 댁의 '파티'는 9시에 시작되었는데, 그것은 진료가 늦게 끝나는 의사들의 형편을 고려해서 일부러 그렇게 늦게 시간을 잡았던 것이다. 실제로 앤드루가 마지막 진찰을 마친 시각은 9시 15분이었다. 그래서 그는 서둘러 진료실 세면대에서 얼굴과 손을 씻고 살이 빠진 빗으로 머리를 빗고는 브람엘의 '한거정'으로 뛰어갔다. 그 집은 전원적인 이름과는 딴판으로 한적하기는커녕 도리어 복잡한 거리의 한복판에 있는 작은 벽돌집이었다. 보나마나 그가 제일 마지막에 도착한 사람이었다. 브람엘 부인은 명랑한 목소리로 그를 가볍게 나무라는 시늉을 하고는 다섯 명의 손님과 남편을 식당으로 안내했다.

그을린 떡갈나무 식탁에는 종이냅킨 위에 냉동육 요리가 올려져 있었다. 브람엘 부인은 호스티스 역할을 맡은 것을 큰 자랑으로 생각하고 있었다. 그것은 드라이네피 마을에서는 일류급 사교가라는 사실을 말해주는 것으로서, 그 역할을 '멋지게 해내는' 것이 평판을 높이는 것이 되며, 좌석을 '멋지게 진행하는' 것은 재치있는 이야기와 커다란 웃음을 연발시키는 일이라고 그녀는 믿고 있었기 때문이다. 그녀는 또한 평소에도 브람엘 의사와 결혼하기 전의 생활이 무척 호화스런 것이었다는 사실을 넌지시 풍기고 있었다. 오늘 저녁에도 모두 자리에 앉자 그녀는 만면에 미소를 띠고 첫마디를 꺼냈다.

"그럼 여러분, 아무쪼록 좋아하시는 음식을 많이 들어주세요."

그러나 식탁 위에는 좋아하는 음식을 고르거나 많이 먹을 것도 없이 냉동육뿐이었다.

급히 달려오느라 숨이 찬 앤드루는 처음엔 안절부절 못하고 있었다. 그는 10분 가량은 크리스틴 쪽으로 눈을 돌릴 겨를도 없었다. 그녀는 식탁의 맨 끝에 앉아 있었다. 그는 그녀가 줄무늬 바지에 진주알이 박힌 타이핀을 꽂고 얼굴이 검은 멋쟁이 신사인 갸벨 의사와, 아까부터 허물없이 그녀를 놀려대고 있는 이마가 약간 비뚤어지고 나이가 꽤 들어 보이는 광산감독 워킨스 사이에 끼여 있는 것을 가슴 아프게 생각하면서 시선을 내리깔고 있었다. 그러는 동안에 워킨스가 웃으면서 이렇게 지껄였다.

"아가씨는 언제나 변함없이 내가 좋아하는 요크셔의 소녀랍니다, 크리스틴 아가씨."

그는 불같은 질투심이 치솟아올라 그만 고개를 쳐들고 그녀 쪽을 쳐다보았다. 그는 깃과 소맷부리에 하얀 천을 댄 연한 잿빛 드레스를 입은 그녀가 무척 친밀하게 대하고 있는 것을 보고 자신의 미칠 듯한 표정을 알아채지나 않을까 하여 허둥지둥 다시 시선을 돌려버렸다.

그는 멋쩍은 감정을 감추기라도 하듯 자신이 무슨 소리를 하는지도 모르고 옆자리에 앉아 있는 워킨스 부인에게 무작정 말을 걸었다. 몸집이 작은 그 부인은 뜨개질감을 가지고 와 있었다.

이렇게 그는 식사가 끝날 때까지 자신이 말하고 싶은 상대는 따로 있는데도 엉뚱한 사람과 이야기해야 되는 괴로움을 꾹 참았다. 식탁의 상석에서 주인역을 맡고 있는 브람엘 의사가 깨끗이 빈 접시를 흐뭇하다는 듯이 바라보면서 나폴레옹도 무색할 만큼 가슴을 쭉 내밀었는데, 그제야 그도 이제 살았구나 하는 심정으로 휴우 하고 한숨을 내쉬었다.

"그럼 여보, 식사도 다 마쳤는데 손님들을 객실로 모시면 어떨까요?"

객실로 자리를 옮겨 손님들이 제각기 세 세트로 된 소파에 앉자 파티의 순서에 따라 이번엔 음악을 시작하기로 했다. 브람엘은 빙그레 웃으면서 다정한 눈길로 아내를 바라보더니 피아노가 놓여 있는 곳까지 그녀를 데리고 갔다.

"처음엔 뭘 할까? 오늘 저녁엔……, 당신 생각은 어떻소?"

콧노래를 부르면서 그는 탁자 위에서 악보를 고르고 있었다.

"사원의 종소리."

갸벨이 요청했다.

"그 곡은 언제 들어도 싫증이 나지 않더군요, 부인."

브람엘 부인은 회전의자에 앉아 피아노를 치면서 노래를 불렀다. 남편은 아내 곁에 바짝 다가서서 한쪽 손을 등뒤로 돌려 포즈를 취하고, 다른 손은 마치 코담배라도 맡는 것처럼 자꾸 입언저리에 대고 침을 연신 발라가면서 열심히 악보를 넘겨주었다. 글라디스는 아주 성량이 풍부한 알토로 턱을 약간 치켜올리듯 하면서 가슴속 깊은 곳에서 울려나오는 묵직한 소리를 냈다. '사랑의 노래'가 끝나자 그녀는 '나그네 길'과 '처녀의 순정'을 연달아 계속 들려주었다.

박수가 터져나왔다. 브람엘은 자못 황홀하다는 듯 낮은 목소리로 혼잣말처럼 중얼거렸다.

"음, 오늘 밤엔 아내의 음성이 유난히 맑고 좋군 그래."

이어서 갸벨 의사가 모두의 권유를 받고 일어섰다. 이 올리브색 피부의 멋쟁이 사나이는 진짜 금인지는 확인한 바 없지만 금반지를 만지작거리거나, 기름통에 빠졌다 나온 것처럼 포마드를 번질번질 발라 빗어넘겼는데도 아직 자리가 잡히지 않은 머리칼을 쓰다듬기도 하면서 어색한 몸짓으로 브람엘 부인에게 절을 했다. 그리고 그럴 듯하게 양손을 배꼽언저리에 모아쥐고 의미심장한 음성으로 '아름다운 세빌랴의 사랑'을 불렀다. 이어서 앙코르송으로 '투우사'를 한 가락 뽑았다.

"갸벨 씨는 스페인 노래만큼은 정말 일품이시군요."

선량하기만 한 워킨스 부인이 비평했다.

"나에게 스페인 사람의 피가 섞여 있는 게 아닐까요."

갸벨은 제자리로 돌아오면서 겸손하게 웃어 보였다.

앤드루는 순간 워킨스의 눈에 장난기어린 빛이 번뜩이는 것을 알아차렸다. 이 늙은 광산감독은 웨일즈 토박이로서 음악에도 조예가 깊었다. 겨울에도 부하 직원들을 후원하여 세상에 별로 알려지지 않는 베르디의 오페라 일막을 연출한 적이 있을 정도였지만, 지금은 파이프를 입에 문 채 음악이라곤 전혀 모른다는 듯 꾸벅꾸벅 졸고 있었다. 앤드루는 이 워킨스가 자기가 태어난 고향과 아무런 관련도 없는 이 친구들이 감상적인 시시한 노래를 부르며 자기들의 교양이 어느 정도인가를 자랑하고 있는 것을 바라보면서 비웃을 거라고 생각했다. 크리스틴은 웃으면서 피아노 연주를 사양하고 있었다. 그러자 워킨스는 입술을 약간 삐죽거리며 그녀 쪽을 돌아보았다.

"아가씨도 나와 마찬가지군요. 피아노 연주를 듣기는 좋아해도 치지는 못하니까 말이오."

이어서 오늘 밤에 가장 기대되고 있는 순서가 시작되었다. 브람엘 의사는 무대의 중앙에 탁 버티고 섰다. 그는 두세 번 기침을 연달아 하고는 한쪽 발을 앞으로 내밀고 머리를 치켜든 채, 마치 광대와 같은 몸짓으로 한쪽 손을 상의 속에 쑥 집어넣었다. 그리고 이윽고 '변사(辯士)' 연기가 시작되었다.

"신사 숙녀 여러분! 지금부터 '전락(轉落)한 명여배우'의 독백 뮤지컬을 상연하겠습니다."

글라디스가 가락에 맞춰 피아노 반주를 시작하자 브람엘이 연기를 했다.

낭송은, 현재 궁핍의 밑바닥에서 신음하는 과거의 유명한 한 여배우의 파란만장한 생애를 다룬 것인데, 그 끈적끈적하고 감상적인 대사를 브람엘은 비통한 감정을 담아 열심히 연기했다. 연극이 절정에 이르면 글라디스는 저음부를 힘껏 두들겨댔고, 달콤하고 감상적인 장면이 되면 최고음부를 마구 두들겨댔다. 그리고 마침내 클라이맥스에 이르자 브람엘은 조용조용 자세를 바로잡아 음성이 끊어질 듯 마지막 대사를 울부짖었다.

"이리하여 마침내 그녀는……."

잠깐 사이를 두었다가 계속 말했다.

"굶주려 어느 한적한 길바닥에 쓰러졌던 것입니다……."

그리고는 한참 동안 길게 뜸을 들였다.

"그녀는 전락한 명여배우였던 것입니다!"

몸집이 작은 워킨스 부인은 뜨개질감을 마룻바닥에 떨어뜨리고 젖은 눈을 그에게로 돌렸다.

"아, 가엾어라. 가엾어라! 정말 눈물 없이는 듣지 못하겠군요. 어쩌면 브람엘 선생은 이렇게도 사람을 잘 울리시나요. 참 멋지게 연기를 해내셨어요."

포도주 잔이 돌려지자 분위기가 싹 바뀌었다. 그러나 그때는 이미 11시가 지나 있었고, 더우기 브람엘의 열연 이후에는 무엇을 하든 도저히 흥이 나지 않을 것이 뻔했기 때문에, 말이 없는 가운데 오늘 파티는 그만 끝내기로 결정이 내려진 셈이 되었다. 모두들 큰 소리로 웃거나 감사하다는 인사를 하면서 우르르 현관 홀로 몰려갔다. 앤드루는 외투를 걸치면서 크리스틴과는 한 마디 대화도 나누지 못한 것을 비참한 심정으로 되새기고 있었다.

바깥으로 나가서 앤드루는 문 밖에 서 있었다. 아무래도 그녀에게 말하지 않고는 견딜 수 없는 심정이었다. 그는 아까부터 오늘 밤이야말로 반드시 두 사람 사이의 꺼림칙한 감정을 담백하게, 그리고 즐겁게 해소해 버리려고 다짐하고 있었다. 그런데 헛되이 그냥 시간이 지나가 버린 걸 생각하니 뭔가 납덩이처럼 무거운 것이 짓누르고 있는 것만 같았다. 그녀가 같은 방에서 바로 자기 옆에 앉아 있었는데도 그는 그녀를 똑바로 쳐다보지도 못하고 바보처럼 자기 구두에만 연신 시선을 떨구고 있었던 것이다. 아, 나는 왜 이렇게도 못났을까? 나는 전락한 여배우보다 더 형편없는 사람이 아닌가! 곧장 집으로 돌아가서 잠이라도 자는 게 좋을 성싶었다. 그러나 과연 잠이 올까? 그는 거의 자포자기 상태가 되었다.

그러나 앤드루는 집으로 돌아가지 않았다. 그 자리에서 기다리고 있었는데, 그녀가 현관 계단을 내려와 혼자서 자기가 있는 쪽으로 한 걸음 한 걸음 다가오는 것을 보자 갑자기 가슴이 두근거리기 시작했다. 그는 용기를 다하여 입을 열었다. 그리고 더듬더듬 말했다.

"바, 바아로양, 대, 댁까지 바래다드려도 괜찮겠습니까?"

"저는……."

그녀는 잠깐 입을 다물었다.

"방금 워킨스 내외분과 함께 가기로 약속하고 여기서 기다리기로 했어요."

앤드루는 실망했다. 몽둥이로 한 대 얻어맞은 들개처럼 이대로 도망쳐 버리고 싶었다. 그러나 뭔가 자기를 거기에다 붙잡아 놓는 것이 있었다. 그의 안색은 창백했으나 턱언저리에는 강한 선이 뚜렷이 나타나 있었다. 그러자 갑자기 자기도 모르게 말이 술술 새어나왔다.

"나는 다만 하우엘즈 건으로 사과하고 싶었을 뿐입니다. 당국에다 고발하느니 뭐니 하고 잘난 척했던 나의 경솔했던 태도가 지금 와서 생각해 보니 한없이 후회되는군요. 난 한 대 얻어맞아도 당연합니다. 꽝 하고 말입니다. 그 애에 대해 선생님이 취한 조치는 훌륭했습니다. 난 감탄하고 있습니다. 요컨대 법률이란 것은 문자 그 자체보다는 정신을 고취해야 될 문제이니까요. 아무튼 이런 일을 가지고 마음을 어지럽게 해드려서 죄송합니다. 나는 한 마디 사과 말씀을 드리지 않고는 마음이 편해지지 않을 것 같아서 선생님을 한번 만나뵙고 싶었던 것입니다. 그럼 안녕히 돌아가세요."

그는 그녀의 얼굴을 정면으로 쳐다볼 수가 없었다. 그리고 그 대답도 기다리지 않고 곧장 발길을 돌려 그대로 떠나버렸다. 며칠 만에 처음으로 그는 행복감을 느꼈다.

7

진료소의 반년치 사례로 치료비가 회사 회계과로부터 전달됨으로써 페이지 부인에게 진지하게 반성할 기회를 주게 되었고, 동시에 그녀는 은행 지점장인 애뉴린 리스와 또다시 상담할 구실이 생기게 되었다. 지난 1년 반 이래로 비로소 숫자가 상향선을 나타냈다. '페이지 의사의 환자명부'에는 맨슨이 오기 전보다 70명 이상이나 환자가 늘어났던 것이다.

그러나 블로드웬은 수입의 증가를 기뻐하면서도 한편으론 몹시 불안한 기분에 잠겨 있었다. 식사 때 앤드루는 그녀가 뭔가 탐색하는 듯한 의아스런 눈길을 무심코 자기 쪽으로 돌리고 있는 것을 깨달을 때가 종종 있었다. 브람엘 댁에서 파티가 있었던 다음날인 수요일, 블로드웬은 몹시 들뜬 채 바쁜 듯 점심식사를 하러 들어와 앉았다.

"그것 보라구요. 내가 짐작했던 그대로 됐어요."

그녀는 말을 꺼냈다.

"당신이 오신 지 이럭저럭 넉 달이 되었군요. 그 동안 성적은 그다지 나쁜 편이 아니니까 이 정도라면 나로서도 별로 불만은 없어요. 하지만 남편이 직접 하실 때보다는 못해요. 며칠 전 워킨스 씨가 말씀하시던데, 모두들 페이지 선생이 완쾌하시길 기다리고 있다나 봐요. 페이지 선생은 무척 뛰어난 분이라서 그분을 대신할 만한 사람은 좀처럼 찾아내기 힘들 거라고 워킨스 씨가 말씀하시더군요."

그녀는 남편의 탁월한 수완이며 능력을 하나하나 자세히 열성적으로 설명했다.

"직접 보지 못한 사람에겐 도저히 이해할 수 없는 노릇이겠지만……"

그녀는 눈을 크게 뜨고 말했다.

"그분이 못하시는 일이라곤 하나도 없고, 또 하시지 않는 일도 없어요. 수술하시는 솜씨를 꼭 한 번만이라도 당신에게 보여주고 싶군요. 언젠가는 어떤 사람의 뇌를 꺼냈다가 다시 그 자리에 정확히 넣어줬을 정도였으니까요. 정말이에요. 거짓말로 생각된다면 내 눈을 보세요. 남편이 뇌를 들어냈다가 다시 제자리에 집어넣었다니까요."

그녀는 다시 의자에 기대어 자기가 방금 한 말의 효과를 확인하려는 듯 그의 얼굴을 뚫어져라 들여다보았다. 그리고 자신만만하게 미소를 지었다.

"남편이 옛날처럼 다시 일할 수 있게 되면 드라이네피의 모든 사람들이 무척 기뻐할 거예요. 이제 그렇게 될 날도 멀지 않았어요. 여름이 되면 완쾌하실 거라고 워킨스 씨가 나에게 말했어요. 아, 여름, 여름이 되면 남편도 다시 일하실 수 있게 돼요."

그 주가 끝날 무렵, 앤드루가 오후 왕진에서 돌아왔을 때 말쑥하게 옷을 갈아입은 에드워드가 담요를 덮고 떨리는 머리에 모자를 멋지게 눌러쓰고 현관 앞뜰 가까이에 있는 의자에 웅크리고 앉아 있는 걸 보았다. 앤드루는 소스라치게 놀랐다. 살을 에이는 듯한 바람이 불어대고 있었고, 비장한 그의 모습을 비추는 4월의 햇살은 희미하고도 썰렁하기만 했다.

"보세요, 어때요?"

페이지 부인이 자랑스러운 얼굴로 앞뜰에서 앤드루 쪽을 향해 뛰어오면서 외쳤다.

"이제 아셨죠. 주인양반이 일어나셨다구요! 나는 방금 워킨스 씨에게 주인양반이 좋아지셨다고 전화했어요. 이제 머지않아 일할 수 있게 되었다구요. 그렇잖아요, 앤드루 선생?"

앤드루는 피가 이마까지 솟구치는 걸 느꼈다.

"누구 짓입니까, 선생님을 이런 곳으로 데리고 나온 사람이?"

"나예요."

블로드웬은 싸움이라도 걸듯 툭 쏘아붙였다.

"무슨 상관이에요? 내 남편인데요. 게다가 이젠 다 나으셨단 말이에요."

"아직 일어나실 수 있는 상태가 아니라구요. 그 정도는 부인도 충분히 알고 계실 텐데요."

앤드루는 가라앉은 어조로 내뱉듯이 말했다.

"내가 시키는 대로 해주세요. 당장 침대로 옮겨야 합니다."

"음, 음……."

에드워드는 힘없이 말했다.

"나를 침실로 데리고 가줘. 난 춥단 말이야. 좋아지지 않았어. 어쩐지……, 기분이 언짢아."

환자가 훌쩍거리기 시작했기 때문에 앤드루는 당황했다.

그러자 남편 곁에 서 있던 블로드웬이 갑자기 울음을 터뜨렸다. 그녀는 허물어지듯 무릎을 꿇고 두 팔로 남편을 안으면서 후회하듯 훌쩍훌쩍 울기 시작했다.

"그래요, 여보. 지금 곧 방으로 모셔다 드리겠어요. 블로드웬이 모셔다 드리겠어요. 블로드웬이 돌봐드리겠어요. 블로드웬은 당신을 사랑하고 있어요."

그녀는 남편의 뻣뻣한 볼에 소리내며 몇 번이나 입맞춤을 했다.

그로부터 반 시간 뒤, 에드워드를 2층으로 옮겨 평소처럼 편안하게 안정시킨 다음 앤드루는 노기를 띠고 부엌으로 들어갔다.

애니는 이제 그의 진정한 마음속의 벗이 되어 있었다. 부엌에서 두 사람은 여러 가지 문제를 툭 터놓고 이야기를 주고받았고, 배당된 식사가 너무 부족할 경우에는 조용하고 인내심이 강한 이 중년부인이 사과라든가 건포도를 넣은 케이크 따위를 식료품실에서 몰래 가져다가 그에게 먹이곤 했다. 또 어떤 때는 최후의 수단으로써 그녀는 재빨리 토머스네 튀김집까지 뛰어가 두 사람 몫의 생선튀김을 사가지고 와서 탁자에 촛불을 켜놓고 호화로운 연회를 벌이기도 했다.

애니는 페이지네 집에서 20년 가까이 일해주고 있었다. 드라이네피 마을에는 그녀의 친척이 꽤 많았다. 그들 모두가 상당히 유복한 생활을 하고 있는데도 그녀가 이렇게 오랫동안 남의 집에서 일하고 있는 이유는 단 한 가지 페이지 선생에게 뭔가 무척이나 끌리는 점이 있기 때문이었다.

"차는 여기서 들겠어요, 애니."

앤드루가 말했다.

"블로드웬의 행동은 참을 수가 없군요. 정말 이번 일만큼은 말이에요."

그는 부엌에 들어설 때까지 애니에게 손님이 와 있는 것을 모르고 있었다. 그녀의 여동생인 올웬과 그 남편인 엠린 휴즈였다. 그도 이 사람들을 몇 번

만난 적이 있었다. 엠린은 드라이네피 상층 갱도의 폭파주임으로서 다소 창백한 안색에 수염이 짙고 건실하며 선량한 사람이었다.

맨슨이 그들을 보고는 주저하자, 검은 눈을 가진 건강하고 젊은 올웬이 충동적으로 숨을 몰아쉬었다.

"차를 드시려는 거라면 괜찮아요, 선생님. 그렇잖아도 우리들은 선생님 이야기를 하고 있었답니다."

"네?"

"정말이에요."

올웬은 언니 쪽을 힐끔 보았다.

"그런 얼굴로 날 보지 마세요, 애니 언니. 난 마음속에 있는 생각은 뭐든지 털어놓지 않고는 견딜 수가 없으니까요. 맨슨 선생님, 마을 사람들은 모두 선생님같이 훌륭하고 젊은 의사는 처음 본다고 말하고 있답니다. 선생님이 정말 환자를 잘 보살펴 주신다고 말예요. 그리고 페이지 선생의 부인에게는 모두 화를 내고 있답니다. 거짓말이라고 생각되면 제 남편에게 물어보세요. 사람들은 선생님이 독립해서 개업하실 수 있는 권리가 있다고 말해요. 부인이 그 말을 듣고는 오늘 가엾게도 페이지 선생을 억지로 일으켜 앉힌 거예요. 페이지 선생님이 다 나으신 것처럼 꾸미려고요. 참 가엾은 분이에요."

차를 다 마시고 나서 앤드루는 곧바로 부엌에서 나왔다. 올웬이 너무 노골적으로 말했기 때문에 도리어 기분이 언짢았던 것이다. 그래도 드라이네피 마을 사람들이 자기에게 호의를 가지고 있다는 말을 들으니 어쩐지 기분이 상당히 좋았다. 그리고 며칠이 지나서 적철광산의 착암부(鑿岩夫) 책임자인 존 모건이 부인을 데리고 그의 진료소로 찾아왔을 때는, 이것이 평판이 좋다고 하는 그 증거라고 생각했다.

모건 내외는 결혼한 지 20년이나 된 중년 부부로서 아주 부유하다고는 말할 수 없지만, 그래도 이 고장에서는 이름이 널리 알려져 있었다. 앤드루는 모건이 요한네스버그 금광에서 일하기로 계약을 하여 머지않아 부부가 함께 남아프리카로 떠날 거라는 말을 듣고 있었다. 일솜씨가 뛰어난 착암부가 같은 일이지만 대우가 훨씬 좋은 랜드(남아프리카에 있는 세계에서 으뜸가는 금광)의 광산으로 스카우트되어 가는 것은 별로 드문 일이 아니었다. 그건 그렇고, 모건이 이 작은 진료소로 아내를 데리고 와 왠지 쭈뼛쭈뼛하면서 용건을 꺼냈을 때 앤드루는 놀라지 않을 수 없었다.

"그게 말씀입니다, 어떻게 겨우 일이 잘된 모양입니다. 저, 그러니까 집사람이 임신을 한 것 같습니다. 19년 만이라서 얼마나 기쁜지 이루 말로 할 수가 없을 정도입니다. 그래서 출산을 할 때까지 출발을 연기하기로 했어요. 왜냐하면 어느 의사 선생님에게 봐달라고 하면 좋을지 심사숙고한 끝에 선생님께 부탁드리는 게 제일 좋겠다는 결론을 내렸거든요. 물론 어려운 일이죠. 그도 그럴 것이, 집사람 나이가 마흔셋이니까요. 그러나 선생님께서 맡아만 주신다면 우리 부부는 아무 걱정 없이 마음을 놓을 수 있겠습니다."

앤드루는 영광으로 생각하고 기꺼이 승낙했다. 그것은 어디까지나 깨끗하고 조금도 물질적인 욕심이 없는 이상 야릇한 감정이었다. 게다가 현재 자신의 기분 상태에서는 이중으로 좋은 일이었다.

최근에 그는 왠지 쓸쓸하고 극도로 고독감을 느끼고 있었다. 마음 한구석에는 언제나 이상한 흐름이 소용돌이치고, 번뇌와 괴로움을 달랠 길이 없었다. 이따금 심장에서 희미한 아픔을 느낄 때가 있었는데, 그런 일은 어엿한 의사의 한 사람으로서 지금까지 있을 수 없는 일이라고 그 자신이 믿고 있었다.

그는 이제까지 연애를 심각하게 생각해 본 적이 없었다. 대학시절엔 몹시 가난했기 때문에 옷차림도 형편없이 남루했을 뿐만 아니라 머릿속에 공부에 대한 생각만이 언제나 가득 차 있어서 이성과의 교제 같은 건 거들떠볼 겨를도 없었다. 성안드레아 시절에는 친구이자 동급생인 프레디 햄손처럼 누구하고도 멋지게 춤을 추거나 파티를 벌이는 등 적극적으로 사교성을 발휘할 수 있는 사교클럽에 들어갔어야 했던 것이다. 그러나 그런 것들은 모두 그에게는 아무런 인연이 없었다. 그가 실제로 속해 있었던 것은, 햄손과의 우정은 별문제로 치고, 외투 깃을 세우고 오로지 공부에만 전념하다가 담배나 피우고, 이따금씩 오락이라면 학생클럽 같은 것이 아니라 변두리 당구장에 가끔 가는 것이 고작인, 동료들과는 사뭇 동떨어진 그룹이었다.

그 무렵 그도 비록 애써 생각지 않으려고 했지만 낭만적인 여성상이 떠오르곤 했던 것은 사실이었다. 그것도 자신이 가난했기 때문인지 덮어놓고 사치스런 부를 배경으로 부각되었던 것이다. 그러나 현재 그는 드라이네피에서 진료소 창문 너머로 공장의 지저분한 폐석더미를 물끄러미 쳐다보며 시립국민학교의 보잘것없는 평범한 여교사에게 마음을 빼앗기고 있을 뿐이었다. 이상과 현실이 이렇듯 판이하게 다르다는 것을 생각하자 그는 큰 소리로 웃고 싶은 심정이었다.

이제까지 그는 자신이 실제적이며, 매우 신중한 성격의 소유자임을 자부하고 있었기 때문에 단호한 이기적인 입장에서 그러한 자신의 감정을 철저히 추구해 보려고 시도했다. 또한 냉정하고 논리적으로 그녀의 결점을 검토해 보려고도 해보았다. 그녀는 결코 미인은 아니었으며, 몸매도 야윈데다 작은 편이었다. 볼에는 언젠가도 얘기했던 것처럼 검은 사마귀가 있고 웃기라도 하면 윗입술언저리에 약간 주름이 잡혔다. 게다가 그녀가 자신을 무척 증오하고 있는지도 모르는 일이었다.

그는 자신의 감정이 이런 연약한 것으로만 채워져 있다는 것이 무분별하기가 그지없고 어처구니없다고 생각되었다. 일에만 열중하기로 맹세하지 않았던가! 자기는 아직 보잘것없는 대진에 불과하다. 겨우 인생의 첫발을 내디딘 것인데, 그는 지금 그녀의 장래에 방해가 될 수도 있다. 또한 자신의 일에도 지장을 가져오는 연애감정에 휩쓸리고 있다니, 이래도 자신을 의사라고 부를 수 있을까?

그는 냉정을 되찾기 위해 기분전환을 꾀할 수 있는 돌파구를 만들었다. 그는 자신을 속이며 최근 런던에 있는 어느 병원에 근무하게 된 프레디 햄슨에게 성안드레아 시절의 옛친구들이 그립다는 내용의 긴 편지를 썼다. 그리고 데니에게도 자주 들르곤 했다. 그러나 필립 데니는 때론 상냥할 때도 있지만 대개의 경우 인생에 상처를 입은 인간 특유의 신랄한 투로 냉담하고도 회의적일 때가 너무 많았다.

앤드루는 무척 노력을 했지만 아무리 해도 크리스틴을, 그녀에 대한 괴로운 사모의 정을 자신의 마음에서 결코 떨쳐버릴 수가 없었다. 그는 그날 밤 '한거정'의 문 앞에서 당돌하게 지껄여댄 이래로 그녀의 모습을 본 적이 없었다. 그녀는 이런 자신을 어떻게 생각하고 있는 것일까? 그는 은행 거리를 지나갈 때마다 열심히 여기저기를 두리번거려 보았지만 너무 오래도록 그녀의 모습을 볼 수 없었기 때문에 앞으론 만나볼 기회도 없는 게 아닐까 하고 거의 절망적인 심정이 되어 있었다.

그러던 5월 25일 토요일 오후, 거의 체념해 버리고 있던 참에 그는 다음과 같은 편지를 받았다.

닥터 맨슨 씨,

워킨스 씨 부부를 내일 일요일, 저녁식사라도 함께 나누자고 초대했습
니다. 혹시 시간이 있으시면 와주시지 않겠습니까? 시간은 7시 반입니다.
그럼 안녕히…….

크리스틴 바아로

그가 느닷없이 소리쳤기 때문에 애니가 부엌에서 뛰어나왔다.

"어머나, 선생님 무슨 일이에요?"

그녀는 타이르듯 말했다.

"이따금 그런 터무니없는 짓을 하시니……."

"그렇군, 애니."

그는 여전히 흥분한 어조로 대답했다.

"그렇지만……, 앞으로 이런 일은 두 번 다시 없을지 모르겠군요. 이봐요,
애니. 부탁이 있는데……. 내일까지 내 바지를 좀 다려주지 않겠어요? 오늘
밤 자기 전에 방문 밖에 걸어놓을 테니까 말이오."

다음날은 일요일이어서 저녁 진찰이 없었으므로 그는 기대에 부푼 채 크리
스틴이 하숙하고 있는 학교 근처의 하버드 부인 댁으로 갔다. 아직 시간이 이
르다는 것은 그도 알고 있었지만 잠시라도 더 기다릴 수가 없는 그런 심정이
었다.

크리스틴이 직접 현관문을 열어주었다. 그녀는 환영을 뜻하는 미소를 띠고
그의 얼굴을 보았다.

그렇다. 그녀는 미소를, 실제로 미소를 띠고 있었다. 그런데도 그는 그녀가
자기를 싫어하고 있는 줄로만 알고 있었던 것이다. 그는 너무나 흥분하여 제
대로 말도 꺼내지 못할 지경이었다.

"오늘은 아주 좋은 날씨예요."

그녀의 뒤를 따라 거실로 들어가면서 그가 중얼거렸다.

"정말 그래요."

그녀도 맞장구를 쳤다.

"그래서 나는 오후에 아주 멋진 산책을 했어요. 팬디 끝까지 가봤어요. 거
기서 미나리아재비꽃을 발견했어요."

두 사람은 자리에 앉았다. 그는 들뜬 마음으로 오늘 산책은 즐거웠느냐는
말을 하려고 하다가 순간적으로 그런 시시한 질문은 그만두는 게 좋겠다고 생

각하고 이내 입을 다물어 버렸다.

"조금 전에 워킨스 부인한테서 연락이 왔는데, 두 분이 좀 늦어질 것 같다고 하시더군요. 주인양반이 급한 용무로 잠깐 회사에 들러야 되나봐요. 잠시 늦더라도 기다려 주시지 않겠어요?"

'기다려 주시지 않겠어요! 잠시 늦더라도!'

그는 너무나 행복해서 별안간 웃음이 터져나올 것만 같았다. 자신이 요즘 날마다 이날 이 시간을 얼마나 기다려 왔던가. 그녀와 함께 이곳에 있다는 게 얼마나 멋진 일인가. 그녀가 그걸 알아주기만 한다면 말이다.

그는 살며시 자기 주위를 살펴보았다. 그녀의 소지품으로 꾸며져 있는 이 거실은 그가 드라이네피에서 봤던 어떤 방과도 달랐다. 여기에는 무명 비로드도, 마모직(馬毛織)도, 아크스민스터산 융단도, 브람엘 부인의 객실에 화사하게 장식되어 있는 저 번쩍거리는 비단 쿠션도 없었다. 색이 칠해진 마룻바닥은 깨끗이 닦여져 있고, 벽난로 앞에는 소박한 다갈색 깔개가 깔려 있을 뿐이었다. 가구들도 모두 수수하여 거의 눈에 띄지 않았다. 저녁 식탁의 한가운데에는 하얀 접시가 놓여 있었는데, 그 속에는 작은 수련다발 같은, 그녀가 따온 미나리아재비꽃이 담겨져 있었다. 단순하고 아름다웠다. 창틀 위에는 나무로 만든 과자상자에 흙을 담은 것이 창틀 위에 놓여 있었는데, 거기에서 가냘픈 푸른 새싹이 돋아나고 있었다. 벽난로 위쪽에는 아주 색다른 그림이 걸려 있었다. 조그만 어린이용 나무의자 하나가 붉은 색깔로 그려져 있었는데 참으로 서투른 그림솜씨라고 그는 생각했다.

그가 그걸 보고 놀라고 있음을 알아챘는지 그녀도 덩달아 재미있다는 듯 방긋 웃었다.

"저것 말예요, 진짜라고 생각하지 마세요."

그는 잠깐 어리둥절한 채 말문이 막혔다. 거실의 분위기를 통해서 본 그녀의 사람됨과, 그녀가 그도 모르는 점까지 이미 알고 있다는 의식이 그를 당황하게 만들었다. 그렇지만 역시 호기심은 더욱 고조되어 그는 긴장된 감정도 잊어버린 채 하잘것없는 날씨에 관한 얘기 따윈 아예 꺼내지도 않았다. 그리고 그녀의 신상에 대한 것으로 화제를 돌렸다.

그녀는 그의 물음에 간단히 대답했다. 그녀는 요크셔 태생으로, 모친은 그녀가 열다섯 살 때 세상을 떠났다. 그 당시 부친은 규모가 큰 브람엘 탄광의 부감독이었다. 그녀의 유일한 오빠인 존은 같은 탄광에서 광산기사가 되는 견습을 하고 있었다. 5년 뒤, 그녀가 열아홉 살에, 사범학교를 졸업하던 해에 아버지는 이 계곡에서 20마일쯤 내려간 곳에 있는 포스 탄광의 감독으로 임명되었다. 그리하여 그녀가 집안살림을 도맡고, 존은 아버지를 돕기 위해 아버지와 함께 남웨일즈로 갔다. 그들이 그곳으로 떠난 지 여섯 달이 지난 어느 날, 포스 탄광에서 폭발사고가 발생했다. 그때 존은 갱내에 있다가 즉사하고 말았다. 아들의 참사 소식을 전해들은 아버지는 즉시 갱내로 들어갔다가 질식하여 사망했다. 그리고 1주일 뒤, 아버지와 존의 시체는 함께 운반되어 갱 밖으로 나왔다.

그녀는 일단 여기서 이야기를 마쳤는데, 그대로 두 사람은 아무 말 없이 그냥 침묵만 지키고 있었다.

"정말 안됐습니다."

앤드루는 동정어린 음성으로 말했다.

"많은 분들이 친절히 대해주셨어요."

담담한 표정으로 그녀는 말했다.

"워킨스 씨 내외분께 유독 큰 신세를 졌어요. 그후 이곳 국민학교에서 근무하게 되었던 것입니다."

그녀는 잠깐 입을 다물었다가 다시 아까처럼 밝은 표정이 되었다.

"역시 저도 선생님과 마찬가지예요. 이곳은 아무래도 낯선 타향이니까요. 어려운 일이 한두 가지가 아니랍니다. 이 골짜기 생활에 익숙해질 때까진 말예요."

그는 그녀의 얼굴로 시선을 돌리면서 그녀에 대한 자신의 심정을 다소나마 표현할 수 있다면……, 과거를 깨끗이 청산하고 미래에 대해 희망을 가질 수 있는 이야기를 들려줄 수 있다면 얼마나 좋을까 하고 초조해했다.

"웬일인지 여기서는 언제나 고독하다는 느낌이 들곤 해요. 적적해요. 내게도 그런 경험이 있어요. 곧잘 그럴 때가 있죠, 누군가와 이야기를 하고 싶을 때가 말이에요."

그녀는 미소를 지었다.

"누군가와 하고 싶다는 이야기가 뭘까요?"

그는 그녀가 짐짓 따지고 드는 것 같아 얼굴이 불그스름해졌다.

"네, 나 자신의 일에 관한 것이죠."

말을 끝내고 그는 잠깐 멈칫했는데, 좀더 자세히 설명할 필요를 느꼈다.

"요즘엔 왠지 내가 자꾸 실수만 저지르고 있는 것 같아요. 한 가지 문제가 해결되면 이내 다른 문제에 부딪치게 됩니다."

"어려운 환자를 만나게 된다는 말씀인가요?"

"반드시 그렇다는 것은 아닙니다."

그는 잠깐 망설이다가 이내 말을 이어나갔다.

"여기에 처음 왔을 당시 내 머릿속엔 처방이라고 하는 문제로 늘 가득 차 있었어요. 누구나 다 믿고 있는, 혹은 믿고 있는 체하는 그런 문제로 말입니다. 이를테면 관절이 부었다고 하면 류머티즘, 그 류머티즘에는 살리실산 염이라는 식으로 말이죠. 이것은 옛날부터 공식화되어 있는 거예요. 그런데 요즘 처방 가운데 아주 잘못된 게 있다는 것을 발견했답니다. 그렇습니다. 내 의견을 솔직히 말씀드리자면, 약에는 오히려 독이 되는 것도 있으니까요. 관례 탓이겠지만, 대부분의 환자가 진료소에 찾아올 때는 으레 '약병'을 받아가 지고 갈 줄로 생각하죠. 그리고 알맹이인 내용물이 볶은 설탕가루라든가 중탄산 소다 아니면 단순한 맹물일지라도 신통한 약인 줄 알고 받아가는 거예요. 그래서 그런지 의사들은 처방을 라틴어로 쓰지요. 환자가 알 수 없도록 말입니다. 그것은 올바른 일이 아닙니다. 적어도 과학적이 아니라는 얘기죠.

그밖에도 또 있습니다. 내가 생각하기론 대개의 의사들이 병을 취급하는 데 있어서 경험을 지나치게 중요시하고 있는 것 같아요. 다시 말해서 증상을 별도로 다루고 있다는 겁니다. 머리로 증상을 이것저것 결합시켜 본 다음 진 단을 내리려고 하지 않습니다. 항상 바쁘다는 핑계로 그냥 말해버리는 거죠. '빈혈이군요. 철분을 섭취해야 되겠어요.'라든가, '아, 두통이군요. 그럼 가 루약을 드셔야겠습니다.' 하는 식으로 말입니다. 빈혈이며, 두통의 원인이 무엇인지를 의사들은 고찰해 보려고 하지 않습니다."

그는 갑자기 말을 멈췄다.

"아니, 이거 너무 실례되는 말을 늘어놓았군요! 솔직히 이런 얘긴 지루하 실 겁니다."

"아뇨, 별로……."

곧바로 그녀는 대답했다.

"무척 재미 있게 들었어요."

"나 역시 일을 이제 막 시작했기 때문에 겨우 조금 알까 말까 하는 정도랍 니다."

그는 그녀가 흥미를 느껴줬다는 사실에 마음이 흡족해져서 계속 말했다.

"그러나 솔직히 말씀드려서 나의 짧은 경험으로 미루어 보더라도 우리가 배워온 교과서에는 구식 관례로 일관된 사고방식이 너무나 많다는 생각이 듭니다. 아무 쓸모도 없는 요법이며, 중세기의 누군가가 머리를 짜내어 만들어낸 증상들이죠. 그런 일이야 평범한 개업의하고는 관계가 없다고 생각될지도 모르겠군요. 그렇지만 평범한 개업의라고 해서 그저 덮어놓고 고약이나 약을 조제만 하고 있으면 과연 잘하는 짓이라 말할 수 있을까요? 현대는 뭐니뭐니 해도 과학을 우선적으로 동원해야 될 때입니다. 대부분의 사람들은 과학이라면 단순히 시험관 속에만 있는 것이라고 생각하죠. 하지만 나는 그렇게 생각하지 않습니다. 아무리 산간벽지에 틀어박혀 있는 의사라도 병의 본질을 파악할 수 있는 온갖 기회를 쉽게 접할 수 있고, 또한 어떤 병원에서보다도 새로운 병의 최초의 징후를 관찰할 수 있는 보다 좋은 기회가 있다고 믿는 바입니다. 환자가 병원으로 실려왔을 때는 대부분 이미 초기단계는 벌써 지나 있으니까요."

그녀가 대답하려고 할 때 현관에서 벨소리가 울렸다. 그녀는 꺼내려던 말을 멈추고 일어나 희미하게 미소지으며 말했다.

"그 얘긴 다음 기회에 꼭 들려주겠다고 약속해 주시지 않겠어요? 잊지 마시고요."

워킨스 내외는 늦어진 이유를 설명하면서 들어왔다. 그리고 곧장 모두 저녁식탁을 둘러싸고 앉았다.

며칠 전 그들이 모였을 때의 냉동육 요리와는 전혀 다른 것이었다. 질그릇 냄비에 요리한 송아지 고기, 버터에 버무린 매시트 포테이토, 크림을 끼얹은 신선한 타트(과일을 넣은 파이), 그리고 치즈와 커피였다. 매우 간소한 것이지만 어떤 음식이나 맛있었고 양도 충분했다. 블로드웬이 주는 빈약한 식사에 익숙해진 뒤인 만큼 따끈하고 식욕을 돋우는 요리가 마련된 것만으로도 앤드루에게는 진수성찬이 아닐 수 없었다. 그는 한숨을 내쉬었다.

"이런 하숙집 주인을 만나게 돼서 정말 다행이시군요, 바아로양. 정말 훌륭한 요리사입니다."

워킨스는 앤드루가 허기진 것처럼 먹어대는 것을 야유하는 듯한 눈으로 보고 있다가 별안간 큰 소리로 웃기 시작했다.

"이것 봐요."

시선을 부인 쪽을 향하면서 말했다.

"지금 하는 소리를 들었소? 하버드 부인이 훌륭한 요리사라는구려."

크리스틴의 뺨은 붉게 물들었다.

"이분 말씀은 신경쓰지 마세요."

그녀는 앤드루에게 말했다.

"나는 이런 칭찬을 받아보기는 난생 처음이에요. 나는 선생님이 왜 그런 말씀을 하셨는지 알고 있으니까요. 오늘 밤 음식은 내 손으로 직접 만든 거예요. 하버드 부인의 부엌을 빌려서요. 나는 음식을 손수 만드는 걸 좋아해요. 그리고 늘상 실제로 그렇게 하고 있지요."

그녀의 말에 광산감독은 더욱 신바람이 나서 떠들어댔다. 브람엘 부인집에서의 재미없는 모임에서 참을성 있게 입도 뻥긋하지 않던 사람과는 전혀 다른 사람으로 바뀌어 있었다. 그는 조금도 거드름을 피지 않고 평범하게 파이를 맛있게 먹는가 하면, 식탁에 팔꿈치를 괴기도 하고 모두를 웃기는 농담도 하면서 유쾌하게 식사를 했다.

오늘 밤은 시간이 무척 빨리 지나갔다. 앤드루는 시계를 들여다보고 벌써 11시가 지난 데에 깜짝 놀랐다. 블레나 플레이스의 환자를 10시 반 전에 왕진하기로 약속이 되어 있었기 때문이다.

그가 자리에서 일어나 서운하다는 듯이 작별인사를 고하자 크리스틴이 입구까지 따라나와 배웅해 주었다. 좁은 복도를 지나갈 때 그의 팔이 그녀의 옆구리를 스쳤다. 따가울 정도로 달콤한 감각이 그의 전신을 뒤덮었다. 정숙하고 귀여우며, 그리고 지적인 검은 눈, 그녀는 그가 이제까지 만나본 어떤 다른 여성과도 비교할 수 없었다. 그런 여자를 남의 일에 간섭하기 좋아하는 주제넘은 여자로 생각했다니. 오, 신이여 제 잘못을 용서하소서!

그는 숨을 헐떡이면서 중얼거리듯 말했다.

"오늘 밤 이렇게 초대해 주셔서 얼마나 감사한지 이루 다 말로 표현할 수가 없을 정도입니다. 별다른 지장이 없으시다면 다시 만나주시지 않겠습니까? 나도 항상 일에 대한 얘기만 하진 않을 테니까요. 어떻습니까……? 크리스틴, 함께 토니글랜 마을로 가서 영화라도 보시지 않으시겠어요? 되도록 빠른 시일내에요."

그녀는 눈웃음을 짓고 그를 쳐다보았다. 처음으로 그 눈망울 속에 희미하게나마 도발적인 것이 엿보였다.

"나를 초대해 주시는군요."

높다란 하늘의 별이 보이는 현관의 계단 위에서 긴 침묵의 순간순간이 흐르고 있었다. 이슬 냄새를 머금은 공기가 상기된 그의 볼을 식혀주었다. 그녀의 숨결이 그의 쪽으로 달콤한 향기를 풍겼다. 그는 그녀에게 키스하고 싶은 충동이 일었다. 그러나 그저 무뚝뚝하게 그녀와 악수를 나누고는 몸을 홱 돌려 통로를 뛰어나와 나는 듯한 기분으로 집을 향해 걸었다. 지금까지 몇 백만 명의 사람들이 한결같이 경험한 일들을 유독 자기들만 느낀 것처럼 도취되어 영원한 축복을 받은 것으로 믿어버리는 저 어두운 길을 그도 역시 구름을 밟는 듯한 심정으로 걷고 있었던 것이다.

아아, 얼마나 훌륭한 여자인가! 아까 의술의 어려움에 관해 말했을 때도 그녀는 내가 말한 의미를 진정으로 이해해 주지 않았던가! 현명하다는 점에서 말한다면 나보다 훨씬 현명한 여성인 것이다. 게다가 요리솜씨도 만점이다. 그리고 무엇보다도 지금 나는 그녀를 아주 정답게 크리스틴이라고 반말로 부르기까지 했다.

8

크리스틴에 대한 생각으로 이전보다 머릿속이 가득 찼는데도 그의 심정은 지금까지와는 전혀 딴판으로 달라져 있었다. 이젠 그도 풀죽어 있는 일 없이 행복하고 원기가 왕성하며 희망에 넘쳐 있었다. 그리고 이러한 인생관의 변화는 그대로 일에 잘 반영되었다. 그의 젊음은 상상 속에서 항상 그녀가 환자를 대하고 있는 자신을 보고 있으면서 자신이 주도면밀한 방법으로 신중하게 진찰을 하도록 감시하고, 어디까지나 정확한 진단을 내리기를 바라고 있다고 생각했다. 왕진을 엉터리로 처리하거나, 먼저 환자의 흉부를 진찰하지 않고 진단하려고 한다거나 하는 그런 나태한 마음이 생길 때면, 그는 당장 '무슨 짓을 하는 거야! 그런 짓을 하면 그녀가 어떻게 생각하겠는가?' 하고 반성했다.

여러 번 데니가 야유하는 눈빛으로 다 알고 있다는 듯이 자기를 쳐다보고 있는 것을 알아차렸다. 그러나 그까짓 것은 문제가 아니었다. 그는 열렬하고도 이상주의적으로 자신의 대망(大望)과 크리스틴을 결부시켰으며, 미지의 세계를 규명하려고 하는 대공격에서도 무의식중에 그녀를 뭔가 특별한 자극제로 삼았다.

지금도 그는 자신에게는 아무런 실제적인 지식이 전혀 없다고 자인하고 있었다. 그러나 자신의 머리로 고찰하여 직접적 원인에 근접한 것을 발견하기 위해서는 자명하다고 생각되는 것의 배후까지 추구하는 일, 이것이 중요하다고 언제나 스스로 경계하고 있었다. 이제까지 그는 자신이 과학적인 이상에 이렇게까지 강하게 매료되는 것을 느껴본 적이 없었다. 그는 자신이 쓸모없게 되거나, 금전만 따지게 되거나, 성급한 결론을 내리거나, '전과 같은 조제'라고 쓰거나 하는 일은 절대로 하지 않게 되기를 한결같이 빌었다. 그는 과학적인 뭔가를 발견하여 크리스틴에게 특별하고 귀중한 존재가 되고 싶다고 소망했다.

이런 순수한 열정 앞에 진료의 일이 일률적으로 흥미없는 일에 불과한 것이 그는 심히 유감스러웠다. 그는 높은 산을 정복하고 싶은 기백에 불타고 있었다. 그런데 다음 몇 주일 동안 그가 직면한 것은 이것도 저것도 모두 쓸모없는 '두더지' 산에 지나지 않았다. 환자는 모두 경증으로 근육이 늘어졌다거나 손가락에 상처가 생겼다거나 코감기 등과 같이 가장 흥미가 없는 평범한 것들뿐이었다. 계곡을 2마일쯤 내려간 어느 가정에서 왕진을 부탁하기에 가봤더니, 플란넬 두건 사이로 누런 얼굴을 내민 노파가 티눈을 빼달라는 것이었다. 이쯤 되자 그는 기가 막혀서 말도 제대로 나오지 않을 정도였다.

그는 만사가 어리석게만 여겨졌다. 기회가 오지 않는 데 대하여 초조함을 느끼고, 오로지 선풍이나 폭풍이 불어닥치길 간절히 바라고 있었다.

그러던 중 그는 자신의 신념에 의혹을 느끼고, 이런 산간벽지에서는 아무리 의사인 척해봤자 결국 의기소침해 있는 대진 이상은 될 수 없는 노릇이라고 생각하기 시작했다. 이런 상황에서 완전히 의기소침해 있을 때, 그의 신념의 수은주가 또다시 하늘까지 치솟아오를 듯한 사건이 벌어졌다.

그때는 마침 6월의 마지막 주가 끝날 무렵이었는데, 그는 역의 육교를 건너다가 불쑥 브람엘 의사와 마주쳤다. 이 은발왕은 철도여관(鐵道旅館)의 옆 출입구에서 살짝 손등으로 윗입술을 닦으면서 남의 눈을 피하여 나오고 있었다. 브람엘은 글라디스가 화사하게 옷을 차려입고 토니글랜으로 수수께끼 같은 '쇼핑'을 하러 나가면 남의 눈에 띄지 않게 맥주를 한두 병 들이키고 자신을 달래는 습관이 있었다.

그는 앤드루에게 발각되자 잠시 당황했지만 자기의 입장을 교묘하게 꾸미려고 변명을 늘어놓는 걸 잊지 않았다.

"야, 맨슨 아닌가? 마침 잘 만났군. 지금 플리차드한테 급히 왕진을 갔다 오는 길이지."

플리차드란 철도여관의 주인인데, 앤드루는 5분쯤 전에 그 플리차드가 집에서 기르는 블테라란 개를 산책시키고 있는 모습을 보았다. 하지만 그런 말은 일체 입 밖으로 꺼내지 않았다. 그는 은발왕에게 호의 이상의 것을 가지고 있었다. 그의 지나치게 과장된 말씨, 우스꽝스러울 정도로 영웅이라도 되는 척하는 거드름을 그의 겁많은 천성과 명랑한 글라디스가 꿰매는 걸 잊어버린 양말의 구멍 따위에서 엿볼 수 있는 매우 인간적인 면이 충분히 상쇄시켜 주고 있다고 생각했다.

함께 거리를 거닐고 있는 동안 두 사람은 어느덧 직업상의 얘기를 시작하고 있었다. 브람엘은 언제나 자기 환자에 관한 얘기를 바로 꺼내는 버릇이 있었는데, 지금도 엄숙한 얼굴을 하고 앤드루에게 애니 여동생의 남편인 엠린 휴즈의 치료를 자기가 맡고 있다는 얘기를 늘어놓기 시작했다. 엠린은 근래에 들어 괴상한 짓만 일삼기 때문에 광산에서도 골치를 앓고 있는데, 기억력을 상실하고 무턱대고 남과 싸우려고 덤비는 등 성격이 포악해져서 모두들 치를 떨고 있다는 것이었다.

"아무래도 낙관할 수는 없는 상태라구, 맨슨."

브람엘은 심각한 얼굴로 고개를 끄덕여 보였다.

"이전에도 난 정신병을 다뤄본 적이 있는데, 그때 증세와 아주 흡사하단 말일세."

앤드루는 동정의 뜻을 표했다. 그도 평상시 휴즈의 사람됨이 약간 우둔하기는 하지만 괜찮은 사나이라고 여기고 있었다. 그는 최근 애니의 얼굴에 걱정스런 기색이 엿보여 웬일이냐고 물어본 적이 있었다. 그러나 남의 얘길 하기 좋아하는 애니도 막상 자기 집안식구에 관한 일이라면 무척 입이 무거운 여자인지라 자세히 말하지는 않았지만 여동생의 남편이 걱정이라고 넌지시 말했던 기억이 있었다. 그는 브람엘과 헤어질 때 어떻게든 빨리 고쳐줬으면 좋겠다고 말했다.

그런데 그로부터 며칠이 지난 금요일이었다. 그는 새벽 6시에 자신의 침실

문을 노크하는 소리에 눈을 떴다. 애니였다. 그녀는 외출복으로 갈아입고 있
었다. 눈언저리가 빨갛게 물들은 그녀는 그에게 편지 한 통을 건네주었다. 앤
드루는 재빨리 겉봉을 뜯었다. 브람엘 의사로부터 온 전갈이었다.

    ……곧바로 와주기 바람. 위험한 정신이상자의 증명에 입회해 주길 간
절히 바람.

  애니는 눈물을 보이지 않으려고 애쓰고 있었다.
  "엠린에 관해서예요, 선생님. 큰일났어요. 지금 곧장 가주셨으면 좋겠습
니다만."
  앤드루는 3분 동안에 외출 준비를 마쳤다. 애니는 그와 함께 걸어가면서 되
도록 소상하게 엠린의 증상을 얘기했다. 지난 3주 동안 몸의 상태가 좋지 않
아 평소의 그 같지 않았는데, 간밤에는 제정신을 잃고 밤새도록 난폭한 행동
을 하다가 급기야는 식칼을 들고 나와서 아내에게 덤벼들었다는 것이다. 올
웬 부인은 겨우 잠옷 바람으로 도망쳐 가까스로 살아났다는 것이다. 새벽녘
의 어둑어둑한 거리를 발걸음을 재촉하여 달려가면서 애니가 더듬더듬 설명
한 내용은 너무나도 비참하고 놀라울 뿐이었다.
  두 사람은 휴즈의 집에 도착했다. 현관방에 들어서자 브람엘 의사가 텁수
룩한 수염에 넥타이도 매지 않은 채 진지한 얼굴로 펜을 손에 쥐고 테이블 앞
에 앉아 있었다. 그 앞에는 절반쯤 쓴 청색이 감도는 서류가 놓여 있었다.
  "오, 맨슨. 빨리 와줘서 고맙네. 미안하게 됐지만 그렇게 오래 걸리진 않을
걸세."
  "어떻게 된 일입니까?"
  "휴즈가 발광했다네. 어쩐지 이렇게 될 것만 같았는데, 기어이 적중하고 말
았어. 급성 우울증이야."
  브람엘은 비극적인 대사를 읽듯이 장중한 말투로 얘기했다.
  "급성살인광이란 걸세. 곧바로 폰타뉴스의 정신병원에 입원시켜야겠어. 그
렇게 하려면 두 사람이 서명해야 된단 말일세. 나하고 자네하고 말이야. 여기
사람들이 자넬 불러달라고 하더군. 절차는 물론 알고 있겠지?"
  "네."
  앤드루는 고개를 끄덕였다.

"그건 그렇고. 선생의 진단증명서는 어디에 있나요?"

브람엘은 기침을 하고 나서 서류에 적은 내용을 읽기 시작했다. 그것은 휴즈의 지난주 행동을 아주 소상하게 기록한 것으로, 누구나 정신착란증으로 단정할 만한 증명서였다. 다 읽고 나서 브람엘은 머리를 들었다.

"명백한 증언이라고 생각하는데."

"꽤 중증인 것 같군요."

앤드루는 천천히 대답했다.

"그럼, 저도 잠깐 진찰해 보겠습니다."

"부탁하네, 맨슨. 진찰이 끝날 때까지 여기서 기다리고 있겠네."

그리고 그는 또다시 서류에다 증상을 적어넣기 시작했다.

엠린 휴즈는 침대에 누워 있었는데, 그 곁에는 발작을 일으켰을 때의 대비책으로 광산 노무자 두 사람이 앉아 있었다. 여느 때는 그렇게도 수다스럽던 올웬이 침대 모서리에 서서 이성을 잃고 울고 있었다. 그녀는 무척 피로한 것처럼 보였다. 방안의 분위기는 몹시 음산하고 긴장되어 있었으므로 앤드루는 순간 섬뜩한 공포에 가까운 전율을 느꼈다.

그는 곧장 엠린 쪽으로 갔는데, 처음에는 너무 핼쑥해져서 엠린으로는 보이지 않을 정도였다. 물론 외모가 달라졌다거나 하는 것이 아니라 엠린임에는 틀림없는데 어쩐지 흐릿한 것처럼 사람이 달라져 있었으며, 용모도 상당히 거칠어져 있었다. 얼굴에 부종이 생겼고 콧구멍은 벌어져 있고 피부는 납을 칠한 것 같았다. 코언저리에만 어렴풋이 붉은 기운이 감돌고 있었다. 전체의 모습이 둔하게 느껴지고 무감각해 보였다.

앤드루는 말을 걸어보았다. 휴즈는 무슨 말인지 분명히 알아들을 수 없는 헛소리를 중얼거리는가 하면, 별안간 두 주먹을 불끈 쥐고 격한 어조로 뜻도 모를 말을 연달아 외쳐대기 시작했다. 이것은 브람엘의 보고내용을 확실하게 해줄 뿐이었고, 환자를 격려하는 이외에 다른 방도는 없다고 여겨졌다.

한동안 침묵이 계속되었다. 앤드루는 인정할 수밖에 없다고 생각했다. 그러나 무슨 까닭인지는 몰라도 아무래도 뭔가 마음에 걸렸다. '도대체 왜 휴즈는 이같은 종잡을 수 없는 말을 지껄이는 것일까', 그는 한참 동안 자문했다. 이 사나이가 발광했다면 그 원인은 어디에 있는 것일까? 휴즈는 언제나 행복했고, 자기 나름대로 만족하며 지내고 있지 않았던가…… 아무 걱정도 없이 마음은 언제나 편안하고 생활은 평화로웠다. 그런데 어찌하여 이렇다 할 이유도 없이 이렇게 갑자기 돌변해 버렸을까?

분명 어떤 이유가 있어야만 한다. 징후만 저절로 나타날 리 없다고 맨슨은 집요하게 생각했다. 그는 눈앞에 있는 휴즈의 부은 얼굴을 응시하면서 어떻게든 이 수수께끼를 풀어보려고 안달하고 있었다. 그는 문득 본능적으로 손을 내밀어 그의 부어오른 얼굴을 매만졌다. 그러자 손가락으로 눌러도 부종이 있는 볼이 들어간 자국이 남지 않는다는 사실을 그의 잠재의식이 붙들었다.

그러자 그 순간, 전류처럼 뚜렷한 진단이 그의 뇌리를 짜릿하게 뒤흔들었다. 왜 이 부기는 눌러도 들어가지 않는 것일까? 그 이유는……, 그의 심장이 벌떡벌떡 뛰었다. ……그 이유는 부종이 아니라 점액수종(粘液水腫)이기 때문이다. 그렇다, 과연 그렇다. 드디어 알아냈다! 아냐, 아냐, 덮어놓고 서두를 문제가 아니다. 그는 마음을 억지로 가라앉혔다. 신중에 신중을 기하여 천천히 확실하게 해나가야 한다.

그는 허리를 굽혀 엠린의 손을 들어올렸다. 그렇다. 피부는 바싹 말라붙고 손가락 끝쪽이 약간 굵어져 있었다. 열도 여느 때보다 내려가 있었다. 그는 잇달아 치밀어오르는 만족감을 꾹 억누르면서 차례로 진찰을 마쳤다. 온갖 증상이 마치 복잡한 퀴즈처럼 제대로 맞아들어갔다. 말을 정상적으로 못하고 말라빠진 피부, 끝이 뭉툭한 손가락, 부어오른 탄력 없는 얼굴, 기억력 상실, 완만한 심리작용, 살인성 폭력을 유발시키는 흥분성 발작……. 오오! 이로써 완전히 알아냈다고 생각하자 그는 멋진 승리감에 가슴이 한껏 부풀었다.

그는 일어서서 브람엘 의사가 기다리고 있는 거실로 내려갔다. 상대방은 등을 불 쪽으로 돌리고 벽난로 앞 깔개 위에 서서 말을 걸어왔다.

"어떻든가. 납득하게 됐는가? 펜은 탁자 위에 있네."

"그게 말씀이죠, 브람엘 선생님……."

앤드루는 자기 음성에 성급하고 뽐내는 기색이 나타나지 않도록 조심하면서 눈을 옆으로 돌린 채 말을 꺼냈다.

"제가 진찰한 바로는, 우리는 서명을 해서는 안 된다고 생각합니다."

"뭐, 뭐라고?"

브람엘의 얼굴에서 차츰 생기가 사라져 갔다. 그리고 발끈 놀란 듯이 소리를 질렀다.

"하지만 여보게, 저 사나이는 현재 미쳤단 말일세!"

"전 그렇지 않다고 생각합니다."

앤드루는 여전히 자신의 흥분과 확신감을 억제하면서 평상시와 같은 어조로 대답했다. 진단을 내렸다는 것만으로는 불충분하다. 조용조용 브람엘을 조종하여 적으로 만들지 않도록 해야 한다.

"제가 본 바로는, 휴즈는 육체의 질환으로 말미암아 정신질환을 일으킨 것이라고 생각됩니다. 갑상선의 기능부전에 의한 것으로……, 그것은 분명하게 점액수종 증상입니다."

브람엘은 멍하니 앤드루의 얼굴을 응시했다. 사실 멍하다고 할 밖에는 달리 형용할 길이 없었다. 뭔가 말하려고는 하는 모양인데 그의 입에서는 지붕에서 눈이 미끄러져 내려오듯 이상한 소리밖에 나오지 않았다.

"결국 말입니다……."

앤드루는 벽난로의 깔개에 시선을 떨군 채 상대를 납득시키려고 계속 말을 이었다.

"폰타뉴스는 마치 쓰레기통과 같은 곳입니다. 거기에 일단 들어가면 다시 빠져나올 길이란 거의 없습니다. 설사 나올 수 있다 하더라도 평생토록 거기에 있었다고 하는 낙인이 찍히고 맙니다. 우선 갑상선을 활발하게 해주는 주사를 놓아주면 어떨까 생각합니다만……."

"하지만 여보게."

브람엘은 떨리는 목소리로 말했다.

"나로선 그렇게 생각되지 않는단 말일세."

"선생님의 신용에 관계되는 문제입니다."

앤드루는 재빨리 입을 열었다.

"만일 그를 고쳐준다면 어떻게 되겠습니까. 해볼 만한 가치가 있지 않겠어요. 그럼 저는 휴즈 부인을 불러오겠습니다. 엠린이 끌려가는 줄 알고 눈이 붓도록 울고 있답니다. 새로운 조치를 해보겠노라고 선생님이 직접 말씀해주세요."

브람엘이 항의할 겨를도 주지 않고 앤드루는 총총히 방에서 나가버렸다. 몇 분 뒤, 그가 휴즈의 부인을 데리고 되돌아왔을 때는 이미 은발왕도 제정신을 되찾고 있었다. 그리고 벽난로 앞의 깔개 위에 선 채로 말했다.

"아직 전혀 희망이 없는 것도 아닙니다."

그럴 듯한 어조로 올웬을 타이르듯 했다. 앤드루는 그 뒤에서 진단서를 둘

둘 말아 불속에 던져넣었다. 그리고 나서 그는 커디프에 전화를 걸어 갑상선 호르몬을 주문했다.

그로부터 휴즈에게서 치료의 반응이 보이기 시작할 때까지 불안과 초조감으로 견딜 수 없는 며칠이 흘렀다. 그런데 일단 호전되기 시작한 반응은 마치 마술과도 같았다. 엠린은 두 주일 뒤에 병석에서 일어났고, 두 달 후에는 직장으로 되돌아가게 되었다.

어느 날 밤, 그는 야위기는 했지만 활기 있는 모습으로 해맑은 올웬에게 이끌려 브링거워의 진료소로 찾아왔다. 그는 이렇게 건강했던 적은 일찍이 없었다고 앤드루에게 감사의 인사를 했다.

"모두 선생님 덕분입니다. 우리들은 브람엘 선생님에게서 맨슨 선생님한테로 옮길 생각입니다. 엠린은 나와 결혼하기 전부터 그쪽 환자였었죠. 하지만 그분은 이제 늙어빠진 할아버지 같아요. 선생님이 아니었다면 엠린도……, 그건 선생님께서 제일 잘 알고 계시겠지만……어떻게 됐을지 모르는 일이에요. 정말 모두 선생님 덕택이에요."

"담당의사를 바꾼다니 안 될 말입니다, 올웬."

앤드루는 대답했다.

"그렇게 되면 모든 일이 엉망이 돼요."

그는 직업의식에서 오는 장중한 말투를 피하고 전적으로 청년다운 기상을 되찾았다.

"굳이 바꾸겠다고 고집한다면……, 나는 식칼을 휘둘러 부인을 쫓아버릴 겁니다."

브람엘은 거리에서 앤드루를 만났을 때 기분이 좋은 듯한 어조로 말을 걸어왔다.

"야아, 맨슨! 휴즈네 집에는 가봤겠지. 하하! 두 사람 다 무척 고마워하더군. 지금까지 일이 이렇게 잘 된 적은 없다고 나도 자랑하고 있다네."

애니는 말했다.

"저 늙어빠진 브람엘이 자기가 뭐나 되는 것처럼 으시대며 거리를 활보하고 다니더군요. 아무것도 모르는 주제에. 게다가 그 부인의 꼬락서니라니! 그따위로 구니 가정부가 한 사람이라도 제대로 붙어 있으려고 하지 않지요."

페이지 부인은 이렇게 말했다.

"선생, 잊으시면 안 돼요. 선생은 우리 주인양반을 위해 일하고 있다는 것을요."

데니의 비평은 이러했다.

"맨슨! 지금 자네는 너무 우쭐대고 있어서 사귀고 싶지 않네. 언젠가는 자네도 큰 실수를 저지를 거야. 그것도 머지않아서 말이야."

그러나 과학적 방법의 승리감으로 가슴이 벅차 있는 앤드루는 크리스틴의 하숙집으로 가면서 모든 일을 그녀에게만 얘기하면 된다고 생각하고 입을 다물고 아무런 말도 하지 않았다.

9

그해 7월, 커디프에서 영국 의사회의 연차대회가 개최되었다. 이 의사회는 램플러우 교수가 언제나 마지막 강의에서 학생들에게 이야기하고 있듯이 이름난 의사라면 당연히 누구나 가입해야 하지만, 그 연차회의로 말미암아 더한층 널리 알려져 있었다. 그 대회에는 화려한 행사가 많았는데, 스포츠며 사교모임에서부터 과학적인 여흥까지 회원과 그 가족들에게 제공되고, 일류 호텔의 숙박료 할인, 부근에 있는 사원 및 유적지의 무료입장, 그리고 미술 안내 소책자, 일류 의료기계 메이커이며 제약회사에서 제공하는 기념 일기장, 가까운 온천장의 숙박료 할인 등과 같은 다양한 서비스가 마련되어 있었다. 지난해에는 1주간의 대회 마지막 날에 큼직한 상자에 들어 있는 비스킷 견본이 모든 의사 부부에게 증정되기도 했었다.

앤드루는 아직 회원이 아니었다. 5기니의 회비는 그의 경제상태로는 무리였기 때문이다. 그래서 다소 부럽다는 감정을 가지고 멀리서 그냥 바라보고만 있는 실정이었다. 그래서 자연 드라이네피에 있는 것은 세상과 격리되고 동료들로부터 소외당하고 있는 듯한 느낌이었다. 지방신문의 사진을 통해 깃발로 메워진 역전에서 의사들이 환영인사를 받고 있거나, 페너스의 골프장에서 초구를 쳐올리거나, 웨스턴 슈퍼 메이어 행 기선에 꽉 들어차 있는 회원들을 보고 있노라면 자기 혼자만 소외되었다는 기분이 더욱 강해지는 것이었다.

그러나 그 주의 중간쯤, 커디프에 있는 호텔에서 편지가 왔는데, 그것은 앤드루를 무척 기쁘게 했다. 친구인 프레디 햄손에게서 온 것이었다. 프레디는 예상대로 대회에 참석하고 있었는데, 맨슨을 만나고 싶으니 토요일 만찬에 와주지 않겠느냐는 사연이었다.

앤드루는 그 편지를 크리스틴에게 보였다. 무엇이든 그녀에게 털어놓고 상담하는 것이 이제는 이미 본능처럼 되어 있었다. 두 달 전쯤, 저녁식사에 초대받았던 그날 밤부터 그는 완전히 그녀를 사랑하게 되었다. 더구나 요즘엔 자주 만날 수 있었고, 만날 때마다 그녀가 기뻐하는 것을 보고 그는 여태껏 경험해 보지 못했던 애틋한 행복을 느끼곤 했다. 그에게 이처럼 안정된 행복을 준 것은 분명 크리스틴이리라.

그녀는 아주 실제적이며 정직하고, 결코 교태를 부릴 줄 모르는 몸집이 작은 여성이었다. 그는 곧잘 걱정거리가 있거나 초조한 마음으로 그녀를 만나곤 했는데, 헤어질 때는 언제나 위로를 받아 침착한 기분으로 변해 있었다. 그녀는 그가 말하고자 하는 것을 조용히 듣는 요령을 알고 있었고, 언제나 적절하고도 재미있는 비평을 내리곤 했다. 게다가 넘치는 유머감각을 상당히 지니고 있었다. 그러면서도 그에게 결코 아양을 떨거나 하지는 않았다.

그녀는 그 온화하고 차분한 인품에도 불구하고 자기 나름대로의 사고방식을 가지고 있었기 때문에 이따금 그들 두 사람은 열띤 토론을 벌일 때도 가끔 있었다. 그녀는 미소를 지으면서 자신이 고집스러운 것은 스코틀랜드 사람인 할머니의 핏줄을 이어받은 때문이라고 말한 적이 있었다. 틀림없이 그녀의 독립심도 같은 혈통에서 나온 것이리라. 그는 곧잘 그녀가 대단히 통큰 여자라고 느껴질 때가 있는데, 그것이 기특해서 그녀를 지켜주고 싶은 심정에 사로잡히기도 했다. 브리들린튼에 있는 병약한 숙모 이외에는 어떤 친척도 없는 고독한 여자였다.

날씨가 좋은 토요일이나, 일요일 오후에는 둘이서 팬디 가도를 따라서 먼 데까지 산책했다. 언젠가는 채플린의 '황금광 시대'라는 영화를 보러 간 적이 있으며, 그녀가 먼저 말을 꺼내어 토니글랜으로 오케스트라 연주를 들으러 간 적도 있다. 하지만 대부분은 워킨스 부인이 그녀를 방문하는 날 밤에 그도 거기로 가서 세 사람이 즐겁게 시간을 보낼 때가 더 많았다. 두 사람이 토론하는 것은 대개 이 때인데 그때마다 워킨스 부인은 조용히 뜨개질을 하면서 점잖은 표정으로 토론이 끝날 때까지 털실이 모자라지 않도록 조절하면서 두 사람 사이의 완충적인 역할 그 이상은 결코 하지 않았다.

그건 그렇고, 문제는 커디프에 그는 그녀와 함께 가고 싶었다. 은행 거리에 있는 국민학교는 이번 주말에 여름방학이 시작되기 때문에 그녀는 브리들린톤에 있는 숙모 집에서 휴양하기로 계획하고 있었다. 그래서 그는 그녀가 그곳으로 떠나버리기 전에 뭔가 색다른 축하를 해줄 필요가 있다고 생각했다.

그녀가 편지를 다 읽고 나자 그는 충동적으로 말했다.

"함께 가지 않겠어요? 기차로 불과 한 시간 반 거리죠. 나는 토요일 밤, 휴가를 달라고 블로드웬에게 신청할 겁니다. 뭔가 전시회도 보실 수 있을 거예요. 또한 당신을 햄손에게 소개도 해야 하고요."

그녀는 고개를 끄덕였다.

"기꺼이 따라가겠어요."

그녀가 승낙하자 그는 완전히 흥분상태에 빠져서 설마 페이지 부인이 군소리를 하리라는 것은 아예 상상도 못했다. 아무튼 그는 페이지 부인의 승낙도 받기 전에 진료소 창구에다 눈에 띄도록 종이쪽지를 붙여 놓았다.

'토요일 야간 휴진.'

그리고 그는 명랑한 기분으로 집에 들어갔다.

"부인, 내가 읽어본 대진 노무규정에 의하면 한 해에 반나절의 휴가를 받을 수 있다고 되어 있더군요. 이번 토요일에 그 휴가가 필요합니다. 커디프에 갈 일이 생겼어요."

"잠깐 기다려요."

그녀는 상대방의 요청이 제멋대로인데다 건방져 화가 나는 모양이었다. 그녀는 미심쩍은 눈길로 그의 얼굴을 보다가 마침내 어쩔 수 없다는 듯이 아니꼬운 듯 말했다.

"그런가요. 그럼……, 가보세요."

그러나 별안간 어떤 생각이 떠올랐는지 눈을 빛내며 입술을 나불거렸다.

"그럼, 팔리 가게에서 케이크라도 선물로 사가지고 오시면 되겠군요. 난 팔리의 케이크라면 생각만 해도 군침이 흐른답니다."

토요일 오후 4시 반, 크리스틴과 앤드루는 커디프 행 열차에 몸을 실었다. 앤드루는 들뜬 마음으로 떠들어대며 짐꾼이나 출찰계 역원들에게까지 다정한 말을 건넸다. 그는 마주 앉아 있는 크리스틴의 얼굴을 미소를 지으며 바라보았다. 진감색 상의와 스커트는 언제나 청초한 그녀의 모습을 더욱 두드러지게 했다. 그리고 검은 구두는 상당히 품위있게 보였다. 그녀의 반짝이는 눈은 전체 모습과 마찬가지로 이 여행이 즐겁다는 것을 말해주고 있었다.

이렇듯 그녀를 보고 있노라면 어쩐지 그녀의 모든 것이 사랑스럽기만 하고 지금까지 몰랐던 욕망이 끓어오르는 것을 느꼈다. 두 사람의 우정은 이로써 완전히 맺어졌다고 그는 생각했다. 그러나 그는 그 이상의 것을 소망했다. 두 팔로 꼭 껴안고 뜨겁게 호흡하는 그녀를 직접 느껴보고 싶었다.

그는 무심코 말을 해버렸다.

"나는 당신이 없으면 엉망진창이 되어버릴 거요. 이번 여름에 당신이 떠나고 없다면……."

그녀는 볼을 약간 붉게 물들였다. 그리고 창 밖으로 눈을 돌렸다. 그는 충동적으로 말했다.

"이런 말은 꺼내지 말았어야 하는 건데……."

"아뇨, 저는 기뻐요. 그런 말씀을 들려주셔서."

그녀는 앤드루 쪽을 보지 않은 채 낮은 목소리로 대답했다.

그는 하마터면 자기가 그녀를 사랑하고 있다는 사실과, 현재 자기의 지위가 보잘것없고 불안정하지만 그래도 좋다면 결혼해 달라고 요청할 뻔했다. 그는 이것이야말로 자신들에게 있어서 유일무이한 해결책이라고 갑자기 장래가 환히 보이는 것처럼 느껴졌던 것이다. 그러나 지금 그런 말을 성급하게 꺼내는 건 서투른 짓이라고 직감적으로 생각하고 자신을 자제했다. 그는 돌아오는 차 안에서 이야기하기로 굳게 결심했다. 이런 저런 일을 생각하면서 그는 거의 숨도 쉬지 않고 계속 지껄여댔다.

"오늘 밤은 반드시 유쾌할 겁니다. 햄손은 참 좋은 녀석이죠. 로열 병원에서 인턴으로 있을 때만 해도 아주 인기가 좋았죠. 상당히 영리한 청년입니다. 아 참, 이런 일이 있었어요."

그는 지난날을 회고하는 듯한 표정으로 말했다.

"댄디에서 병원을 위한 '채리티 마티네〔慈善晝間興行〕'가 벌어졌을 때의 일입니다만……, 명배우가 잇달아 등장했죠. 모두 라임시엄(런던의 극장 이름)의 어엿한 배우들이었어요. 그런데 웬걸, 햄손이 일단 무대에 올라가서 노래와 춤을 추기 시작하자 장내가 터져나갈 듯이 요란한 박수갈채가 쏟아졌어요."

"배우 같은 분이시군요, 의사 선생님이라기보다는."

크리스틴이 미소지으면서 말했다.

"그런 말씀 마세요, 크리스! 당신도 프레디를 만나보면 틀림없이 호감을 가지게 될 거요.”

열차가 6시 15분에 커디프에 도착하자 그들은 곧장 팰리스 호텔로 향했다. 햄손과는 6시 반에 만나기로 약속되어 있었는데 로비로 들어갔을 때 그는 아직 와 있지 않았다.

두 사람은 나란히 서서 주위의 광경을 살펴보았다. 여기저기서 이야기를 주고받거나 웃으면서 정중한 인사를 나누고 있는 의사들이며 그 부인들로 인해 몹시 혼잡했다. 다정스런 대화가 끊임없이 이어졌다.

“스미드 선생! 오늘 저녁엔 내외분이 함께 우리들 옆자리에 앉아주셔야 합니다.”

“아, 선생. 어떨까요, 이 연극표 말이에요?”

흥분한 사람들이 연달아 들락날락하고, 단춧구멍에 빨간 배지를 단 신사들이 손에 손에 서류를 들고 모자이크 무늬의 마룻바닥을 거들먹거리며 바쁘게 이리저리 뛰어가고 있었다. 반대쪽 대기실에서는 계원 한 사람이 단조롭고 굵직한 목소리로 쉴새없이 떠들어대고 있었다.

“이비인후과 선생님들은 이쪽으로 들어와 주십시오.”

또 별채로 통하는 복도 위에는 ‘의료전시회’라고 씌어 있는 종이쪽지가 붙어 있었다. 그밖에 종려나무 화분이 놓여 있기도 하고, 현악 오케스트라의 연주가 들려오기도 했다.

“꽤 사교적인 분위기죠?”

앤드루는 모두들 들떠서 약간 정도를 벗어난 점도 없지 않다는 생각을 하면서 그녀에게 말을 건넸다.

“그건 그렇고 프레디 녀석, 오늘도 옛날 버릇처럼 역시 늦는 모양이군. 참 딱한 친구예요. 전시회라도 한번 둘러봅시다.”

그들은 흥미를 가지고 전시회를 관람했다. 잠깐 동안에 앤드루의 손에는 요란한 인쇄물로 가득 찼다. 그는 그 팸플릿 한 장을 웃으면서 크리스틴에게 보였다.

선생님! 당신의 진료소는 텅 비어 있지 않습니까? 그것을 가득 채우는 방법을 가르쳐 드리겠습니다!

그밖에 최신 신개발 진정제며 진통제를 선전하는 소책자가 19권씩이나 되었다.

"어쩐지 요즘은 약들이 모두 마취약으로 흐르는 추세 같아요."

그는 눈살을 찌푸리며 말했다.

출구에 가까이 갔을 때 한 젊은이가 상냥하게 다가와서 시계처럼 비슷한 번쩍거리는 기묘한 기계를 꺼내 보였다.

"선생님! 이 신식 인덱스미터(示數計量器)는 한번 구경할 만한 가치가 있습니다. 용도가 다양하고 아주 정밀한 발명품입니다. 환자에게 놀랄 만한 인상을 주며, 더욱이 가격은 불과 2기니밖에 안 됩니다. 미안합니다만, 한번 봐주세요. 겉은 잠복기를 나타내는 숫자이고, 다이얼을 이렇게 돌리면 전염기간이 나타납니다. 그리고 속을 열어보면……."

젊은이는 안쪽을 활짝 열고 말했다.

"혈색소의 멋진 색별표(色別表), 그 뒷면은 일람표로 되어 있어서……."

"우리 할아버지도 그런 걸 가지고 계셨었지."

앤드루는 상대의 말을 끊다.

"그렇지만 어디다 처박아 두셨는지 알 수 없다구."

다시 대기실로 되돌아가면서 그는 히죽히죽 짓궂게 웃었다.

"가엾군요."

그녀가 말했다.

"선생님처럼 저 기계를 비웃어댄 사람은 아마 없었을 거예요."

그들이 로비로 되돌아왔을 때 프레디 햄손이 막 도착하여 택시에서 뛰어내리더니 골프 클럽을 받아쥔 제복 차림의 보이를 데리고 호텔로 들어섰다. 그는 이내 두 사람을 알아보고는 자신감에 찬 웃는 얼굴로 다가왔다.

"야아, 자네 벌써 와 있었군! 늦어서 미안하네. 리스터컵 시합이 있어서 말이야. 그렇게 억세게 운좋은 사나이는 일찍이 본 적이 없다네. 여하튼 만나게 돼서 반갑네, 앤드루. 자넨 조금도 변하지 않았군 그래. 하하하! 어째서 자넨 새 모자를 사 쓰지 않는가? 응, 여보게!"

그는 자못 친근한 정감을 참기 어렵다는 듯 앤드루의 어깨를 한번 툭 치고 나서 빙글빙글 웃는 눈을 크리스틴 쪽으로 돌리고 애교를 한껏 떨었다.

"뭔가, 자네 아직 소개하지도 않고. 맹추 같은 이 친구야! 뭘 꾸물대고 있는 거야?"

세 사람은 둥근 탁자에 삥 둘러앉았다. 햄손이 함께 한잔 하자고 혼자서 결정내리고는 손뼉을 치자 보이가 뛰어왔다. 잠시 후, 셰리주를 들면서 그는 오늘 있었던 골프 시합에 관한 이야기를 했다. 자기의 상대방이 어느 홀에서나 실수를 연발하는 바람에 자기가 압승하고 말았다는 등 별로 대수롭지 않은 일을 자랑스럽게 지껄여댔다.

혈색이 좋은 얼굴, 기름을 발라 빗어넘긴 금발, 멋있게 새로 지어입은 옷, 소맷부리에서 보일까 말까 하는 검은 오팔 커프스 등, 프레디는 호남이라고는 말할 수 없는 외모이지만 조금도 빈틈이 없는 옷차림이었다. 용모는 극히 평범하고 사람은 착하게 보이지만 호락호락 넘어갈 어리석은 사람처럼 보이지는 않았다. 그러나 노력만 한다면 자신도 꽤 매력이 있다고 자부하고 있는 듯했다. 그는 누구하고나 쉽게 친구가 될 수 있었는데, 그럼에도 불구하고 대학시절에 병리학자이자 비꼬기로 유명한 뷰어 박사는 여러 학생들 앞에서 그에게 무뚝뚝하게 말한 적이 있었다.

"자넨 정말 사리를 모르는 인간이군, 햄손군! 자네의 고무풍선과 같은 머리는 에고이즘이라는 가스로 가득 차 있단 말일세. 그러나 자네라면 어떤 일에든 간단하게 안정을 잃는 일은 절대 없을 거야. 시험이라고 하는 어린애 장난과 같은 경쟁에 어떻게든 합격만 한다면 자네 앞길은 툭 트일 거라고 나는 장담하네."

세 사람 모두 예복을 입고 있지 않았기 때문에 저녁식사는 그릴에서 들기로 했다. 프레디는 나중에 연미복으로 갈아입어야 되는 댄스파티가 있는데, 귀찮기 짝이 없는 노릇이지만 어쩔 수 없이 나가야 한다고 말했다.

덮어놓고 의사 냄새가 물씬 풍기는 이름을 붙인 메뉴, —파스퇴르 포타주, 퀴리 부인 가자미, 쇠고기 등심구이, 아라의사대회—를 보고 되는 대로 주문하고 나서 프레디는 완전히 신파조가 되어 옛날 이야기를 다시 꺼냈다.

"그때 일을 다시 생각하면 말일세."

그는 머리를 흔들면서 나중에는 이렇게 말했다.

"우리들의 맨슨 나리께서 남웨일즈 산골짜기에 파묻혀 버리다니……. 누가 상상이라도 해봤겠나?"

"정말 파묻혀 버린 줄로 아시나요?"

크리스틴이 억지로 웃는 얼굴을 지으면서 되물었다. 잠시 침묵이 흘렀다. 프레디는 혼잡한 그릴 안을 둘러보면서 앤드루에게 히죽 웃어 보였다.

"어때, 이 대회 말일세?"

"글쎄, 시대의 흐름에 뒤지지 않기 위해서는 필요하겠지."

앤드루는 애매한 대답을 했다.

"시대의 흐름에 뒤지지 않기 위해서라고? 과연 그럴 듯하군 그래! 나는 지난 한 주일 동안 각 과별 집회 따위엔 얼굴도 내밀지 않았어. 그까짓 것은 아무것도 아냐. 문제는 교제야. 얼굴을 대면한 녀석들과 연줄을 만드는 거라구. 내가 최근 1주일 동안에 세력깨나 있는 친구들과 얼마나 사귀었는지 자넨 아마 상상도 못할 걸세. 그게 바로 여기까지 쫓아온 목적이라네. 돌아가면 그 치들에게 전화를 걸어 함께 골프라도 치는 거지 뭐. 나중에 가서……, 이게 진짜로 중요한 일인데 말이야……. 결국 그것이 장사가 되니까 말이야."

"자네가 지금 하는 말을 난 전혀 이해를 못하겠네, 프레디."

앤드루는 말했다.

"별것 아냐. 난 지금 현재는 고용살이지만 머지않아 '의학박사 프레디 햄 슨'이라고 새긴 놋쇠 간판이 잘 어울리는 아담한 아파트를 서구(西區)에다 지 으려고 마음먹고 있다네. 일단 간판만 내걸면 아까 말했던 녀석들이 환자를 보내주기로 돼 있어. 알겠지? 이제 이해가 가는가? 한 마디로 상부상조하 잔 말일세. 자네가 내 등을 밀어주면 나 역시 자네 등을 밀어줘야 하지 않겠 는가, 하하……."

프레디는 세리주를 음미하듯 천천히 마셨다. 그리고 다시 이야기를 계속 했다.

"그리고 말일세, 이건 얘기가 좀 다르지만 작은 변두리의 의사와 친분을 맺 어도 이익이 있어. 이따금 그 친구들도 환자를 보내주니까. 아냐, 자네도 한 두 해 사이에는 드라이……, 뭐라든가 하는 자네의 그 아성으로부터 도시에 있는 나한테 환자를 보내주게 될 걸세."

크리스틴은 햄슨을 힐끗 보면서 뭔가 말하려는 눈치였는데 곧 그만두었다. 그녀는 시선을 자기 접시에로만 떨구고 있었다.

"그런데 자네 형편은 어떤가, 맨슨?"

프레디는 웃으면서 계속 말했다.

"어떻게 해나가고 있는가?"

"아냐, 아무것도 달라진 게 없어. 판잣집 진료소에서 매일 평균 30명 가량 진찰하고 있을 뿐이야……. 거의가 광부와 그 가족들이지."

"별로 신통한 얘긴 아닌 것 같군."

프레디는 동정하듯 머리를 설레설레 흔들었다.

"그걸로 난 충분히 만족하고 있다네."

앤드루는 조용히 말했다.

그러자 크리스틴이 나서서 말했다.

"그렇지만 선생님은 훌륭한 일을 하고 계시지 않습니까?"

"아아, 최근에 있었던 일인데, 꽤 흥미 있는 환자를 다루었다네."

앤드루는 그때를 상기하면서 말했다.

"사실을 얘기하면, 그 보고서를 〈의학 저널〉에 보냈다네."

그는 햄손에게 엠린 휴즈의 증상을 간단히 설명했다. 햄손은 몹시 흥미 있다는 듯이 듣고 있었는데, 그러는 동안에도 그의 눈은 방안을 두루 둘러보고 있었다.

"그것 참 대단한 일이군."

그는 앤드루가 말을 끝내자 이렇게 대답했다.

"난 스위스의 어디가 아니면 갑상선종 따윈 없는 줄로 알았지 뭔가. 어쨌든 상당한 금액을 청구했겠지. 아 참, 그런 얘기를 들으니 생각나는데, 오늘 어떤 사나이가 그 사례 문제를 어떻게 처리하면 좋은가에 관해 가장 좋은 방법을 가르쳐 주더군."

그는 거기서 다시 누군가에게서 얻어들은 방법인 사례 일체는 현금지불이라는 방법에 관해 지껄이기 시작했다. 그 수다가 미처 끝나기도 전에 식사가 끝났다. 그는 냅킨을 내던지면서 일어섰다.

"커피는 저기서 들자구. 이야기를 계속하는 데는 로비가 좋겠어."

10시 15분 전이 되자 그는 잎담배도 다 태우고 이야깃거리도 다 떨어졌는지 작은 하품을 씹어 삼키고는 백금시계를 들여다보았다.

그러나 크리스틴 쪽이 먼저였다. 그녀는 앤드루를 번쩍 빛나는 눈초리로 보고는 성큼 일어서면서 말했다.

"이제 기차시간이 거의 다 되지 않았나요?"

앤드루가 아직 반 시간쯤은 있다고 말하려고 할 때 프레디가 나섰다.

"나도 돼먹지 않은 댄스파티에 어쩔 수 없이 나가야 하네. 파티에 참석한 녀석들을 외면할 수는 없는 노릇이니까 말이야."

그는 두 사람을 따라 스윙 도어까지 와서 자못 다정하게 작별인사를 했다.

"그럼 실례."

그는 악수를 하고 허물없이 앤드루의 어깨를 툭툭 두드리면서 속삭이듯 이렇게 말했다.

"웨스트 엔드에 작은 간판을 내걸게 될 땐 잊지 않고 알리겠네."

바깥의 따뜻한 밤공기를 맞으며 앤드루와 크리스틴은 공원 거리를 잠자코 걸었다. 오늘 밤은 기대했던 만큼의 즐거움을 맛보지 못했고, 적어도 크리스틴의 기대에는 어긋났으리라고 그는 막연히 생각했다. 상대방이 뭔가 말해오길 기다리고 있었으나 그녀는 말을 꺼내지 않았다. 마침내 앤드루가 조심스럽게 먼저 말을 걸었다.

"정말 지루하셨죠, 저런 의사의 얘기만 듣고 있자니……."

"아뇨."

그녀는 대답했다.

"조금도 지루하지 않았어요."

잠시 침묵이 계속되었다. 그는 다시 물었다.

"햄슨에게 호감이 가지 않던가요?"

"별로 그렇지 않더군요."

그녀는 자제심을 잃고 분명히 노기를 띤 눈을 반짝이면서 뒤돌아보았다.

"하룻밤 내내 그런 자리에 앉아서 머리에 기름을 바르고 천박스럽게 웃어대면서 당신을 손아래 대하는 듯 이야기만 늘어놓고 있었으니까 말예요."

"손아래로 대한다니 무슨 뜻이죠?"

그는 깜짝 놀라서 되물었다.

그녀는 힘차게 고개를 끄덕였다.

"정말 견딜 수 없었어요. '어떤 사나이가 그 사례 문제를 어떻게 처리해야 하는지 가장 좋은 방법을 가르쳐 주더군.' 하고 말하지 않았어요? 그것도 선생님이 저 멋진 환자에 대해 말씀하셨던 바로 뒤에 말예요. 그것을 갑상선종이라니 뭐니 하면서. 저도 그게 정반대라는 것쯤은 알고 있답니다. 게다가 환자를 자기 쪽으로 보내달라고 말했잖아요."

그녀는 입술을 실룩거렸다.

"정말 대단하더군요."

그리고는 맹렬한 어조로 말을 맺었다.

"아무튼 당신을 업신여기는 그 태도야말로 저로서는 정말 참기 힘들었어요."

"업신여기다니, 그렇지는 않아요."

앤드루는 당황해서 이렇게 대답했다. 그리고 잠시 잠자코 있다가 덧붙였다.

"오늘 밤, 그 친구가 자기 말만 늘어놓은 건 저도 인정합니다만, 약간 술이 지나쳤던 모양입니다. 하지만 그 친구는 원래 무척 선량한 사람입니다. 우리는 대학시절부터 친구였지요. 우리 둘 다 공부벌레였습니다."

"머지않아 당신을 이용할 수 있다고 생각했기 때문이겠죠."

크리스틴은 여느 때와는 달리 신랄했다.

"그 사람은 자기 일의 심부름을 당신에게 떠맡기려고 생각하고 있는 듯한 눈치였어요."

그는 견딜 수 없다는 표정으로 항의했다.

"이봐요, 그렇게 심한 말은 하지 말아요, 크리스틴."

"선생님 탓이에요."

그녀는 분노의 눈물을 반짝거렸다.

"그런 인간은 보이지 않도록 아예 눈을 가리고 있어야 돼요. 게다가 우리의 여행도 그 사람 때문에 이렇게 엉망이 됐잖아요. 그분이 나타나기 전까지는 무척 즐거웠는데 아주 망쳐버렸어요. 그리고 빅토리아홀에서 멋진 음악회가 있었는데 차라리 거기라도 갔으면 좋았을 텐데……. 이젠 그것도 이것도 틀려버렸어요. 그런데도 그 사람만은 그 보잘것없는 댄스파티에 늦지 않고 시간에 맞추어 갈 수 있었어요."

그들은 조금 떨어진 채 역 쪽을 향해 터벅터벅 걸어갔다. 크리스틴이 화를 낸 건 그에게는 처음 있는 일이었다. 그리고 자기 자신도 화가 나 있었다. 자신에 대해서도, 햄손에 대해서도, 그리고 크리스틴에 대해서도. 아무튼 오늘 밤은 모든 일이 뒤죽박죽 엉망이 되어버렸다고 그녀가 말했는데, 그건 사실이었다. 사실 지금도 그는 그녀의 창백하고 굳은 얼굴을 슬그머니 살펴보면서 정말 어처구니없는 실패였다고 느끼고 있었다.

두 사람은 역으로 들어갔다. 상행선 플랫폼으로 가려던 앤드루의 눈에 저쪽 플랫폼에 서 있는 두 사람의 낯익은 모습이 확연히 들어왔다. 누구인지 대번에 알 수 있었다. 브람엘 부인과 갸벨 의사였다. 그 순간, 퍼스콜 해변으로 가는 지방선 하행열차가 들어왔다. 갸벨과 브람엘 부인은 얼굴을 마주보고 웃으면서 함께 퍼스콜 행 열차에 올라탔다. 기적이 울렸다. 열차는 증기를 내

뿜으며 출발했다.

앤드루는 갑자기 괴로운 심정이 되었다. 제발 크리스틴이 지금의 광경을 보지 못했으면 하고 간절히 바라면서 그는 힐끗 그녀를 훔쳐보았다. 그는 오늘 아침 브람엘을 만났었다. 그때 브람엘은 날씨가 좋다는 얘기를 하고 나서, 아내가 주말을 슐즈베리의 친정에서 보내게 되었다고 뼈마디가 굵은 두 손을 비비면서 만족스럽다는 듯이 말했던 것이다.

앤드루는 고개를 푹 숙인 채 말없이 서 있었다. 자신이 지금 뜨거운 연애를 하고 있는 중인지라 방금 목격한 장면과 그것이 뜻하는 모든 사실이 육체적인 아픔처럼 그를 괴롭혔다. 이런 일 때문에 오늘 하루가 엉망이 되어버리는 건 아무리 생각해도 울화통이 터지는 노릇이었다. 기분이 싹 바뀌고 말았다. 모처럼의 즐거움에 그늘이 지고 만 것이다. 그는 마음을 툭 터놓고 크리스틴과 얘기를 나누면서 두 사람 사이의 이 어리석기 짝이 없는 거북함을 깨끗이 없애버리고 싶었다. 그렇게 하려면 무엇보다도 먼저 둘만의 조용한 시간을 가져야 하리라. 플랫폼으로 들어온 드라이네피 행 열차는 초만원이었다. 두 사람은 광부들로 꽉 들어찬 찻간에 가만히 있을 수밖에 없었다. 모두들 마을의 축구시합 얘기를 큰 소리로 주고받고 있었다.

드라이네피에 도착했을 때는 벌써 시간도 늦었고, 게다가 크리스틴은 완전히 피로에 지쳐 있는 것 같았다. 그는 그녀도 브람엘 부인과 갸벨을 봤음에 틀림없다고 짐작했다. 그러나 오늘 밤은 더 이상 이야기를 나눌 수가 없었다. 다만 그녀를 하버드 부인 집까지 바래다주고 비참한 심정으로 안녕 하고 인사하는 것 이외에는 별다른 방법이 없었다.

10

앤드루가 브링거워에 도착한 것은 이미 한밤중에 가까운 시간이었다. 존 모건이 문을 닫아버린 진료소와 집의 현관 사이를 잰걸음으로 왔다갔다 하면서 그를 기다리고 있었다. 그의 모습을 보자 그 억센 착암부의 얼굴은 이젠 살았구나 하는 안도의 표정으로 돌변했다.

"아, 선생님 이제 오셨군요. 벌써 한 시간 이상이나 여기서 왔다갔다 하고 있었어요. 집사람이 선생님을 모셔오라는 겁니다. 예정보다 빠른 모양이에 요."

앤드루는 후다닥 지금까지의 명상에서 깨어나 모건에게 잠깐 기다리라고 말했다. 진찰가방을 가지러 집안으로 들어갔다가 곧장 그와 함께 블레너 언덕의 12호로 향했다. 밤공기는 싸늘하게 신비로운 정막 속에 깊이 뒤덮여 있었다. 언제나 민첩한 그와는 달리 오늘 밤의 앤드루는 울적할 뿐이고, 머리는 멍해져 있었다. 그는 이 심야의 왕진이 여느 때와 다른 것이 되리라는 것은 물론, 드라이네피에서의 자신의 미래를 좌우하는 것이 되리라고는 꿈에도 전혀 생각지 못했다. 두 사람은 묵묵히 걷고 있었다. 12호의 문앞에 이르자 모건이 우뚝 걸음을 멈추었다.

"전 들어가지 않겠습니다."

그가 말했는데, 그 음성에는 긴장감이 뚜렷이 깃들여 있었다.

"하지만 선생님, 선생님께 맡겨놓기만 하면 아무런 걱정이 없다고 생각하고 있습니다."

안으로 들어서자 좁은 계단이 작은 침실로 통해 있고, 청결하기는 하지만 변변한 가구도 없이 석유램프 하나가 달랑 켜져 있을 뿐이었다. 방에는 키가 큰 백발의 일흔 살쯤 되어 보이는 모건의 장모와 살찐 초로의 산파가 임산부 곁에 있었다. 앤드루가 방안을 살펴보는 동안 그들은 그의 표정을 엿보고 있었다.

"차를 준비하겠어요, 선생님."

잠시 후, 장모가 빠른 말투로 말했다.

앤드루는 살짝 미소를 지었다. 경험이 있는 이 노파는 아직 많은 시간이 충분히 남아 있음을 알고 있었기 때문에 그가 나중에 다시 오겠다면서 산파를 혼자 두고 그대로 되돌아가지 않을까 걱정하고 있는 것 같았다.

"걱정 마세요, 할머니. 전 도망가지 않을 테니까요."

그는 부엌으로 내려가서 임산부의 어머니가 끓여준 차를 마셨다.

피곤에 지쳐 있기는 했으나 설사 집으로 되돌아간다 해도 한 시간도 제대로 잠을 잘 수 없다는 건 뻔한 노릇이었다. 게다가 산파에게는 자신의 지시와 주의력이 절대적으로 필요하다는 것을 잘 알고 있었다. 그러는 동안 졸린 것 같으면서도 이상하게 감각이 없는 기분을 느꼈다. 그는 모든 일이 다 끝날 때까지 여기서 견디기로 마음먹었다.

한 시간쯤 지난 뒤, 그는 다시 2층으로 올라가 경과를 살피고 나서 아래층으로 내려와 부엌의 불가에 앉았다. 난로 속에서 타다 남은 재가 탁탁거리는 소리와 벽시계가 느릿느릿 똑딱거리는 소리 이외에는 조용하기만 했다. 아니, 또 하나 들리는 소리가 있었다. 그것은 바깥에서 왔다갔다 하는 모건의 발소리였다. 마주보고 앉아 있는 노파는 검은 옷을 입고 꼼짝하지 않고 있었으나, 이상스레 생생하고 분별 있는, 탐색하는 듯한 시선을 그의 얼굴에서 떼려고 하지 않았다.

그의 머리는 울적하고 혼란되어 있었다. 커디프 역에서 목격했던 장면이 병적일 만큼 끈질기게 그를 괴롭히고 있었다. 비열하게 속이고 있는 여자에게 홀딱 빠져 있는 브람엘, 잔소리를 늘어놓는 블로드웬의 엉덩이에 깔려 있는 에드워드 페이지, 아내와 헤어져 불행한 생활을 하고 있는 데니, 그는 그러한 사람들에 대해 생각했다. 이성은 이들의 결혼이 모두 비참한 실패임을 말해주고 있었다. 결론적으로 지금 그의 상태에서는 다만 망설일 수밖에 없었다. 결혼을 목가적인 것으로 생각하고 싶었으며, 사실 크리스틴의 모습을 앞에 두고는 달리 다른 생각할 수도 없었다. 그를 바라보고 있는 크리스틴의 빛나는 눈은 그 이외의 결론 따위는 절대로 용납하지 않을 것 같았다. 그것은 냉정하고 회의적인 머리와 넘쳐흐를 듯한 심정과의 투쟁인 까닭에 그를 격분과 혼란으로 끌어넣었던 것이다. 그는 턱을 가슴에 묻고 두 다리를 쭉 뻗은 채 사색에 골몰하여 물끄러미 불을 응시했다.

이런 식으로 오랫동안 크리스틴만을 생각하며 꼼짝 않고 있었으므로 마주 앉아 있는 노파가 불쑥 말을 걸어왔을 때 그는 흠칫 놀랐다. 노파의 명상은 그와는 동떨어진 다른 생각을 하고 있었던 것이다.

"수잔이 말예요, 태어나는 아기에게 나쁠지도 모르니 마취는 하지 말아달라고 부탁하더군요. 그애는 그걸 무척이나 걱정하고 있답니다, 선생님."

그녀의 늙은 눈이 무엇을 생각했는지 갑자기 열기를 띠었다. 그리고 낮은 목소리로 덧붙였다.

"그렇답니다. 솔직히 말해서 우린 모두 그렇게 생각하고 있어요."

그는 억지로 마음을 가라앉혔다.

"마취를 해도 별다른 지장은 없어요."

그는 부드러운 어조로 말했다.

"괜찮습니다."

그때, 산파가 부르는 소리가 계단 위에서 들려왔다. 앤드루가 벽시계를 쳐다보니 정각 3시 반이었다. 그는 의자에서 일어서서 침실로 올라갔다. 이윽고 일이 시작되었다고 생각하며 마음을 가다듬었다.

한 시간이 경과했다. 길고 힘겨운 투쟁이었다. 그러는 가운데 새벽 햇살이 덧문 틈새로 새어들 무렵 드디어 아기가 태어났다⋯⋯. 하지만 생명이 없었다.

움직이지 않는 살덩이를 응시하고 있는 동안 공포의 전율이 앤드루를 덮쳤다. 그토록 자신있게 떠맡았건만! 그때까지 너무 열심이었기 때문에 달아올랐던 얼굴이 갑자기 얼음장처럼 차가워졌다. 아기를 소생시키고 싶은 욕구와 시간을 다투는 상태에 있는 산모에 대한 의무감 사이에서 그는 주저하고 머뭇거렸다. 이 딜레마는 시간을 다투는 것이었으나 그는 그것을 의식하고 해결한 것은 아니었다. 그는 본능적으로 갓난아기를 산파의 손에 넘겨주고 바로 수잔 모건에게 주의를 돌렸다. 그녀는 허탈상태에 빠져 맥도 거의 없는 데다 아직 마취에서 깨어나지 못한 채 옆으로 누워 있었다. 그는 필사적으로 끊어지려고 하는 생명과 미친 듯이 싸우기 시작했다. 앰플을 깨뜨려 피튜이트린 주사를 놓은 것도 순간적인 동작이었다. 이어 주사기를 내던지고 깊은 잠에 빠져 있는 여자의 생명을 되돌리기 위해 최선의 노력을 기울였다. 몇 분 동안 열에 들뜬 듯이 노력하고 있는 동안 그녀의 심장이 차츰 힘을 되찾아 이제는 손을 떼어도 안전하다고 느껴졌다. 그는 와이셔츠 바람으로 땀투성이의 이마에 머리칼이 달라붙은 채 몸을 홱 돌렸다.

"아기는 어디 있소?"

산파는 깜짝 놀라는 시늉을 했다. 그녀는 갓난아기를 침대 밑에 그냥 놓아두었던 것이다.

앤드루는 지체없이 무릎을 꿇고 앉았다. 그리고 손으로 더듬어 침대 밑의 후줄근하게 젖은 신문지 속에서 갓난아기를 끌어냈다. 잘생긴 사내아이였다. 호물호물하고 따뜻한 몸은 비계처럼 희고 부드러웠다. 성급하게 자른 배꼽은 오그라든 줄기처럼 되어 있었다. 피부는 매끄럽고 연약하며 깨끗했다. 머리가 가느다란 목덜미에 축 늘어져 있었다. 사지는 마치 뼈가 없는 것처럼 보였다.

앤드루는 무릎을 꿇은 채 초췌한 얼굴을 찌푸리고 물끄러미 갓난아기를 들여다보았다. 피부가 희고 창백한 것은 가사상태 즉, '아스픽셔 발리더[蒼白假

死)'를 뜻하는 것이었다. 그는 부자연스러울 만큼 긴장된 머리로 일찍이 사말리턴 산원(産院)에서 보았던 어떤 방법, 즉 옛날부터 행해지고 있는 응급처치를 서둘러 상기해 내려고 애썼다. 그는 곧장 일어섰다.

"뜨거운 물과 냉수를 가지고 오세요."

그는 산파에게 말을 던졌다.

"그리고 세숫대야도. 빨리, 빨리!"

"하지만, 선생님······."

산파는 갓난아기의 창백한 몸에 눈길을 떨구면서 더듬거렸다.

"빨리!"

그는 다시 소리쳤다.

그는 담요를 깔고 그 위에 갓난아기를 눕힌 후 특수한 인공호흡을 시작했다. 세숫대야와 주전자와 큼직한 쇠솥이 준비되었다. 그는 미친 듯이 한 세숫대야에는 냉수를, 그리고 다른 세숫대야에는 간신히 손을 담글 수 있을 만큼 뜨거운 물을 타서 열탕을 만들었다. 이어 발광한 요술쟁이처럼 두 개의 세숫대야를 사이에 두고 갓난아기를 냉수에 담갔다가 뜨거운 물에 담갔다가 하는 것을 계속 되풀이했다.

15분이 지났다. 땀이 앤드루의 눈에까지 흘러들어가서 앞이 보이지 않았다. 한쪽 소맷부리가 축 처져서 물방울이 뚝뚝 떨어졌다. 그는 차츰 숨이 차서 헐떡거리고 있었다. 그러나 축 늘어진 갓난아기에게서는 호흡 같은 건 새어나올 기색조차 보이지 않았다.

실패의 절망감이 덮쳐왔다. 격렬한 노여움이 뒤섞인 자포자기를 느꼈다. 그는 산파가 놀란 나머지 멍하니 자기를 바라보고 있다는 것을 깨달았다. 그리고 벽에 딱 달라붙어 우두커니 선 채 자신의 목을 손으로 누르고 아무 말도 없이 불타는 듯한 눈을 그에게 돌리고 있는 노모가 있었다. 노모가 그 딸 못지않게 이 손자아기를 바라고 있었음은 그도 이미 잘 알고 있었다. 그러나 모든 일은 좌절되어 허사가 되어버렸으며, 더 이상 손을 쓸 수 없게 된 것이다.

마룻바닥은 이미 발 디딜 곳도 없을 만큼 엉망이 되어 있었다. 앤드루는 흥건히 젖은 수건에 발이 걸려 흰 생선처럼 미끈미끈한 갓난아기를 하마터면 떨어뜨릴 뻔했다.

"제발 부탁드립니다, 선생님."

산파는 훌쩍훌쩍 울먹였다.

"사산인걸요, 뭘······."

앤드루는 그녀의 말 따윈 대꾸도 하지 않았다. 반 시간이 지나도록 반응이 없는 그런 절망 속에서도 그는 마지막 안간힘을 다하여 거친 타월로 갓난아기를 마찰하는가 하면, 두 손으로 작은 가슴을 눌렀다 놓았다 하면서 그 흐늘흐늘한 몸에 호흡을 불어넣으려고 애썼다.

그러는 동안, 기적이라도 일어난 듯 그가 손으로 누르고 있는 작은 가슴이 문득 경련이라도 일으킨 것처럼 흠칫 부풀었다. 또 한 번, 그리고 또 한 번. 앤드루는 현기증을 느꼈다. 그토록 무익한 노력만 되풀이한 끝에 손가락 밑에서 톡톡 느껴지는 생명의 감촉은 뭐라 표현할 수 없는 쾌감을 주었으며, 그대로 정신을 잃을 것만 같았다. 그는 더욱 노력을 기울이며 몰두했다. 마침내 갓난아기는 차츰 깊게 헐떡이고 있었다. 점액 거품이 한쪽 콧구멍에서 흘러나왔다. 희망에 가득 찬 무지개빛 거품이었다. 사지는 이제 뼈가 없는 것처럼 축 처져 있지는 않았다. 뿌옇던 살갗은 서서히 핑크빛을 드러내기 시작했다. 마침내 형용할 수 없을 만큼 반가운 갓난아기의 울음소리가 귓전을 때렸다.

"하늘에 계시는 아버지시여!"

산파는 기쁨의 울음을 와락 터뜨렸다.

"정말······, 정말 살아났구나."

앤드루는 갓난아기를 그녀에게 건네주었다. 그는 피로에 지쳐서 머리가 뒤흔들리는 느낌이었다. 방안은 온통 발 디딜 틈도 없을 만큼 흐트러져 있었다. 담요, 타월, 세숫대야, 더러워진 기구, 바늘 끝이 리놀륨 바닥에 꽂혀 있는 주사기, 물구덩이에 옆으로 기울어져 있는 솥, 난장판이 되어 있는 침대 위에는 산모가 아직 마취제에 취해 조용히 꿈을 꾸고 있는 중이었다. 노파는 여전히 꼼짝 않고 벽에 달라붙어 서 있었다. 하지만 곧 그녀의 양손은 모아졌고 입술이 소리없이 움직이기 시작했다. 기도를 드리고 있는 것이다.

앤드루는 기계적으로 와이셔츠 소매를 내리고 사심없이 저고리를 입었다.

"산파, 진찰가방은 나중에 가지러 오겠소."

그는 계단을 내려와 부엌을 지나서 개수대로 다가갔다. 입술이 바싹 말라붙어 있었다. 부엌에서 큰 컵에 물을 따라 단숨에 쭉 들이켰다. 그리고 모자와 외투를 집었다.

밖으로 나오자 존이 기다림에 지친 긴장된 얼굴로 보도에 서 있었다.

"잘됐어요, 존."

그는 더듬더듬 말했다.

"산모와 아이 모두 건강해요."

밖은 벌써 밝아져 있었다. 5시쯤 된 것 같았다. 거리에는 광부들의 모습이 몇 사람 보였다. 야근조와의 교대가 벌써 시작된 것이다. 앤드루는 그 사람들과 함께 피곤에 지쳐 천천히 아침 하늘 밑을 발소리를 저벅저벅 울리며 걸어갔다. 자신이 드라이네피에서 겪었던 다른 일은 모두 잊어버리고 다만 이렇게 중얼거렸다.

"어쨌든 일다운 일을 하나 해냈다. 오오, 하나님이시여, 저는 정말 진정코 의미있는 일을 드디어 완수했습니다."

그는 무턱대고 그 일만을 곰곰 생각했다.

11

수염을 깎고 목욕을 하고 나자—언제나 욕조에 따뜻한 물이 가득 차 있는 것은 애니의 덕택이었다—얼마간 피로가 가시는 것 같았다. 그러나 그가 자기 침실에서 자지 않은 사실을 어떻게 눈치챈 페이지 부인은 아침 식탁에서 노골적으로 싫은 소리를 했다. 그러나 그가 아무런 대꾸도 하지 않자 그녀는 더욱더 제멋대로 지껄여댔다.

"호호호, 오늘 아침엔 약간 지친 것 같군요. 눈언저리가 거무스레한 것을 보니 말예요. 스원시에서 돌아오지 않았던가요, 오늘 아침까지? 게다가 부탁한 팔리 상점의 케이크도 잊어버렸군요. 그러니까 줄곧 마시고 돌아다녔단 얘긴가요, 호호호! 속아 넘어가진 않을 거예요, 나는! 너무 고지식해서 아무래도 위태롭다고 짐작은 하고 있었어요. 선생도 역시 똑같은 대진에 지나지 않아요. 술을 마시지 않거나 뭔가 잘못을 저지르지 않는 대진이라곤 한 사람도 못 봤어요."

아침 진찰과 점심시간 전의 왕진을 마치고 나서 앤드루는 모건의 집에 들러보았다. 블레너 언덕에까지 다다른 것은 12시 반이었다. 활짝 열어젖힌 문 앞에 여자들이 잔뜩 모여 뭔가 이야기하고 있다가 그가 지나가자 모두들 이야기를 뚝 그치고 웃는 얼굴로 상냥하게 인사했다.

"안녕하십니까?"

그녀들은 입을 모아 그를 반갑게 맞아들였다. 12호 주택 가까이 왔을 때 그는 창문에 언뜻 누군가의 얼굴이 보인 것만 같았다. 과연 그랬다. 집안 식구들은 모두 그가 오기를 무척 기다리고 있었다. 새로 하얗게 칠한 계단 입구에 첫발을 내딛는 순간, 문이 활짝 열리면서 노파가 주름투성이의 얼굴을 믿지 못할 만큼 환하게 반짝거리면서 그를 집안으로 안내했다.

사실 노파는 어떻게 해서라도 그를 대접하려고 그에게 말을 꺼낼 겨를도 주지 않았다. 우선 객실에서 뭐든 가벼운 식사라도 들라고 그녀는 말했다. 그가 정중히 사양하자 그녀는 안절부절 못하면서 말했다.

"그럼 좋습니다. 어쩔 수 없죠, 선생님. 말씀대로 그렇게 해야죠. 정 그러시다면 아래층으로 내려오실 때 말오줌나무술 한 잔과 함께 케이크 한 쪽이라도 드십시오."

주름투성이의 떨리는 손으로 그녀는 2층으로 올라가는 그의 어깨를 가볍게 두드렸다.

그는 침실로 들어갔다. 얼마 전까지만 해도 그토록 지저분하기 짝이 없던 이 작은 방은 눈부실 정도로 깨끗이 청소가 되어 있었다. 그의 도구도 모두 정돈되어 니스칠을 한 화장대 위에서 반짝반짝 빛나고 있었다. 진찰가방은 이미 정성스럽게 기름을 발라 닦여져 있었고, 쇠고리도 약가루로 광을 내어 은처럼 반짝거리고 있었다. 침구도 싹 바뀌어 새 이불이 깔려 있었고, 그 위에는 이제 아기엄마가 된 평범한 얼굴의 한 중년 여자가 말없이 행복한 눈으로 그를 바라보고 있었다. 갓난아기는 퉁퉁 불은 젖꼭지를 조용히 기분 좋게 빨고 있었다.

"이젠 말이에요."

건장한 산파가 만면에 미소를 띠고 침대 곁에서 일어섰다.

"두 사람이 다 이젠 아무 탈이 없어요. 보세요, 선생님. 얼마나 우리들을 고생시켰는지 두 사람 다 모를 거예요. 하긴 안다고 해도 어쩔 수 없지만 말입니다."

수잔 모건은 입술을 가리키면서 감사하다는 말을 꺼내고 싶었던 모양이지만 조용한 눈으로 애교를 부리는 게 고작이었다.

"암, 알고말고요."

상대의 마음을 잘 알고 있다는 듯이 산파는 고개를 끄덕여 보였다.

"게다가 잊어서는 안 돼요. 아주머니 나이로는 더 이상 아이를 낳을 수 없을 테니까 말예요. 이번에 실패했더라면 평생 동안 결코 바랄 수 없는 일이었어요."

"그것도 알고 있어요. 존스 부인."

문 곁에서 노파가 의미심장한 어조로 말했다.

"모두 다 이 선생님 덕택이에요."

"우리 집 주인양반을 만나보셨나요, 선생님?"

수잔이 조심스럽게 물어보았다.

"아직 못 만나셨나요? 그럼, 그분은 곧 돌아올 거예요. 무척 기뻐하고 있답니다. 우리들이 남아프리카로 가버렸으면, 그래서 선생님의 힘을 빌리지 못했더라면 그걸로 끝나고 말았을 텐데, 하고 그분은 줄곧 그 말만 하고 있어요, 선생님."

그는 속을 넣은 케이크와 말오줌나무술로 충분히 원기를 되찾은 후 모건의 집에서 나왔는데……, 손자의 건강을 축하하는 건배를 거절했더라면 얼마나 노파가 실망했을까? 이상하게도 뜨거운 것을 가슴언저리에서 느끼면서 그 뒤에도 왕진을 계속했다. 자신이 영국의 국왕이었다 해도 그들로부터 그토록 열렬한 환영을 받지는 못했으리라고 그는 부끄러운 마음으로 그렇게 생각했다. 어쩌면 이 사건은 커디프 역의 플랫폼에서 보았던 그 장면의 해독제가 된 셈이었다. 현재 모건의 가정을 가득 채우고 있는 행복을 가져다준다면 결혼이며 가정생활도 결코 버릴 만한 것은 못 된다.

그로부터 2주일 후, 앤드루가 마지막 왕진을 위해 12호 주택에 들어서자 존 모건이 얼굴을 쑥 내밀었다. 존의 태도는 지나칠 정도로 공손했다. 그리고 어떻게 말을 꺼낼까 하고 한참 동안 주저하다가 결심했다는 듯 이야기를 꺼내기 시작했다.

"정말입니다, 선생님. 뭐라고 말씀드려야 좋을지 모르겠어요. 말주변이 없어서 말입니다. 그저 노력해 주신 데 대해선 돈 같은 것으로는 다 보답할 수 없다고 생각하고 있습니다. 그렇지만 역시 집사람과 저의 조그마한 감사의 표시니 이걸 받아주시면 정말 고맙겠습니다."

그리고 그는 서둘러 한 장의 종이를 앤드루의 손에 건네주었다. 액면 5기니라고 적혀 있는 건축조합 발행의 수표였다.

앤드루는 그 수표를 물끄러미 응시했다. 모건 일가는 이 고장에서는 어느 정도 편한 생활을 누리고 있는 편이었지만 결코 유복하다고 말할 수는 없었다. 더구나 여행 직전이라 갖가지 지출이 그렇지 않아도 적지 않을 텐데, 이러한 거금은 대단한 희생인 동시에 그야말로 온갖 정성이 들어간 귀중한 성의라고 말하지 않을 수 없었다.

앤드루는 감동하여 말했다.

"이것은 받지 못하겠어요, 존."

"아닙니다. 꼭 받아주셔야 합니다."

존은 진지한 얼굴로 앤드루의 손을 감싸듯이 쥐면서 한사코 듣지 않았다.

"받아주시지 않으면 집사람과 저는 한시도 마음 편히 지낼 수 없을 것 같습니다. 이건 선생님께만 드리는 정표입니다. 페이지 선생님에게가 아닙니다. 그 선생님께는 여러 해 동안이나 꼬박꼬박 지불해 왔으니까요. 이건 선생님에게만 감사의 표시로 드리는 것입니다. 젊은 선생님, 저의 이 간절한 마음을 알아주십시오."

"아, 알았소. 알았어요, 존."

앤드루는 웃으면서 고개를 끄덕였다. 그는 수표를 접어 조끼주머니에 넣고는 그대로 며칠 동안 그 일은 까맣게 잊어버리고 있었다. 다음주 화요일에야 그는 서부합동은행 앞을 지나치다가 무심코 그 생각이 나서 잠깐 망설인 후 그대로 안으로 들어갔다. 이제까지 페이지 부인이 언제나 월급을 현찰로 지불해 주어서 그는 그것을 현금등기로 장학금 사무국에 송금하고 있었기 때문에 은행 신세를 질 기회가 없었던 것이다. 하지만 오늘은 약간의 돈이 있다고 생각하니 기분이 좋아서 존의 사례금으로 저축구좌를 트려고 작정한 것이다.

그는 쇠그물 창구 앞에서 수표에 사인을 하고 전표에도 기입한 다음 그것을 젊은 출납계원에게 건네주고 미소를 띠며 부탁했다.

"대단한 액수는 아니지만 어쨌든 첫 거래이니까요."

그러고 있는 동안 그는 지점장인 애뉴린 리스가 안쪽에서 이쪽을 바라보며 돌아다니고 있는 것을 알아차렸다. 그가 막 되돌아가려 했을 때 이 이마가 길쭉하게 생긴 지점장이 출납계까지 다가왔다. 그리고는 방금 건네준 수표를 두 손으로 집어들었다. 그는 살며시 주름을 펴면서 안경 너머로 앤드루를 곁눈질했다.

"안녕하세요, 맨슨 선생. 웬일이십니까?"

그는 거기서 잠깐 말을 끊었다. 그리고는 누런 금니 사이로 숨을 내쉬었다.

"저어, 이걸 새 구좌에 넣으시는 건가요?"

"네, 그렇습니다."

앤드루는 약간 놀란 어조로 말을 이었다.

"구좌를 트는 데 이 돈이 너무 적다는 건가요?"

"아뇨, 아뇨, 그럴 리가. 금액이 문제가 아니죠. 그렇게 해주신다면 저희들로서는 고마운 일이죠……."

리스는 망설이다가 수표를 조사해 보더니 마침내 수상쩍은 눈매를 치켜올려 앤드루의 얼굴을 물끄러미 쳐다보았다.

"저어……, 이것을 선생 이름으로 하라는 말씀인가요?"

"그야……, 물론이죠."

"좋습니다. 좋고말고요."

그는 표정을 갑자기 애매한 웃음으로 얼버무렸다.

"잘 몰라서 좀 물어봤을 뿐입니다. 정말 요즘은 좋은 날씨가 계속되는군요. 여느 때 같으면 장마철인데. 그럼 실례하겠습니다, 맨슨 선생. 안녕히 돌아가세요."

맨슨은 이 대머리 구두쇠가 묘한 소리를 지껄이는구나 하고, 이상하게 여기면서 은행을 나섰다. 그 의혹이 풀린 것은 그로부터 며칠 뒤의 일이었다.

12

크리스틴은 1주일 전에 벌써 휴가를 떠나고 없었다. 그는 모건의 일에 매달려 있었기 때문에 그녀가 출발하는 날에도 잠깐 만났을 뿐이었다. 제대로 작별인사도 나누지 못했다. 하지만 막상 그녀가 떠나고 보니 그녀가 너무나도 사무치게 그리워 견딜 수가 없었다.

여름철 거리의 더위는 유별나게 지독했다. 봄의 푸른색도 이미 오래전에 시들어 칙칙한 누런색으로 바뀌어 있었다. 주위 산들은 열병과도 같은 공기로 뒤덮여 있고, 매일처럼 광산이며 채석장에서 폭파가 일어날 때마다 그 조용하고 나른한 공기를 뒤흔들어 산골짜기는 귀청 떨어질 듯한 음향의 둥근 덮개 속에 휩싸이는 느낌이었다. 갱 속에서 나오는 사람들은 광석가루가 녹이라도 슨 것처럼 얼굴에 찰싹 들어붙어 있었다. 어린애들은 뛰어노는 것도 실 증나고 지쳤는지 맥이 풀린 듯했다.

마부인 토머스 노인이 황달에 걸려 자리에 누운 뒤부터는 앤드루는 왕진을 갈 때마다 어디라도 걸어가야만 했다. 찌는 듯한 거리 한복판을 터벅터벅 걸 어가면서 그는 크리스틴의 일로 머리가 꽉 차 있었다. 그녀는 지금쯤 뭘 하고 있을까? 역시 나를 생각하고 있을까? 아마 조금쯤은 생각해 주겠지. 그리 고 장래는 어떻게 될 것인가? 앞날에 대한 그녀의 예상은? 과연 두 사람이 함께 행복한 생활을 누릴 수 있는 기회는 올 것인가?

그런데 마침 그 무렵, 전연 뜻밖에도 그는 워킨스로부터 회사 사무실까지 와줄 수 없느냐는 편지를 받았던 것이다.

광산감독은 그를 상냥하게 맞아들이고 의자를 권한 다음 책상 위에 놓여 있 는 담배 케이스를 건넸다.

"다름이 아니라, 선생."

그는 친절한 어조로 말했다.

"전부터 얘기하려고 생각하고 있었는데……, 그것도 회사의 연차보고서를 작성하기 전이 좋을 것 같아서……."

그는 여기서 말을 끊고 혀에 달라붙은 누런 담배 부스러기를 손가락으로 집 어냈다.

"엠린 휴즈라든가, 어드 윌리엄즈와 같은 분들이 앞장서서 주장하고 있으 며, 꽤 많은 사람들이 당신을 회사의 정식 의사로 책정하라고 내게 말하고 있 단 말일세."

앤드루는 갑자기 만족과 홍분에 휩싸여 의자에 앉은 채 자세를 바로했다.

"그럼……, 페이지 선생의 일을 이어받으란 말씀인가요?"

"아니, 아니지. 반드시 그런 것은 아니에요."

워킨스는 차분한 어조로 말했다.

"그게 약간 까다롭단 말일세. 이곳 인사문제는 상당히 조심스럽게 처리해 야 되기 때문에, 그야 나로서는 페이지 선생을 회사의 명부에서 뺄 수는 없는 노릇이지요. 그런 일은 절대로 용납하지 않겠다고 하는 사람들이 꽤 많은 편 이요. 내가 말하는 건 당신에게도 가장 좋은 방법이라고 생각하는데, 아무 말 없이 당신을 살짝 회사 명부에 올려버리는 거예요. 그렇게 하면 페이지 선생 한테서 당신 쪽으로 옮기고 싶은 사람들은 쉽게 그렇게 할 수 있으니까요."

앤드루의 표정에서 이제까지의 흥분된 열기는 식었다. 역시 긴장된 얼굴이었지만 이마를 찌푸리고 있었다.

"하지만 감독님께선 알고 계실 겁니다. 제가 그런 일을 못하는 인간이라는 걸 말입니다. 저는 페이지 선생의 대진으로서 이곳에 와 있는 겁니다. 그런 제가 서로 경쟁하는 입장에 서다니……, 적어도 양식을 지닌 의사로서는 할 수 없는 짓입니다."

"그렇다고 다른 방법이 있는 것도 아니잖소."

"어째서 나에게 선생님의 일을 인계해 주지 않는가요?"

앤드루는 황급히 다그쳤다.

"나는 기꺼이 수입의 일부를 그 대가로 지불하겠어요……. 이것도 한 방법이 되지 않을까요?"

워킨스는 생각할 것도 없다는 듯 머리를 가로저었다.

"블로드웬이 승복하지 않아요. 언젠가도 내가 귀뜸한 적이 있었는데 펄쩍 뛰더군. 자신이 확고한 기반을 가지고 있다는 걸 그녀는 누구보다도 잘 알고 있으니까요. 고루한 분들은 거의 모두가, 예컨대 이노크 데이비스 같은 사람은 페이지의 편이지요. 그 사람들은 페이지가 복귀할 거라고 믿고 있지요. 만일 내가 페이지를 쫓아내려고 획책이라도 한다면 그야말로 이쪽이 골탕을 먹게 된다는 건 불을 보듯 뻔한 노릇이죠."

거기서 그는 잠시 말을 끊었다.

"그럼 내일까지 잘 생각해 보세요. 새 명부를 스윈시의 본사로 보내는 것은 당분간 보류하겠어요. 일단 보낸 다음에는 한 해 동안 어떻게 할 수도 없으니까요."

앤드루는 그 순간, 마룻바닥을 응시하고 있다가 드디어 찬성할 수 없다는 몸짓을 해 보였다. 조금 전에는 그토록 부풀어 있던 희망도 지금은 완전히 땅에 떨어져 와장창 부서지고 말았다.

"소용없습니다. 나는 도저히 할 수 없습니다. 설사 몇 주일을 생각한다 해도 마찬가지일 것입니다."

이러한 결심에 도달한 것과, 그리고 자신에 대한 워킨스의 특별한 호의를 충분히 이해하면서도 굳이 이렇게 고집을 부려야 하는 것은 무척 괴로운 일이 아닐 수 없었다. 그러나 자신이 이렇게 드라이네피에 와 있는 것이 페이지 의사의 대진으로서라는 사실은 아무래도 부정할 수 없는 사실이었다. 설령 어떠한 특수한 사정이 있다 하더라도 자기 주인에게 대항한다는 것은 생각할 수 없는 노릇이었다. 만일 페이지가 요행히 다시 일을 할 수 있게 된다면……, 그 노인이 새로운 환자를 얻기 위해 고전분투하는 것을 무슨 면목으로 볼 수 있겠는가! 아니다, 이런 제의를 받아들일 수는 없다. 그것은 나 자신의 의사에 어긋나는 일이다.

그렇지만 그날 온종일 그는 블로드웬의 염치없는 착취를 원망하고 자신이 어쩔 수 없는 입장에 놓여 있음을 시인하면서 이같은 상담 따윈 아예 없었으면 좋았을 텐데 하고 생각하며 울적한 심정에 빠져 있었다. 그날 밤 8시경, 그는 풀죽은 모습으로 데니를 방문했다. 한동안 만나보지 못했기 때문에 데니하고 이야기를 나누면 자신의 행동이 정당했다는 확신을 얻을 수 있어 기운이 날지도 몰랐기 때문이다. 데니의 하숙에 도착한 것은 8시 반경이었는데, 항상 그랬듯이 노크도 하지 않고 거실로 불쑥 들어갔다.

데니는 소파에 누워 있었다. 조명이 어두웠기 때문에 그는 데니가 피곤한 하루 동안의 일을 마치고 휴식을 취하고 있는 줄로만 알았다. 그러나 데니는 그날 일이라곤 전연 하지 않았던 것이다. 그는 형편없이 취하여 무거운 한숨을 내쉬면서 한쪽 팔을 얼굴에 대고 엎드려서 자고 있었다.

앤드루가 뒤돌아보자 하숙집 아주머니가 바로 옆에까지 와서 걱정스럽다는 듯 그를 쳐다보고 있었다.

"선생님이 들어오시는 소리가 나서 나와봤어요. 이분은 온종일 이러고 계신답니다. 아무것도 잡수시지 않고, 정말 딱해요."

앤드루는 어떻게 대답해야 좋을지 몰랐다. 그는 선 채 곤드레만드레가 되어 있는 데니의 얼굴을 쳐다보며 자기가 이 드라이네피에 도착하던 날 밤, 진료소에 와서 데니가 말했던 최초의 비꼬아대는 한 마디를 다시 생각하고 있었다.

"벌써 열 달쯤 될 거예요. 그 동안은 한 번도 이런 일이 없었는데 말예요."

하숙집 아주머니가 말을 이었다.

"그 동안은 술도 별로 드시지 않았어요. 그러나 한번 마셨다 하면 정말 형편 없다구요. 더구나 니콜스 선생님이 휴가로 안 계시기 때문에 더욱더 난처하지 뭐예요. 선생님에게 전보를 쳐야겠어요."

"톰군을 불러다주세요."

어쩔 수 없이 앤드루가 겨우 말했다.

"모두 함께 들어서 침대에 뉘어줍시다."

하숙집 여주인의 아들은 젊은 광부였는데, 무슨 장난이라도 하고 있는 줄로 알았던 모양이었다. 그 아들에게 부축하라고 해서 모두들 데니의 옷을 벗기고 잠옷으로 갈아입혔다. 그리고는 빈 자루처럼 축 늘어진 무거운 몸뚱이를 침실로 옮겼다.

"중요한 것은 앞으론 술을 못 마시게 보살펴 주는 일입니다. 필요하다면 문에다 자물쇠를 채워버리세요."

모두 함께 거실로 나갔을 때 앤드루가 여주인에게 말했다.

"그럼……, 오늘 왕진할 곳을 보여주세요."

홀에 걸려 있는 석판에서 그는 데니가 오늘 왕진해야 될 집명단을 베꼈다. 그리고 나서 곧바로 바깥으로 나섰다. 급히 돌아다녔기 때문에 11시쯤엔 얼추 왕진이 끝났다.

다음날 아침, 앤드루는 진찰을 마치자마자 곧장 데니의 하숙에 들렀다. 여주인은 두 손을 마주잡고 안절부절 못하며 나왔다.

"아무래도 모르겠어요. 어디서 술을 구하셨는지 말예요. 나는 절대로 드리지 않았어요. 그저 하느라고만 했을 뿐이었는데."

데니는 전날보다 더 많이 취해 있어서 의식이 전혀 없었다. 한참 흔들어 보기도 하고 진한 커피로 제정신을 차리게 해봤지만 결국 커피잔을 엎어버려 침대만 더럽혔을 뿐이었다. 이런 형편이어서 앤드루는 또다시 그를 대신해서 왕진을 나설 수밖에 없었다. 무더위와 파리, 토머스의 황달, 그리고 데니를 저주하면서 그는 그날도 두 사람 몫의 일을 해야만 했다.

그날 오후 늦게 앤드루는 녹초가 되어 집으로 돌아왔다. 그런데 부아가 나서 견딜 수 없었으므로 이번에야말로 절대로 데니가 술을 못 마시도록 해야겠다고 다짐했다. 그런데 데니는 잠옷 차림으로 의자에 걸터앉아 아직도 취기가 가시지 않았는지 톰과 시거 부인을 상대로 일장 연설을 토하고 있는 중이었다. 앤드루가 들어서자 데니는 갑자기 입을 다물고 경멸에 가득 찬 냉소적인 눈초리로 그를 노려보았다. 그리고 혀도 제대로 돌아가지 않는 어조로 지껄여대기 시작했다.

"하하, 착한 사마리아인이로군. 나 대신 왕진을 갔다구. 정말 고결한 마음씨야. 그러나 어째서 그런 짓을 하는 건가? 어째서 저 니콜스란 작자는 휴가를 떠나고 우리들만 일해야 된단 말인가?"

"그런 일은 알 바 없네."

앤드루도 이젠 견딜 수가 없었다.

"다만 내가 알고 있는 것은 자네가 해야 될 일을 하기만 하면 훨씬 간단했을 거라는 점이야."

"난 외과의사야. 만병통치약이 아니란 말일세…… . 만능의사라고 해야 하나. 후후후! 웃기지 마. 도대체 이건 어떤 뜻인가? 생각해 본 적이라도 있나? 모르겠다구? 그럼, 내가 가르쳐 주겠네. 그것은 마지막, 그리고 진부하기 짝이 없는 시대착오란 말이야. 하나님이 창조한 인간이 생각해 낸 가장 나쁘고 가장 어리석은 제도야. 친애하는 나의 만능의사여! 그리고 사랑하는 영국의 민중이여! 하하하."

그는 멸시하듯 크게 웃어댔다.

"만능의사란 것을 만든 건 민중이야. 게다가 그것을 아주 요긴하게 애용하고 있단 말일세. 또 그 의사를 위해 울어주기도 하고."

그는 의자에 앉은 채 비틀거리면서 불타는 듯한 눈에 다시 씁쓰레하고 음산한 빛을 띠고 계속 헛소리를 늘어놓았다.

"도대체 그 처량한 놈이 뭘 할 줄 안단 말인가? 만능의사가 말일세……, 하긴 면허장을 받은 지 20년은 족히 됐겠지. 그걸 가지고 의학이며 산과술이며, 게다가 진보된 온갖 현대과학과 외과 지식까지 어떻게 머리에 들어갈 수 있겠는가? 아아, 그렇다! 그렇군 그래! 외과에 대한 지식은 잊지 말게. 때로는 작은 병원에서 간단한 수술을 해야 되니까 말이야. 하하하!"

또다시 바보스런 야유를 던졌다.

"이를테면 말일세, 유양돌기(乳樣突起)가 그거야. 시간으로 따져 두 시간 반쯤 걸릴까? 고름을 발견하면 생명의 은인이 되겠지. 발견하지 못하는 날엔 환자를 매장할 뿐이지."

그의 목소리는 한층 높아졌다. 울화통을 터뜨리면서 거칠어지고, 주정뱅이의 치기를 노골적으로 드러내고 있었다.

"제기랄, 빌어먹을. 맨슨, 이같은 짓이 몇 백 년 동안이나 계속되어 왔는데도 녀석들은 이런 제도를 바꿀 생각조차 하지 않고 있다구. 무슨 소용이 있겠나? 무슨 소용이 있다는 거야? 여보게, 위스키를 한 잔 더 주게. 우린 모두 머리가 돌았어. 게다가 나도 취해버린 모양같네."

잠시 침묵이 계속되었다. 마침내 앤드루는 초조함을 억누르며 말했다.

"이젠 좀 어지간히 하고 잘 때가 되지 않았나? 자, 부축해서 뉘어주겠네."

"내 일에 상관 말게."

데니는 벌컥 화를 냈다.

"나한테까지 그런 어리석은 의사 흉내는 내지 말게나. 나도 그런 짓은 신물이 나도록 해왔으니 말일세. 나도 알만큼은 알고 있으니까."

그는 별안간 휘청거리면서 일어나 시거 부인의 어깨를 붙잡더니 의자에 억지로 앉혔다. 그리고 정중한 태도를 가장하면서 겁을 집어먹고 있는 그녀에게 말을 걸었다.

"오늘은 어떠십니까, 아주머니? 좀 차도가 있으신 것 같군요. 맥도 조금은 정상으로 돌아왔구요. 잠은 잘 옵니까? 하하! 흠, 그럼 진정제를 조금만 드리지요."

땅딸막하고 수염도 깎지 않은 잠옷 차림의 데니가 어쩔 줄 모르는 여주인 앞에서 아첨하듯 경의를 표하며 상류사회에 드나드는 의사 흉내를 내고 있는 모습은 우스꽝스럽기 짝이 없는 일이었는데도, 아무래도 거기에는 왠지 모를 소름이 쫙 끼치는 그 어떤 것이 있었다. 톰은 신경질적인 웃음소리를 터뜨리고 말았다. 그러자 데니는 재빨리 그의 뺨을 힘껏 후려갈겼다.

"그래 웃어라, 웃어. 턱이 어긋나도록 웃어. 하지만 나는 그런 짓을 다섯 해나 해왔다는 걸 알아두란 말이야. 제기랄! 그걸 생각하면 난 죽어버리고 싶다니까."

그는 모두를 노려보면서 맨틀피스 위에 놓인 화병을 집어들더니 다짜고짜 마룻바닥에 내동댕이쳤다. 다음 순간 쌍으로 된 화병을 두 손으로 거머잡고 이번엔 벽에다 힘껏 집어던져 박살을 내고 말았다. 그리고는 눈에 핏발이 선 채 앞으로 성큼 나섰다.

"제발 부탁이니 그만두세요."

시거 부인이 울음을 터뜨렸다.

앤드루와 톰은 곤드레만드레가 되도록 술에 취해 난폭해진 데니에게 덤벼들었다. 그러자 이번에는 일부러 골탕먹이려는 속셈인지 그는 갑자기 축 늘어져서 주정뱅이 특유의 감상적인 모습을 여지없이 드러내는 것이었다.

"맨슨."

그는 앤드루의 어깨에 기대어 헛소리를 지껄여대기 시작했다.

"자네는 정말 좋은 녀석이야. 자네와 나 이렇게 둘이서 힘을 합치기만 하면

돼먹지 못한 현대의학계를 어떻게든 구제할 수 있을 텐데 말이야."

그는 공허한 눈으로 사방을 두리번거리면서 서 있었다. 그러나 마침내 고개가 힘없이 늘어졌다. 몸도 휘청거렸다. 그리고 앤드루가 하라는 대로 옆방으로 끌려가 침대에 누웠다. 그러나 베개를 벤 머리를 획 돌리더니 마지막에는 울먹이는 목소리로 말했다.

"약속해 주게. 단 한 가지만 말일세, 맨슨. 절대로 상류사회 여자와는 결혼하지 않겠다고 말이야."

다음날 아침, 그는 더욱 심하게 취해 있었다. 앤드루도 이제는 두 손을 번쩍 들고 말았다. 몰래 술을 가져다주는 사람이 톰이 아닌가 하고 의심도 해봤다. 그래서 톰을 붙잡고 따져봤지만 톰은 창백한 얼굴을 찡그리고 결코 그런 일은 없다고 딱 잡아떼는 것이었다.

그 주일 내내 앤드루는 자신의 왕진에다 데니의 왕진까지 도맡아 하느라고 동분서주했다. 일요일 날 점심식사 후에 그는 교회당 거리에 있는 데니의 하숙을 찾아갔다. 데니는 일어나서 수염도 깎고 옷도 갈아입은 말끔한 모습을 하고 있었는데, 아직도 어딘지 모르게 맥이 풀려 휘청거렸지만 술에서는 완전히 깨어 있었다.

"나를 대신해서 왕진을 해줬다지, 맨슨."

요 며칠 동안의 무례한 말투는 어느새 사라지고 없었다. 태도에서는 수줍은 듯하면서 서먹서먹한 냉랭함이 엿보였다.

"아냐, 아무것도 아니었어."

앤드루는 서투른 대답을 했다.

"그럴 리가 있나. 아마 굉장히 폐를 끼쳤을 텐데."

그렇게 말하는 데니의 태도가 어쩐지 마음에 들지 않아 앤드루의 얼굴에 확 피가 솟구쳤다. 감사하다는 말 한 마디 없이 완고하고 무뚝뚝하며 거만할 뿐이 아닌가, 하고 그는 느꼈다.

"그야 솔직히 말하면 무척 괴로운 일이었지!"

그는 무심코 말해버렸다.

"그 대신 나도 그에 상당한 대가를 지불할 생각이네!"

"날 뭘로 알고 하는 소리야!"

앤드루는 격분하여 대답했다.

"자네한테서 팁이라도 바라고 있는 치사스런 마부 정도로 생각하는 건가?

아마 내가 없었다면 시거 부인은 니콜스 선생에게 전보를 쳤을 거야. 그랬으면 자네 따윈 쫓겨나고 말겠지. 자네는 정말 거만하고 미숙한 사이비 신사야. 꽝 하고 한 대 얻어맞아야 마땅해."

데니는 담배에 불을 붙였는데 손가락이 와들와들 떨려서 성냥도 제대로 쥐지 못할 정도였다. 그는 코웃음을 쳤다.

"홍, 자네도 보통내기가 아니군 그래. 이런 때에 주먹다짐을 하겠다니 말이야. 과연 스코틀랜드인다운 데가 있어. 언젠가는 한번 상대해 드려야겠군."

"시건방진 소리 작작하라구."

앤드루가 응수했다.

"보라구! 이게 자네 왕진명부야. ×표가 붙어 있는 곳은 월요일에 돌아봐야 할 곳이네."

그는 울화통이 터져 하숙집을 뛰쳐나왔다. 빌어먹을! 돼먹지 않은 자식. 자신을 만능박사처럼 자신하고 있군 그래, 하고 그는 부아가 치밀어올랐다. 자기 대신 왕진을 시켜놓고 오히려 나에게 감지덕지하라는 투가 아닌가!

그러나 돌아오는 동안에 분노는 차츰 누그러졌다. 그는 진심으로 데니를 좋아했고, 근래에 이르러서는 그 복잡한 성격을 훨씬 더 잘 이해하게 되었다. 데니는 소극적이면서 이상할 정도로 감수성이 강하고 상처받기 쉬운 성격인 것이다. 자기 주위에 딱딱한 껍질을 만들어 그 속에 숨어버리는 것도 그 때문인 것이다. 최근에 보인 발작이며, 그 동안에 자신을 드러내 보이고 만 일 따위를 다시 생각해 보고 지금쯤은 몹시 고민하고 있을 것이 틀림없으리라.

또한 앤드루는 세상에 등을 돌리고 드라이네피와 같은 산간벽지에까지 들어와 있는 재기발랄한 사나이의 엉뚱함을 생각하지 않을 수 없었다. 외과의사로서의 데니는 드물게 보이는 재능의 소유자였다. 앤드루는 그가 어느 광부의 부엌 탁자 위에서 불그스름한 얼굴과 털투성이인 두 팔에 땀을 뻘뻘 흘리면서 신속정확하게 했던 담낭 절개수술을 마취하는 것을 거들면서 본 적이 있었다. 그만한 일을 할 수 있는 사나이가 아닌가. 용서해 줘야 마땅하겠지.

그렇게 생각하기는 했지만 집에 돌아와서도 앤드루에게는 데니의 차가운 태도가 마음 한구석에 고통스럽게 남아 있었다. 그 때문에 현관문을 열고 들어가 모자걸이에 모자를 걸 때 페이지 부인이 부르는 소리가 들렸지만 미처 거기에 마음을 쓸 겨를이 없었다.

"선생님이죠? 맨슨 선생! 잠깐 이리 와보세요!"

앤드루는 그 말을 무시해 버렸다. 그리고 계단을 올라가 자기 방으로 들어가려고 했다. 그러나 손잡이에 손을 댔을 때 또다시 블로드웬의 목소리가 한층 더 날카롭고 크게 날아왔다.

"선생, 맨슨 선생! 이리 오라니까요!"

앤드루가 홱 돌아다보았을 때 페이지 부인은 몹시 창백한 얼굴로 뭔가 무척 격분하고 있는 듯 검은 눈을 부릅뜨고 헐레벌떡 거실에서 나오는 중이었다. 그녀는 거침없이 그에게로 다가왔다.

"선생, 선생은 귀머거리예요? 와달라고 말하는 내 목소리가 들리지 않던가요!"

"무슨 일이죠, 부인?"

그는 귀찮다는 듯 되물었다.

"무슨 일? 어쩌면 이렇게 뻔뻔스러울까?"

그녀는 당장 숨이 막힐 것 같이 헐떡거리고 있었다.

"대답 한번 잘하시는군요. 당신 쪽에서 묻다니 말예요. 묻고 있는 건 내 쪽이에요, 맨슨 선생님!"

"그래서 어떻다는 말입니까?"

앤드루는 즉시 반격했다.

그 무뚝뚝한 태도에 그녀도 참을 수가 없었던 모양이었다.

"이것 봐요! 어쩌면 그렇게 당당하게 나오죠, 당신! 이 일에 대해서는 충분히 설명해 주시죠."

그녀는 통통한 가슴언저리에서 종이 한 장을 꺼내더니 손에서 내놓지 않고 위협하듯 그의 눈앞에서 팔랑거려 보였다. 그것은 존 모건이 준 수표였다. 그가 얼굴을 쳐들었을 때 블로드웬 뒤 거실 문짝에 몸을 감추듯 하고 리스가 서 있는 게 눈에 들어왔다.

"잘 보세요."

블로드웬은 말을 이었다.

"이제 알았나 보군요. 그런데 당신은 이것이 우리 주인양반의 돈이라는 걸 알면서 왜 자기 명의로 은행에 저금해 두었는지 당장 설명해 봐요."

앤드루는 귀밑까지 노도처럼 피가 솟구쳐오르는 것을 느꼈다.

"그건 내겁니다. 존 모건이 내게 사례로 선물한 것이니까요."

"사례로 한 선물이라구! 호호호! 그 말씀 썩 마음에 드는군요. 거짓말이라고 우겨봤자 본인은 여기 없으니까 말예요."

그는 이를 악물듯이 하고 대답했다.

"편지로 문의해 보면 될 게 아닙니까, 내 말을 그렇게 못 믿겠다면."

"그런 곳까지 편지를 낼 만큼 난 한가한 사람이 아니에요."

그녀는 완전히 자제심을 잃고 큰 소리로 외쳤다.

"당신 말 따위 믿지 못하겠어요. 당신은 제딴은 영리한 척 일을 꾸몄겠죠. 정말 사람 웃기는군요. 남편을 위해 일하려고 이 고장에 온 몸이라는 것도 잊고서 일을 혼자 독차지하려고 수작을 꾸미고 있군요. 하지만 이로써 당신이 어떤 인간인지 잘 알았어요. 당신은 도둑이에요. 비열한 도둑놈이라구요."

그녀는 리스의 도움이라도 청하려는 듯 반쯤 뒤돌아보면서 침을 내뱉듯 그렇게 말했다. 리스는 문에 기대어 선 채 여느 때보다 혈색이 나쁜 얼굴로 그녀를 말리려는 시늉을 하면서 뭔가를 중얼거리고 있었다. 앤드루는 이 소동의 배후조종자가 리스라는 것과, 며칠 동안 우물쭈물 주저하다가 총총히 블로드웬에게 뛰어왔다는 사실을 알았다. 그는 두 손을 불끈 거머쥐었다. 그리고 올라가던 계단을 두어 개 뛰어내려와 겁에 질려 핏기를 잃은 리스의 얇은 입술을 노려보며 두 사람 쪽으로 다가갔다. 그는 너무나 화가 나서 당장이라도 달려들 기세였다.

"부인."

그는 부자연스런 어조로 말했다.

"나를 도둑놈 취급을 했죠. 2분 이내에 그 말을 취소하고 사과하지 않으면 나는 명예훼손죄로 부인을 고소하겠소. 어디서 그런 정보를 얻었는지 그건 법정에서 밝혀지겠죠. 필시 은행 이사들도 리스 씨가 직업상의 비밀을 폭로시킨 사실에 대해 대단한 관심을 기울일 겁니다."

"나로선……, 나는 그저 나의 의무를 다했을 뿐이어서……."

지점장은 더욱더 얼굴을 흙빛으로 물들이면서 더듬거렸다.

"난 기다리고 있습니다. 부인의 대답을 말이오."

앤드루는 다그쳤는데, 그 목소리는 힘이 들어 있었다.

"빨리 사과하지 않으면 부인과 가까이 지내는 지점장에게 큰 폐를 끼치게 될 거요, 눈앞이 아찔할 정도로."

그녀도 자신이 너무 우쭐해 가지고 생각했던 이상으로 너무 지나친 말을 했다는 것을 알고 있었다. 그의 협박이며 등골이 오싹해지는 태도에 그녀는 겁을 집어먹고 있었다. 때문에 그녀가 불현듯 이처럼 생각한 것도 무리가 아니었다.

'손해야! 큰 손해야! 오오, 하나님이시여, 저는 자칫하면 큰 돈을 빼앗기고 말겠어요.'

그녀는 목이 막혀 꿀꺽 군침을 삼키고 더듬더듬 말했다.

"나는……, 취소하겠어요. 그리고 사과하죠."

통통하고 수다스러운 이 여자가 순식간에 태도를 바꾸어 호락호락 항복하고 만 것은 오히려 희극이라 아니할 수 없었다. 하지만 앤드루의 입장에서 본다면 이건 단순히 희극으로 끝날 문제가 아니었다. 그는 갑자기 역겨움이 치솟아올라 견딜 수가 없었다. 이젠 이 잔소리가 지나친 여자의 행동을 참는 데도 한계가 온 것 같았다. 그는 크게 숨을 들이마셨다. 그리고 그녀에 대한 증오 이외의 것은 모두 잊어버렸다. 직성이 풀리도록 하고 싶은 말을 다해버린다는 것은 잔혹할 만큼 즐거운 일이었다.

"부인, 한두 마디만 얘기하고자 합니다. 우선 첫째로, 내가 여기서 일하고 있는 덕분에 당신네들은 1년에 1500파운드란 수입을 올리고 있다는 사실을 나는 익히 잘 알고 있어요. 그 중에서 내게 지불하는 건 고작 250파운드인데, 그로 말미암아 나는 언제나 아사 직전의 후한 대우를 받고 있습니다. 그리고 이것도 당신에게는 흥미있는 일이라고 생각합니다만, 지난주 노무자 대표가 회사 감독에게 요청한 결과 나를 회사의 정식 의사로 채용하겠다는 제의가 있었습니다. 게다가 더욱 흥미를 가지고 들어주셔야 될 일은 논리적인 이유에서, 이런 얘기는 당신에게는 좀 이해되기 어렵겠지만 내가 정중히 거절했다는 사실입니다. 그런데 부인, 이젠 난 당신이 싫어져서 이대로 여기 있고 싶지가 않습니다. 당신은 비열하고 먹고 마시기만 하는, 돈에 굶주린 암컷이오. 요컨대 병리학의 대상이란 말이오. 난 한 달 동안의 유예기간을 두고 그만두겠습니다."

그녀는 입을 멍하니 벌린 채 작은 단추와 같은 눈을 부릅뜨고 그의 얼굴을 보고 있었다. 그러다가 갑자기 째지는 듯한 목소리로 외쳐댔다.

"아냐, 안 돼. 그럴 리가 있나. 당신이 회사 의사가 된다니……, 당신 같은 사람은 모가지야. 그렇고말고. 지금까지 난 대진 따위로부터 그만두겠다는 소릴 들어본 적이 없다구. 어쩌면 이렇게 뻔뻔하고 무례한 사람이 다 있을까. 그런 소리를 넉살 좋게 꺼내다니. 내가 먼저 말하겠어. 당신은 당장 모가지야. 그래, 모가지가 당연해!"

그 목소리는 날카롭고 신경질적이며, 비열하기 짝이 없는 것이었다. 그리고 그게 절정에 달했을 때 웬일인지 갑자기 말소리가 뚝 끊겼다. 2층 에드워드의 방문이 천천히 열리는가 싶더니 얼마 후 잠옷 밑으로 바짝 말라빠진 정강이를 드러낸 환자의 수척한 모습이 나타났다. 남편이 밖으로 나올 줄은 꿈에도 생각지 못한 일이었으므로 페이지 부인은 말을 반쯤 하다 말고 입을 다물어 버렸다. 그녀 뿐만 아니라 리스와 앤드루도 홀에서 2층을 쳐다보았다. 그러는 동안 환자는 마비된 다리를 끌면서 괴로운 듯 계단 위까지 어기적어기적 걸어나왔다.

"좀 조용히 하지 못해?"

그의 목소리는 흥분되어 있었지만 엄격했다.

"대체 무슨 일이야?"

블로드웬은 다시 한 번 군침을 꿀꺽 삼키고는 울먹이면서 맨슨의 욕을 한참 늘어놓았다. 그리고 끝으로 덧붙였다.

"그래서 말예요……, 그래서 내가 선수를 쳐서 그만두라고 말했어요."

맨슨은 그녀의 아전인수격인 설명을 굳이 변명하려 들지 않았다.

"맨슨군이 그만둔다는 얘긴가? 결국……."

에드워드는 흥분한데다가 서 있기가 힘들었기 때문에 벌벌 떨면서 그렇게 물었다.

"그렇다니까요, 에드워드."

그녀는 코맹맹이 소리를 냈다.

"어차피 머지않아 당신이 하시게 될 텐데요, 뭐."

모두들 잠시 잠자코 있었다. 에드워드는 뭔가 말하고 싶은 듯했으나 그만두고 말았다. 그의 눈은 사죄라도 하듯 앤드루 위에 조용히 머물러 있었는데, 마침 그 눈은 리스에게로 옮겨지고, 그리고 재빨리 블로드웬에게 옮겨지더니 마지막으로 슬픈 듯 허공을 바라보았다. 그의 연약한 얼굴에 절망의 빛이 깃들였으나 위엄만은 잃지 않고 있었다.

"아냐."

이윽고 그의 입에서 말이 새어나왔다.

"난 앞으로도 하지 못해. 알고 있겠지……, 자네들도 모두."

그는 더 이상 말을 하지 않았다. 그리고 어기적어기적 발길을 돌리자 벽에 의지하면서 자기 방으로 되돌아갔다. 문은 소리없이 닫혔다.

13

　모건의 출산 건으로 그가 받았던 환희, 그 순수하게 고양되었던 기분이 블로드웬 페이지의 추악한 몇 마디로 더럽혀졌다고 생각하니 앤드루는 격분을 못 이겨 사건을 이대로 두지 않고 존 모건에게 편지를 보내어 단순한 사죄 이상의 것을 요구할까 하고 생각했다. 그러나 블로드웬이라면 몰라도 자신이 그런 일을 한다면 결국 스스로를 더럽히는 결과가 된다고 생각하고 깨끗이 단념하기로 했다. 그리고 이 고장에서 가장 가난한 자선단체를 골라 불쾌하기 짝이 없는 기분으로 그곳의 서기 앞으로 5기니를 우송하고 영수증은 애뉴린 리스에게 보내주도록 일렀다. 이로써 얼마간 기분이 가벼워졌다. 그러나 영수증을 받고 리스가 어떤 표정을 지을지 한번 보아주고 싶기도 했다.
　그건 그렇고, 그달 말에는 이곳을 그만두기로 생각하고 그는 다른 일자리를 물색하기 시작했다. 〈런세트〉지의 마지막 페이지 광고란을 뒤져보고 그럴 듯한 자리에는 어쨌든 모두 신청해 놓았다. '대진을 구함'난에는 많은 광고가 실려 있었다. 상세하게 적은 신청서, 증명서 사본, 때로는 사진도 보내라고 씌어 있는 곳도 있었으므로 그것도 우송했다. 하지만 첫 주가 끝나고 다음주가 다 갈 무렵까지 신청에 대한 답신은 한 통도 오지 않았다. 그는 이런 반응에 대해 실망하기도 하고 놀라기도 했다. 그러자 그 까닭을 데니는 간결하게 한 마디로 설명했다.
　"자네가 드라이네피에서 썩고 있으니까 그렇지."
　앤드루는 이렇게 외진 웨일즈의 광산촌 같은 곳에서 대진으로 일하고 있는 것이 자신의 이력에 이롭지 않다는 사실을 깨닫고 새삼 놀라기도 하고 당황하기도 했다. '계곡 지방'에 있는 대진은 아무도 상대해 주지 않았다. 모두 행실이 좋지 않다는 평판이 붙어 있기 때문이었다. 사직하기로 통고한 한 달 중에서 두 주일이 헛되이 지나자 앤드루는 진심으로 걱정하기 시작했다. 도대체 어떻게 하면 좋단 말인가? 아직 글렌 장학회에도 50파운드 이상이나 되는 미상환금이 남아 있었다. 물론 기간을 유예해 주겠지. 그러나 그건 그렇다 치고, 다른 일자리를 구하지 못할 경우 나날의 생계를 어떻게 꾸려나간단 말인가? 지금 가지고 있는 돈이라곤 불과 23파운드뿐이다. 그는 아무 준비도 저축도 없었다. 드라이네피에 와서 새 양복 한 벌 사지 않았으며, 게다가 지금 입고 있는 옷은 이곳에 올 때 입었던 옷으로 굉장히 낡아 있었다. 자신이 차츰 궁핍상태에 빠져들어가고 있는 걸 알고 그는 곧잘 등골이 오싹해지는 기분을 느꼈다.

이같은 궁핍과 불안에 휩싸이다 보니 더욱더 크리스틴이 그리워질 따름이었다. 편지 따윈 아무런 역할도 못했다. 원래 문장에 대한 재능은 전혀 없었기 때문에 간혹 글을 쓴다고 해도 자신의 진정한 심정과는 다른 엉뚱한 글이 되어버린다는 것을 잘 알고 있었다. 게다가 그녀는 9월 첫 주가 되어야 드라이네피로 돌아올 것이었다. 그는 굶주린 눈으로 달력을 보았다. 아직 열흘 하고도 이틀이나 남아 있었다. 그는 점점 울적하게 되어 취직문제 따윈 어떻게 돼도 좋으니 빨리 날짜나 지나가 주었으면 좋겠다고 초조하게 바라고 있었다.

8월 30일 저녁이었다. 페이지 부인에게 통고한 지도 벌써 3주일이나 지나 있었다. 그는 어쩔 수 없이 약제사 자리라도 물색해 보려고 맥빠진 기분으로 교회당 거리를 걷고 있다가 우연히 데니를 만났다. 두 사람은 요 몇 주일 동안 약간 사이가 어색해져 있었기 때문에 데니가 이름을 불렀을 때 앤드루는 깜짝 놀라지 않을 수 없었다.

데니는 마치 온 정신을 거기에 기울이고 있는 듯 신고 있는 장화 뒤축에다 파이프를 톡톡 두들기고 있었다.

"자네가 내 곁에서 떠난다는 건 역시 유감이야, 맨슨. 자네가 있어 준 덕분으로 이 고장도 싹 바뀐 셈이었는데 말이야."

그는 조금 주저하다가 덧붙였다.

"오늘 오후, 어벨라러우의 의료원조조합(醫療援助組合)에서 새 조수를 찾고 있다는 소문을 들었네. 어벨라러우는……, 이 계곡 뒤쪽으로 약 30마일 떨어진 곳이네. 꽤 큰 조합이지. 기구면에서도 말이야. 의사장(醫師長)인 루엘린이란 인물은 인정이 있고 소탈한 사람이지. 게다가 계곡 마을이기 때문에 계곡 사람을 싫어하는 일도 없을 테고. 신청해 보면 어떨까?"

앤드루는 반신반의하는 눈으로 상대방의 얼굴을 보았다. 최근 큰 기대를 걸고 있다가 한결같이 비참한 기분만 맛보아야 했기 때문에 이번 일이 잘 추진되리라는 희망에는 완전히 자신을 잃고 있는 상태였던 것이다.

"아아, 그래."

그는 애매모호한 반응을 보였다.

"그런 곳이 있다면 한번 신청해 볼까."

그로부터 며칠 뒤, 그는 그 자리를 신청하기 위해 억수같이 쏟아지는 빗속을 걸어 떠났다.

9월 6일 어벨라러우 의료공제조합의 위원총회가 최근 말레이지아의 고무농장에 일자리를 얻어 사임한 레슬리 의사의 후임 선출문제로 개최되었다. 이 자리를 신청한 지원자는 일곱 명이었는데, 그 일곱 명의 지원자 전부가 출석하기로 되어 있었다.

활짝 개인 여름날의 오후, 협동조합 매점의 커다란 벽시계가 4시에 가까워져 있었다. 어벨라러우 광장의 의료원조조합 사무소 앞 보도를 왔다갔다 하면서 다른 여섯 명의 지원자에게 신경질적인 눈초리를 힐끔힐끔 던지면서 앤드루는 4시가 되기를 기다리고 있었다. 자신의 예상 따위는 언제나 어긋나기 일쑤였기 때문에 지금은 단지 성공만을 빌뿐이었다.

여기에 와서 직접 보고 나서야 그는 어벨라러우가 마음에 들었다. 마침 게슬리 계곡이 끝나는 곳에 위치하고 있으므로 마을은 골짜기라기보다는 산마루에 위치하고 있는 셈이었다. 지형은 높고 건조하지만 드라이네피보다 면적이 넓었다. 그의 추측에 따르면 인구는 2만 안팎인 듯싶었다. 거리도 넓고, 상점도 으리으리하고, 영화관도 두 개나 있으며, 변두리에 푸른 들판이 펼쳐져 있어서 활달한 느낌을 주었으므로 페노웰 계곡의 나른하도록 비좁은 고장에서 온 앤드루에게는 어벨라러우는 그야말로 낙원 그 자체였다.

'하지만 난 가망이 없을 거야.'

그는 왔다갔다 하면서 초조해했다.

'안 돼, 안 돼, 절대로 안 돼.'

그렇고말고. 그렇게 내가 운좋을 리가 없다. 다른 지원자들은 보기만 해도 자기보다 훨씬 희망이 있어 보이고 자신만만해 보였다. 에드워즈 의사란 자가 유독 자신만만해 보였다. 앤드루는 이 약간 뚱뚱하고 풍채가 좋은 중년 남자만은 어쩐지 까닭도 없이 싫었다. 조금 전만 해도 사무실 입구에서 잡담을 하고 있을 때 이 일자리에 '지원하기' 위해 이제까지 해오던 계곡 지방의 개업병원 주식을 남에게 팔아넘기고 왔노라고 큰 소리로 떠들어대고 있었다.

빌어먹을! 이곳의 취직이 확실치 않다면야 그런 안전한 주를 팔아버리지는 않았을 텐데, 하고 앤드루는 마음속으로 무척 불안해했다.

그는 고개를 푹 숙이고 두 손을 호주머니에 찌른 채 몇 번이나 왔다갔다 하며 서성거렸다. 만일 실패한다면 크리스틴은 어떻게 생각할 것인가! 그녀는 오늘 아니면 내일 드라이네피로 돌아온다고 했다. 편지에는 어느 날이라고는 특별히 밝히지는 않았다. 은행 거리의 국민학교는 다음주 월요일부터 수업이 시작되는 것이다. 이곳에 응모했다는 것은 편지에 써보내지 않았지만 실패하는 날에는 그녀와 만나도 울적할 것이다. 이번에 만나게 되면 무엇보다 먼저 그 차분하고 친밀하며 가슴이 설레이는 미소를 지어 보이리라 마음먹고 있는 만큼, 결과가 나쁠 경우에는 억지로라도 명랑하게 보이도록 꾸며야 할 테니 어색해질 것은 뻔한 노릇이다.

드디어 4시가 울렸다. 입구 쪽으로 나가려는데 훌륭한 세단형 고급 자동차가 조용히 광장으로 미끄러져 들어와 사무실 앞에 멈춰섰다. 그리고 조그마한 사나이가 활발하고 상냥하며 어딘가 소탈하고 유들유들한 미소를 띤 얼굴을 지원자들 쪽으로 돌리고 뒷좌석에서 나왔다. 그는 계단을 오르기 전에 에드워즈의 모습을 알아보고는 자연스럽게 머리를 끄덕였다.

"어떤가, 에드워즈."

그는 살며시 말을 꺼냈다.

"잘되리라고 생각하네만……."

"정말 여러 모로 감사합니다. 루엘린 선생님."

에드워즈는 진심으로 경의를 표했다.

'이거 안 되겠군!'

앤드루는 씁쓸한 기분으로 이렇게 생각했다.

2층 대기실은 위원회실로 이어지는 짧은 복도 끝에 있었는데, 아무 장식도 없으며 비좁고 고약한 냄새가 나는 방이었다. 앤드루가 면접에 호출당한 것은 세번째였다. 그는 커다란 위원장실로 초조하면서도 최선을 다해볼 생각으로 들어갔다. 이미 이 자리가 결정된 것이라면 굳이 굽실거릴 필요도 없지 않은가. 그는 멍한 표정으로 주어진 자리에 앉았다.

대략 30명 안팎의 광부가 방안 가득히 자리잡고 앉아 모두들 담배를 피우면서 무례하게 앤드루를 바라보고 있었는데, 별다른 호의도, 호기심도 없어 보였다. 작은 보조탁자 앞에는 얼굴에 푸른 점이 있는 것으로 보아 전에는 광부였을 것으로 추측되는 민감하고 지적인, 창백하고 조용한 사나이가 앉아 있었다. 이 사람이 서기인 오웬이었다. 테이블 끝에 기대듯 하여 루엘린 박사가 명랑하게 미소짓는 얼굴을 하고 앤드루 쪽으로 시선을 돌리고 있었다.

구술시험이 시작되었다. 오웬은 차분한 음성으로 이 지위의 갖가지 조건을 설명했다.

"아시겠어요? 이렇게 되어 있습니다, 닥터. 우리의 기구에 의하여 어벨라러우의 근로자는—이곳에는 무연탄 탄광이 두 군데, 그리고 지구내에 강철 공장과 보통 탄광이 한 군데 있습니다만—매주 일정한 금액을 임금에서 공제하여 불입하기로 되어 있습니다. 그것으로 조합에서는 필요한 의약설비를 갖추어 아담한 작은 병원과 진료소를 운영하고, 약품과 부목 등을 상비해 둡니다. 그리고 조합은 의사장 겸 외과 담당인 루엘린 박사를 비롯하여 조수 네 명과 치과의사 한 명과 계약하여 그들에게 사람수에 따라 계산된 보수, 다시 말해 각자의 환자수에 따른 비율로 보수를 지불하기로 되어 있습니다. 레슬리 선생은 사임하셨을 때 연 500파운드 정도의 수입을 올리신 걸로 알고 있습니다."

그는 여기서 잠깐 숨을 쉬었다.

"요컨대 우리들은 이것을 아주 훌륭한 기구라고 자부하고 있습니다."

그러자 30여 명의 위원들로부터 찬성이라고 속삭이는 소리가 새어나왔다. 오웬은 머리를 쳐들고 그들 쪽으로 얼굴을 돌렸다.

"그런데 여러분, 질문 있으십니까?"

그들은 앤드루를 향해 질문을 퍼붓기 시작했다. 그는 조용히, 과장하지 않고 있는 그대로를 대답하려고 애썼다. 하지만 단 한 번, 유독 말투를 강조한 적이 있었다.

"웨일즈 말을 할 줄 아십니까, 선생?"

첸킨이라는 이름의 심술궂게 보이는 아직 젊은 광부가 한 질문이었다.

"못 합니다."

앤드루는 대답했다.

"전 겔어(스코틀랜드와 아일랜드에서 사는 켈트인들이 사용하는 사투리)를 쓰는 곳에서 자랐습니다."

"그건 여기서는 별로 쓸모가 없겠군요!"

"그게 그런데 쓸모가 대단하단 말입니다. 환자에게 제멋대로 말해줄 때는 말입니다."

앤드루가 냉랭하게 받아넘기자 첸킨을 비웃는 웃음소리가 와, 하고 터져나왔다.

이로써 면접은 끝났다.

"대단히 감사합니다, 닥터 맨슨."

오웬이 말했다. 그는 다시 고약한 냄새가 풍기는 작은 대기실로 돌아왔는데, 나머지 지원자가 차례로 들어가는 걸 바라보면서 마치 자신이 거센 파도에라도 농락당하고 있는 듯한 기분이 들었다.

에드워즈가 마지막으로 호출을 받았는데, 그는 상당히 오랫동안 돌아오지 않았다. 얼마 후 그는 노골적으로 웃는 얼굴로 나왔는데 그 얼굴에는 이런 표정이 역력하게 드러나 있었다.

'미안합니다, 여러분. 여기 일자리는 내것이 되었다구요.'

이어 지루할 만큼 오랜 시간을 기다려야만 했다. 한참 후에 위원회실 문이 열리더니 자욱한 담배연기 속에서 서기인 오웬이 종이쪽지 한 장을 들고 나왔다. 그 눈은 누군가를 찾고 있는 것 같았는데, 그 시선이 앤드루 위에 멈추더니 왠지 모르게 친밀한 표정이었다.

"바로 와주세요, 닥터 맨슨. 위원회에서 다시 한 번 선생님과 면접하고 싶다고 하는군요."

앤드루는 입술이 창백해지고 심장이 크게 고동치는 것을 느끼며 서기의 뒤를 따라 위원회실로 들어갔다. 그럴 리가 없다. 위원회가 자기에게 흥미를 느낄 리가 있겠는가 말이다.

아까와 마찬가지로 그는 피고석에 앉았다. 이번에는 그를 향해 미소와 격려의 인사가 던져졌다. 하지만 루엘린 박사만은 돌아다보지도 않았다. 위원회의 대표인 오웬이 설명하기 시작했다.

"닥터 맨슨, 사실대로 말해주셔야 되겠어요. 위원회는 지금 어떤 의미에서 분설이고 있는 게 사실입니다. 위원회는 사실 루엘린 박사의 추천에 의해서 이제까지 게슬리 계곡에서 상당한 경험을 쌓아올린 한 사람의 지원자 쪽으로 의견이 기울어지고 있습니다."

"그 친구는 너무 살이 쪘다구, 에드워즈 말이야."

뒷자리에 앉아 있던 반백의 위원으로부터 야유가 터져나왔다.

"머디 힐 주택가까지 그가 올라가는 꼬락서니를 한번 보고 싶군 그래."

앤드루는 긴장하고 있었기 때문에 웃음조차 나오지 않았다. 다만 숨을 죽이고 오웬의 말을 기다리고 있을 뿐이었다.

"그러나 오늘, 내가 꼭 한 마디 말해두고 싶은 것은……."

서기는 이어 계속 말했다.

"위원회는 선생님에게서 대단히 좋은 인상을 받았다는 사실입니다. 위원회는—톰 케틀즈 씨가 방금 시적인 말로 표현했듯이—젊고 활동적인 인물을 구하고 있습니다!"

"잘한다, 잘해!"

"브라보, 톰!"

이곳 저곳에서 환호성과 함께 폭소가 터져나왔다.

"게다가 맨슨 선생님."

오웬은 계속 말했다.

"위원회는 두 통의 추천장에 의해 유달리 감동을 받았다는 사실도 말씀드려야겠습니다. 더구나 이 추천장은 선생님 자신이 의뢰한 것이 아니기 때문에 위원회로서는 더욱 받아들일 가치가 있다고 생각합니다. 또한 오늘 아침 우편으로 도착했음을 덧붙여 말씀드릴 필요가 있을 것 같습니다. 그건 선생님이 계신 마을, 즉 드라이네피의 두 분의 의사로부터 온 겁니다. 한 통은 데니 선생으로서, 이분은 루엘린 선생도 인정하고 계시듯 의학박사라고 하는 지극히 높은 학위를 가지고 계십니다. 또 한 통은 데니 선생님의 편지에 동봉된 닥터 페이지의 서명이 곁들여진 추천장입니다. 분명히 선생님은 현재 이분의 대진을 맡고 계신 걸로 알고 있습니다만, 그런데 닥터 맨슨, 이전에도 위원회는 많은 추천장을 받아본 경험이 있습니다만, 이 두 통은 선생님이 매우 훌륭한 분이라는 사실을 정말로 솔직하게 진술하고 있기 때문에 위원회는 깊은 인상을 받았습니다."

앤드루는 입술을 깨물고 눈을 내리깔았다. 데니가 자기를 위해 호의를 베풀어 주었음을 비로소 깨달았기 때문이다.

"그런데 한 가지 문제가 있습니다, 닥터 맨슨."

오웬은 여기서 일단 잠깐 말을 끊고 조심스럽게 탁자 위에 있는 자를 만지작거렸다.

"위원회는 만장일치로 선생님을 지지하기로 결정했습니다만, 그 자리에 있으려면 그……, 그 책임상……, 무엇보다도 기혼자로 한정되어 있습니다. 을

고 계시는 바와 같이 누구나 자기 가족을 보살펴 주는 의사는 아무래도 기혼자가 좋다고 생각하기 마련입니다. 또 그런 사실은 차치하고라도 '계관장(谿觀莊)'이란 좋은 집이 이 지위에 주어지게 되어 있습니다. 그러므로 아무리 생각해 봐도 독신자에겐 그리 적당한 자리가 아닌 것 같습니다."

폭풍우가 감도는 침묵이 계속되었다. 앤드루는 깊숙이 숨을 들이마셨다. 그의 머리는 어느 한 점에 집중하여 밝은 백광이 크리스틴의 영상을 비춰올렸다. 위원들은 모두, 루엘린까지도 그의 대답을 기다리며 쳐다보고 있었다. 그는 아무 생각도 없이 대답해 버렸다. 그리고 자신이 냉정하게 단언하고 있는 소리를 자기 자신의 귀로 들었다.

"사실은, 여러분, 저는 드라이네피에 약혼자가 있습니다. 저는 적당한 직업을 갖게 될 때까지……, 이를테면 여기와 같은 직장입니다만……, 그때까지 결혼을 연기하고 있던 참입니다."

오웬은 만족하여 자를 탁 하고 내리쳤다. 승인하겠다는 뜻을 무거운 구두를 들어 마룻바닥을 힘차게 차는 소리로 표명했다. 그리고 사양할 줄 모르는 케틀즈가 외쳤다.

"잘됐군, 젊은 친구. 어벨라러우는 신혼여행엔 안성맞춤이란 말일세!"

"그럼 승인을 받은 걸로 인정해도 좋겠습니까, 여러분?"

오웬의 목소리가 실내의 소란을 누르며 울려퍼졌다.

"그럼 만장일치로 닥터 맨슨을 채용키로 결정했습니다."

찬성이라는 속삭임이 여기저기서 새어나왔다. 앤드루는 한없는 승리감을 맛보았다.

"언제부터 근무해 주시겠습니까, 닥터 맨슨? 위원회로선 빠를수록 좋습니다만."

"다음주 일요일부터 나올 수 있습니다."

맨슨은 대답했다. 하지만 곧바로 이런 생각을 했다.

'크리스틴이 승낙해 주지 않는다면 어떻게 하지. 그녀와 이 멋진 일자리를 놓치는 날엔…….'

자신도 모르게 얼굴이 창백해지고 말았다.

"그럼 그렇게 결정합시다. 감사합니다, 닥터 맨슨. 틀림없이 위원회도 당신과 미래의 맨슨 부인이 이 새로운 지위에서 온갖 성공을 이룩하시게 되시기를 바라고 있을 겁니다."

박수가 한동안 울려퍼졌다. 그들은 모두, 즉 위원들도 루엘린도, 그리고 특히 오웬은 진심으로 그와 악수를 나누며 축하해 주었다. 이윽고 그는 되도록이면 흥분된 감정을 얼굴에 나타내지 않도록, 그리고 의아스러운 얼굴로 풀죽어 있는 에드워즈가 눈치채지 않도록 조심하면서 대기실로 돌아왔다.

그러나 그것은 헛수고였다. 전혀 소용없는 노릇이었다. 광장에서 역까지 걸어나오는 도중에 그의 가슴은 격렬한 승리감으로 가득 차 있었다. 걸음걸이는 빨라지고, 또한 활기에 넘쳐 있었다. 언덕을 내려가는 오른쪽에 분수와 음악당이 있는 푸른 작은 공원이 있었다. 굉장하구나! 음악당도 있군! 드라이네피에서 본 경치라고는 폐석더미 밖에 없었는데. 그리고 저 영화관은 어떤가? 으리으리한 상점, 견고한 도로, 언제나 밟고 다니던 바위투성이의 산길과는 너무나도 다르지 않은가! 게다가 오웬이 병원과 아담한 작은 병원에 대해서 뭔가 말해주지 않았던가? 자신의 일에 있어서 병원이 어떠한 의미를 지니고 있는가를 생각해 보고는 앤드루는 자기도 모르게 깊은 감격의 숨을 들이마셨다. 그는 커디프 행 열차의 텅 빈 찻간으로 뛰어올랐다. 그리고 열차에 몸을 싣고서 흥분으로 가슴이 설레였다.

14

산을 몇 개 넘어가면 그렇게 먼 거리는 아니지만, 어벨라러우에서 드라이네피까지의 철도는 꽤 멀리 돌아가게 되어 있었다. 하행열차는 역마다 정차했다. 커디프에서 갈아타고 나서부터는 과연 열차가 달리고 있는 건가 하고 의심이 생길 정도로 느릿느릿 가고 있었다. 앤드루의 기분은 조금 전과는 달라져 있었다. 구석진 좌석에 털썩 주저앉은 채 열차여, 빨리 달려라 하고 안 달라고 있었다.

그는 지금 비로소 자신이 얼마나 제멋대로의 인간이었던가를 깨달은 것이다. 요 몇 개월 동안 그는 모든 문제를 자기 입장에서만 고찰해 왔다. 결혼에 관한 의혹도, 요 몇 개월 동안 크리스틴에게 자기 마음을 털어놓기를 망설이고 있었던 것도 모두 자기만의 감정을 중심으로 하여 그녀가 자기를 받아들여 주리라는 것을 기정사실로 생각하고 있었던 것이다. 그러나 만일 자기가 서투른 착각을 하고 있었던 것이라면? 만일 그녀가 자기를 사랑하고 있지 않는다면? 거절당한 채 우울한 심정으로 위원회 앞으로 '말 못할 사정으로 말미암아' 그 자리를 맡지 못하겠다는 사연의 편지를 쓰고 있는 자신의 모습마저 뚜렷이 보이는 것만 같았다.

그러자 눈앞에 그녀의 모습이 생생하게 비치기 시작했다. 뭔가 묻고 싶어 하는 저 호젓한 미소, 턱에 손을 받치고 있는 모습, 언제나 변함없는 짙은 갈색 눈의 천진함, 그 모든 것을 생생히 기억하고 있었다. 그는 그녀에 대한 사랑으로 갑자기 가슴이 벅차올랐다. 사랑하는 크리스틴! 그녀를 단념할 수밖에 없다면 나 자신은 어떻게 되더라도 상관없다고 생각했다.

드디어 열차는 9시에 간신히 드라이네피에 도착했다. 그는 껑충 플랫폼으로 뛰어내려 역전 거리를 걸어갔다. 내일 아침까지 크리스틴을 만날 기약은 없었지만 그래도 혹시 와 있을지도 모른다고 생각했다. 교회당 거리에 이르렀다. 학교 모퉁이를 돌아섰다. 그러자 그녀의 하숙방에 불이 켜져 있는 것이 눈에 띄었으므로 그의 가슴속에 별안간 아련한 아픔 같은 희망이 솟아올랐다. 여기서 결코 당황해서는 안 된다. 어쩌면 집주인이 방안 정리를 하고 있는 것일지도 모른다. 그는 스스로를 타이르면서 소리없이 불쑥 집안으로 들어가서는 그녀의 방으로 냅다 뛰어갔다.

역시 크리스틴은 돌아와 있었다. 방 한구석에서 무릎을 꿇고 앉아 책을 정리하고 있는 중이었다. 그 일을 끝마치자 그녀는 주위에 흩어져 있는 끈과 종이를 치우기 시작했다. 웃옷과 모자를 걸쳐놓은 가방이 의자 위에 놓여 있었다. 돌아온 지 얼마 안 된다는 것을 그도 쉽게 알 수 있었다.

"크리스틴!"

그녀는 무릎을 꿇은 자세 그대로 뒤돌아봤다. 이마에 머리칼이 내려와 있었다. 그녀는 놀라움과 기쁨이 뒤섞인 소리를 지르면서 일어섰다.

"앤드루! 참 잘 와 주셨어요."

그녀는 밝은 얼굴로 다가와서 한쪽 손을 내밀었다. 그는 그녀의 두 손을 힘껏 움켜쥐었다. 그리고 그녀의 얼굴을 물끄러미 내려다보았다. 스커트에 블라우스 차림의 그 모습이 유난히 그의 마음에 들었다. 이렇게 입으면 날씬한 몸매와 청춘의 섬세한 매력이 한층 더 돋보이는 것 같았기 때문이다. 또다시 그의 심장이 팔딱팔딱 뛰기 시작했다.

"크리스틴, 잠깐 당신과 얘기할 게 있는데……."

걱정스러운 빛이 그녀의 눈을 스쳐갔다. 그녀는 여행으로 더러워진 그의 창백한 얼굴을 진심으로 걱정하면서 살펴보고 있었다. 그리고 이내 서둘러 물어보았다.

"무슨 일이 생겼나요? 또 페이지 부인과 언짢은 일이라도 있었나요? 어디로 떠나버리려고 하시는 거예요?"

그는 고개를 흔들며 그녀의 작은 두 손을 더욱 세게 움켜쥐었다. 그리고는 무턱대고 지껄여댔다.

"크리스틴, 일자리가 생겼다구요. 아주 멋진 직장이란 말이오. 어벨라러우죠. 오늘 위원들을 만나고 왔는데, 연봉 500파운드에 주택까지 딸려 있어요. 주택 말이오, 크리스틴! 어때, 크리스틴! 그래서 말인데, 어때요? 나, 나하고……, 나하고 결혼해 주지 않겠어요?"

순간 그녀의 얼굴이 창백해졌다. 두 눈동자만이 그 창백한 얼굴에서 반짝이고 있었다. 그리고 호흡이 목에서 탁 막혀버린 것만 같았다.

"하지만 난……, 나는 뭔가 불길한 얘기인 줄로 알았기 때문에."

"그런 게 아니라구요!"

그는 완전히 흥분한 상태에서 말했다.

"굉장히 멋진 얘기요. 정말 함께 가서 보여주고 싶을 정도라구요. 푸르게 펼쳐진 들판, 넓고 으리으리한 상점, 잘 닦여진 도로며 공원이며……, 오오! 크리스틴. 병원까지 있어요. 당신만 나와 결혼해 준다면 지금 당장이라도 갈 수 있다구요."

그녀의 입술이 가볍게 떨리고 있었다. 하지만 그 눈은 여느 때처럼 이상하리만큼 반짝거리는 빛에 넘쳐 그의 얼굴에 미소를 던지고 있었다.

"그렇지만 그건 어벨라러우를 위해서인가요? 아니면 나를 위해서인가요?"

"당신을 위해서죠, 크리스. 오오, 내가 당신을 사랑하고 있다는 것을 잘 알고 있을 거요. 하지만 당신은……, 틀림없이 나라는 인간을 사랑하고 있지 않을 거요."

그녀는 입속에서 뭔가 말하는 듯했는데 그대로 다가와서 그의 가슴에 머리를 파묻어 버렸다. 그가 팔을 돌려 포옹하자 그녀는 더듬더듬 말했다.

"아아, 당신, 당신. 저는 그때부터 쭉 사랑하고 있었어요……."

그녀는 행복한 눈물을 흘리면서 미소지었다.

"생각나세요? 당신이 그때 그 교실에 들어오셨을 때부터 말예요."

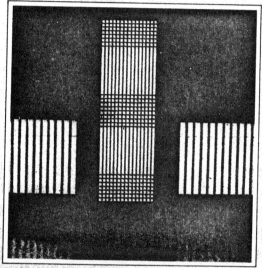

고난은 사람들을 교회로 인도하여 그 본성으로 되돌아가게 하고, 그리고 마음속으로 신을 생각하게 만드는 것이다. —본문 중에서 발췌—

제 2 부

1

궐리엄 존 러신의 고물 트럭은 털털거리면서 힘겹게 산길을 올라갔다. 뒤
쪽에는 망가진 테일 보드, 녹슨 번호판, 불을 붙여본 적이 없는 석유램프 위
에까지 헌 방수포(防水布)가 덮여 있었으며, 트럭은 모래와 먼지투성이인 길
에 매끄러운 바퀴자국을 남겼다. 차체 양쪽의 느슨한 가로판이 구식 엔진의
리듬에 맞추어 덜거덕덜거덕 세차게 소리를 내고 있었다. 앞쪽 운전대에는
궐리엄 존과 함께 맨슨 부부가 불편하게 앉아서 명랑한 얼굴을 하고 있었다.

그들은 그날 아침 막 결혼식을 올리고 난 직후이므로 이 트럭은 이를테면
두 사람의 신혼여행 차라고 말할 수 있었다. 방수포 밑에는 크리스틴의 초라
한 가재도구—드라이네피에서 20실링을 주고 산 중고품 조리대, 새 프라이팬
과 냄비 몇 개, 그리고 두 사람의 여행가방 등이 실려 있었다. 두 사람 다 겉
치레 따윈 결코 생각지도 않았으므로 자신들의 전재산과 두 사람의 몸만 어벨
라러우로 싣고 가면 된다고 생각하고 가장 값이 싼 궐리엄 존 러신의 가구 운
반차를 이용하기로 했던 것이다.

쾌적한 산들바람이 불어오고 하늘은 유난히 푸른 좋은 날씨였다. 두 사람
은 큰 소리로 웃기도 하고, 궐리엄 존과 농담을 주고받기도 했으며 존은 이따
금 경적을 울려 헨델의 '라르고'를 흉내내어 들려주기도 했다. 그들은 러신
고개의 꼭대기에 이르자 외롭게 서 있는 외딴 선술집 앞에서 차를 멈추고 럼
니 맥주로 궐리엄 존으로부터 축배를 받았다. 존은 사팔뜨기이며 침착하지
못한 체구가 작은 사나이였는데, 몇 번이나 두 사람을 위해 건배하고 나서 이

번엔 자기 부담으로 진을 한 잔 들이켰다. 그후로는 러신 고개의 내리막길이 시작되었는데, 500피트나 되는 벼랑 끝에 머리핀처럼 가느다랗게 구부러진 모퉁이가 두 군데나 있어서 꽤 등골이 오싹해졌다.

이윽고 마지막 언덕을 다 오르자 이번엔 어벨라러우까지 줄곧 내리막길이었다. 그것은 황홀한 순간이었다. 계곡의 위에서 아래까지 어벨라러우 마을의 지붕의 행렬이 파도처럼 펼쳐져 있었다. 위쪽 마을 변두리에는 상점이며 교회며 회사 등이 뒤섞여 모여 있었으며, 그 아래쪽에는 채광소(採鑛所)며, 뭉게뭉게 검은 연기를 토하고 있는 굴뚝, 그리고 뭉실뭉실 증기를 내뿜고 있는 뭉툭한 냉각기 등등. 그 모두가 한낮의 태양빛에 반짝이고 있었다.

"봐요, 크리스, 저걸 봐!"

앤드루는 그녀의 팔을 꽉 붙잡으면서 속삭였다. 그는 관광안내원 못지않게 몹시 열을 올리고 있었다.

"멋진 곳이지, 그렇잖아? 저기가 광장이라구! 우리들은 뒤쪽에서 들어온 셈이야. 그리고 저길 봐! 이제 석유램프는 필요없게 됐어. 저게 가스공장이야. 우리 집은 어딜까?"

지나가는 광부에게 '계관장'으로 가는 길을 묻자 곧바로 가르쳐 줬다. 이 길로 똑바로 가서 변두리에 있다고 했다.

얼마 후 그들은 계관장에 도착했다.

"어머나! 여기……, 꽤 좋은 집이잖아요?"

크리스틴이 말했다.

"그렇군. 이것 참……, 썩 좋아 보이는 집이군."

"호, 이거 괴상한 집이군."

귈리엄 존은 모자를 뒤로 젖히면서 이렇게 말했다.

계관장은 정말 이상 야릇한 건물이었다. 언뜻 보기에는 스위스식 산장과 스코틀랜드의 오두막집의 중간형으로, 아주 작은 박공(縛供)이 붙어 있는 그 집은 애벌칠만 한 채 잡초며, 쐐기풀이 무성한 반 에이커쯤 되는 폐원(廢園) 속에 외따로 서 있었다. 정원에는 시냇물 한 줄기가 갖가지 깡통 위를 흐르고 있었으며, 그 중간쯤에 썩어들어가기 시작한 나무다리가 걸려 있었다. 그때는 그들도 알아차리지 못하고 지나갔으나, 이 계관장으로 그들은 처음으로 위원회의 잡다한 세력과 몹시 변덕스런 지식층과 부딪치게 된 것이었다. 잠자코 있어도 기부금이 굴러들어왔던 1919년의 호경기 시절에 위원회는 위원회의 체면을 걸고 현대적으로 '아주 멋진' 훌륭한 주택을 세우겠다고 공표했다. 그런데 아주 멋진 현대적이라는 점에 관해서는 위원들 모두가 제각기 확고한 의견을 가지고 있어서 조금도 양보하지 않았다. 더구나 위원은 30명이나 되었던 것이다. 계관장은 그 결과로 완성된 셈이었다.

외관에 대한 인상은 어쨌든, 그들은 안으로 들어가 보고 당장 만족할 수 있었다. 집은 튼튼했으며, 마루는 두말할 것 없이 훌륭하고 벽지도 깨끗했다. 다만 방의 수가 많은 데 놀라지 않을 수 없었다. 두 사람 다 입밖에 내지는 않았으나, 크리스틴의 많지 않은 가재도구로는 미처 두 칸도 만족스럽게 장식할 수 없음을 이내 알 수 있었다.

"기다려 줘요, 여보."

두 사람이 서둘러 집안을 둘러보고 홀로 되돌아왔을 때 크리스틴이 손가락으로 헤아리면서 말했다.

"아래층은 식당과 응접실과 독서실로 하겠어요. 아니 거실이 좋을까요……, 이름이야 아무래도 상관없지만……, 2층은 침실이 다섯 개나 있더라구요."

"글쎄."

앤드루는 미소지었다.

"이 정도니 기혼자여야 한다는 것도 무리한 얘기가 아니군."

어느덧 그 미소는 사라지고 언짢은 얼굴이 되었다.

"솔직히 말하자면 나는 크리스, 정말 견딜 수 없는 심정이라구……. 돈이라곤 한푼도 없는 내가 마치 식객처럼 당신의 알뜰한 가재도구를 쓰고, 무슨 일이든 당연하다는 듯이 제대로 생각할 겨를도 주지 않고 당신을 끌고 왔으니 말이야……. 학교에 당신 후임을 물색할 여유도 주지 않았잖아. 난 제멋대로 행동하는 바보라구. 이곳에 내가 먼저 와서 대충 정리를 한 다음 당신을 불렀어야 했는데……."

"앤드루 맨슨! 너무해요. 나를 내버려두고 떠나버릴 작정이었군요?"

"아무튼 이곳은 어떻게든 정리할 생각이야."

그는 그녀의 얼굴을 바라보며 완강히 상을 찌푸려 보였다.

"그러니까 말이야, 크리스……."

그녀는 웃으면서 가로막았다.

"제가 말이에요, 여보. 오믈렛을 만들어 드리겠어요…… 마담 폴라드의 솜씨를 본떠서 말이에요. 뭐, 요리책에 씌어 있는 정도라면 나도 자신이 있다구요."

초장에 선수를 빼앗기고 만 그는 입을 딱 벌린 채 그녀의 얼굴을 물끄러미 바라보았다. 그러나 얼마 뒤에 찌푸렸던 그의 얼굴은 펴져 있었다. 그는 또다시 빙그레 웃으면서 그녀를 뒤따라 부엌 쪽으로 갔다. 그녀의 모습이 보이지 않는 게 견딜 수 없었던 것이다. 두 사람의 발소리가 텅 빈 집안에서 큰 사원에서처럼 우렁찬 소리로 메아리쳤다.

퀼리엄 존에게 부탁하여 그가 돌아가기 전에 사달라고 했기 때문에 오믈렛이 프라이팬에서 따끈하고 노릇노릇하게 맛있게 만들어졌다. 두 사람은 부엌의 탁자 끝에 나란히 앉아 오믈렛을 먹었다. 그는 원기왕성한 목소리로 생각난 듯 말했다.

"앗! 그렇군. 실례, 실례, 난 까맣게 잊고 있었다구. 생활이 바뀐 걸 말이야. 당신이 요리해 주었지. 누군가 잊어버리고 간 저 벽의 달력 말이야, 그다지 나쁘지 않군. 그래……, 아주 좋은 장식이 되는군. 게다가 그림도 좋구. 저 장미 말이야. 오믈렛 좀더 없어? 폴라드라니 누굴 말하는 거지? 암탉 같은 이름인데. 아아, 고마워. 이것 봐요. 내가 이제부터 얼마나 긴장해서 일하려고 했는지 당신은 모를 거야. 여기라면 좋은 기회가 얼마든지 있다구. 멋진 찬스가 말이야!"

그는 갑자기 말을 끊고 방구석에 놓여 있는 짐 옆에 있는 니스칠한 나무상자로 눈길을 돌렸다.

"이봐, 크리스! 저건 뭐야?"

"아아, 저거요."

그녀는 대수롭지 않다는 듯 소리쳤다.

"그건 결혼 축하 선물……, 데니 씨가 보내준 거예요."

"데니가!"

그의 안색이 싹 바뀌었다. 이번 일자리를 얻는 데 무척 애써준 것에 대해 인사도 하고, 아울러 크리스틴과 결혼하게 된 경위도 얘기하려고 서둘러 데니를 찾아갔으나 그는 여전히 완고하고 무뚝뚝하기만 했다. 오늘 아침 떠나올 때도 배웅조차 하지 않았다. 그래서 앤드루는 감정이 상했던 것이다. 데니는 아주 복잡하고 이해할 수 없는 사나이였다. 아무래도 친구로서 사귀어 나갈 수는 없다고 생각했을 정도였으니 말이다. 분명 내용물은 낡아빠진 헌 구두 정도겠지……. 데니라면 그러한 장난을 할 만도 하다고 생각하며 수상쩍은 심정으로 그는 나무상자 쪽으로 어슬렁어슬렁 다가갔다. 그리고 나무상자를 열어보았다.

순간적으로 그는 "와아!" 하고 천진난만한 환호성을 올렸다. 그 속에는 데니가 가지고 있던 정교한 차이스의 현미경과 다음과 같이 적힌 편지가 들어 있었다.

'이것은 사실 내겐 불필요한 물건이야. 항상 말했듯 난 한낱 외과의사에 지나지 않으니까. 행운을 빌겠네.'

뭐라고 할 말이 없었다. 이건 안 되겠구나 하고 그는 깊은 사색에 잠겨버렸다. 앤드루는 그 현미경에서 줄곧 눈을 떼지 않고 오믈렛을 다 먹어 치웠다. 그리고 나서 그는 현미경을 소중하게 들어올리고는 크리스틴을 데리고 식당 뒤쪽 방으로 들어갔다. 그리고 현미경을 조심스럽게 텅 빈 방 한가운데에 내려놓았다.

"이 방은 도서실이 아니야, 크리스……. 거실이나 서재도 아냐. 우리들의 선량한 친구, 필립 데니에게 감사하기 위해 오늘부터 난 이 방을 실험실이라고 부르겠어."

그 명명식을 기념하기 위해 그는 그 자리에서 그녀에게 키스를 했다. 그런데 그때 뜻밖에 전화벨이 울리기 시작했다. 텅 빈 홀에서 집요하게 울려오는 그 소리는 이상하게도 사람의 기분을 섬뜩하게 만드는 것이었다. 두 사람은 무슨 일일까, 하고 궁금해하면서 얼굴을 마주보았다.

"왕진인지도 모르겠군, 크리스! 어때? 어벨라러우에선 나의 최초의 환자가 되는 셈이야."

그는 홀 쪽으로 뛰어갔다. 그러나 그것은 환자로부터가 아니라 루엘린 박사가 마을의 반대쪽 변두리에 있는 자택에서 환영인사차 걸어온 전화였다. 전선을 통해 전달되는 그의 음성은 명료하고도 정중했기 때문에 발돋움하여 앤드루의 어깨에 매달려 있던 크리스틴에게도 주고받는 이야기가 또렷하게 들려왔다.

"여보세요! 맨슨. 어떤가? 걱정하지 말게. 일이 있는 건 아니니까. 다만 남보다 먼저 자네 부부가 어벨라러우에 온 것을 환영하고 싶었을 뿐이라네."

"이거 정말 감사합니다, 루엘린 선생님. 정말 친절히 전화해 주셔서 감사합니다. 하지만 일이 있더라도 전 아무 상관이 없습니다."

"말도 안 되는 소리. 그런 일은 생각지도 않고 있네. 자네들이 안정될 때까지."

루엘린은 상냥하게 말했다.

"그보다 오늘 밤 말일세, 별 지장이 없다면 부부 동반해서 저녁식사에 와주지 않겠나? 거북하게 생각지 말고 7시 반에 와주게. 기다리고 있겠네. 식사가 끝나면 나와 잠시 이야기를 나누세. 알겠지? 그럼 안녕."

앤드루는 수화기를 내려놓았는데 그 표정에는 깊은 만족의 빛이 가득 떠올라 있었다.

"대단한 분이야. 그렇지 않아, 크리스? 이런 식으로 갑작스럽게 우릴 초대해 주니 말이야! 그래서 의장(醫長)이라구! 학위 같은 것도 정식으로 땄고 말이야. 내가 조사해 보았는데 전 런던병원 근무, 의학박사, 영국 외과의학회 회원, 그리고 공중위생관이라구. 어때, 대단한 관록이지! 그런데도 가까운 친구처럼 말을 걸어주다니. 알겠어, 맨슨 부인. 우린 여기서 앞으로 큰 투기를 할 거라구!"

그는 그녀의 허리로 손을 돌리고 환성을 올리면서 홀 한가운데서 빙빙 돌기 시작했다.

2

그날 밤, 두 사람은 7시에 집을 나와 활기가 넘치는 번화가를 지나 루엘린 박사의 저택이 있는 글린마우로 갔다. 걷는 것만으로도 자극이 되었다. 앤드루는 자기가 새로 끼여든 그 고장 사람들을 몹시 즐거운 시선으로 한껏 바라보았다.

"저기 저쪽에서 오고 있는 사나이를 좀 보라구, 크리스틴! 빨리! 저기서 기침을 하고 있는 사나이 말이야."

"네, 여보…… 그런데 왜요?"

"응, 아무것도 아냐!"

그는 태연한 음성으로 말을 이었다.

"그저……, 저 사나이도 어쩌면 내 환자가 될 거라고 생각했기 때문에 말이야."

글린마우는 고생하지 않고 찾을 수 있었다. 손질이 잘된 정원이 있는 육중한 저택의 밖에는 루엘린 박사의 아름다운 자동차가 있었으며, 품위 있는 작은 글씨로 직함을 쓴 문패가 깨끗이 닦여져 철문에 붙어 있었기 때문이다. 그 훌륭한 구조를 보고 두 사람은 갑자기 압도당하는 느낌이 들었다. 초인종을 누르자 바로 응답이 나왔다.

루엘린 박사가 응접실에서 나오며 두 사람을 맞이했다. 빳빳한 커프스에 금빛 단추가 달린 프록코트를 입은 그는 활기와 성의가 넘치는 상냥한 표정으로 하여 한층 더 돋보였다.

"오, 오! 정말 멋있군요, 부인. 처음 뵙겠습니다. 어벨라러우가 마음에 드신다면 다행이겠습니다만. 그다지 나쁜 곳은 아니죠. 자, 어서 이쪽으로 오십시오. 집사람도 곧 나올 겁니다."

루엘린 부인은 곧 나타났는데 박사와 마찬가지로 상냥한 표정을 짓고 있었다. 그녀는 마흔대여섯쯤으로 보이는 붉은색 머리를 가진 여성으로서, 약간 창백한 얼굴에 주근깨가 있었다. 우선 앤드루에게 인사를 마치자 이번엔 크리스틴 쪽을 돌아보고 애정어린 목소리로 탄성을 올렸다.

"어머, 어쩜 이렇게도 귀엽고 사랑스럽죠! 난 첫눈에 반했어요. 키스해 주시겠어요? 어때요, 괜찮겠죠?"

숨쉴 겨를도 없이 그녀는 크리스틴을 포용했다. 그리고는 팔을 돌린 채 그녀를 꼭 안으면서 몇 번씩 찬찬히 바라보는 것이었다. 복도 끝에서 벨소리가 들려왔다. 그들은 식당으로 들어갔다.

훌륭한 식단이었다. 토마토 수프, 속을 넣은 로스트 치킨에 두 개의 소시지, 건포도를 곁들인 푸딩. 박사 부부는 미소를 지으며 그들에게 말을 걸었다.

"곧 여기 사정을 알게 될 걸세, 맨슨."

루엘린이 말했다.

"암, 그렇고말고. 나도 힘 닿는 대로 도와주겠네. 참고로 말해두겠는데, 저 에드워즈란 사나이가 임명되지 않아서 나도 내심으론 무척 좋아하고 있다네. 추천해 주겠노라고 반쯤 약속은 했지만 어쩐지 그럴 마음이 내키지 않더군. 내가 지금 무슨 말을 하려던 참이었지? 그래, 자넨 서부 진료소를 전담해 주었으면 좋겠네. ……자네가 살고 있는 집 방향에 있지. 어커트라는 노인 의사와 함께 일하게 될 거야. 그분은 상당한 실력가라구. 게다가 약국직원인 개지도 있지. 이쪽 동부 진료소에는 메들리 의사와 옥스버러우 의사가 있어. 아아, 모두 선량한 사람들이라구. 자네도 틀림없이 좋아하게 될 거야. 자넨 골프를 치는가? 가끔 편리의 골프장으로 나가보는 것도 좋아. ……골짜기에서 불과 9마일쯤 내려간 곳에 있지. 나는 너무 바빠 좀처럼 골프를 칠 기회가 없다네. 진료소 쪽은 내가 맡고 있진 않지만, 병원은 내 책임이기 때문에 회사가 보상하는 재해사고도 처리해야 하고 이 도시의 의무관에다 가스공장의 촉탁의이기도 하단 말이야. 게다가 양육원도 돌봐야 하고, 공중종두의(公衆種痘醫)도 하고 있다네. 갖가지 사회시설의 진료며, 주(州) 재판소의 일도 꽤 많지. 그래, 검시관도 하고 있어, 덤으로 말이야."

박사의 명랑한 눈이 순간 번쩍 빛났다.

"나에게 진찰을 받으려고 찾아오는 환자도 상당히 많아. 틈을 봐서 그런 환자도 봐줘야 되고……."

"굉장히 바쁘시겠군요."

맨슨이 말했다.

루엘린은 빙글빙글 웃으며 말했다.

"수지균형은 맞춰야 되니까 말일세, 맨슨. 바깥에 있는 저 작은 자동차도 보기와는 달리 1200파운드나 되거든. 게다가……, 아냐, 아무것도 아닐세. 여기라고 해서 잘살지 말라는 법은 없잖은가. 자네도 열심히 일하고 언행을 조심하고 하면 충분히 이럭저럭 3,400파운드는 벌 수 있을 걸세."

그는 잠깐 침묵했다가 이번엔 진지하게 비밀이야기라도 하듯 말했다.

"자네한테 미리 말해둘 얘기가 한 가지 있는데……, 조수들끼리는 이미 묵계가 되어 있는 일이지만 각자 수입의 2할을 내게 지불하기로 되어 있다네." 그는 명랑한 어조로 마구 말을 이어나갔다.

"그거야 뭐, 내가 자네들의 환자를 봐주고 있기 때문이야. 까다로운 경우가 생기기라도 하면 모두들 나한테 찾아오니까. 이건 서로에게 편리한 방법이 될 테니 말이야."

앤드루는 놀라서 약간 얼굴을 들어올렸다.

"그건 의료원조제도(醫療援助制度)와는 관계가 없는 것인가요?"

"암, 그렇지."

루엘린은 조금 미간을 찌푸리며 말했다.

"의사들끼리 정한 것이라구. 훨씬 전부터 그렇게들 하고 있지."

"그러나……."

"맨슨 선생!"

루엘린 부인이 탁자 끝에서 달콤한 음성으로 불렀다.

"난 말예요, 지금 부인에게 자주 만나자고 얘기하고 있던 참이에요. 다과회 땐 꼭 와주셨으면 좋겠어요. 그땐 부인을 빌려주셔야 돼요, 선생. 그리고 언젠가 부인하고 함께 차로 커디프까지 드라이브해도 괜찮겠죠? 어때요, 멋진 일이죠, 여보?"

"물론이지."

루엘린은 당연하다는 듯 이야기를 계속했다.

"자네에겐 유리한 일이 되겠지만 레슬리라고 하는 자네의 전임자는 형편없는 게으름뱅이였다네. 돌팔이란 점에서는 저 에드워즈와 별로 다를 바 없었다구. 아무튼 제대로 마취도 못했으니까 말이야! 자넨 물론 마취는 잘하겠지? 큰 수술을 할 때는, 특히 내 개인 환자를 다룰 때는 반드시 마취에 능숙한 사람이 필요하거든. 아냐, 실례, 실례! 이런 얘기는 오늘 밤엔 그만두기로 하세. 자넨 여기 갓 부임해 온데다, 폐가 되어서도 안 되니까 말일세."

"아이들리스!"

루엘린 부인이 뭔가 들뜬 목소리로 남편을 향해 외쳤다.

"글쎄 두 분이 말이에요, 오늘 아침에 결혼하셨대요! 방금 부인한테서 들었어요. 이분은 정말 어여쁜 신부예요! 설마 하고 생각하셨겠죠? 이분들이 글쎄……."

"오오, 그랬었군 그래!"

루엘린이 명랑한 음성으로 대꾸했다.

루엘린 부인이 크리스틴의 손을 가볍게 톡톡 두드렸다.

"힘드시겠어요! 저 계관장 같은 곳에서 새살림을 꾸미려면. 종종 나도 들러서 도와드리겠어요."

앤드루는 조금 얼굴을 붉히면서 안정을 되찾으려고 했다. 그는 크리스틴과 자신이 뭔가 작은 고무공처럼 만들어져서 루엘린 부부 사이에서 농락당하고 있는 듯한 느낌이 들었다. 그건 그렇지만, 부탁을 하기엔 더할 수 없는 좋은 기회라고 여겨졌다.

"루엘린 선생님."

그는 겁이 났지만 용기를 내어 말했다.

"사실 부인께서 말씀하신 그대로입니다. 말씀드리기 죄송합니다만……, 며칠 동안만 여유를 주신다면 집사람을 데리고 런던에 잠깐 다녀올까 합니다만. 새살림에 필요한 가재도구라든가 그밖에 자질구레한 물건들도 이것저것 사야 하고……."

그도 크리스틴이 깜짝 놀라 눈을 접시처럼 크게 뜨고 있는 것을 알아차렸다. 그러나 루엘린은 상냥하게 고개를 끄덕였다.

"괜찮고말고, 괜찮아. 일이 시작되면 휴가도 자주 얻을 수 없으니까 말이야. 내일하고 모레는 푹 쉬도록 하게, 맨슨. 이것 보게! 내가 자네들한테 쓸모가 있다는 건 이런 경우라구. 조수들에게 무척 큰 힘이 되어 주고 있단 말일세. 내가 직접 자네의 일은 위원회에 얘기해 두겠네."

앤드루는 자기가 직접 위원회며 오웬에게 얘기해도 상관없다고 생각하고 있었다. 그러나 그냥 그에게 맡겨두기로 했다.

모두들 응접실로 가서 루엘린 부인이 끓여온 맛있는 커피를 마셨다. 루엘린은 금으로 된 담배 케이스에서 담배를 꺼내어 권했다.

"맨슨. 이걸 보게, 선물이야! 정중한 환자가 보내준 거라구! 꽤 묵직하지? 적어도 20파운드 가치는 족히 될 걸세."

10시 가까이 되자 루엘린 박사는 훌륭한 한쪽 유리의 회중시계를 꺼내 들여다보았다. 박사는 그때 명랑한 표정으로 그 시계를 보고 있었다. 박사는 무생물에 대해서까지도, 특히 그것이 자기 소유물일 경우에는 그 특유의 온화한 마음을 담아 지그시 바라보는 버릇이 있었다. 잠깐 동안 앤드루는 박사가 그 시계에 관해 뭔가 추억담이라도 꺼내지 않을까 하고 생각했다. 그러나 박사는 전혀 엉뚱한 얘기를 끄집어냈다.

"난 이젠 병원에 가봐야 하네. 위와 십이지장의 문합(吻合) 수술을 오늘 아침에 했지. 차를 타고 함께 가서 잠깐 봐주지 않겠나?"

앤드루는 벌떡 일어섰다.

"네, 저도 보고 싶군요, 루엘린 선생님."

크리스틴도 함께 권유를 받았기 때문에 그들은 현관에서 다정하게 작별인사를 하는 루엘린 부인에게 인사를 하고는 대기하고 있는 차에 올라탔다. 차는 조용히 미끄러져 나가다가 큰길에서 왼쪽으로 돌아 언덕으로 올라갔다.

"상당히 밝은 헤드라이트지?"

루엘린은 그렇게 말하고는 일부러 껐다 켰다를 반복했다.

"럭사이트란 거야! 그것도 특제라구. 특별히 달게 한 거야."

"럭사이트요!"

크리스틴이 상냥하게 말을 꺼냈다.

"무척 비싸겠군요, 선생님?"

"물론 비싸고말고요."

잘 알아맞혔다는 듯 루엘린은 힘주어 고개를 끄덕였다.

"30파운드나 빼앗기고 말았죠."

앤드루는 자신의 무릎을 껴안듯 하고 앉아서 아내의 시선과 마주치는 것을 일부러 피하고 있었다.

"자, 다 왔네."

그리고 2분쯤 지나서 루엘린 박사가 말했다.

"이곳이 내 정신적인 가정이지."

병원은 붉은 벽돌로 지은 꽤 훌륭한 건물인데, 월계수를 심고 자갈이 깔린 오솔길이 쭉 현관까지 통해 있었다. 안으로 들어서자마자 앤드루는 눈을 번쩍였다. 작은 규모지만 아주 현대적이며, 훌륭한 설비였다. 루엘린을 따라 수술실, 뢴트겐실, 진찰실, 통풍이 잘 되는 청결한 병실을 돌아다니면서 앤드루는 이곳은 완벽하다……, 드라이네피와는 하늘과 땅 차이다!……그래, 내 환자도 여기에 입원시켜 줘야지 하고 흐뭇한 마음으로 생각하고 있었다.

둘러보고 있는 도중에 그들은 우연히 간호부장을 만났다. 뼈대가 굵고 몸집이 큰 여자였다. 크리스틴 쪽은 지나가는 개 보듯 아랑곳하지 않고 건성으로 앤드루에게 인사한 다음 루엘린 앞에서는 경의를 나타내 보이며 몸을 잔뜩 조아렸다.

"필요한 건 다 갖추어져 있다고 보는데, 어떤가, 간호부장?"

루엘린이 말을 던졌다.

"필요한 게 있으면 위원회 쪽에 곧 얘기해 주지. 음, 음, 모두 나쁜 사람은 아니니까 말이야. 그런데 저 위장 문합 환자는 어떤가, 간호부장?"

"아주 상태가 순조롭습니다, 루엘린 선생님."

간호부장은 중얼거리듯 대답했다.

"됐어. 바로 가보지!"

그는 크리스틴과 앤드루를 배웅하기 위해 현관까지 되돌아갔다.

"그래, 그렇고말고, 맨슨. 난 이 병원이 정말 자랑스럽다네. 마치 나 자신의 소유물처럼 생각하고 있지. 뭐 그렇게 생각해서 나쁠 것 없잖아. 돌아가는 길은 알고 있겠지? 그리고 수요일에 돌아오면 나에게 전화를 걸어주게. 어쩌면 자네가 마쳐 일을 맡아줘야 될지도 모르니까 말이야."

거리를 걸어 돌아오면서 두 사람은 얼마 동안 침묵을 지키고 있었다. 마침내 크리스틴이 앤드루의 팔을 잡았다.

"여보, 어때요?" 그녀가 물었다.

그는 그녀가 어둠 속에서 미소를 띠고 있음을 알아차렸다.

"박사에겐 호감이 가는군." 그는 빠른 어조로 대답했다. "참 좋았어. 보았지, 그 간호부장도 마치 박사의 웃자락에 입이라도 맞추고 싶어하는 눈치였어. 그리고 정말 멋있는 병원이더군. 더구나 박사 댁에서의 저녁식사도 좋고. 인색하지 않아 좋더라구. 다만……, 아무래도 이해가 가지 않는 건……, 어째서 우리의 급료에서 2할을 떼어주어야 하는지 모르겠어. 도덕적으로 이건 공정하지 못해. 그리고 논리적으로도 말이야. 그리고 뭐……, 마치 착한 아이가 되라고 달래주고 쓰다듬어 주고 있는 듯한 느낌이 들더라구."

"그래도 당신은 꽤 착한 아이였어요. 이틀씩이나 휴가를 달라고 졸랐으니 말이에요. 하지만 정말 당신 어떻게 하실 작정이에요? 가구를 살 만한 돈이 없잖아요……, 아직."

"잠자코 보고만 있으라구."

그는 기대하는 바가 있다는 듯 다만 그렇게 대답했을 뿐이다.

어느덧 거리의 가로등도 뒤로 처지고 계관장이 가까워지자 두 사람 사이에는 이상한 침묵이 뒤덮고 있었다. 팔을 감고 있는 그녀의 손의 감촉은 그에게는 귀중한 것이었다. 커다란 애정의 파도가 그의 온몸을 덮쳤다. 광산촌에서 갑작스럽게 결혼 하고 덜그럭거리는 트럭을 타고 몇 개의 산과 골짜기를 넘어 신혼의 꿈을 꿀 보금자리라고는 그녀의 싱글 베드 밖에 없는 거의 빈집과도 같은 쓸쓸한 집에 내던져지면서도 그러한 괴로움을 내색하지 않고 웃으면서 순순히 견디고 있는 그녀를 그는 생각하고 있었다. 그녀는 그를 신뢰하고 있었다. 굳은 결의가 그의 마음속에서 부풀어올랐다. 자신의 일로 말미암아 그녀의 신뢰가 그릇되지 않았음을 증명해 주었고, 이제 그것으로 보답해 줄 뿐이라고 다짐했다.

두 사람은 나무다리를 건넜다. 지저분한 물가는 밤의 부드러운 어둠에 감추어지고, 시냇물의 속삭임이 쾌적하게 귓전에서 울렸다. 그는 호주머니를 뒤져 열쇠를……, 두 사람이 살게 된 집의 바로 그 열쇠를 꺼내어 자물통에 끼웠다.

홀은 컴컴했다. 그는 문을 닫고 그녀가 기다리고 있는 곳을 뒤돌아보았다. 그녀의 얼굴이 어렴풋하게 빛나고 날씬한 몸이 그가 다가오기를 기대하고 있는 듯했다. 게다가 무방비 상태로 보였다. 그는 팔을 다정스럽게 그녀의 등으로 돌렸다. 그리고 속삭이듯 이상한 질문을 던졌다.

"그대의 이름은?"

"크리스틴."

어이가 없다는 듯 그녀는 대답했다.

"크리스틴 뭐야?"

"크리스틴 맨슨."

그녀의 숨결이 차츰 빨라지더니 그의 입술을 뜨겁게 덮쳤다.

3

다음날 오후, 두 사람이 탄 열차는 퍼딩턴 역에 도착했다. 두 사람 다 처음 와본 이 대도시를 눈앞에 보고 들뜬 기분이었지만, 경험이 없는 탓으로 생기는 불안을 의식하면서 플랫폼으로 내려섰다.

"그 사나이가 있을까?"

앤드루가 걱정스럽게 물었다.

"개찰구 쪽에 있지 않을까요?"

크리스틴은 생각한 대로 말했다.

두 사람은 카탈로그를 든 '사나이'를 찾고 있는 것이었다.

앤드루는 열차 안에서 자신의 계획이 얼마나 멋지고 간결하며 치밀한가를 설명해 주었다. 드라이네피를 떠나기 전에 필요할 것 같아서 런던 동구(東區)의 리젠시 플레니싱 가구상회와 교섭해 두었다고 말했던 것이다. 리젠시는 그다지 큰 상점은 아니지만……, 백화점처럼 으리으리한 것과는 다르지만……, 그러나 월부 전문으로 전시장을 가지고 있는 개인 경영으로는 꽤 큰 상점이었다. 그는 호주머니에 상점 주인이 최근에 부친 답장을 가지고 있었다.

"아! 저기 있구나!"

그는 만족스럽다는 듯 소리쳤다.

번쩍거리는 감색 양복에 중절모를 쓴 허름한 차림새의 작은 사나이가 일요학교의 상품과 같은 큼직한 녹색 카탈로그를 옆구리에 끼고 뭔가 신통력이라도 지녔는지 여행객 무리 속에서 두 사람을 알아본 모양이다. 그는 두 사람쪽으로 성큼성큼 다가왔다.

"맨슨 선생님 아니신가요? 그리고 사모님이시죠?"

그 사나이는 공손히 모자를 벗었다.

"저는 리젠시의 직원인데 오늘 아침에 전보를 받았습니다. 차를 대기시켜놓았습니다. 어떻습니까, 잎담배는?"

낯선 대도시의 봄비는 거리를 달리면서 앤드루는 잎담배를 손에 든 채 아직불도 붙이지 않고 힐끔 곁눈질로 그것을 내려다보며 희미하게나마 불안한 기색을 떠올렸다. 그는 마음속으로 이런 말을 중얼거리고 있었다.

'요즘은 덮어놓고 차를 들이대는 모양인데, 이건 어떻게 되는 걸까? 역까지 왕복하는 것과 기차삯까지 그쪽에서 부담한다고 알려오기는 했지만……'

그러나 그렇게 확신하면서도 어디가 어딘지 알 수 없는 복잡한 거리를 여기저기 끌려다니다가 몇 번이고 지저분한 거리를 지나는 동안 어쩐지 걱정이 더해갔다. 그러다가 마침내 목적지에 도착했다. 두 사람이 생각했던 것보다 훨씬 화사한 상점으로, 정면에는 판유리와 번질번질한 놋쇠로 만든 간판이 수두룩하게 달려 있었다. 차의 문이 열리자 그들은 리젠시 상점으로 안내되었다.

여기서도 대기하고 있었던 모양인지 프록코트에 높은 칼라를 낀 나이깨나들어 보이는 판매원으로부터 두 사람은 왕족처럼 맞아들여졌다. 사나이는 아주 성실해 보이는 모습으로 어딘가 고(故) 알버트공과 닮아 있었다.

"선생님, 어서 이쪽으로, 사모님도 이쪽으로 오십시오. 의사 선생님으로부터 주문을 받게 되어 진심으로 영광스럽게 생각합니다, 맨슨 선생님. 단골손님이신 할리가의 전문의 선생님들의 이름을 일일이 말씀드리면 아마도 깜짝놀라실 겁니다. 우리는 그런 선생님들로부터 추천장을 받고 있습니다! 그럼선생님, 필요하신 물건은 무엇입니까?"

사나이는 엄숙한 걸음걸이로 전시장 통로를 이리저리 거닐면서 두 사람에게 가구를 보여주기 시작했다. 사나이가 말하는 가격은 터무니없이 비싸 그들은 엄두도 낼 수 없었다. 그리고 찰스 시대라든가 제임스 1세 시대라든가 루이 10세풍이라는 등 그런 말을 지껄여대고 있었다. 그러면서 보여주는 것이라곤 그을려 있거나 니스를 칠한 정말 형편없는 것들뿐이었다.

크리스틴은 입술을 불만스럽다는 듯 깨물고 얼굴은 점점 걱정스런 표정이 되어가고 있었다. 그녀는 안타까운 마음으로 앤드루가 속아 넘어가지 않도록, 이런 잡동사니 같은 물건을 집에 들여놓지·않기를 한결같이 바라고 있었다.

"여보."

그녀는 알버트공이 등을 돌린 틈을 타서 재빨리 속삭였다.

"안 되겠어요……, 전혀 쓸모가 없어요."

그는 가까스로 그 뜻을 알아들었는지 입술을 한일 자로 꾹 다물고 대답 대신 고개를 끄덕였다. 두 사람은 그런 뒤에도 이것저것 둘러보고 다녔다. 그리고 점잖게, 그러나 놀랄 만큼 쌀쌀한 말투로 앤드루가 그 세일즈맨에게 말을 걸었다.

"알겠나, 자네! 우리는 일부러 먼 곳에서 가구를 사려고 왔단 말일세. '가구'를 말이오. 이런 잡동사니들이 아니라구!"

그는 엄지손가락으로 곁에 있던 양복장 정면을 난폭하게 눌렀는데, 공교롭게도 합판으로 만들어진 것이었기 때문에 삐그덕 소리를 내면서 그만 찌그러져 버렸다.

판매원은 깜짝 놀라 안색이 변했다. 그리고 이런 일은 있을 수 없다는 표정을 지었다.

"하지만, 선생님."

사나이는 꿀꺽 침을 삼키고 덧붙여 말했다.

"아까부터 보여드린 것은 저희 상점에서 가장 좋은 상품입니다."

"그럼 가장 나쁜 것을 보여주게."

앤드루는 호통치듯 말했다.

"낡은 것이라도 상관없다구……, 진짜라면 말이야."

상대방은 잠시 말이 없었다. 하지만 마침내 중얼거리듯 말했다.

"사주시지 않으면 주인어른께 야단맞을 텐데."

판매원은 실망한 듯 난처하다는 표정을 짓고 물러갔다. 그리고 그대로 다시는 돌아오지 않았다. 그러나 4분쯤 지나서 통통하고 키가 작은, 얼굴이 불그스레한 별다른 특색 없는 사나이가 허둥지둥 나왔다. 그리고 무뚝뚝하게 말했다.

"뭘 드릴까요?"

"좋은 중고품 가구를……, 값이 싼 거라야 돼!"

작은 사나이는 불쾌한 얼굴을 하고 앤드루를 힐끔 노려보았다. 그리고 두 사람을 안쪽에 있는 점원용 승강기 있는 데로 데리고 갔다. 그들이 내린 곳은 천장까지 중고품 가구와 가재도구를 쌓아올린 서늘하고도 넓은 지하실 창고였다.

크리스틴은 거기서 한 시간 가량 먼지와 거미줄 속을 돌아다니며 여기서 튼튼한 찬장, 저기서 모양이 좋고 소박한 식탁, 그리고 즈크천더미 밑에서 커버를 씌운 작은 안락의자 따위를 열심히 찾아냈으며, 앤드루는 그 뒤를 따라다니며 그 작은 사나이와 오랫동안 완강히 가격을 흥정했다.

드디어 살 물건이 결정되자 두 사람은 다시 승강기를 타고 위층으로 올라갔다. 얼굴은 먼지로 더러워졌지만 크리스틴이 무척 행복하고 흐뭇하다는 듯 앤드루의 손을 꼭 쥐었다.

"마침 필요하다고 마음먹고 있었던 것들이에요." 그녀는 자신감 있는 목소리로 속삭였다.

붉은 얼굴의 사나이는 두 사람을 사무실로 안내했는데, 최선을 다해 일했다는 태도로 주문한 사본을 주인의 책상 위에 놓으면서,

"이게 전부입니다."

하고 말했다.

주인인 아이작 씨는 코를 비볐다. 그 흙빛의 피부에 비하여 아주 맑게 보이는 눈으로 주문품 사본을 살펴보며 이내 슬픈 표정을 지었다.

"아무래도 이건 월부로 드릴 수 없겠는데요, 맨슨 선생. 모두 중고품뿐이니까요."

그러고는 난처하다는 듯 어깨를 한번 으쓱 치켜올려 보였다.

"저희 가게에선 이런 식으로는 장사를 하고 있지 않습니다."

크리스틴의 얼굴빛이 변했다. 하지만 앤드루는 떠다밀어도 움직이지 않겠다는 듯 버티고 서 있다가 털썩 의자에 주저앉았다.

"아이작 씨. 하지만 그건 말도 되지 않아요, 적어도 당신 편지엔 그렇게 씌

어 있었다구. 이 편지의 위쪽에 분명히 인쇄까지 되어 있잖소. '신품 및 중고 가구 월부로 판매……' 하고 말이오."

상대방은 잠깐 입을 다물고 있었다. 붉은 얼굴이 아이작 씨 쪽으로 몸을 구부리고 연방 손짓을 하면서 빠른 어조로 뭔가를 속삭였다. 크리스틴은 그 예의를 벗어난 말을 똑바로 들었다. 그러나 그것은 다만 그녀 남편의 완강한 성격, 그 인종적인 옹고집을 더욱 강하게 했을 뿐이었다.

"그럼, 맨슨 선생."

아이작 씨는 억지로 미소를 지어 보였다.

"원하시는 대로 해드리겠습니다. 그 대신 리젠시가 친절하지 않더라고 말씀하시면 안 됩니다. 그리고 제발 환자 여러분께도 잊지 마시고 선전해 주세요. 저희 상점이 얼마나 서비스를 잘해드렸는가를 상세하게 말입니다. 스미스! 그 계산서를 월부판매장에다 기입하고 사본을 내일 아침 맨슨 선생님 앞으로 우송해 드리게."

"고맙소, 아이작 씨."

그대로 다시 침묵이 흘렀다. 아이작 씨는 이것으로 애기를 일단락 지을 생각으로 말했다.

"잘 알았습니다. 그럼 됐죠. 물건은 금요일쯤 댁에 도착하도록 보내드리겠습니다."

크리스틴은 사무실을 나오려고 했다. 그러나 앤드루는 아직 의자에서 일어서려고 하지 않았다. 그리고 차분한 목소리로 말했다.

"그리고 아이작 씨, 기차삯은 어떻게 되는 거죠?"

마치 사무실에 폭탄이라도 떨어진 듯한 분위기였다. 붉은 얼굴의 스미스는 당장이라도 혈관이 터져버릴 듯한 얼굴을 하고 있었다.

"이건 놀라운 일이군요, 맨슨 선생."

아이작 씨가 외쳤다.

"무슨 말씀이세요? 거기까진 저희들로서도 할 수 없는 노릇입니다. 잘 아시겠지만 저희들은 낙타가 아니니까요! 기차삯까지 부담한다는 건!"

떠다밀어도 움직이지 않겠다는 표정으로 앤드루는 지갑을 꺼냈다. 목소리는 약간 떨리고 있었지만 무척 신중한 태도였다.

"여기 당신네 편지가 있지만 말예요, 아이작 씨. 50파운드 이상 물건을 샀을 경우 잉글랜드 및 웨일즈로부터의 손님의 기차삯은 당사 부담으로 하겠노라고 바로 여기에 뚜렷이 인쇄되어 있잖아요."

"하지만, 아무리 그렇다 하더라도."

아이작은 난폭하고도 설득하는 태도로 되어 있었다.

"당신은 55파운드의 물건밖에 사지 않았잖아……, 그것도 고르고 골라 중고품만……."

"당신 편지엔 말이오, 아이작 씨……."

"편지 따윈 아무래도 좋아요."

아이작은 두 손을 번쩍 들어올렸다.

"어쨌든 좋아요. 해약합시다. 당신 같은 손님은 난생 처음이오. 우리에겐 지금까지 얘길 알아들을 만한 신혼의 좋은 고객들뿐이었으니까요. 처음에 당신은 우리 가게의 클랩군을 모욕했소. 그리고 나서 스미스군을 괴롭히더니 이번엔 여기 와서 기찻삯이니 뭐니 하고 내 심장을 파열시키려 하고 있소. 이래서는 장사가 되지 않아요, 맨슨 선생. 이런 일이 통용된다고 생각한다면 미안하지만 다른 상점에 가서 부딪쳐 보는 게 좋을 거요!"

크리스틴은 와들와들 떨면서 눈에 필사적인 애원의 빛을 띠고 힐끔 앤드루를 보았다. 그녀는 이로써 모든 일이 끝났다고 생각했다. 남편이 너무 가혹했기 때문에 간신히 얻은 이익도 몽땅 내던져 버린 셈이 되었다. 그러나 앤드루는 그녀 쪽은 아랑곳하지 않고 무뚝뚝하게 지갑을 닫아 그것을 호주머니에 집어 넣었다.

"그럼 좋소, 아이작 씨, 그만 헤어집시다. 그러나 한 마디 해두겠는데……. 이렇게 되면 내 환자며 그 친구들에게 별로 좋은 선전은 해줄 수 없겠군요. 우리 병원엔 환자가 많기 때문에 이런 얘기는 자연히 퍼질 거요. 당신네들은 기찻삯을 지불한다고 분명히 약속하고 우리들을 런던까지 불러놓고는 이런 꼴을 당하게 하다니……."

"그만둡시다. 그만둬요!"

아이작은 미치광이처럼 마구 소리쳤다.

"기찻삯이 얼만가요? 지불해 주게, 스미스. 지불해 주게, 지불하라구. 하지만 그 대신 리젠시가 약속대로 하지 않았다는 말은 하지 말아야 돼요. 자, 이제 만족하셨습니까?"

"고맙소, 아이작 씨. 아주 만족했소. 그럼 금요일까지 배달해 주십시오. 안녕히, 아이작 씨."

앤드루는 진지한 얼굴로 아이작과 악수를 나누고 나서 크리스틴과 팔짱을 끼고 총총히 입구 쪽으로 발길을 돌렸다. 바깥에는 아까 타고 왔던 구식 자동차가 대기하고 있었다. 앤드루는 리젠시 개점 이래 대주문이라도 해준 듯한 얼굴을 하고 큰 소리로 외쳤다.

"뮤지엄 호텔로 가주게, 기사양반!"

별다른 군소리도 없이 차는 곧장 달리기 시작하여 이스트 엔드에서 블룸즈벨리 쪽으로 향했다. 지금까지 앤드루의 팔을 꼭 붙잡고 있던 크리스틴은 차츰 긴장을 풀기 시작했다.

"여보, 당신."

그녀는 속삭였다.

"정말 훌륭하게 하셨어요. 나는 그때 아주……."

그는 아직도 턱을 꼿꼿이 세운 채 고개를 저었다.

"그 친구들은 말썽을 일으키면 난처해지거든. 그쪽에서 약속을 했으니 말이야. 이쪽엔 편지가 증거품으로 있잖아."

그는 눈을 번쩍거리면서 갑자기 그녀 쪽을 돌아다보았다.

"그저 기차삯만의 문제가 아니라구. 당신도 알겠지만 엄연히 도의적인 문제이니까 말이야. 누구나 약속을 지키는 게 당연하지. 게다가 나를 더욱 화나게 한 건 나를 대하는 그들의 태도였어. 그들이 하는 짓은 1마일 떨어진 곳에서도 알 수 있어……. 세상 물정을 모르는 부부가 걸려들었다……, 봉이 날아왔으니 바가지를 씌우자, 돈을 벌자 하는 거라구. 음, 그리고 내게 권했던 잎담배도 말이야, 아무래도 가짜 같아."

"이럭저럭 당장 필요한 물건은 대강 갖추어졌어요."

그녀는 스스럼없는 어조로 속삭였다.

그는 고개를 끄덕였다. 그때는 몹시 흥분하여 울화통이 터져 있었기 때문에 사건의 우스꽝스런 면까지는 생각이 미치지 못했다. 하지만 뮤지엄 호텔 방에 들어가자 그 희극적인 장면이 뚜렷이 생각났다. 그는 담배에 불을 붙이고 침대에 길게 누워서 조심스럽게 머리를 빗고 있는 그녀를 바라보고 있다가 갑작스레 웃음보를 터뜨리고 말았다. 너무나 심하게 웃어댔기 때문에 그녀까지 덩달아 웃기 시작했다.

"그때 아이작의 얼굴이란 정말……."

그는 헉헉대면서 말했는데 갈빗대가 아플 정도였다.

"그런……, 그런 우스꽝스러운 일은 난생 처음이야."

"글쎄 당신이……,"

그녀도 숨이 막힐 정도로 헐떡이고 있었다.

"당신이 기차삯을 내놓으라고 말했을 때 말이에요."

"거기까진 저희들도 할 수 없는 노릇이라고 말했었지……."

그는 다시 몸을 흔들며 발작하듯 한바탕 웃어댔다.

"'낙타가 아니기 때문에'라고 중얼거렸잖아……. 걸작이었다구, 낙타란 표현은……."

"그래요, 여보."

빗을 손에 든 채 볼에 눈물을 흘리면서 그녀는 말도 제대로 못할 만큼 우습다는 듯 앤드루 쪽을 돌아보았다.

"하지만 가장 우스웠던 것은……, 당신이 '여기 당신네 편지가 있지만 말예요.'하고 말씀하셨을 때예요. 왜냐구요? 나는 그때……, 나는 그때 분명히 알고 있었다구요. 당신이 그 편지를 벽난로 선반 위에 그대로 그냥 놓고 오셨다는 걸 말이에요."

그는 그녀의 얼굴을 물끄러미 보면서 벌떡 일어나는가 싶더니 별안간 웃음보를 터뜨리며 다시 침대 위에 쓰러져 버렸다. 그리고 베개로 입을 틀어막는 시늉을 하면서 웃음소리를 죽이려고 했으나 여전히 웃음을 참지 못하고 괴로운 듯 이리저리 뒹굴었다. 그녀도 몸을 떨면서 이젠 숨이 끊어질 것 같으니 그만둬 달라고 헛소리처럼 말하면서 웃고, 웃고, 또 웃다가 화장대까지 붙잡고 매달릴 정도였다.

얼마 뒤, 집이 떠나갈 듯하던 웃음이 겨우 가라앉자 두 사람은 극장으로 갔다. 아무 데나 좋은 곳을 고르라고 앤드루가 말하자, 그녀는 '성(聖)존'이 보고 싶다고 했다. 그녀는 일생에 단 한 번만이라도 꼭 '버나드 쇼'의 연극을 보고 싶었다고 그에게 말했다.

그는 만원인 극장에서 그녀와 나란히 자리를 잡았는데 연극 그 자체에는 별로 관심이 없이—지나치게 역사적인데다 도대체 이 쇼라는 사나이는 자기 자신을 어떻게 생각하고 있는지 모르겠다고 나중에 그녀에게 말했다—넋을 잃고 열심히 관람하고 있는, 흥분하여, 붉게 상기된 그녀의 얼굴만 바라보고 있었다. 그들이 함께 극장에 들어간 것은 이번이 처음이었다. 하긴 긴 인생이므로 이것이 마지막이라고 할 수는 없으리라.

그는 만원인 장내로 막연히 눈길을 돌렸다. 언젠가 또다시 이곳에 올 날이 있겠지만 그때는 일반석이 아니라 저기 칸막이 좌석에 편히 앉으리라. 무슨 일이 있어도 꼭 그렇게 해보고 싶다. 그리고 조금은 나의 실력을 세상에 보여 줘야지! 크리스틴에게는 데콜데의 야회복을 입히고, 사람들은 자기를 보고 서로 소맷부리를 끌어당기면서 저분이 맨슨 씨라고, 폐의 치료에 최고 권위자가 바로 저 의사라고 속삭이리라……. 그는 모조리 망상을 털어버리고 어색한 표정을 지었다. 막간에는 크리스틴에게 아이스크림을 사주었다.

그리고 나서는 아무것도 생각하지 않고 그도 왕이라도 된 것처럼 점잖게 앉아 관람하고 있었다. 극장을 나오자 가로등이며 버스며 붐비는 인파에 휩쓸려서 그들은 어디가 어딘지를 제대로 분간할 수 없었다. 앤드루는 용감하게 손을 쳐들었다. 그리고 무사히 택시에 앉아 호텔로 실려가면서, 런던에서는 택시를 타기만 하면 단둘이만 될 수 있다는 사실을 자신들이 처음으로 발견이라도 한 듯 마냥 흐뭇한 기분에 젖어 있었다.

4

런던에서 돌아왔을 때, 어벨라러우의 미풍은 상쾌하고도 서늘했다. 목요일 아침, 마침내 처음으로 근무하는 날이었다. 계관장을 나와 언덕길을 내려가는 앤드루의 몸에 원기를 돋우어 주려는 듯 미풍이 스쳐지나갔다. 욱신거리는 듯한 흥분이 온몸에 넘쳐흘렀다. 그는 이 고장에서 자신의 일을 올바르고 멋지게 자신의 신조인 과학적 방법으로 펼치리라는 확신과 기대감에 온통 부풀어 있었다.

서부 진료소는 집에서 400야드도 떨어져 있지 않았다. 높고 둥근 천장이 있는 하얀 타일로 된 건물인데, 위생적인 느낌을 풍기고 있었다. 중앙의 주요부분은 대합실로 되어 있었다. 구석진 맨 끝이 대합실과 미닫이로 칸막이가 되어 있는 약국이었다. 2층에는 진찰실인 2개의 방이 있었는데, 한 방에는 닥터 어커트란 명찰이 걸려 있고, 다른 한 방에는 닥터 맨슨이란 명찰이 걸려 있었다.

자기 이름이 걸려 있는 방을 보고 앤드루는 가슴이 뿌듯해졌다. 방은 크지는 않았지만 으리으리한 책상과 진찰용의 튼튼한 가죽제 긴 의자가 가로 놓여져 있었다. 그리고 또 자기를 기다리고 있는 환자의 수에도 만족감을 느꼈다. 그 수가 너무 많았기 때문에 미리 생각하고 있던 닥터 어커트와 약국직원인 개지에게 신임인사를 하기보다는 곧바로 진찰을 시작하는 편이 좋지 않을까 하는 생각이 들었다.

그는 자리에 앉자 첫번째 환자를 불러들였다. 그 사나이는 그저 진단서를 받으러 왔을 뿐이라고 말한 다음, 나중에야 생각났다는 듯이 '무릎 좌상'이라고 덧붙였다. 앤드루는 진찰해 보고 무릎의 좌상을 확인하고는 취업불능이라는 진단서를 써주었다.

두번째 환자가 들어왔다. 그 사람 역시 안진증(眼振症) 진단서가 필요하다고 말했다. 세번째는 기관지염 진단서, 네번째는 팔꿈치 좌상 진단서였다.

앤드루는 이게 도대체 어떻게 된 일인지 제대로 알고 싶어서 의자에서 일어났다.

진단서를 쓰는 진찰만으로도 상당한 시간이 걸렸다. 그는 즉시 문 밖으로 나가서 물어 보았다.

"아직도 진단서를 필요로 하는 분이 또 계십니까? 그런 분은 일어서 주십시오."

40명 가량 되는 사람이 밖에서 기다리고 있었다. 그 사람들이 모두 일제히 일어섰다. 앤드루는 얼추 생각해 보았다. 이 많은 사람을 꼬빡 진찰하고 있다간 하루가 다 갈 것이다. ……도저히 감당할 수 없는 노릇이다. 그는 마지못해 보다 정확한 진찰은 다음에 하기로 마음먹었다.

그렇게 하고서도 마지막 환자를 진찰하고 나니 10시 반이 되었다. 그가 간신히 눈을 들었을 때, 붉은 벽돌색 얼굴을 한 초로에 가까운, 중간 키에 도전적으로 뾰족하게 회색 황제수염을 기른 사나이가 불쑥 들어왔다. 약간 고양이 등을 하고 있는 탓인지 당장 싸움이라도 걸듯 고개를 앞으로 쑥 내밀고 있었다. 골덴 반바지에 각반을 걸치고, 그리고 트위드 저고리를 입고 있었는데, 양쪽 호주머니는 파이프, 손수건, 사과, 고무 도뇨관 따위로 미어터질 것만 같았다. 그에게서 약과 석탄산(石炭酸), 강한 담배냄새 등이 확 풍겼다. 앤드루는 상대방이 말을 걸어오기 전에 이미 닥터 어커트임을 알아차렸다.

"뭔가, 자네."

어커트는 악수도 초대면 인사도 생략하고 무턱대고 이렇게 물었다.

"어딜 갔었지, 이틀 동안이나? 덕분에 자네 몫까지 젊어지게 됐잖아. 하지만 괜찮네. 괜찮아! 그런 얘긴 더 이상 하지 않겠네. 고마운·일이군. 이렇게 심신이 건전한 사람이 와줬으니 말이야. 자네 파이프 담배를 피우는가?"

"피우죠."

"고맙군 그래, 그것도! 바이올린은 켤 줄 아는가?"

"아뇨."

"나도 켜지는 못해……, 하지만 만들 줄은 안다구. 게다가 나는 도자기도 수집하고 있지. 내 이름은 책에도 나와 있다구. 언젠가 내 집에 들르게 되면 보여주겠지만 말일세. 바로 진료소 옆이라네. 아마 자네도 알고 있을 거야. 자, 이제부터 개지를 만나러 가자구. 그는 참 불쌍한 사나이야. 하지만 자신의 약점은 아주 정확히 잘 알고 있지."

앤드루는 어커트를 따라서 대합실을 지나 약국으로 들어갔는데, 개지는 인사의 의미로 울적한 얼굴을 꾸벅 숙였을 뿐이었다. 칠흑같은 검은 머리를 양쪽으로 갈라서 빗고 새까만 구레나룻을 아무렇게나 기르고, **바짝 말라빠진** 몹시 창백한 얼굴의 사나이였다. 약의 얼룩으로 이끼빛이 된 낡고 짧은 알파카 상의가 엉성한 손목이며 다 죽어가는 사람 같은 어깨뼈를 뚜렷이 드러내 보이고 있었다. 그 모습은 어딘지 처량하고 신랄하고 피곤해 보였다. 이만큼 환멸을 느끼고 있는 사나이는 이 세상에서 거의 찾아볼 수 없을 것이라고 생각될 정도의 태도였다.

앤드루가 들어갔을 때 그는 마지막 환자에게 약을 조제해 주고 있었는데, 그 정제가 들어 있는 상자를 쥐약이나 독약이 들어 있는 상자처럼 창구에서 마구 내던지듯 불쑥 내밀었다. '마시든 버리든 마음대로 하라구. 어차피 넌 죽을 테니까.' 마치 그런 투로 말하는 것 같았다.

"어때."

어커트는 소개가 끝나자 또렷하게 말했다.

"이 사람은 개지라고 하는데 가장 지독한 놈이지. 미리 주의해 두겠는데, 이 사나이는 피마자 기름과 찰스 브래드러우(1833~1891. 영국의 자유사상가로서, 국민개혁파의 우두머리) 이외에는 아무것도 절대로 신용하지 않는다구. 그런데……, 뭔가 이밖에 모르는 일은 없는가?"

"너무 진단서만 썼더니 지쳐버렸어요. 오늘 아침에 왔던 환자 가운데는 취업할 수 있는 사람이 몇 명인가 있었지만 말이에요."

"그래, 그랬군. 레슬리는 환자가 아무리 몰려와도 결코 당황하지 않던데. 그 친구 진찰은 시계를 들여다보면서 5초 가량만 환자의 맥을 재면 된다는 거야. 다른 일에는 전혀 신경을 쓰지 않더군."

앤드루는 서둘러 대답했다.

"항간에선 어떻게 생각하나요, 마치 담배 경품권이라도 주듯 진단서를 마구 써주는 의사를 말씀입니다?"

어커트는 긴장된 시선으로 그를 쳐다보았다. 그리고 퉁명스럽게 이렇게 말했다.

"조심해야 돼. 자네가 진단서를 써주지 않으면 반드시 그들의 기분을 상하게 하고 말 테니까."

그날 아침 처음이자 마지막으로 개지가 음울한 음성으로 말을 꺼냈다.

"그건 말이죠, 놈들의 절반 가량은 병도 아무것도 아니기 때문이라구요. 그 게으름뱅이 녀석들은!"

왕진을 돌면서도 앤드루는 그날 온종일 진단서 건 때문에 골머리를 썩이고 있었다. 인근 지리에도 어둡고 거리도 생소하여 한두 번 되돌아오기도 하고 같은 길을 다시 오르기도 했기 때문에 왕진도 그렇게 편하지는 않았다. 게다가 그의 담당구역 대부분은 톰 케틀즈가 말했듯 머디 힐의 중턱에 있었으므로 한 집에서 다음 집으로 가려면 꽤 힘이 드는 언덕바지를 올라가야만 했다.

그는 오후가 되기 전에 곰곰 생각한 끝에 어떤 불쾌한 결심에 도달하지 않을 수 없었다. 이같은 엉터리 진단서는 절대로 쓰지 않겠노라고 다짐했던 것이다. 그는 걱정스러웠지만 단호한 마음으로 야간진찰에 나섰다.

환자 수는 아침 진찰 때보다 많았다. 그리고 맨 처음 들어온 환자는 뚱뚱하게 살이 찌고 맥주냄새를 심하게 풍기는 자인데, 단 하루도 만족스럽게 일해 본 적이 없는 듯한 사나이였다. 쉰 살쯤 되어 보이는 그는 돼지처럼 작은 눈을 껌벅거리며 앤드루를 힐끔 내려다보았다.

"진단서."

그는 예의도 모르는 투로 말했다.

"무슨 진단서요?"

앤드루는 되물었다.

"안진증이오."

하고 그는 손을 불쑥 내밀었다.

"이름은 첸킨. 벤 첸킨이오."

그 말씨를 듣는 것만으로도 앤드루는 왈칵 부아가 나서 자기도 모르게 첸킨의 얼굴을 마주 쏘아보았다. 언뜻 보더라도 첸킨이 안진증이 아님은 분명했다. 개의 말이 아니더라도 나이 먹은 광부들 가운데 '안진증이라 핑계대고' 권리도 없이 몇 해 동안이나 보상금을 챙기고 있는 사람이 있다는 사실을 그도 이젠 알고 있었다. 그러나 오늘 밤 그는 검안경을 가지고 와 있었다. 당장 진단을 내려줘야지, 하고 그는 다짐했다. 그리고 자기 의자에서 일어섰다.

"옷을 벗으시오."

이번엔 첸킨이 되물었다.

"왜?"

"지금부터 진찰을 하는 거요."

벤 첸킨은 어이가 없다는 듯 입을 멍하니 벌렸다. 그가 기억하는 한 레슬리 의사가 있었던 7년 동안 진찰이란 것은 받아본 역사가 없었다. 그는 어쩔 수 없이 오만상을 잔뜩 찌푸리면서 상의와 머플러, 그리고 빨강과 파랑 줄무늬의 와이셔츠를 벗고 기름살이 찐 털투성이의 상반신을 드러냈다.

앤드루는 특별히 오랜 시간을 소비하여 철저히 진찰했다. 작은 전구로 양쪽 망막을 꼼꼼하게 조사했다. 그리고 거친 목소리로 말했다.

"옷을 입으시죠, 첸킨 씨."

그는 자리에 앉아 펜을 들고 진단서에 기입하기 시작했다.

"하하!"

나이 먹은 벤 첸킨은 냉소했다.

"틀림없이 써줄 줄 알았지."

"다음 분 들어오세요."

앤드루는 큰 소리로 불렀다.

첸킨은 핑크색 진단서를 앤드루의 손에서 빼앗듯 받아들었다. 그리고 의기양양하게 성큼성큼 진찰실을 나갔다.

그러나 5분쯤 지나서 그는 새파란 얼굴로 황소처럼 으르렁거리며 의자에 앉아 있는 사람들을 떠밀치고 되돌아왔다.

"뭐야, 이런 짓을 하다니! 이봐, 도대체 어찌된 일이야?"

그는 진단서를 앤드루의 눈앞에서 팔랑팔랑 흔들었다.

앤드루는 그 종이를 읽는 척했다. 거기에는 그 자신의 필적으로 이렇게 씌어 있었다.

　　벤 첸킨, 맥주 과음의 징후는 인정되지만 완전히 취업 가능함을 여기에
진단함.

　　　　　　　　　　　　　　　　　　　　　의학사 A. 맨슨

"뭐가 어떻단 말이오?"

"안진증이란 말이오."

첸킨은 계속 소리쳤다.

"안진증 진단서 말이야. 사람을 너무 깔보지 말라구. 난 15년 동안이나 안
진증을 앓고 있어."

"그런 병은 이젠 없어졌다구요."

앤드루는 또렷이 대답했다.

활짝 열린 문 쪽으로 많은 사람들이 우르르 몰려들었다. 앤드루는 어커트
가 재미있다는 듯 자기 방에서 얼굴을 내밀고 있고, 개지가 창 너머로 이 소
동을 엿보고 있음을 알아차렸다.

"알겠어? 더 이상 말하지 않겠어. 안진증 진단서를 써줄 거야 말 거야?"

첸킨은 으르렁댔다.

앤드루는 마침내 울화통을 터뜨렸다.

"안 돼요. 없는 병을 있다고 쓸 수는 없소! 쫓아내기 전에 당장 여기서 나
가시오!"

벤의 배가 불쑥 솟아올랐다. 그리고 당장이라도 앤드루의 멱살을 움켜잡을
것 같았다. 하지만 곧 시선을 떨구고 차마 입에 담을 수 없는 상소리를 중얼
거리면서 진찰실을 나갔다.

그가 나간 뒤 개지가 약국에서 슬쩍 앤드루에게 다가왔다. 그는 우울한 얼
굴에 화색을 띠고는 두 손을 마주잡았다.

"알고 계시나요, 선생이 지금 혼내준 그 사나이에 대해서? 벤 첸킨의 아들
은 위원회에서 말썽깨나 피우는 편이죠."

5

첸킨 사건의 파문은 예상 밖으로 커져서 당장 앤드루의 담당구역에 쫙 퍼졌다. 벤의 꾀병이 탄로나고 거꾸로 취업 가능의 진단이 내려졌다는 사실에 대해 어떤 자는 '참 잘됐다.'라고 말하고, '아, 속시원하다.'라고까지 말하는 자도 더러 있었다. 하지만 대다수는 벤의 편을 들었다. 모든 '보조금 환자' 즉 취업 불능이란 명목으로 보조금을 얻으려고 하는 자들은 이 신참 의사에게 유달리 심하게 굴었다. 왕진 도중에도 앤드루는 험악한 시선이 자기에게 쏠리고 있음을 의식했다. 더욱이 밤에는 진찰실에서 노골적으로 자신에게 대항하는 굴욕적인 장면에 부딪쳐야만 했다.

조수에게는 제각기 명목상 담당구역이 할당되어 있었는데, 그 구역내의 노무자에게는 자유롭게 의사를 선택할 권리가 부여되어 있었다. 각자가 보험증을 가지고 있으므로 지금 담당하고 있는 의사로부터 그 보험증을 받아서 다른 의사에게 넘겨주기만 하면 의사를 맘대로 변경할 수 있는 것이었다. 지금 앤드루에게 가해지기 시작한 것은 이같은 공공연한 모욕이었다. 그 주간에는 매일 밤마다 지금까지 한 번도 그의 진찰실에 와본 적이 없는 사람들이, 자신이 대면하기 싫은 자는 아내를 시켜서까지, 그의 얼굴은 쳐다보지도 않은 채 말했다.

"선생님, 미안하지만 보험증을 내주셔야겠는데요."

책상 위에 놓인 상자에서 그 보험증을 꺼내기 위해 일어설 때의 그 불쾌하고 굴욕적인 심정은 정말 견디기 힘든 것이었다. 게다가 그가 내주는 보험의 한 장 한 장은 곧바로 자신의 급료에서 10실링씩 공제됨을 의미하는 것이었다.

토요일 밤, 어커트가 그를 자기 집으로 초대했다. 노인은 이번 주일 내내 그 화가 난 듯한 얼굴에 자기변명이라도 하는 듯한 표정으로 있었는데, 오늘 밤에는 40년간 일해서 얻은 보배로운 재물을 보여주는 일부터 시작했다. 그는 자기가 손수 만든 20개 가량의 누런 바이올린을 벽에다 쫙 걸어놓고 있었다. 그러나 그것은 그가 수집한 영국 고대의 멋진 도자기들에 비교한다면 아무것도 아니었다.

정말 멋진 수집품들이—스포츠, 웨지우드, 크라운 더비, 그리고 으뜸가는 명품은 낡은 스윈시였는데—거기에 놓여 있었다. 접시며 손잡이가 달린 술 잔, 큰 대접, 찻잔과 물주전자 등이 방마다 가득 차 있고 욕실에까지 넘쳐 있어서 소유주는 목욕을 하면서도 진짜 버들무늬 찻잔을 뽐내면서 바라볼 수 있었다.

도자기는 사실상 어커트의 생애 최대의 정열로서, 그것을 자기 소유로 만드는 능란한 솜씨는 가히 능숙하고 교활하기 그지없는 것이었다. 일단 자신의 환자 집에서 그가 입버릇처럼 하는 말로써 '멋진 것'을 발견하게 되면 그날부터 불요불급한 은근함을 발휘하여 수백 번이고 뻔질나게 드나들면서 침이 꿀꺽 넘어가는 목적물을 얼굴이 핼쑥해질 만큼 끈질지게 빤히 쳐다보기만 하므로, 환자의 가족들도 나중엔 지쳐서 결국 이렇게 말해버리고 마는 것이었다.

"선생님, 그토록 저것이 탐이 나시면 어서 가지고 가세요!"

그러면 어커트는 일단 별 말씀이라고 거절하는 척하다가 헌 신문지에 싼 전리품을 껴안고 개가를 올리면서 자기 집으로 가져와서는 살며시 선반 위에 얹어놓는 것이었다.

이 고장에서 노인은 별난 사람으로 통하고 있었다. 자기 자신은 예순이라고 말하고 있지만, 실제는 아마 일흔 살이 넘었다고 말하는 사람도 있고 혹은 여든에 가까울 것이라고 말하는 사람도 있었다. 그의 늠름한 몸집은 고래 수염처럼 강인하고 구두 이외에는 탈 것이라곤 일체 이용하지 않았으며, 아무리 먼 곳이라 할지라도 마다하지 않고 쏜살같이 걸어가 환자에게 섬뜩하리만큼 독설을 퍼붓기도 하지만, 그러나 여자처럼 다정한 면도 있었다. 그는 11년 전 아내를 여읜 이래로 줄곧 홀아비 생활을 하고 있어서 거의 통조림 수프만 들이키는 형편이었다.

그날 밤 그는 의기양양하게 수집품을 보여주다가 불현듯 화가 치밀어오른 듯한 목소리로 앤드루에게 이런 말을 했다.

"무슨 짓인가, 자네! 난 자네 환자 따윈 조금도 바라지 않아. 내 환자만으로도 꼼짝 못할 지경이야. 하지만 환자들이 귀찮게 몰려와서 견딜 수 없단 말일세. 그들도 동부 진료소까진 가지 못한단 말이야. 너무 멀어서……."

앤드루는 얼굴을 붉혔다. 뭐라 할 말이 없었다.

"좀더 신중해야 돼."

말투를 바꾸어 어커트는 계속했다.

"아냐, 알겠어. 알겠다구. 자넨 바빌론의 성채를 때려부수려는 거지……. 나도 젊었을 땐 그런 의욕이 있었다네. 그러나 결국 차근차근 쉽게 일을 해나가다가 뛰기 전에 자세히 살펴보고 덤벼야지. 그럼 잘 가게. 부인한테도 안부 전해주고."

어커트의 말이 언제까지나 귓전에서 떠나지 않았으므로 앤드루는 신중한 방침을 취하도록 애썼다. 그럼에도 불구하고 얼마 뒤에 또다시 큰 재난이 닥쳐왔다.

다음날인 월요일, 그는 케반 거리의 토머스 에반스의 집으로 왕진을 갔다. 에반스는 어벨라러우 탄광의 채탄부였는데 끓는 물이 쏟아지는 바람에 왼쪽 팔을 데었던 것이다. 심한 화상이어서 범위가 넓었다. 특히 팔꿈치언저리는 차마 눈뜨고 볼 수 없을 정도였다. 앤드루가 그 집에 들어선 것은 사고가 났을 때 우연히 근처에 와 있었던 담당구역 간호사가 화상에 캐런유(아마인유(亞麻仁油)와 석탄수를 섞은 것으로 구식 화상약)를 발라 붕대를 감아주고 다른 곳으로 떠난 다음이었다.

앤드루는 이 불결한 치료에 대한 무서움을 조금이라도 보이지 않으려고 조심하면서 팔을 진찰했다. 그때 무심코 곁눈질로 보니 세균이 우글거리는 듯한 탁하고 하얀 액체가 들어 있는 캐런유 병이 신문지로 막힌 채 놓여 있었다.

"간호사 로이드 씨가 꽤 솜씨 있게 치료를 해줬지요, 선생님?"

에반스는 신경질적으로 말했다. 검은 눈의 그 젊은이는 몹시 흥분해 있었다. 그의 아내도 곁에 서서 역시 신경질적인 표정으로 앤드루를 물끄러미 보고 있었는데, 그녀도 왠지 모르게 남편과 닮은 구석이 있었다.

"아주 잘했군요."

앤드루는 일부러 감탄한 척하면서 그렇게 말했다.

"별로 본 적이 없어요, 이렇게 꼼꼼한 치료는. 하긴 이건 응급처치일 뿐이지만 말예요. 이번엔 피크린산을 발라봅시다."

서둘러 방부제를 사용하지 않으면 틀림없이 팔에 세균이 침입하리라는 것을 그는 잘 알고 있었다. 그리고 그것을 마친 다음에는, 팔꿈치 관절의 안전을 하나님의 도움에 의지할 수밖에 별다른 도리가 없다고 생각했다.

그가 꼼꼼하게 정성껏 팔을 소독하고 나서 축축한 피크린산을 바른 붕대를 감고 있는 동안 두 사람은 안절부절 못하면서 그를 지켜보고 있었다.

"이젠 됐어요. 좀 편한 기분이 들지 않아요?"

"확실히 모르겠군요, 어떤지. 이걸 발라서 잘 나을까요?"

"물론 잘 낫고말고요."

앤드루는 안심시키기 위해 미소를 지어 보였다.

"간호사와 내게 맡겨두세요."

그는 그 집을 나오기 전에 담당구역 간호사 앞으로 감정이 상하지 않도록 각별히 주의를 기울여서 간단한 편지를 빈틈없이 적어서 남겨놓았다. 그녀의 솜씨 좋은 응급치료에 감사한 다음 패혈증이 되지 않도록 계속 피크린산을 발라주라고 끝을 맺었다. 그리고 주의 깊게 봉했다.

다음날 아침, 그가 가보니 피크린산 붕대는 화덕 속에 내던져지고 팔에는 또다시 캐런유가 발라져 있었다. 그리고 간호사는 전투태세를 갖추고 그를 기다리고 있었다.

"도대체 어떻게 된 일인지 듣고 싶군요. 제 처치가 마음에 들지 않는단 말씀인가요, 맨슨 선생님?"

난잡한 잿빛 머리카락과 수다스럽게 보이는 얼굴에 피곤함이 역력한 몸집이 큰 중년 여인이었다. 가슴이 심하게 오르내려서 말하는 것도 괴로운 듯했다.

앤드루는 정말 어처구니가 없었다. 그러나 마음을 가라앉히면서 억지로 웃어 보였다.

"아니에요, 로이드 씨, 오해하시면 안 돼요. 어떻소, 이 문제는 다른 방에서 자세히 얘기해 봅시다."

간호사는 퉁명스럽게 외면한 채 눈을 부릅뜨고 귀기울이고 있는 에반스와 세 살 난 계집애를 치마폭에 감싸고 있는 그의 아내 쪽을 힐끔 둘러보았다.

"아뇨, 여기서 얘기합시다. 전 아무것도 감출 것이 없으니까요. 제 양심은 결백해요. 이 어벨라러우에서 태어나 자라고 학교도 여기서 다니고, 결혼도 여기서 했고, 자식을 낳아 기른 곳도 여기예요. 남편과 사별한 곳도 여기구요. 그리고 20년 동안 이 담당구역에서 간호사로 일하고 있어요. 불에 데었든 열탕에 데었든 화상에 캐런유를 사용해선 안 된단 말은 이제까지 들어본 적이 없어요."

"잠깐 내 말을 들어봐요, 간호사. 캐런유도 사용방식에 따라서는 괜찮아요. 그러나 이번 화상은 살갗이 수축될 위험이 많이 내포된 부위라구요."

그는 설명하기 위해 그녀의 팔꿈치를 잡고 수축된 모양을 일부러 해 보였다.

"그래서 내 약을 정중히 부탁한 거예요."

"그런 말은 들어보지 못했어요. 어커트 선생님도 이런 약은 쓰지 않아요. 게다가 에반스 씨하고도 얘기했죠. 여기 온 지 1주일이 될까 말까 한, 누군지도 모르는 사람의 새로운 처방 따윈 도대체 신용할 수 없다구요!"

앤드루는 입술이 바싹 말랐다. 나중에 가서 꽤 까다로운 문제가 생길 것 같고, 그 장면의 갖가지 반향을 생각하니 기분이 상해서 현기증마저 일었다. 그 까닭은 이 집 저 집 돌아다니면서 모든 사람에게 자기가 생각하는 바를 지껄여대는 간호사라는 존재는 싸움 상대로는 무척 위험한 인물이었기 때문이었다. 그러나 그로서는 자신의 환자를 이런 구식 치료법의 위험에 내맡긴다는 건 할 수도 없을 뿐더러 도대체 양심이 허락하지 않았다. 그는 낮은 목소리로 말했다.

"당신이 해주지 않겠다면 내가 아침 저녁으로 와서 이 사람을 직접 내 손으로 치료하겠소."

"흥, 마음대로 하세요, 그렇게 말씀하신다면."

로이드 간호사는 눈에 눈물까지 글썽이며 톡 쏘아붙였다.

"그래서 톰 에반스 씨가 나을 수만 있다면 말예요."

다음 순간 그녀는 벌써 바깥으로 뛰쳐나가고 없었다.

앤드루는 아무 말도 하지 않고 붕대를 다시 풀기 시작했다. 그리고 30분쯤 끈질기게 화상을 입은 팔을 씻고 소독하고 치료했다. 돌아가기 전에 그는 저녁 9시에 다시 오겠다고 약속했다.

그날 밤, 그가 진찰실에 들어서자 맨 먼저 온 사람은 에반스의 아내였다. 창백한 얼굴을 한 채 겁에 질린 그녀의 검은 눈은 그의 시선을 피하고 있었다.

"저, 선생님. 정말 폐를 끼쳐서 죄송합니다만, 톰의 보험증을 내주실 수 없겠습니까?"

그녀는 더듬거리며 말했다.

이젠 다 틀렸구나, 하는 생각이 거센 물결처럼 그를 뒤덮었다. 그는 한 마디도 하지 않고 일어서서 에반스의 보험증을 찾아 그녀에게 건네주었다.

"알고 계시겠지만 선생님, 저……, 앞으론 오시지 않아도 됩니다."

그는 무뚝뚝한 어조로 말했다.

"알고 있어요, 부인."

그리고 그녀가 문 쪽으로 나가려고 할 때 그는 물어보았다. 아니, 물어보지 않을 수 없었다.

"캐런유를 아직도 바르고 있나요?"

그녀는 꿀꺽 침을 삼키고는 고개를 떨군 채 그대로 나가버렸다.

진찰을 마친 앤드루는 여느 때 같으면 나는 듯이 집으로 돌아갔을 테지만 오늘 밤은 터벅터벅 계관장을 향하여 힘없이 걸어갔다. 이게 과학적 방법의 승리란 말인가! 그는 괴로운 마음으로 생각했다. 그리고 자신은 정직한가, 아니면 그저 어리석기만 한 것일까? 그렇다! 어리석고 바보다. 바보천치에다 어리석은 거야! 또다시 이렇듯 생각했다.

저녁식사를 하는 동안 그는 말없이 침묵을 지키고 있었다. 그러나 식사 후, 지금은 쾌적한 가재도구가 갖추어져 있는 거실에서 기분 좋은 난롯불 앞에 놓여 있는 긴 의자에 둘이 함께 앉아 어느새 그는 그녀의 부드러운 탄력있는 가슴에 자신의 머리를 파묻고 있었다.

"여보, 크리스. 난 말이야, 큰 실수를 저지르고 말았어. 이제 막 시작인데도 불구하고……."

그는 신음하듯 말했다.

크리스틴이 다정하게 그의 이마를 쓰다듬으면서 위로해 주었을 때 그는 눈시울이 찡하게 아파오는 것을 느꼈다.

6

갑자기 첫눈이 내리면서 겨울이 성큼 다가왔다. 10월도 아직 중순인데, 고원지대인 어벨라러우 거리에는 나뭇잎이 다 떨어지기도 전에 벌써부터 서리가 내렸다. 눈은 한밤중에 소리없이 쌓여서 크리스틴과 앤드루가 눈을 떴을 땐 세상은 이미 새하얀 은세계가 되어 있었다. 산지에 야생하는 조랑말들이 떼를 지어 집 모퉁이의 무너진 울타리 틈으로 들어와서 부엌 주위로 모여들었다. 어벨라러우 주변의 광막한 고원의 풀밭에서는 이러한 검은 야생 조랑

말이 떼지어 다니다가 사람을 보면 깜짝 놀라 달아나 버리곤 했다. 그러나 눈이 내리기 시작하면 배가 고픈지 마을 어귀까지 내려오는 것이다.

겨울 동안 크리스틴은 조랑말들에게 먹이를 주었다. 처음에 말들은 겁을 먹고 도망쳐 버렸지만 나중에는 스스로 다가와 그녀의 손에서 먹이를 얻어먹게 되었다. 그 가운데 한 마리가 유난히 그녀를 잘 따랐다. 그것은 셰트란드산의 가장 작은 조랑말보다도 더 작은 놈으로 검은 갈기가 곱슬곱슬하고 장난기 어린 눈을 가지고 있었다. 두 사람은 그럴싸하게 그놈에게 '검둥이'라는 이름을 붙여주었다.

이 조랑말들은 빵 부스러기에서부터 감자며 사과껍질, 하다못해 귤껍질까지 무엇이든 잘 먹어댔다. 언젠가는 장난삼아서 앤드루가 검둥이한테 성냥갑을 던져준 적이 있었다. 그러자 검둥이는 이내 어물어물 씹더니 마치 식도락가가 파이를 먹어치우듯 혀로 입술까지 핥는 것이었다.

너무 가난하여 모든 것이 부족한 생활이었지만 크리스틴과 앤드루는 행복하기만 했다. 앤드루의 호주머니에는 짤랑짤랑 소리를 내는 동전밖에 없었지만 장학금은 거의 갚았고, 가구 월부도 꼬박꼬박 갚고 있었다. 크리스틴은 겉보기에는 허약하고 별로 경험도 없었지만 요크셔 출신 특유의 성질을 지니고 있는 까닭에 가정주부로서 결코 나무랄 데가 없었다. 뒷골목의 광부 딸인 제니란 아가씨가 1주일에 몇 실링의 보수를 받고 날마다 일을 도와주었는데, 크리스틴은 제니만을 데리고 온 집안을 반짝반짝 윤이 날 만큼 말끔히 꾸몄다. 방 네 개만 가구도 들여놓지 않고 항상 자물쇠를 채워둔 이외에는 그녀는 계관장을 완전히 가정답게 정돈했다. 또 그녀는 하루종일 일에 시달려 지쳐서 돌아오는 앤드루를 위해 반드시 뜨거운 식사를 준비해 두었는데, 이것으로 그는 대번에 원기를 되찾는 것이었다.

일은 말할 수 없을 정도로 고된 것이었다. 그것은 결코 환자가 많기 때문이 아니라 모두가 눈 때문이었다. 담당구역인 높은 언덕바지에 간신히 '기어오르는' 곤욕이며, 왕진처인 집에서 집까지의 거리가 너무 먼 탓이었다. 밤 무렵에는 눈이 녹아서 아직 딱딱하게 얼기 직전의 진탕길을 걸어가야 하는 왕진이야말로 고행 중의 고행이었다. 곧잘 바짓가랑이를 흠뻑 적셔오기 때문에 크리스틴은 그에게 각반을 사다주기까지 했다. 밤에 녹초가 되어 의자에 쓰러지듯 주저앉으면 그녀는 무릎을 꿇고 앉아서 각반을 풀고 장화를 벗겨주고는 그에게 슬리퍼를 신겨주었다. 그것은 섬기는 것이 아니라 그녀의 그에 대한 애정 때문에 그렇게 하는 것이었다.

주위 사람들은 여전히 의심이 많아 다루기가 힘이 들었다. 첸킨의 일가친척은—이 계곡지방에서는 혈족결혼이 보통이었으므로, 그 수가 굉장히 많았다—모두 적으로서 결속되어 있었다. 간호사 로이드는 드러내놓고 그를 원수로 삼고 있었다. 그녀는 남의 집을 들를 때마다 그를 비난하고, 광부들의 아내들에게 있는 소리 없는 소리를 지껄여대며 돌아다녔다.

그뿐만 아니라 그는 점점 더해가는 초조감하고도 싸워야 했다. 루엘린 박사는 그를 번번이 마취 담당으로 불러 지나치게 혹사시키기 일쑤였다. 앤드루는 마취를 하는 것이 무척 싫었다. 그것은 특별한 감정을 지닌, 말하자면 둔하고 신중한 성질을 필요로 하는 기계적인 일이었는데, 불행히도 그는 그런 성질을 지니고 있지 않았다. 하긴 자신의 환자라면 조금도 반대할 필요가 없겠지만, 여태까지 본 적도 없는 환자 때문에 1주일에 사흘이나 매달려 있노라면 남의 짐을 자신이 함께 짊어지고 있는 것 같은 착각이 드는 것이었다. 그것도 다만 실직이 두려워서 굳이 항의를 하지 않고 있을 뿐이었다.

그런데 11월 어느 날, 무슨 변화인지 그가 허둥지둥하고 있는 것을 크리스틴이 눈치챘다. 저녁때 돌아와서 상냥하게 말을 걸고 태연한 척하고 있었지만, 그를 사랑하는 그녀는 미간에 잡힌 깊은 주름이며 그밖의 사소한 기색에서도 그가 뜻하지 않은 타격을 받고 있음을 알아차릴 수 있었다.

그녀는 식사중에도 그런 일은 언급하지도 않았다. 그리고 식사가 끝나자 벽난로 곁에 앉아서 부지런히 바느질을 하고 있었다. 그는 파이프를 입에 문 채 앉아 있었다. 그러다가 갑자기 이런 말을 꺼냈다.

"난 군소리를 하는 건 딱 질색이야, 크리스! 더구나 당신을 걱정시키는 것은 정말 싫다구. 그래서 나 혼자서 해결하려고 아무에게도 말하지 않았는데 ······."

말은 그렇게 하면서도 매일 밤 자기가 생각하고 있는 것을 송두리째 털어놓고 말았으므로 그의 이런 말투는 어쩌면 우스꽝스러운 것이었다. 그러나 크리스틴은 별로 웃지도 않고 듣고 있었다.

"여보, 병원 일인데 말이야. 처음 이곳에 오던 날 밤 병원에 갔던 일은 당신도 기억하고 있겠지. 얼마나 내가 기뻐하면서 이만하면 훌륭한 일을 할 수 있겠다느니, 그밖에 여러 가지 꿈을 그리면서 신나게 일할 수 있겠느니 하고 말한 걸 물론 기억하겠지. 난 무척 많은 계획을 세우기도 했고, 특히 어벨라러우 병원에 대해선 큰 기대를 걸고 있었잖아. 그렇지?"

"네, 잘 알고 있어요."

그는 무표정한 어조로 계속 말했다.

"스스로 자기 자신을 속일 필요는 없다구. 그건 어벨라러우 병원이 아니라 사실은 루엘린 병원이라구."

그녀는 말없이 걱정스런 눈으로 그의 설명을 기다렸다.

"오늘 아침에 환자가 한 사람 왔었어, 크리스."

하고 말하고는 그는 갑자기 화를 내면서 말이 빨라졌다.

"알겠지. 난 지금 '왔었다'고 말했어……. 그 환자는 무연탄광의 광부였는데, 분명히 초기 대엽성 폐렴(大葉性肺炎)이었어. 당신에게도 자주 얘기했었지. 내가 얼마나 그들의 폐의 상태에 관심을 가지고 있는가를 말이야. 나는 그것을 깊이 연구할 가치가 있다고 확신하고 있어. 난 그때 생각했어. 이 환자는 입원시켜야 될 나의 최초의 환자라고 말이야……. 진단서를 작성하여 과학적인 기록을 얻을 수 있는 절호의 기회였지. 그래서 루엘린에게 전화를 걸어 함께 환자를 봐달라고 부탁했어. 그러면 환자를 입원시킬 수 있으니까 말이야!"

그는 숨을 돌리기 위해 일단 거기서 말을 멈췄는데, 이내 다시 계속 말했다.

"그러자 바로 루엘린이 여느 때처럼 차를 타고 점잖게 나타났어. 그 진찰 솜씨는 정말 완벽해서 조금도 나무랄 데가 없더라구. 의술이라면 무엇이든 모르는 게 없을 거야. 절대로 제일인자라구. 그는 내가 잘못 본 점을 한두 군데 지적하더니, 내 진단에 동의하고 입원시키기로 즉석에서 승낙했어. 난 바로 그에게 사의를 표했지. 나 자신도 병원에 드나들 수 있고, 그 환자에게도 여러 모로 편의를 봐줄 수 있을 테니 얼마나 고마운 일인지 모른다고 말하면서 말이야."

그는 턱을 움츠린 다음 다시 말을 던졌다.

"그리고 루엘린은 말이야, 크리스, 아주 상냥스럽게 다정한 얼굴을 하고 날 쳐다보더라구. 그런데, '앞으론 내가 맡아보겠네. 자네 같은 조수들이 병실을 돌아다니면 시끄러워서 곤란하다구. 자네도 일부러 올 필요는 없네, 맨슨.' 하고 말하지 않겠어. 그리고 내 각반을 보더니 '게다가 그런 징투성이 구두로는 말이야.' 라고 하는 거야."

앤드루는 목이 멘 듯한 소리로 말했다.

"도대체 무슨 속셈으로 노상 그따위 소릴 하는지 모르겠어. 결국 따지고 보면 이런 꼴밖에 되지 않는다구. 내가 흠뻑 젖은 레인코트와 진흙투성이 신발을 신은 채 광부들 집 부엌의 어두운 등불 밑에서 환자를 진찰하거나, 더 나쁜 조건에서 일하는 건 상관없지만, 그 환자가 입원해 버리면 난 뭐냔 말이야. 결국 나는 고작해야 마취나 담당하는 이외에는 쓸모가 없는 의사밖에 되지 않는단 얘기라구."

그때 별안간 전화벨이 울렸기 때문에 그의 말은 일단 거기서 중단되었다. 그녀는 공감하는 눈으로 물끄러미 그를 응시하다가 곧 일어서서 전화가 있는 곳으로 갔다. 홀에서 전화를 받는 목소리가 그의 귀에도 들려왔다. 얼마 후 그녀는 무척 난처하다는 표정을 하고 되돌아왔다.

"루엘린 선생 전화예요. 무척 안됐지만 여보, 내일 아침 11시에 와주었으면 좋겠대요……, 마취를 하러 말이에요."

그는 대답도 하지 않고 불끈 쥔 주먹 위에 머리를 얹어놓고 있었다.

"뭐라고 대답할까요, 여보?"

크리스틴은 안절부절 못하면서 물었다.

"마음대로 하라지 뭐."

그는 거칠게 외쳤으나 곧 이마를 손으로 비벼대며,

"아냐, 그러지 말고 11시까지 가겠다고 해줘."

하고 쓸쓸하게 웃었다.

"정각 11시에 도착하겠다고 말이야."

그녀는 돌아오는 길에 뜨거운 커피를 가지고 왔다. 그것은 그가 맥이 풀려 있을 때 기분을 전환시켜 주기 위하여 그녀가 고안해 낸 효과적인 방법이었다.

그는 커피를 마시면서 그녀 쪽을 보고 쓴웃음을 지었다.

"난 무척 행복해. 당신과 함께라면 말이야, 크리스. 다만 하는 일이 잘돼나갔으면 좋겠어. 음, 하기야 루엘린이 날 병실에 들어가지 못하게 하는 것도 개인적인 감정 때문이라거나 상식을 벗어난 일이라곤 생각지 않아. 큰 병원은 으레 그러니까. 런던도 그렇고, 딴 데도 마찬가지로 모두 그런 제도라구. 하지만 왜 그래야 하지, 크리스? 왜 의사는 환자를 입원만 시키고 손을 떼야만 하느냐구? 그럼 그 의사는 환자를 놓칠 뿐만 아니라 완전히 환자로부터 격리되고 마는 거야. 그 이유는 이 나라가 전문의 제도라고 하는 어리석은 것을 만들어 냈기 때문인데, 그건 잘못된 거야. 단연코 잘못된 거야. 그런데 난 지금 왜 당신에게 이런 강의를 하고 있는 거지? 다른 걱정거리는 하나도 없는 듯한 얼굴로 말이야. 내가 여기서 근무하기 시작했을 땐 얼마나 긴장하고, 얼마나 신중히 계획을 세웠었는지……. 그런데……, 지금은 하나하나 차례로 모두 틀어져 버리고 있잖아!"

그런데 그 주말에 뜻밖의 사람이 찾아왔다. 벌써 밤도 늦고 해서 그와 크리스틴은 2층으로 올라가려고 하던 참이었는데, 갑자기 현관 초인종이 울렸다. 찾아온 사람은 조합의 서기인 오웬이었다.

앤드루의 안색이 싹 변했다. 서기가 방문한다는 건 더없이 불길한 사건이었다. 그는 이제까지 비참한 꼴을 당한 몇 개월의 결말이라고 생각했다. 위원회는 자기에게 사표라도 쓰라는 것일까? 자기는 파면되어 무참한 실패자로서 크리스틴과 함께 노상을 헤매게 되는 것이 아닐까? 조심스러워 보이는 서기의 여윈 얼굴을 물끄러미 보고 있노라니 그는 심장이 오그라붙는 듯한 느낌이 들었다. 그런데 오웬이 노란 보험증을 꺼내놓아 곧 안심이 되고 기쁨에 가슴이 부풀어올랐다.

"이렇게 밤늦게 찾아뵙게 돼서 정말 죄송합니다. 맨슨 선생님. 하지만 회사에서 늦게까지 일이 있어서 진료소 쪽으로 갈 겨를이 없었습니다. 어떻습니까, 제 보험증을 이곳에 보관해 주실 수 없겠습니까? 조합의 서기가 이제까지 아무 데도 담당의사를 정해놓지 않았다는 건 우스꽝스런 얘기이지만, 전 커디프에 있을 때 한 번 의사 선생님께 진찰을 받은 뒤로는 그럴 일이 없었습니다. 하지만 지장이 없으시다면 앞으로는 선생님께 폐를 끼칠까 합니다만."

앤드루는 제대로 말도 못할 지경이었다. 몇 번이나 불쾌한 기분으로 이 보험증을 내주고 또 내주곤 했는데, 지금은 그것을, 더구나 조합 서기의 보험증을 받아들이게 되었으니 호박이 덩굴째 굴러들어온 셈이었다.

"고맙습니다, 오웬 씨……. 난……, 나는 기꺼이 돌봐드리겠어요."

홀에 서 있던 크리스틴이 그때 재빨리 말을 꺼냈다.

"올라오시지 않겠어요, 오웬 씨? 어서 올라오세요."

폐를 끼쳐서는 안 된다고 자꾸만 사양하면서도 서기는 거실로 안내되는 것을 무척 기뻐하는 눈치였다. 그리고 팔걸이 의자에 앉아 뭔가를 골똘히 생각하면서 시선을 벽난로의 불로 향하고 있었는데, 그 모습에는 몹시 조용한 데가 있었다. 옷차림이며 말씨는 여느 노동자와 다를 바 없었지만, 그는 확실히 조용히 사색에 잠길 줄 아는 고행자의 투철한 표정에 가까운 그 무언가를 지니고 있었다. 잠깐 동안 생각을 정리하고 있는 듯하더니 마침내 그가 입을 열었다.

"얘기할 기회가 생겨서 기쁩니다, 선생님. 실망하지 마세요. 처음에 약간 좌절했다고 해서! 이곳 친구들은 약간 완고하기는 하지만 그러나 마음은 단순합니다. 조금 더 있으면 모두들 되돌아올 겁니다. 틀림없어요!"

앤드루가 말할 여유도 주지 않고 그는 계속 말했다.

"아직 못 들으셨나요? 톰 에반스의 그후 소식 말입니다. 못 들으셨군요. 그 사람의 팔은 극도로 악화됐어요. 전의 그 약 때문에 말입니다. 선생님이 걱정하신 대로 팔꿈치가 굳어 구부러진 채 전혀 쓰지 못하게 되었답니다. 그래서 탄광에서의 일도 못하게 되었어요. 게다가 자기 집에서 입은 화상이라 보조금을 한푼도 못 받아냈지 뭡니까."

앤드루는 그것 참 안됐다고 혼잣말로 중얼거렸다. 그는 에반스에겐 아무런 원한도 없었다. 다만 그렇게까지 악화되지 않아도 될 화상의 결과를 들으니 무척 슬픈 마음이었다.

오웬은 또다시 침묵에 빠져 있었으나, 얼마 후 조용한 목소리로 지난날의 자신의 고투, 즉 열네 살 때부터 갱내에서 일하면서 야학을 다니며 타자와 속기를 배우고 차츰 '자기 자신을 연마하여' 이윽고 조합 서기라는 지위에까지 오른 이야기를 길게 들려주었다.

앤드루는 오웬이 자신의 한평생을 많은 노동자의 생활개선에 바쳐왔다는 사실을 또렷이 실감할 수 있었다. 그는 조합의 일이 자신의 이상(理想)의 표현이기 때문에 사랑했던 것이다. 그러나 그의 희망은 한낱 의료시설에 있는 것만은 아니었다. 그는 나아가서 보다 나은 주택, 좋은 위생시설, 갱부 뿐만 아니라 그 가족들에게까지 혜택을 주는 더욱 좋고 더욱 안전한 조건을 바라고 있었다. 그는 갱부 아내들의 출산사망률과 유아사망률을 인용했다. 그는 온갖 숫자, 온갖 사실에 정통해 있었다.

그는 이야기를 잘할 뿐만 아니라 반대로 남의 이야기도 잘 들어주는 사람이었다. 앤드루가 드라이네피에서 장티푸스가 유행할 때 했던 하수구 사건을 들려주자 그도 얼굴에 미소를 지었다. 그리고 무연탄광의 갱부는 다른 지하 노동자에 비해 훨씬 폐를 앓기 쉽다고 하는 앤드루의 의견에는 더욱 깊은 관심을 나타냈다.

오웬이 열심히 들어주었으므로 앤드루는 더욱 열을 올려 이 문제를 설명하기 시작했다. 이제까지 무척 고생해서 조사한 결과, 무연탄광의 갱부가 얼마나 높은 비율로 잠행성 폐질환에 걸려 있는가를 이야기하자 그는 깜짝 놀라는 눈치였다. 드라이네피에서 콜록콜록 기침을 한다거나 '기관지에서 가래가 끓는다'거나 하여 호소해 오는 착암부의 대다수는 사실 폐결핵의 초기 증상 아니면 상당히 진행된 환자들뿐이었다. 그리고 그는 이곳에 온 뒤에도 같은 사실을 발견하고 있었다. 그래서 그는 이 직업과 이 질병이 뭔가 직접적인 관계가 있는 게 아닌가 하고 의심을 품기 시작하고 있던 참이었다.

"내가 말하는 뜻을 아시겠어요?"

그는 한층 더 열띤 어조로 말했다.

"이곳 갱부들은 하루종일 내내 먼지투성이가 되어 그것도 딱딱한 갱도의 심한 석탄가루 속에서 일하고 있어요. 폐가 막힐 정도로 그걸 들이마시고 있는 겁니다. 그래서 나는 그게 무척 해롭지 않은가 생각하게 되었죠. 예를 들어 그걸 가장 많이 들이마시고 있는 착암부 말이에요. ……그들은 운반부보다는 아무래도 걸리기 쉬울 거라고 생각됩니다. 아니, 이건 내가 잘못 추측하고 있는지도 모르겠습니다만, 나 자신은 그렇게 확신하고 있습니다. 게다가 내가 이토록 열을 올리고 있는 까닭은…… 그래요, 다시 말해 아직 누구 한 사람 별로 연구하고 있지 않은 분야이기 때문이기도 합니다. 내무성의 일람표에도 아직 이런 직업병은 하나도 실려 있지 않습니다. 그러니까 이 사람들이 병에 걸린다 하더라도 보조금 따윈 한푼도 못 받게 되는 거죠."

오웬은 감동하여 그 창백한 얼굴에 불타는 듯한 홍분의 빛을 보이면서 몸을 내밀었다.

"정말 그렇군요, 선생님. 말씀하신 그대로입니다! 저는 이만큼 중대한 이야기는 일찍이 결코 들어본 적이 없습니다."

두 사람은 이 문제에 관해 더욱 활발한 의견을 나누었다. 서기가 돌아가려고 일어섰을 때는 밤이 꽤 깊었다. 그는 너무 오래 폐를 끼쳤다고 사과하면서 앤드루에게 그 연구를 계속하도록 진심으로 당부하고 자신도 힘닿는 대로 원조를 아끼지 않겠다고 약속했다.

오웬이 현관문을 열고 돌아간 후에도 따뜻하고 진실된 분위기는 여전히 남아 있었다. 그리고 앤드루는 자신이 임명된 위원총회 때와 마찬가지로 이 사람이야말로 자신의 참된 벗이 될 수 있다고 느꼈다.

7

서기가 보험증을 앤드루에게 맡기고 갔다는 소문은 당장 담당지구에 퍼져서 이 신임의사의 떨어져가기만 하던 인기를 다소나마 회복시키는 데 도움이 된 듯했다.

이같은 실질적인 이익과는 별도로 크리스틴도 그도 오웬의 방문을 기쁘게 생각했다. 지금까지 이 고장 사람들은 그들을 완전히 따돌리고 있었다. 크리스틴은 입밖에 내지는 않았지만 앤드루가 왕진에 나가고 꽤 오랫동안 집을 비우게 되면 종종 외로운 기분에 젖어들 때가 자주 있었다. 회사의 고급사원의 부인들은 높으신 사모님이신지라 의료조합 조수의 아내 따윈 찾아올 리가 없었다. 변함없는 애정과 커디프로 즐거운 드라이브를 떠나자고 약속했던 루엘린 부인은 크리스틴이 집에 없을 때 한 번 찾아와서 명함을 두고 갔을 뿐, 그 뒤엔 아무런 소식조차 없었다. 게다가 동부 진료소의 메들리, 옥스버러우 두 의사의 부인―전자는 털색깔이 바랜 하얀 토끼를 연상케 하는 여자였고, 후자는 끈질긴 광신자로서 서 아프리카의 전도 이야기를 리젠시에서 산 중고 탁상시계로 한 시간 이상이나 수다를 떨고 돌아가는 여자이기 때문에―은 모두 별로 마음에 드는 존재가 아니었다. 조수와 그 부인들 사이에는 상호간의 단결이나 교제라고 하는 생각은 전혀 없는 것 같았다. 심지어 마을 사람들에 대한 그들의 태도는 무관심과 무저항으로 짓밟혀도 상관없다고 하는 그런 모습마저 엿보였다.

12월의 어느 날 오후, 앤드루가 언덕의 벼랑을 따라 뒷길로 해서 계관장으로 돌아오고 있는데 자신과 같은 연배의, 여위기는 했으나 씩씩하게 보이는 청년이 이쪽으로 오고 있는 게 보였다. 그것이 리차드 번임을 한눈에 금방 알아 차릴 수 있었다. 그가 최초로 느낀 충동은 다가오는 사람을 피하기 위해 옆길로 벗어나려고 한 일이었다. 그러나 이내, 왜 그런 쓸데없는 짓을 하는 거야, 상대가 누군들 상관없잖은가, 하는 생각이 문득 강하게 그의 머릿속에 떠올랐다.

그가 눈길을 돌린 채 번을 모르는 척하고 지나치려하자 놀랍게도 상대방이 친근하게 농담조로 먼저 말을 걸어왔다.

"아! 누군가 했더니 선생이군요. 벤 첸킨을 다시 일하도록 만든 장본인……."

앤드루는 조심스럽게 눈을 치뜨고, '그게 어쨌단 말인가? 자네 때문에 한 일도 아닌데……'라고 말하는 듯한 표정을 지으며 걸음을 멈췄다. 그리고 정중하게 대답을 했지만, 설사 에드윈 번의 자식이라 할지라도 이쪽이 아쉬운 소리를 할 필요는 없지 않으냐고 자신에게 이렇게 타이르고 있었다. 번 가(家)는 어벨라러우 탄광회사의 실질적인 소유주이며 근방 탄광의 채굴권 일체를 갖고 있는 갑부였다. 그리고 배타적이고 가까이하기 힘든 집안이었다. 요즘엔 아버지인 에드윈이 브레콘 근처의 소유지로 은퇴해 버렸기 때문에 외아들인 리차드가 회사의 경영관리권을 장악하고 있었다. 그리고 최근에 결혼하여 마을이 내려다보이는 곳에 커다란 현대식 저택을 지었다.

그는 앤드루를 힐끔힐끔 쳐다보고는 엷은 콧수염을 만지면서 말했다.

"통쾌하셨겠소. 나도 벤의 얼굴이 보고 싶었지요."

"별로 재미 있는 일은 아니었어요."

스코틀랜드인다운 이 완고한 자존심에 번은 한쪽 손으로 입을 가리면서 입술을 조심스럽게 실룩거렸다. 그래도 역시 스스럼없이 얘기를 걸어왔다.

"선생 댁이 우리 집과 가장 가까운 이웃이 되었어요. 집사람이…… 요즘 몇 주간 스위스에 가서 부재중입니다만……. 이젠 댁의 집안 정리도 대충 끝났을 테니 한번 찾아뵙고 싶다고 말하더군요."

"감사합니다."

앤드루는 무뚝뚝하게 대꾸하고는 재빨리 가버렸다.

그날 밤, 차를 마시면서 그는 이 사건을 크리스틴에게 비꼬듯 얘기했다.

"그 녀석, 어떻게 할 작정인지 그 음모를 알고 싶단 말이야! 그 녀석이 마을에서 루엘린을 만나는 걸 봤는데, 고개만 약간 꾸벅했을 뿐이었어. 필시 내 손으로 좀더 갱부들을 끌어내 일을 시켜볼 속셈인 모양이야!"

"어머나, 안 돼요, 앤드루! 그게 당신의 좋지 않은 점이에요! 의심이 많아요. 너무 의심이 많다구요."

크리스틴이 항의했다.

"그 녀석을 의심하는 건 조금도 이상할 것 없잖아. 거드름을 피우면서 돈더

미 속에서 뒹굴고, 못생긴 낯가죽 밑에 구식 넥타이를 매고……, 집사람이 어
쩌고저쩌고라고 말하지 않겠어. 그 집사람이란 여자는 말이지, 이쪽은 머더
힐에서 악착스럽게 일하고 있는데 알프스에서 요들인지 뭔지를 노래하고
있다지 뭐야. ……우리 집에 한번 들르고 싶다고 말했다더군! 후후후! 여
기 나타날 때의 그 여자의 얼굴이 지금부터 눈에 선하군 선해. 진짜로 찾아
온다면 말이야."

그는 갑자기 정색을 하고 말했다.

"되도록 조심해야 돼. 절대로 도도하게 굴지 못하도록 말이야."

크리스틴은 그 말을 듣자 지난 몇 달 동안의 신혼시절 동안 결코 그가 한
번도 들은 적이 없는 쌀쌀한 목소리로 대답했다.

"나도 사람을 다루는 방법 정도는 알고 있다고 자부하고 있어요."

미리 앤드루가 여러 모로 얘기해 두었는데도 불구하고 번 부인은 실제로 크
리스틴을 찾아와서 단순한 예의 이상으로 오랜 시간 수다를 떨고 돌아갔다.
앤드루가 그날 밤 집으로 돌아오자 크리스틴은 무척 명랑하고 얼굴도 약간 상
기된 채 그날 즐거웠던 일들을 완전히 겉으로 나타내고 있었다. 그의 비꼬는
질문에는 잠자코 대답을 하지 않았지만, 무척 기분전환이 됐던 것만큼은 그
녀도 인정했다.

그는 그녀를 놀려댔다.

"분명 당신은 가보인 은그릇이며, 가장 고급인 도자기며, 금으로 도금한 주
전자 따윌 보여줬겠지. 그래! 팔리 상점에서 산 케이크도 말이야."

"아니에요. 버터 바른 빵을 대접했어요."

그녀는 아무렇지도 않은 듯 태연한 음성으로 대답했다.

"그리고 다갈색 티포트를 내놓았어요."

그는 무척이나 언짢은 기색으로 눈썹을 치켜올렸다.

"그래, 손님 쪽에서도 만족했단 그 말인가?"

"그런 것 같아요!"

이런 이야기를 주고받은 뒤에 앤드루의 가슴에는 뭔가 이상 야릇하게 개운
치 않은 응어리가 남았다. 그것은 분석하려고 해도 도무지 알 수 없는 감정의
물결이었다. 그로부터 열흘쯤 지나서 번 부인에게서 그에게로 전화가 걸려왔
는데, 크리스틴과 함께 만찬회에 꼭 참석해 달라는 초대를 받고 그는 저으기
놀랐다. 크리스틴은 부엌에서 케이크를 굽고 있었으므로 그가 직접 전화를

받았던 것이다.

"유감입니다만 못 갈 것 같군요. 저는 매일 밤 9시까지 진료소 일을 봐야 하니까요."

"하지만 일요일이라면 괜찮잖아요, 그렇죠?"

그녀의 음성은 밝고 꽤나 매혹적이었다.

"이번 일요일 만찬에 꼭 와주세요. 그럼 그렇게 알고 기다리고 있겠어요!"

그는 갑자기 크리스틴이 있는 부엌으로 쿵쾅쿵쾅 뛰어갔다.

"당신의 고상하신 친구분께서 우리에게 만찬을 먹으러 오라는 거야. 그런데 갈 수가 있나. 어쩜 이번 일요일엔 틀림없이 출산이 있어서 불려가게 될 텐데."

"여보, 제발 내 말 좀 들어주세요, 앤드루 맨슨!"

그녀는 초대란 말에 두 눈을 반짝이며 강한 어조로 한바탕 설교를 늘어놓기 시작했다.

"어리석은 말씀 제발 그만하세요. 우리가 가난하다는 건 누구나 다 알고 있잖아요. 당신은 낡아빠진 옷을 입고 있고, 나는 부엌일을 제 손으로 직접 하고 있어요. 하지만 그런 게 문제가 아니라구요. 당신은 의사 선생님, 그것도 훌륭한 의사예요. 나는 당연히 그 의사의 아내구요."

그녀의 표정이 순간 약간 부드러워졌다.

"여보, 듣고 계세요? 여보, 놀라실지 모르지만, 나는 결혼의상 따위는 모두 옷장 깊숙이 넣었어요. 번 씨네 집안은 무척 부유하지만 그런 것은 그분들이 친절하고 지적이라는 사실과는 아무런 관계도 없는 일이에요. 나는 우리 둘이 여기서 살고 있다는 것만으로도 충분히 행복해요. 하지만 여보, 가끔은 친구도 필요해요. 그분들이 먼저 초대해 주었는데 우리가 가까이 해서는 안될 이유가 뭐예요? 가난은 부끄러운 일이 아니라구요. 돈이라든가 지위라든가 그런 건 모두 잊어버리고 있는 그대로의 자연스런 모습으로 남들을 받아들여야 된다고 나는 생각해요."

"음, 그건 그렇군……." 그는 마지못해 그렇게 맞장구쳤다.

일요일이 되자 그는 겉보기에는 태연하고 평범한 얼굴을 하고 나섰는데, 두 사람이 새 테니스코트 곁의 말끔히 청소되어 있는 현관으로 통하는 길에 접어들었을 때 그는 입언저리를 약간 삐죽거리면서 말했다.

"어쩌면 들어오란 말도 안 할지 몰라. 내가 연미복을 입고 오지 않았으니 말이야."

그런 그의 예상과는 달리 두 사람은 아주 정중하고 반갑게 맞아들여졌다. 번은 뼈가 튀어나온 얼굴로 은제 커피통 너머로 상냥하게 웃고 있었는데, 무슨 영문인지 애매한 커피통만을 자꾸만 흔들고 있었다. 번 부인은 담백한 몸짓으로 그들에게 인사를 했다. 방에는 다른 손님이 이미 두 사람 더 와 있었다. 주말을 번 씨 저택에서 보내기 위해 온 차리스 교수 부부였다.

지금까지 마셔본 적이 없는 최고급 칵테일을 마시며 앤드루는 사슴 빛깔의 기다란 융단을 깐 방에 있는 화초며, 서적이며, 이상하게도 아름다운 오래된 가재도구를 휙 둘러보았다. 크리스틴은 허물없이 번 부부와 눈언저리에 우습게 주름이 잡혀 있는 초로의 차리스 부인과 담소하고 있었다. 혼자서만 우두커니 있는 게 눈에 띌 것 같아 앤드루는 조심스럽게 차리스 교수에게로 다가갔다. 하얀 수염을 길게 기른 노인답지 않게 상대방은 기세 좋게 연달아 계속석 잔째를 비우고 있었다.

"어떻습니까, 유망한 젊은 의학자께서 이런 연구를 한번 해주시면요."

그는 앤드루에게 미소를 던지며 말했다.

"마티니 속에 들어 있는 올리브 열매의 정확한 기능에 관해서 말입니다. 나도 내 나름대로 의문을 가지고 있지만, 그러나 의사 선생님은 이것을 어떻게 생각하시는지요?"

"글쎄요……." 앤드루는 잠시 어리둥절했다. "전……, 아직 전혀……."

"내 이론은 말이에요!"

차리스는 상대방을 가엾게 여기는 듯한 소리를 냈다.

"바텐더나 우리의 벗 번 씨와 같이 손님 접대가 서투른 친구들의 음모라는 겁니다. 다시 말하면 아르키메데스의 법칙을 이용하고 있는 셈이죠."

그는 텁수룩한 검은 눈썹 아래서 눈망울을 반짝거렸다.

"간단한 배수량을 응용하여 진을 절약하려는 거라구요."

앤드루는 자신의 어수룩함을 돌이켜보고 웃을 마음조차 생기지 않았다. 그는 본래 사교성이 없는데다 이렇게 큰 저택엔 일찍이 와본 적이 없었던 것이다. 때문에 비어 있는 글라스며, 담뱃재며, 그리고 자신의 손마저 어떻게 처리해야 좋을지 몰랐다. 모두들 만찬 식탁에 앉았을 때는 그도 약간 마음이 놓였다. 그러나 여기서도 어색함을 느끼지 않을 수 없었다.

단순하지만 그런대로 꽤 훌륭한 식단이었다. 뜨거운 베이컨에 양상추 줄기를 곁들인 흰 살만의 치킨 샐러드가 나왔는데, 이것은 뭐라 표현할 수 없을 만큼 군침도는 진귀한 풍미가 있었다.

앤드루 자리는 번 부인의 바로 옆이었다.

"닥터 맨슨, 부인께선 아주 매력 있는 분이에요."

자리에 앉으면서 그녀는 상냥한 목소리로 말했다. 키가 크고 날씬한 여성이었다. 얼굴 생김새도 몹시 화사하고 결코 미인이라곤 말할 수 없지만, 그러나 크고 이지적인 눈과 조금도 구애를 받지 않는 그런 소탈함이 엿보였다. 입술은 약간 젖혀져 있었지만 재기와 교양을 나타내는 기민성을 지니고 있었다.

그녀는 앤드루에게 그의 철두철미한 성품은 남편한테서 몇 번이나 들은 적이 있다는 얘기부터 시작하여 그의 일에 관한 화제로 옮겨나갔다. 그리고 담당구역 의료상태를 개선하려면 어떻게 하면 좋은가 하고 열심히 질문하면서 그에게도 말할 기회를 주는 친절도 유감없이 보여주었다.

"글쎄요, 잘 모르겠습니다만……."

앤드루는 서툴게 수프를 흘리면서 말했다.

"저로서는……, 좀더 과학적인 방법을 취하는 게 좋지 않을까 생각하고 있습니다만."

자기가 전문으로 다루고 있는 화제인데도 그는 혀가 굳어서—상대가 크리스틴이었다면 몇 시간이나 이야기할 수 있었지만—앞에 놓인 접시만 마냥 들여다보고 있었다. 그러는 동안 번 부인은 어느덧 맞은편의 차리스와 이야기를 나누고 있었다. 비로소 그는 처음으로 마음이 가벼워졌다.

차리스는, 커디프 대학의 야금학(冶金學) 교수이자 런던 대학에서 같은 과목의 강사이며, 또한 권위자만 끼여 있는 광산노무대책위원회 위원임을 나중에 알게 되었는데, 명쾌하고 다양한 이야깃거리를 가진 노련한 이야기꾼이었다. 그는 온몸과 양손, 심지어는 수염까지 동원하여 논하고, 웃고 떠들어대며, 입에서 거품을 내뿜기도 했다. 그리고 기관차의 화부(火夫)도 무색할 만큼 쉴새없이 요리며, 술을 자기 입속에다 부어넣고 있었다. 하지만 그의 이야기는 무척 재미 있었기 때문에 모두들 즐겁게 듣고 있는 듯싶었다.

그러나 앤드루만은 그의 이야기 따윈 조금도 흥미가 없었다. 이야기는 계속되어 바하의 우수성을 논하는가 하면, 곧 차리스 특유의 비약으로 러시아 문학으로 옮겨지고 있었다. 앤드루는 마지못해 귀를 기울이고 있었다. 그는 톨스토이, 체호프, 투르게네프, 푸시킨 등의 이름이 거론되는 것을 떨떠름한 심정과 함께 건성으로 듣고 있었다. '시시하다. 정말 시시한 시간낭비다.' 그는 마음속에서 울화통이 터져나왔다. 이 늙어빠진 늙은 너구리는 도대체 어떻게 생각하고 있는 것일까? 그에게 케반의 뒷골목 연립주택 부엌에서 기관 절개를 하는 수술 장면이라도 한번 보여주고 싶었다. 그러면 푸시킨 따위의 얘기는 꺼내지 못할 게 아닌가!

그러나 크리스틴은 마냥 즐거운 모양이었다. 곁눈질로 노려보며 앤드루는 그녀가 교수에게 미소를 던지고 있는 것을 보았고, 그 얘기에 몰두해 있음을 알아차렸다. 그것은 조금도 아는 척하지 않은 아주 자연스러운 태도였다. 한두 번, 그녀는 자신이 근무했던 은행 거리의 국민학교 이야기를 끄집어냈다. 그녀가 정정당당히 교수와 맞대고 남들이 지켜보고 있는 바로 앞에서 민첩하고도 태연스럽게 하고 싶은 말을 모두 털어놓는 것을 보고 그는 깜짝 놀라지 않을 수 없었다. 그리고 아내를 새로운 눈으로 다시 보기 시작했다. 저런 러시아의 어중이떠중이까지 속속들이 알고 있었던 모양인데 어째서 지금까지 내게는 얘기하지 않았을까, 내심 약이 바짝 오르기도 했다. 그리고 조금 뒤에 차리스가 매우 흐뭇하다는 듯 크리스틴의 손을 가볍게 톡톡 두드렸을 때는 늙은이는 늙은이답게 헛된 수작 말라, 당신 마누라가 있지 않느냐! 하고 부아가 치밀기도 했다.

그는 크리스틴이 한두 번 눈을 반짝이면서 넌지시 자기에게 눈짓하는 것을 보았다. 게다가 그녀는 몇 번인가 화제를 자기에 관한 이야기로 옮겨보려고 애쓰고 있는 눈치였다.

"저희 남편은 무연탄광에서 일하는 분들에게 몹시 흥미를 가지고 있답니다, 차리스 선생님. 그 방면에 관한 연구도 시작하고 있어요. 먼지를 들이마시는 문제를 말예요."

"오오, 그러시군요."

차리스는 흥미를 나타내며 앤드루 쪽으로 시선을 돌렸다.

"그렇죠, 여보?"

자신감을 불어넣어 주려는 듯이 크리스틴이 확인을 구하는 말을 했다.

"모두 제게 얘기하셨잖아요, 요 전날 밤에 말예요."

"아뇨, 모르겠군요." 앤드루는 신음하듯 말했다.

"대단한 일이 아닐지도 모르겠습니다. 아직 데이타도 충분히 갖추어져 있지 않으니까요. 어쩌면 그 결핵도 먼지가 원인이 아닌지도 모르겠구요."

그는 물론 자기 자신에 대해 몹시 화를 내고 있었다. 이 차리스란 사나이도 어쩌면 자기에게 힘이 되어줄지도 모르고, 게다가 자기 쪽에서 도와달라고 부탁하지 않더라도 상대방이 광산노무대책위원회에 관계하고 있다는 사실이 멋진 기회를 안겨줄 것 같은 느낌이 들었기 때문이었다. 뚜렷한 이유도 없이 그의 부아는 크리스틴에게 돌려지고 있었다.

그날 밤, 모임이 끝나고 두 사람이 계관장으로 돌아가는 도중 앤드루는 질투심으로 침묵만 지키고 있었다. 그리고 집에 들어가서도 여전히 침묵을 지킨 채 그녀보다 먼저 재빨리 침실로 들어가 버렸다.

여느 때 같으면 옷을 갈아입는 동안 그는 바지 멜빵을 벗지 않은 채 칫솔을 들고 그날 일을 자세히 들려주며 사이좋게 오손도손 이야기하는 게 보통이었지만 오늘 밤만은 그대로 외면하고 있었다.

크리스틴이 호소하는 듯한 목소리로 다정하게 말을 걸었다.

"오늘 밤 즐거웠죠, 여보?"

"아아, 무척 유쾌했어요!" 지나치게 정중하게 대답했을 뿐이었다.

침대에 들어가서도 그는 멀리 떨어져 침대 가장자리에 바짝 기댄 채 조금이라도 그녀가 이쪽으로 다가오면 뿌리쳐 버리려고 생각하다가, 어느덧 큰 소리로 코를 골면서 이내 깊은 잠에 빠져버렸다.

다음날 아침도 마찬가지로 서먹서먹한 기분이 두 사람 사이에 감돌고 있었다. 그는 여느 때와는 달리 오만상을 찌푸린 채 일터로 나갔다. 저녁 5시경, 두 사람이 차를 마시고 있는데 현관에서 벨소리가 났다. 번의 운전기사가 한아름의 책과 그 위에 커다란 수선화 꽃다발을 얹은 채 서 있었다.

"번 부인께서 보내셨습니다, 사모님."

운전기사는 미소지으며 말하고는 돌아갈 때 차양이 달린 모자를 벗고 인사했다.

크리스틴은 얼굴을 반짝이며 그것을 안고 거실로 돌아왔다.

"이걸 보세요, 여보." 그녀는 흥분하여 외쳤다.

"정말 친절하시잖아요. 트롤러프 전집을 번 부인께서 빌려주셨어요. 나는 언제고 트롤러프의 책을 모두 읽고 싶어했었는데. 게다가 이렇게 예쁜 수선화 꽃다발까지."

그는 벌떡 일어서서 비웃듯 말했다.

"아주 예쁜군 그래! 대저택의 마님께서 하사하신 책과 꽃이군! 그런 것이 없으면 나 같은 가난뱅이하고는 고생하면서 살 수 없다는 거지! 당신에게 나는 정말 지루하기 짝이 없는 인간이야. 간밤에 무척 당신의 마음에 들었던 그런 재치있는 이야기 상대가 아니니까 말이야. 나는 러시아인 따위는 뭐가 뭔지 잘 모르고, 어차피 난 보잘것없는 의료조합 조수에 불과하니 말이야."

"앤드루!" 그녀의 얼굴에서 핏기가 싹 가셨다.

"왜 그런 말씀을 하시는 거예요!"

"내가 있지도 않은 거짓말을 하고 있는 줄 알아? 저 기분 나쁜 만찬 동안 난 줄곧 실수만 저지르고, 그 덕분에 겨우 눈을 떴다구. 당신은 벌써 내가 싫어진 거야. 나는 눈이 녹은 진창길을 터벅터벅 걸어다니면서 더러운 담요를 젖히고 벼룩이나 찾아내는 일 이외에는 재능이 없는 사람이지. 너무나 촌스러워 당신의 그 고상한 취미에는 맞지 않는다구!"

그녀는 창백한 얼굴을 한 채 눈만이 가엾다는 듯한 어두운 표정을 짓고 있었다. 하지만 그녀는 차분한 목소리로 말했다.

"왜 그렇게 말씀하시는 거예요! 내가 사랑하는 사람은 지금 그대로의 당신이에요. 앞으로도 당신 이외의 사람은 결코 절대로 사랑할 수 없어요."

"그럴 듯한 소릴 하는군."

그는 그렇게 외치고는 방에서 뛰어나가며 문을 쾅 닫았다.

그로부터 5분쯤 그는 살며시 부엌으로 들어가서 입술을 깨물며 같은 장소를 왔다갔다 했다. 얼마 뒤, 별안간 발길을 돌려 그녀가 선 채로 맥없이 고개를 떨구고 벽난로를 응시하고 있는 거실로 되돌아갔다. 그리고 미친 듯 두 팔로 그녀를 껴안았다.

"크리스!" 그는 몹시 후회하는 기분에 사로잡힌 음성으로 외쳤다.

"소중한, 소중한 나의 크리스! 내가 잘못했어! 제발 부탁이니 용서해 줘. 그런 말을 하고 싶지는 않았는데. 질투심 때문에 머리가 잠깐 돌았었나 봐. 내가 얼마나 당신을 사랑하고 있는지 나도 모를 정도야!"

두 사람은 정신없이 꼭 껴안았다. 수선화 향기가 주변에 감돌고 있었다.

"당신, 모르세요?" 그녀는 흐느꼈다.

"당신이 안 계시면 나는 그대로 죽어 버릴 거예요!"

그리고 얼마 후, 그녀가 자기 볼을 그의 볼에 꼭 눌러 대면서 앉았을 때 앤드루는 책 쪽으로 손을 뻗으면서 부끄럽다는 듯 말했다.

"이 트롤러프는 어떤 사람이지? 가르쳐 줘요. 나는 정말 아무것도 모르는 바보야!"

8

겨울이 어느덧 지나갔다. 그의 진애감염(塵埃感染)에 관한 연구도 마침내 본 궤도에 올라섰다. 자신의 환자 명부에 실려 있는 무연탄광의 갱부를 일일이 체계적으로 조사할 계획을 세우고 그것을 실행으로 옮겼다. 둘이서 함께 보내는 밤은 이제까지보다 더욱 행복했다. 그가 진료소에서 늦게 돌아오면 크리스틴은 빨갛게 타고 있는 석탄불 앞에서—값싼 석탄을 얼마든지 땔 수 있다는 것은 이곳에 살고 있는 특권의 하나였다—그의 노트를 정서하는 일을 돕고 있었다.

그들은 곧잘 오랫동안 이야기를 나누곤 했다. 그녀는 결코 아는 척하지 않았지만, 그 광범한 지식과 책을 많이 읽고 있는 데엔 그도 놀라지 않을 수 없었다. 게다가 그녀의 본능적인 뛰어난 직감력도 알게 되었다. 문학과 음악, 특히 인간에 관한 판단이 놀랄 만큼 정확한 것도 그 때문이었다.

"제기랄." 하고 그는 곧잘 그녀를 놀려댔다.

"나도 이제야 자기 아내의 실력을 알게 된 것 같아. 당신의 머리가 너무 가득 차 있으니 30분쯤 쉬면서 피케트로 한번 승부를 겨루어 볼까?"

피케트란 것은 두 사람이 번의 집에서 배워온 트럼프 게임이었다.

차츰 해가 길어졌으므로 그녀는 그에게는 아무 말도 하지 않고 이름뿐이었던 정원을 손질하기 시작했다. 가정부인 제니에게 전에 갱부였던 숙부가 있었는데—그녀는 단 하나밖에 없는 그 친척을 자랑거리로 삼고 있었다—나이가 들어 일을 못하게 되자 한 시간에 10펜스를 받고 크리스틴을 돕기로 했다.

3월의 어느 날 오후, 앤드루가 썩어가는 다리를 건너면서 내려다보니 그들이 개울 밑바닥에서 연어 통조림 같은 녹슨 빈 깡통을 열심히 줍고 있었다.

"오, 거기 있었군." 그는 다리 위에서 소리쳤다.

"뭘 하고 있는 거지? 낚시질을 못하게 되잖아, 그런 짓을 하면!"

그녀는 그의 이 조롱하는 소리에 기세 좋게 고개를 끄덕이면서 대답했다.

"잠자코 보고만 계세요."

몇 주일이 지나자 그녀는 잡초를 뿌리째 뽑아내고 황무지 상태로 내버려두었던 뜰의 오솔길을 깨끗이 청소했다. 개울 바닥도 깨끗해지고 양쪽 기슭도 멋지게 정돈되었다. 골짜기 아래쪽에는 그 언저리에 굴러다니던 돌을 모아서 새로 동산을 만들었다. 번 댁의 정원사인 존 로버트가 여러 가지 꽃나무들을 자주 가지고 와서 이것저것 가르쳐 주었다. 처음으로 나팔수선화가 피었을 때 그녀는 득의양양하여 앤드루의 팔을 붙잡고 그것을 보여주려고 정원으로 데리고 나갔다.

그러던 3월의 마지막 일요일에 데니가 연락도 없이 불쑥 찾아왔다. 앤드루 부부는 두 손을 활짝 벌리고 그에게 덤벼들어 상대가 귀찮아할 정도로 반가워하며 환영했다. 그의 작달막한 모습이며 모랫빛 눈썹, 그리고 붉은 얼굴을 보자 맨슨도 전에 없이 즐거운 기분이었다. 그에게 집안을 보여주며 돌아다니고, 되도록 맛있는 음식을 대접하고, 가장 푹신한 의자에 앉히고 나서 두 사람은 열심히 드라이네피의 소식을 물었다.

"페이지가 결국 세상을 떠났다네." 데니가 잘라 말했다.

"가엾게도 한 달 전에 죽고 말았어. 또다시 뇌출혈이 일어나서 말일세. 아냐, 어쩌면 잘 죽었는지도 모르지!"

그는 파이프를 쭉 빨면서 여느 때의 심술궂은 눈을 가늘게 떴다.

"블로드웬과 리스는 결혼할 모양이더군."

"그럴 줄 알았지."

앤드루로서는 좀처럼 보기 드물게 괴로운 농담을 했다.

"가엾은 에드워드!"

"페이지는 좋은 사람이었어. 훌륭한 개업의였다구."

데니는 지난날을 회고하듯 말했다.

"이런 말투 자체, 아니 그게 뜻하는 모든 것을 내가 몹시 싫어한다는 것은 자네도 알고 있겠지. 하지만 페이지는 그런 것을 전혀 문제삼지도 않았다구."

그들은 잠시 잠자코 있었으나, 그러는 동안에도 드라이네피의 폐석더미에 둘러싸인 채 오랜 고역의 세월을 보내며 작은 새들과 밝은 햇빛이 풍부한 카프리 섬으로 가고 싶어하던 에드워드 페이지를 생각하고 있었다.

"그런데 자넨 어떤가, 필립?"

이윽고 앤드루가 물었다.

"아아, 나도 모르겠네! 점점 더 마음이 조급하고 초조해지기만 하니."

데니는 씁쓸하게 말했다.

"드라이네피도 자네들이 떠난 뒤에는 전연 예전 같지가 않아. 난 어디 외국이라도 가볼까 하네. 낡아빠진 화물선이라도 좋으니 나를 고용해 준다면 선의(船醫) 노릇이나 하고 싶네."

앤드루는 또다시 가슴이 답답해져서 침묵에 빠지고 말았다. 이 유능한 인물, 실로 재능이 풍부한 외과의사가 사디스트처럼 즐기어 자신을 괴롭히면서 생애를 헛되이 망쳐버리는 것 같아 견딜 수가 없었다. 그건 그렇고, 과연 데니는 일생을 헛되이 망쳐버리려는 것일까? 크리스틴과 그는 이따금 데니에 관해 얘기하면서 이 사나이의 지난날의 수수께끼를 풀어보려고 했다. 두 사람이 막연히 알고 있는 바로는 그는 사회적으로 자기보다 지위가 높은 여성과 결혼했는데, 그녀는 1주일 동안에 사흘간 수렵을 하지 않으면 나머지 나흘 동안은 아무리 훌륭한 수술을 했다 하더라도 아무에게도 신용을 받지 못하는 시골 의사로 그를 취급하려고 했던 것이다. 5년간 데니는 온갖 고생을 다하며 일했는데, 여자는 그 보답으로 깨끗이 그를 버리고 다른 사나이에게로 가버리고 말았다. 데니가 습속(習俗)을 멸시하고 전통을 증오하고 외딴 산간벽지로 도피해 온 것도 전혀 무리는 아니었다. 하지만 언젠가는 그도 문명사회로 되돌아가리라.

모두들 오후 늦게까지 이야기 꽃을 피웠기 때문에 데니는 마지막 열차로 돌아갈 수밖에 없었다. 앤드루가 얘기한 어벨라러우 의사들의 실정에는 그도 몹시 흥미를 느끼는 것 같았다. 이야기 끝에 루엘린이 조수들의 급료에서 몇 할을 공제한다는 말을 하면서 앤드루가 분개하자 데니는 이상한 미소를 띠고 말했다.

"아무래도 모르겠군. 그런 일까지 당하면서 자네가 오랫동안 견디고 있다니 말일세!"

데니가 돌아가고 나서 날이 지남에 따라 앤드루는 점차로 자신의 일에 표현하기 어려운 공백이 생기고 있음을 느끼기 시작했다. 드라이네피에서 데니가 가까이에 있었을 때는 항상 두 사람 사이에 공통된 유대, 뚜렷한 목적이 있음을 느끼게 마련이었다. 하지만 어벨라러우에선 그러한 유대도 없거니와 동료 의사들 사이에서 그러한 목적을 결코 느낄 수도 없었다.

서부 진료소의 동료인 어커트 의사는 격하기 쉬운 성질임에도 불구하고 무척 친절한 사나이였다. 다만 나이가 나이인지라 아무래도 기계적이 되고, 영감 같은 것은 전혀 떠오르지 않는 것 같았다. 오랜 세월의 경험을 바탕으로 그의 말을 빌리면 병실에다 '코를 내밀기'만 해도 이내 폐렴을 냄새맡아 진단할 수 있으며, 부목이며 석고를 다루는 솜씨도 능숙하고, 종기의 십자절개도 능수능란하여 이따금 자기 손으로 간단한 수술 정도는 거뜬히 해 보이곤 했지만, 그러나 실제로는 많은 점에 있어서 구식이라는 것은 부정할 수 없는 사실이었다. 앤드루의 눈으로 보면 그와 같은 인물은 데니가 곧잘 말하는, 단골의사의 '낡고 선량한 타입'으로 빈틈이 없고 많은 고생과 경험을 쌓아올리고는 있지만, 자신의 환자와 일반사회로부터 감상적으로 취급되고, 20년 동안이나 의학서적 한 권 읽어본 적이 없는 위험하리만큼 시대에 뒤떨어진 의사에 지나지 않았다. 앤드루는 항상 어커트와 토론하고 싶은 생각을 가지고 있었지만 노인에게는 '전문적인 이야기' 같은 것은 할 만한 시간이 거의 없었다. 그저 그날의 일을 마치면 깡통 수프를 마시고―그는 토마토 수프를 좋아했다―새로 만든 바이올린을 사포로 다듬고, 골동품 도자기를 매만지고, 그러고 나서 프리메이슨 클럽에 나가서 담배를 피우거나 장기를 두거나 하는 게 고작이었다.

동부 진료소의 두 조수도 역시 마찬가지로 신통치 않은 존재였다. 연장자인 메들리 의사는 벌써 쉰이 가까운 나이였는데, 머리가 좋은 민감한 얼굴을 하고 있지만 가엾게도 귀머거리였다. 세상 사람들의 웃음거리가 되어 있는 이러한 불행한 사정이 없었더라면 찰스 메들리는 언제까지나 이런 탄광지방의 조수로 썩고 있지는 않았을 것이다. 그는 앤드루와 마찬가지로 본질적으로 의사였다. 진단으로 말할 것 같으면 특히 뛰어났다. 그러나 환자가 뭔가 말을 걸어와도 한 마디도 듣지 못했다. 물론 독순술(讀脣術)에는 아주 익숙해져 있었다. 하지만 때로는 우스꽝스런 실수를 저지르기 때문에 스스로 겁을 집어먹고 있었다. 그의 당황하는 눈이 이야기를 걸어오는 사람의 움직이는 입술에서 떠나지 않고, 필사적으로 의미를 읽어내려고 안달하는 모습은 곁에서 지켜보기가 안타까울 정도였다. 중대한 잘못을 범하지 않을까 하는 걱정 때문에 그는 무슨 약이든 극소량 밖에 투여하지 않았다. 그는 가족들이 많아 고생도 지출도 늘어날 뿐이어서 생활이 어려웠다. 얼굴색이 바랜 마누라와 마찬가지로 그도 무기력하고 이상하리만큼 불쌍한 존재가 되어 당장 목이 달아나지나 않을까 하고, 루엘린 박사나 위원회를 항상 두려워하고 있었다.

또 한 사람의 조수인 옥스버러우 의사는 빈약한 메들리와는 아주 다른 성격이었지만, 마찬가지로 그에게도 앤드루는 호감을 가질 수 없었다. 옥스버러우는 손가락이 크고 몸집이 거대한 사나이로 변덕스러울 만큼 열의가 있었다. 좀더 혈기가 있었다면 이 사나이는 굉장한 도박꾼이 되었을 거라고 앤드루는 자주 생각했다. 그러나 지금 그는 예의상, 어벨라러우에선 하지 않았는데 아코디언을 켜는 아내를 데리고 토요일 오후에는 가까운 편리까지 가서 그곳 시장 한가운데에 담요를 씌운 작은 탁자를 설치하고 야외전도를 했다. 옥스버러우는 복음전도사였다. 그는 이상주의자로서, 앤드루도 그 정열에는 경의를 표하고 싶을 정도였다. 하지만 유감스럽게도 옥스버러우는 지나치게 감정이 풍부한 사람이었다. 그는 엉뚱한 경우에 울기 시작하거나, 남이 깜짝 놀랄 만한 기도를 올리거나 했다. 언젠가 그는 대단한 난산에 부딪혀 자기 힘으로는 도저히 어쩔 수 없는 상황에 처한 적이 있었는데, 그때 그는 갑자기 침대 곁에 무릎을 꿇고 울면서 가련한 여인에게 기적을 베풀어 주옵소서 하고 하나님께 애원하기 시작했던 것이다. 이 사건을 앤드루에게 이야기해 준 사람은 옥스버러우를 무척 싫어하는 어커트였는데, 그 까닭은 그 장소에 뛰어들어 장화를 신은 채 침대에 올라가 성공적으로 산부의 목숨을 구해낸 자가 바로 다름아닌 어커트였기 때문이다.

앤드루는 동료 조수들의 일이며, 그 밑에서 그들이 일하고 있는 제도를 생각하면 할수록 모두가 결속해야 될 필요성을 절로 통감했다. 지금까지 그들 사이에는 결속도 없고 협력의식도 없을 뿐만 아니라 반항심마저도 없었다. 그들은 다만 어디서나 볼 수 있는 장사꾼들과 마찬가지로 되도록 많은 환자를 끌어모으려고 서로 경쟁을 하면서 대립해 있는 보통 개업의들과 조금도 다를 바가 없었다. 그러므로 노골적인 시기심과 나쁜 감정을 갖는 게 당연했다. 앤드루가 보고 들은 바로는 어커트의 예를 들어보더라도 옥스버러우의 환자가 보험증을 그에게로 가지고 왔을 때 그는 그 사나이가 손에 들고 있는 반쯤 먹다 남은 약병을 빼앗아 당장 마개를 열고 냄새를 맡아보고는 다짜고짜 경멸하듯 이렇게 호통을 치는 것이었다.

"과연, 이게 옥스버러우가 조제해 준 약이란 말이지! 이건 너무 했어! 이건 자네를 서서히 독살하고 있는 것과 결국 마찬가지라구!"

이렇게 각자 제멋대로 일하고 있는 동안에 루엘린 박사는 조수들의 급료에서 은밀히 배당을 빼돌리고 있었던 것이다. 앤드루는 그게 못마땅해서 어떻게 해서라도 별도의 협정을 만들어 조수들이 모두 참고 일할 수 있는, 루엘린에게 착취당하지 않는 보다 나은 새로운 조건을 만들어야겠다고 간절히 바라고 있었다. 그러나 자기가 아직 여기서는 신참자라는 의식, 특히 처음부터 자신의 담당구역에서 저지른 실패 등, 자신의 입장이 불리함을 고려할 때 일을 신중하게 추진하지 않을 수 없었다. 때문에 콘 볼랜드를 만나기 전까지는, 여기서 행동을 시작하려는 결심은 아직 서 있지 않았던 것이다.

9

4월 초순의 어느 날, 앤드루는 어금니에 구멍이 뚫린 것을 발견하고 다음주 어느 오후에 조합의 치과의사한테 뛰어갔다. 그는 치과의사인 볼랜드와는 아직 만나본 일이 없어 정확한 진료시간도 모르고 있었다. 볼랜드의 작은 진료소가 있는 네거리 광장까지 갔을 때 공교롭게도 문이 닫혀 있고, 그 위에 빨간 잉크로 뭐라고 적혀 있는 종이가 핀으로 꽂혀 있었다. 거기에는 '이를 뽑으러 나갑니다. 급한 환자는 자택으로.'라고 씌어 있었다.

그는 잠시 생각해 보다가 어차피 여기까지 왔으니 아무튼 가서 시간이라도 미리 예약해 두고자 아이스크림 가게 앞에서 서성대고 있는 청년에게 길을 물어 치과의사의 자택으로 찾아갔다.

그것은 마을 동쪽 변두리의 언덕에 2층 건물로 되어 있는 작은 주택이었다. 앤드루가 입구까지 지저분한 길을 따라 걸어가자, 쇠망치를 탁탁 두들기는 소리가 들려와 집 옆에 있는 허름한 목조 오두막집의 활짝 열린 문을 통해 안을 들여다보았다. 붉은 수염을 기른 와이셔츠 바람의 건장한 사나이가 해체한 자동차 차체를 향해 맹렬한 기세로 마침 쇠망치를 내리치고 있었다. 동시에 사나이도 그의 모습을 발견했다.

"오오!" 상대방은 말했다.

"오, 오!" 앤드루는 약간 경계하는 투로 대답했다.

"용건이 뭐지요?"

"치과의사의 진찰을 받으려고요. 나는 의사인 맨슨이오."

"들어오시오."

사나이는 쇠망치를 휘두르며 상냥하게 말했다. 그가 바로 볼랜드였다.

앤드루는 믿을 수 없을 만큼 낡아빠진 자동차 부품이 어지럽게 여기저기 흩어져 있는 목조 오두막집에 발을 들여놓았다. 중앙에는 계란 나무상자를 받침대로 해서 차대(車臺)가 놓여 있었는데, 차대는 틀림없이 두 동강으로 절단되어 있는 듯했다. 앤드루는 이 놀랄 만한 공작물에서 시선을 거두어 볼랜드 쪽으로 돌렸다.

"이게 이를 뽑는 수술인가요?"

"그렇소." 콘은 맞장구를 쳤다.

"진료소 일이 한가하면 곧바로 이 차고로 와서 차를 조금씩 수선하고 있지."

심한 아일랜드 사투리는 제쳐두더라도 다 쓰러져 가는 오두막집을 가리켜 차고라는 낱말을 쓰고, 다 부서진 쇠부스러기를 자동차라고 부르는 그 말투에는 분명히 어딘지 모르게 만족감이 내포되어 있었다.

"당신은 이해하지 못할 거야. 내가 지금 하고 있는 일을 말이오."

그는 덧붙여 말했다.

"무리도 아니지. 나처럼 기계공작의 두뇌가 없다면 말일세. 이 작은 차는 구입한 지 5년이 되었는데 샀을 때 벌써 3년이나 굴리던 중고품이었다구. 이렇게 뜯어놓았으니 뭐가 뭔지 도통 모르겠지만 그래도 토끼처럼 잘 달린다구. 하지만 너무 작지 뭔가. 내 가족을 모두 태우기에는 너무 비좁단 말이야. 그래서 이렇게 넓히고 있는 중이라오. 보라구, 한가운데를 두 조각으로 갈라서 다시 2피트 가량 더 이어붙이려고 하는 거야. 완성되면 나의 이 멋진 솜씨를 꼭 보아주시오, 맨슨!"

그는 상의 쪽으로 손을 뻗었다.

"이렇게 하면 연대(聯隊) 하나쯤은 충분히 들어갈 만큼 길어질 걸세. 자, 그럼 진찰실로 가서 이를 손보기로 합시다."

그 진찰실이란 곳도 차고와 마찬가지로 흩어져 있어서 솔직히 말해 더럽기 짝이 없었는데, 콘은 계속 지껄이며 이를 치료했다. 콘은 말할 때 입에 거품을 무는 버릇이 있었으므로 그의 텁수룩한 붉은 콧수염에는 침방울이 노상 묻어 있었다. 그는 몸을 구부리고 기름투성이인 손톱으로 누르면서 충치로 인한 공동(空洞)을 아말감으로 메꾸고 있었다. 그래서 언제 깎았는지도 모를 만큼 길게 자란 밤색 머리카락이 앤드루의 눈 속으로 자꾸만 들어왔다. 그는 손을 씻는 따위의 귀찮은 일은 하지 않았다. 그런 쓸데없는 짓은 콘의 성품에는 맞지 않았던 것이다. 그는 아무 일에도 개의치 않고 성급하며 마음이 선량한 대범한 사나이였다.

앤드루는 콘과 점점 더 가까워지면서 그 씩씩하고 단순하며 야만적인, 게다가 엉뚱한 성격에 완전히 홀딱 반해버리고 말았다. 콘은 벌써 6년이나 어벨라러우에서 살고 있었는데, 아직 1페니의 저축도 한 것이 없었다. 그래도 나날의 생활을 아주 유쾌하게 보내고 있었다. '기계'라면 사족을 못 쓰는 형편인지라 노상 뭔가 연구에 몰두하고 있었는데, 특히 자기 자동차를 무척 좋아했다. 콘이 차를 가지고 있다는 사실 그 자체가 벌써 사람을 웃기는 얘기이지만, 그는 자신이 소재(素材)가 되더라도 변함없이 농담을 좋아했다. 언젠가 그는 유력한 위원의 한 사람으로부터 충치를 빼달라는 부탁을 받고 불려간 적이 있었다. 그 자신은 겸자를 호주머니에 넣은 줄 알고 그 위원의 집으로 갔는데 막상 이를 빼려고 겸자를 꺼내보니 웬걸 그것은 6인치 스패너였다고 하는 이야기를 앤드루에게 들려주었다.

치료가 어느새 끝나자 콘은 그 나름대로의 소독인 셈인지 리졸이 들어 있는 젤리병에 기구를 던져넣고는 자기 집에 들러 차라도 한잔 마시고 가라고 앤드루에게 권했다.

"자, 어서 오게." 그는 상냥하게 권했다.

"우리 집 식구들도 만나보라구. 마침 좋은 시간이군. 지금 다섯 시이니까."

과연 콘의 집에서는 온 가족이 차를 들고 있는 중이었는데, 낯선 손님을 끌고 들어오는 콘의 기벽에는 모두 익숙해져 있는 모양이었다. 지저분하고 후덥지근한 방에서 볼랜드 부인은 갓난아이를 안은 채 식탁 윗자리에 앉아 있었다. 그 다음에 메리라고 하는 열다섯 살 난 얌전하고 수줍음을 잘 타는 딸이 있었는데, '그애만이 머리칼이 검은 아버지를 닮아서 무척 귀여워한다.'고 콘이 소개했다. 그애는 광장거리에서 마권(馬券)을 취급하는 존 러킨스 사무실의 직원이 되어 벌써 상당한 급료를 받고 있다는 것이었다. 메리 곁에는 열두 살 난 테렌스가 있고, 그밖에도 세 명의 아이들이 옹기종기 모여앉아서 아버지의 주의를 끌려고 제각기 와자하게 떠들어대고 있었다.

수줍어하고 착한 메리만 제외하고, 이 가족의 왠지 모르게 태평하고 들뜬 기분에는 앤드루를 무의식중에 황홀하게 만드는 것이 있었다. 방 자체가 심한 아일랜드 사투리를 지껄이고 있는 듯한 느낌이었다. 부활제의 종려나무

가지를 예쁘게 장식한 천연색의 로마 교황 피우스 10세의 초상화 밑에 있는 벽난로 위에는 갓난아이의 기저귀가 널려 있었다. 항상 지저귀는 카나리아의 더러운 새장이, 찬장 위에 볼랜드 부인이 돌돌 뭉쳐놓은, 편안하게 쉬기 위해 미리 벗은 코르셋과 강아지에게 줄 비스킷의 찢어진 봉지와 나란히 놓여 있었다. 양복장 위에는 식료품 상점에서 갓 배달된 스타우트 여섯 병이 테렌스의 플루트와 한데 뒤섞여 있었다. 그리고 구석 쪽에는 망가진 장난감, 짝이 맞지 않는 장화, 녹슨 스케이트 한 짝, 일본식 우산, 약간 낡은 기도서 두 권, 사진 화보 한 권이 나뒹굴고 있었다.

그런데 차를 마시면서 앤드루가 가장 마음이 끌린 것은 볼랜드 부인이었다. 그는 그녀에게서 눈을 뗄 수가 없었다. 어린애들이 주위에서 싸움을 하고, 갓난아이가 풍만한 유방에서 드러내놓고 영양을 섭취하고 있는 동안에도 그녀는 창백하고 꿈꾸는 듯한 얼굴로 말 한 마디 하지 않고 태연하게 뜨겁고 진한 차를 몇 잔이나 마시고 있었다. 그리고 방글방글 웃고 고개를 끄덕이면서 아이들에게 빵을 썰어주거나 차를 부어주거나 그러다가 또 마시거나, 젖을 빨리거나 하고 있었는데, 그것들은 모두 오랫동안 시끄러움과 불결함과 단조로움, 그리고 콘의 별난 성품 등 모든 일을 겪은 결과 그녀만이 격리되어 면역이 되고, 마침내 신과 같은 황홀한 상태에 도달했다고도 말할 수 있는, 어딘지 망연하게 시종 침착한 상태를 유지하며 행동하고 있었다.

그녀가 문득 앤드루의 머리 위를 바라보면서 상냥하게 변명 비슷한 말을 걸어왔으므로 그는 하마터면 무의식중에 컵을 떨어뜨릴 뻔했다.

"전 선생님 부인을 한번 찾아뵐 생각이었어요. 하지만 너무 바빠서……."

"웃기지 말라구!" 콘은 배를 움켜잡고 간드러지게 웃기 시작했다.

"바쁘다니, 말 한번 잘했군! 나들이 옷이 없다……, 그런 뜻이겠지. 나도 짐작을 한 적이 있다구. 그런데 말이야, 테렌스인가 누군가가 구두를 사야 된다고 하잖아. 그래요. 걱정하지 말라구, 당신. 내가 차를 길게 만들 때까지 기다리고 있어요. 그럼 버젓하게 태우고 다닐 테니까 말이야."

그는 앤드루를 돌아보고 아주 자연스러운 어조로 말을 걸었다.

"우리 집은 찢어지게 가난하다네, 맨슨. 이건 괴롭기 짝이 없는 일이지! 먹을 것은 충분하지만, 그러나 옷가지는 그다지 충분하다고 할 수 없는 때가 가끔 있다네. 위원회 녀석들 가운데는 노랑이가 많아. 게다가 왕초가 배당을 떼어먹기 때문에……."

"왕초라니, 누구죠?" 앤드루는 깜짝 놀라서 물었다.

"루엘린 말일세! 자네들과 마찬가지로 2할을 빼앗기고 있다네."

"도대체 어찌된 영문이죠?"

"음, 바로 그 점이지. 놈이 가끔 내 환자를 한두 명 봐주기 때문이야. 6년 동안에 치조농루(齒槽膿漏) 환자를 두 명 치료해 주었지. 게다가 필요할 경우에는 뢴트겐도 찍을 수 있고. 하지만 그 녀석 생각만 하면 신물이 나서 못견디겠어."

가족들이 부엌에서 놀기 위해 슬금슬금 나가버렸기 때문에 콘은 자유롭게 지껄일 수 있게 되었다.

"그놈은 그놈대로 그렇고, 그놈의 넓은 객실도 마음에 안 들어. 그림도 마구 사들이고 있잖아. 알겠나, 맨슨. 언젠가는 한번 머디 힐에서 놈의 뒤를 따라서 자동차를 몰고 올라간 적이 있는데, 난 힘껏 차를 몰아댔지. 흙먼지를 뒤집어쓴 그때 놈의 얼굴을 자네한테 한번 보여주고 싶군, 그래."

"저 말예요, 볼랜드 씨." 앤드루는 빠른 어조로 말했다.

"루엘린의 배당문제인데 그건 정말 돼먹지 않았다구요. 그런데 우리들은 왜 항의하지 않는 거죠?"

"뭐?"

"왜 항의하지 않느냐고 말했어요."

앤드루는 소리를 높여 되풀이했다. 말만 해도 피가 들끓는 느낌이었다.

"정말 부당하기 짝이 없는 노릇이에요! 우리들은 먹기 위해 이토록 고생하고 있는데……. 그렇잖아요, 볼랜드 씨. 난 여태껏 당신 같은 사람을 찾고 있었어요. 나와 함께 일해볼 생각은 없습니까? 다른 조수들과도 제휴하자구요. 크게 결속된 힘으로 말입니다……."

콘의 눈이 차츰 빛을 띠기 시작했다.

"그럼, 자네는 루엘린을 적으로 돌리겠다는 얘긴가?"

"그렇고말고요."

콘은 감동하여 손을 쑥 내밀었다.

"맨슨!" 그는 엄숙한 어조로 말했다.

"우리들은 처음부터 동지야."

앤드루는 의연한 투지를 불태우면서 서둘러 크리스틴에게 뛰어갔다.

"크리스! 크리스! 대단한 사나이를 찾아냈다구. 붉은 머리의 치과의사야. 그는 마치 미치광이 같아⋯⋯. 그래, 나처럼 말이야. 당신도 틀림없이 그렇게 말하겠지. 하지만 앞으로 우리들은 혁명에 나설 거야."

그는 흥분으로 가득 찬 웃음을 웃었다.

"오오, 하나님, 늙은 너구리 같은 루엘린이 앞으로 어떤 꼴을 당하게 될 건지 알려주소서!"

그는 크리스틴으로부터 신중히 해야 한다는 충고를 받을 필요도 없었다. 무슨 일을 하든 사태를 충분히 식별하고 나서 결의를 굳히는 사나이였다. 때문에 그는 우선 그 다음날 곧바로 제일 먼저 오웬을 찾아갔다.

서기는 크게 관심을 나타내며 어조에 힘을 주었다. 문제가 되고 있는 계약은 의장과 조수들 사이에서 자발적으로 결정한 것이라 모든 위원회의 권한 밖에 있다는 이야기를 앤드루에게 들려주었다.

"아시고 계시겠지만, 맨슨 선생님." 오웬은 이야기를 맺었다.

"루엘린 박사는 대단한 수완가인데다 직함도 많이 가지고 계십니다. 그분이 계신 것을 우리들도 행운이라고 여기고 있답니다. 하지만 의무감독으로서 조합에서 상당한 보수를 받고 계시기 때문에 그분에게 요구조건을 내세우는 건 조수 여러분들이⋯⋯."

"하고말고요, 꼭 하겠어요."

앤드루는 그렇게 굳게 다짐했다. 그는 아주 만족하여 그곳을 물러나와 곧장 옥스버러우와 메들리에게 전화를 걸어 오늘 밤 그의 집으로 오겠다는 동의를 얻어냈다. 어커트와 볼랜드는 이미 약속이 되어 있었다. 그는 이제까지 주고받은 이야기로 미루어 네 사람 모두 급료의 2할을 공제당하는 것은 절대적으로 반대함을 인지하고 있었다. 따라서 모두를 한자리에 모으면 일은 이미 성취된 것이나 마찬가지였다.

다음 단계는 루엘린을 직접 만나서 이야기하는 일이었다. 그는 생각 끝에 사전에 자신의 의사를 알리지 않는 것은 비열하다고 생각했다. 그날 오후, 그는 마취를 담당하기 위해 병원으로 갔다. 루엘린이 장시간 복잡한 복부절개 수술을 하는 모습을 주시하면서 그는 감탄하지 않을 수 없었다. 오웬의 얘기는 절대로 진실이었다. 루엘린은 놀랄 만한 대단한 의술을 가지고 있을 뿐만 아니라, 다방면에 걸쳐 매우 재능이 있었다. 그는 예외이며, 특수한 예이므로, 데니도 이론이 없겠지만, 그것이 규칙이 되게 마련인 것이다. 그는 실수를 하거나 주춤거리는 일이 절대로 없었다. 루엘린은 공중위생관리에서부터 그 규칙을 모조리 암기하고 있었다—최근의 방사선 기술에 이르기까지 다양한 여러 종류의 직무 전반에 걸쳐 모조리 터득하고 있어서 무엇이든 척척 해내는 것이었다.

수술 뒤에 루엘린이 손을 씻고 있을 때 앤드루는 재빨리 수술복을 벗고 가까이 다가갔다.

"이런 말씀을 드리는 것은 외람됩니다만, 루엘린 선생님……. 지금 하신 종양 수술에는 저도 정말 감탄했습니다. 정말 훌륭한 솜씨였습니다."

루엘린의 불투명한 피부가 만족의 빛으로 불그스레하게 상기되었다. 그리고 상냥하게 웃었다.

"그렇게 말해주니 기쁘군 그래, 맨슨. 자네의 마취 솜씨도 대단하다네."

"원 별말씀을." 앤드루는 당황한 듯 말했다.

"저는 아직도 서투른 걸요."

그대로 두 사람은 침묵하고 말았다. 하지만 루엘린은 몇 번이고 두 손을 비누로 씻고 있었다. 앤드루는 그의 곁에서 안달하며 헛기침을 두어 번 했다. 막바지 단계에 이르러 이야기를 꺼내지 못할 것 같았으나, 그래도 간신히 입을 열었다.

"저, 루엘린 선생님. 이건 얘기해 둘 필요가 있다고 생각합니다만……, 저희들 조수 모두는 선생님에게 지불하고 있는 급료의 배당을 타당하지 않다고 여기고 있습니다. 이런 일은 차마 말씀드리기 거북합니다만, 어떻게……, 그만두셨으면 하고 제안하고 싶습니다. 오늘 밤 모두 저희 집에 모이기로 했습니다. 지금 말씀드리는 편이 나중에 알려드리는 것보다 좋다고 생각했기 때문에……, 이 건에 관해선 제가 적어도 정직하다는 사실만은 분명히 인정해 주시기 바랍니다."

루엘린에게 대답할 겨를도 주지 않고 일방적으로 앤드루는 상대방 얼굴도 보지 않고 재빨리 발길을 돌려 수술실을 나와버렸다. 어쩌면 그렇게도 서투르게 말을 했을까. 그러나 어쨌든 말을 하긴 했다. 그러니까 최후통첩을 들이대더라도 뒷덜미를 쳤다는 비난이야 받지 않겠지.

계관장에서의 모임은 그날 밤 9시로 되어 있었다. 앤드루는 병맥주를 내놓고 크리스틴에게 샌드위치를 만들도록 부탁했다. 준비가 다 되자 그녀는 외투를 걸치고 1시간쯤 번 댁에 다녀오겠다고 하면서 밖으로 나갔다. 기다리기가 초조해서 앤드루는 어떻게 생각을 정리해 보려고 홀을 왔다갔다 했다. 얼마 후, 볼랜드를 선두로 해서 어커트가 왔고, 마지막으로 옥스버러우와 메들리가 함께 들어왔다.

모두 거실에서 자리를 잡자, 앤드루는 맥주를 따라주기도 하고 샌드위치를 권하기도 하면서 자연스러운 분위기를 만들려고 애썼다. 그리고 자신이 별로 좋아하지 않는 옥스버러우에게 먼저 말을 걸었다.

"어서 한잔 쭉 드세요, 옥스버러우 씨! 지하실에 얼마든지 있으니까요."

"고맙소, 맨슨 선생."

복음전도사의 목소리는 냉랭했다.

"난 말이오, 알콜이라고 이름이 붙은 것은 무엇이든 입에 대지 않기로 결심하고 있죠. 주의에 어긋나니까요."

"하나님의 이름을 걸고 말인가!"

콘이 거품투성이의 콧수염 속에서 비꼬아댔다.

처음부터 출발이 별로 좋지 않았다. 메들리는 샌드위치를 우물우물 씹으면서 귀머거리 특유의 돌과 같은 불안한 얼굴로 줄곧 경계하고 있었다. 어커트는 타고난 시비조로 되어가기 시작했다. 그는 잠시 옥스버러우를 노려보고 있다가 불현듯 포문을 열었다.

"옥스버러우 선생, 이 자리에 나오신 김에 설명해 주시면 감사하겠습니다. 그린 힐 17호에 사는 튜너 에반스가 어찌하여 내게서 선생님에게로 보험증을 옮겨갔는지 말입니다."

"기억이 없군요, 그런 환자에 대해서는!"

옥스버러우는 태연하게 손가락 끝을 모으면서 말했다.

"그러나 난 기억하고 있어요!" 어커트는 으르렁댔다.

"그 환자 한 사람 뿐만 아니라구, 댁에서 도둑질한 것은 말이오. 알겠소, 위대한 선생! 게다가 또……."

"여러분!" 앤드루는 분위기가 험악해지자 소리 높여 외쳤다.

"제발 부탁입니다! 이래서는 아무 일도 못하게 되지 않습니까, 집안싸움을 시작하면. 우리들이 여기 모인 게 무엇 때문인지 절대로 잊지 마시기 바랍니다."

"도대체 무엇 때문인가요?" 옥스버러우는 여자와 같은 소리를 냈다.

"난 왕진이 있었단 말입니다."

앤드루는 벽난로 앞의 깔개 위에 서서 긴장된 진지한 표정으로 위태로운 분위기를 수습하기에 바빴다.

"그런데 문제는 말입니다, 여러분!"

그는 일단 여기서 숨을 깊숙이 들이마셨다.

"난 여기서 최연소자인데다 업무에도 아직 미숙합니다만, 그러나……, 그런 것은 여러분께서도 용서해 주시겠지요. 내가 경험이 적은 탓인지는 모르겠습니다만, 내 눈에는 모든 것이 생소하게 비쳤던 것입니다.…… 여러분이 너무나도 오랫동안 참고 견디어 왔던 문제입니다. 우선 첫째로, 이곳의 모든 제도가 잘못됐다는 인상을 나는 받았습니다. 마치 읍이나 촌에서 개업하고 있는 의사들처럼 시대에 아주 뒤떨어진 방식으로 서로 다투면서 아웅다웅하고 있는 상태란 말입니다. 이래가지고는 공동으로 일한다고 하는 훌륭한 기회를 가지고 있는, 같은 의료조합의 일원이라고는 도저히 말할 수 없습니다. 내가 만났던 의사는 한 사람도 빠짐없이 의사 직업은 마치 개와 같은 생활이라고 푸념하고 있습니다. 조바심하며 뛰어다니다 보면 자기만의 시간이라곤 1분도 미처 없이 식사도 제때에 할 여유마저 없단 말입니다. 언제나 왕진에 쫓기고 있는 몸입니다. 왜 그럴까요? 그것은 우리들이 이 직업을 조직화하려고 하지 않기 때문입니다. 한 예를 들어볼까요? 예를 들자면 수두룩합니다만, 이를테면 야간왕진의 문제입니다. 우리들은 언제 호출되어 갈지 모르는 조마조마한 마음으로 잠자리에 든다는 것은 누구나 다 잘 아시는 바입니다. 언제 일어나야 될지 모르기 때문에 밤잠도 제대로 오지 않는 형편입니다. 그런데 말입니다, 만일 절대로 호출당하지 않는다는 보장이 있다면 어떻게 되겠습니까? 우선 먼저 야간왕진의 협동조직을 만들었다고 가정합시다. 한 사람이 1주일 동안 야간왕진을 모두 담당하는 겁니다. 그리고 다른 의사는 차례가 돌아올 때까지 그 달은 적어도 야간왕진으로부터 해방됩니다. 어떻습니까, 멋지죠? 생각해 보세요. 일단 이렇게 된다면 주간업무에 얼마나 신선한 기분으로 일할 수 있겠는지……."

모두들 무표정한 얼굴을 하고 있는 것을 보고 그는 갑자기 입을 다물었다.

"그런 일은 가망없는 소리야!" 어커트가 물어뜯을 듯 말했다.

"어리석은 소리 작작하라구. 자신의 환자를 옥스버러우에게 맡기기보다는 차라리 한 달 내내 철야하는 편이 훨씬 낫겠네. 히힛! 이놈의 선생은 어찌된 셈인지 한번 빌려가면 돌려주는 법이 없으니까."

앤드루는 벌컥 화를 내며 입을 열었다.

"그럼……, 어쨌든 이 문제는 다음 회합 때까지 보류하기로 합시다. 의견이 구구한 모양이니 말입니다. 그러나 한 가지만은 의견의 일치를 본 것이 있습니다. 그리고 그 때문에 우리가 이렇게 모인 겁니다. 그것은 루엘린 박사에게 지불하고 있는 배당 문제입니다."

그는 잠시 일단 말을 끊었다. 모두 자기네 수지계산에 관한 문제인 까닭에 이번엔 관심을 가지고 그를 응시했다.

"우리들은 그것이 부당하다는 의견에 합의했습니다. 나는 오웬 씨와 이 문제를 상의한 적이 있는데, 그의 말에 따르면 이것은 위원회와는 아무런 관계도 없는 일이며, 의사들끼리 결정할 문제라는 겁니다."

"그야 당연하지." 어커트가 입을 열었다.

"그게 결정됐을 때의 일을 기억하고 있다구. 9년 전일 거야. 그 무렵, 조수 가운데 아주 형편없는 사람이 두 명 있었네. 한 사람은 동부 진료소에, 그리고 또 한 사람은 내 밑에 있었지. 그 두 사람이 루엘린에게 환자 일로 무척 폐를 끼쳤어. 그래서 루엘린은 우리들 모두를 불러놓고 어떤 협정이라도 만들어 두지 않으면 자기가 많은 피해를 보게 된다고 불평하기 시작한 거야. 결국 그게 이 문제의 시초라구. 그리고 그것이 오늘날까지 그대로 계속되고 있는 거라네."

"그러나 위원회에서 나오는 급료로 조합 일에 대한 박사의 보수는 충분하잖아요. 게다가 다른 일에서도 상당한 부수입을 올리고 있다구요. 결국 돈더미 속에 푹 파묻혀 있는 셈이지 뭐요."

"알고 있어. 알고 있다구." 어커트가 화가 난 듯 말했다.

"그러나 맨슨, 문제는 그 루엘린이 우리들에겐 무척 중요한 존재라는 사실이라구. 그리고 그쪽에서도 그걸 잘 알고 있지. 만일 그자가 화를 내게 되면 그야말로 이쪽은 큰 봉변을 당하게 될 거야."

"그렇다고 해서 굳이 배당을 내놓을 필요가 있을까요?"

앤드루도 지지 않았다.

"옳소, 옳소!"

콘이 자기 컵에다 맥주를 따르면서 야유를 던졌다.

옥스버러우는 치과의사 쪽을 힐끔 쳐다보았다.

"내게도 한 마디 발언권을 주십시오. 우리들의 급료에서 배당을 떼내는 부당성에 대해서는 나도 맨슨 선생과 동감이오. 그러나 사실 루엘린 박사는 지위도 높고 훌륭한 학위도 있으므로 그 존재는 조합으로서도 대단한 명예입니다. 게다가 우리들의 중환자를 개인적으로 맡아 주시기 때문에……."

앤드루는 상대방을 응시했다.

"그럼 당신은 자신이 담당하는 중환자를 내버려둔다는 얘긴가요?"

"물론이죠." 옥스버러우는 벌컥 화를 내면서 말했다.

"내버려두지 않는 사람이 어디 있습니까?"

"나는 내버려두고 싶지 않아요." 앤드루는 소리쳤다.

"나라면 끝까지 곁에 두고 돌봐주고 싶어요!"

"옥스버러우 씨의 말이 타당해." 메들리가 불현듯 중얼거렸다.

"그게 의사업의 첫째 원칙이지, 맨슨. 자네도 좀더 나이가 들면 이해할 수 있을 거야. 중환자는 되도록 멀리해야 돼."

"그러나 그런 어리석은 짓을!"

앤드루는 흥분하여 응수했다.

의논은 제자리 걸음만 되풀이하면서 그로부터 45분이나 더 연장되었다. 나중에 앤드루는 열이 나서 무심코 외쳐댔다.

"끝내 관철해야 합니다. 알겠어요, 철두철미하게 돌진하는 겁니다. 우리들이 무엇을 계획하고 있는지 루엘린은 이미 알고 있어요. 내가 오늘 오후에 얘기했으니까요."

"뭐라구!"

그런 외침소리가 옥스버러우에게서도, 어커트에게서도, 메들리에게서도 이구동성으로 터져나왔다.

"그럼 루엘린 박사에게 얘기했단 말인가?"

엉덩이를 치켜올리면서 옥스버러우가 놀란 표정으로 앤드루를 쳐다보았다.

"물론 얘기했어요. 어차피 언젠가는 알게 될 테니까요. 모르시겠습니까? 우리들로서는 오로지 결속해서 공동전선을 펴고 승리의 길로 매진하는 외에는 뾰족한 별다른 방도가 없습니다!"

"이거 큰일났군!" 어커트의 얼굴빛이 싹 일변했다.

"대단한 배짱이군! 자넨 루엘린이 얼마나 큰 세력을 쥐고 있는지 모르고 있군 그래. 그놈은 모든 방면에 영향을 미치고 있다구! 여기서 외면당하지 않는다면 우리들은 썩 운이 좋은 셈이지. 생각해 보라구, 이 나이에 어디 가서 밥벌이를 계속할 수 있겠는가 말야."

그는 무거운 발길을 문 쪽으로 옮겼다.

"자넨 진실로 착한 사람이야, 맨슨. 하지만 아직 너무 젊군. 그럼 편히 쉬 게나."

메들리는 벌써 허둥지둥 일어서 있었다. 그 눈빛에는 당장이라도 전화통에 매달려 변명조로 루엘린 박사에게, 선생님은 훌륭한 의사이며, 자기는 언제 까지나 그의 명령에 따르겠다는 말을 하려는 기색이 역력히 남아 있었다. 옥 스버러우도 뒤따라 나갔다. 2분쯤 지나자 결국 방에 남아 있는 것은 콘과 앤 드루, 그리고 마시다 남은 맥주뿐이었다.

두 사람은 묵묵히 맥주를 들이켰다. 앤드루는 지하 식료품실에 아직 여섯 병이 남아 있는 것을 생각해 냈다. 두 사람은 그 나머지 여섯 병도 모조리 마 셔버렸다. 그러고 나서 그들은 하던 얘기를 계속했다. 사건의 발단에서부터 배당에 관한 문제, 옥스버러우, 메들리와 어커트의 품성 등에 관해서 이야기 했다. 특히 옥스버러우와, 그의 아코디언이 화제가 되었다. 그러는 동안에 크 리스틴이 돌아와서 2층으로 올라간 것도 그들은 전혀 모르고 있었다. 두 사람 은 배신당하고 수모를 겪은 형제처럼 서로 절실한 심정을 털어놓았다.

다음날 아침 앤드루는 욱신욱신 쑤셔대는 머리를 받쳐들고 씁쓸한 얼굴을 한 채 왕진을 돌았다. 광장까지 왔을 때 차를 탄 루엘린을 우연히 만났다. 앤 드루가 수치심과 반항심으로 뒤섞인 얼굴을 쳐들자 루엘린은 빙그레 웃는 얼 굴로 그를 쳐다보았다.

10

그로부터 1주일 동안 앤드루는 자신의 패배에 초조감을 느끼면서 울적하고 괴로운 나날을 보냈다. 일요일 아침, 여느 때 같으면 태평하게 늦잠자고 있을 그가 갑자기 중얼중얼 마구잡이로 지껄여대기 시작했다.

"이건 단지 금전상만의 문제가 아니라구, 크리스! 사물의 도리라는 게 있 잖아. 그렇게 생각하니 미칠 것만 같군. 나는 왜 이런 일을 내버려둘 수 없을 까? 어째서 루엘린이 좋아지지 않는 것일까? 아니, 조금이라도 좋아졌다고 느끼는 다음 순간 왜 다시 싫어지고 마는 것일까? 솔직히 말해줘, 크리스.

왜 난 그 사나이의 발밑에 무릎을 꿇지 못할까? 이건 나의 질투일까? 아니면 다른 무엇일까?”

“그래요, 질투라고 생각해요!”

그녀의 대꾸에 그는 자신도 모르게 갑자기 멍해졌다.

“뭐라구!”

“고막이 터지겠어요, 여보. 솔직히 말해달라고 했잖아요. 당신은 지금 질투하고 있는 거예요. 그것도 무척 심한 질투를요. 하지만 그래도 상관없어요. 나는 특별히 성자(聖者)와 결혼할 생각은 아예 추호도 없었으니까요. 당신이 새삼스레 그렇게 하지 않아도 집안에는 청소할 게 너무 많으니까요.”

“그래서 어쨌단 말이오?” 그는 신음하듯 말했다.

“당신이 알고 있는 내 결점을 모두 말해봐요. 의심이 많다! 질투하기가 일쑤다! 언젠가도 그런 말을 했었잖아. 그렇지, 그리고 나이가 너무 젊다는 거겠지. 여든 살 난 노인 어커트가 전번에도 날 빗대어 그런 똑같은 말을 지껄이더군.”

그는 잠시 입을 다물고 그녀가 또다시 무슨 말을 꺼내기를 기다리고 있다가 곧 초조하다는 듯 말을 이었다.

“어째서 난 루엘린 따위를 질투하고 있는 거지?”

“그분은 일에 훌륭한 재능을 가지고 있는데다 학식도 뛰어나고, 그리고…… 그리고 무엇보다도 여러 가지로 최고 학위를 가지고 있으니까요.”

“그런데 내가 가지고 있는 것이라곤 고작 스코틀랜드 대학의 빈약한 의학사뿐이란 이 얘기군 그래! 제기랄! 이제야 겨우 알아차렸다구. 당신이 나를 실제로 어떻게 생각하고 있는지를 말이야.”

벌컥 화를 내면서 그는 침대에서 당장 뛰어내려 잠옷 바람으로 온 방안을 이리저리 서성거리기 시작했다.

“학위가 결국 뭐란 말이야! 한낱 장식품에 지나지 않아! 문제는 방법이라구. 임상에서의 능력이란 말이야. 교과서에 씌어 있는 거짓말 따위 난 믿지 않아. 내가 믿고 있는 건 청진기를 통해 내가 듣는 것뿐이야! 당신은 이해 못할지 모르지만 난 청진기로부터 수많은 것을 듣고 있다구. 무연탄광 연구도 이제 서서히 그 진짜 원인이 밝혀지기 시작하고 있어. 반드시 머지않아 당신을 놀라게 할 날이 올 거야, 사모님! 에잇, 빌어먹을! 어쩔 수 없군. 일요일 아침에 눈을 뜨자마자 마누라한테서 당신은 학위도 뭐도 없다고 하는 기분 나쁜 바가지를 긁혀야 하다니!"

그녀는 침대에서 일어나 매니큐어 상자를 꺼내어 그가 말을 마칠 때까지 열심히 손톱을 손질하고 있었다.

"저는 그런 말을 한 적이 없는데요, 앤드루."

그러한 그녀의 유식한 말투에 그는 더욱더 울화가 치밀어올랐다.

"다만 당신도 평생 조수로만 있지는 않을 테고, 세상 사람이 당신 말에 귀기울이고 당신 일이며 사고방식에 주의를 쏟게 되는 날을 당신은 기다리고 계시겠죠. 제 말뜻을 아시겠어요? 만일 당신이 실제로 훌륭한 학위를, 의학박사라든가 아니면 영국의학회 회원이라든가 하는 지위를 얻게 된다면 그게 상당히 큰 도움이 될 거라고 생각해요."

"흠, 영국의학회 회원이라!"

그는 멍하니 그 말을 되풀이했다. 그리고 마음속으로는, '과연 마누라는 그런 일을 항상 생각하고 있었군 그래. 영국의학회 회원이라……, 휴우! 탄광의사 노릇을 하면서 그걸 따란 말인가.' 그런 비꼬는 말을 퍼부어줬다면 그녀도 난처해졌을지 모른다.

"당신은 몰라. 그런 자격은 유럽에서도 일류 학자가 아니면 딸 수 없다는 사실을 말이야!"

그는 문을 거칠게 열고 면도를 하러 욕실로 갔다. 5분쯤 지나 턱의 수염을 절반은 깎았으나 절반은 비누거품투성이가 된 채로 다시 돌아왔다. 그는 후회와 흥분으로 얼룩져 있었다.

"당신은 내가 마음먹으면 할 수 있다고 생각하고 있군, 크리스! 정말 당신 말이 옳아. 최종 목적을 이룩하기 위해선 뭐니뭐니해도 간판과 직함이 필요하겠지. 그러나 영국의학회 회원이란 것은 의사 시험 중에서도 가장 어려운 거야. 그것은……, 살인적이라구. 그렇더라도 혹시……, 가히 잠깐 기다려 줘. 자세한 걸 조사해 올 테니."

그는 갑자기 말을 끊고 《의학 연감》을 가지러 아래층으로 내려갔다. 책을 한쪽 손에 들고 되돌아왔을 때의 그의 얼굴은 기운이 하나도 없어 보였다.

"안 돼!" 그는 우울한 목소리로 중얼거렸다.

"어쩔 수 없다구. 아까 말한 대로 도저히 통과할 수 없는 시험이야. 여러 가지 어학 예비시험이 있단 말이야. 4개 국어라구. 라틴어, 프랑스어, 그리스어, 독일어……, 게다가 그 가운데 두 과목은 필수과목으로 본시험 전에 치러야 해. 난 어학이라면 전혀 모른다구. 겨우 알고 있는 라틴어라고 해도 엉터리인……, 미스트 알바(mist alba)……, 미트 데켐(mitte decem)……, 그것뿐이야. 프랑스어라면 더구나……."

그녀는 대답하지 않았다. 주위는 조용해졌지만 그 동안에도 그는 창가에 다가가서 초점 잃은 우울한 눈길을 창 밖으로 돌리고 있었다. 마침내 그는 눈살을 찌푸리고 안달하면서 도저히 단념할 수 없다는 표정으로 돌아보았다.

"해서 안 된다는 법은 없겠지……, 제기랄. 이봐 크리스, 시험을 치르기 위해 그러한 어학 공부를 하면 되지 않겠느냐구."

그녀가 침대에서 얼른 뛰어내려 무턱대고 그를 끌어안았기 때문에 매니큐어 상자가 방바닥에 온통 흩어지고 말았다.

"아아, 나는 당신이 그런 말을 해주길 기다리고 있었어요. 이제 비로소 진짜 당신이에요. 나도……, 나도 당신을 도울 수 있을 거예요, 틀림없이. 잊으시면 안 돼요, 당신의 아내는 이래도 학교 선생님이었다구요!"

두 사람은 온종일 흥분 속에서 여러 가지 계획을 세웠다. 트롤러프와 체홉, 도스토예프스키는 빈 방에다 전부 재빨리 치워버렸다. 거실은 깨끗이 청소하여 공부방으로 꾸몄다. 그리고 그날 밤부터 그는 그녀와 함께 학생으로 되돌아갔다. 다음날 밤도, 그리고 또 그 다음날 밤도.

이따금 앤드루는 이같은 일의 엄청난 어리석음을 느끼고, 아득하게 들려오는 듯한 신들의 웃음소리를 들었다.

인적 없는 웨일즈의 광산촌에서 아내와 함께 딱딱한 탁자에 마주앉아 그녀가 읽는 대로 따라서 카푸트(caput)……, 카피티스(capitis)라든가, 마담(madame), 에틸 퍼시블 퀘(est-il possible que) 등을 암송하고, 지루한 어미 변화며 불규칙동사를 참을성 있게 기억하고, 타키투스라든가 둘이서 고른 《조국을 위하여》 등과 같은 애국적인 독본을 큰 소리로 읽으면서 그는 갑자기 의자에 푹 파묻혀 부질없는 생각에 잠기는 경우가 종종 있었다.

'루엘린이 만일 이런 광경을 본다면 이것을 비웃겠지. 게다가 이것은 아직 시작에 지나지 않고, 이게 끝나면 곧바로 의학공부도 해야 된다구.'

그 다음달 말이 되자 국제의학 도서관의 런던 지부로부터, 서적 소포가 정기적으로 계관장에 배달되기 시작했다. 앤드루는 대학에서 배우지 않았던 대목부터 먼저 읽기 시작했다. 그는 곧 자신이 얼마나 초보 단계에서 학업을 포기했던가를 통감했다. 또 치료법에 있어 생화학이 얼마나 진보되어 있는가를 깨닫고는 그것에 압도되고 말았다. 신장(腎臟)의 배출구(排出口)·혈뇨소(血尿素)·기초대사작용을 알고, 또한 담백 테스트의 불확실성도 알았다. 학생시절에 배웠던 그 근본원리가 붕괴되는 것을 알고 그는 신음하듯 소리를 질렀다.

"크리스, 난 아무것도 모른단 말이야. 이렇게 공부를 하다간 죽을 것만 같아!"

근무를 소홀히 할 수는 없었기 때문에 공부는 주로 긴 밤을 이용할 수밖에 없었다. 블랙커피를 마시고 젖은 타월을 이마에 얹고 그는 새벽녘까지 책과 씨름했다. 피곤에 지쳐 침대에 쓰러져도 잠을 이루지 못할 때가 자주 있었다. 잠을 자더라도 이따금 악몽에 시달려 식은땀을 흠뻑 흘리며 눈뜰 때도 있었는데, 머릿속이 술어며, 공식이며, 서투른 프랑스어의 되지도 않은 허튼 소리로 지글지글 타는 듯한 느낌이었다.

그는 담배를 지나치게 피운 탓인지 체중이 부쩍 줄고 얼굴도 바짝 여위었다. 그래도 크리스틴은 언제나 묵묵히 옆에 붙어앉아서 그가 지껄이거나 그림을 그리거나 혀가 꼬부라진 듯한 의학용어로 신장세관(腎臟細管)의 기묘하고도 놀랄 만큼 정밀한 선택작용을 설명하거나 그대로 그가 하는 대로 내버려두었다. 그는 소리를 지르거나 몸을 뒤흔들기도 하고, 이따금 신경이 몹시 날카로울 때는 그녀에게 호통을 치기도 했지만, 그녀는 조금도 반항하는 기색을 보이지 않았다.

11시가 되어 크리스틴이 새로 커피를 끓여가지고 들어가자 벌써 그의 호통이 시작되었다.

"왜 나를 혼자 있게 내버려두지 않는 거야? 뭐야, 이 흙탕물 같은 것 말이야? 카페인인가……, 이건 좋지 않은 약이라구. 당신도 이게 말하자면 자살과 마찬가지란 것은 알고 있겠지. 당신은 무정해! 정말 냉혹하고 인정이 없다구. 이건 모두 당신 덕택이야. 멀건 죽을 가지고 드나드는 여간수 같은 존재라구! 나는 더 이상 이따위 어리석은 짓은 못하겠어. 런던의 웨스트 엔드며 큰 병원에서 몇 백 명에 달하는 인간들이 이것을 따려고 혈안이 되어 있는데, 이런 어벨라러우 같은 시골에서……, 하하하!"

그의 웃음소리는 신경질적이었다.

"이 의료원조조합에서 지원하려고 하고 있다구! 아아, 견딜 수 없어! 벌써 이토록 지쳐 있는데. 오늘 밤쯤 저 케반 주택에서 출산이 있다고 부르러

오지 않을까…….."

그녀 쪽은 더욱 용감한 전사(戰士)였다. 그녀는 마음의 평정을 유지할 줄 아는 성격이었으므로 어떠한 위기에 직면하더라도 자신을 안정시킬 수 있었다. 그녀도 더러 화를 낼 때가 없지는 않았지만, 그녀는 바로 그것을 억제했다. 그녀는 많은 것을 희생했다. 번 댁의 초대도 모두 거절하고, 텐퍼런스 홀에서의 오케스트라 연주회에 가는 것도 그만두었다. 그녀는 아무리 수면이 부족하더라도 언제나 아침 일찍 일어나서 단정하게 옷을 갈아입고, 그가 수염도 깎지 않고 아침 담배를 물고 휘청휘청 걸어나올 무렵에는 벌써 아침식사 준비를 끝내고 기다리고 있었다.

여섯 달 동안 이렇게 공부를 계속하고 있었는데, 어느 날 갑자기 브리들린턴에 있는 그녀의 숙모로부터 정맥염(靜脈炎)으로 앓고 있으니 와달라는 사연의 편지가 왔다. 그녀는 편지를 내보이며 당신을 남겨둔 채 떠날 수는 없다고 즉석에서 단언했다. 그러나 무뚝뚝하게 베이컨 에그를 먹고 있던 그는 신음하듯 말했다.

"가는 게 좋겠어, 크리스! 이런 식으로 공부한다면 당신이 없어도 충분히 해나갈 수 있다구. 요즘엔 신경을 너무 써서 두 사람 다 지쳐 있으니까 말이야. 당분간 헤어져 있는 건 괴롭겠지만……, 그러나 그렇게 하는 것이 가장 좋겠어."

그녀는 그 주말에 마지못해 떠났다. 그러나 그로부터 하루도 채 지나지 않아 그는 자신의 잘못을 깨달았다. 그녀가 곁에 없다는 것은 이만저만한 고통이 아니었다. 제니는 명령하는 대로 신경을 써서 부지런히 일을 해주고 있었지만, 모두가 화가 나는 일들뿐이었다. 그러나 그것은 제니의 요리솜씨가 나쁘기 때문도, 커피가 미지근하기 때문도, 혹은 잠자리를 못 챙겨주기 때문도 아니었다. 크리스틴이 집에 없다는 사실, 불러도 소용이 없다는 사실, 요컨대 그녀가 신변 가까이에 없어서 외롭다는 사실 이외는 아무것도 아니었다. 그는 허망한 얼굴로 책을 읽고, 시간을 낭비하고, 다만 그녀에 대해서만 생각하고 있었다.

꼭 2주일이 지나서 그녀에게서 돌아온다는 전보가 날라왔다. 그는 모든 일을 내팽개쳐 버리고 그녀를 맞이할 준비를 서둘렀다. 재회를 축하하기 위해서는 어떤 낭비를 하더라도 부족할 정도였다. 전보가 늦게 배달되어 시간적 여유가 없었지만 그는 재빨리 머리를 써서 호화판 식단을 꾸미기 위해 시장

거리로 뛰어갔다. 그는 제일 먼저 장미꽃을 한아름 샀다. 생선가게에서는 그
날 아침에 막 잡았다고 주인이 말하는 싱싱한 왕새우를 발견했다. 번 부인이
전화를 걸어 예약하기에 앞서서―생선가게에서는 그런 고급품은 모두 번 댁
을 판매 고객으로 삼고 있었다―그는 재빨리 그 왕새우를 집어들었다. 그리
고 나서 얼음을 많이 사고, 청과물 가게에서는 샐러드를 구하고, 그리고 마지
막으로 광장의 식료품점에서 용감하게 모젤 와인을 한 병 주문했다. 이것은
광장에 있는 식료품점 랜퍼트가 '초특급'이라는 딱지를 붙여놓은 것이었다.

차를 마시고 나서 그는 제니에게 집으로 돌아가도 좋다고 일렀다. 그녀가
처녀다운 호기심이 가득 찬 눈초리로 힐끔힐끔 그를 훔쳐보고 있는 것을 아까
부터 눈치채고 있었기 때문이다. 제니가 떠나고 혼자 남은 그는 요리를 하여
맛있는 새우 샐러드를 만들었다. 부엌에 있는 물통에다 얼음을 담아놓으니
그것은 멋진 냉장고가 되었다. 꽃을 장식하는 데는 뜻하지 않은 지장이 생
겼다. 꽃병을 모조리 넣어 둔 아래층 찬장은 제니가 자물쇠를 채워놓았는데
그 열쇠를 도저히 찾을 수 없었던 것이다. 그러나 장미의 절반은 주전자에 꽂
고, 나머지는 2층 화장대에 놓여 있던 칫솔그릇에 꽂아서 그럭저럭 그 문제도
해결했다. 더구나 그렇게 하는 것이 특이하여 오히려 재미있는 느낌이 들
었다.

이렇게 하여 드디어 준비가 완료되었다. 꽃, 요리, 얼음에 채워둔 와인, 그
는 열정으로 반짝이는 눈으로 준비된 것들을 둘러보았다. 진찰을 9시 반에 끝
내고 그는 나는 듯이 위쪽에 있는 역으로 그녀를 마중나갔다.

어쩐지 다시 연인시절로 되돌아간 듯한 신선하고도 들뜬 기분이었다. 그는
다정하게 그녀를 부축하여 사랑의 향연장으로 데리고 왔다. 덥고 조용한 밤
이었다. 달빛이 두 사람을 비추었다. 그는 까다로운 기초대사 따위는 잊어버
리고 있었다. 그리고 프로방스라든가, 아니면 그와 비슷한 고장의 호반에 있
는 큰 성에라도 와 있는 것 같다고 그녀에게 말했다. 당신은 상냥하고 훌륭한
어린애 같다고도 말했다. 지금까지는 그녀에 대해서 정말 심하게 굴었지만,
그 대신 앞으로는 평생 동안 당신을 위한 양탄자가 되어 줄 테니, 그것도 그
녀의 반대로 빨간색은 그만두기로 했지만, 실컷 짓밟아도 괜찮다고 말하기도
했다. 아니, 그밖에도 별의별 이야기를 다 지껄였던 것이다.

그런데 그로부터 며칠이 지난 그 주말 무렵에 그는 예전처럼 슬리퍼를 빨리
가져오라는 등 그녀에게 명령을 내리고 있었다.

먼지가 많고 타는 듯한 8월이 되었다. 읽는 공부가 대충 끝나자, 이번엔 실기 공부에 들어가는 일과, 특히 조직학(組織學)이라고 하는 그의 현재 처한 환경으로는 분명히 극복하기 곤란한 필수과목에 부딪혔다. 그때 차리스 교수와 커디프 대학에서의 그의 지위를 생각해 낸 것은 크리스틴이었다. 앤드루가 편지를 보내자 차리스는 바로 답장을 보내왔는데, 거기에는 병리학부에서만큼은 자신의 세력을 이용해도 무방하다고 하는 사연이 장황하게 씌어 있었다. 그리고 맨슨도 그린 존스 박사를 제일가는 인물이라고 인정하게 될 것이라고 하고는 끝으로 크리스틴에게도 안부를 전해달라는 자상한 추신을 덧붙였다.

"이건 전적으로 당신 덕분이야, 크리스! 가져야 할 것은 친구군 그래. 그런데도 나는 그날 밤 번 댁에서 차리스와 사귀기를 싫어했으니 말이야. 꽤 수다스럽고 어릿광대 같은 노인이었지! 하지만 난 어쨌든 남한테서 은혜를 입는 것은 딱 질색이라구. 게다가 그는 편지에다 당신의 안부까지 다정스럽게 묻고 있잖아."

그달 중순, 레드 인디언 상표가 붙은 중고 오토바이가 계관장에 모습을 나타냈다. 의사용이 아닌 조잡한 물건이지만, 전 소유자는 '속력이 너무 빨라서 흠'이라고 선전하고 있었다. 환자가 많지 않은 여름철이라 무리를 하지 않아도 앤드루는 오후에 3시간 정도 자유시간을 가질 수 있었다. 그리하여 매일 점심식사가 끝나면 바로 빨간 줄무늬가 그려져 있는 오토바이가 30마일 떨어진 커디프 방향으로 굉음을 내면서 골짜기를 달려내려갔다. 그리고 날마다 5시경에는 반대 방향에서 달려오는, 약간 먼지를 뒤집어쓴 빨간 줄무늬의 오토바이가 계관장의 명물이 되었다.

그로부터 몇 주일 동안 그는 타는 듯한 뜨거운 열기 속을 왕복 60마일이나 달리고, 아직 핸들의 진동이 남아 있어 떨리는 두 손으로 현미경을 들여다보면서 1시간 동안 그린 존스의 교실에서 표본이며, 슬라이드 작업을 하는 등 열성적으로 공부를 계속했다. 크리스틴으로서는 귀를 찢는 듯한 폭음을 들으며 그를 배웅한 뒤 그 악마와 같은 기계 위에 앉아서 달리는 그에게 무슨 사고라도 일어나지 않을까 줄곧 조마조마해하며 그가 돌아올 때 들려오는 희미한 폭음을 기다리는 동안 만큼, 이 미칠 듯한 모험 가운데서 걱정스러운 일은 일어나지 않았다.

눈알이 빙빙 돌 정도로 분주한 가운데서도 그는 가끔 여가를 내어 그녀를 위해 커디프에서 딸기를 사오곤 했다. 그들은 진찰이 끝날 때까지 그것을 먹지 않고 남겨두었다. 차 마시는 시간이 되면 그는 언제나 먼지를 뒤집어쓴 채 눈은 새빨갛게 충혈되어 있었지만, 마음속으로는 토리코트의 마지막 울퉁불퉁한 비탈길을 통과할 때 십이지장이 끊어진 것은 아닌가 하고 우울한 생각을 하기도 하고, 자신이 부재중이었을 때 부탁해 두었던 두 집의 왕진을 진료시간에 늦지 않게 갈 수 있을까 하고 걱정하기도 했다. 그러나 이같은 고생도 드디어 끝날 때가 왔다. 그린 존스한테서 배워야 할 것은 이젠 없었다. 어떤 슬라이드나 표본도 그는 모두 암기해 버렸다. 남아 있는 것이라곤 오직 원서를 제출하고 거액의 수험료를 송금하는 일뿐이었다.

10월 15일, 앤드루는 홀로 런던을 향해 떠났다. 크리스틴은 역까지 그를 배웅하러 나갔다. 이렇게, 드디어 시험날이 임박하자 그는 도리어 이상하게도 마음은 안정감을 되찾았다. 온갖 노력, 필사적인 공부, 신경질적인 짜증 등등, 모두가 먼 옛날의 일로 여겨졌다. 머리는 멍하고 거의 돌아가지 않았다. 무엇 하나 기억하고 있지 않은 듯한 느낌이 들었다.

그래도 다음날, 의과대학에서 실시되는 필기시험에 임하자 마치 자동장치처럼 저절로 답안을 쓸 수 있었다. 그는 쓰고 또 썼다. 시계 따윈 한 번도 들여다보지 않고 기진맥진 녹초가 될 때까지 답안용지를 메워나갔다.

그는 뮤지엄 호텔에 방을 하나 예약해 두었는데, 여기는 크리스틴과 처음으로 런던에 왔을 때 묵었던 곳이었다. 숙박료가 무척 저렴했기 때문이었다. 식사는 형편없어서 전부터 탈이 난 위장이 이 때문에 악성 소화불량을 일으켜 버렸다. 규정식으로 따뜻한 맥아유(麥芽乳)만 먹어야 했다. 스틀랜드가(街)의 ABC 찻집에서의 이 맥아유 한 잔이 그의 점심식사였다. 시험과 시험 사이의 휴식 시간에는 정신을 잃은 듯한 멍한 상태로 보냈다. 오락실에 가 볼 생각은 꿈에도 없었다. 거리를 오가는 사람들의 모습도 거의 눈에 들어오지 않았다. 가끔 머리를 식히려고 2층 버스를 타 보기도 했다.

필기시험이 끝나고 실기시험과 구술시험이 시작되었는데, 지금까지 겪은 무엇보다도 앤드루는 이것이 두려웠다. 수험자는 그 이외에 20명 남짓 되었는데, 모두 그보다 나이가 많고 자신만만하고 지위도 있는 듯싶었다. 예를 들어 그의 옆에 있는 해리슨이라는 사나이하고 한두 번 이야기를 나눈 적이 있는데, 이 사나이는 옥스퍼드의 외과득업사(外科得業士)라는 직함을 가지고 있는데다 성(聖)존 병원의 외래환자 담당으로 근무하는 한편, 브룩크가(街)에 개인 진찰실을 가지고 있었다. 해리슨의 멋진 용모와 버젓한 신분과 자신의 촌스러운 모습을 비교해 보고 앤드루는 자신이 시험관에게 좋은 인상을 줄 기회가 너무나 적다는 것을 통감하지 않을 수 없었다.

남쪽 런던 병원에서의 실기시험은 그가 생각하기로는 꽤 괜찮았다. 그의 환자는 열네 살 난 사내아이로서 기관지 확장증이었는데, 그는 폐질환에는 상당한 경험이 있었으므로 무척 운이 좋은 셈이었다. 그러나 구술시험 차례가 되자 그의 행운은 완전히 역전된 듯싶었다. 의과대학에서의 구술시험 방식은 특수한 성격을 띠고 있었다. 이틀에 걸쳐 각 수험자는 두 명의 다른 시험관으로부터 차례로 질문을 받아야 했다. 만일 첫날 마지막에 수험자의 불합격이 판명되면 다음날엔 시험장에 나타날 필요가 없다고 하는 정중한 쪽지가 전달되는 것이다. 이 긴박한 운명적인 쪽지를 받느냐 안 받느냐 하는 위험에 봉착하여 앤드루는 첫번째 시험관이 모리스 개스비 박사라고 하는, 해리슨이 걱정하면서 얘기해 주었던 인물인지라, 그는 처음부터 겁에 질려 있었다.

개스비는 텁수룩한 검은 콧수염을 기르고 음험한 작은 눈에 바짝 말라빠진 체격의 조그마한 사나이였다. 그는 최근에 학술협회의 특별회원으로 추대된 인물로서, 고령의 시험관답게 관용이라곤 전혀 조금도 없고, 자기 앞에 나타난 수험생은 덮어놓고 낙방시키려고 기다리고 있는 듯 보였다. 박사는 눈썹을 교만하게 치켜올리고 앤드루를 힐끗 보고 나서, 슬라이드를 여섯 장 그의 앞에 늘어놓았다. 그 가운데 다섯 장은 앤드루도 정확하게 대답했는데, 여섯 장째는 아무래도 알 수가 없었다. 개스비가 주의를 집중하고 있는 것은 바로 이 슬라이드였다. 박사는 5분쯤 이 표본으로 앤드루를 괴롭혔는데 그것은 아무래도 서아프리카의 기생충의 알이 아닌가 싶었다. 이윽고 귀찮다는 동작으로 흥미가 없다는 듯 그를 다음 시험관인 로버트 어베이경 쪽으로 쫓아버렸다.

앤드루는 창백한 얼굴을 하고 일어서서 심장이 세차게 두근거리는 것을 느끼며 그 방을 나왔다. 이번 주초에 느꼈던 권태감과 무기력감은 완전히 날아가 버렸다. 무슨 일이 있더라도 합격해야겠다고 다짐했다. 그러나 개스비는 분명히 자기를 낙방시킬 것이 틀림없다고 생각되었다. 문득 눈을 쳐드니 로버트 어베이경이 상냥하고 약간 익살스런 미소를 띠면서 그를 보고 있었다.

"무슨 일이 있나?"

어베이경이 뜻밖에 그런 질문을 했다.

"아무것도 아닙니다."

앤드루는 더듬거리며 말했다.

"개스비 박사님 앞에서 아무래도 실수를 저지른 것 같습니다. 단지 그것뿐입니다."

"그런 걱정은 하지 않아도 돼. 여기 있는 표본을 보라구. 그리고 생각나는 대로 무엇이든 말해보게."

어베이경은 격려하듯 살짝 미소를 지었다. 면도한 자국이 말끔하고 불그레한 얼굴을 가진 65세쯤 되어 보이는 연배로서, 이마가 넓고 길쭉한 윗입술이 익살스런 인상을 풍기고 있었다. 어베이경은 지금 유럽에서도 세 손가락 안에 드는 유명한 의학자이지만, 태어난 고향인 리즈를 떠나 런던에서 편견과 반대에 부딪혔던 청년시절의 갖가지 고난과 쓰라린 투쟁의 기억을 지니고 있었다. 그는 넌지시 앤드루를 바라보았다. 바느질 솜씨가 나쁜 양복, 소프트칼라와 와이셔츠, 서투르게 맨 싸구려 넥타이, 그리고 특히 그 진지한 얼굴에 떠오른 비상한 긴장감 따위를 보고 있노라니 시골청년 시절의 자기를 닮았다는 생각이 났다. 본능적으로 어베이경의 마음은 이 색다른 수험자에 끌려 눈길이 앞에 놓여 있는 성적표 쪽에 쏠리게 되고, 그 뛰어난 성적, 특히 최근의 실기시험 성적이 합격수준을 웃돌고 있음에 만족을 느끼면서 주목했다.

그러는 동안 앤드루는 물끄러미 눈앞의 유리병을 응시한 채 표본에 관한 설명을 쓸쓸한 기분으로 더듬거리며 계속하고 있었다.

"됐어!" 어베이경이 갑자기 말했다. 그리고 표본 하나를 쳐들고, 그것은 대동맥의 동맥류(動脈瘤)였는데, 친근한 태도로 앤드루에게 질문하기 시작했다. 그 질문은 간단한 것부터 시작해서 차츰 범위를 넓혀 전문적이 되고, 마침내는 말라리아의 감염에 의한 최근의 특수요법에까지 이르렀다. 하지만 어베이경의 동정적인 태도에 마음이 놓여 안정된 심정으로 앤드루는 충분한 해답을 말할 수 있었다.

끝으로 표본을 내려놓으면서 어베이경이 말했다.

"자네는 동맥류의 역사에 관해 뭔가 아는 바가 있는가?"

"암프로워즈 팔레(16세기 프랑스의 의사. 프랑스 근대외과의 아버지라고 일컬어짐)가……."

앤드루가 대답하기 시작하자 어베이경은 벌써 찬의를 나타내면서 고개를 끄덕였다.

"처음으로 그것을 발견했다고 추정되고 있습니다!"

어베이경의 얼굴에 뜻밖이라는 표정이 떠올랐다.

"어째서 '추정'이란 표현을 쓰는 건가, 맨슨? 사실은 팔레가 발견한 게 아니라는 말인가."

앤드루는 얼굴이 빨개졌다가 이내 파랗게 질려 더듬거렸다.

"네, 선생님. 교과서에는 그렇게 씌어 있습니다. 어떤 책에나 그렇게 씌어 있습니다······. 저 자신도 책을 여섯 권쯤 읽고 확인한 바 있습니다."

그는 숨을 크게 내쉬었다.

"그러나 다시 라틴어 공부를 하다가······, 라틴어를 다시 공부할 필요가 있었습니다만······, 우연히 켈수스(고대 로마의 학자로서, 의학에 관한 저서 8권이 있음)를 읽게 되었는데, 분명히 '동맥류'라는 어휘에 부딪혔습니다. 켈수스는 이미 동맥류를 알고 있었습니다. 아주 자세히 그 사실을 쓰고 있습니다. 게다가 이것은 팔레보다 13세기나 훨씬 이전의 일입니다."

잠시 침묵이 흘렀다. 온정이 깃들인 야유를 받게 되리라고 각오하면서 앤드루는 눈을 쳐들었다. 경은 그 붉은 얼굴에 묘한 표정을 지으며 그를 보고 있었다.

"닥터 맨슨." 이윽고 경이 입을 열었다.

"이 시험장에서 독창적인 것, 진실한 것, 내가 미처 모르는 사실을 말한 사람은 자네가 처음일세. 아니, 정말 반갑네."

앤드루는 또다시 얼굴을 붉혔다.

"또 한 마디 대답해 주게······, 이것은 나의 개인적 호기심에 관한 문제가 될지도 모르지만."

하고 어베이경이 마지막으로 덧붙여 질문했다.

"자네는 어떤 신조를 가지고 있는가? 즉, 그 기본적인 관념이라고 할까······, 자네의 직업을 실제로 응용할 경우, 자신이 항상 마음속에 품고 있는 것 말일세."

앤드루가 필사적으로 생각하고 있는 동안 잠시 침묵이 계속되었다. 마침내 그는 이로써 여지껏 자기가 이룩한 좋은 결과가 모두 한꺼번에 물거품이 될지도 모른다고 생각하면서 불쑥 이렇게 말했다.

"저는······, 무슨 일이든 처음부터 무턱대고 믿지 말라고 항상 자신에게 이렇게 타이르고 있습니다."

"흠, 좋아, 맨슨."

앤드루가 방을 나가자 어베이경은 펜을 집어들었다. 경은 자신이 다시 젊어진 것 같은, 왠지 모르게 약간 감상적이 되어 있었다. 그리고 생각했다. '만일 저 청년이 사람들의 병을 고쳐주려고 생각하고 있다거나, 고민하는 인류를 구제하기 위해서라고 말했다면 나는 분명히 실망해서 낙제점을 주었을 거야.'

그러나 어베이경은 앤드루 맨슨의 이름 옆에 전대미문인 만점을 기입했다. 사실 만일 어베이경이 '마음대로' 할 수만 있었더라면—그것이 그의 솔직한 심정이었지만—그 숫자는 두 배가 되었으리라.

그로부터 몇 분 뒤 앤드루는 다른 수험자들과 함께 아래층으로 내려갔다. 계단 아래, 가죽 덮개를 씌운 대기소 옆에 제복을 입은 수위가 작은 봉투다발을 들고 서 있었다. 수험자가 앞을 지나갈 때마다 수위는 한 사람 한 사람에게 그것을 건네주었다. 앤드루 다음으로 나온 해리슨이 서둘러 봉투를 뜯었다. 그 순간 완전히 표정이 변하더니 그가 조용히 말했다.

"나는 내일 나오지 않아도 될 것 같군."

그리고 억지로 미소를 지으며 물었다.

"자넨 어떻게 됐나?"

앤드루의 손가락이 떨리고 있었다. 그는 간신히 씌어 있는 글씨를 읽을 수 있었다. 그리고 멍해지면서 해리슨이 축하해 주는 말을 들었다. 그에게는 아직 기회가 있었다. 그는 ABC 찻집까지 가서 맥아유를 자신에게 한턱 냈다. 그는 여기까지 와서 만일 실패한다면 나는……, 나는 버스에 정면으로 부딪혀 죽어버리겠다고 긴장된 심정으로 생각했다.

그 다음날은 긴장된 가운데 지나갔다. 처음 응시자 중에서 지금 남아 있는 사람은 절반도 안 되었는데 이중에서 또다시 절반이 떨어질 것이라는 소문이 나돌았다. 앤드루는 자신이 잘해나가고 있는 건지, 잘못하고 있는 건지 전혀 알 수가 없었다. 다만 머리가 빠개질 듯 아프다는 것과 발이 얼음처럼 차갑다는 것, 몸속이 텅 빈 것처럼 되어 버렸다는 것만을 느낄 수 있었다.

마침내 시험이 끝났다. 오후 4시, 앤드루는 기력을 몽땅 소모해 버린 우울한 심정으로 외투를 걸치면서 클로크룸에서 나왔다. 그때, 홀의 커다란 벽난로 앞에 어베이경이 서 있는 것을 보았다. 그는 모르는 척하고 지나치려고 했다. 하지만, 무슨 영문인지 어베이경이 손을 내밀고 미소를 지으면서 그에게 말을 걸어왔다. 그가 합격했음을 알려주었던 것이다.

오오, 하나님이시여, 합격했습니다! 합격하고 말았어요! 그는 순식간에 원기를 되찾아 두통도 어느새 사라지고 몰라보게 생기에 넘쳐서 피로도 잊어버렸다. 그리고 총총히 가까운 우체국으로 가는 도중에도 심장이 심하게 고동치고 있었다. 합격한 것이다. 런던의 웨스트 엔드가 아니라, 머나먼 두메산골 광산촌 사람이 단번에 합격한 것이다. 온몸이 환희의 파도에 출렁거렸다. 결국 모든 것이 아무것도 아니었던 것이다. 그 기나긴 밤도, 커디프로 미치광이처럼 다녔던 것도, 고문과도 같았던 공부마저도…….

그는 인파를 헤치며 앞으로 나아갔다. 택시도 버스도 눈에 들어오지 않고, 그저 한시라도 빨리 이 기적적인 뉴스를 크리스틴에게 전보로 알려주려고 눈을 반짝이면서 뛰고 또 뛰었다.

11

기차가 30분씩이나 늦게 역에 도착했을 때는 거의 한밤중에 가까운 시간이었다. 계곡을 올라오고 있는 동안에도 기차는 강한 맞바람에 내내 시달려 왔었는데, 어벨라러우에 도착하여 앤드루가 플랫폼에 발을 내딛는 순간 폭풍이 몸을 날려버릴 듯 휘몰아쳤다. 역에는 사람의 그림자도 없었다. 역 입구에 가지런히 심어놓은 어린 포플러들은 바람이 불 때마다 활처럼 휘어져 울부짖으며 떨고 있었다. 하늘에는 말끔히 닦아놓은 것처럼 별이 반짝이고 있었다.

앤드루는 몸을 뒤로 버티는 듯하여 역전 거리를 걸어가고 있었는데, 옆으로 들이치는 바람이 도리어 기분을 들뜨게 했다. 보기 좋게 시험에 합격하게 된 경위와, 위대하고 복잡미묘한 의학계와 접촉했음을 생각하자, 가슴이 벅차 올랐고 지금도 로버트 어베이경의 말이 귓전에서 울리고 있는 듯한 기분이었다. 크리스틴한테 빨리 돌아가 런던에서의 일을 죄다 즐겁게 털어놓을 수 없는 것이 안타깝기만 했다. 전보를 받고 그녀도 기뻐하고 있겠지만, 그래도 이 감격을 당장 들려주고 싶어서 안달이 나 견딜 수가 없었다.

머리를 깊이 숙이고 털거스가(街)를 돌았을 때, 그는 문득 한 사나이가 뒤에서 달려오는 것을 의식했다. 그 사나이는 그의 뒤에서 헐레벌떡 뛰어오고 있었는데, 보도에 쿵쾅쿵쾅 울리는 구둣발 소리가 질풍에 지워져 마치 유령처럼 느껴졌다. 앤드루는 본능적으로 걸음을 멈췄다. 그 사나이가 가까이 다가왔을 때야 비로소 그가 프랭크 데이비스라고 하는, 지난봄까지 구급반의 한 사람이었으며 지금은 무연탄광 제3갱도의 구급차를 담당하고 있는 사람임을 알았다. 동시에 데이비스도 그를 알아보았다.

"선생님을 모시러 막 댁으로 가던 중입니다. 이 바람 때문에 전화선이 모두 끊어져 버려서……."

돌풍 때문에 나중 말은 알아들을 수가 없었다.

"무슨 일이오?"

앤드루는 조금 큰 소리로 외쳤다.

"낙반사고가 있었어요, 제3갱도에서."

데이비스는 앤드루의 귀에다 두 손으로 나팔을 만들었다.

"한 사람이 묻혀버렸어요. 그 친구를 끌어낼 수가 없군요. 샘 베반이란 자인데 선생님 담당이죠. 선생님, 빨리 가서 좀 구해주세요."

앤드루는 두세 걸음 데이비스와 걸어가다가 갑자기 생각이 떠올라 걸음을 멈췄다.

"가방을 가지고 와야지." 하고 데이비스에게 말했다.

"여보게, 내 집에 가서 가지고 오게. 난 먼저 제3갱도에 가 있을 테니까."

그리고 덧붙였다.

"그리고 말일세, 프랭크! 집사람에게 나의 행선지를 알려주게나."

그는 철도의 대피선을 가로질러 로스 오솔길을 지나 뒤에서 불어오는 바람에 몸이 날리듯 하면서 간신히 걸음을 옮겨 4분쯤 후에 제3갱도에 이르렀다. 구호실에서 갱내감독과 세 사나이가 그를 기다리고 있었다. 그의 모습을 보고 감독의 걱정스러운 표정이 약간 생기를 되찾았다.

"잘 와주셨습니다, 선생님. 폭풍으로 왕창 당했습니다. 그 결과가 낙반이 되고 말았죠. 다행히 죽은 사람은 없습니다만, 젊은 친구 한 사람의 팔이 끼여버렸어요. 도무지 끌어올릴 수가 없습니다. 게다가 천장이 워낙 위험해서."

모두 권양기(捲揚機) 쪽으로 갔는데, 두 사람은 부목을 비끄러맨 들것을 들고 있고, 한 사람은 응급치료용 약품을 담은 나무상자를 껴안고 있었다. 권양기 쪽으로 들어간 순간 구내로 허둥지둥 뛰어오는 자가 있었다. 가방을 옆구리에 낀 프랭크 데이비스가 숨을 헐떡거리고 있었다.

"빨리 왔군, 프랭크."

데이비스가 권양기에 뛰어올라 그의 옆에 웅크리고 앉았을 때 앤드루가 말을 던졌다.

데이비스는 고개를 끄덕일 뿐이었다. 숨이 차서 말을 할 수 없었던 것이다. 신호의 종소리가 울리자마자 권양기는 기세 좋게 내려가서 밑바닥에 닿았다. 모두들 뛰어나와 감독을 선두로 앤드루, 데이비스―그는 아직도 가방을 꽉 움켜쥐고 있었다―그리고 세 사나이가 줄지어 따라왔다.

앤드루는 전에도 갱내에 들어와 본 적이 있었다. 드라이네피 광산에서는 높고 둥근 천장인데다가 몹시 어둡고 잘 울리는 동굴 같은 곳으로 자주 들어가곤 했던 것이다. 그 깊은 땅바닥에서는 광석을 광상(鑛床)에서 폭파해서 파내고 있었다. 하지만 이 제3갱도는 꾸불꾸불한 긴 운반로가 작업장으로 통해 있는 구식이었다. 운반로는 통로라기보다는 천장이 낮은 동굴과도 같았다. 그들은 물이 뚝뚝 떨어지는 질퍽질퍽한 곳을 거의 반 마일 가량, 때때로 엉금엉금 기어서 나아갔다. 그러자 갑자기 갱내감독이 손에 든 등불을 앤드루의 바로 앞에서 멈췄기 때문에 드디어 도착했음을 알았다.

그는 천천히 기어서 다가갔다. 갱도의 막다른 곳에서 세 사나이가 배를 깔고 서로 겹쳐서 한 사나이를 구출하려고 안간힘을 쓰고 있었다. 그 사나이는 주위에 떨어진 바윗덩이 속에서 실신하고 있는 것 같았는데, 몸을 비틀어 한 쪽 어깨를 뒤로 내밀듯 하고 둥그렇게 웅크리고 있었다. 그들 주위에는 연장이 흩어져 있으며, 제멋대로 내동댕이쳐진 도시락 2개와 벗어던진 옷 따위가 있었다.

"모두들 어떤가?"

갱내감독이 낮은 목소리로 물었다.

"도저히 끌어내지 못하겠는데요."

대답한 사나이가 땀투성이의 더러운 얼굴로 뒤돌아보았다.

"할 수 있는 데까진 다 해봤습니다만."

"이젠 됐네." 갱내감독은 힐끗 천장을 쳐다보면서 말했다.

"선생님이 오셨으니 말이야. 조금 비켜서 자리를 내드리게. 자, 조금만 비키라구, 비켜."

세 사람이 막다른 곳에서 몸을 비켰으므로 앤드루는 그 사이를 밀치다시피 하며 앞으로 나아갔다. 그때 순간적이기는 하지만, 그의 머리에 시험에 대한 일, 즉 그때 출제되었던 진보된 생화학, 과장된 술어, 과학적인 용어 등에 대한 기억이 문득 뇌리를 스쳐갔다. 그러나 그런 것은 이 돌발사고에 쓸모있는 것이 아니었다.

샘 베반은 의식이 또렷했다. 그러나 얼굴은 먼지투성이가 되어 홀쭉해 보였다. 그리고 극심한 고통 속에서도 앤드루에게 웃는 얼굴을 보이려고 무진 애를 썼다.

"구급반출의 실지훈련을 하는 것 같군요, 나를 동원해서……."

베반은 같은 구급반의 일원이었기 때문에 곧잘 붕대를 감는 훈련에 동원되곤 했던 것이다.

앤드루는 다시 다가갔다. 갱내감독이 어깨 너머로 비춰주는 등불에 의지하여 부상자 위로 손을 뻗었다. 베반은 왼쪽 팔꿈치의 앞부분이 낙반에 깔려 있을 뿐이고 나머지 부분은 자유로운데, 가장 중요한 부분이 바위의 무게에 짓눌려 꼼짝 못하고 있는 형편이었다.

앤드루는 베반을 구출하려면 이 팔을 절단할 수밖에 없음을 순간적으로 깨달았다. 그리고 베반 자신도 고통에 일그러진 눈을 한껏 긴장시켜 그의 결단을 읽었다.

"그럼, 제발 그렇게라도 해주십시오, 선생님."

그는 혼잣말처럼 중얼거렸다.

"여기서 벗어날 수 있게만 해주시면 되니까요. 빨리……."

"걱정하지 마, 샘." 하고 앤드루는 말했다.

"이제부터 잠들게 해줄 테니까. 눈을 뜨면 자네는 침대에 누워 있을 걸세."

높이가 2피트밖에 되지 않는 천장 아래서 흙탕 속에 배를 깔고 엎드려 그는 웃옷을 벗어 돌돌 뭉쳐서 베반의 머리 밑에 집어넣었다. 그리고 소매를 걷어붙이고 가방을 달라고 말했다.

갱내감독이 가방을 건네주면서 앤드루의 귓전에 대고 속삭였다.

"제발 부탁이니 서둘러 주셔야겠습니다, 선생님. 어물어물하다간 이 천장이 무너져 내릴 것 같습니다."

앤드루는 가방을 열었다. 순간 클로로포름 냄새가 코를 찔렀다. 캄캄한 가방 속에 손을 집어넣자마자 유리조각이 손에 닿았으므로 그는 곧 그 원인을 깨달았다. 프랭크 데이비스가 너무 급히 뛰어왔기 때문에 도중에서 가방을 떨어뜨려 클로로포름병이 깨지고 알맹이는 몽땅 쏟아져 버렸던 것이다. 전율이 앤드루의 온몸을 스쳐지나갔다. 이젠 사람을 갱 밖으로 내보낼 시간적 여유는 없었다. 그리고 마취약은 그것밖에 없었던 것이다.

그대로 그는 30초 가량 망연자실하고 있었다. 그래도 곧 기계적으로 피하주사기를 더듬어 찾아 아주 극소량의 몰편을 베반에게 주사했다. 확실한 효과가 나타날 때까지 어물거릴 수는 없는 노릇이었다. 그는 곧바로 도구를 꺼낼 수 있도록 가방을 옆으로 비스듬히 눕혀두고는 다시 베반 위로 몸을 굽혔다. 그리고 지혈대를 힘껏 죄면서 말했다.

"눈을 가리고 있으라구, 샘."

등불은 어둠침침하고 그림자가 살랑살랑 흔들렸다. 메스를 쿡 찌르자 베반의 앙다문 이빨 사이로 신음소리가 새어나왔다. 또다시 신음했다. 그리고 나서 다행히도 메스가 뼈에 닿았을 때 그는 그만 기절하고야 말았다.

피가 쏟아져 나오는 너덜너덜한 살점에 지혈겸자(止血鉗子)를 끼우고 있는 앤드루의 이마에 식은땀이 맺혔다. 그는 자신이 무엇을 하고 있는지 알 수가 없었다. 깊숙한 땅바닥의 두더지 구멍과 같은 곳에서 진창 속에 엎드려 있으려니 당장이라도 질식할 것 같은 느낌이 들었다. 마취약도 없고, 수술실도 없고, 자신의 명령대로 움직이는 간호사들도 없는 것이다. 게다가 자신은 외과의사도 아니다. 그는 덮어놓고 메스를 휘둘렀다. 아무리 생각해도 잘해낼 수 있을 것 같지가 않았다. 게다가 천장이 언제 여기 이곳에 있는 모두의 머리 위로 내려앉을지 모른다.

그의 뒤에서 갱내감독의 거친 숨소리가 들려오고 있다……. 목덜미에 차가운 물방울이 뚝 떨어진다……. 열에 들뜬 것처럼 움직이고 있는 더러워진 손끝이 따가워지고 있다……. 톱소리……, 아득한 곳에서 로버트 어베이경의 목소리가 들려오고 있다.

'과학적 치료의 절호의 찬스는……'

오오, 하나님이시여! 어떻게 해낼 수는 없는 것인지요?

이윽고 끝났다. 마음이 놓인 그는 자기도 모르게 울음을 터트리고 말 것 같았다. 그러면서도 피투성이가 된 절단부에 가제를 대주었다. 그리고 무릎으로 휘청휘청 일어서면서 말했다.

"데리고 나가게."

  30야드쯤 되돌아와 운반로가 넓어진 곳까지 오니 일어설 만한 공간이 있고 등불도 4개나 쓸 수 있어서 여기서 수술의 마무리 끝손질을 했다. 여기서는 그것이 용이했다. 동맥을 제자리에 묶고 상처를 소독제로 닦아냈다. 그리고 배농관(排膿管)을 대고 두 군데를 봉합했다. 베반은 실신한 채였다. 그러나 맥은 희미하기는 했지만 정확하게 뛰고 있었다. 앤드루는 손으로 이마를 문질렀다. 모두 끝난 것이다.

  "들것으로 천천히 운반하게. 이 담요를 몸에 감아주고, 바깥으로 나가면 곧 물을 끓여 따뜻하게 해주라구."

  천천히 움직이기 시작한 행렬이 천장이 낮은 곳에서는 허리를 구부리면서 어두운 운반로를 따라 올라갔다. 60보도 채 가기 전에 낮은 낙반의 울림이 뒤에 남겨진 어둠 속에서 메아리쳤다. 터널로 들어가는 기차의 낮은 진동소리와 비슷했다. 갱내감독은 뒤돌아보지도 않았다. 그는 조용하고도 침울한 어조로 앤드루에게 다만 이렇게 말했을 따름이었다.

  "저게 바로 나머지가 낙반한 소리입니다."

  밖으로 나가는 데 얼추 한 시간은 족히 걸렸다. 길이 나쁜 곳에서는 들것을 비스듬히 쳐들어야만 했다. 앤드루는 얼마 동안이나 갱내에 있었는지 전혀 짐작이 가지 않았다. 그래도 마침내 권양기까지 더듬어 나왔다.

  쑥쑥, 그들은 땅바닥에서 쏜살같이 올라갔다. 권양기에서 한 발자국 내려서니 살을 에이는 듯한 열풍이 불어닥쳤다. 앤드루는 황홀하게 깊이 숨을 들이마셨다.

  그는 가드레일을 붙잡고 계단 맨 아래에 서 있었다. 주위는 아직 어둑어둑했지만 탄갱의 구내에는 커다란 나프타유 등불이 매달려서 숫숫 소리를 내며 힘차게 활활 타오르고 있었다. 그 주위에 기다리고 있던 사람들이 작은 무리를 이루고 있었다. 그 가운데는 머리에 숄을 뒤집어쓴 여인들도 있었다.

  들것이 모두의 앞을 조용히 지나가고 있을 때 앤드루는 갑자기 자기 이름을 힘차게 불러대는 소리와 동시에 크리스틴의 팔이 그의 목덜미를 격렬하게 휘감는 것을 느꼈다. 그녀는 신경질적으로 울먹이면서 매달렸다. 그녀는 모자도 쓰지 않고, 잠옷 위에다 외투를 걸친 채로 맨발에다 가죽구두를 신고 있었다. 열풍이 휘몰아치는 어둠 속에 드러난 그 모습은 마치도 부랑자 같았다.

  "어떻게 된 거야?"

  그는 깜짝 놀라 물으면서 그녀의 얼굴을 쳐다보기 위해 두 팔을 풀려고 시도했다.

그러나 크리스틴은 그를 놓아주려고 하지 않았다. 물에 빠진 여인처럼 광폭하게 필사적으로 매달리면서 그녀는 더듬더듬 말했다.

"낙반이 있었다고 했어요. 그래서 모두들 당신은 이제 못 나올 거라는 거예요……."

그녀의 살결은 보랏빛으로 변했고, 이는 추위 때문에 딱딱 소리를 내며 떨고 있었다. 그는 구호실 모닥불 곁으로 그녀를 데리고 가면서 한편으로는 어쩐지 부끄럽기도 했으나 다른 한편으로는 몹시 감동하고 있었다.

구호실에는 뜨거운 코코아가 준비되어 있었다. 두 사람은 같은 컵으로 혀를 델 것처럼 뜨거운 코코아를 호호 불며 마셨다. 그들이 그의 위대한 새로운 학위를 생각해 낸 것은 그로부터 꽤 많은 시간이 경과한 다음의 일이었다.

12

샘 베반의 구출은 과거에도 수많은 큰 광산 참사의 고통과 공포를 경험하고 있는 이 고장에 있어서는 한낱 평범한 사건에 지나지 않았다. 그러나 그것은 앤드루의 담당구역이었기 때문에 그에게 아주 좋은 결과를 가져다주었다. 만일 그가 단지 런던에서의 성공만을 안고 되돌아왔다면, 그가 얻은 것이라곤 다만 '진보만 좋아하는 사람의 시시한 이야기' 이상의 아무것도 아닌, 냉소받기에 꼭 알맞은 것이었으리라. 그러나 이렇게 되고 보니 앤드루는 지금까지 자기를 본척만척하던 사람들한테서 상냥한 인사 뿐만 아니라 웃는 얼굴까지 보게 되었다.

어뻘라러우에서 의사의 인기가 어느 정도인가를 알려면 그 의사가 갱부의 주택지 앞을 걸어가 보면 당장 알 수 있었다. 이제까지 앤드루가 지나가도 굳게 닫혀 있던 나란히 줄지어 있는 집들의 문이 지금은 모두 열려져 있고, 와이셔츠 차림에 담배를 입에 문 비번의 사나이가 말을 걸어오는가 하면 부인들도 지나가는 그에게 이렇게 권하는 것이었다.

"잠깐 들렀다 가세요."

그리고 아이들은 그의 이름을 부르면서 방글방글 웃으며 인사를 했다.

제2갱도의 착암부 반장이며 서부진료소의 고참이기도 한 개스 파리가 지나가는 앤드루의 뒷모습을 물끄러미 보면서 던진 말은, 이 친구들의 최근의 평판을 그야말로 단적으로 요약한 것이었다.

"보라구, 모두들! 저 친구는 학자 선생님임에 틀림없어. 하지만 막상 일이 닥치면 진짜 의사 노릇도 충분히 해낸다니까."

처음에는 보험증이 드문드문 들어왔지만 어쨌든 되돌아온 배반자를 그가 욕하지 않는다는 사실을 알게 되자 이번엔 갑자기 몰려들기 시작했다. 오웬은 앤드루의 명부에 이름이 늘어나는 것을 보고 기뻐했다. 어느 날, 오웬은 광장에서 우연히 만난 앤드루에게 웃는 낯으로 이렇게 말했다.

"그것 보세요. 제가 말했던 대로지요?"

루엘린은 시험결과를 무척 기뻐하는 태도를 보였다. 앤드루에게 전화를 걸어 과장된 축사를 한바탕 늘어놓고는, 미안하지만 에테르 마취의 수술이 두 건 있으니 꼭 와달라고 부탁했다.

"그런데 말일세."

그는 긴 수술이 끝나자 눈을 반짝이면서 말했다.

"자넨 시험관에게 의료원조조합의 조수를 하고 있다고 말했나?"

"선생님 이름을 댔었죠, 루엘린 박사님." 앤드루는 상냥하게 대답했다.

"그게 효과가 썩 좋았던 모양입니다."

동부진료소의 옥스버러우와 메들리는 앤드루의 성공에 관심을 기울이지 않았다. 그러나 어커트는 말만은 비난하는 형식을 취했지만 진심으로 축하해 주었다.

"원, 제기랄! 여보게 맨슨! 무슨 짓을 하고 돌아다닌 거야. 내 눈을 속이면서!"

일약 유명해진 동료를 축하하는 한편, 그는 현재 자신이 다루고 있는 폐렴 환자에 관한 예후(豫後)를 알고자 앤드루의 의견을 요청했다.

"그 여자환자는 회복될 겁니다."

앤드루는 그렇게 말하고 과학적인 이유를 설명했다.

어커트는 의심스럽다는 듯 백발을 절레절레 흔들면서 말했다.

"난 자네가 말하는 다가면역혈청(多價免疫血淸)이라든가 항체라든가 국제단위라든가 하는 이야기는 들은 적도 없네. 그 여자는 결혼하기 전엔 파우엘 집안 사람이었어. 그런데 파우엘 집안 사람들은 폐렴으로 배가 부풀면 1주일도 못 가서 죽어버리곤 했다네. 난 그 집 가족을 오래전부터 알고 있어. 그런데 그 여자도 이제 배가 부풀어오르기 시작했단 말일세."

어커트는 자신의 환자가 7일째에 죽었을 때, 과학적 방법에 대한 음산한 개가를 올리는 듯한 몸짓으로 돌아다니고 있었다.

데니는 해외에 있었기 때문에 이번 학위에 관해서는 알 리가 없었다. 그런데 프레디 햄손으로부터 뜻밖에도 긴 편지로 약간 예기치 않았던 축하인사가 왔다. 프레디는 시험발표를 〈런세트〉 지에서 봤다며 앤드루의 예상외의 성공을 놀려대고 런던으로 나오도록 권유하고는, 자신도 지금은 그날 밤 커디프에서 말한 대로 퀸 앤 거리에서 이름을 떨치게 되었으며, 멋진 놋쇠 간판을 반짝거리고 있는 신분이 되었다는 사연을 자세히 알려왔다.

"내가 잘못했어, 프레디에게 아무 말도 해주지 않은 것은."
하고 맨슨이 말했다.

"가끔 편지를 보낼 걸 그랬군. 언제 또 우연히 만나게 될지 모르잖아. 자상한 편지군 그래."

"네, 참 친절한 편지예요." 크리스틴은 냉담하게 대답했다.

"하지만 자기 이야기만 쭉 늘어놓고 있잖아요?"

크리스마스가 다가오자 갑자기 추워지고, 옷깃을 여미게 하는 서리가 내리는 날과 조용히 별이 반짝이는 밤이 계속되었다. 무거운 쇳덩이처럼 딱딱해진 길이 앤드루의 발밑에서 울렸다. 이제 그의 머릿속에서는 탄진흡입 문제에 관한 계획이 다음 단계로 크게 비약하고 있었다. 담당 환자들 사이에서 발견한 것이 드디어 그 가능성을 점치게 했고, 게다가 이번에는 세 군데 무연탄광의 전 노무자를 비교 분석하고 조사해 볼 계획을 세웠다. 그는 새해가 되면 곧바로 착수하려고 작정하고 있었다.

크리스마스 이브에는 뭔가 이상한 정신적인 기대와 육체적인 건강을 느끼면서 그는 진료소에서 계관장으로 돌아왔다. 돌아오는 길에 그는 내일로 다가온 축제의 장식이 거리에 가득 차 있는 것을 눈여겨 보지 않을 수 없었다. 이곳 광부들은 크리스마스를 대대적으로 축하하는 풍습이 있었다. 1주일 전부터 어느 집이나 한결같이 바깥방에는 자물쇠를 잠가 어린애들이 들어가지 못하게 하고 색종이 테이프로 장식한다. 그리고 장난감을 장롱 서랍 속에 감추어 버리고, 크리스마스를 위해 저축해 둔 돈을 찾아서 사온 케이크와 오렌지, 설탕으로 버무린 비스킷 등 맛있는 것을 식탁 위에 가득 쌓아놓는다.

크리스틴도 역시 손꼽아 기다리던 크리스마스의 장식을 호랑가시나무와 겨우살이로 만들어 두었다. 집에 돌아왔을 때 그는 오늘 밤 그녀의 얼굴에는 여느 때와는 달리 홍분의 빛이 떠오르고 있음을 이내 알아차렸다.

"아무 말도 하지 마세요."

그녀는 그에게 손을 내밀면서 빠른 어조로 말했다.

"한 마디도 입밖으로 내시면 안 돼요! 눈을 감고 나를 따라오세요!"

그는 시키는 대로 부엌으로 따라 들어갔다. 그곳 탁자 위에는 볼품없는 꾸러미들이 수두룩하게 놓여 있었다. 그중에는 그저 신문지로 둘둘 만 것도 있었다. 그리고 그 하나하나에 작은 편지가 붙은 채로 늘어져 있었다. 그는 곧 그것이 환자들로부터 온 선물임을 이내 알아차렸다. 선물 중에는 전연 포장이 되어 있지 않은 것도 더러 있었다.

"보세요, 여보!" 크리스틴이 외쳤다.

"거위가 한 마리! 집오리가 두 마리! 그리고 예쁜 얼음과자! 넓은 잎딱총나무로 빚은 리큐르도 한 병 있어요! 어쩌면 모두들 이렇게 친절하실까요? 정말 멋있잖아요. 모두 당신께 드리는 거예요."

그는 뭐라고 당장 말을 할 수가 없었다. 담당구역 환자들이 마침내 자신을 인정하고, 또 호감을 가지게 된 그 호의의 증거품을 코앞에서 보고 가슴이 벅찼던 것이다. 어깨에 매달린 크리스틴과 함께 그는 선물에 곁들여 있는 편지를 읽었다. 무식한 사람이 고심하면서 정성스럽게 쓴 것이 많고, 그중에는 헌 봉투를 뒤집어서 연필로 갈겨쓴 것도 있었다. '신세를 겼던 케반 주택지 3호 환자로부터.', '미세스 윌리암즈로부터, 감사하는 뜻으로.' 샘 베반에게서 온 것은 균형이 잡히지 않은 글씨체로 이렇게 씌어 있었다. '살려주신 덕분에 크리스마스를 맞이할 수 있게 되었습니다. 젊은 의사 선생님.' 그밖에도 비슷비슷한 내용의 편지가 많이 있었다.

"이것들을 모두 보관해 둬야겠어요, 여보."

크리스틴이 낮은 목소리로 말했다.

"이층에다 잘 챙겨두겠어요."

손수 빚은 잎딱총나무 술 한 잔이 효과가 있었는지 그는 크리스틴이 거위 순대를 만드느라 정신이 없는 복잡한 부엌을 이리저리 돌아다녔다. 그리고 기분 좋게 웅변을 펼쳤다.

"사례란 것은 바로 이런 것이라야 돼, 크리스틴. 현금, 얼굴을 찌푸리게 만드는 청구서, 급료에서의 공제, 훔쳐온 것 같은 돈들은 여기에는 없어. 모두 물품으로 지불하는 거야. 여보, 알겠지? 이쪽은 맡은 환자를 건강하게 해주고, 환자 쪽은 손수 만든 것이나 천연산물을 보내오고. 석탄이든, 밭에서 캔 감자든, 닭을 키우고 있다면 달걀이라도 상관없지. 내가 말하는 뜻을 충분히 알겠지? 결국 이것이 윤리적인 이상이란 말이야. 그런데 집오리를 보내온 윌리엄즈 부인 말인데, 그 레슬리란 녀석이 내가 5주일간 식이요법으로 그녀의 위궤양을 고쳐주기 전까지 꼬박 5년간을 환약이든 설사약이든 무턱대고 먹였던 거야. 끔찍한 일이지. 그렇다구! 알겠지? 의사들이 모두 돈만 벌려고 하는 마음을 버리게 된다면 의사업 전체가 좀더 순수하게 될 텐데 말이야 ……."

"그야 그렇겠지요, 여보. 저기 건포도를 좀 갖다주지 않겠어요? 찬장 맨 위에 있는 것 말예요."

"당신, 내 얘긴 안 듣고 있었군 그래. 제기랄! 그 순대 맛있게 보이는데."

다음날 아침, 크리스마스는 활짝 갠 맑은 날씨였다. 저 멀리 푸른 하늘에 우뚝 솟은 터린 비콘즈 연봉(連峰)은 새하얀 눈옷을 걸쳐입어 진주처럼 보였다. 몇 사람밖에 안 되는 아침 진찰을 마치자 밤에는 휴진되길 바라면서 앤드루는 왕진에 나섰다. 그것도 몇 집 되지 않았다. 어느 가정에서나 만찬 준비로 바빴고, 그의 집에서도 역시 마찬가지였다. 그는 광부 연립주택 앞을 지나가며 싫증도 결코 내지 않고 크리스마스 인사를 주고받곤 했다. 또한 현재 이 유쾌한 기분과, 불과 1년 전에 같은 거리를 지나갈 때의 암담한 기분을 비교해 보지 않을 수 없었다.

그가 이상하게도 주저하는 빛을 보이며 케반 주택지 18호 앞에서 발길을 멈춘 것도 어쩌면 이런 기분 때문이었는지도 모른다. 전에 환자였던 사람 중에서 그를 고맙게 여기지 않고 있는 첸킨은 별도로 하고, 그에게로 되돌아오지 않고 있는 사람은 톰 에반스 한 사람뿐이었다. 오늘은 여느 때와 달리 흥분하고 있었던 탓과, 아마도 인간적인 우정관계가 무척 고양된 탓이었든지 불현듯 그는 에반스를 찾아가서 크리스마스 축하인사를 하고 싶은 심정이 되었다.

그는 한 번 노크를 하고는 곧장 입구의 문을 열고 뒤쪽에 있는 부엌으로 들어갔다. 그런데 거기서 우뚝 멈춰섰다. 부엌은 가구 같은 것은 거의 모습을 감춘 채 텅 비어 있고, 난로에서는 가냘픈 불꽃이 한들한들 타오르고 있을 뿐이었다. 톰 에반스는 그 난로 곁에서 등받이가 망가진 나무의자에 불구가 된 한쪽 팔을 날개처럼 구부린 채 걸터앉아 있었다. 축 처진 어깨에 비참한 모습을 맥없이 지탱하고 있었다. 그 무릎 위에는 네 살 난 계집애가 올라앉아 있었다. 두 사람 다 말없이 낡은 양동이에 심은 전나무 가지를 물끄러미 쳐다보고 있었다. 에반스가 산에 들어가 2마일이나 걸어서 캐온 이 크리스마스 트리에는 작은 초가 세 자루 세워져 있었으나, 아직 불은 켜져 있지 않았다. 그리고 그 밑에는 그 가정의 크리스마스 음식으로 작은 오렌지 세 개만 달랑 놓여져 있었다.

문득 에반스가 뒤돌아보고 앤드루의 모습을 이내 알아보았다. 그는 깜짝 놀란 듯했으며, 부끄러움과 원망으로 얼굴을 붉혔다. 실직한 끝에 가재도구는 몽땅 전당포에 잡히고 불구의 몸이 된 지금 이런 형편을 스스로 충고를 거절한 의사에게 보이는 것이 몹시 괴로우리라고 앤드루는 곧 깨달았다.

앤드루도 에반스의 처지가 딱하다는 사실은 알고 있었지만 이처럼 비참한 상태일 줄은 짐작도 하지 못했다. 그는 너무 당황하여 견딜 수 없는 심정이었으므로 그대로 발길을 되돌려 나가버리려고 했다. 바로 그때, 에반스의 아내가 종이꾸러미를 들고 뒷문을 통해서 부엌으로 들어왔다. 그녀는 앤드루의 모습을 보자마자 놀란 나머지 들고 있던 종이꾸러미를 떨어뜨리고 말았다. 종이꾸러미가 돌바닥에 떨어져 찢어지는 바람에 어벨라러우에서 가장 싼 쇠간이 드러났다. 아이는 엄마 얼굴을 힐끔 한번 쳐다보더니 별안간 울기 시작했다.

"무슨 일이 생겼나요, 선생님?"

이윽고 에반스의 아내가 한쪽 손을 허리에 댄 채 물었다.

"우리 주인양반이 무슨 잘못이라도 저질렀나요?"

앤드루는 이를 악물었다. 우연히 목격하게 된 이곳의 광경에 충격을 받고 놀라 앞뒤를 제대로 분간도 할 수 없을 만큼 어리둥절해 있었다.

"아주머니!" 그는 땅바닥에 시선을 떨어뜨린 채 말했다.

"댁의 주인양반과 저 사이가 그 동안 좀 서먹서먹했었다는 것은 잘 알고 있습니다. 그러나 오늘은 크리스마스인데다……, 그리고……, 그렇죠, 나로선 ……."

그는 갈피를 못 잡고 말을 계속했다.

"댁의 세 식구가 우리 집에 오셔서 함께 식사를 해주신다면 정말 고맙겠습니다만……."

"하지만, 선생님……." 그녀의 목소리는 떨리고 있었다.

"잠자코 있으라구, 바보같이!" 에반스가 호되게 그녀를 나무랐다.

"우린 손님으로 가지 않겠소. 쇠간밖에 살 수 없는 형편이지만 우리는 이걸로 충분하오. 시시한 적선 따윈 받지 않겠소."

"무슨 말을 그렇게 하는 거요!" 앤드루는 당황해하며 외쳤다.

"난 친구로서 부탁하고 있는 거라구."

"아아, 당신네들은 모두 마찬가지라구!" 에반스는 내뱉듯 말했다.

"남이 곤란해지면 먹을 것이나 던져주는 게 고작이라구. 그런 식사 따윈 당신들이나 마음껏 드시오. 우린 그까짓 것 먹고 싶지 않으니까."

"안 돼요, 톰……." 아내가 힘없이 반대했다.

앤드루는 실망했지만, 그래도 역시 처음에 생각했던 대로 어떻게든 설득해보려고 그녀 쪽으로 돌아다보았다.

"아주머니가 잘 좀 말씀해 주세요. 댁의 식구들이 와주시지 않으면 정말 곤란해집니다. 한 시 반에, 아시겠죠? 기다리고 있겠습니다."

그들이 말을 꺼내기 전에 그는 발길을 돌려 에반스의 집을 나왔다.

그가 집에 돌아가서 이 이야기를 해도 크리스틴은 별로 불평을 늘어놓지 않았다. 오늘은 번 부인이 오기로 되어 있었는데 스키를 타러 스위스로 떠나버렸기 때문에 오지 못하게 되었다. 그래서 그 대신 그는 실업중인 광부와 그 가족을 초대한 것이었다. 그는 벽난로를 등지고 서서 크리스틴이 예기치 않았던 손님들의 자리를 마련하고 있는 것을 바라보면서 이러저러한 사색에 잠겨 있었다.

"화가 났군 그래, 크리스?"

마침내 앤드루는 이렇게 말했다.

"나는 맨슨 박사와 결혼했다고 생각하고 있는데요."

그녀는 약간 무뚝뚝한 어조로 대답했다.

"버너드 박사(영국의 의사이자 박애주의자로서 버너드 고아원을 창설함. 1845)와 결혼한 게 아니라구요. 정말 당신은 진저리도 안 내는 감상주의자예요!"

에반스 가족은 몸단장을 깨끗이 하고 시간을 꼭 맞춰 찾아왔는데, 자존심 때문에 조심스러워서 마음이 편치가 않은 모양이었다. 앤드루는 신경질적일 만큼 과분한 대접을 하고 있었지만, 크리스틴이 말한 바가 옳았는지 모처럼

의 초대가 비참한 실패로 끝나지 않을까 하는 불길한 예감이 드는 것이었다. 에반스는 이상한 얼굴을 하고 앤드루를 보고 있었는데, 한쪽 팔이 부자유스럽기 때문에 식사도 제대로 할 수 없는 형편이었다. 그의 아내가 어쩔 수 없이 빵을 찢어주기도 하고, 버터를 발라주기도 했다. 그러다가 우연히 앤드루가 작은 병에 든 후춧가루를 뿌리다가 그만 뚜껑이 빠져 후춧가루 절반 정도가 모두의 수프 위에 흩어지고 말았다. 모두들 깜짝 놀라 긴장된 표정을 했는데, 어린 소녀 아그네스가 별안간 재미있다는 듯 킥킥거리며 웃기 시작했다. 아이엄마는 당황하여 말리려고 했는데, 앤드루의 얼굴을 보고는 이내 그대로 주춤하고 말았다. 다음 순간 모두들 키득키득 웃음보를 터뜨렸다.

동정을 받고 있다는 기분에서 해방되자 에반스는 독립된 떳떳한 인간답게 자기가 열렬한 럭비 팬이며, 대단한 음악애호가란 이야기를 들려주었다. 그는 3년 전에 아이스테즈버드(웨일즈의 도시에서 행해지는 아마추어 문예 및 음악 콩크르) 대회에서 노래를 부르기 위해 카디건에 간 적도 있었다. 그러한 자신의 지식이 자랑스러웠던지 그는 아그네스가 앤드루와 함께 폭죽을 펑펑 터뜨리고 있는 동안 엘가(영국의 작곡가. 1857~1934)의 오라토리오에 대해서 크리스틴과 열심히 이야기를 나누고 있었다.

식사 후 크리스틴은 에반스의 부인과 딸을 다른 방으로 데리고 갔다. 둘만 남게 되자 앤드루와 에반스 사이에는 미묘한 침묵이 흘렀다. 두 사람 다 서로의 마음속에는 공통된 감정이 가득 차 있었지만 그것을 어떻게 꺼내야 될지를 모르고 있었다. 이윽고 앤드루가 먼저 참다 못해 입을 열었다.

"안됐다고 생각하고 있소, 당신의 팔이 그렇게 된 데 대해서 말이오, 톰. 그 때문에 당신이 갱내 일자리를 잃어버린 것도 알고 있어요. 그렇다고 해서 내가 기분 좋아하리라고는 생각지 마시오. 난 진심으로 동정하고 있으니까 말이오."

"죄송하게 된 것은 이쪽이죠." 에반스는 말했다.

또다시 무거운 침묵이 흘렀으나 얼마 후 앤드루가 말을 이었다.

"어떨까요, 내가 번 씨에게 당신 일자리를 부탁해 보면. 지나친 간섭이라고 생각한다면 그만두겠지만……, 그렇지만 그 사람이라면 내가 부탁하면 어느 정도는 들어줄 거요. 반드시 당신에게 갱 밖의 일을 마련해 줄 거요. 시간기록계든……, 뭐든……."

그는 갑자기 말을 끊었는데 차마 에반스의 얼굴을 쳐다볼 수가 없었다. 이

번의 침묵은 꽤 길었다. 마침내 앤드루는 눈을 약간 들다가 또다시 떨어뜨렸다. 눈물이 에반스의 볼을 타고 줄줄 흘러내리고, 온몸을 떨면서 어떻게든 자제하려고 안간힘을 다하고 있었기 때문이다. 하지만 그것도 허사였다. 그는 성한 쪽 팔을 탁자 위에 올려놓고 아예 머리를 그 팔에다 깊게 묻어버렸다.

앤드루는 일어서서 창가로 가서 그대로 잠시 서 있었다. 그러는 동안 에반스도 차차 안정을 되찾았다. 그는 아무 말도 하지 않았다. 한 마디도 하지 않고 앤드루의 눈을 피하고 있었는데, 그 침묵은 말로 하는 것보다 훨씬 그의 심정을 잘 표현해 주고 있었다.

3시 반이 되자 에반스 가족은 처음 찾아왔을 때의 서먹서먹하고 언짢은 기색과는 달리 명랑한 기분으로 돌아갔다.

크리스틴과 앤드루는 거실로 돌아왔다.

"이봐요, 크리스." 앤드루는 냉정하게 연설조로 말하기 시작했다.

"저 사내의 고민거리는 말이야……, 굳어버린 왼쪽 팔에 있는 거라구……. 그것은 본인의 잘못이 아니야. 날 신용하지 않았던 것도 내가 갓 부임해 온 의사였기 때문이고, 그 빌어먹을 캐런유에 대해서도 알 까닭이 없었단 말이야. 그러나 그 사내의 보험증을 맡고 있는 옥스버러우는……, 그 정도의 일쯤은 알고 있어야 했는데 무지했지. 너무 모르고 있었다구. 어리석을 정도로 무지해. 의사에게도 시대에 걸맞는 법률이 만들어져야 돼. 현재 썩어빠진 제도가 틀려먹었단 말이야. 강제적인 재교육 제도를 만들어야 해. 5년에 한 번쯤은 반드시 실시해야 된다구!"

"여보!" 크리스틴은 소파에서 미소를 지으며 항의했다.

"나는 당신의 자선사업을 위해 하루종일 참아왔어요. 당신 양 어깨에 천사와 같은 날개가 돋아나는 걸 보고 있었다구요. 더 이상 연설 따윈 듣기 싫어요. 이쪽으로 오셔서 내 옆에 앉으세요. 오늘은 진짜 단둘이만 있어야 될 중요한 이유가 있다구요."

"응?" 그는 애매한 태도였으나 이내 불끈하면서 말했다.

"불평을 늘어놓고 있는 건 아니겠지? 나는 이래도 꽤 훌륭한 일을 했다고 자부하고 있다구. 적어도……, 크리스마스인데……."

그녀는 소리없이 웃었다.

"어머나 당신, 참 멋있겠군요. 조금 더 있다 눈보라라도 치기 시작하면 세인트 버너드 개를 데리고……, 목까지 올라가는 옷을 입고 떠나 산에서 길을 잃은 사람이라도 데려오시는 거 아니에요? 그것도 밤이 꽤 깊어졌을 때 말예요."

"누군지는 몰라도 제3갱도까지 왔던 사람이 있었다구……, 밤이 깊었을 때."

그는 당장 반격을 가했다.

"더구나 방한복도 입지 않고 말이야."

"여기 앉으세요." 그녀는 팔을 뻗었다.

"잠깐 할 얘기가 있어서 그래요."

그는 그녀 옆에 앉았는데, 그때 갑자기 바깥에서 요란스런 자동차 경적소리가 들려왔다.

"크를, 크를, 키, 키, 크를."

"아이 싫어!"

크리스틴이 갑자기 말했다. 저런 경적소리를 내는 자동차는 어벨라러우에는 하나밖에 없었다. 바로 콘 볼랜드의 차인 것이다.

"잘못한 걸까?" 앤드루는 약간 놀라면서 물었다.

"콘이야. 차를 마시러 오겠다고 했었어."

"어머, 그랬었어요?"

크리스틴은 그렇게 말하면서 일어나 그의 뒤를 따라 현관으로 쪼르르 달려나갔다.

두 사람이 볼랜드 가족을 맞이하러 나가보니 그들은 대문 밖에서 새로 고친 자동차에 앉아 있었다. 콘은 메리와 테렌스를 옆에 앉히고 중절모를 쓰고 큼직한 장갑을 낀 손으로 핸들을 잡고 있었다. 다른 세 아이들은 뒷좌석에 갓난애를 안고 있는 볼랜드 부인 곁에서 차체가 길어지긴 했지만 여전히 통조림속의 청어처럼 빽빽하게 자리잡고 있었다.

그때 갑자기 경적이 또다시 울리기 시작했다.

"크를, 크를, 크를……."

콘이 스위치를 끄려다가 자기도 모르게 무심코 경적 단추를 잘못 눌렀던 것인데, 그것이 멎지를 않는 것이었다. 경적은 멎을 기색도 없이,

"크를, 크를, 크를……."

하고 계속 울려댔다.

콘은 여기저기를 만져보며 투덜거렸고, 맞은편에서는 경적 때문에 시끄러워서 창문을 여는 집도 있었지만, 볼랜드 부인은 조금도 당황하지 않고 꿈꾸듯 갓난애를 안은 채 꼼짝 않고 앉아 있었다.

"이것 큰일났군." 수염으로 자동차 흙받기를 문지르듯 하며 콘이 외쳤다. "휘발유가 낭비인데. 어찌된 일이지? 합선이 된 걸까?"

"스위치예요, 아버지."

메리가 조용한 목소리로 말했다. 그리고 작은 손가락 끝으로 스위치를 눌렀다. 소음은 언제 그랬느냐는 듯 멎었다.

"아이구, 혼날 뻔했군." 콘은 한숨을 쉬었다.

"오, 맨슨, 잘 있었나? 어때, 이 헌 차가 그럴 듯하게 됐지? 변속기가 좀 불충분하지만 말일세. 언덕을 올라오느라고 꽤 혼났다네."

"아주 잠깐만 멎었을 뿐예요, 아버지." 메리가 말했다.

"괜찮아. 이번에 다시 고칠 테니까. 안녕하십니까, 부인. 우리 식구가 총출동해서 크리스마스를 축하할 겸 차를 마시러 왔습니다."

"어서 들어오세요, 콘 선생님." 크리스틴이 미소를 지었다.

"어머나, 장갑이 멋지군요."

"집사람이 준 크리스마스 선물이랍니다." 헐렁헐렁한 장갑을 무척 마음에 든다는 듯 바라보면서 콘이 대답했다.

"군대에서 불하한 물건이죠. 이상하지 않습니까? 지금도 많이 나오고 있으니까! 아니, 이 문은 어떻게 된 거야?"

자동차 문이 열리지 않자 그는 길다란 다리를 쭉 뻗어 차창으로 나와서는 뒷좌석에서 아이들과 아내를 내려주고 차를 한번 쭉 점검했다. 그는 바람막이에 붙은 진흙을 조심스럽게 털어내고 나서야 자동차에서 눈을 떼고는 가족들 뒤를 따라 계관장으로 들어왔다.

즐거운 티파티였다. 콘은 유쾌하게 자동차 얘기로 열을 올리고 있었다.

"거기에 페인트칠만 하면 감쪽같이 된단 말이야."

볼랜드 부인은 역시 꿈꾸는 듯한 표정으로 진한 홍차를 여섯 잔이나 마셨다. 아이들은 초콜릿이며 비스킷에서 마지막 빵 한 조각에 이르기까지 쟁탈전을 벌였다. 식탁 위의 접시에 하나 가득 들어 있던 것은 깨끗이 비워지고 말았다.

차를 다 마시고 메리가 크리스틴이 피곤해 보인다면서 자신이 직접 접시를 썻으러 나가고 없는 동안 앤드루는 볼랜드 부인에게서 갓난애를 받아 안고는 벽난로 앞 깔개 위에서 아기를 안고 얼렀다. 이제까지 본 적이 없을 만큼 건강한 아이로서, 루벤스의 그림에서 볼 수 있는 아이와 꼭 닮은 큼직하고 순진한 눈과 마디가 움푹 팰 만큼 토실토실한 손과 발을 갖고 있었다. 아이는 자꾸만 자기 눈 속에 손가락을 쑤셔넣으려고 했다. 그리고 그 시도가 번번이 실패로 돌아갈 때마다 마냥 이상하다는 듯 상을 찌푸리곤 했다. 크리스틴은 두 손을 무릎 위에 얹은 채 아이와 놀고 있는 그를 바라보고 있었다.

하지만 콘과 그 가족은 더 이상 지체할 수가 없었다. 바깥에는 이미 땅거미가 깔리기 시작했는데, 휘발유 때문에 마음을 졸이던 콘은 헤드라이트의 상태에 대해서 남에게 보이기를 싫어하고 있었기 때문이다. 모두 일어서서 돌아갈 차비를 서두르고 있을 때 콘이 웃으며 말했다.

"밖에까지 나와서 우리들의 출발을 배웅해 주지 않겠나."

앤드루와 크리스틴은 다시 문 밖까지 나가서 콘이 아이들을 차 속에 밀어넣고 있는 동안 우뚝 서 있었다. 두세 번 이리저리 흔들리더니 엔진에 발동이 걸렸다. 콘은 두 사람을 향해 의기양양하게 고개를 끄덕이며 장갑을 끼고 중절모를 멋들어지게 비스듬히 썼다. 그리고 당당히 운전석에 올랐다.

바로 그때였다. 콘이 공들여 손수 이어붙인 자리가 터지면서 차가 별안간 와지끈 소리를 내며 부서져 버렸다. 볼랜드 가족을 모두 태웠기 때문에 길게 늘린 차체가 그 무게를 감당하지 못하고 힘없이 땅바닥에 주저앉았던 것이다. 어안이 벙벙해진 앤드루와 크리스틴 앞에서 바퀴마저 떼굴떼굴 떨어져 나가는 소동이 벌어졌다. 부품이 굴러떨어지고 자물쇠가 달린 상자 속에서 연장이 흩어지는 소리가 나는가 싶더니, 차체가 산산조각이 나서 완전히 땅바닥에 털썩 내려앉았다. 지금까지 자동차였던 것이 순식간에 회전목마의 조롱(吊籠)같이 되었다. 앞좌석에서는 콘이 핸들을 잡고 있고, 뒷좌석에서는 아내가 아이를 꽉 껴안고 있었다. 볼랜드 부인은 꿈꾸는 듯한 눈으로 구원을 지켜보고 있었다. 자만의 절정에서 순식간에 곤두박질하고 만 콘의 얼굴은 멍청한 표정을 숨기지 못하고 있었다.

앤드루와 크리스틴은 얼떨결에 웃음을 터뜨리고 말았다. 한번 웃음이 터지자 아무리 애를 써도 멎지가 않아 그들은 배가 아프도록 웃어댔다.

"에잇, 빌어먹을!" 콘은 그렇게 말하고 머리를 벅벅 긁으며 몸을 일으켰다. 아이들은 모두 한 명도 다치지 않았고, 아내도 안색은 창백했지만 전혀 당황하는 기색도 없이 자기 자리에 태연히 앉아 있는 걸 보자, 그는 멍하니 생각에 잠기면서 망가진 차체를 휙 둘러보았다. '방해공작이다.' 마침내 그런 생각이 떠오르자 그는 맞은편 집 창문을 노려보면서 단적으로 말했다.

"저쪽 집에 사는 어떤 녀석이 장난을 친 게 틀림없어."

그러더니, 그의 얼굴이 밝아졌다. 그리고는 웃느라고 지쳐서 비틀거리는 앤드루의 팔을 붙잡고 울화통이 터지면서도 대범한 얼굴로 구겨진 덮개를 가리켰다. 그 속에서는 엔진이 아직도 희미하게 진동하고 있었다.

"아직도 움직이고 있잖아, 맨슨!"

그들은 그런대로 부서진 차체를 계관장 뒷마당으로 끌고 갔다. 그 일이 끝나자 볼랜드 가족은 걸어서 돌아갔다.

"참 재수없는 날이군!" 이윽고 둘만 남게 되자 앤드루는 큰 소리로 말했다.

"평생 잊지 못할 거야, 그때 콘의 얼굴을."

두 사람은 잠시 그렇게 잠자코 있다가 얼마 후 그가 그녀의 얼굴을 돌아다보며 물었다.

"오늘 크리스마스는 즐거웠지?"

그녀는 우스꽝스럽다는 투로 대답했다.

"나는 즐거웠어요, 당신이 볼랜드 댁의 갓난애와 놀고 있는 걸 보고서."

그는 문득 그녀에게로 시선을 돌렸다.

"왜 그렇지?"

그녀는 그의 얼굴을 보려고 하지 않았다.

"저 말예요, 얘기하려고 했던 건데……, 하루종일. 어머, 당신 모르시겠어요? 아무튼 나는 당신이 이토록 멋진 의사인 줄은 미처 모르고 있었어요."

13

봄이 다시 찾아왔다……. 그리고 초여름이 되었다……. 계관장의 앞뜰은 갖가지 미묘한 색깔로 온통 뒤덮이고, 교대 근무에서 돌아오는 광부들도 곧잘 발길을 멈추고 황홀한 듯 이 정경을 바라보곤 했다. 이 무렵에는 앤드루가

크리스틴의 노동을 절대로 금하고 있었기 때문에 그 배색은 주로 크리스틴이
지난해 가을에 심어놓은 화초 때문이었다.
"이 정원은 당신이 꾸민 거요!" 그는 엄숙한 어조로 말했다.
"그러니 당신이 여기에 있는 건 당연한 일이라구."
그녀가 좋아하는 장소는 작은 골짜기 끝 아담한 폭포가 보이는, 시냇물이
평화로운 소리를 내며 졸졸 흘러가는 곳이었다. 그곳으로 불쑥 튀어나온 버
드나무 덕분에 위쪽에 늘어서 있는 집에서 내려다보일 염려는 없었다. 계관
장 앞뜰의 단점은 위에서 훤히 내려다보이는 것이었다. 한 발자국 현관 밖으
로 나가서 앉아 있기라도 하면, 벌써 다른 주택의 창문이 열리고는 이런 속삭
임이 들려온다.
"참 경치가 좋군, 파니. 좀 나와보렴. 선생님과 사모님이 햇볕을 쬐고 있다
니까."
언젠가 이곳에 온 지 얼마 안 되었을 무렵인데, 시냇가에 누워서 앤드루가
크리스틴의 허리를 감싸고 있는데 그린 조셉 노인의 응접실에서 이쪽에다 초
점을 맞춘 망원경이 번쩍 빛나는 것을 본 적이 있었다.
"빌어먹을!" 앤드루는 화가 머리끝까지 치밀어올랐다.
"늙은 너구리가 망원경으로 우리들을 보고 있잖아."
그러나 이 버드나무 아래라면 완전히 사람 눈을 피할 수 있었으므로 여기에
서 앤드루는 앞으로의 방침을 설명했다.
"알겠지, 크리스?"
그는 불안한 마음으로 자꾸만 체온계를 만지작거리고 있었다. 그것은 만일
을 위해서 그녀의 체온을 재어 두어야겠다는 생각이 갑자기 머릿속에 떠올랐
기 때문이다.
"우린 항상 냉정해야 돼. 왜냐구? 그 이유는 여느 사람들처럼 해선 안 되
기 때문이지. 어쨌든 당신은 의사의 아내이고 나는……, 나는 의사이니까 말
이야. 지금까지 나는 이런 일을 수없이 경험했어. 적어도 몇 십 번은 될 거
야. 정말 아무것도 아닌 평범한 일이라구. 자연의 현상, 종자(種子)의 보존,
그런 따위의 것이지. 아니, 그렇다고 내 말의 뜻을 오해하진 말라구. 물론 우
리에겐 그보다 더 멋진 일은 없어. 하지만 사실 당신은 너무 가냘픈데다가 아
직도 어린애 같은 데가 있으니 말이야……, 아니, 난 굉장히 기쁘다구. 하지
만 쓸데없이 감상적이 될 때가 아니야. 그건 시시한 감정이니까 말이야. 그

렇다니까 글쎄. 그런 일은 누군가 딴 사람에게 맡겨두자구. 당신이 지금 뜨개
질하고 있는 그런 자질구레한 일들, 잘은 모르지만 그런 일들을 멍하니 보고
만 있는 것은……, 의사인 나로서는 좀 어리석은 짓이 아닐까? 그렇지, 그렇
고말고. 나는 그저 그것을 보면서 '따뜻한 물건이 되어주었으면' 하고 말할
뿐이잖아. 그리고 아들인지 딸인지 지금은 알 수는 없지만……, 어쨌든 태어
날 아이의 눈빛이 어떨지, 장래 그 아이한테 어떤 행복을 줄 수 있을지 당장
은 아무것도 모르는 것 아니겠어?"

그는 말을 끊고 눈살을 찌푸렸으나 이내 무슨 생각이 떠오른 듯 밝은 표정
으로 미소를 지었다.

"하지만 크리스, 난 어쩐지 딸인 것 같은 생각이 든다구."

그녀는 웃고 또 웃어서 나중에는 눈물이 볼을 따라 흘러내릴 정도였다. 너
무 웃어댔기 때문에 그는 자기도 모르게 걱정하며 일어섰다.

"이젠 그만 웃음을 그쳐요, 크리스. 그렇게 웃어대면 몸에 좋지 않아."

"어머나, 당신." 그녀는 눈물로 젖은 눈시울을 닦았다.

"감상적이고 이상주의자인 당신이 난 좋아요. 하지만 완고하게 비꼬기만
하는 당신은…… 그래요, 집에 없는 편이 낫겠어요."

그녀가 말하는 뜻을 그는 잘 알아들을 수가 없었다. 하지만 스스로 자기가
과학적이며, 매사에 신중하다고 생각하고 있었다. 오후가 되자 그는 그녀에
게 조금 운동을 시키는 편이 좋다고 생각하고 크리스틴을 데리고 절대로 금하
고 있는 언덕길을 올라 공원으로 산책을 나섰다. 공원에서 그들은 음악을 듣
기도 하고, 감초즙이나 과즙병을 들고 소풍을 나와 있는 광부의 아이들을 바
라보면서 천천히 거닐었다.

5월의 어느 날 아침 두 사람은 아직 잠자리에 누워 있었는데, 그는 잠결에
뭔가 희미하게 움직이는 것을 느꼈다. 완전히 잠에서 깨어나자 그 움직임이
또렷하게 느껴졌다. 크리스틴의 뱃속에 있는 아이의 첫 태동이었다. 그는 몸
을 움츠리고 믿을 수 없을 정도로 갑자기 솟아오르는 환희로 질식할 것만 같
았다. 에잇, 제기랄! 나도 결국 별 수 없는 흔해빠진 인간이 아닌가. 의사가
자기 아내를 간호하지 못한다는 것은 바로 이런 경우를 말하는 것이로군, 하
고 그는 생각했다.

다음주가 되자 그는 이제 루엘린 박사에게 말해도 무방한 시기라고 생각
했다. 처음부터 두 사람은 박사에게 부탁할 생각이었다. 앤드루가 전화를 걸

자 루엘린은 기뻐해 주었고, 또 실제로도 기분도 좋았던 모양이었다. 박사는 곧바로 찾아와서 먼저 잠깐 간단한 진찰을 해주었고 앤드루와 이야기를 나누었다.

"내가 힘이 되어줄 수 있다니 나도 기쁘군 그래, 맨슨."

박사는 담배를 받아들면서 말했다.

"자넨 나를 별로 좋아하지 않는 것 같아서 이런 부탁은 하지 않을 줄로 알았네. 걱정하지 말게 나도 최선을 다할 걸세. 그런데 요즘 어벨라러우는 너무 무덥기 때문에 말인데, 어떤가, 거동할 수 있을 때 부인을 휴양지로 옮기도록 하면?"

'난 도대체 왜 이럴까?' 루엘린이 돌아가자 앤드루는 혼자서 그렇게 생각했다. '그 사나이를 좋아하는 모양이야. 그 사나이는 훌륭해. 정말 훌륭해. 동정심이 있는데다 사교성도 있다구. 기술에 있어선 과연 그를 따를 자가 없지. 그런데도 나는 1년 전, 그 사나이의 목에다 비수를 들이대려고 했었어. 아무래도 나는 옹고집에다 질투심 많은 스코틀랜드인임에 틀림없군 그래.'

크리스틴은 가기 싫어했지만 그는 꼭 가야 한다고 부드럽게 타일렀다.

"하긴 나를 남겨두고 혼자 떠나기 싫어하는 당신 심정은 알겠어, 크리스! 그러나 당신에게 무척 좋은 일이라구. 잘 생각해 보라구. 만일의 경우도 있으니까 말이야. 해변이 좋을지, 그렇지 않으면 북부 숙모 댁이 좋을지. 걱정마, 당신을 보낼 만한 여유는 있으니까. 요즘엔 생계도 꽤 순조롭게 꾸려나가고 있잖아."

그들은 이미 글렌 장학금과 가구의 월부금도 이미 다 지불했고, 지금은 은행에 100파운드 가까이 예금도 해놓고 있었다. 하지만 그녀는 그런 생각은 하지도 않고 그의 손을 꼭 쥐면서 또렷한 목소리로 대답했다.

"그렇죠. 생활도 많이 나아졌어요, 앤드루!"

계속되는 권유에 못 이겨 그녀는 브리들린톤의 숙모 댁으로 가기로 했다. 1주일 뒤에 그는 그녀가 차 안에서 먹을 과일바구니를 들고 역까지 배웅을 나가 긴 포옹을 하고는 헤어졌다.

헤어지고 나니 생각했던 것보다 훨씬 쓸쓸했다. 서로의 애정은 이미 그들 생활의 일부가 되어 있었던 것이다. 두 사람 사이의 이야기며 토론, 그리고 입씨름을 벌이거나 때로는 함께 침묵을 지키고 있는 것, 그리고 그가 집으로 돌아오면 으레 말을 걸고 귀기울이면서 그녀의 씩씩한 대답을 기다리는 나날의 생활이 얼마나 커다란 의미를 지니고 있는가를 그는 새삼스레 알게 되었다. 그녀가 없는 침실은 어디에서나 흔히 볼 수 있는 호텔의 서먹서먹한 방이 되었다. 크리스틴이 적어둔 순서대로 재니는 충실하게 식사를 만들어 주었으나 그는 펼쳐놓은 책을 읽으면서 기계적으로 먹을 뿐이었다.

그녀가 정성껏 꾸며 놓은 정원을 멍하니 거닐다가 그는 문득 다리가 무너져 내리고 있는 것을 보고 깜짝 놀라지 않을 수 없었다. 그것이 집을 비우고 있는 크리스틴에 대한 모욕처럼 느껴졌기 때문에 그는 어쩐지 화가 났다. 다리가 무너질 것 같다고 위원회에 여러 차례 수리를 부탁했지만 조수의 집을 수선하는 일에는 선뜻 움직여 주지 않는 것이 위원들의 관례였다. 그러나 오늘은 그도 감정에 사로잡혀 즉시 회사에 전화를 걸어 호되게 다짐을 받아두었다. 마침 오웬이 며칠간의 휴가로 자리에 없었으나 대리서기가 말하는 바로는 그의 신청이 이미 위원회를 통과하여 리차드란 건축업자에게 위탁해 두었다는 것이었다. 아직 공사를 착수하지 않은 이유는 다만 리차드가 다른 일로 시간이 나지 않기 때문이라고 했다.

밤이 되면 그는 곧잘 볼랜드를 찾아갔으며, 두 차례 정도 번 댁에 들러서 브리지 게임을 하며 놀기도 했다. 한번은 놀랍게도 루엘린과 골프를 치기까지 했다. 그는 또한 햄슨과 드라이네피를 떠나 지금은 유조선의 선의가 되어 탐피코로 항해중인 데니에게도 편지를 써 보냈다. 크리스틴과의 서신 교환은 참으로 더할 나위 없는 큰 위안이 되었다. 그러나 주로 그는 일에 몰두함으로써 쏟아지는 외로움을 달랬다.

그 무렵, 그의 무연탄광에서의 임상조사는 착착 진행되고 있었다. 담당환자의 진찰과 빈번한 왕진은 별도로 하고, 광부들을 만나는 기회라곤 그들이 일을 마치고 탄광의 목욕탕으로 올 때밖에 없었다. 그런데 그들은 빨리 집에 돌아가서 저녁식사를 들려고 했기 때문에 오랫동안 붙잡아 놓을 수가 없어서 이 조사도 제대로 뜻한 만큼 되지 않았다. 평균적으로 하루에 두 사람꼴로 조사했지만, 그래도 그 결과는 그를 점점 더 흥분상태로 몰아넣고 있었다. 무연탄광 갱내에서 광부들이 폐질환에 걸리는 비율은 다른 갱내 노무자의 경우보다 확실히 많다는 사실이 속단을 내리는 위험을 범하지 않도록 판명되었던 것이다.

교과서에 대한 불신은 고사하고 자신의 일이 한낱 다른 사람이 이미 밝혀놓은 것을 다시 조사하는 것에 불과하다는 것을 나중에 발견되는 것이 싫었기 내문에 그는 이 문제에 관한 문헌을 가능한 한 모두 뒤져보았다. 그는 우선 문헌이 빈약하다는 데 놀라지 않을 수 없었다. 직업적인 질환으로서 폐병에 큰 관심을 가진 학자는 찾아보기가 무척 힘든 형편이었다. 첸커는 먼지 흡입으로 인한 폐장섬유증(肺臟纖維症)의 세 가지 형태를 포함하는 '폐진증(肺塵症)'이라는 어마어마한 술어를 이미 사용하고 있었다. 물론 탄분증(炭粉症), 즉 탄광부에게서 볼 수 있는 폐장의 검은 침윤(浸潤)은 꽤 오래전부터 무해로 알려져 있었으며, 독일의 골트만과 영국의 트로터도 무해라고 말하고 있었다. 석구제조공(石臼製造工), 특히 프랑스의 석구제조공과, 작은 칼이나 도끼의 연마공(研磨工, 연마사병(研磨師病)), 그리고 석공들에게 많은 폐질환에 관한 논문도 몇 가지 있기는 했다. 또한 거의 다 모순투성이 논문이지만, 남아프리카에서의 랜드 금광의 직업병인 금광 광부의 폐결핵의 원인이 분명히 진애감염에 의한 것이라는 증명도 있었다. 게다가 아마(亞麻)나 면화의 채취 인부, 곡분(穀粉) 인부 등이 폐에 만성적인 변화를 일으킨다고 하는 사실도 기록되어 있었다. 그러나 이것이 전부로 그 이외에는 아무것도 없었다.

앤드루는 흥분으로 눈을 반짝이면서 문헌 뒤지기를 그만두었다. 그는 자신이 뭔가 전인미답(前人未踏)의 확고한 지점에 우뚝 서 있음을 느꼈다. 대규모 무연탄광의 땅바닥에서 일하고 있는 수많은 노무자를 생각하고, 그 피해로 말미암아 취업불능에 빠져 있는 사태에 대한 입법의 결함을 생각하고, 나아가서는 이 방면의 연구에 대한 비상한 사회적 중요성에 대해 생각했다. 얼마나 좋은 기회인가! 정말 멋진 기회이다! 문득 누군가가 자기보다 먼저 이 연구를 하고 있을지도 모른다는 생각이 들자 식은땀이 줄줄 흘러내렸다. 그는 그런 생각을 뿌리쳤다. 이미 한밤중도 지나 불이 꺼진 거실을 성큼성큼 왔다갔다 하면서 그는 갑자기 크리스틴의 사진을 맨틀피스 위에서 집어올렸다.

'크리스! 난 진실로 믿고 있다구. 이제부터 멋진 일을 하게 되리라는 것을 말이야!'

그런 목적으로 구입한 색인용 카드로 그는 신중하게 조사한 결과를 분류하기 시작했다. 스스로 생각해 본 적은 없었지만 그의 임상적인 수완은 이미 훌륭해져 있었다. 탈의실에서 광부들이 상반신을 벗고 앞에 서면 그는 자신의 손가락과 청진기로 이들 살아 있는 폐장에 숨겨져 있는 병리(病理)를 면밀하게 조사해 나갔다. 우선 섬유성의 장소, 이어 기종(氣腫), 그리고 만성기관지염……, 이러한 증상들에 대해서 본인들은 '약간 기침이 나온다'고 하며 미안하게 여기면서도 태연한 것이다. 진찰이 끝나면 그는 카드 뒤에 인쇄되어 있는 도형에 장해 상황을 신중하게 기입했다.

그와 동시에 그는 모든 사람들의 객담(喀痰)을 채취하여 새벽 2,3시까지 데니의 현미경에 매달려 조사하고 그 결과를 표로 만들어 카드에 적었다. 그의 소견으로는 이들의 점액에는, 이 고장에서는 '하얀 침'이라고 부르고 있었는데, 모난 규석(硅石)의 빛나는 미세한 가루가 거의 모두 포함되어 있었다. 그는 결핵균을 발견할 때마다 다수의 폐포(肺胞)가 있는 것을 보고 깜짝 놀랐다. 그러나 그가 주의를 집중한 것은 이 폐포와 식세포(食細胞) 곳곳에 '반드시'라고 말해도 좋을 만큼 결정상의 규소가 존재하고 있다는 사실이었다. 폐장 내의 갖가지 변화, 어쩌면 동시적인 결핵감염마저도 근본적으로는 이 점에 기인한 것이라는 끔찍한 생각에서 그는 도저히 벗어날 수 없었다.

연구가 여기까지 진행된 6월 말에 크리스틴이 돌아와서 무작정 두 팔을 그의 목에 감았다.

"정말 돌아오길 잘했어요. 그렇죠? 물론 그 동안 나는 즐거웠어요. 어머, 당신 웬일이에요? 얼굴빛이 좋지 않군요. 제니가 식사를 제대로 해드리지 않은 것 같아요!"

그녀는 휴양을 잘했는지 몸도 튼튼해지고 볼에도 아름다운 혈색이 넘쳐흐르고 있었다. 그러나 그녀는 앤드루의 식욕부진이며, 담배를 지나치게 많이 피워대는 것이 걱정스러워서 견딜 수 없었다.

그녀는 진지하게 다그쳐 물었다.

"얼마쯤 걸리나요, 이번 연구는?"

"글쎄."

그것은 그녀가 돌아온 다음날의 일이었는데, 비가 내리고 있으며 어쩐지 그는 기분이 좋지 않아 보였다.

"1년쯤으로 생각하고 있지만 5년 이상 걸릴지도 모르지."

"좋아요, 그럼. 당신에게 생활을 바꾸라고 말하는 게 아니에요. 그런 사람은 가족 가운데 한 사람이면 충분해요. 하지만 연구가 그렇게 오래 걸린다면 시간을 잘 이용해서 밤샘 따위로 몸을 해치지 않도록 계획을 세워 순서에 따라 일을 해야 된다고 생각하지 않으세요?"

"난 괜찮다구."

그러나 때와 경우에 따라서 그녀는 무척 완고한 구석이 있었다. 그녀는 제니에게 실험실 마룻바닥을 청소하라고 이르고는 팔걸이의자와 깔개를 가지고 오게 했다. 요즘처럼 무더운 밤에도 방은 서늘하고, 그가 사용하는 시약의 자극적인 에테르 냄새가 달콤한 나무의 진 향기와 뒤섞여 있었다. 그가 테이블에서 일을 하고 있는 동안 그녀는 같은 방에서 재봉이며 뜨개질을 하면서 시간을 소일했다. 현미경을 들여다보고 있노라면 그는 그녀의 일 따윈 완전히 잊어버리고 말지만 그녀는 언제나 그곳에 앉아 있다가 11시가 되면 반드시 의자에서 일어섰다.

"주무실 시간이에요!"

"아, 벌써 그렇게 됐나?"

그는 현미경에서 얼굴을 쳐들고 근시인 눈을 그녀에게 향해 깜박거렸다.

"먼저 자라구, 크리스! 나도 곧 갈 테니."

"앤드루 맨슨! 나에게 혼자 자라고 하시는 거예요? 이런 몸인데……."

이 마지막 문구는 어느덧 가정내의 희극적인 상투어가 되어 있었다. 그들 두 사람 다 의론의 끝맺음을 할 때 농담조로 이 말을 사용했다. 그도 여기에는 반발하지 못했다. 웃으면서 일어나 허리를 쭉 펴고 나서 현미경의 렌즈를 돌려 슬라이드를 치웠다.

7월 말경, 마마가 맹렬한 기세로 유행하여 그의 일이 무척 바빠졌는데, 8월 3일은 유난히 환자가 많아 오전 진찰에 이어 왕진은 3시가 지나서까지 계속되었다. 그가 점심 겸 저녁식사를 하기 위해 지쳐서 돌아와 보니 계관장 문 앞에 루엘린 박사의 차가 와 있는 것이 눈에 들어왔다.

무슨 일로 이런 시간에 와 있을까, 하고 갑자기 불안한 마음이 들어 그는 심장을 두근거리면서 서둘러 안으로 들어갔다. 현관 계단을 뛰어올라 문을 열어보니 루엘린이 서 있었다.

그는 불안한 눈초리로 상대방을 물끄러미 응시하면서 더듬더듬 말했다.

"어서 오세요, 루엘린 선생님. 저는……, 저는 이렇게 빨리 와주실 줄은 전혀 생각지도 못했기 때문에……."

"여보게 아닐세, 그게 아닐세." 루엘린은 대답했다.

앤드루는 미소지었다.

"그럼?"

흥분해 있었으므로 그밖에 적당한 다른 말을 찾을 수 없었지만 그의 밝은 얼굴에는 분명 불안한 빛이 떠오르고 있었다.

　루엘린은 웃지도 않았다. 잠깐 사이를 두었다가 박사가 먼저 입을 열었다.

　"잠깐 이쪽으로 와주지 않겠나, 맨슨."

　그리고 앤드루를 거실로 데리고 갔다.

　"우린 아침부터 쭉 자네의 왕진처를 찾고 있었다네."

　루엘린의 주춤주춤하는 태도며 그 음성이 이상하게 동정적인 어투여서 갑자기 앤드루는 등골이 오싹해지는 느낌이 들었다. 그는 더듬더듬 말했다.

　"무슨 잘못된 일이라도 있었나요?"

　루엘린은 창 쪽으로 시선을 던지고 가장 적절하고 가장 친절한 설명을 찾기라도 하듯 시선을 정원의 다리 쪽으로 옮겼다. 앤드루는 궁금해서 더 참을 수가 없었다. 질식할 것 같은 극도의 불안 속에서 가슴이 터질 것만 같고 숨도 쉴 수 없을 정도였다.

　"맨슨." 루엘린은 상냥하게 말했다.

　"오늘 아침에 말이야……, 부인이 다리를 건너려는데……, 썩어 있던 판자가 부러졌다네. 그러나 부인은 아무 일이 없었어. 정말 아무렇지도 않아. 하지만 혹시나……."

　그는 루엘린이 더 이상 말하지 않더라도 모든 사태를 잘 알아차렸다. 괴로운 나머지 심장이 몹시 뛰었다.

　"자네도 이해해 주겠지만," 루엘린은 조용히 동정어린 어조로 계속했다.

　"할 수 있는 데까진 다 해봤네. 난 곧장 병원에서 간호부장을 데리고 와서 하루종일 여기 있었는데……."

　잠시 침묵이 계속되었다. 앤드루의 목에서 오열이 터져나오고, 그것이 두 번 세 번 반복되었다. 그는 한쪽 손으로 두 눈을 덮었다.

　"아무쪼록 진정하게." 루엘린은 부탁하듯 말했다.

　"재난이란 것은 어쩔 수 없는 것이라네. 자, 부탁이네……, 어서 가서 부인을 위로해 주게."

　앤드루는 고개를 숙이고 계단 손잡이를 잡으며 겨우겨우 2층으로 올라갔다. 침실문 앞에 이르자 숨이 막혀 그대로 잠깐 서 있다가 이윽고 그는 휘청거리면서 안으로 들어갔다.

14

1927년으로 접어들자 어벨라러우의 맨슨 선생이라면 약간 별난 평판을 받는 의사가 되어 있었다. 그다지 번성하고 있는 것도 아니고, 환자수도 그가 이 마을에 왔을 당시와 비교하여 별로 늘어나지 않은 형편이었다. 그러나 환자들은 그에게 절대적인 신뢰를 보내게 되었다. 거의 약을 사용하지 않고, 사실 환자에 대해서 약을 쓰지 말라고 의사로서는 있을 수 없는 충고를 입버릇처럼 했을 정도였지만, 일단 썼다 하면 깜짝 놀랄 만한 처방을 해버리는 것이었다. 개지가 처방전을 손에 들고 고개를 푹 숙인 채 못마땅하다는 듯 대합실을 지나가는 광경은 별로 보기 드문 일이 아니었다.

"이건 뭡니까, 맨슨 선생님? 에반 존스에게 브롬화칼륨 20그램이란 것 말입니다. 약국방(藥局方)엔 2그램으로 되어 있는데요."

"케이트 아줌마의 꿈 이야기 책에는 그렇게 씌어 있을 걸세! 20그램이면 된다구, 개지. 자넨 에반 존스 따윈 처치해 버리는 게 좋지 않은가!"

그러나 간질병 환자인 존스는 전혀 처치되는 기색이 보이지 않았다. 그렇기는커녕 1주일이 지나자 발작도 적어지고 공원을 산책하는 모습을 볼 수 있었다.

위원회로서는 맨슨을 크게 우대해야 마땅했다. 그가 사용하는 약국의 계산서는 이따금 폭발적으로 대량 사용을 하기는 했지만 다른 조수들의 절반에도 못 미치고 있을 정도였기 때문이다. 그런데 맨슨은 다른 방면에서 위원회에 세 배에 달하는 비용을 부담시키고 있었기에 그것이 원인이 되어 곧잘 말썽이 일어나곤 했다. 이를테면 그는 왁친과 혈청을 사용했는데 에드 첸킨이 상을 찌푸리고 발표한 바에 의하면 위원의 누구 한 사람도 들어본 적이 없는 어마어마하게 많은 금액이었던 것이다. 이에 대해 오웬이 백일해가 유행하던 겨울철에 그의 담당구역 밖에서는 유아들이 마구 쓰러져 갔는데도 왁친을 사용한 그는 신기하게도 이를 막아냈던 예를 들어 변호하자, 에드 첸킨이 반박하여 외쳤다.

"알 수 없잖아, 그런 신기한 약이 효과가 있었던 건지 어떤지! 내가 그 친구한테 따져보니 아무도 그 원인을 자세히는 모른다고 자기 입으로 그렇게 말하더군 그래!"

맨슨에겐 충실한 친구도 많은 반면 적도 꽤 많았다. 위원 중에는 3년 전, 다리 문제로 총회가 열렸을 때 그가 위원들에게 퍼부어댄 폭언을 아직도 기억하고 있는 자가 더러 있었다. 그들도 물론 맨슨 부부가 사랑하는 아이를 잃은 일에는 동정하고 있었지만, 그러나 그것을 그들의 책임으로 돌린다는 것은 승복할 수 없는 일이었던 것이다. 위원회란 곳은 원래 일을 신속히 처리하는 데가 아니다. 오웬은 당시 휴가로 쉬고 있을 때였고, 공사를 맡은 리차드는 보이스 마을에 신축하는 집 때문에 틈을 낼 수가 없었던 것이다. 따라서 위원들을 책망한다는 것은 말도 안 된다는 것이었다.

시간이 점점 흐름에 따라 앤드루는 위원회에 대한 불평이 많아지게 되었다. 그는 자신의 신념에 따라 하고 싶은 집요한 욕망을 가지고 있었는데 위원회는 그걸 좋아하지 않았기 때문이다. 이와 함께 어느 교회가 그에 대해 편견을 가지기 시작했다. 크리스틴은 자주 교회에 가고 있었지만 그는 결코 교회에 모습을 보이지 않았다. 이것을 처음으로 지적한 사람은 옥스버러우 의사였다. 게다가 그가 전신침례(全身浸禮) 교의를 냉소했다는 소문이 쫙 퍼져 있었다. 더구나 그는 교회 관계자 중에서 치명적 적으로 한 사람을 두고 있었다는데, 그것은 바로 시나이 교회의 에드윌 파리 목사였다.

1926년 봄의 일이었다. 결혼한 지 얼마 안 되는 에드윌 목사가 밤늦게 맨슨의 진찰실로 홀연히 들어왔다. 전형적인 크리스천 같은 모습을 하고 있었지만, 영합적인 속물 근성이 물씬 풍기는 그러한 사나이였다.

"안녕하십니까, 맨슨 선생! 마침 지나가던 길이어서 잠깐 들렀습니다. 평소 옥스버러우 선생한테서 진찰을 받아왔지요. 그분은 우리 교회의 신자이기도 하고 동부 진료소가 거리도 가깝고 해서요. 그러나 선생은 여러 가지 의미에서 무척 현대적인 의사이고, 새로운 일이라면 무엇이든 연구하고 계시지 않습니까. 그래서 실은 간곡히……, 아니, 사례는 많이 해드릴 생각입니다만……, 상의하고 싶은 일이 있어서……."

에드윌은 속인답게 노골적인 태도를 보이면서도 한편으론 목사답게 약간 얼굴을 붉혔다.

"실은 우리 부부는 당분간 아이를 가지고 싶지 않아서요. 내 봉급이 워낙 적어서 원……."

맨슨은 불쾌한 기분으로 시나이 교회의 목사를 냉랭하게 노려보고 있었다. 그리고 신중하게 대답했다.

"당신 봉급의 4분의 1밖에 받지 못하는 사람도 아이를 바라고 있잖습니까. 당신들은 도대체 뭣 때문에 결혼하신 겁니까?"

그는 부아가 치밀어올라 갑자기 소리쳤다.

"나가주시오! 썩 나가라구요…… 당신이 하나님의 종이라구? 더럽네, 쳇, 더러워!"

목사는 얼굴을 이상하게 찡그리고 슬금슬금 나가버렸다. 사실 앤드루가 너무 지나치게 난폭한 말을 했는지 모른다. 그러나 당시 크리스틴은 그때의 유산 때문에 앞으로 어린애를 갖지 못하는 몸이 되어버렸는데, 그래도 두 사람은 아이를 몹시 원하고 있었던 것이다.

1927년 5월 15일의 일이었다. 왕진에서 돌아오는 길에 앤드루는 자신과 크리스틴이 자식이 죽은 뒤에도 어찌하여 어벨라러우에 그대로 머물러 있는지를 생각하였다. 해답은 아주 간단했다. 진애감염에 관한 연구가 남아 있었기 때문이다. 그는 그 문제에 매혹되어 전력을 기울이고 있었기 때문에 탄광을 떠날 수가 없었던 것이다.

그는 지금까지 해왔던 일을 회고하면서 직면하지 않을 수 없었던 몇 가지 어려움을 검토해 넣으면 연구의 완성에 소요된 시일이 결코 그다지 긴 것만은 아니라고 생각했다. 조사를 처음 시작할 당시에는 시간상으로도 생각보다 훨씬 많이 걸렸고, 기술면에서도 오늘날 돌이켜볼 때 유치하기 짝이 없는 것이었다.

그는 담당구역의 모든 광부에 대한 호흡기 상태의 완전한 임상조사를 마치고 그 결과를 도표로 만들었다. 그 결과 무연탄광 광부 사이에서 폐질환이 압도적으로 많다고 하는 명백한 증거를 잡은 것이다. 이를테면 그는 섬유성 폐질환의 90퍼센트가 무연탄광에서 일하는 사람이라는 사실을 발견했다. 또한 중년 이상의 무연탄광 광부들 사이에서도 폐질환에 의한 사망률이 전체 탄광 광부의 경우보다 세 배에 가깝다고 하는 사실도 곧 발견해 냈다. 이렇듯 그는 무연탄광 광부의 갖가지 계층의 호흡기병의 이병률을 나타내는 통계표를 작성했던 것이다.

동시에 그는 객담 조사중에 발견한 규석 분말이 무연탄광의 갱내에 실재로 존재한다는 사실을 증명하려고 했다. 그는 결정적으로 이를 논증했을 뿐만 아니라, 캐나다 발삼(렌즈의 접합용 약제)을 바른 슬라이드를 갱내의 여러 장소에다 적합한 시기에 내다놓음으로써 여러 종류의 진애 농도와 발파 작업이라든가 착암과정에서 심하게 발생되는 진애의 계수(計數)를 알아낼 수 있었다.

이리하여 그는 과다하게 규석을 포함한 공기와 빈번하게 호흡기를 앓게 만드는 사실을 결부시키는 일련의 훌륭한 방정식을 얻어냈던 것이다. 그러나 이것만으로는 충분하지 않았다. 현실적으로 규석 분말이 인체에 해로운 것이며 폐조직을 파괴할 뿐만 아니라, 또한 그것이 무해한 수반현상이 아니라는 사실을 입증해야만 했다. 그렇게 하기 위해서는 마르모트에 일련의 병리학적 실험을 행하여 규석 분말이 폐에 미치는 영향을 연구할 필요가 있었다.

이 실험에서 그의 흥분도 한층 더 드높아졌으나 드디어 진짜 어려움이 닥쳐왔다. 이미 그는 실험실이라 일컫는 방을 가지고 있었고, 마르모트는 쉽게 구할 수가 있었다. 그리고 실험에 필요한 설비는 간단한 것이었다. 하지만 꽤 솜씨가 능숙하다고 자부하고는 있었지만 그는 원래 전문적 병리학자가 아니었고, 또 그렇게 되고 싶은 생각도 추호도 없었다는 사실을 의식하자 자신에 대해서 지금까지 경험하지 못했을 정도로 화가 치밀어올랐다. 이것저것을 모조리 혼자서 도맡아 해야 하는 방식을 비난하면서도 그는 크리스틴을 조수로 삼아 섹션을 자르거나 가다듬는 기술을 가르쳤는데, 그녀는 얼마 안 가서 그보다 솜씨 좋게 해내게 되었다.

그는 이어서 아주 간단한 진애실(塵埃室)을 만들어 짙은 진애 속에 일정 시간 마르모트를 넣어두기도 하고, 그 대조군(對照群)으로 이 진애실에 넣지 않은 마르모트도 사육했다. 이것은 싫증이 나는 일로서 그가 가지고 있는 이상의 인내력을 필요로 했다. 작은 선풍기는 두 번이나 파손되었다. 실험이 막바지 단계에 이르러서야 대조군의 사육법이 잘못되었음을 깨닫고 실험을 처음부터 다시 한 적도 있었다. 하지만 실험의 실패와 지연은 있었지만 규석 분말에서 오는 폐장의 병변(病變)과 진애로부터의 섬유종(纖維腫)의 도입을 누진적으로 증명하는 표본을 입수할 수가 있었다.

이것으로 그는 만족한 한숨을 쉬고, 크리스틴에게 신경질을 부리는 일도 없어졌다. 그후 며칠 동안은 가정생활도 평온무사하게 지나갔다. 그런데 그는 또 다른 일을 생각해 내고 다시 거기에 몰두하여 가정을 잊고 말았다.

이제까지의 그의 연구는 폐질환의 원인이 딱딱하고 날카로운 규석의 결정체를 흡입하는 데서 비롯된 물리적인 파괴의 결과라고 하는 가설하에 행해지고 있었던 것이다. 그러나 이번엔 갑자기 분말의 단순한 물리적 자극에 의한 것 이외에 뭔가 화학적인 작용이 있는 것이 아닌가 하는 의문을 갖기 시작했다. 그는 화학자는 아니었지만, 그러나 이미 이 단계에까지 이르러서 이제 와서 후퇴하기에는 너무 깊이 들어와 버리고 말았다. 그리하여 다시 일련의 새로운 실험방법을 생각해 냈다.

그는 콜로이드 규석을 입수하여 사육중인 마르모트 한 마리에게 피하주사를 놓았다. 그 결과 국부에 일종의 종양이 생겼다. 또한 물리적으로 자극이 없는 비결정 규석의 수용액을 주사해도 같은 모양의 종양이 유발될 수 있음을 발견했다. 다른 한편으로는 가령 탄소 분말과 같은 물리적으로 자극이 있는 물질을 주사해도 전혀 종양이 발생하지 않는다는 사실을 발견하고 그는 개가를 올렸다. 규석의 분말은 결국 화학적인 활동력을 가지고 있었던 것이다.

그는 흥분과 환희로 들떠서 거의 제정신이 아니었다. 처음에 예상했던 이상의 성과를 거둔 셈이었다. 그는 열에 들뜬 것처럼 데이터를 수집하여 3년에 걸친 연구의 결과를 간결한 형태로 정리했다. 그는 이미 수개월 전부터 이것을 연구 논문으로 발표할 뿐만 아니라, 의학박사의 학위논문으로 제출할 결심을 하고 있었다. 깔끔한 타이프 인쇄로 된 물빛의 소책자가 커디프에서 발송되어 오자 그는 기쁨에 가슴을 두근거리면서 다시 읽어보고는 크리스틴과 함께 우송하러 나갔는데, 그 이후는 썰물이 빠져나간 것처럼 허탈한 절망에 빠져버리고 말았다.

그는 피로에 지쳐 완전히 무기력하게 되어버린 느낌이었다. 자신이 실험실의 인간이 아니라는 것과, 자기 일의 최선과 최고의 것은 임상조사의 최초의 단계에 불과하다는 사실을 전에 없이 또렷하게 의식했다. 그리고 가엾은 크리스틴에게 몇 번이나 신경질을 부렸다는 것을 생각하니 저절로 후회하는 마음이 생겼다. 그대로 며칠 동안 그는 의기소침하여 맥이 쭉 빠진 것처럼 되어 있었다. 하지만 그러는 동안에도 어쨌든 뭔가 뜻있는 일을 완성했다고 확신하는 빛나는 순간도 없지는 않았다.

15

그해 5월의 어느 날 오후, 집으로 돌아온 앤드루는 논문을 우송한 이후 집요하게 계속되는 이상하리만큼 소극적인 기분 때문에 어쩐지 멍해 있었기 때문에 크리스틴의 얼굴에 걱정스러운 빛이 깃들여 있는 것도 전혀 눈치채지 못했다. 그는 건성으로 그녀에게 돌아왔다는 인삿말을 던지고는 얼굴과 손을 씻으려고 2층으로 올라갔다. 얼마 후, 그는 차를 마시러 내려왔다.

그러나 차를 다 마시고 담배에 불을 붙였을 때, 그는 문득 그녀의 표정을 알아차렸다. 그래서 석간신문에 손을 뻗으면서 물었다.

"왜 그러지? 무슨 일이 있었나?"

그녀는 잠시 티스푼을 바라보는 듯한 시늉을 했다.

"손님이 왔었어요, 오늘. 나 혼자서 만났어요. 오후에 당신이 나가신 뒤였어요."

"그래, 누구였는데?"

"위원회 대표들이라는데 모두 다섯 분이었어요. 그중에 에드 첸킨도 끼여 있었구요. 그리고 파리도 따라왔더군요……. 알고 계시죠, 저 시나이 교회 목사……, 그리고 데이비스라든가 하는 분도 같이 왔었어요."

그 상태로 두 사람 다 이상하게도 침묵하고 있었다. 그는 담배연기를 깊숙이 들이마시고는 신문을 내려놓고 그녀의 얼굴로 시선을 돌렸다.

"무슨 용건으로 왔대?"

뭔가 알아내려고 하는 그의 눈초리에 처음으로 부딪치자 그녀의 표정은 당혹과 걱정스러움이 역력히 보였다.

"4시쯤이에요. 당신을 만나고 싶다고 하기에 안 계시다고 했죠. 그랬더니 파리가 집안으로 들어오겠다는 거예요. 물론 나는 깜짝 놀랐죠. 당신을 기다리겠다는 뜻인지 뭔지 알 수가 없었으니까요. 그러자 에드 첸킨이 이것은 위원회의 집이고 자기들은 위원회의 대표들이니 집안에 들어가든 어떻든 아무 상관이 없다고 말하는 거였어요."

그녀는 말을 끊고 크게 한숨을 내쉬었다.

"나는 한 발자국도 양보하지 않았어요. 그러다가 왈칵 화가 치미는 바람에 정신을 잃고 말았어요. 하지만 간신히 정신을 차리고 왜 집안으로 들어오려는 거냐고 물어봤어요. 그랬더니 이번엔 파리가 말하기를……, 당신네들이 동물실험을 하고 있다는 사실을 자기 뿐만 아니라 위원회도, 그리고 마을 사람 전체가 알고 있다는 거예요. 뻔뻔스럽기 짝이 없잖아요. 동물실험을 가리켜 생체해부라고 지껄여대면서 말예요. 그래서 동물학대방지회의 데이비스 씨를 데리고 와서 실험실을 조사해 보려고 왔다는 거예요."

앤드루는 꼼짝하지도 않고 그녀의 얼굴에서 눈을 떼지 않았다.

"그래서 어떻게 됐지?" 그는 부드러운 어조로 물었다.

"내가 들어오지 못하게 했는데도 막무가내였어요. 그들 일곱 사람이 마구 홀로 들어서더니 실험실로 들어갔어요. 그리고 마르모트를 발견하자 파리는 당장 소리를 지르며 '아아, 가엾은 작은 동물이여!' 하고 울부짖었어요. 게다가 첸킨은 탁자 위의 얼룩을……, 언젠가 내가 빨간 염료를 쏟은 적이 있잖아요……, 그것을 가리키면서 '이걸 보라구. 피야, 피.' 하고 떠들어대는 거예요. 그리고는 모두들 깨끗한 섹션이며 절단기며 그밖의 것을 손에 잡히는 대로 마구 만지작거렸어요. 그리고 파리는, '우리들은 이 불쌍한 동물들을 더 이상 괴롭히도록 내버려둘 수 없다. 이 괴로움에서 해방시켜 주어야 한다.'라고 말하면서 데이비스가 가지고 온 자루에다 몽땅 처넣어 버렸어요. 나는 그 사람들에게 이건 고통이니 생체해부니 하는 그런 따위의 어리석은 짓이 아니라고 했어요. 게다가 이 마르모트 다섯 마리는 실험에 쓰려는 게 아니라 볼랜드 씨 댁 아이들과 아그네스 에반스에게 장난감으로 줄 거라고 했죠. 하지만 그런 소린 아랑곳하지 않고 그냥……, 모두들 나가버렸어요."

그대로 그녀는 입을 다물었다. 앤드루의 얼굴이 붉은 물감을 뿌린 것처럼 이내 새빨갛게 변했다. 그는 일어섰다.

"그런 당치도 않은 소리는 생전 처음 듣는군. 당신을……, 당신을 그렇게 모욕했다니 도저히 용서할 수 없어, 크리스! 알았어. 내가 그놈들을 혼구멍 내줄 테야!"

그는 잠시 생각하다가 전화를 걸기 위해 홀 쪽으로 나갔다. 하지만 전화기 옆까지 가기 전에 벨이 울리기 시작했다. 그는 즉시 수화기를 들었다.

"여보세요!" 하고 노기 띤 어조로 전화를 받다가 곧 말투를 바꾸었다. 오웬이었다. "네, 맨슨입니다. 그런데, 오웬 씨……."

"알고 있습니다. 알고말고요, 선생님."

오웬은 서둘러 그의 말을 가로막았다.

"저도 낮부터 줄곧 선생님께 연락을 취하고 싶었습니다. 그래서 말예요. 아니, 아니에요. 내 말을 들어주십시오. 이 문제는 냉정히 생각해야 됩니다. 일이 좀 까다롭게 되어서 말입니다, 선생님. 전화론 더 이상 말할 수 없으니 곧 찾아뵙겠습니다."

앤드루는 크리스틴이 있는 곳으로 돌아왔다.

"어떻게 된 영문일까?"

그는 대화 내용을 그녀에게 들려주며 화를 내고 있었다.

"모두들 우리를 나쁘다고 생각하고 있는 모양이야."

두 사람은 오웬이 오기를 기다렸다. 앤드루는 기다리다 못해 안절부절 못하면서 성큼성큼 방안을 이리저리 돌아다니고, 크리스틴은 불안한 눈초리로 뜨개질을 하고 있었다.

이윽고 오웬이 왔다. 그러나 그 얼굴에는 안심시키려는 빛은 하나도 없었다. 앤드루가 말을 꺼내기 전에 그가 먼저 입을 열었다.

"선생님, 허가증을 가지고 계십니까?"

"뭐, 뭐라구요?" 앤드루는 상대방을 지그시 노려보았다.

"허가증이라니, 무슨 허가증 말입니까?"

오웬의 얼굴에 더욱 난처한 빛이 떠올랐다.

"동물실험을 하려면 내무성의 허가증이 반드시 필요하단 말이에요. 선생님도 알고 계시겠죠?"

"하지만 그런 어리석은 일이 어디 있단 말이오!"

맨슨은 부아가 나서 항의했다.

"난 병리학자도 아니고 장래에도 그럴 생각은 전혀 없다구요. 게다가 실험 실다운 것도 없잖아요. 그저 임상적인 연구와 관련해서 간단한 실험을 하려던 참이었죠. 동물이라 해도 고작 열 마리 정도밖에 안 되니까…… 그렇지, 크리스?"

오웬은 시선을 돌렸다.

"그 허가증을 받았어야만 했어요, 선생님. 위원들 중에는 이 문제로 선생님을 실각시키려고 음모를 꾸미고 있는 패거리들이 있답니다."

오웬은 빠른 어조로 계속 말했다.

"아시겠어요, 선생님? 선구자적인 연구를 하면서 융통성이 없을 만큼 정직하고, 속에 있는 말을 거리낌 없이 지껄이는 선생님 같은 분은 아무래도……. 아니, 아무튼 선생님을 실각시키려고 필사적으로 벼르고 있는 자들이 있다는 걸 알아두셔야 합니다. 그러나 이젠 어쩔 수 없게 됐어요……. 뭐, 어떻게 되겠죠. 흔히 있는 일이지만, 위원회에서 한 차례 소동이 벌어지겠죠. 선생님도 위원회에 출두할 것을 요청받게 될 겁니다. 그 동안에도 선생님은 여러 차례 위원회와 옥신각신 문제를 일으켰으니까요. 이번에도 또 이겨주십시오."

앤드루는 쏘아대듯 말했다.

"이쪽은 이쪽대로 지지 않고 역습하겠어요. 가택침입죄로 고소하겠소. 아니, 그보다 마르모트를 훔쳐간 죄목으로 고소하겠어요. 어쨌든 돌려달라고 할 생각입니다."

오웬은 약간 유쾌하다는 듯 얼굴을 찡긋 해 보였다.

"다시는 돌려주지 않을 겁니다. 파리 목사와 에드 첸킨이 마르모트의 괴로움을 덜어주겠노라고 말하더군요. 그리고 인도주의라고 하면서 자기들 손으로 물에 처넣어 버렸죠."

오웬은 유감의 뜻을 표하면서 돌아갔다. 다음날 밤, 앤드루는 1주일 후에 위원회로 출석하라는 소환통지서를 받았다.

그러는 동안 사건은 불에 석유를 퍼부은 듯이 터무니없이 크게 번졌다. 트레바 데이라는 변호사가 독약인 비소(砒素)로 자기 아내를 독살한 사건 이래 이처럼 자극적이고 수치스러운 음모의 냄새가 풍기는 사건이 어벨라러우를 놀라게 한 적은 없었다. 마을은 두 파로 나뉘어져 격렬한 논쟁을 벌였다. 시나이 교회의 설교단에서는 에드월 파리가 동물과 유아를 학대한 자에게 부과되는 현세와 내세의 형벌에 관해 열변을 토했다. 마을의 반대측에서는 파리 따위는 돼지와 같은 존재라고 비난하는 국교회의 통통하게 살찐 데이비드 월폴 목사가 진화론에 대한 이야기에서부터 하나님의 자유로운 교회와 과학의 확집(確執)에 관해 역설했다.

부인들까지도 행동을 개시했다. 웨일즈 부인연맹 지부장 미스 마이패뉴 벤 수잔은 금주회관(禁酒會館)에 모인 청중을 향해 연설했다. 앤드루는 일찍이 웨일즈 부인연맹 연차대회의 의장 자리를 거절하여 마이패뉴를 노하게 만든 일이 있었다. 하지만 그건 그것이고, 그녀의 동기는 분명 순수한 것이었다. 연설회가 끝난 뒤, 그리고 그후 매일 밤, 여느 때 같으면 축제일에만 가두활동을 벌이는 연맹의 젊은 주부들이 내장이 보이는 개 그림을 그린, 기분 나쁜 생체해부를 반대하는 팸플릿을 거리에서 팔고 있는 모습마저 볼 수가 있었다.

수요일 밤이 되자 콘 볼랜드가 전화를 걸어 유쾌한 정보를 들려주었다.

"어때 맨슨, 잘 있었나? 그렇다면 다행이고. 그런데 자네가 좋아하리라고 생각되는데…… 우리 집 메리가 오늘 저녁 라킨에서 돌아오는 길이었는데

징그러운 깃털을 파는 여자 하나가 팸플릿을 내밀면서 불러세우더라는 거야
……. 그 팸플릿에는 자네가 잔인무도한 인간이라고 규탄되어 있었다는 거
야. 그런데……, 하하하! 그런데 말이야, 용감무쌍한 내 딸 메리가 어떻게
했는지 아나? 그애는 팸플릿을 받자마자 다짜고짜 그걸 짝짝 찢어버렸다구.
그리고 깃털 파는 여인의 뺨을 한 대 올려붙였다더군. 그리고 모자까지 내팽
개쳤다는 얘기야……. 하하하! …… 메리가 또 뭐라고 말했는지 아나? '그
렇게도 잔인한 걸 보고 싶다면 내가 보여주지.'했다는 거야……, 하하하!"
　그밖에도 메리와 마찬가지로 의분을 느끼고 완력을 휘두른 사람도 더러 있
었다는 것이다.
　앤드루의 담당구역은 단결하여 그를 계속 지지하고 있었는데, 동부 진료소
구역에도 반대의견을 가진 일단의 사람들이 있었다. 선술집 같은 곳에서도
앤드루의 지지파와 적대파 사이에서 곧잘 주먹다짐이 벌어지곤 했다.
　목요일 밤, 프랭크 데이비스가 진료소로 찾아와 자기의 멍든 데를 보여주
면서 앤드루를 향해 이렇게 보고하는 것이었다.
　"선생님을 가리켜 인정도 없는 백정이라고 욕하는 바람에 제가 당장 옥스
버러우의 환자 두 놈을 때려눕혀 버렸죠."
　그 후 옥스버러우는 앤드루와 마주쳐도 모르는 척하고 그냥 지나가 버리게
되었다. 옥스버러우는 공공연히 파리 목사와 손잡고 비위에 맞지 않는 동료
에 대항해 반대운동을 계속 벌이고 있다는 소문이었다. 어커트는 메이소닉
클럽에서 속된 크리스찬의 주장을 듣고 돌아왔는데, 그 중에서 걸작은 '의사
라고 해서 제멋대로 하나님의 피조물을 함부로 죽여도 좋다는 법이 있는
가?'라는 것이었다.
　어커트는 자기 의견을 말한 적이 거의 없었다. 그러나 언젠가 단 한 번 앤
드루의 시무룩하고 딱딱하게 굳어진 얼굴을 보고 이런 말을 했다.
　"뭐야, 바보같이! 나도 자네만한 나이에는 그런 싸움 벌이기를 좋아했었
지. 하지만 지금은……, 이젠 틀렸어! 역시 나이 탓이겠지."
　앤드루는 어커트가 자기를 오해하고 있다고 생각했다. '싸움'을 벌이고 좋
아하기는커녕 피로와 초조와 걱정거리로 그는 완전히 지쳐 있는 형편이었다.
자신이 평생 머리를 돌벽에다 부딪치며 허무하게 살아가려고 하는 게 아닌가
하고 초조한 마음으로 자문했다. 그러나 용기는 솟아오르지 않았으나 이러쿵
저러쿵 왁자지껄 떠들어대는 세상에 대해서 자신의 정당성을 인정시키고 공

명정대하게 자신의 무고함을 밝히고 싶다는 필사적인 욕망은 있었다.

이윽고 그 주일도 지난 토요일 오후, 닥터 맨슨의 징계신문으로서 의사록에 기록된 사건에 관해 위원회가 소집되었다. 앤드루가 위원회 사무실에 들어가 비좁은 계단을 올라갔을 무렵 회의실은 빈자리라곤 눈 씻고 찾아도 하나도 없고, 바깥 광장에도 군중이 몰려와 있었다. 그는 가슴이 쿵쿵 울리는 것을 느꼈다. 침착해라, 경거망동해서는 안 된다 하고 자신에게 타일렀다. 그런데 5년 전, 지원자로서 앉았던 그 의자에 다른 모습으로 앉자 그는 이내 몸이 굳어지고 입술은 마르고 신경질적이 되었다.

토론이 시작되었다. 반대파가 신앙을 내세워 도전해 온 이상, 우선 기도부터 시작할 줄 알았는데 예상했던 바와는 달리 재빨리 에드 첸킨의 일장 열변부터 시작되었다.

"나는 지금부터 이 사건을 모조리 털어놓을 작정이오."

첸킨은 벌떡 일어서서 입을 열었다.

"위원회 여러분들 앞에서 말이오."

그리고 큰 소리로 무식을 그대로 드러내면서 온갖 불평을 늘어놓기 시작했다. '닥터 맨슨에겐 이런 연구를 할 권리가 없다. 그것은 위원회의 일을 해야 하는 시간에 위원회의 일을 하도록 급료까지 받고 있으면서 위원회의 소유 물품으로 행한 연구이다. 더구나 그것은 생체해부 아니면 그것에 거의 가까운 것이다. 뿐만 아니라 이것은 필요한 허가 없이 행해진 행위이므로 법률적인 견지에서 보더라도 굉장한 범죄가 아닐 수 없다.'라는 내용이었다.

여기에 이르자 오웬이 재빨리 입을 열었다.

"방금 말씀하신 것 중 마지막 부분에 관하여 제가 지금 위원회에 말씀드리고 싶은 것은…… 만일 맨슨 선생이 그 인가를 얻지 않았음을 공표한다면 그 후에 취해진 행위는 우리 의료원조조합에도 당연히 책임의 일부가 있다는 결과가 됩니다."

"그건 또 무슨 이유란 말이오?" 첸킨이 되물었다.

"선생은 우리 조합의 조수이기 때문이죠."

"우리는 맨슨 선생에 대해서 법률상의 책임이 있기 때문입니다." 오웬이 분명히 말했다.

이에 대해서 낮은 소리로 동의하는 사람들과,

"오웬의 말이 맞소. 조합에 폐가 미치는 건 원치 않으니 비밀로 해두는 게 좋겠소."

라고 외치는 사람들도 더러 있었다.

"그런 시시한 허가 문제 따윈 상관하지 않아도 돼. 아직도 교수대에 올릴 만한 문제는 얼마든지 있으니까." 첸킨은 불쑥 일어서서 외쳤다.

"조용하시오, 조용히!" 뒤쪽에서 누군가가 외쳤다.

"오토바이로 몰래 커디프를 왕래했다는데, 그건 도대체 무슨 영문이지? 3년 전 여름에 말야!"

"약도 제대로 주지 않고 말이야." 이것은 렌 리차드의 목소리였다.

"진료소 밖에서 한 시간이나 기다려도 약병에다 아무것도 넣어주지 않더라구."

"조용히! 조용히!" 첸킨이 외쳤다. 모두가 조용해졌을 때 그는 마지막 결론에 들어갔다.

"모두가 당연히 있음직한 불평뿐이로군. 모두들 조합의 입장에서 볼 때 맨슨 의사가 만족스런 고용인이 아니었다는 말을 하고 있는 거야. 말이 나왔으니 말이지만, 우리에게 착실한 진단서 한 장 제대로 떼준 적이 없다구. 그러나 이 자리에서 본론을 벗어난 얘긴 그만두겠소. 여기에 나와 있는 조수 선생께서는 법률에 저촉되는 일을 저지르고 읍 전체의 비난의 대상이 되어 있소. 저 사람은 우리의 소유건물을 도살장으로 만들어 놓았다구……. 하나님께 맹세하고 말하겠는데 여러분, 난 이 두눈으로 마룻바닥에 피가 떨어져있는 것을 보았소……. 어쨌든 이 사나이는 실험에 미친 변태란 말이오. 여러분에게 묻겠는데, 당신들은 이래도 참을 작정이오? 나는 싫소. 여러분도 마찬가지라고 믿소. 위원 여러분, 지금 이 자리에서 맨슨 박사의 사직을 요구한다면 여러분은 한 사람도 빠짐없이 내 생각에 찬성해 주리라고 생각하오."

첸킨은 자기 패거리를 휙 둘러보고 박수갈채 속에서 제자리에 앉았다.

"분명 여러분은 맨슨 선생의 변명을 들어주시리라 믿습니다."

오웬은 창백해진 얼굴로 앤드루 쪽을 보았다.

그 순간 침묵이 흘렀다. 앤드루는 잠시 꼼짝 않고 앉아 있었다. 형세는 예상 이상으로 험악하기 그지없었다. 위원들을 믿어서는 안 되겠다고 그는 씁쓸한 마음으로 다짐했다. 이 사람들이 자신을 임명할 때 기분 좋게 웃어주었던 바로 그들이란 말인가. 그의 마음은 노여움으로 이글이글 불탔다. 절대로 이대로는 사임할 수 없다. 그는 일어섰다. 웅변에는 자신이 없었고, 스스로도 그것을 잘 알고 있었다. 그러나 지금은 화가 치밀어올라서 평소의 신경질 따위는 첸킨의 무지한 트집, 문맹, 참을 수 없는 우열, 나아가서는 그것을 받아들이는 박수갈채에 대한 치솟아오르는 분노 때문에 어디론가 사라져 버렸다.

이윽고 그는 입을 열었다.

"아직 아무도 에드 첸킨이 물에 처넣은 마르모트에 관해서는 한 마디도 발언하는 사람이 없었던 것 같습니다. 그것이야말로 잔인한 짓이 아닐까요……. 더군다나 그것은 무익한 잔학입니다. 내가 한 짓은 그런 일이 아닙니다. 여러분은 왜 갱 속으로 생쥐나 카나리아를 가지고 들어갑니까? 유독가스의 유무를 테스트하기 위해서입니다. 이런 것은 여러분 모두 알고 계신 상황일 겁니다. 그런데 그 쥐가 가스를 들이마시고 죽었을 경우 여러분은 그것을 잔학하다고 말씀하시겠습니까? 아니죠. 그렇게 말하지는 않습니다. 그 까닭은 그러한 동물이 인간의 생명, 분명히 당신들 자신의 생명을 구출하기 위해 사용됐다고 인식하기 때문입니다. 나도 그와 같은 일을 여러분들을 위해 하고 있었던 겁니다! 나는 여러분들이 갱내의 진애로 인해 걸리게 되는 각종 폐질환에 관하여 연구하고 있습니다. 여러분이 폐병에 잘 걸리는 것과, 또 걸렸을 때 보상금을 받을 수 없다는 것은 여러분도 익히 알고 있을 줄 믿습니다. 지난 3년 동안 나는 이 진애감염 문제를 침식을 잊고 열성적으로 연구해 왔습니다. 그 결과 여러분의 노동조건의 개선에 이바지하고, 지금보다 합리적인 임금을 책정할 수 있는, 아까 렌 리차드가 말했던 냄새가 고약하고 어떨 때는 쓸모없는 약병 따위보다 훨씬 더 여러분의 건강에 유익한 것을 발견했던 것입니다. 그런데 어떻습니까, 연구를 위해 마르모트 열 마리쯤 사용했다 하더라도 그만한 가치는 있다고 여러분은 생각하지 않습니까? 어쩌면 여러분은 내 말을 믿지 않을지도 모르겠습니다. 전부터 편견을 가지고 계시니까 내 말이 거짓말처럼 여겨지는 건 당연하겠지요. 지금도 여러분은 내가 쓸데없는 실험을 함으로써 자기 시간을, 아니 여러분의 말을 빌려서 표현한다면 여러분의 귀중한 시간을 낭비해 왔다고 생각하실지도 모르겠군요."

그는 몹시 흥분해 있었으므로 신파조로 행동하지 않겠다고 굳게 결심했던 것도 잊어버렸다. 그리고 조끼주머니에 손을 집어넣어 금주 초에 받은 한 통의 편지를 꺼냈다.

"그러나 이걸 보시면 다른 사람들은 내 연구를 어떻게 생각하고 있는가를, 그것도 정확하게 평가할 만한 힘을 가지고 있는 사람들이 어떻게 생각하고 있는가를 알게 되리라고 믿습니다."

그는 오웬이 앉아 있는 곳까지 차분하게 걸어가서 편지를 건네주었다. 그것은 진애감염에 관한 논문에 대해 의학박사 칭호를 수여한다고 하는 내용이 담긴 세인트 앤드루즈 대학의 평의원으로부터 온 통지서였다.

오웬은 갑자기 얼굴을 밝게 빛내며 위쪽에 대학의 문장이 들어 있는 청색 타이프 인쇄 편지를 읽기 시작했다. 다 읽고 나자 편지는 모두에게 차례대로 전달되었다.

앤드루에게 있어서 평의원회의 통지서에 의해 나타나는 효과를 보고 있는 것은 견딜 수 없는 노릇이었다. 그는 필사적으로 이 사건을 증명하려고 했는데, 그만 편지를 꺼내버린 충동적인 행동에 대해서 후회에 가까운 감정을 느끼고 있었다. 만일 모두가 공적인 기관의 지지 없이는 자신의 말을 믿지 않는다면 그에 대해 상당한 편견을 가지고 있음이 틀림없는 것이다. 편지의 유무에 관계없이 위원들이 자신을 규탄하는 데 급급하고 있음을 느끼고 그는 견딜 수 없는 심정에 마냥 사로잡혀 있었다.

오웬이 뭔가 서너 마디 말하고 나서 다시 계속해서 이렇게 말했을 때, 그는 가까스로 구원받은 듯한 느낌이 드는 것이었다.

"죄송합니다만, 선생님, 잠깐만 자리를 비켜주실 수 없을까요?"

위원들이 그의 문제에 대해 투표를 하고 있는 동안 그는 문밖에서 초조해하며 기다려야만 했다. 동료인 노무자들의 이익을 위해 위원회가 조합의 의무(醫務)를 관리하고 있는 것은 이상으로서는 훌륭한 것이었다. 그러나 결국 그것은 이상에 불과했다. 그들은 너무나도 편견이 심하고, 또 너무나도 무지하기에 이같은 조직을 진보적으로 운영할 수가 없었던 것이다. 오웬으로서는 이 친구들을 궤도에 따라 이끌고 나가기에는 끊임없는 노고가 뒤따랐다. 게다가 이번만은 오웬이 노력한다 할지라도 자신을 구제할 수는 없으리라고 그는 이렇게 체념하고 있었다.

그러나 앤드루가 다시 방에 되돌아오자 오웬은 연방 손을 비벼대면서 만면에 미소를 짓고 있었다. 다른 친구들도 아까보다는 호의를 가지고, 적어도 적의가 없는 눈으로 그를 바라보고 있었다.

오웬은 일어서서 입을 열었다.

"잘됐습니다, 맨슨 선생님. 개인적으로도 이렇게 말씀드리는 것이 저로서는 무척 영광스러운 일입니다. 위원회는 다수결로 선생님을 유임시키도록 결정했습니다."

그의 승리였다. 마침내 그들을 제압할 수 있었던 것이다. 그러나 그는 잠깐 동안 가슴이 만족감으로 떨렸을 뿐 조금도 기분이 좋지 않았다. 방안은 조용하기만 했다. 위원들은 확실히 그가 마음을 놓고 감사의 뜻을 표할 것으로 기대하고 있었다. 그러나 그는 그렇게 할 수가 없었다. 그는 이 부자연스러운 모든 사태에도, 위원회에도, 어벨라러우에도, 약에도, 규석 분말에도, 마르모트에도, 그리고 자기 자신에게도 이젠 진저리가 났다.

그는 마침내 입을 열었다.

"고맙습니다, 오웬 씨. 저도 노력한 셈이지만, 위원회가 저를 유임시켜 준 데 대해서는 기쁘게 생각합니다. 그러나 매우 유감스럽게도 저는 더 이상 어벨라러우에 머물러 있고 싶은 마음이 없습니다. 그래서 저는 진정으로 위원회에 대해서 오늘부터 한 달 동안의 유예기간을 두고 사직을 허락해 주시기 바라는 바입니다."

그는 아무런 감정도 없이 그렇게 말하고는 휙 발길을 돌려 방을 나갔다.

방안은 물을 뿌린 듯 조용해졌다. 에드 첸킨만이 재빨리 냉정을 되찾았다.

"말썽꾸러기를 잘 쫓아내 버렸지 뭐야." 그가 맨슨의 뒷모습을 보면서 냉담한 목소리로 내뱉었다.

그러자 오웬이 지금까지 위원회실에서 한 번도 보이지 않았던 분노를 처음으로 터트려 위원들을 모두 깜짝 놀라게 했다.

"어리석은 소리 작작하라구, 에드 첸킨!" 그는 손에 쥐고 있던 자를 냅다 집어던졌다.

"그만한 사람은 이젠 두 번 다시 데려올 수 없을 거야."

16

앤드루는 그날 밤 한밤중에 신음소리를 내면서 눈을 떴다.

"난 바보가 아닐까, 크리스? 생계문제도 염두에 두지 않고……. 이런 좋은 일자리를 제발로 집어던져 버리다니 말이야. 요즘엔 개인 환자도 약간 생겼고, 루엘린도 내 뜻을 많이 이해해 주고 있는데. 당신에게 말했던가? 나를 병원에서 쓰겠다는 말도 했었어. 그리고 위원회만 하더라도 첸킨의 패거리만 제외하면 나쁜 친구들이 아니고 말이야. 루엘린이 퇴임할 경우에는 그 대신 나를 의무주임으로 임명할지도 모르는데."

그녀는 어둠 속에서 그에게 바싹 기대면서 조용하고 이성적인 어조로 그를 위로했다.

"당신은 설마 한평생 이런 웨일즈 탄광에서 의사 노릇을 할 생각은 아니겠죠. 우리들은 여기서 행복하게 살아왔지만 이젠 슬슬 빠져나갈 때가 되었다고 생각해요."

"그렇지만 말이야, 크리스." 그는 걱정스러운 목소리로 계속 말했다.

"우리에겐 아직 개업할 만한 돈을 모은 것이 없잖아. 단단히 마음먹고 시작하려면 좀더 모아야 된다구."

그녀는 졸린 듯한 목소리로 대꾸했다.

"돈과 그것이 무슨 관계가 있어요? 게다가 이제까지 저축한 돈도 어차피 모두……, 아니, 대부분은……, 써버리게 될 텐데요. 이제 모처럼 휴가를 얻었으니까요. 우린 벌써 4년 가까이나 이 무미건조한 광산에서 떠난 적이 없잖아요."

그녀의 기분은 그에게도 그대로 전달되었다. 다음날 아침이 되자 세상이 온통 명랑해져서 아무런 걱정거리도 없는 곳처럼 여겨졌다. 아침식사도 상당히 신선하고 맛이 있었다. 그는 이렇게 말했다.

"당신도 꽤 좋은 데가 있다구, 크리스. 이런 경우 나는 당신이 앞으로는 큰일을 해달라든가, 슬슬 세상에 진출하여 유명하게 되라든가 하는 연설이라도 한바탕 늘어놓지 않을까 했었는데, 당신은 그저……."

그녀는 그가 하는 말을 듣고 있지 않았다. 그리고 엉뚱한 말을 꺼냈다.

"안 돼요, 여보. 그렇게 신문을 둘둘 말면. 나는 그런 일은 여자만 하는 것이라고 생각하고 있어요. 그리고 나는 아직 원예란을 읽지 않았다구요."

"읽지 않아도 돼요, 그런 것은." 그는 현관으로 나가는 길에 웃으면서 그녀에게 키스했다.

"나만 생각해 주면 되는 거야."

막상 정면으로 인생의 거친 파도와 맞서게 되니 그에게는 물불을 가리지 않고 도전하고 싶은 용기가 솟아올랐다. 그래도 그의 신중성은 대차대조표의 자산면을 검토하지 않을 수 없었다. 이미 영국의학회 회원으로 등록되어 있고 의학박사 칭호도 획득했고, 은행에는 300파운드 이상의 예금이 있었다. 이 만한 뒷받침이 있는 이상 굶어죽을 염려는 없으리라 여겨졌다.

두 사람이 굳은 결의를 한 것은 좋은 일이었다. 마을 사람들의 감정도 싹 바뀌었다. 그가 스스로 사의를 표했다는 소문이 쫙 퍼지자 이번에는 그들 쪽에서 만류하기에 바빴다.

집회가 있은 지 1주일 뒤, 오웬이 주창자가 되어 대표들이 계관장으로 와서 앤드루에게 재고를 요청했던 바 깨끗이 일축당하고 만 것이 그야말로 클라이 맥스였다. 그 이후, 에드 첸킨에 대한 반감은 폭력사태를 일으키지 않을까 하고 우려될 만큼 고조되었다. 에드는 광부 연립주택 앞을 지나가게 되면 반드시 야유를 받았다. 탄광에서 돌아오는 길에 두 차례나 장난감 피리를 불어대는 패거리에게서 야유를 받았는데, 그것은 광부들이 파업 배신자들에게 사용하는 상투적인 수단으로 공공연한 모욕이었다.

그 고장에서 이토록 떠들썩하게 치켜올려지면서 그의 논문이 쉽사리 외부 세계를 뒤흔들어 놓은 것은 정말 놀라운 일이 아닐 수 없었다. 그는 그로 말미암아 이미 의학박사 칭호를 얻었다. 더구나 그것은 영국의 〈산업위생〉 지에 게재되었고, 또한 미국에서는 미국 위생학협회에서 팸플릿으로 간행되었다. 하지만 그보다 더욱 귀중한 것은 세 통의 편지를 받은 사실이었다.

그 첫번째 것은 이스트 센트럴(런던의 우편구)의 브리크 레인에 있는 어느 제약회사에서 온 것으로서 발매중인 폐결핵 특효약 '펄모 시럽'의 견본을 함께 보냈는데, 거기에는 저명한 의학자 몇 사람을 포함해 많은 실험을 거듭한 증명이 있었다. 부디 이 '펄모 시럽'의 견본을 그가 진찰하고 있는 광부 여러분들에게 추천해 주기 바라며, 참고로 '펄모 시럽'은 류머티즘에도 효과가 있다는 사연이 적혀 있었다.

두번째 것은 차리스 교수가 보낸 것으로서, 대단한 열성이 담긴 진심의 축사와 칭찬의 말을 늘어놓은 다음 금주중에 커디프의 대학으로 찾아와 주지 않겠느냐고 끝맺고 있었다. 그리고 추신으로 되도록이면 목요일에 와줬으면 좋겠다고 씌어 있었다. 그러나 앤드루는 요 며칠 동안 몹시 분주하여 그 요청에 응할 수가 없었다. 또 사실, 그는 그 편지를 어디에 두었는지도 잊어버려 당분간 답장을 보내는 것도 잊고 있었다.

세번째 편지에는 그도 진정으로 감격하여 답장을 썼다. 그것은 대서양을 건너 오리건 주에서 온 것으로 격려의 뜻이 담겨 있었다. 앤드루는 타이프로

친 그 편지를 두 번이나 읽고 나서 흥분하여 크리스틴에게 가지고 갔다.

"이건 매우 정중한 편지야, 크리스! 미국에서 온 거야. 스틸맨……, 리차드 스틸맨이라는 오리건 사람이지. 당신은 처음 듣는 이름이겠지만 난 진작에 그를 알고 있었어. 내 진애감염 논문에 아주 정확한 평가를 내리고 있다구. 차리스 교수보다 훨씬 정확해. 앗, 잘못했군. 그분에게도 답장을 즉시 보냈어야 했는데. 이 사람은 내 연구목적을 완전히 이해하고 있으며, 실제로 완곡히 내 해석을 한두 가지 정정해 주고 있어. 내가 주장하는 규석 분말 중 실제로 해로운 성분은 틀림없이 세레사이드야. 난 화학지식이 부족하기 때문에 거기까진 알지 못했어. 그러나 축하편지로는 이건 정말 그만이군……. 더구나 그 유명한 스틸맨한테서 온 것이라니!"

"그래요?" 그녀는 미심쩍은 눈초리로 힐끗 쳐다보았다.

"그분도 의사예요?"

"아냐, 놀랍게도 사실은 물리학자란 말이야. 그렇지만 오리건 주의 포틀랜드 근방에서 폐결핵 진료소를 경영하고 있어. 보라구, 여기 씌어 있잖아. 아직 이 사람을 인정하지 않는 자들도 있지만, 그러나 그는 스팔링거와 마찬가지로 위대한 인물이라구. 언젠가 시간이 있으면 이 사람에 대해서 자세히 이야기해 줄게."

그는 당장 자리에 앉아 답장을 쓰기 시작했는데, 이것만 보더라도 그가 스틸맨의 편지를 얼마나 중요시하게 생각하고 있는가를 금방 알 수 있었다.

두 사람은 휴가준비로 눈코 뜰 새 없이 분주했다. 가구를 가장 편리한 곳인 커디프에 맡겨두기 위해 장소 물색이 필요했고, 이 고장을 떠나는 데에도 슬픈 이별의 인사 등 여러 가지 일이 있었다. 과거에 그들이 드라이네피를 떠나야 했을 땐 너무나 갑작스러운 일이었기 때문에 비장한 이별을 맛보아야 했지만 이번에 이곳을 떠나는 데는 끊을 수 없는 많은 감상이 있었다. 번 집안이며 볼랜드 식구, 루엘린 댁에서까지 초대를 받았다. 앤드루는 이같은 송별회 특유의 징후인 '이별의 소화불량증'을 일으키고 말았다.

이윽고 떠나는 날이 되자 제니가 울면서 모두들 '정거장까지 배웅'을 하기로 했다고 말했을 때 두 사람 다 깜짝 놀랐다. 드디어 출발 시간이었다. 이 떠들썩한 소식에 곁들여서 번이 숨을 헐떡이며 뛰어왔다.

"또 당신들을 귀찮게 해서 미안하군요. 하지만 닥터, 당신은 차리스 선생이 부탁한 것은 어떻게 했소? 선생한테서 방금 편지가 왔는데, 당신이 보낸 논문 때문에 그쪽에서 대단한 소동이 벌어진 모양이오. 게다가, 적어도 나는 그렇게 해석하고 있지만, 광산노무대책위에서도 역시 떠들썩한 모양이더군요. 어쨌든 당신에게 연락을 해달라고 부탁했어요. 꼭 런던에서 만나자고 말이오. 굉장히 중요한 문제라는 거요."

앤드루는 조금 못마땅한 얼굴로 대답했다.

"우리들은 휴가차 떠나는 겁니다. 몇 년 만에 처음 갖는 휴가란 말입니다. 그런데 어떻게 선생님을 만나뵐 시간이 있겠습니까?"

"그럼 당신들의 행선지라도 가르쳐 주시오. 차리스 선생님 쪽에서 반드시 편지를 다시 낼 거니까 말이오."

앤드루는 망설이면서 크리스틴을 힐끔 쳐다보았다. 두 사람은 행선지를 비밀로 하여 온갖 잡일, 통신, 간섭으로부터 해방되려고 작정한 것이었다. 그러나 번에게는 알리지 않을 수 없었다.

그런 다음 그들은 서둘러 역으로 뛰어가서 기다리고 있던 진료구역 사람들에게 둘러싸였는데, 악수와 환호와 격려와 포옹 같은 것들을 뿌리치듯 움직이기 시작하는 열차 속으로 가까스로 도망쳐 뛰어들어갔다. 열차가 멀어져감에 따라 플랫폼의 인파는 '허레크인의 행진곡'을 우렁차게 부르기 시작했다.

"아이구, 이제 겨우 끝났군 그래."

앤드루는 악수 때문에 굳어진 손가락을 펴면서 말했다. 그러나 그의 눈에는 뭔가 반짝였다. 얼마 후 그는 덧붙여 말했다.

"난 무슨 일이 있어도 지금 겪은 이 일만은 잊지 않겠어, 크리스. 정말 너무나 착한 사람들이야. 그게 말이야, 한 달 전에는 마을 사람 절반이 날 사회적으로 매장시키려고 했는데! 이것은 부정할 수 없는 사실이라구. 인생이란 정말 재미있군 그래."

그는 그녀가 자기 옆자리에 앉자 익살맞은 얼굴로 그녀를 물끄러미 응시했다.

"그런데 맨슨 부인, 당신도 지금은 꽤 나이가 들어 보이는 것 같은데, 이게 당신의 두번째 신혼여행이라구."

두 사람은 그날 밤 사우댐프턴에 도착하여 해협을 횡단하는 기선에 올라 침실을 잡았다. 다음날 아침, 그들은 생말로 저편에서 떠오르는 아침 해를 바라보았는데, 그로부터 1시간 뒤에는 브루타뉴에 도착했다.

보리는 무르익었고 버찌도 가지가 휘어질 정도로 열렸으며, 갖가지 꽃이 만발한 목장에는 산양들이 노닐고 있었다. 크리스틴의 계획은 이 고장에 와서 진실한 프랑스……미술관이든가, 궁전이라든가, 역사적인 폐허라든가, 기념비라든가, 그밖에 여행안내서에 꼭 한 번 봐두라고 씌어 있는 것이 아닌, 진정한 프랑스를 보려는 것이었다.

그들은 발 앙드레에 도착했다. 그들이 투숙한 작은 호텔은 파도소리가 들리고 목장의 풀냄새가 물씬 풍겨오는 장소에 있었다. 침실은 보잘것없었지만 마룻바닥은 잘 닦여져 있고, 모닝 커피는 두꺼운 푸른 찻잔으로 김이 오르는 뜨거운 차를 마실 수 있었다. 그들은 하루종일 편하고 한가롭게 보냈다.

"어때! 정말 멋있는 곳이군." 앤드루는 몇 번이나 되풀이 말했다.

"난 이제 절대로 폐병과는 사귀고 싶지 않아."

두 사람은 사과주를 마시고 왕새우와 작은새우, 열매가 하얀 버찌를 먹었다. 매일 밤 앤드루는 호텔 주인과 꽤 오래되어 낡은 팔각대(八角臺)에서 당구를 쳤다. 그리고 가끔 100점 가운데 50점도 따지 못하고 지고 말 때도 있었다.

앤드루의 표현에 따르면 이것은 진실로 사랑할 만한 멋지고 아름다운 생활이지만, 담배만은 신통치 않다고 덧붙였다. 그러한 천국과도 같은 한 달이 어느새 훌쩍 지나가고 말았다. 그러는 동안 앤드루는 겉봉을 뜯지 않은 편지를 자주 만져보면서 초조한 느낌을 가지고 있었다. 편지는 2주일 동안이나 호주머니에 넣어진 채, 버찌즙이며 초콜릿의 얼룩까지 묻어 있었다.

"자, 약속한 날짜가 지났어요. 뜯어보셔도 좋아요."

이윽고 어느 날 아침 크리스틴이 그렇게 재촉했다.

그는 봉투를 얌전히 뜯고 양지바른 곳에 벌렁 누워서 편지를 읽고 있었는데, 마침내 벌떡 일어나더니 또다시 읽었다. 그리고 말없이 크리스틴에게 건네주었다.

편지는 차리스 교수한테서 온 것이었다. 그 내용은 진애감염에 관한 그의 연구의 직접적 결과로서 광산노무대책위원회가 의회(議會)의 위원회에 보고하기 위해 전면적 조사에 착수하기로 결정했다. 이 목적을 위해 위원회는 전임 의무관을 임명하기로 했다. 그리고 위원회는 그의 최근 연구에 의거하여 만장일치로 그에게 그 지위를 내주기로 결정했다는 것이었다.

그녀는 다 읽고 나서 기쁜 듯 밝은 얼굴로 그를 쳐다보았다.

"반드시 무슨 일이 생길 거라고 내가 말했잖아요." 그녀는 미소지었다.

"멋있잖아요."

그는 바닷가에 있는 새우 항아리를 향해 초조감을 달래려는 듯 돌을 던지고 있었다.

"임상적인 일이라구." 그는 혼잣말처럼 중얼거렸다.

"다른 일은 아닐 거야. 그쪽 친구들은 내가 임상의라는 걸 잘 알고 있을 테니까 말이야."

그녀는 웃으면서 그를 주시했다.

"물론 당신도 우리의 약속을 기억하고 계실 거예요. 여기서 최소한도 6주간은 아무 일도 하지 않고 조용히 있어야 돼요……. 당신, 모처럼의 휴가를 엉망으로 만들 생각은 없으시겠죠, 이런 일을 가지고 말예요."

"음, 음." 그는 손목시계를 들여다보았다.

"휴가는 꼭 지킬 거야……, 어떻든간에."

그는 벌떡 일어나더니 명랑하게 그녀의 손을 붙잡고 일으켜 세웠다.

"나쁘진 않을 거야, 지금부터 전보국에 가도 말이야. 게다가……, 게다가 시간표가 잘 맞아줬으면 좋겠는데."

제 **3** 부

그는 요 몇 개월 동안 부나, 지위 등 모든 물질적인 의미에서의 성공을
탐내어 추구하고 있는 동안에는 머리 속으로만 자신이 행복하다고 생
각하고 있었다. 그는 자신이 얻은 것보다 더욱 많은 것을 얻기를 바라
면서 일종의 정신착란에 빠져 있었던 것이다. 돈, 모두가 그 불결한 돈
때문이라고 그는 괴롭게 생각했다. —본문 중에서 발췌—

제 3 부

1

　광산노무대책위원회(鑛山勞務對策委員會)는 보통 광무위(鑛務委)라고 약칭하
는데, 웨스트민스터 공원에서 그리 멀지 않은 엠뱅크먼트(템즈 강 북쪽 언덕의
약 2킬로미터 길이의 아름다운 강변도로)의 매우 큰 회색 석조빌딩 안에 있으며,
상무성과 광산성도 인접한 거리에 있다. 이 두 관청은 광무위의 소속권을 평
소에는 별로 생각지 않다가도, 어떤 때는 갑자기 또 격렬하게 싸우기도 했다.
　8월 14일 상쾌하고 맑게 개인 날 아침, 앤드루는 넘치는 건강과 원기에 가
득 찬 발걸음으로 이 빌딩의 계단을 뛰어올라갔다. 그의 눈은 이제부터 런던
을 정복하려는 듯한 사나이의 야심에 찬 눈빛을 띠고 있었다.
　"나는 이번에 임명된 의무관인데요."
라고 건설국 제복을 입은 수위에게 말했다.
　"아, 네, 그렇습니까."
　수위는 퍽 친절하게 대했다. 자기가 오기를 기다리고 있었다는 것 같은 태
도에 앤드루는 기분이 한껏 좋았다.
　"우리 국(局)의 길 씨를 만나시려는 거죠. 존스! 이분을 길 씨 방으로 안
내하게."
　엘리베이터가 천천히 올라감에 따라 녹색 타일을 붙인 낭하가 몇 층이나 지
나갔고, 건설국 제복을 입은 의젓한 직원들의 모습도 보였다. 잠시 후 앤드루
는 햇빛이 잘 드는 큰 방으로 안내되었는데, 들어서자마자 길은 읽고 있던
〈타임즈〉를 놓고 자리에서 일어나더니 그와 악수를 했다.

"조금 늦어서," 앤드루는 힘차게 입을 열었다.

"실례했습니다. 프랑스에서 어제 막 돌아왔기 때문에……, 그러나 언제든지 일을 시작할 수 있습니다."

"아, 그렇습니까."

길은 몸집이 작고 명랑한 사람으로, 금테안경에 목사 타입의 칼라를 단 짙은 곤색 양복을 입었고 같은 색깔의 넥타이에 평평한 금빛 타이핀을 꽂고 있었다. 그는 정색을 하고 앤드루를 보았다.

"자, 앉으시지요. 홍차를 드릴까요, 아니면 따뜻한 밀크? 나는 언제나 11시에 들고 있는데, 그렇군……, 벌써 11시가 다 되었군요."

"아, 그렇습니까." 앤드루는 조금 주저하다가 곧 명랑한 얼굴로 말했다.

"사무에 대한 이야기를 해주시겠습니까? 그 동안에……."

5분쯤 지나자 건설국 제복을 입은 사람이 맛있어 보이는 따뜻한 홍차와 우유를 가지고 왔다.

"이 정도면 좋으리라고 생각하는데요, 길 씨. 금방 끓여왔어요."

"고마워요, 스티븐스." 그 사람이 나가자 길은 미소지으며 앤드루 쪽으로 돌아앉았다.

"저 사람은 매우 쓸모 있는 사람입니다. 버터 토스트를 잘 만들거든요. 여기는 조금 불편해서……, 적당한 급사가 없어요. 여러 관청이 모여 있는 곳이니까요. 내무성, 광산성, 상무성 등이 있는데……, 나 자신은……."

길은 조금 자랑스러운 태도로 헛기침을 두어 번 하면서 말을 이었다.

"해군본부에서 파견되어 나왔어요."

앤드루는 따뜻한 우유를 마시면서 사무에 대해서 몹시 알고 싶어했지만 길은 날씨에 대한 것, 브루타뉴의 이야기, 문관 연금(年金), 그리고 나중에는 파스퇴르 저온살균법의 효용에 대한 것 등을 기분 좋게 말했다. 얼마 후에 그는 일어서서 앤드루가 사용할 방으로 친절하게 안내했다.

거기도 양지바르고 템즈 강이 한눈에 내려다보이는, 두꺼운 카펫을 깐 조용한 방이었다. 유리창에서 큰 파리 한 마리가 졸음과 향수를 자아내는 소리를 내고 있었다.

"여기를 당신의 방으로 정해두었어요." 길이 상냥하게 말했다.

"분위기를 조금 바꾸었어요. 저기에 석탄난로가 있으니까……, 겨울에는 좋을 겁니다. 마음에 들었으면 좋겠군요."

"아, 아주 훌륭한 방입니다. 그런데…….."

"자, 그러면 이번에는 당신의 비서를 소개하지요, 미스 메이슨을."

길이 다음 방으로 통하는 문을 삐걱 열자 몸집이 작고 깨끗한 복장을 한 아름답고 침착하며 나이가 꽤 들은 노처녀 미스 메이슨이 작은 책상에 앉아 있었다. 그녀도 보고 있던 〈타임즈〉를 놓고 일어섰다.

"안녕하시오, 미스 메이슨."

"안녕하십니까, 길 씨."

"미스 메이슨, 이분은 맨슨 박사."

"안녕하십니까, 맨슨 박사님."

앤드루는 이런 식의 인사를 주고받을 때에는 약간의 현기증을 느꼈으나 곧 기분전환을 해 몇 마디 형식적인 인사를 나누었다.

5분쯤 지나자 길은 쾌활한 걸음걸이로 방을 나가면서 앤드루를 격려하기라도 하는 것처럼 말했다.

"나중에 서류를 보내드리겠습니다."

서류는 스티븐스가 소중하게 가져왔다. 토스트를 만들고 우유배달을 잘하는 재능 외에 스티븐스는 이 빌딩에서 가장 신뢰할 수 있는 서류운반인이기도 했다. 한 시간마다 그는 서류를 바구니에 넣어 가지고 앤드루의 방에 들어와 책상 위의 '미결'이라고 쓴 칠기 서류함에 정중하게 넣곤 했는데, 그러는 사이에도 '기결'이라고 쓴 서류함에 혹시 가져갈 것은 없나 하고 열심히 살펴보고 있었다. '기결' 서류함이 비어 있으면 스티븐스는 매우 섭섭한 듯 낙심하여 맥이 빠진 모습으로 슬그머니 나가버리는 것이었다.

더러 의심스러워하기도 하고 초조해하기도 하면서 앤드루는 차례차례 서류를 훑어보았다. 광무위의 전번 집회 때의 회의록인데, 무미건조하여 재미도 없고 별로 중요하지도 않은 것이었다.

그 일이 끝나자 좀 성급한 태도로 미스 메이슨에게 여러 가지 질문을 했다. 그런데 미스 메이슨은 내무성 냉동육 조사부에서 나왔기 때문에 사무에 대해서는 거의 한정된 범위내의 것밖에는 몰랐다. 그녀의 말로는 근무시간은 10시부터 4시까지라는 것이었다. 그녀는 자기가 관청의 여자 하키팀 부주장이라고 했다. 그리고 원하신다면 〈타임즈〉를 빌려주겠다고도 했다. 그녀의 태도는 뭐 천천히 하시지요, 하고 말하는 듯했다.

그러나 앤드루는 결코 천천히 하지 않았다. 휴가로 기력을 완전히 회복한 그는 일이 하고 싶어 죽을 지경이었다. 그는 건설국의 카펫 무늬 위를 초조한 걸음으로 왔다갔다 했다. 그리고 예인선이 달려가고, 석탄선의 긴 행렬이 파도를 일으키면서 달려가는 활기찬 모습의 강 경치를 답답한 마음으로 바라보았다. 잠시 후, 그는 성큼성큼 길의 사무실로 내려갔다.

"나는 언제부터 일을 시작하게 됩니까?"

길은 갑작스러운 이같은 질문을 받고 의자에서 벌떡 일어섰다.

"닥터 맨슨, 사람을 놀라게 하지 마시오. 나는 1개월은 충분히 걸릴 정도의 서류를 드릴 것으로 알고 있는데요."

그는 손목시계를 들여다보았다.

"갑시다. 벌써 점심시간이군요."

앤드루가 큰 편육을 먹고 있는 동안 길은 김이 무럭무럭 나는 넙치고기를 먹으면서 위원회의 다음 모임은 9월 18일까지는 개최하지 않는다, 아니 개최할 수 없다며 그 사정을 재치있게 설명했다. 어쨌든 차리스 교수는 노르웨이에, 모리스 개스비 박사는 스코틀랜드에, 의장인 윌리엄 듀와경은 독일에, 그리고 자기의 직속장관인 블레이즈 씨는 가족동반으로 프린튼에 갔기 때문이라고 했다.

그날 저녁, 앤드루는 어처구니없는 기분으로 크리스틴에게로 돌아왔다. 가구는 아직 맡겨두고 있었기 때문에 두 사람은 적당한 집을 구할 때까지 1개월 정도 얼즈 코트에 간단한 가구가 딸려 있는 주택을 빌려 살고 있었다.

"정말 놀랐어, 크리스! 아직 내가 할 일이 준비조차 되어 있지 않아. 앞으로 한 달 동안은 우유를 마시고, 〈타임즈〉를 읽고, 서류에 서명을 하고, 게다가 올드미스인 메이슨과 한가하게 하키 이야기나 해야 되는 형편이니 말이야."

"당신이 괜찮으시다면……, 저와 관계가 있는 이야기만 해주시지 않겠어요? 그런데 여보, 런던이란 데는 참 좋은 곳이더군요. 어벨라러우에서 살다가 와 보니까 말예요. 오늘 나는 첼시까지 잠깐 다녀왔어요. 칼라일의 집과 데이트 미술관을 보고 왔어요. 나는 여러 가지 재미있는 계획을 세웠어요. 1페니를 내고 기선을 타면 큐까지 갈 수 있는데, 거기에는 식물원이 있어요. 그리고 다음달에는 알버트 홀에서 크라이슬러의 연주회가 있다는군요. 아, 그리고 기념탑도 보고 싶어요. 모두들 왜 그것을 우습게 생각하는지 그 이유를 알아야겠어요. 그리고 또 뉴욕 연극협회의 연극도 공연되고 있어요. 언제 당신과 밖에서 만나 점심이라도 같이 들면 얼마나 좋겠어요."

그녀는 작은 손을 약간 떨면서 내밀었다. 그녀가 이렇게 흥분하는 것은 일찍이 드문 일이었다.

"저 여보, 우리 밖에서 식사를 해요. 이 거리에 러시아 음식점이 있는데, 음식을 무척 잘하는 모양이에요. 식사가 끝난 다음 당신이 그다지 피곤하시지 않으면 우리……."

"그렇게 해도 괜찮을까?" 그는 하자는 대로 그녀의 뒤를 따라 문 쪽으로 가면서 말했다.

"당신은 무척 알뜰한 살림꾼이라고 생각했었는데. 그러나 첫 출근이 끝난 후니까 오늘 밤은 유쾌하게 놀아도 좋겠지."

이튿날 아침, 그가 자기 책상 위에 놓여 있는 서류를 전부 훑어본 후 사인까지 끝낸 시간은 11시였는데, 그후에는 벌써 할 일이 없어 방안을 이리저리 서성거리기 시작했다. 그러다 방안에 있기가 하도 갑갑해서 그는 무모하게도 빌딩 내부를 탐험(?)하기로 작정했다. 어디를 가보나 시체가 없는 시체실 같아서 도무지 재미가 없었는데 맨 위층에 올라가 보니 거기에는 실험실로 사용해도 좋을 것 같은 좁고 긴 방이 있었다. 안을 들여다보니 길고 더러운 흰 가운을 입은 한 청년이 빈 유황상자 위에 걸터앉아 니코틴으로 누렇게 된 윗입술로 담배를 물고 우울한 모습으로 손톱을 깎고 있었다.

"이것 봐요!"

앤드루가 말을 걸었다. 그는 잠시 잠자코 있다가 귀찮다는 듯 대꾸했다.

"길을 잘못 들었으면 오른쪽에 있는 엘리베이터를 타세요."

앤드루는 실험대에 기대어 주머니에서 담배를 꺼내들고 그에게 물었다.

"여기까지는 홍차를 가져다주지 않소?"

그제서야 비로소 청년은 더러운 가운의 구겨진 칼라와는 전혀 어울리지 않는 아주 검은 머리를 쳐들었다.

"생쥐에게만은 주죠." 그는 흥미있다는 듯 대답했다.

"홍차잎은 생쥐에게는 좋은 영양이 되니까."

앤드루는 큰 소리로 웃었다. 이 재미있는 청년은 그보다 다섯 살쯤 젊어 보였다. 그는 자기가 먼저 인사를 청했다.

"내 이름은 맨슨이라고 하는데."

"나도 그럴 거라고 짐작하고 있었어요. 그런데 당신도 세상에서 버림받은 인간들 축에 끼려고 온 겁니까?"

그리고는 잠시 말을 끊었다가 다시 덧붙였다.

"나는 닥터 호프입니다. 적어도 나 자신은 지금까지 호프(희망)가 있다고 생각하고 있었지요. 그러나 현재는 호프는 단연 연기되어 버렸답니다."

"여기서 무얼 하고 있기에?"

"그것을 알고 있는 것은 하나님과 빌리 보턴뿐입니다. 저 듀와 말입니다! 몇 시간씩 여기 앉아서 생각에 생각을 하기도 하지만, 대체로 그저 앉아 있을 뿐이죠. 이따금 비참한 몰골을 한 갱부의 시체를 운반해 와서 광산이 폭발된 원인을 묻기도 하지만요."

"그러면 당신이 그것을 설명해 줍니까?"

앤드루는 정중하게 또다시 물었다.

"그렇소." 호프는 말했다.

"똥이라도 뒤집어씌워 주는 거죠!"

흥허물 없는 말이 튀어나왔으므로 두 사람은 어느새 친해져서 같이 점심을 먹으러 나갔다. 호프의 설명에 의하면, 점심 먹으러 가는 것만이 하루 중의 유일한 사무이고 그밖에는 달리 할 일이 전혀 없다는 것이었다. 호프는 그밖에도 맨슨에게 여러 가지 이야기를 해주었다. 자신은 버밍검 대학에서 케임브리지 대학으로 옮겨 계속 공부했고, 백 하우스 연구소의 급비생이 되었는데, 아마 그러한 경력이 자기가 우아한 취미를 갖지 못하게 된 원인일 것이라고 씁쓸하게 웃으면서 설명했다. 이곳에 근무하게 된 것은 듀와 교수가 끈질기게 권했기 때문인데, 일이라야 실험실에 있었던 사람이라면 누구라도 할 수 있는 평범하고 기계적인 것뿐이라고 했다. 이같이 태만한 근무와 무기력한 위원회 때문에 자기는 점점 정신이 이상해져 가는 것 같다고 하면서 그는 위원회의 일을 '미치광이의 도락'이라는 간결한 말로 일축했다. 이것이 이 나라에 있어서 대부분의 조사연구를 대표하는 것이었다. 다시 말하면 자기들만의 특수한 이론에 열중하여 무작정 일정한 방향으로 밀고 가려고 하면서 동료 간의 의견충돌 때문에 잠시라도 편할 날이 없고 몇몇 특정한 권위자들에게 지배받고 있는 것이다. 호프는 여기저기 끌려다니면서 자기가 하고 싶은 일은 허락되지 않고 위에서 갑자기 명령하는 일만 하도록 강요당했는데, 그것도 언제나 사방에서 방해가 들어와 같은 일을 반 년도 계속할 수 없는 형편이었다.

　그는 앤드루에게 '미치광이의 도락' 회의를 간단하게 설명해 주었다. 의장인 윌리암 듀와경은 90세가 넘은 늙은이이지만 고집이 세고, 어떤 중요한 부분의 단추를 채우지 않고 열어두는 버릇이 있어서 호프는 '빌리 보턴'(빌리는 윌리암의 애칭)이라는 별명을 붙여주었다. '빌리 보턴'옹은 영국의 거의 모든 과학위원회의 의장직을 맡고 있다고 그는 말했다. 더욱이 '어린이 과학'이라는 통속적인 라디오 강좌까지 하는 정력이 흘러넘치는 노인이라는 것이었다.

　그밖에 학생들 사이에서 '망아지'라는 멋진 별명으로 통하는 휘니 교수, 루이스 파스퇴르라도 되는 것처럼 연극배우 같은 짓을 하지 않을 때에는 그다지 나쁘지 않은 차리스 교수, 그리고 모리스 개스비 박사가 있었다.

　"개스비는 알고 있나요?" 호프가 물었다.

　"만나본 일은 있지." 앤드루는 시험을 치렀을 때의 일을 말했다.

　"그 사람이 바로 여기 있는 모리스랍니다."

　호프는 계면쩍은 목소리로 말했다.

　"뚫고 들어가는 데 능한 사람인데, 어떤 일이나 참견을 잘하죠. 머지않아 영국 약제사협회에도 들어간다더군요. 머리는 꽤 좋은 편이지만 연구 따위에는 전혀 흥미가 없고, 자기 이름을 알리는 일에만 무척 열심이지요."

　호프는 갑자기 빈정거렸다.

　"개스비에 대해서는 로버트 어베이가 재미있는 이야기를 했어요. 개스비는 람프스테이크 클럽에 들어가고 싶어서 안달을 했는데, 이 클럽은 런던에 흔히 있는 식도락회 중에서도 매우 고급에 속하는 것이었던 모양입니다. 그런데 친절하게도 어베이가 개스비를 위해 적극적으로 주선해 주겠다는 약속을 했어요. 어쨌든 1주일 후에 개스비가 어베이를 만났을 때 '입회할 수 있소?' 하고 물으니 '아니야, 자네는 안 된다는 거야.'라고 말했어요. '뭐라구? 설마 내가 거절당한 것은 아니겠지?' 하면서 개스비가 호통을 치니까 어베이는 '거절당했어. 이봐, 개스비! 자네는 캐비아라는 것을 본 적이 있나?'라고 했다는 겁니다."

　호프는 몸을 뒤로 젖히고 배꼽을 쥐고 웃어댔다.

　"어베이도 이 위원회에 들어와 있죠. 그는 고결한 인물입니다. 그런데 이곳의 형편을 알고 있기 때문에 별로 얼굴을 내밀지 않아요."

　이것을 시작으로 하여 앤드루와 호프는 곧잘 같이 어울려서 점심을 먹으러 가곤 했다. 호프는 대학생 기질이 있어서 성격적으로 경솔한 점도 더러 있지만 머리는 꽤 명석했다. 사람을 사람으로 보지 않는 그의 독설에도 무언가 건전한 점이 엿보였다. 앤드루는 그러는 동안 호프가 만만찮은 일꾼임을 느꼈다. 또 사실 그는 진지한 이야기를 할 때에는 자기가 계획한 위액내의 소화효소의 분리에 관한 본격적인 연구로 들어가고 싶다고 자주 말했던 것이다.

가끔 길도 같이 점심을 먹으러 갔었다. 길을 '명랑한 작은 남자'라고 한 호프의 표현은 아주 적절한 평이라 할 수 있었다. 30년간의 문관생활로 얼굴이 두꺼워지긴 했지만, 서기로 출발하여 과장이 되기까지 한결같이 열심히 근무한 사람으로 사실 길은 선량한 인간이었다. 그는 관청에서는 곧잘 분위기를 부드럽게 만들었으며 성능이 좋은 소형 기계의 부속품처럼 활동했다. 그리고 선베리에서 매일 아침 기차로 왔다가 '야근'이 없는 한 매일 저녁 같은 기차로 돌아갔다. 선베리에는 아내와 세 딸이 살고 있으며, 조그마한 뜰에다가 장미를 재배하고 있었다. 그는 겉보기에 의젓한 교외 거주자로서 전형적인 생활을 하고 있는 사람에 불과했다. 그러나 그 내면을 들여다보면 거기에는 겨울철의 야마스(잉글랜드 동안의 어업중심지)를 사랑하여 12월의 휴가는 언제나 거기서 보내고, 《하지 바바》(19세기 영국의 소설가 모리아의 작품 《이스바한의 하지 바바》)라는 책을 마치 《성서》처럼 소중히 여겨 그것을 외울 정도이고, 또 15년 동안이나 동물애호협회의 회원으로서 동물원의 펭귄에게 어처구니없을 정도로 열중하기도 하는 다른 모습의 길이 존재하고 있었다.

언젠가 크리스틴이 항상 점심을 같이 하는 사람들 사이에 낀 적이 있었다. 길은 관리로서의 예의바름을 실제로 증명했다. 호프까지도 놀라워할 정도로 신사답게 행동했다. 그리고 그는 부인을 만난 후부터 다시는 전처럼 버릇없는 행동은 할 수 없게 되었다고 앤드루에게 털어놓았다.

하루하루가 정신없이 지나가 버렸다. 앤드루는 위원회의 집회가 개최되기를 기다리는 동안 크리스틴과 함께 런던을 관광하며 돌아다녔다. 기선을 타고 리치몬드에도 갔다. 올드비크라는 극장에도 들어가 보았다. 햄프스테드 히스의 먼지 자욱한 혼잡도 경험해 보았고, 한밤중에야 문을 여는 다방의 매력도 맛보았다. 로튼로(하이드파크의 가로수길)도 걸어보았고, 서펜타인 호수에서 보트도 저어 보았다. 소호(런던의 한 구역. 현재는 이탈리아인들이 경영하는 음식점이 많음)에 가보고는 그곳에 대한 세상 사람들의 잘못된 생각을 바로잡기도 했다. 그리하여 마침내 안내지도를 보지 않고도 안심하고 지하철을 탈 수 있게끔 되자 자기네들도 이미 한 사람의 런던 시민이 된 것 같은 기분이 들었다.

2

9월 18일 오후, 드디어 앤드루가 기다리던 위원회가 개최되었다. 길과 호프 사이에 앉아 호프의 장난기어린 시선을 의식하면서 앤드루는 좁고 긴 회의실로 들어오는 위원들에게 눈길을 돌렸다. 순서대로 휘니, 란셀로트 도드 캔터베리 박사, 차리스, 로버트 어베이경, 개스비, 그리고 마지막으로 빌리 보턴인 듀와가 들어왔다.

듀와가 들어오기 전에 어베이와 차리스가 앤드루에게 말을 걸었다. 어베이는 조용하게 한 마디, 차리스 교수는 언제나와 같이 화려한 친절을 베풀면서 의무관 취임에 대해 축하를 했다. 그런데 듀와는 들어서자마자 길을 돌아보면서 제 목소리인 카랑카랑한 소리로 물었다.

"이번에 새로 부임한 의무관은 어디 있는가? 길군, 맨슨 박사는 어디 있나?"

앤드루는 머뭇머뭇하면서 일어섰다. 호프한테서 듣기는 했으나 듀와의 태도는 소문 이상이었다. 빌리는 키가 작고, 허리가 굽고, 털이 많은 사람이었다. 낡은 양복에 조끼는 축 늘어져 있었으며, 녹색 외투는 열 군데가 넘는 협회의 서류와 팸플릿과 각서 등으로 주머니가 불룩했다. 돈도 넉넉하고 딸도 여러 명 있으며 그 중 한 명은 백만장자인 귀족과 결혼을 한 정도이므로 굳이 그런 구질구질한 모습을 보이지 않아도 될 것이지만 그는 지금도, 그리고 언제나 게으른 늙은 원숭이를 꼭 닮은 생김새였다.

"1880년에 퀸즈(옥스퍼드 대학 기숙사의 하나)에서 나와 같이 지낸 맨슨이라는 사람이 있었지."

그는 인사 대신 온정이 가득 차 넘치는 목소리로 말했다.

"그 사람이 바로 이 사람입니다, 선생님."

말이 하고 싶어 좀이 쑤시던 호프가 작은 소리로 말했다.

빌리는 그 말을 듣더니, "자네가 그것을 어떻게 아는가, 호프군?" 하면서 코에 걸친 철테안경 너머로 돌아보았다.

"자네는 그 당시에는 아직 기저귀를 차지도 않았을 때야, 히히히!"

그는 히죽히죽 웃으면서 성큼성큼 테이블 윗자리인 자기 자리에 가서 앉았다. 다른 위원들은 이미 참석해 있었으나 누구 하나 그런 것에 주의를 기울이는 사람은 없었다. 이 위원회는 운영기술의 하나로서 남의 일 따위는 전혀 관심을 두지 않고 묵살해 버리는 습관이 있었다. 하지만 빌리는 그렇다고 해서 조금도 난처해하지 않았다. 그는 주머니에서 서류를 한 다발 꺼낸 후 주전자에서 물을 따라 마시고는 바로 자기 앞에 있는 작은 망치를 들어서 잘 들리도록 탕탕 소리를 내면서 테이블을 쳤다.

"여러분, 여러분! 이제 길군이 회의록을 낭독하겠습니다."

위원회의 서기 노릇을 하는 길은 전번 회의록을 거침없이 읽어나갔다. 그러나 빌리는 낭독에는 전혀 주의를 기울이지 않고 서류를 일일이 뒤적이기도 하고, 1880년 당시 퀸즈의 맨슨이라는 인물과 현재 눈앞에 있는 청년을 아직도 막연하게 연결시켜 생각하며 부드러운 눈길을 앤드루에게 보내기도 했다.

잠시 후에 길은 낭독을 끝냈다. 빌리는 곧 망치를 쳐들었다.

"여러분! 오늘 이 자리에 신임 의무관을 맞이하게 된 것을 우리들은 특별히 기쁘게 생각하는 바입니다. 나의 기억으로는 최근 1940년에도 우리가 가끔 빼앗아 오는……, 히! 히!…… 백 하우스 연구소에서 훔쳐오는 병리학자에게는 지극히 긴밀한 협력자로서 임상전문가를 우리 위원회에 항구적으로 소속시킬 필요가 있다는 것을 나는 강조했습니다. 그런데 이 일에 대해서는 우리들의 젊은 친구인 호프군의 관용에……, 히! 히!…… 우리가 대단히 신뢰하고 있는 그의 관용에 대해서 나는 무한한 경의를 표하는 바입니다. 그리고 또 내가 기억하는 바로는 최근 1889년에도……."

로버트 어베이경이 그의 말을 가로막았다.

"의장, 저는 다른 위원 여러분이 선생님과 함께 맨슨 박사의 규폐증(硅肺症)에 관한 논문에 대해서 축사를 하는 것에 진심으로 동감하리라 믿는 바입니다. 제 생각으로는 이 임상연구는 실로 인내를 요하는 독창적인 것으로, 본 위원회에서도 인정하는 것처럼 산업법규 제정 면에서 가장 광범위한 영향력을 갖게 될 것입니다."

"조용하시오, 조용." 차리스가 자기 후배를 지지하며 열심히 성원을 보냈다.

"그것이 바로 내가 말하려고 생각했던 것이라네, 로버트."

빌리가 못마땅한 어조로 말했다. 그로서는 어베이 따위는 아직 새파랗게 젊은 학생이나 다를 바 없었으므로 이런 말참견은 적당히 제지해 둘 필요가 있었던 것이다.

"지난번 회의에서 이 연구를 계속해야 한다고 결정 내렸을 때, 나는 곧 맨슨 박사의 이름을 시사했던 것입니다. 그가 이 문제의 실마리를 푼 이상, 이 연구를 수행할 모든 기회가 그에게 주어져야 합니다. 우리로서는 그의 손에 의해······."

이것은 앤드루에게 있어서 고마운 말이었으므로 그는 테이블 저쪽 너머에 있는 빌리에게 잠깐 시선을 던졌다.

"국내의 모든 무연탄광을 시찰하고, 가능하면 그후에도 계속해서 이 일을 모든 탄광에 파급시키고자 합니다. 또 우리는 그에게 이 산업에 있어서 갱부의 임상조사에 관한 모든 기회를 주고자 합니다. 우리는 그에게······, 젊은 친구인 호프군의 숙달된 세균학적 협력도 포함하여 모든 편의를 제공하도록 합시다. 요컨대 여러분, 우리는 새로운 의무관이 이 진애감염이라는 중대한 문제에 대해서 과학적이면서 동시에 행정적이기도 한 완전한 결론에 도달할 수 있도록 어떠한 노력도 아끼지 말아야 합니다."

앤드루는 꿀꺽 숨을 삼켰다. 정말 신나는 이야기가 아닌가. 꿈에도 생각지 못했던 신나는 이야기이다. 그들은 자기에게 자유로운 행동을 허락하고, 그들의 광대한 권위로써 자기를 후원하여 마음대로 임상조사를 하게 하려는 것이다. 그들은 모두 천사이며, 그리고 빌리는 바로 가브리엘 대천사가 아닌가.

"그러나 여러분." 빌리는 웃옷 주머니에서 다른 서류를 꺼내면서 갑자기 높은 목소리로 말을 이었다.

"맨슨 박사로 하여금 이 문제를 담당케 하기 전에, 즉 이 문제에 전력을 다할 수 있는 허가를 주기 전에 여기에 또 별개의 보다 긴급을 요하는 문제가 있는데, 나로서는 그쪽부터 먼저 착수해 주었으면 하는 생각입니다."

그리고 잠시 잠자코 있었다. 앤드루는 심장이 죄어드는 것 같았는데, 빌리가 말을 계속하자 차차 우울한 기분으로 되었다.

"상무성의 빅스비 박사로부터 주의받은 것인데, 산업관계의 응급치료 비품의 종목은 너무 잡다합니다. 물론 현행법규에 일정한 규정이 있기는 하나, 귀에 걸면 귀걸이 코에 걸면 코걸이식 해석을 할 수 있을 정도로 만족스럽지 못한 형편입니다. 예를 들면 붕대의 크기나 그 원단, 부목의 길이, 재료, 모양 등에 확실한 표준이 없습니다. 여러분, 이것은 중대한 문제이며, 또한 직접적으로 우리 위원회에 관계되는 일입니다. 그러므로 우리의 의무관은 진애감염의 문제에 착수하기에 앞서, 이 일에 대한 철저한 조사를 행하여 조사서를 제출해 주실 것을 나는 간절히 희망하는 바입니다."

잠시 침묵이 계속되었다. 앤드루는 다 틀렸구나 하는 기분으로 테이블 주위를 둘러보았다. 도드 캔터베리는 두 다리를 쭉 뻗고 천장을 쳐다보았다. 개스비는 종이에 그림 같은 것을 그리고 있었다. 그리고 휘니는 눈썹을 찌푸리고 있었고, 차리스는 무슨 말인가를 하려고 가슴을 펴고 있었다. 그런데 입을 연 것은 어베이경이었다.

"그렇지만 윌리암경, 그것은 상무성이나 광산성에서 할 일입니다."

"우리는 그 어느 쪽에서도 마음대로 하게끔 되어 있어요. 우리는……, 히! 히! 그 양쪽으로부터 서자 취급을 받고 있으니까."

빌리가 야릇한 목소리로 말했다.

"네, 그것은 잘 알고 있습니다. 그러나 요컨대, 이……, 이 붕대 문제는 비교적 자질구레한 일이므로, 굳이 맨슨 박사에게……."

"아니야, 로버트군. 이것은 작은 문제가 결코 아니야. 앞으로 의회에서도 문제로 삼는다는 거요. 나도 앙가경에게서 얼마 전에 들은 것이지만 말이야."

"그래요." 귀기울이면서 개스비가 말했다.

"앙가경이 본격적으로 나선다면 우리로서는 어찌할 도리가 없구먼."

개스비는 겉으로는 별 관심이 없는 듯한 태도로 아첨을 하는 특기가 있었는데, 앙가는 그가 특히 비위를 맞추려고 생각하고 있는 인물이었다.

앤드루는 견딜 수가 없어서 말참견을 했다.

"실례이지만 윌리암경." 그는 더듬거리며 말했다.

"저는……, 저는 여기서 임상적인 일을 시키리라고 생각하고 있었습니다. 지난 1개월 동안 관청에서 허송세월을 보냈는데, 이번에 만일 제가……."

그는 문득 말을 끊고 위원들을 둘러보았다. 그러자 어베이경이 구조선을 내주었다.

"맨슨 박사의 주장은 정말 타당합니다. 4년간에 걸쳐 자기의 연구를 끈질기게 지속해 왔으니까요. 그래서 이제 그것을 다시 깊이 있게 연구할 수 있도록 모든 편의를 제공하기로 하고 나서 새삼 붕대문제를 처리해 달라고 지시하는 것은 뭔가 잘못되지 않았습니까?"

"로버트군, 맨슨 박사가 만일 4년 동안 잘 참아왔다면 말이야."

빌리는 또다시 야릇한 목소리로 말했다.

"얼마 동안 더 참지 못할 것도 없지 않은가, 히히! 히!"

"그래, 그래요." 차리스는 들뜬 목소리로 찬성했다.

"나중에 규폐증의 연구는 자유롭게 할 수 있을 테니까."

휘니가 헛기침을 했다.

"저것 봐!" 호프가 앤드루에게 속삭였다.

"망아지가 울기 시작하려는 참이야."

"여러분." 휘니가 입을 열었다.

"나는 오래전부터 본위원회에 증기열(蒸氣熱)에 의한 근육피로 문제를 조사하고 싶다고 요구해 왔습니다. 여러분도 잘 아시는 바와 같이 이것은 내가 깊은 관심을 갖는 문제인데, 솔직히 말씀드린다면 오늘날까지 여러분은 이 문제에 대해 그다지 높은 가치를 인정하지 않았습니다. 그런데 나는 만일 맨슨 박사에게 진애감염 문제 이외의 것을 위촉할 방침이라면 매우 중요한 이 근육피로 문제를 언급할 수 있는 다시 없는 호기라고 생각해서……."

개스비가 시계를 들여다보았다.

"앞으로 35분 이내에 나는 할리가(街)에 가야 할 약속이 있습니다만."

휘니는 화가 나서 개스비를 돌아보았다. 동료 교수인 차리스가 맹렬한 기세로 합세했다.

"실례를 해도 분수가 있지."

회의실 분위기가 험악해졌다.

그러나 빌리의 텁수룩한 구레나룻의 품위있는 황색 얼굴은 회의의 진행상황을 조용히 관망하고 있었다. 그는 전혀 동요하는 기색이 없었다. 이런 종류의 회의는 이미 40년 동안이나 처리해 왔었다. 그는 사람들이 자기를 싫어한다는 것, 나가주었으면 좋겠다고 바라고 있다는 것을 잘 알고 있었다. 그러나 그는 나가지 않았다. 단연코 나가지 않았다. 그의 커다란 두개골 속에는 여러 가지 문제, 자료, 의제, 어렴풋한 공식, 방정식 등이 생리학이나 화학의 진위(眞僞)를 뒤섞은 연구 결과들과 함께 가득 들어차 있었다. 그의 머리는 둥근 천장이 설치된 거대한 묘지이고, 사고력이 부족한 고양이의 유령에 포위되어 있었으나, 소년시절에 리스터(19세기에서 20세기에 걸쳐 생존한 영국의 외과의사로서 살균수술의 완성자)가 머리를 쓰다듬었다고 하는 영광스런 기억에 의해 완전히 장미빛을 띠고 있었다. 그는 정직하게 선언했다.

"사실 나는 앙가경과 빅스비 박사가 곤란해하는 것을 보고, 그렇다면 협력하겠다고 이미 약속을 한 것과 다름이 없어요. 6개월이면 충분하다고 생각해요, 맨슨 박사. 혹은 그보다 덜 걸릴지도 모르지. 전혀 흥미가 없는 일은 아닐 거야. 이 일 덕분에 자네는 여러 인물과 사물을 알게 될 거구. 자네도 라부아지에가 물방울에 대해 한 말을 알고 있겠지! 히!히! 자, 다음은 지난 7월 웬도버 탄광에서 온 표본에 관한, 호프군의 병리학적 연구에 대하여……."

4시에 회의가 완전히 끝나자 앤드루는 길의 방으로 가서 길과 호프와 일에 대하여 검토를 거듭했다. 이 위원회의 영향도 있고, 점점 나이가 들어감에 따라 길은 자연히 자제심을 갖게 되었다. 난폭한 일을 하지 않고 함부로 억지를 부리지도 않으면서 정부의 책상에서 정부의 펜을 사용하여 그럴 듯한 서류를 날조하는 것으로 만족하게끔 되었다.

"그렇게 나쁠 것도 없잖소." 길은 맨슨을 위로했다.

"전국을 한바퀴 여행하는 것이니까. 기분은 알겠지만 차라리 잘됐다고 생각해도 좋지 않겠소. 부인을 데리고 가도 좋아요. 박스톤은 요즘이 아주 좋은 때이지요. 거기는 더비셔 탄광지대의 중심지입니다. 그리고 6개월 후에는 무연탄광의 일이 시작될 거니까요."

"그런 기회는 절대로 오지 않을 걸." 호프는 의미있게 웃었다.

"붕대처리계(係)이지……. 일생 동안!"

앤드루는 모자를 집어들었다.

"자네의 나쁜 점은, 호프……, 너무 젊다는 거야."

그는 크리스틴이 기다리고 있는 집으로 돌아왔다. 그리고 다음주 월요일, 그녀가 이 유쾌한 여행에 기꺼이 동행하겠다고 고집했으므로 중고 모리스차 한 대를 60파운드 주고 사서 둘이서 '응급치료 비품 대조사'의 나들이에 나섰다. 자동차가 국도의 북쪽을 향해 속력을 내면서 달려감에 따라 두 사람의 기분이 점점 유쾌해진 것이 사실이다. 앤드루는 차를 몰면서 원숭이를 닮은 빌리 보턴의 모습을 흉내내어 보이며 이런 이야기를 했다.

"어쨌든 말이야, 1832년에 라부아지에가 물방울에 대해 뭐라고 했든지 내가 알 바 아니야. 우리들이 이렇게 같이 있으니까 아무래도 좋다구, 크리스!"

　일은 싱거운 것이었다. 전국의 여러 탄광에 비치되어 있는 부목과 붕대, 탈지면과 방부제, 지혈기와 그밖의 응급치료비품을 살펴보기만 하면 되는 것이었다. 우수한 탄광에서는 비품도 우수했다. 빈약한 탄광에서는 비품도 빈약했다. 갱내 시찰도 앤드루에게 있어서는 신기한 것이 아니었다. 그는 몇 백 번이나 갱내 시찰을 가서 석탄의 노출면까지 긴 운반로를 기어가서는 이미 30분 전에 정연하게 준비해 놓은 구급상자를 검사했다.

　요크셔의 어느 엉터리 작은 탄광에서는 갱내 감독이 자기 옆에 있는 사람에게 속삭이는 소리를 들었다.

　"조디, 뛰어가서 알렉스에게 약방에 다녀오라고 하게."

　그리고 앤드루에게는 이렇게 말했다.

　"선생님, 잠깐 앉으시지요. 곧 준비를 하겠습니다."

　노팅검에서는 냉홍차가 브랜디보다 훨씬 좋은 흥분제라고 하여 금주를 선언한 구급차 계원을 안심시켜 주기도 했다. 다른 곳에서는 위스키를 마시고 욕지거리를 퍼부은 적도 있었다. 그러나 대체적으로 그는 놀랄 만큼 양심적으로 일을 처리했다. 그와 크리스틴은 편리한 중심지에 방을 구했다. 그런 다음 그는 착실하게 자동차로 지방을 순회했다. 그가 검사하러 나간 동안에 크리스틴은 집에 혼자 남아서 뜨개질을 했다. 때때로 두 사람은 항상 여관 여주인 앞에서이기는 하지만 아슬아슬한 장면을 들키기도 했다. 그리고 주로 탄광검사관들인 친구가 생겼다. 앤드루는 자기의 사명이 이처럼 완고하고 치사한 사람들에게 어리석은 웃음거리나 제공해 주는 데에 대해서 별로 놀라워하지 않았다. 도리어 같이 어울려 웃고 떠든 것을 후회할 정도였다.

　그럭저럭 3개월이 지나자 두 사람은 런던으로 돌아가서 자동차를 구입한 가격보다 겨우 10파운드 싸게 처분했다. 그 이후에 앤드루는 보고서를 쓰기 시작했다. 그는 위원회에 금전의 사용내역을 말해 주고, 붕대의 선은 올라가 있는 데 비해 부목의 선은 내려가 있는 것을 표시한 그래프와 분류도 등을 하나 가득 제출하기로 했다. 크리스틴에게 자기가 조사를 얼마나 훌륭하게 했는지, 그리고 위원들이 얼마나 시간 낭비를 하고 있었는지를 증명해 보이겠다고 장담했다.

　그달 그믐경에 휘갈겨쓴 보고서를 길게 제출했는데, 상무성의 빅스비 박사로부터 호출을 받았을 때에는 그도 조금 놀랐다.

　"당신의 보고서를 보고 모두 기뻐하고 있어요."

길도 앤드루를 따라 국회의사당과 여러 관청이 즐비한 화이트홀로 가는 도중 침착성을 잃고 있었다.

"이런 것은 말해 줄 필요가 없을지 모르지만 사실이 그러니까 어쩔 수 없지. 당신은 꽤나 뛰어나게 운좋은 출발을 한 셈이오. 빅스비가 얼마나 거물인지 당신은 모를 거요. 그는 공장 행정을 한손에 쥐고 있어요."

빅스비 박사를 만나기까지는 상당한 시간이 걸렸다. 그들은 두 곳의 대기실에서 모자를 무릎에 올려놓고 공손하게 기다려야만 했다. 그런데 박사는 짙은 회색 옷에 그보다 더 짙은 회색 스패츠를 신고 더블 조끼를 입은, 적당히 뚱뚱하여 언뜻 보기에 온화하고 차분해 보이는 신사였다. 그는 두 사람의 얼굴을 번갈아보자 열변을 토했다.

"어서들 앉게나. 자네 보고서 말인데……, 맨슨, 도표만 보고 이런 말을 하기는 아직 이를지 모르지만 솔직히 말해서 감탄했네. 매우 과학적이고 우수한 그래프야. 이것이야말로 우리 상무성에서 구하고 있던 것이네. 그런데 나의 견해도 알아두기 바라네. 우선 첫째 자네는 대형 붕대로 3인치 되는 것을 추천하고 있는데, 나는 2인치 반이 좋겠다고 생각하네. 어떤가, 자네도 동의하겠는가?"

앤드루는 마음이 초조해졌다. 그것은 상대방의 스패츠 때문인지도 모른다.

"제 개인의 의견으로는 탄광에 관한 한 붕대는 크면 클수록 좋다고 생각합니다. 그러나 어느 쪽이든 대단한 차이가 있다고는 생각지 않습니다."

"아니, 뭐라고!"

상대자는 귀뿌리까지 빨개지며 말했다.

"차이가 없다고?"

"절대로 없습니다."

"하지만 자네는 모르겠는가? 여기에서 표준형을 제정함에 있어 전반적인 원칙이 문제라는 것을 생각해 보지 않았나? 만약 우리가 2인치 반을 주장하고 자네가 3인치를 추천하게 되면 어처구니없이 시끄러운 문제가 발생할지도 모른단 말이야."

"그렇다면 저는 3인치를 추천하겠습니다."

앤드루는 냉랭하게 내뱉었다.

빅스비 박사는 문자 그대로 노발대발하여 머리카락이 곤두설 정도였다.

"자네의 태도를 이해하기 어렵군. 우리들은 여러 해 동안 2인치 반의 붕대를 만들려고 노력해 왔소. 그것을 이제 와서 자네는……, 이것이 얼마나 중요한 문제인지 모르겠나……."

"물론 잘 알고 있습니다." 앤드루도 박사처럼 자제력을 잃고 있었다.

"도대체 당신네들은 갱내에 들어가 본 적이 있습니까? 저는 여러 번을 가보았습니다. 갱내의 더러운 물웅덩이에 엎드려 안전등 하나에 의지하여 머리를 들 여지도 없는 열악한 장소에서 대수술을 한 경험이 있습니다. 그러므로 솔직히 말씀드려서 붕대의 반 인치 정도의 차이는 결코 문제로 삼을 만한 것이 못됩니다."

그는 들어갈 때보다는 훨씬 빨리 그 빌딩을 뛰쳐나왔다. 길은 두 손을 꼭 마주잡은 채 그를 따라서 엠뱅크먼트까지 오면서 계속 불평을 토했다.

사무실로 돌아와서도 앤드루는 우뚝 선 채 화난 얼굴로 강을 왕래하는 배와 혼잡한 거리, 달리는 버스, 다리를 건너는 전차, 사람들의 움직임 등 생기 있는 생활의 흐름에 묵묵히 시선을 던지고 있을 뿐이었다.

'나는 이런 일이나 할 사람이 아니다.' 그는 더 참을 수가 없어서 분연히 생각했다.

'저런 사람들 속에 들어가야 한다……, 저런 생활 속으로.'

어베이는 위원회에 얼굴을 내밀지 않았다. 차리스는 1주일 전에 앤드루를 점심에 초대하여, 휘니가 열심히 이면공작을 계속한다는 것, 규석문제에 착수하기 전에 자기가 제의한 근육피로 조사를 어떻게든 추진할 것이라는 점을 경고하여 앤드루를 낭패할 정도로 실망시켰다.

앤드루는 절망적인 심정을 일부러 농담으로 얼버무리며 생각하고 있었다.

'붕대소동에다 그런 일까지 겹치면 이제 대영박물관(여기서는 박물관의 부속도서관을 가리키는 뜻)의 열람권이라도 입수하는 편이 훨씬 낫겠군.'

엠뱅크먼트에서 걸어서 돌아오는 길에, 그는 자기가 의사의 집 울타리에 걸려 있는 놋쇠로 만든 표찰을 차례차례 부러운 눈으로 쳐다보고 있음을 깨달았다. 그리고 한 사람의 환자가 입구로 가서 벨을 울리고 안으로 불려들어가는 것까지 주시하고 있었다. 그는 우울한 기분으로 걸으면서 다음 장면, 즉 환자에게 질문하고, 빠르게 청진기를 대어보고 가슴을 두근거리며 진찰하는 장면을 눈앞에 그려보았다. 자기도 의사가 아니었던가? 적어도 훨씬 전에는 ……

5월 말경 앤드루는 이러한 기분으로 저녁 5시쯤 오클리가를 걸어가다가 우연히 보도에 넘어져 있는 한 남자를 둘러싸고 사람들이 모여 있는 것을 보았다. 그 옆의 하수구에는 찌그러진 자전거가 있고, 그 위에 자전거를 덮치듯 트럭이 멈춰서 있었다.

그로부터 5초 후 앤드루는 군중 속에 끼여서 순경이 몸을 굽히고 치료를 해주고 있는 상처입은 사람을 살펴보았는데, 그의 사타구니 부근에 생긴 깊은 상처에서 계속 피가 흘러나오고 있었다.

"자, 저리 비켜요. 나는 의사입니다."

순경은 지혈대를 매려고 했으나 뜻대로 되지 않자 낭패한 얼굴로 그를 쳐다보았다.

"출혈이 멎지 않아요, 선생님. 상처가 꽤 심한 모양입니다."

앤드루는 지혈대로는 안 되리라는 것을 간파했다. 상처는 훨씬 위쪽인 장골(腸骨) 동맥 부분이었고, 부상자는 심한 출혈 때문에 빈사상태였다.

"일어서세요." 그는 순경에게 말했다.

"똑바로 뉘어야 합니다."

그리고 오른팔을 펴고 앞으로 몸을 굽히면서 부상자의 하행(下行) 대동맥이 있는 복부를 주먹으로 힘차게 내리눌렀다. 그의 전신의 무게가 이렇게 해서 대동맥에 전달되자 곧 출혈이 멎었다. 순경은 헬멧을 벗고 송글송글 맺힌 이마의 땀을 닦았다. 5분 후에 구급차가 달려왔다. 앤드루도 그 차를 타고 같이 갔다.

이튿날 아침, 앤드루는 병원으로 전화를 걸었다. 의사는 병원 특유의 사무적이고 무뚝뚝한 말투로 대답했다.

"네, 네, 부상자라면 안심하십시오. 이상없습니다. 그런데 당신은 누구신가요?"

"네." 앤드루는 공중전화통 앞에서 말을 더듬거리다가 간단히 말하고 전화를 끊었다.

"아무도 아닙니다."

사실 지금의 자기는 그 말대로라고 그는 씁쓸한 심정으로 생각했다. 아무도 아니며 할 일도 없고 갈 곳도 없는 것이다. 그는 주말까지 가만히 참고 있다가 위원회에 가서 간단한 사유를 말하고 길에게 사표를 건네주었다.

길은 매우 놀라기는 했으나 언젠가는 이같은 불행한 사태가 오리라고 예측하고 있었다고 털어놓았다. 그런 후에 기분 좋게 잡담을 한 다음 마지막으로 이런 말을 덧붙였다.

"닥터 맨슨, 결국 당신이 있어야 할 곳은……, 그 왜 전쟁중에 흔히 사용하는 말을 빌린다면, 사령부가 아니고……, 저…… 졸병들과 같이 있는 일선입니다……."

호프가 말했다.

"귀기울이지 말아요, 고집불통의 늙어빠진 영감님들의 이야기 따윈! 당신은 운이 좋아요. 그럴 만한 이유라도 생기면 나도 곧 당신의 뒤를 따를 겁니다. 2년 기한이 끝나는 대로!"

앤드루는 진애감염 문제에 관한 광무위의 활동에 대해서는 여러 해 동안 소문을 듣지 못했으나, 그가 사임한 지 수개월 후 앙가경이 모리스 개스비 박사에게서 얻은 의학적 증언을 충분히 인용하여 하나의 쇼를 벌이는 것처럼 떠들썩하게 이 문제를 의회에 제출했다는 것을 알았다.

신문에서는 개스비를 가리켜 인도주의자이며 또한 대의학자라고 칭찬했다. 그리고 규석증은 그해에 직업병으로 법령화되었다.

제 **4** 부

······바보같으니라구, 넌 도망칠 수 있다고 생각했었지.
벌써 도망쳐 나왔다고 생각하고 있었어. 그렇지만 제기랄,
그렇겐 안 될걸. 죄를 지으면 당연히 벌을 받게 마련이지.
인과응보야！······ ―본문 중에서 발췌―

제 4 부

1

그들은 팔려고 내놓은 개업권(開業權)을 물색하기 시작했다. 그것은 파란 많은 등산과 같은 것이었다. 가슴 벅찬 기대의 절정에 섰는가 싶으면 곧 다시 깊은 절망의 늪이 기다리고 있었다. 이미 세 번이나 계속해서 실패한 경험이 있었으므로—적어도 그는 드라이네피와 어벨라러우와 광무위에서 사임한 것을 그렇게 해석하고 있었다—앤드루도 정말 이번만큼은 설욕을 한다는 뜻에서 반드시 뜻을 이루고 싶다는 생각이 간절했다. 그러나 두 사람의 전재산은 과거 수개월간의 월급생활 동안 절약한 덕분에 늘기는 했으나 그래도 600파운드 정도에 불과했다. 그들은 병원을 소개하는 복덕방에 자주 가기도 하고, 〈런세트〉지의 안내광고에 나와 있는 곳을 모조리 찾아가 보기도 했으나 그 정도의 금액으로는 런던에서 개업의의 권리를 산다는 일은 어림없고 거의 불가능한 일이었다.

그런 일들 중에서 최초의 교섭만은 그들의 기억에서 절대로 잊혀지지 않았다. 캐도건 가덴즈의 브레인트 박사가 폐업을 하면서 적당한 자격을 가진 신사에게 훌륭한 병원을 양도하겠다는 이야기였다. 외견상으로 판단할 때 가장 좋은 기회라고 생각되었다. 다른 사람이 선수치지 않을까 염려하면서 두 사람은 부랴부랴 택시를 타고 달려갔다. 브레인트 박사는 백발에 매우 명랑하고 솔직해 보이는 키작은 사람이었다.

"그런데," 브레인트 박사는 조심스럽게 말을 꺼냈다.

"수입이 상당히 있습니다. 건물도 깨끗하구요. 권리금이야 뭐 7000파운드면 족합니다. 계약기간은 아직 40년이나 남았고 차지료(借地料)는 1년에 300파운드입니다. 개업을 한다고 하면……, 남들도 다 그렇게들 합니다만……, 2년 동안의 할증금을 현금으로 내기로 하고요. 어떻습니까, 맨슨 박사?"

"당연한 말씀입니다." 앤드루는 진지한 태도로 고개를 끄덕였다.

"환자도 계속해서 소개해 주시겠지요? 감사합니다, 브레인트 박사. 그러면 우리집사람과 의논한 다음에……."

두 사람은 브럼프턴 거리의 리용 다방에서 3펜스짜리 홍차를 마시면서 브레인트 박사의 이야기를 생각했다.

"7000파운드라고……, 권리금이!"

앤드루는 쿡쿡 웃어댔다. 양미간을 찌푸리며 모자를 이마에서 뒤로 젖히고 양쪽 팔꿈치를 대리석 테이블 위에 얹어놓았다.

"불쾌하기 짝이 없군, 크리스! 그런 늙은 너구리는 한번 물었다 하면 놓지를 않는 법이야. 돈을 내지 않는 한 그들의 이빨을 벌릴 수는 없어요. 그것은 모두 오늘날의 제도 때문이야. 그러나 제도가 아무리 나쁘다 해도 어찌할 도리가 없잖아. 좀더 기다려 볼 수밖에! 앞으로 어떻게든 이 금전문제를 해결할 생각이야."

"그런 것은 괜찮아요." 그녀는 미소지었다.

"돈이 없었어도 지금까지 우리는 행복했어요."

그는 볼멘소리로 말했다.

"당신이라도 그런 말만 할 수는 없을 걸. 우리가 길거리에서 노래라도 불러야 하는 처지가 된다면. 자, 차값이나 내요."

그도 또한 의학박사이고 영국의학회 회원인 이상, 국민보험이나 투약을 다루지 않는 개업의가 되고 싶었다. 보험증 제도와 같은 전제(專制)로부터 해방되고 싶었다. 그러나 그렇게 여러 주일이 지나는 동안, 어떤 곳이라도 기회만 있으면 가릴 것이 없다는 기분이 되었다. 교외의 탈스힐이라든가, 이즈린턴, 브릭스턴, 또는 캠덴타운에 있는 지붕에 구멍이 뚫린 병원까지 찾아가 보았다. 나중에는 집을 한 채 빌려서 아무 거라도 좋으니 간판부터 내걸고 보리라는 계획까지 호프에게 말했는데, 그러자 그는 그 정도의 자본으로 일을 시작한다는 것은 자살이나 마찬가지라고 반대를 했다.

이런 상태로 2개월쯤 지나 두 사람이 완전히 실의에 빠져 절망하고 있을 때, 갑자기 하나님이 그들을 불쌍히 여기셨는지 퍼딩턴의 호이 박사를 편안하게 하늘나라로 불러주셨다. 호이 박사의 사망을 알리는 《의학저널》의 4줄 기사가 우연히 앤드루의 눈에 띄었다. 두 사람은 큰 기대도 하지 않고 체스버러 테라스 9번지까지 가보았다. 옆에 병원이 딸린 높은 회색의 무덤 같은 집인데, 뒤에는 벽돌로 지은 차고가 있었다. 두 사람은 장부를 훑어보았는데, 호이 박사는 약값을 포함하여 3실링 6펜스의 진찰료를 받아 1년에 약 500파운드의 수입을 올리고 있었다. 두 사람은 미망인도 만나보았는데, 그녀의 조심스러운 말을 통하여 호이 박사에게는 견실한 기반이 있으며 전에는 '현관'에 '돈 많은 환자'들이 밀어닥칠 정도로 호경기였다는 것을 알았다. 두 사람은 미망인에게 인사를 하고 내키지 않는 기분으로 집에 돌아왔다.

"그것만으로는 알 수가 없는데." 앤드루는 꺼려했다.

"불리한 조건뿐이야. 나는 투약을 하는 것은 딱 질색이야. 위치도 별로 신통치 않아. 그 일대는 너절한 하숙집들뿐이잖아? 그러나 조금 더 앞으로 가면 꽤 좋은 집들이 있기는 하지. 그리고 병원은 큰거리에 면해 있는 모퉁이집이잖아. 뿐만 아니라 팔려는 값이 우리의 예산과 거의 비슷하고. 1년간의 수입도 그렇고……, 게다가 진찰실의 비품이나 기구를 그대로 양도해 준다는 것이 먼저 마음에 들었어. 그러니까 즉시 개업할 수 있지……, 이것이 죽은 사람이 주는 이익이라는 거야. 당신은 어떻게 생각하오, 크리스? 이걸 놓치면 다시는 기회가 없을 거야. 한번 해볼까?"

크리스틴은 어떻게 할까 하는 표정으로 남편을 보았다. 그녀는 런던의 구경거리에는 이미 흥미를 잃었다. 원래 시골을 좋아했으므로 이처럼 우중충한 환경 속에 있다 보니 진심으로 시골이 그리워지는 것이었다. 하지만 남편이 런던에서 개업하려고 열심인 것을 보고는 차마 그만두라고 할 수 없었다.

그녀는 시들한 표정으로 고개를 끄덕였다.

"당신이 그럴 생각이라면 됐군요, 앤드루."

그 이튿날 그는 750파운드 달라고 하는 것을 600파운드로 하면 어떻겠느냐고 호이 미망인의 변호사와 교섭했다. 저쪽에서 그것을 승낙했으므로 즉시 수표를 떼어주었다. 10월 10일 토요일, 두 사람은 맡겨두었던 가재도구를 찾아가지고 새집으로 이사했다.

그들은 일요일까지 이틀에 걸쳐 마구 흩어져 있던 지푸라기와 잡동사니를 말끔히 치웠는데, 그뒤는 너무 피곤해서 앞으로 무엇을 해야 좋을지 모를 정도였다. 앤드루는 이때다 하며 생각했던지 그로서는 드물게 세상에 대한 불평불만을 늘어놓기 시작했다. 불평이 시작되자 그는 마치 비국교회(非國敎會)의 부사제처럼 보였다.

"이제 됐어. 흥하느냐 망하느냐의 갈림길에 섰다구. 있는 돈은 전부 써버렸고. 앞으로는 벌어서 먹을 수밖에 별다른 도리가 없지. 이제부터 어떻게 될 것인지는 하나님밖에 몰라. 하지만 어떻게든 꾸려나가야 해요. 당신도 그 점에 대해서는 각오를 해야 해, 크리스. 절약을 하고……."

그런데 갑자기 그녀가 음침하고 더러운 천장과 아직 카펫도 깔지 않은 커다란 현관 사이에 창백한 얼굴로 흐느끼는 바람에 그는 몹시 놀랐다.

"제발 나를 혼자 있게 내버려두세요." 그녀는 아직도 흐느끼면서 말했다.

"절약을 하라구요? 나는 언제나 당신을 위해서 절약하고 있다구요! 내가 언제 낭비를 한 적이 있어요?"

"크리스!"

깜짝 놀라서 그가 외쳤다.

그녀는 미친 듯 그의 가슴으로 달려들었다.

"이 집 때문이에요. 내가 미처 몰랐던 거예요. 저 지하실과 계단, 저 더러운……."

"하지만 그런 건 상관없어. 정말 문제인 것은 환자가 와주느냐 와주지 않느냐라구!"

"우리는 어디 한적한 시골에라도 가서 오붓하게 개업을 했더라면 좋았을 거예요."

"그래! 시골집의 현관 둘레에 장미라도 심어놓고 말이지. 철딱서니없는 이야긴 그만하라구!"

그러나 그는 잠시 후 자기의 설교방법이 틀렸었다고 아내에게 사과했다. 그리고 그는 그녀의 허리를 껴안은 채 계란 프라이를 만들기 위해 침침한 지하실로 내려갔다. 그는 이것은 지하실이 아니라 퍼딩턴 터널의 일부분이니까 열차가 언제 들어올지 모른다며 그녀를 위로하려고 했다. 그녀는 이 같은 농담에 약간 웃음을 보이기는 했지만, 사실은 싱크대 밑의 깨어진 하수구를 보고 있었던 것이다.

그는 너무 일찍 열어서도 안 된다, 우리가 초조해 한다고 남들이 생각할 테니까, 하고 생각했다. 이튿날 아침 정각 9시에 병원문을 열었다. 심장은 흥분과 기대로 떨리고 있었다. 그것은 오래전 드라이네피에서 처음으로 진찰을 개시한 아침보다는 훨씬 큰 기대였다.

9시 반이 되었다. 그는 걱정하면서 환자를 기다리고 있었다. 이 작은 병원에는 출입문이 옆에 있는데, 거실하고 짧은 낭하로 연결되어 있으므로 진찰실—호이 박사의 책상과 침대식 의자와 유리선반 등이 정연하게 설치된 아래층의 큰 방—로도 동시에 사용할 수가 있었다. 호이 박사 미망인이 말한 '돈 많은' 환자는 현관에서 이 진찰실로 안내하게끔 되어 있었다. 사실 또 그는 말하자면 이중의 그물을 치고 있었던 셈이다. 어부들처럼 긴장하여 이중의 그물을 쳐놓고 고기가 걸려들기를 기다리고 있었던 것이다.

그런데 물고기는 전혀 걸려들지 않았다. 11시가 가까워졌는데도 아직 한 사람의 환자도 찾아오지 않았다. 건너편 주차장에서는 택시 운전사들이 차 옆에 서서 큰 소리로 떠들고 있었다. 그의 간판은 입구 호이 박사의 낡은 간판 밑에서 멋없이 번쩍거리고 있었다.

거의 단념하고 있을 무렵, 갑자기 병원 쪽의 벨이 요란하게 울리더니 숄을 두른 노파가 들어왔다. 그녀가 코멘 소리로 만성기관지염이라고 말하기 전부터 이미 그는 짐작하고 있었다. 그래서 매우 정중하게 그녀를 앉힌 다음 진찰을 했다. 예전부터 호이 박사에게 치료를 받아오던 환자였다. 그는 그녀에게 말을 걸었다. 병원과 진찰실 사이의 낭하 중간에 있는 작은 구멍 같은 조제실에서 그는 약을 조제했다. 그것을 가지고 진찰실로 와서 그가 떨리는 마음으로 대금을 청구하려고 할 때, 그녀는 아무 말도 묻지 않고 3실링 6펜스의 사례금을 냈다.

그 순간의 감동과 환희는, 손바닥에 놓인 은화의 무게와 안도감은 꿈이 아닌가 싶을 정도였다. 이것이 난생 처음 번 돈인 것처럼 느껴졌다. 그는 병원 문을 잠그고 크리스틴에게로 달려가서 그 돈을 일부러 그녀의 손에 쥐어주었다.

"환자 제1호야, 크리스. 결국 그렇게 나쁜 장소는 아닌 것 같아. 어쨌든 이것으로 점심값은 번 셈이니까 말이야!"

늙은 호이 의사가 죽은 지 이미 3주일 가까이 되었지만 그 동안 대진을 두고 진료를 계속하지 않았으므로 아무리 가고 싶어도 왕진은 한 건도 없었다. 봐달라고 찾아올 때까지 기다릴 수밖에 없었다. 한편 크리스틴이 혼자 집안의 물건들을 정리하고 싶어하는 눈치였으므로 그는 오전에 근처를 한 바퀴 돌아보았다. 벽의 페인트가 벗겨진 집들과 보잘것없는 하숙집들이 나란히 서 있는 모습, 그리고 그을어 보기 흉한 나무들이 서 있는 광장과 차고로 개조한 마구간 등을 구경했다. 거기서 급하게 노스가(街) 쪽으로 돌면 거기는 숨이 막힐 듯 답답한 빈민가 구역으로, 전당포, 노점상의 좌판, 술집, 진열장에 신 안특허 약과 색이 짙은 고무제품을 진열한 가게 등이 줄지어 나란히 서 있었다.

이 지역이 지난날 누렇게 칠한 주랑현관(柱廊玄關)으로 마차가 질주하던 시대부터 점점 쇠퇴하여 온 곳이라는 것을 그도 곧 알 수 있었다. 보잘것없고 더러운 지역이기는 하지만, 그러나 빈궁의 밑바닥에서 새로운 생활의 기풍도 싹트고 있었다. 새로운 단지의 한 구역이 건축중인데 어엿한 상점과 사무실도 있고, 게다가 글래드스톤 플레이스 끝에는 유명한 로리에 가게가 있었다. 부인네들의 유행에 대해서는 아무것도 모르는 그도 로리에의 이름은 알고 있었는데, 장식창이 없는 새하얀 석조빌딩 밖에 늘어서 있는 고급차의 긴 행렬을 보지 않더라도 그것이 호화스러운 상류계급 전문점이라는 것을 대번에 알 수 있었다. 로리에 가게가 이처럼 구석진 곳에 있다는 것이 어쩐지 좀 이상한 느낌이 들었다. 그러나 그것은 그 맞은편에 서 있는 순경과 마찬가지로 의심할 여지가 없는 사실이었다.

오후에 그는 바로 가까이에 있는 의사를 방문했다. 찾아간 곳은 모두 여덟 집이었다. 그중에서 이래저래 인상에 남은 것은 세 집뿐이었다. 글래드스톤 플레이스의 인스라는 청년 의사, 알렉산드라 거리 끝에 있는 리더, 그리고 로얄 크레센트 모퉁이 초로의 스코틀랜드인 의사 맥클린 등이다. 그런데 그들은 모두 똑같은 말을 했다.

"아, 호이 노인의 뒤를 이어받은 분이 당신이었습니까."

그런데 그 말투가 왠지 그를 맥빠지게 만들었다. 어째서 '이어받았다'고 하는 것일까. 그는 약간 화가 났다. 반 년만 지나면 너희들의 태도가 싹 바뀌도록 해줄 것이다 하고 마음속으로 맹세했다. 맨슨은 이미 30세로서 자제의 미덕을 잘 알고 있었지만, 고양이가 물을 싫어하듯 멸시당하는 것은 딱 질색이었다.

그날 밤 병원에는 세 명의 환자가 찾아왔는데, 두 사람은 3실링 6펜스를 내고 갔다. 세번째 환자는 토요일에 다시 와서 내겠다고 약속했다. 이것으로 개업 첫날에 10실링 6펜스의 수입을 올린 셈이다. 그런데 그 다음날에는 전혀 수입이 없었다. 그리고 그 다음날은 겨우 7실링뿐이었다. 목요일은 괜찮았으나 금요일에는 겨우 무수입을 면할 정도였고, 토요일이 되자 오전중에는 환자가 오지 않았고, 월요일에 외상치료를 한 사람이 약속을 어기고 나타나지 않았지만 그 대신 오후부터 다시 한 진찰로 7실링 6펜스 수입을 올렸다.

일요일이 되자 크리스틴에게는 아무 말도 하지 않았지만, 앤드루는 오싹하는 기분으로 지난 1주일을 회고해 보았다. 이 버려진 것 같은 병원을 사게된 것은, 이 묘지 같이 생긴 집에다 저축한 돈을 모두 집어넣은 것은 커다란 실수였단 말인가? 병원이 잘되지 않는 것은 자신에게 어떤 잘못이 있기 때문일까? 나는 30세이다. 아니, 30세를 넘어서고 있다. 의학박사와 영국의학회 회원이라는 직함도 가지고 있다. 임상적인 수완도 있고, 게다가 임상적 연구의 뛰어난 업적도 있다. 그런데 여기서 3실링 6펜스의 벌이로는 두 사람이 겨우 굶어죽는 것만 면할 정도이다. 이것은 제도 때문이다. 썩어빠진 잘못된 제도 때문이라고 그는 혼자 투덜거렸다. 무언가 좀더 좋은 방법, 여러 사람에게 고르게 주어지는 기회가……, 예를 들면 그렇다, 국가통제 같은 것이 있어야한다. 거기까지 생각이 미치자 그는 빅스비 박사와 노무위의 경우를 머리에 떠올리고는 자기도 모르게 외쳤다.

"아니, 안 된다. 그런 것들에 희망을 걸다니……, 관청의 일이란 개인의 노력을 질식시킬 뿐이다. 나 같은 사람도 숨도 제대로 쉴 수 없다. 어떻게 해서든지 이것으로 성공해야 한다. 빌어먹을! 반드시 성공할 것이다!"

오늘날까지 그는 경제적인 면에서 이처럼 중압감을 느껴본 적이 없었다. 그리고 지난 1주일 내내 느꼈던 식욕이라는 순수한 고통만큼 인간을 유물주의로 전향시키는 미묘한 방법은 없을 거라고―이것은 그 자신의 완곡한 표현이지만―앤드루는 통감했다.

버스가 다니는 큰길에서 10야드 정도 들어간 곳에 통통하고 몸집이 작은 귀화한 독일 여자가 경영하는 작은 식품점이 있었다. 그녀는 자기이름을 스미스라고 했으나 그 브로우큰한 반음과 S음을 강하게 내는 말투로 판단하여 슈미트가 본명임에 틀림없었다. 이 프라우 슈미트의 작은 가게는 전형적인 대륙식인데, 그 좁은 대리석 카운터에는 소금에 절인 청어, 병에 넣은 올리브, 식초에 절인 양배추, 각종 독일식 소시지, 파이, 살라미, 립타우어라는 이름의 맛있는 치즈 등이 진열되어 있었다.

그런데 무엇보다도 좋은 것은 값이 꽤 싸다는 것이었다. 체스버러 테라스 9번지에서는 돈이 늘 부족했으며, 조리용 스토브는 고물로 열이 신통치 않았으므로 앤드루와 크리스틴은 프라우 슈미트에게 많은 신세를 졌다. 수입이 괜찮은 날에는 뜨거운 프랑크푸르트 소시지와 '압펠스토우델'—구운 사과를 넣어 만든 달팽이 모양의 케이크—을 샀고, 신통치 않은 날에는 소금에 절인 청어나 구운 감자로 점심을 때우기도 했다. 저녁이 되면 그들은 김이 서려 있는 진열장 너머로 진열된 물건을 이것저것 살펴보다가 프라우 슈미트의 가게로 들어가서 손으로 짠 쇼핑백에 맛있어 보이는 것을 넣어가지고 오곤 했다.

프라우 슈미트는 곧 두 사람과 친한 사이가 되었다. 더군다나 크리스틴에게는 어느 사이엔가 호의를 보이게 되었다. 그녀는 앤드루에게 생글생글 웃으면서 말했다.

"선생님이라면 염려할 것 없어요. 성공하고말고요. 좋은 부인을 두셨으니까요. 부인은 저처럼 몸집이 작지만 좋은 분이에요. 기다려 보세요. 제가 환자들을 소개할게요."

그런 말을 할 때 그녀는 윤기가 흐르는 과자를 굽는 사람처럼 이마는 주름투성이가 되고, 커다란 블론드 머리 밑의 눈은 거의 보이지 않을 정도로 작아지는 것이었다.

마치 계절을 껑충 뛰어넘기라도 하듯 겨울이 성큼 다가와서 안개가 거리란 거리를 모두 뒤덮고, 가까이 큰 철도역에서 날아오는 연기와 뒤섞여 언제나 한층 더 짙어 보였다. 그들은 그런 것에 대해서는 별로 심각하게 생각하지 않았고, 여러 가지로 고생을 하는 것도 하나의 재미라는 태도를 보이기는 했지만, 오랜 어벨라러우에서의 생활도 지금처럼 고생스럽지는 않았었다.

크리스틴은 그들의 추운 집을 열심히 개조했다. 천장을 하얗게 칠하고 대기실에는 커튼을 쳤다. 침실의 벽지도 다시 깨끗하게 도배를 했다. 2층의 응접실은 문이 낡아서 한심한 상태였는데, 널빤지를 흑색으로 칠해 새것처럼 만들어 놓았다.

왕진은 아주 드물게 있었고, 있다 해도 대개는 근처 하숙집이 고작이었다. 그러한 환자에게서 치료비를 받기는 쉬운 일이 아니었다. 대개는 가난하고, 게다가 협잡꾼이 많아서 돈을 떼어먹는 데는 명수들이었다. 그는 이러한 하숙집을 경영하고 있는 창백한 여자들에게 친절하게 대하려고 노력했다. 그는 어두운 낭하에서 이야기를 하곤 했다. 그는 자진하여 "이렇게 추울 줄은 몰랐는데요! 외투를 입고 올 걸 그랬나 봐요." 라든가, "걸어서 왕진하는 것은 힘들어요. 공교롭게도 자동차가 고장이 나서 말입니다."라고 말을 걸기도 했다.

그는 프라우 슈미트 가게 앞의 교통이 복잡한 교차로에 언제나 서 있는 순경하고도 친구가 되었다. 순경의 이름은 도날드 스트루더즈라 했는데 앤드루와 같은 화이프 출신이었으므로 두 사람 사이에는 처음부터 친밀함이 느껴졌다. 순경은 그들 특유의 말투로 같은 고향 사람을 위해서라면 어떠한 경우에도 힘이 되어주겠다고 약속하며 다시 기분이 좋지 않은 농담을 했다.

"누군가가 여기서 차에 치여 죽기라도 하면 꼭 선생님 병원으로 둘러메고 갈게요."

이사를 한 지 1개월 정도 지난 어느 날 오후, 앤드루가 집에 돌아와 보니, 그는 근처 어느 약국에도 재고가 없다는 것을 알고 있으면서도 10센트의 특수한 포스 주사기의 유무를 물어보고, 별 뜻도 없이 자기는 이번에 체스버러 테라스에 새로 개업한 의사라고 자기소개를 하고 돌아오는 길이었는데 크리스틴의 얼굴표정이 평소와 다르게 보였다. 그래서 그는 무슨 일이 있구나 하고 생각했다.

"진찰실에 여자 환자가 와 있어요."

그의 얼굴이 환해졌다. 이것이 첫번째의 '돈 많은' 환자였기 때문이었다. 아마도 이것이 운이 트이기 시작한 징조일 것이다. 그는 기대에 부풀어 성큼성큼 진찰실로 들어갔다.

"안녕하십니까! 어디가 아프십니까?"

"안녕하세요, 선생님. 나는 슈미트 씨의 소개로 찾아왔습니다만."

그녀는 의자에서 일어서더니 그와 악수를 했다. 뚱뚱하고 사람 좋아보이는 탄탄한 체격이었는데, 짧은 모피 상의에 커다란 핸드백을 들고 있었다. 대번에 이 근처에 자주 등장하는 거리의 여자임을 알 수 있었다.

"그래요?" 그는 약간 기대가 어긋났다는 생각을 하며 대답했다.

"저, 선생님." 그녀는 계면쩍은 미소를 지었다.

"나는 보이프랜드에게서 아름다운 금귀걸이를 선물받았어요. 그랬는데 슈미트 부인이……, 저는 그 가게의 단골손님인데……, 선생님이라면 귀에 구멍을 뚫어줄 거라고 했어요. 더러운 바늘은 절대로 사용하지 말라고 그이가 하도 걱정하기에 말이에요, 선생님."

그는 길게 한숨을 쉬었다. 그리고 나도 이렇게까지 떨어졌나 하고 생각했지만 그래도 곧 대답을 했다.

"좋습니다. 귀에 구멍을 뚫어드리지요."

그는 신중하게 바늘을 소독한 후 귓불에 클로로 에틸을 뿌리고, 그런 다음 금귀걸이를 끼워주었다.

"아, 선생님, 참 훌륭하군요." 그녀는 핸드백 속에서 거울을 꺼내 들여다보더니 말했다.

"게다가 조금도 아프지 않았어요. 그이도 반드시 기뻐할 거예요. 얼마예요, 선생님?"

호이 의사의 '돈 많은' 환자에 대한 특별요금이라는 것은 너무 터무니없는 것인지 모르지만 7실링 6펜스였다. 그는 그 금액을 청구했다.

그녀는 10실링 지폐를 핸드백에서 꺼냈다. 그녀는 의사를 친절하고 품위있고 매우 핸섬한 신사라고 생각하면서—그녀는 얼굴이 약간 검은 남자를 좋아했으나—거스름돈을 받을 때, 이 사람은 어쩐지 배가 고픈 것 같다고 생각했다.

그녀가 돌아간 다음에도 그는 이전에 흔히 그랬던 것처럼 이따위 치사하고 비굴한 일을 하는 것은 매춘부와 다를 바가 없지 않은가 하고 분연히 카펫을 짓밟지는 않았다. 그리고 이상하게도 겸허한 기분이 되어 있었다. 구겨진 지폐를 손에 든 채 창가로 가서 엉덩이를 흔들고 핸드백을 빙빙 돌리며 새 귀걸이를 달고 자랑스럽게 길거리를 걸어가는 그녀의 모습을 보이지 않을 때까지 계속 지켜보고 있었다.

2

괴로운 생활과 싸우면서 그는 굶주린 사람처럼 의사 친구들을 그리워했다. 언젠가 한번 이 지방의 의사회에 참석해 보았어도 별로 재미가 없었다. 데니는 아직도 해외에 있었다. 탐피코가 마음에 들었는지 뉴센츄리 석유회사의 촉탁의로서 그쪽에 정착해 버렸기 때문에 적어도 당분간은 만날 수 없었다. 호프는 컴버랜드에 파견되었는데, 그가 보내준 조잡한 원색판의 그림엽서 문구에 의하면 '미치광이의 도락'을 위해서 혈구의 수를 계산하고 있다는 것이었다.

앤드루는 몇 번이나 프레디 햄손과 편지왕래를 하고 싶은 충동에 사로잡혔다. 그러나 이따금 전화번호부를 뒤적이기도 했지만, 그때마다 자기가 아직 성공하지 못했다는 것을 생각하고는 아직 정착하지 못했기 때문이라고 자기 나름대로 변명함과 동시에 그만두곤 했다. 프레디는 번지는 달라졌지만 지금도 퀸 앤 가(街)에 살고 있었다. 앤드루는 프레디가 어떤 생활을 하고 있을까 하고 생각하면서, 학생시절의 저돌적인 행동 등 여러 가지 일들이 떠올라 어떻게든 만나고 싶은 마음을 누를 길이 없게 되었다. 그는 용기를 내어 전화를 걸어보았다.

"자네는 분명히 잊어버렸겠지만 말이야," 그는 신통한 반응이 없으리라는 것을 어느 정도 각오하면서 말했다.

"맨슨……, 앤드루 맨슨이야. 퍼딩턴에서 개업했네."

"맨슨인가! 자네를 잊다니? 그게 무슨 소리야! 무얼 하고 있었어! 왜 지금까지 전화하지 않았나?" 프레디는 전화선 저쪽에서 약간 감정을 과장해서 말했다.

"아냐, 이제 겨우 자리를 잡은 셈이야." 앤드루는 상대방의 태도에 용기를 얻어 수화기에 대고 웃었다.

"그리고 그 전에는 말이지……, 저 광무위의 일로……, 잉글랜드 일대를 두루 돌아다녔지. 나는 벌써 결혼을 했어."

"나도 했네! 어때, 한번 만나자구, 곧! 우물쭈물하는 것은 내 성미에 맞지 않으니까 말이야. 자네도 런던에 살고 있다니. 멋진데! 자, 수첩이 어디 있지……, 에또, 이번 목요일이 어떨까? 그때 저녁을 같이 할 수 있지? 그래, 그래. 그거 좋지. 그럼 안녕. 근일중에 우리 집사람에게 자네 부인께 편지를 보내도록 하겠네."

크리스틴은 그들이 초대했다는 말을 해도 반가운 얼굴표정이 아니었다.

"당신이나 다녀오세요."

그녀는 얼마 후에 그렇게 말했다.

"무슨 소리를 하는 거야! 프레디는 당신을 자기 아내에게 소개하려는 거야. 당신이 그 사람을 그다지 좋아하지 않는다는 것은 알고 있지만, 아마 그 외에도 몇 명의 의사가 와 있을 거야. 무언가 얻는 점이 있을지도 모르지. 게다가 우리는 요즘 기분전환도 전혀 못했잖아? 예복을 입고 오라고 했는데, 다행히도 나는 뉴캐슬 광산 연회에 참석했을 때 사 입었던 턱시도가 있어. 그런데 당신은 어쩌지, 크리스? 뭔가 입고 갈 것을 사야겠어."

"그것보다는 가스레인지를 새로 사야 해요."

그녀는 약간 엄숙한 태도로 대답했다.

지난 여러 주일 동안 그녀는 무척 고생을 했다. 지금까지 그녀의 최대의 매력이었던 신선함도 얼마간은 상실되어 버린 느낌이었다. 그래서 때로는 마치 지금처럼 무뚝뚝한 말투로 변하는 경우도 종종 있었다.

그러나 목요일 날 밤 둘이서 퀸 앤가(街)로 출발했을 때, 드레스로 갈아입은 그녀의 모습은 사랑스럽다고 할까, 어쨌든 꽤 멋있었다. 드레스는 뉴캐슬 광산의 디너파티에 참석하기 위해 산 순백색의 옷이었는데, 약간 손질을 했을 뿐인데도 전혀 새것처럼, 그리고 한층 스마트하게 되어 있었다. 머리도 새로운 스타일로 잘 어울리게 했으므로 그녀의 흰 이마와 대조적으로 검게 돋보였다. 그의 넥타이를 매줄 때 그는 헤어스타일이 멋지다는 것을 알고 매우 잘 어울린다고 말해 주려고 했으나, 시간이 늦지 않을까 염려되어 서두르다 그만 깜빡 잊어버리고 말았다.

그러나 그들은 늦기는커녕 너무 일찍 갔기 때문에 프레디가 쾌활한 걸음걸이로 다가올 때까지 별 수 없이 3분 정도 기다려야 했다. 프레디는 두 손을 벌리고 변명과 인사를 동시에 하면서 지금 막 병원에서 돌아오는 길이며 집사람도 곧 올 거라고 단숨에 말하고는 마실 것을 주고 앤드루의 등을 두드리면서 두 사람에게 의자를 권했다. 프레디는 커디프의 야회(夜會)에서 만났을 때보다 상당히 뚱뚱해지고 목덜미가 굵어져서 병원이 잘 되어간다는 것을 한눈에 알 수가 있었다. 그러나 작은 눈은 여전히 반짝반짝 빛났으며 노란 머리는 한 가닥의 흐트러짐도 없이 머리에 기름을 발라 찰싹 붙여놓았다. 복장의 단정함은 눈이 부실 정도였다.

"정말이야!"

그는 잔을 들었다.

"정말 반갑네, 자넬 다시 만나게 되다니. 이번이야말로 서로 떨어지지 않도록 해야겠어. 이 집 어때? 마음에 드는가? 지난번 만찬회 때, 내가 말했었지……, 그러나 그것은 엉망인 만찬회였어……. 오늘 밤에는 그런 일은 없을 거야. 조심하라고 했으니까. 이 집을 전부 사들였지. 아, 물론 방 뿐만이 아니라 작년에 권리까지 샀어. 돈이 많이 들었겠다구?"

그는 만족한 듯 넥타이를 고쳐맸다.

"아무리 성공을 했기로서니 일부러 선전을 할 필요는 없지만, 그렇다고 자네에게 숨길 것도 없지 않겠는가."

언뜻 보기에 상당한 돈이 들었을 것은 뻔한 일이었다. 말쑥하고 모던한 가구, 속이 깊숙한 난로, 소형 그랜드 피아노, 그 위에 놓인 흰 꽃병에는 청패세공(靑貝細工)으로 만든 목련꽃이 꽂혀 있었다.

앤드루가 탄성을 지르려고 할 때 햄손 부인이 들어왔다. 키가 크고 쌀쌀맞은 느낌을 주는 여성으로서 검은 머리를 한가운데에서 가리마 타서 빗고, 크리스틴과는 비교도 안 되는 사치스러운 옷을 입고 있었다.

"자, 이리로 와요."

프레디는 애정에 경의까지 섞인 목소리로 부르더니 서둘러 세리주를 따라서 아내에게 권했다. 그녀가 무관심한 손짓으로 그것을 거절하고 있는데 다른 손님들, 찰스 아이버리 부부, 폴 디드맨 부부의 도착이 알려졌다. 소개가 끝나자 아이버리, 디드맨, 햄손 등 각 부부들은 한바탕 떠들썩하게 담소를 했다. 잠시 후, 그들은 별로 서두르지 않고 식당으로 들어갔다.

식탁은 호화로운 것이었다. 가지가 있는 촛대까지 있었는데, 그것은 유명한 리젠트가의 보석상 라빈 상회나 벤 상회의 진열장에서 앤드루도 본 적이 있는 값비싼 것과 꼭 같은 것이었다. 요리는 고기인지 물고기인지 잘 모르겠으나 어쨌든 아주 맛있는 것뿐이었다. 게다가 샴페인까지 나왔다. 앤드루는 두 잔 마시자 완전히 흥겨운 기분이 되었다. 그는 자기 왼쪽에 있는 아이버리 부인과 이야기를 나누었다. 그녀는 온통 검은색 의상에다 많은 보석을 목에 건 몹시 파리한 여자였는데, 튀어나온 커다란 파란 눈을 때때로 앤드루 쪽으로, 마치 어린애처럼 물끄러미 향하곤 했다.

그녀의 남편은 외과의사인 찰스 아이버리였다. 그녀는 앤드루의 질문에 웃으며 대답했는데, 그 태도는 마치 세상 사람 누구나 찰스를 잘 알고 있는 것으로 생각하고 있는 것 같았다. 그들은 바로 이웃, 거리 모퉁이를 지나서 있는 뉴카벤디쉬가에 살고 있으며, 그 저택은 그들의 소유였다. 그들은 프레디 부부의 근처에 살고 있어서 참으로 즐겁다는 이야기를 했다. 찰스와 프레디와 폴 디드맨은 매우 사이가 좋은 친구들로서, 모두는 새크빌 클럽의 회원이었다. 그녀는 앤드루가 회원이 아니라는 말을 듣고 깜짝 놀랐다. 그녀는 누구나 새크빌 클럽의 회원이라고 생각하는 것 같았다.

상대방이 입을 다물었으므로 그는 자기 오른쪽에 있는 디드맨 부인을 쳐다보았다. 그녀는 동양의 꽃을 연상케 하는 미모에 매우 우아하고 명랑한 여인이었다. 이번에 그는 화제를 그녀의 남편에게로 돌렸다. '녀석들의 생활을 자세히 알아봐야지. 이처럼 경기가 좋고 스마트하니 말이야'라고 생각했기 때문이다.

디드맨 부인의 말에 의하면, 폴은 내과의사로서 포틀랜드 광장의 아파트에서 살고 있으며, 진찰실은 할리가(街)에 있다고 했다. 병원은 매우 잘되고 있고—그녀의 말투는 매우 사랑스러워서 자랑을 하는 것으로 들리지는 않았다—왕진은 주로 플라자 호텔로 간다고 했다.

"리젠트 공원이 내려다보이는 커다란 새 플라자 호텔은 알고 계시겠죠? 점심시간이 되면 그곳의 그릴은 저명인사들로 가득 찬답니다." 그녀는 말했다.

"폴은 사실상 플라자 호텔의 촉탁의인 셈이지요. 미국의 부호라든가 영화배우 등은……."

그녀는 웃으면서 잠시 말을 끊었다가 덧붙였다.

"모두들 플라자 호텔에 가는걸요. 그러니까 폴에게 있어서는 좋은 일이지 않겠어요."

앤드루는 디드맨 부인에게 호감이 갔다. 그는 그녀의 이야기를 열심히 들었다. 그런데 햄슨 부인이 자리를 뜨려고 했으므로 그도 서둘러 정중하게 일어서서 그녀의 의자를 뒤로 당겨주었다.

"잎담배 한 대 피우지 않겠나, 맨슨?" 프레디는 부인들이 식당에서 나가자 자상하게 권했다.

"피워보게. 맛이 괜찮을 거야. 그리고 이 브랜디도 마셔보게. 1894년 것이니까 매우 고급이지."

잎담배에 불을 붙이고 자기 앞에 있는 배가 불룩한 잔으로 브랜디를 한 모금 마신 다음, 앤드루는 다른 사람 쪽으로 의자를 끌고 갔다. 사실 그가 기대하고 있었던 것은, 이렇게 무릎을 맞대고 솔직히 털어놓는 의사들 사이의 장사에 대한 비밀이야기 이외에는 아무것도 없었다. 그는 햄슨이나 그밖의 사람들이 먼저 말을 꺼내주었으면 좋겠다고 생각했다. 사실 또 그렇게 되어갔다.

"그런데 말이야," 프레디가 입을 열었다.

"나는 오늘 글리커트 가게에서 최근에 나온 조사등을 주문했는데 지독하게 비싸더군. 80기니나 빼앗겼어. 하지만 그만한 가치는 있겠지."

"그렇겠지." 디드맨은 사려 깊게 말했다. 총명해 보이는 유대계의 얼굴을 한, 파리하고 검은 눈의 남자였다.

"돈이 얼마가 들더라도 그것은 비치해 두어야 해."

앤드루는 말참견을 하려고 잎담배를 꽉 잡았다.

"나는 그런 조사등은 결코 대단한 것이 아니라고 생각해. 어베이가 〈저널〉지에 쓴 태양등 요법에 관해 쓴 엉터리 논문을 읽었겠지. 그런 조사등에는 적외선 같은 것은 절대로 포함되어 있지 않다구."

프레디는 그의 얼굴을 노려보다가 곧 웃어버렸다.

"3기니의 치료비 정도만큼은 포함되어 있지. 게다가 아주 적당한 색깔로 피부를 태워주거든."

"이것 봐, 프레디." 디드맨이 끼여들었다.

"나는 돈이 많이 드는 설비에는 찬성하지 않아. 이익이 생기기도 전에 돈을 치러야 하니까 말이야. 게다가 지금은 좋지만, 곧 유행에 뒤지게 되고. 솔직히 말해서 역시 피하주사만 못하다는 것을 알 수 있어."

"뭘 그래, 자네도 머지않아 쓰게 될 걸세." 햄손이 말했다.

아이버리가 거기에 끼여들었다. 그 사람은 체격도 좋고 나이도 다른 사람들보다 위였지만 흰 피부에 새파란 면도자국이 있는, 참으로 도회지 사람다운 싹싹한 면이 있었다.

"거기에 대해서 말인데, 나는 오늘 계속해서 주사를 놓아주는 계약을 했어. 12회인데, 예의 망간이지. 어떻게 했는지, 이제 그 이야기를 할게. 근래에 없었던 큰 소득이야. 그 환자에게 이렇게 말했지. '당신은 사업가이니까, 그렇게 알고 말씀드리지요. 이 주사는 12회에 50기니인데, 지금 지불해 주시면 45기니로 해드리겠습니다.' 그랬더니 그 녀석이 즉석에서 수표를 떼어 주더군."

"기가 막힌 장사꾼이군." 프레디가 훈계조로 말했다.

"자네는 외과의사인 줄로만 알고 있었는데."

"그야 물론 외과의사지." 아이버리는 고개를 끄덕였다.

"내일은 셰링톤에서 자궁소파수술을 할 거니까 말이야."

"순수한 사랑을 하는 자는 손해를 보게 마련인가." 디드맨은 멍하니 잎담배를 피우면서 그렇게 중얼거렸다. 잠시 후 평상시의 자신으로 되돌아가서 이야기를 꺼내기 시작했다.

"그런데 달리 어찌할 방도가 없더군. 사실 흥미는 있지만 말이야. 상류계급을 상대로 한 장사에서는 마시는 약 따윈 한물 간 것이거든. 예를 들어 내가 플라자 호텔에서 처방전을 쓴다고 하자. 사실 판토폰 분말 같은 것은 그 값이라야 1기니도 되지 않아. 그러나 같은 일을 해도 피부를 닦고 주사기를 소독하는 일들을 이것저것 하고 나서 피하주사를 놓게 되면 환자는 그것만으로도 그것 참 과학적인데, 이 의사는 수완이 있다고 생각하는 거야."

햄손이 활발한 어조로 말했다.

"웨스트 엔드에서는 마시는 약이 한물 간 것이라면 의술로 벌어먹는 자로서는 그렇게 고마운 일은 없지. 지금 말한 찰스의 예를 들어보아도 말이야. 망간의 처방에……, 아니, 망간과 철제(鐵製)라도 좋아. 흔히 사용되는 것이니까. 보통의 환자와 같은 분량으로 처방해서 아무리 많이 받더라도 기껏해야 3기니 정도라구. 그런데 그것을 열두 개의 앰플에 나누면 그것이 50기니……. 가만 있자, 찰스, 45기니는 되니까 말이야."

"앰플의 값이야 12실링도 안 되지."

디드맨이 조용히 중얼거렸다.

앤드루의 머리는 혼란되어 있었다. 여기서는 마시는 약 전폐론이 단연 우세인데, 그는 어쩐지 그 신기한 점에 매우 놀랐다. 그리하여 기분을 가라앉히려고 브랜디를 한 모금 더 마셨다.

"다른 견해도 있지." 디드맨은 회고하는 말투로 말했다.

"환자는 그런 것이 얼마나 싼지 잘 모른단 말이야. 환자는 자네들의 책상에 놓여 있는 앰플을 보면 모두 본능적으로 '어머, 이것은 값이 비쌀 것 같은데.'하고 생각하지."

"알겠어?" 햄손이 앤드루에게 눈짓을 했다. 디드맨의 환자란 언제나 여성이었다.

"그런데 말야, 나는 어제 그 사냥에 대한 이야기를 들었는데, 다메트가 같이 갈 사람을 모집하고 있어. 여보게 찰스, 자네와 나도 같이 갔으면 좋겠다고 하더군."

그로부터 10분 동안 모두들 사냥이라든가 골프라든가—그들은 런던 주변에 있는 몇 군데의 호화로운 코스에서 그것을 하고 있었다—그리고 자동차에 대해서 대화를 나누었다. 아이버리는 신형 3.5리터의 렉스에 자기가 설계한 특별한 차체를 주문했다고 했다. 그 동안 앤드루는 잎담배를 피우고 브랜디를 마시면서 귀기울이고 있었다. 모두들 브랜디를 꽤 많이 마셨다. 조금 취했다고 느끼면서 앤드루는 그들이 모두 매우 선량한 사람들이라고 생각했다. 그를 대화에서 소외시키지 않고, 언제나 말이나 눈짓으로 그도 또한 우리들의 동료라는 것을 느끼게 해주려고 애썼다. 어쨌든 여기 있으니 이상하게도 점심에 소금에 절인 청어를 먹었던 일 따윈 저절로 잊어버리게 되었다. 이윽고 그들이 모두 일어섰을 때 아이버리가 그의 어깨를 두드렸다.

"언제 한번 초대장을 보내야겠는걸, 맨슨. 자네와 같이 환자를 본다면 정말로 즐거울 거야. 언제라도 좋지만."

응접실로 들어가자 지금까지와 다르게 분위기가 좀 딱딱해진 것 같았으나, 그러나 모두들 기분이 좋았고, 아까보다 더 들떠 있는 프레디는 순백의 린네르 바지주머니에 손을 넣은 채, 아직 초저녁이니까 이제부터 모두 '엠버시'에 가서 한잔 더 하자고 했다.

"우리는 이제 슬슬……." 크리스틴은 창백한 얼굴로 힐끔 앤드루를 쳐다보았다. "돌아가야겠어요."

"무슨 소릴 하는 거야, 당신……." 앤드루는 붉게 상기된 얼굴로 웃으며 말했다.

"안 돼요. 모처럼의 파티 분위기를 깨서는."

엠버시에서 프레디는 분명히 얼굴이 잘 알려져 있는 것 같았다. 종업원들은 웃는 얼굴로 인사한 다음 벽 쪽에 있는 테이블로 그들 일행 모두를 안내했다. 여기서도 샴페인이 나왔다. 그러다가 춤이 시작되었다. 모두들 상당히 잘 추는구나 하고 앤드루는 마음이 헤이해진 몽롱한 머리로 생각했다.

그럭저럭 체스버러 테라스로 돌아오게 되었는데, 택시 안에서 그는 유쾌한 듯 말했다.

"모두 제일급 친구들이야, 크리스! 오늘은 아주 유쾌한 밤이었지?"

그녀는 조용한, 그러나 똑똑한 목소리로 대답했다.

"매우 불쾌한 밤이었어요!"

"뭐! 뭐라고?"

"나는 데니 씨나 호프 씨가 더 좋아요……. 네……, 당신의 동업 친구로서 말입니다, 앤드루. 싫어요, 그런 겉치레만 하는 사람들은……."

그는 그 말을 막았다.

"그렇지만 말이야, 크리스······, 뭐 그렇게 나쁘지는······."

"어머! 당신 눈치채지 못했어요?"

그녀는 소름이 돋을 만큼 노기를 띠고 대답했다.

"뭐든지 그래요. 요리도 가구도, 그들이 말하는 것도······, 뭐든지 돈, 돈이잖아요. 그 부인들이 내 드레스를 보는 눈빛, 당신은 그것을 못 보셨죠. 햄슨 부인 말예요. 당신도 아실 거예요. 그 부인은 내가 복장을 위해 만 1년 동안소비하는 시간보다 더 많은 시간을 단 한 번의 미용을 하는 데 소비해요. 이상하다고 생각될 정도였어요. 응접실에 있을 때 내가 상대할 수 없는 여자라는 것을 알았어요. 그 여자, 휘튼의 따님 말예요······, 위스키 회사 휘튼 말요. 당신네들이 들어오시기 전에 화제가 무엇이었는지 알아요? 당신은 아마상상도 못할 거예요. 세상의 뜬소문뿐이었어요. 누가 누구하고 주말여행을 갔다든가, 미용사에게서 들은 이야기라든가, 최근 사교계의 누구누구가 낙태를 했다든가 등 고상한 내용이라곤 하나도 없었어요. 그래요! 그 사람, 플라자 호텔의 재즈밴드의 지휘자에게 '반했다'고 자기 입으로 그러더니······, 아무렇지도 않은 표정으로."

그 말투에는 비꼬는 빛이 역력했다. 그것을 질투라고 오해하여 그는 마구꾸짖었다.

"돈이라면 얼마든지 벌어다 주겠어, 크리스. 사치스러운 옷들도 얼마든지사줄게."

"돈 같은 거 필요없어요." 그녀는 싸늘하게 말했다.

"사치스러운 옷 같은 건 딱 질색이에요."

"그렇지만······, 당신." 그는 얼큰하게 취한 상태였으므로 그녀를 껴안으려고 했다.

"싫어요!" 그녀의 목소리가 그의 귓전에 울렸다.

"나는 당신을 사랑해요, 앤드루! 하지만 그것은 취해 있지 않을 때예요."

그는 화가 나서 그대로 차의 구석에서 똑바로 앉았다. 그녀가 그를 뿌리친것은 이번이 처음이었다.

"좋아." 그는 중얼거렸다.

"당신이 그럴 생각이면 그래도 좋아."

그는 택시요금을 치른 다음 혼자 뛰어서 집안으로 들어갔다. 그리고는 아무 말도 하지 않고 계단을 올라가서 손님용 침실로 들어갔다. 지금까지의 호화스러움에 비해 모두가 답답한 것뿐이어서 쓸쓸하게 생각되었다. 전기 스위치까지 말을 잘 듣지 않았다. 집 전체의 배선이 완전치 못했기 때문이다.

"빌어먹을." 그는 침대에 몸을 던지면서 생각했다.

'이런 창고 같은 곳에서 곧 나갈 테다. 아내에게도 똑똑히 알려주리라. 어떻게 해서든지 돈을 벌어야 한다. 돈도 없이 무얼 할 수 있단 말인가?'

그들이 결혼한 이래 따로따로 잔 것은 이번이 처음이었다.

3

이튿날 아침식사 때 크리스틴은 어젯밤의 일 따위는 깨끗이 잊은 것 같은 표정이었다. 그는 이내 그녀가 뭔가 자기에게 특별히 마음을 쓰고 있다는 것을 알았다. 그래서 우쭐해 가지고 도리어 평소보다 무뚝뚝하게 대했다. 여자라고 하는 것은 가끔 자기 입장이 어떻다는 것을 깨닫게 해줄 필요가 있다고 그는 조간신문을 열심히 보는 척하면서 생각했다. 그러나 그가 퉁명스러운 대답을 몇 번 하는 동안, 크리스틴은 갑자기 지금까지의 다정한 태도를 바꾸어 버리고 자기의 껍질 속에 틀어박혀 입술을 꼭 다물고 그를 쳐다보려고도 하지 않았다. 다만 식탁을 향한 채 그의 식사가 끝나기를 기다리고 있었다. 고집이 센 여자로군, 두고 봐라, 그는 일어서서 방을 나오면서 그렇게 생각했다.

그는 진찰실에 들어가자 제일 먼저 《의사명감》을 꺼냈다. 어젯밤에 만났던 사람들에 대해서 더 정확히 알고 싶은 호기심과 열망 때문이었다. 첫째로 프레디는, 하면서 그는 서둘러 페이지를 넘겼다. 분명히 나와 있었다. 프레드릭 햄손, 퀸 앤가(街), 의학사, 외과의사, 웰덤우드 병원 외래환자계 조수.

앤드루는 여우에게 홀린 것 같은 기분으로 눈썹을 찌푸렸다. 프레디는 어젯밤에도 병원 일에 대해서 떠들어댔었다. 웨스트 엔드에서 개업하고 있는 의사에게는 종합병원에서의 근무만큼 득이 되는 것은 없으며, 종합병원에서 일하고 있다는 것이 환자에게 알려지면 신용을 얻을 수 있다고 그는 말했다. 그런데 그의 말과는 달리 병원이라고는 해도 빈민구제병원이고, 게다가 웰덤우드라고 하면 최근 개발되기 시작한 교외에 불과하지 않은가. 그런데 이 명감이 틀린 것은 아니리라. 이것은 최신판으로 겨우 1개월 전에 산 것이었다.

이번에는 좀 천천히 아이버리와 디드맨의 이름을 찾아본 다음 앤드루는 큰 판형의 붉은 표지 책을 무릎 위에 놓으면서 이것이 도대체 어찌된 것인가, 하는 표정으로 깊은 생각에 빠졌다. 폴 디드맨은 프레디와 마찬가지로 의학사이긴 했지만 프레디만한 지위도 갖고 있지 못했으며, 병원 근무도 하고 있지 않았다. 그렇다면 아이버리는? 뉴 카벤디쉬가(街)에 사는 찰스 아이버리는 영국 외과학회 회원의 최하급 자격 이외에는 아무것도 갖고 있지 않았으며, 병원근무도 전혀 한 적이 없었다. 그리고 경력은 대전중에 상이군인 요양소에서 어느 정도의 실재 경험이 있다는 것뿐으로, 그 이외에는 다른 사항이 아무것도 없었다.

깊은 생각에 빠지면서 앤드루는 일어서서 명감을 선반 본래의 자리에다 꽂아두었다. 잠시 후, 그의 얼굴은 갑자기 결연한 표정으로 바뀌었다. 어젯밤 식사를 같이 한 경기가 좋은 사람들과 자기가 갖고 있는 직함과의 차이는 비교도 되지 않는 것이었다. 그들이 할 수 있는 것이라면 나라고 못할 것이 없다. 아니, 좀더 잘할 수 있을 것이다. 크리스틴이 그렇게 격렬한 말을 했음에도 불구하고 그는 끝까지 성공을 하고야 말겠다는 결의를 굳게 다졌다. 그러나 그러기 위해서는 무엇보다 먼저 병원 근무 경력이 필요하다. 그것도 웰덤우드 같은 빈민구제병원 같은 곳이 아니라 런던에서도 일류 병원이 아니면 안 된다. 그렇다! 그럴 듯한 병원……, 그것이 당면한 목표이다. 그런데 그것을 어떻게 실현할 것인가?

그로부터 3일 동안 이리저리 생각한 끝에 그는 꼭 된다는 보장 없이 로버트 어베이경을 찾아갔다. 그에게 있어서 세상에서 남의 신세를 지는 것처럼 괴로운 것은 없었다. 더욱이 어베이경이 그를 친절하게 맞아주자 그런 감정은 더욱 절실히 실감되었다.

"아, 그후에는 어떻게 지냈나? 우리의 붕대 통계학자군. 나하고 얼굴을 마주 대하는 것이 쑥스럽지 않은가? 자네가 빅스비 박사의 고혈압을 상당히 높여줬다는 소문이던데. 그 뒷이야기를 들었는가? 오늘은 무슨 용건이지? 나하고 토론이라도 하러 왔는가, 아니면 다시 노무위로 돌아오겠다는 건가?"

"아닙니다, 그런 게 아닙니다, 로버트경. 어떻게 해서든지……, 저는……, 그……, 병원의 외래환자계에 근무하고 싶습니다, 로버트경. 어디 한번 힘을 써주실 수 없겠습니까?"

"아, 그건 위원회보다 더욱 귀찮은 것인데. 엠뱅크먼트에 줄기차게 부탁하러 가는 젊은 친구들이 무척 많다는 것은 자네도 알고 있겠지? 그 많은 사람들이 모두 이 월급도 안 주는 자리가 나기를 기다리고 있단 말일세. 자네는 역시 그 폐 연구를 계속해야 할 것인데……, 그렇게 되면 범위도 좁아질 것이고."

"아니……, 저는……, 저로서는……."

"빅토리아 호흡기 병원, 이것을 목표로 한단 말이지. 런던 최고의 병원 중의 하나이지. 어쨌든 힘을 써보지. 아니, 약속을 한다고 할 수는 없지만, 그러나 잊지는 않겠네. 자네가 전공한 분야이니까."

어베이경은 그에게 차 마실 시간까지 있으라고 권했다. 언제나 4시에 어베이경은 자기 진찰실에서 우유도 설탕도 넣지 않고, 차에 곁들이는 과자도 없이 중국차를 두 잔 마시는 것이 습관처럼 되어 있었다. 그것은 오렌지꽃 냄새가 나는 특별한 차였다. 어베이경은 잔대가 없는 광서(廣西)의 찻종 이야기에서부터 피르케 반응에 이르기까지 여러 가지 화제를 들먹이며 이야기를 했다. 그리고 얼마 후 앤드루를 현관까지 전송하면서 이런 말을 했다.

"자네는 여전히 교과서에 대해 이의를 주장하는가? 그것을 그만두어서는 안 돼. 만일 빅토리아 병원에 들어간다 하더라도 갈레노스(기원 2세기경의 그리스 의학자. 흔히 농담으로 의학 또는 의학계의 대명사로 쓰임)를 위해서라고 생각하여 시시한 임상의의 행동일랑 하지 말도록."

순간 어베이경의 눈이 반짝 빛났다.

"나도 그 때문에 이 꼴이 되었으니까."

앤드루는 매우 흥분한 상태로 집에 돌아왔다. 그리고 너무 기뻐 크리스틴에 대한 위엄도 잊어버리고 그만 말해버리고 말았다.

"지금 어베이경한테 다녀오는 길이야. 그 사람의 주선으로 빅토리아 호흡기 병원에 들어가게 될지도 몰라! 그렇게 되면 고문의사로서의 지위를 바로 얻을 수 있으니까."

그녀의 눈에 넘치는 환희의 빛을 보자 그는 갑자기 부끄러운 생각이 들어 풀이 죽었다.

"어쩐지 요즈음 나는 다소 편협해진 것 같아, 크리스! 아무래도 우리 사이가 좋지 못한 것 같은데, 어떨까……, 이 정도에서 화해하지 않겠어?"

그녀는 그에게 달려와서 모두 자기가 나빴기 때문이라고 했다. 그러는 동안 어찌된 셈인지 그 책임은 모두 그에게 있는 것으로 되어버렸다. 다만 그의 머리 한구석에는 머지않은 장래에 어떻게든 물질적으로 대성공을 거두어 그녀를 꼼짝 못하게 하리라는 굳고 완고한 의지가 여전히 존재했다.

그는 다시 새로운 의욕에 넘쳐 일에 몰두하기 시작했는데, 이번에는 머지않아 어떤 행운이 찾아올 것이라는 생각을 떨쳐버릴 수가 없었다. 그러는 동안에도 환자는 확실히 증가하고 있었다. 그러나 그것이 그가 바라는 환자가 아니고, 전과 같이 택진(宅診)은 3실링 6펜스, 왕진은 5실링인 그런 부류였다. 그런데 이것이 바로 순수한 의사로서의 직무인 것이다. 그의 병원에 오거나 왕진을 청하는 사람들은 실제로 병에 걸리지 않으면 의사의 신세를 지는 따위는 꿈에도 생각지 못하는 가난한 사람들뿐이었다. 그러므로 그는 마구간을 개조한, 통풍이 잘 되지 않는 집에서 디프테리아를 진찰하기도 하고, 눅눅한 지하실 노동자 방에서 류머티즘 환자를 만나기도 하고, 하숙집 다락방에서 폐렴환자를 만나기도 했다. 이처럼 세상에서 가장 초라한 집에서 그들은 병과 싸웠다. 친척이나 친구에게도 외면당하고, 가스곤로로 음식을 해먹는다고 했다. 시중을 들어주는 사람도 없이 머리카락이 멋대로 자란 버려진 할아버지와 할머니가 살고 있는 단칸방에도 갔다. 이런 환자는 참으로 많았다. 어떤 때에는 유명한 여배우의—그 이름은 샤프츠버리가(街)의 화려한 네온 속에 빛나고 있었다—아버지라는 70 정도의 전신불수인 노인을 만난 적도 있었는데, 그는 가슴이 콱 막힐 것 같은 불결한 방에서 살고 있었다. 또 몹시 수척해진 아사 직전의 상류층 노부인을 왕진한 일이 있었는데, 그녀는 궁정의 사후복(伺候服)을 입은 사진을 보여주었고, 지금 살고 있는 이 일대에서 자가용 마차를 굴리던 지난날의 이야기를 들려주기도 했다. 어느 날 한밤중에는 무일푼 신세에 절망한 나머지 빈민가에 가는 것보다는 가스 자살을 선택한 불쌍한 인간을 소생시켜 준 일이 있었는데, 그후에 앤드루는 환멸을 느끼기도 했다.

환자 중에는 몹시 위급한 상태, 즉 외과의 조치가 필요해서 즉시 병원으로 운반해야 할 사람도 많았다. 이럴 때 앤드루는 최대의 곤란에 봉착하곤 했다. 아무리 중태라 해도, 설사 죽게 되었다 해도 입원 허가를 얻는 것은 실로 하늘의 별따기만큼이나 어려웠기 때문이다. 그러한 사고는 흔히 한밤중에 일어나는 것이 보통이었다. 그는 파자마 위에 상의와 외투를 걸치고, 목에는 머플러를 감고, 모자를 깊숙이 눌러 쓴 채 전화통을 붙들고 차례차례로 병원을 불

러내서 통사정을 해보기도 하고 혹은 위협을 하기도 하지만, 영락없이 무뚝
뚝한, 때로는 아주 무례한 거절을 당하기 십상이었다.

"어디 계시는 선생님이오? 누구시라고요? 안 돼요, 안 돼! 미안하지만
지금은 만원이에요!"

그는 핏대를 올리고 욕설을 퍼부으며 크리스틴한테로 갔다.

"만원이라니, 그런 게 어디 있어. 세인트 조지 병원에는 병상은 얼마든지
비어 있어, 자기네들 환자를 위해서는 말이야. 그런데 모르는 사람이라고 아
예 상대도 하지 않는 거야. 그 젊은 놈의 목을 콱 비틀어 죽여버리고 싶어!
너무하잖아, 크리스틴! 지금 여기에 교착성(絞窄性) 헤르니아 환자가 있다고
하는데 도대체가 입원시킬 수 없다고 하니 말이야. 아, 물론 그중에는 진짜
만원인 곳도 있겠지. 그러나 여기는 런던이잖아! 적어도 대영제국의 중심지
인데. 이것이 현재의 자유병원 제도라는 거야. 얼마 전에도 연회석상에서 자
선가라고 칭하는 바보자식이 일어서더니, 이것이야말로 세계에서 가장 경탄
할 만한 제도라고 지껄이더군. 결국 가난뱅이는 구빈원에나 가라는 거야. 뭐
든지 서식에 기록되지……, 수입은 얼마? 종교는 무엇? 어머니는 정실 출
신인가? 정작 본인은 복막염 환자인데 말이야! 그래 좋아. 말썽부리지 말
고 해야지. 크리스, 전화를 걸어서 구빈원 계원을 불러줘."

그가 어떤 곤란에 당면하더라도, 또 자주 봉착하지 않으면 안 되는 불결과
빈궁을 아무리 분개하더라도, 그녀는 언제나 반드시 똑같은 대답을 했다.

"이것이 어차피 진정한 우리의 일이에요. 그리고 나는 이것 이외에 더 중대
한 일은 없다고 생각해요."

"그렇게만 생각해서는 벼룩을 피할 수 없다구."

그는 울부짖듯 그렇게 말하고는 벼룩을 털어버리려고 욕실로 들어갔다.

그녀는 큰 소리로 웃었다. 다시 옛날의 행복이 되돌아온 것이다. 이렇게까
지 되기에는 고생이 많았지만, 그녀는 드디어 그 가정을 제압한 것이다. 조금
만 방심하면 다시 머리를 쳐들고 그녀의 노력에 반격을 시도하려 하지만 대체
로 집안은 잘 정돈되고 잘 닦여져서 그녀가 생각하는 바로 되었다. 그녀는 새
가스레인지를 사고, 전등의 갓을 새로 달았으며, 의자커버도 세탁해서 깨끗
이 손질했다. 그리고 계단의 장식들은 근위병의 단추처럼 번쩍거렸다. 이 일
대에서는 팁을 바라고 하숙집에서 일하고 싶어하는 관계로 몇 주일 동안 가정
부를 구하지 못해 곤란했으나, 크리스틴은 다행스럽게도 베네트라는 40세의

과부를 고용했다. 깔끔하고 일도 잘했지만 일곱 살짜리 딸이 있기 때문에 먹고 잘 수 있는 자리를 찾기가 거의 불가능했던 것이다. 이 베네트와 함께 크리스틴은 지하실 수리를 시작했다. 그때까지 철도의 터널 같았던 곳이 값비싼 꽃무늬가 있는 벽지를 바르고 노점 고물상에서 사온 가구를 배치하고 크리스틴이 크림색 페인트를 칠하자 살기 좋은 침실 겸 거실이 되었다. 그 방에서 베네트와 딸 플로리—지금까지 매일 아침 가방을 메고 퍼딩턴의 국민학교에 다니고 있었다—가 편안하게 지낼 수 있게 되었다. 오랫동안 불안한 생활을 해오다가 이와 같은 생활의 보장과 안정을 얻은 보답으로 베네트는 자기의 가치를 인정받게 되자, 아무리 일을 해도 힘든 줄을 몰랐다.

대기실의 분위기를 명랑하게 해주는 이른봄의 꽃들은, 동시에 크리스틴의 집안의 행복을 말해주고 있었다. 그 꽃들은 그녀가 아침에 장보러 가는 길에 노점상에서 불과 2,3펜스를 주고 사온 것이다. 마슬버러 거리의 노점상인 중에는 그녀를 아는 사람이 많이 있었다. 과일이든 물고기든 야채든, 거기서는 모두 싸게 구입할 수가 있었다. 그녀는 의사의 아내로서 체면을 생각해야 할 처지였으나, 그러나 그런 것에 얽매이지 않고 깨끗한 장바구니에 물건을 넣어가지고 돌아오는 길에 곧잘 프라우 슈미트의 가게에 들러 잠시 잡담도 하고 앤드루가 매우 좋아하는 립타우어 치즈를 사오기도 했다.

오후가 되면 그녀는 자주 서펜타인 호수 근처를 산책했다. 밤나무 잎이 파릇파릇해지고 잔물결이 이는 수면 위를 물새들이 떠들며 날아다녔다. 이런 풍경이 그녀가 항상 동경하는 드넓은 전원의 정취를 훌륭하게 대신해 주었다.

가끔 저녁 때, 앤드루는 이상하게도 질투를 하는 것 같은 태도로 힐끔 그녀를 바라보는 일이 있었는데, 그것은 온종일 그녀의 모습을 못보고 지냈기 때문에 속이 타는 증거였다.

"하루종일 뭘 하고 있었어? 나는 그렇게 바빠서 쩔쩔매는데? 앞으로 자동차를 사게 되면 당신이 운전을 해야 돼. 그렇게 되면 당신도 쭉 내 곁에 있게 되겠지."

그는 여전히 모습을 나타내지 않는 '돈 많은' 환자를 기다렸고, 어베이경에게서 병원근무 통지서가 오지나 않나 하고 학수고대했다. 그리고 저번 날 밤에 퀸 앤가(街)를 방문했었는데 그후 이렇다 할 수확이 없자 초조해하기도 했다. 그날 이후 햄손이나 그의 친구들과도 만나지 않고 있는 것이 그는 내심

마음에 걸렸다.

이런 상태로 4월 말이 가까워 오던 어느 날 밤, 그는 진찰실에 앉아 있었다. 이미 9시가 되었으므로 그가 슬슬 문을 닫을까 하고 생각하는데 어떤 젊은 여자가 들어왔다. 그녀는 불안한 눈초리로 그를 쳐다보며 물었다.

"이리로 들어가도 좋겠습니까……, 아니면 현관으로?"

"어디로든지 마찬가지입니다." 그는 뜨악한 미소를 지었다.

"다만 이쪽이라면 진찰료가 반액입니다. 자, 들어오세요. 어디가 편찮으십니까?"

"진찰료는 비싸도 상관없는데요." 그녀는 그렇게 말하면서 어쩐지 주저하는 태도로 들어와서는 인조가죽을 씌운 의자에 앉았다. 나이는 28세 정도인데 땅딸막한 몸집에 짙은 올리브색 옷을 입고, 굵은 다리에 크고 까다로워 보이는 못생긴 얼굴을 하고 있었다. 첫눈에 벌써 '엉뚱한 수작을 하면 안 돼.' 하고 생각하게 하는 여자였다.

그는 기분을 누그러뜨리면서 상냥하게 말을 걸었다.

"진찰료에 대해서는 말하지 맙시다! 어디가 아프십니까?"

"그런데 말이에요, 선생님!" 그녀는 우선 자기 사정을 진지하게 설명하고 싶은 모양이었다.

"여기를 찾아가라고 권해준 것은 슈미트 아주머니예요. 저 조그만 식료품 가게의 주인과는 오래전부터 잘 아는 사이인데, 저는 바로 그 근처에 있는 로리에 가게에서 일하고 있어요. 이름은 클렘이라고 해요. 그런데 미리 말씀드리지만 저는 이 근처 의사 선생님들한테서는 꽤 오래 치료를 받아왔어요." 그녀는 장갑을 벗어 보였다.

"이 손 좀 봐주세요."

그는 그녀의 두 손을 보았는데, 손바닥 전체에 붉은 기가 도는 피부염이 번져 있어 어쩌면 마른버짐 같기도 했다. 그러나 끝이 포행성(匍行性)으로 되어 있지 않은 것을 보니 건선은 아니었다. 그는 갑자기 흥미를 느끼고 확대경을 들어 좀더 가까이에서 들여다보았다. 그러는 동안에도 동의를 구하는 듯한 목소리로 그녀는 열심히 계속 말했다.

"이것 때문에 얼마나 손해를 보고 있는지 몰라요. 저와 같은 일을 하고 있는 사람은 손이 중요하거든요. 고쳐주시기만 하면 무엇이든 다 드리겠어요. 지금까지 온갖 고약을 다 발라보았어요. 하지만 어느 것 하나 제대로 효과가 없었어요."

"안 됩니다! 고약 따위로는." 그는 어떤 확신이 있는 진단에 도달했으므로 가슴을 두근거리면서 확대경을 놓았다.

"이것은 약간 이상한 피부 증세로군요, 클렘양. 환부만의 치료로는 아무리 해도 낫지 않아요. 원인은 혈액에 있으므로 이것을 고치는 유일한 방법은 식이요법입니다."

"약을 복용하지 않고요?" 그때까지 기대에 부풀었던 그녀의 얼굴이 어느새 의심스러운 표정으로 싹 바뀌어 있었다.

"그런 말씀은 지금까지 어느 선생님에게서도 들어보지 못했어요."

"그것을 지금 내가 말하는 거요." 그는 웃으면서 메모지를 꺼내 규정식(規定食)과 절대로 피해야 할 음식물의 리스트를 기록했다.

그녀는 주저하면서 그것을 받아들었다.

"그렇다면……! 물론 이대로 해보겠어요, 선생님. 저는 뭐든지 할 생각이니까요."

그녀는 아직도 반신반의하며 진찰료를 지불한 후에도 잠시 더 머뭇머뭇하다가 돌아갔다. 그는 그녀의 일 따위는 금방 잊어버렸다.

10일이 지나자 그녀는 또 찾아왔는데, 이번에는 정면 현관으로 진찰실에 들어오면서 기쁨을 감추지 못하는 표정이었으므로 그도 덩달아 웃는 얼굴로 맞이했다.

"제 손 좀 봐주시겠어요, 선생님?"

"네, 네." 이번에는 그도 진심으로 기뻐하는 얼굴이 되어 있었다.

"규정식은 후회하지 않으셨지요?"

"후회를 한다구요!" 그녀는 깊이 감사하는 마음으로 두 손을 그의 앞에 쑥 내밀었다.

"이것 보세요. 완전히 나았어요. 흔적조차 없어요. 선생님은 모르실 거예요. 이것이 저에게 있어 얼마나 기쁜 일인지를……. 입으로는 뭐라고 말할 수 없어요, 이렇게 훌륭하게……."

"그것 참 잘됐군요." 그는 담담하게 말했다.

"그런 것을 가려내는 것이 내 직업이니까요. 그렇게 해서 나았다면 이젠 염려없어요. 지난번에 말한 음식물만 주의하시면 됩니다. 그러면 두 번 다시 그런 병은 생기지 않아요."

그녀는 일어섰다.

"그렇다면 치료비를 받아주세요, 선생님."

"요전에 다 받았습니다."

그는 순간 어떤 감동을 느꼈다. 그도 기꺼이 다시 한 번 3실링 6펜스, 아니 9실링 6펜스쯤 그녀에게서 받았을지도 모르지만, 자기 의술의 승리를 극적으로 만들고 싶다는 유혹을 쉽사리 뿌리칠 수 없었다.

"하지만 선생님……." 본의 아니게 그녀는 그의 전송을 받으면서 현관 출입문까지 왔는데, 그 자리에 잠시 멈춰서서 마지막 인사를 했다.

"저는 반드시 무언가 다른 방법으로 감사의 인사 표시를 할 수 있을 거예요."

위를 향한 그녀의 둥그스름한 얼굴을 보면서 잠시 야릇한 생각이 그의 머리에 떠올랐다. 그러나 그는 단지 고개를 끄덕이고는 그녀가 나간 뒤에 병원문을 닫았다. 그리고 그것뿐으로 그녀의 일은 깨끗이 잊어버렸다. 피곤하기도 했고, 진찰료를 받지 않은 것이 조금 후회가 되기도 했지만 어차피 여점원 주제에 무슨 대단한 일을 할 수 있을까, 하고 생각할 가치조차 없을 것으로 여겼기 때문이었다.

그러나 적어도 이런 점에서 그는 미스 클렘의 인간됨을 알아보는 능력이 없었다고 해야 할 것 같다. 그뿐만 아니라, 서푼짜리 철학자인 그는 이솝에 의해 강조된, 그도 기억하고 있을 만한 하나의 가능성을 완전히 간과하고 있었던 것이다.

4

미스 클렘은 로리에의 젊은 여점원들 사이에서 '하프백'(축구·럭비경기 등에서 포워드와 풀백의 사이에 위치하여 공격과 수비 양면 구실을 다하는 경기자)이란 별명으로 통했다. 체격은 튼튼했으나 매력이 없는 중성 같은 여자로서, 로리에의 가게처럼 화려한 가운이나 최고급 내복, 몇 백 파운드나 되는 값비싼 모피 등, 사치스러운 물건만 취급하고 있는 특수한 상점의 고참 점원으로서는 분명히 남다른 점이 있는 인물이었다. 어쨌든 이 '하프백'은 유능한 판매원으로서 손님들에게 인기도 매우 좋았다. 왜냐하면 로리에에서 그 상점만의 프라이드로서 특수한 제도를 채택하고 있었기 때문인데, 그것은 각 '고참 점원'이 그들을 지명해서 찾아오는 고객들을 모아 작은 그룹을 만들고 그들이 모든 서비스를 해주며, 항상 연구를 거듭하여 고객들의 의상계(衣裳係)를 떠맡아 새로운 유행품이 들어오면 그 고객을 위해 물건을 '보류'해 두는 식으로 조직되어 있었다. 손님과 점원의 관계는 매우 친밀하고 그중에는 그 관계가 몇 년씩 계속되는 경우도 있었으므로 부지런하고 성실한 인품인 '하프백'에게는 상당히 적합한 제도였다.

그녀는 케트링시의 변호사 딸이었다. 로리에의 여점원 중에는 지방이나 근교의 의사라든가 변호사 등 소규모의 자유업을 하는 사람의 딸이 많았다. 이 가게에 근무하면서 짙은 녹색 제복을 입는 것을 명예로 알고 있었다. 일반 상점에서는 흔히 땀을 흘리며 일해야 하거나 상점에서 먹고 자야 하는 조건이 붙어 있어서 그것을 견뎌내야 하지만, 로리에 상점에는 그런 것은 절대 없고, 여점원의 의식주는 물론 감독도 철저하게 행해지고 있었다. 구매계(購買係)의 윈치는 그 상점에서 유일한 남성인데, 특히 여점원의 감독에 신경을 쓰고 있었다. 그리고 '하프백'에게는 특별하게 경의를 표하며, 자주 그녀에게 점잖게 의견을 묻곤 했다. 그는 혈색이 좋고 어머니 같은 노신사로서 40년간이나 부인용품을 취급하고 있었다. 옷감을 조사하느라고 엄지손가락 지문이 없어지고 평평해졌으며 정중하게 인사하기 때문에 언제나 등의 류머티즘으로 고생하고 애를 먹고 있었다. 어머니 같다고 했으나 윈치 씨는 로리에 상점에 처음 오는 손님에게는 한가한 봄바다 같은 여성들만의 세계에서는 유일한 남성인 것만은 사실이었다. 그러한 그도 부인을 동반하고 마네킹을 보러 오는 남편들에게는 엄중한 감시의 눈을 빛냈다. 그는 왕실의 주문까지도 맡고 있었으므로 로리에 상점과 마찬가지로 위대한 명물적인 존재였던 것이다.

미스 클렘의 손이 완쾌된 사건은 로리에의 종업원들 사이에 자그마한 센세이션을 불러일으켰다. 그리하여 그 직접적인 결과로서, 단순한 호기심 때문에 젊은 여점원들이 대단치도 않은 병을 핑계삼아 앤드루의 병원에 찾아오는 일이 많아졌다. 그들은 쿡쿡 웃으면서 하프백 의사 선생님이 어떤 분인지 한 번 보고 싶다고 쑥덕거렸다.

그런데 그러는 동안에 로리에의 여점원들로서 체스버러 테라스 병원에 오는 사람이 점점 늘어났다. 여점원은 모두 건강보험 환자였다. 법률상 반드시 등록하도록 되어 있으나, 로리에 종업원이라는 자존심 때문에 그녀들은 그같은 제도를 받아들이지 않았다.

5월 말경이 되자 병원에는 5,6명의 여점원이 기다리는 경우가 드물지 않게 있었다. 모두 스마트한 그들의 손님을 흉내내어 립스틱을 바른 젊은 여성들뿐이었다. 그 결과 병원의 수입은 눈에 띄게 점차로 증가했다. 이 일에 대해서 크리스틴은 빈정거림이 섞인 비평을 잊지 않았다.

"당신 그 예쁜 아가씨들과 뭘 하고 있어요? 설마 그 아가씨들, 여기를 극장의 분장실로 착각하고 있는 것은 아니겠지요."

그러나 클렘의 누를 길 없는 원래대로 두 손이 치료된 상대의 감사가 약간만 표현되기 시작한 데 불과했다. 지금까지 로얄 크레센트 초로(初老)의 마크린 박사가 로리에의 공인된 의사로 간주되어 있어서 긴급한 경우에는, 예를 들면 재봉부의 미스 트위그가 다리미로 큰 화상을 입었을 때 등, 왕진을 오곤 했는데, 마크린 박사가 머지않아 은퇴하기로 되어 있었고, 그의 파트너로서 후계자인 벤튼 박사는 나이 든 사람이 아니었다. 사실 벤튼 박사는 여점원의 다리를 힐끔힐끔 바라보거나 미인인 젊은 여점원에게 필요 이상으로 부드럽게 대하는 태도를 자주 보였으므로 원치의 화색 도는 얼굴을 찌푸리게 만들었던 것이다.

미스 클렘과 원치 씨는 단둘이서 이 문제를 의논했는데, 미스 클렘이 벤튼이 부적당하다는 것과 체스버러 테라스에 엄격하고 분별이 있는, 여성들에게는 한눈을 팔지 않는 훌륭한 명성을 얻은 의사가 있는 것을 이야기하는 동안 원치 씨는 뒷짐을 지고 진지한 얼굴로 고개를 끄덕이고 있었다. 원치는 언제나 뜸을 들여 생각하는 성격이므로 그날은 아무런 결론도 내리지 않았지만, 그때 가게 안에 들어온 공작 부인에게 인사를 하려고 서둘러 나가는 그의 눈에는 충분히 기대를 걸 수 있는 번쩍임이 있었다.

6월 첫째 주일이 되자 앤드루는 자기가 미스 클렘을 처음 보았을 때 경멸했던 것을 부끄럽게 생각하고 있었는데, 또다시 알선의 징조가 불붙기 시작한 불길처럼 그의 머리 위에 뚝 떨어졌다.

그는 매우 요령 있게 쓴 간결한 편지 한 통을 받았다. 후에 그가 안 일이지만, 그 편지의 발신인이라면 전화로 불러내는 것이 당연한 것인데도 그러한 약식 방법을 취하지 않았다. 편지 내용은 오는 화요일 오전, 될 수 있는 대로 11시경에 파크 가든즈 9번지의 미스 위니프렛 에버레트의 집으로 왕진을 와주었으면 하는 것이었다.

그날 일찌감치 진찰을 끝마치고 나서 그는 점차 기대하는 마음으로 흥분되어 왕진을 위해 출발했다. 지금까지 그가 왕진을 간 곳은 지저분한 이 근처에 한정되어 있었으므로 다른 곳에서 부름을 받은 것은 이번이 처음이었다. 파크 가든즈는 하이드 파크의 아름다운 전망을 즐길 수 있는, 그다지 모던하지는 않지만 크고 당당한 건물이 즐비한 호화로운 구역이었다. 자기에게도 드디어 기회가 찾아왔구나 하는 묘한 확신을 가지면서 그는 불안과 긴장 속에 9번지 저택의 벨을 조심스럽게 눌렀다.

초로에 가까운 하인이 그를 맞아들였다. 방안은 널찍하고 고풍스러운 가구와 책과 꽃들이 장식되어 있어서 번 부인의 응접실을 생각나게 했다. 방안에 들어선 순간, 그는 자기 예상이 맞았다는 것을 느꼈다. 미스 에버레트가 모습을 보였으므로 몸을 돌려 바라보니 마치 물건 감정이라도 하듯 태연하고 침착한 그녀의 시선이 그를 향하고 있었다.

그녀는 쉰 살쯤 된 몸매가 좋은 부인으로서 검은 머리에 혈색이 좋지 못한 피부였으며, 은은한 멋이 있는 복장에 자신만만한 모습을 하고 있었다. 그녀는 곧 신중한 말투로 이야기를 시작했다.

"돌보아 주던 의사가 돌아가셔서……, 미안하지만……, 나는 그분을 아주 신뢰하고 있었어요. 그랬는데 미스 클렘이 당신을 추천해 주었습니다. 그 사람은 매우 성실하기 때문에 내가 신용하고 있어요. 그래서 당신이 어떤 분인지를 조사해 보았는데, 역시 매우 훌륭한 직함을 갖고 있더군요."

거기서 말을 끊고 그녀는 그를 힐끔힐끔 바라보는 것이었다. 그녀는 언뜻 보아 영양도 치료도 잘되어 있는 몸매였는데, 충분히 검사해 본 후가 아니면 손가락 하나 절대로 건드리지 못하게 할 여성이라는 느낌이 들었다. 잠시 후 그녀가 다시 말을 이었다.

"당신이라면 안심할 수 있을 것 같아요. 나는 말예요, 매년 이맘때쯤 되면 언제나 계속해서 주사를 맞는답니다. 고초열(枯草熱)에 걸리기 쉬운 체질이기 때문이죠. 선생은 고초열에 대해서는 당연히 잘 아시겠죠?"

"네." 그는 대답했다.

"어떤 주사를 맞으셨습니까?"

그녀는 누구나 잘 아는 주사약의 이름을 말했다.

"전의 의사가 처방해 주었어요. 나는 그것을 매우 신뢰하고 있어요."

"아, 그것 말입니까!"

그녀의 태도에 자신은 초조해하고 있었으므로, 그는 하마터면 그녀가 신뢰하고 있는 의사의 신뢰하는 치료법이 무가치한 것이고, 큰 효과가 있다는 평판은 다만 제약회사의 교묘한 선전과 영국에서는 여름이 되면 대부분 화분(花粉)이 없어지기 때문이라는 것을 말할 뻔했다. 그러나 꿀꺽 말을 삼키고 자제했다. 거기서 그의 신념과 욕망과의 사이에 투쟁이 벌어졌다. 그는 뭔가에 반항 하듯 몇 개월 동안이나 애타게 기다리던 기회를 놓치게 된다면 자기는 구제할 수 없는 바보라고 생각했다. 그래서 그는 말했다.

"그 주사라면 저는 어떤 의사에게도 지지 않으리라고 생각합니다."

"좋습니다. 그리고 사례금 말인데요, 싱클레어 선생에게도 나는 왕진을 오실 때마다 1기니 이상은 지불한 적이 없어요. 당신도 그런 약속으로 계속해 주실 수 있겠습니까?"

1회 왕진에 1기니, 그것은 지금까지 그가 받았던 최고 사례금의 3배였다! 그보다 더 중요한 것은, 이것이 오랫동안 열망했던 상류계급에의 진출 제일보가 된다는 사실이었다. 또다시 그는 옛날의 신념이 들썩 고개를 드는 것을 서둘러 억제했다. 그 주사가 효력이 없다고 해서 문제 될 것은 없지 않은가? 상대편이 그렇게 요구했으므로 자기의 책임은 아니다. 그는 실패라는 것에는 이미 넌더리날 만큼 질려 있었고, 아둥바둥 3실링 6펜스씩 벌어들이는 데도 진력이 났다. 어떻게 해서든 진출하여 성공하고 싶었다. 그리고 어떤 대가를 치르더라도 꼭 성공할 결심이었다.

이튿날도 그는 11시 정각에 왕진을 갔다. 그녀가 깐깐한 말투로 시간에 늦지 말라고 그에게 경고해 두었던 것이다. 그녀의 오전 산책에 지장이 없게 하기 위해서였다. 그는 거기서 첫번째 주사를 놓았다. 그리고 그 이후에 매주 2회 왕진하여 계속 그 주사를 놓았다.

그는 시간을 잘 지켜 그녀와 마찬가지로 정확함을 신조로 하고 주제넘은 말참견은 절대로 하지 않았다. 차차 그녀의 경계심이 풀리는 것을 보고 있노라면 재미있기까지 했다. 위니프렛 에버레트는 별난 여성으로서, 정말 특이한 개성을 갖고 있었다. 셰필드의 거대한 제철공장 경영자였던 아버지에게서 상속받은 돈을 전부 안전한 공채에 투자했으며, 1페니의 돈이라도 최대한의 가치가 생기지 않는 한 사용하는 법이 없었다. 그것은 인색한 근성이 아니라, 차라리 여타의 일반 사람들과는 다른 에고이즘이라고 해야 옳을 것이다.

그녀는 자기 자신을 세계의 중심으로 간주하고, 언제나 희고 아름다운 육체에 최대의 주의를 기울여 스스로가 적절하다고 인정되는 모든 종류의 조처를 취했다. 그녀는 무엇이든 최상의 것이 아니면 직성이 풀리지 않았다. 식사는 절제하고 있었지만 최상의 맛있는 것만 먹었다. 그가 6회째 왕진 갔을 때 그녀는 소탈한 태도로 셰리주를 권했는데, 그것은 1819년의 아몬틸라드였다. 의상은 모두 로리에서 가져왔다. 침대시트도 그가 지금까지 본 일이 없는 훌륭한 것이었다. 그런데 모든 것이 이런 식인데도 그녀는 스스로의 판단에 의해 단 한 푼도 낭비는 하지 않았다. 그로서는 미스 에버레트가 택시미터기를 자세히 보지 않고 운전사에게 반 크라운의 은화를 던져주는 일이란 상상할 수조차 없었다.

실제로 그는 그녀를 싫어해야 마땅할 것인데 어찌된 셈인지 싫어지지 않았다. 그녀는 자기의 독선을 일종의 철학으로까지 발전시켰다. 게다가 놀라울 정도로 민감한 성품을 지니고 있었다. 그녀를 보고 있노라면 그가 일찍이 크리스틴과 같이 본 적이 있는, 옛날 네덜란드의 화가 테르보르히의 그림 속의 여자와 꼭 같다는 생각이 들었다. 그녀는 그 그림과 꼭 같은 크기의 체구를, 살결이 보드라운 피부를, 그리고 범접하기 힘든 듯하면서도 향락적인 두툼한 입술을 갖고 있었다.

이것은 그녀가 한 말인데, 그가 정말로 그녀가 좋아하는 의사로 되어가고 있음을 인정하자, 그녀는 전보다 훨씬 조심성이 없어졌다. 왕진은 20분을 넘어서는 안 된다는 것이 그녀의 불문율인데, 그녀는 의사에게 그 이상의 가치를 인정치 않았다. 그런데 1개월이 경과하자, 그녀는 이것을 30분으로 연장했다. 두 사람은 잡담을 하기도 했다. 앤드루는 성공을 열망한다는 심정을 털어놓았다. 그녀도 그 말에 동감했다. 그녀의 화제에는 한계가 있었다. 그러나 친지들의 범위는 무한한데, 화제라고 하면 대부분 친척에 대한 이야기뿐이었다. 그녀는 자주 그에게 더비서에 살고 있는 생질 캐슬린 셔튼에 대해서 이야기했는데, 그녀의 남편인 셔튼 대위가 번웰에서 국회의원에 출마한 이후 그 생질이 가끔 런던에 온다는 것이었다.

"싱클레어 선생이 언제나 생질 부부의 시중을 들어주었어요." 그녀는 조심조심 말했다.

"앞으로 선생이 대신해 주어도 좋으리라고 생각해요."

마지막 왕진을 갔을 때, 그녀는 또 아몬틸라드 한 잔을 권하면서 꽤 명랑한 태도로 말했다.

"나는 말이죠, 청구서를 받는 것이 제일 싫어요. 실례지만 지금 지불해 드릴게요." 그녀는 꼭꼭 접은 12기니 수표를 그에게 건네주었다.

"물론 머지않아 또 오시라고 할 것입니다. 언제나 겨울이 되면 감기 예방의 왁친을 맞고 있으니까요."

그녀는 일부러 문간까지 전송하면서 거기서 잠시 멈춰섰다. 얼굴은 정색을 했으나 명랑했는데, 그것은 그가 처음 대면했을 때 본 웃는 얼굴에 가장 가까운 표정이었다. 그러나 그 표정도 이내 곧 사라지고, 그녀는 본래의 범접할 수 없는 얼굴이 되어 물끄러미 그를 보면서 말했다.

"당신의 어머니 뻘 되는 여자가 하는 말이니까 내 충고를 들어주시겠지요? 좋은 양복점에 가야 해요. 셔튼 대위가 양복을 맞춰입는 양복점인데, 콘디트가(街)의 로저스한테 가보세요. 당신이 얼마나 성공을 원하고 있는지 말한 적이 있었지요. 하지만 그런 복장으로는 결코 어림없어요."

그는 큰길을 성큼성큼 걸어가면서 격렬한 분노의 빛을 아직도 얼굴에 나타낸 채 그의 천성대로 맹렬하게 그녀에게 욕을 퍼부었다. 건방진 할망구! 양복이 자기하고 무슨 관계가 있다는 거야! 내 복장에 대해서까지 이러쿵저러쿵할 권리가 어디 있어? 나를 자기 무릎 위에 올려놓은 애완동물 정도로 생각하는 건가? 그녀의 말대로 한다는 것은 최악의 타협, 인습에의 굴종이다. 퍼딩턴의 환자들은 3실링 6펜스를 낼 뿐이지만 나에게 양복점의 마네킹이 되라고 하지는 않아. 앞으로는 이 사람들만 상대하고, 혼을 팔아먹는 이따위 짓은 단연코 그만두리라!

그런데 웬일인지 그런 기분은 잠시 후 사라져 버렸다. 자기가 복장에 대해서 조금도 관심을 갖지 않았던 것은 분명 사실이다. 가게에 걸려 있는 기성복으로 우아하다고는 할 수 없어도 언제나 알맞게 효과적으로 구입해 입었으며, 의복으로서의 구실과 추위를 막는 데는 곤란이 없었다. 크리스틴도 마찬가지인데, 언제나 매우 깔끔한 모습이었으며 의복 때문에 머리를 썩이는 일은 결코 없었다. 트위드의 스커트에 손수 짠 털잠바를 입고도 매우 행복해했던 것이다.

그는 아무도 모르게 자기의 옷매무새를 점검해 보았다. 상표도 없는 모직 바지는 줄도 제대로 서 있지 않고 바지 끝의 접힌 부분에는 진흙이 튀어 있는 상태였다. '얼마나 한심한 꼴이냐 말이다. 그 여자가 말한 대로가 아닌가.'

그는 안타깝게 생각했다. 이런 꼴을 하고서 어떻게 상류계급의 환자를 유치할 수 있단 말인가? 어째서 크리스틴은 이 점에 주의를 기울여 주지 않는가? 그것이 그녀가 해야 할 의무인데. 올드미스인 위니프렛 따위의 충고를 받다니! 아까 가리켜 준 양복점 이름이 뭐였더라……, 콘디트가의 로저스였지. 뭐 어때, 그리로 가보자!

집에 돌아오자 그는 다시 원기를 회복했다. 그리하여 수표를 크리스틴의 코앞에서 팔랑팔랑 흔들어 보였다.

"자, 이것 봐요! 당신도 기억하고 있겠지. 내가 처음으로 3실링 6펜스 은화를 들고 병원에서 뛰어왔을 때의 일을. 어때, 내가 말한 대로잖아, 그렇지? 이것이야말로 제1급의 의학박사, 영국 의학회 회원이 받아야 마땅한 진짜 보수야. 이 12기니는 말야, 위니프렛이라는 할머니의 말에 맞장구를 치며 효과도 없는 글리커트의 엡톤을 주사해 준 덕택이야."

"그게 무슨 말씀이에요?" 그녀는 미소지으며 그렇게 물었다. 그러다가 짐짓 의심스러운 표정으로 덧붙였다.

"그 약이라면 당신이 몹시 못마땅해하던 것 아닌가요?"

그는 얼굴빛이 이내 확 달라지더니 완전히 당황하여 눈살을 찌푸리고 그녀를 쳐다보았다. 가장 아픈 곳을 찔렀기 때문이었다.

그 순간 그는 격렬한 분노를 느꼈다. 그것도 자신에 대해서가 아니라 그녀에 대해서였다.

"뭐야, 크리스? 당신은 도대체 만족이라는 것을 모르는군!"

그는 획 몸을 돌려 방을 뛰쳐나갔다. 그리고 하루종일 화난 얼굴을 하고 있었다. 하지만 이튿날은 다시 명랑해져서 콘디트가의 로저스 양복점으로 발길을 향했다.

5

그로부터 2주일 후 새로 맞춘 두 벌의 양복 중 한 벌을 입고 2층에서 내려왔을 때, 그의 얼굴 표정은 마치 국민학생처럼 수줍어하고 있었다. 그것은 로저스의 권고로 맞춘 짙은 회색 더블 양복인데, 넓은 깃과 양복색에 조화되는 나비 넥타이를 매고 있었다. 콘디트가의 양복점 기술은 뛰어난 것이었으므로 몸에 잘 맞았다. 셔튼 대위의 소개로 왔다고 하자 한치 실수 없이 잘 만들어 주었다.

그날 아침, 크리스틴은 평상시와는 달리 아픈 듯한 얼굴이었다. 인후가 좀 아팠으므로 주의하느라고 낡은 스카프로 목을 감고 있었다. 그녀가 커피를 따르고 있을 때, 그는 눈부신 복장으로 모습을 나타냈다. 그를 본 순간 그녀는 멍하니 말을 하지 못했다.

"어머, 앤드루!" 그녀는 헐떡이며 말했다.

"멋있는데요, 어디 가시는 거죠?"

"어디에 가다니? 이제부터 왕진을 가요. 돈을 벌러 가는 거야, 물론!" 그는 수줍어서 도리어 무뚝뚝한 태도를 취했다.

"어때, 마음에 들어?"

"네." 그녀는 말은 그렇게 했지만 흔쾌한 대답이 아니었기 때문에 그는 기분이 좋지 않았다.

"그거……, 참 스마트해요……. 하지만,"

그녀는 웃으면서 말을 이었다.

"어쩐지 당신답지 않군요."

"당신은 나를 언제나 부랑자 같은 모습으로 해두는 게 소원인가?"

그녀는 말없이 커피잔을 잡은 손을 관절이 하얗게 드러나도록 꽉 쥐었다.

'하하, 내가 바로 맞췄군.' 그는 생각했다. 아침식사를 마친 후 진찰실로 들어갔다.

5분쯤 지나자 아직 스카프로 목을 감은 채 그녀가 조심스럽고 호소하는 듯한 눈으로 그를 따라 들어왔다.

"당신 제발 오해하지 말아주세요! 나는 정말로 기뻐요, 당신이 새 양복을 입고 있는 것이. 무엇이든간에 나는 당신에게 제발 좋은 것을 갖게 하고 싶어요. 아까는 미안했어요, 그런 말을 해버려서. 하지만……, 나는 언제나 당신의 그런 모습만 보아왔기 때문에……, 아니, 이것은 도무지 설명을 할 수가 없군요……. 다만 나는 언제나 당신을……. 싫어요, 오해하시면. 당신은 옷차림에 대해서, 그리고 다른 사람이 그것을 어떻게 생각하는지 전혀 개의치 않는 사람이라고 생각하고 있었거든요. 당신도 기억하고 있겠지요. 언젠가 둘이서 보았던 엡스타인(현대 영국의 조각가)의 머리에 대해서. 그것이 잘 손질

되어 있거나 닦여져 있다면 결코 전과 같은 것으로는 보이지 않을 것이라고 나는 생각하는데요."

그는 퉁명스럽게 대답했다.

"나는 엡스타인의 머리가 아니니까."

그녀는 대답하지 않았다. 요즈음 그는 말로 해서는 이해를 할 수 있는 상태가 아니었으며, 게다가 그녀로서도 이렇게까지 오해를 하는 데에는 더 이상할 말이 없었다. 그녀는 조금 머뭇거리다가 방을 나왔다.

그런 지 3주일 후 미스 에버레트의 생질이 런던에 와서 여러 주일 머무르게 되었을 때, 그는 그 노부인의 충고에 현명하게 따랐던 만큼의 보답을 받았다. 미스 에버레트는 그럴 듯한 구실을 만들어 그를 파크 가든즈로 불러 그의 복장을 자세히 점검했는데, 매우 만족해했다. 그는 그녀의 추천을 받는 적격 후보자로서, 자기가 그런대로 합격했다는 것을 알았다.

이튿날 그는 셔튼 부인으로부터 왕진을 부탁받았는데, 가계(家系)의 체질적인 유전 때문인지 숙모와 같이 고초열이 있다면서 주사를 놓아달라고 했다. 이번에는 글리커트 제약의 효과가 없는 '엡톤'을 주사해 주어도 그는 전혀 양심의 가책을 받지 않았다. 더욱이 그는 셔튼 부인에게 무척 좋은 인상을 주었다. 그리고 그달 말경 역시 파크 가든즈의 아파트에 살고 있는 미스 에버레트의 친구한테서도 왕진을 부탁받았다.

앤드루는 너무나 즐거워 어쩔 줄을 몰라했다. 약진, 또는 약진의 단계에 와 있었다. 그는 성공에의 길을 똑바로 돌진하고 있었으므로 자기의 진료가 지금까지 자기가 신조로 삼고 있었던 것과 아주 다르다는 것을 잊어버렸다. 허영심에 사로잡힌 것이다. 빈틈이 없어지고 자신감이 생겼다. 그의 상류계급에의 진출이라고 하는 눈덩이가 처음 구르기 시작한 것은, 서민적인 마슬버러 시장 근처의 햄이나 쇠고기 판매점의 카운터에 서 있는 뚱뚱한 독일 여성으로부터라는 것을 이미 돌아볼 겨를이 없었다. 그런 것을 돌아볼 겨를이 없는 가운데 눈덩이는 급속도로 언덕을 굴러내려가고, 그리하여 이번에는 또 다른 더욱 자극적인 기회가 그의 앞에 나타났던 것이다.

6월의 어느 날 오후, 평상시라면 신통한 일이 일어나지 않는 2시에서 4시 사이의 이른바 제로 아워에 앤드루가 진찰실에서 지난달의 수입을 계산하고 있는데 갑자기 전화벨이 울렸다. 그는 주저없이 곧 수화기를 들었다.

"네! 네! 여기는 맨슨 병원인데요."

"아, 맨슨 선생님! 댁에 계셔서 정말 다행입니다. 저는 윈치입니다! 로리에의 윈치입니다. 손님에게 사고가 생겼는데, 와주실 수 있겠습니까? 곧 와주실 수 있겠습니까?"

걱정으로 완전히 흥분된 목소리였다.

"5분이면 도착할 수 있습니다."

앤드루는 수화기를 내려놓자마자 곧 모자를 집어들었다. 밖으로 나가 지나가는 32번 버스에 날쌔게 뛰어올랐다. 4분쯤 후에는 로리에의 회전문을 열고 걱정을 하고 있는 미스 클렘의 얼굴을 맞대면한 후 그녀와 함께 푹신푹신한 녹색 파일의 카펫을 밟으며 금테두리를 한 긴 거울과 수자목 널빤지 사이를 지나갔다. 문득 널빤지를 쳐다보니 작은 모자와 레이스 스카프, 그리고 야회복용의 담비가죽 외투가 모자걸이에 걸려 있었다.

독촉을 하듯 서두르면서 미스 클렘이 사정을 설명했다.

"리 로이라는 아가씨입니다, 맨슨 선생님. 단골손님이에요. 내 손님이 아니어서 다행입니다만, 그분은 항상 말썽을 일으키곤 해요. 그런데 맨슨 선생님, 제가 윈치 씨에게 선생님 이야기를 전에 말해두었거든요!"

"감사합니다!"

시큰둥한 말투였다. 경우에 따라서 그도 시큰둥한 응수를 하는 방법을 알고 있었다.

"어떻게 된 일입니까?"

"뭡니까, 그 아가씨가……. 저, 맨슨 선생님……, 그 아가씨가 가봉실에서 발작을 일으킨 모양이에요."

커다란 계단의 끝에서 그녀는 핑크색으로 얼굴이 상기된 윈치에게 그를 데려갔다. 윈치는 불안한 태도로 말했다.

"여기입니다, 선생님……. 이리로 오세요. 잘 좀 치료해 주십시오. 뜻밖의 일이라서……."

낭하보다는 약간 엷은 녹색 카펫을 깔고, 금빛 테두리가 있는 녹색 널빤지를 붙인 벽의 따뜻하고 고상한 멋이 풍기는 가봉실에 들어가 보니 여점원들은 시끄럽게 재잘거리고 있었고, 금테두리의 의자가 넘어져 있으며 컵의 물이 쏟아져 있는 등 온통 아수라장이 되어 있었다. 그리고 그 한가운데에 리 로이 양이 발작을 일으켜 넘어져 있었다. 그녀는 뻣뻣하게 경직된 채 마루에 누워 있었고, 두 손이 모두 경련을 일으켜 주먹을 쥐기도 하고, 갑자기 두 다리가 경직되기도 했다. 게다가 이따금 바짝 움츠린 목에서 쥐어짜는 듯한 긴장된 무서운 신음소리가 새어나오고 있었다.

앤드루가 윈치 씨와 함께 들어가자 나이든 여점원 하나가 갑자기 큰 소리로 울기 시작했다.

"제 잘못이 아닙니다." 그녀는 흐느꼈다.

"저는 다만 리 로이 아가씨에게 이것은 당신이 스스로 선택한 디자인이라고 말씀드렸을 뿐인데……"

"그런 말 해서 뭘 해. 이것은 위험한 일이야. 곧 전화로 구급차를 부를까요?"

윈치는 중얼거렸다.

"아니, 아직 괜찮습니다."

앤드루는 묘한 어조로 말했다. 그리고 리 로이양의 옆으로 가서 몸을 굽혔다. 그녀는 24세 정도의 아직 젊은 여자로서, 푸른 눈과 색이 바랜 비단 같은 머리카락이 찌그러진 모자 밑으로 흐트러져 나와 있었다. 경직과 경련이 점점 더 심해졌다.

반대편에서는 근심스러운 듯한 까만 눈의 부인이 무릎을 꿇고 앉아 있었다. 틀림없이 그녀의 친구일 것이다.

"오오, 토피, 토피." 그녀는 그렇게 계속 중얼거렸다.

"죄송하지만 이 방에서 나가주십시오." 갑자기 앤드루가 말했다.

"한 사람도 빠짐없이 전부요. 다만……" 그의 눈이 피부색이 까무잡잡한 젊은 부인 위에 멎었다.

"다만 이 부인만은 남아주십시오."

여점원들은 약간 불만인 듯한 표정을 지으며 나갔다. 리 로이양의 발작을 간호하는 것은 일종의 유쾌한 스트레스 해소였기 때문이다. 미스 클램과 윈치까지 방에서 나갔다. 모두 나가버린 순간, 경련은 한층 더 심해졌다.

"이것은 매우 위험한 증세입니다." 앤드루는 유난히 분명한 목소리로 말했다. 리 로이양의 눈망울이 빙그르르 그의 쪽을 향했다.

"의자를 이리로 가져오세요."

같이 온 부인이 방 한가운데에 뒹굴고 있는 의자를 일으켰다. 그리고 앤드루는 천천히 깊은 동정심을 보이면서 그 아가씨의 겨드랑이를 받쳐 안고는 경련을 일으키고 있는 그녀를 의자에 앉혔다. 그리고 머리를 똑바로 세웠다.

"그러면……." 그는 동정심이 깃들인 어조로 말했다. 그리고는 곧 손가락을 쭉 펴서 그녀의 뺨을 철썩 소리가 날 정도로 강하게 후려갈겼다. 이것은 그에게 있어서는 몇 개월 전에도, 아니 몇 개월 후에도 결코 없을 매우 용감한 행동이었다.

리 로이양은 괴상한 신음소리를 딱 그치고 경련도 멎었으며, 빙글빙글 돌아가던 눈망울도 제자리로 돌아왔다. 그녀는 마치 어린아이처럼 낭패한 표정을 지으면서 뺨이 아픈 듯 그를 빤히 바라보았다. 그 아가씨가 또 발작을 일으키기 전에, 그는 다시 손을 쳐들어 다른 쪽 뺨을 쳤다. 철썩! 아픔으로 일그러진 리 로이양의 얼굴은 보기에도 우스울 정도였다. 그녀는 입술을 떨면서 또 신음하는 듯했으나 곧 조용히 울기 시작했다.

그리고는 친구 쪽으로 얼굴을 돌리더니 울면서 말했다.

"이것 봐, 나 집으로 돌아갈 테야."

앤드루는 변명이라도 하듯 같이 함께 온 여자에게 눈을 돌렸다. 그녀는 자제하면서 특별한 흥미를 가지고 그를 주시하고 있었다.

"미안합니다." 그는 중얼거렸다.

"이렇게 하는 것밖에 다른 방법이 없었습니다. 악성 히스테리로서 손발 경련입니다. 자칫 잘못하면 스스로 상처를 내는 경우도 있습니다. 공교롭게도 마취제 같은 것을 가져오지 않아서……, 어쨌든 효과는 있었던 것 같습니다."

"네, 효과가 있었어요."

"마음껏 울게 내버려두세요." 앤드루는 말했다.

"효과적인 안정제 역할을 할 테니까요. 3, 4분 후에는 완전히 나을 것입니다."

"그런데, 저……." 그 친구가 급히 말했다.

"집까지 꼭 데려다 주세요, 네?"

"좋습니다." 앤드루는 직업적인 말투로 재빨리 대답했다.

그런 지 5분쯤 후에 토피 리 로이는 얼굴의 화장을 다시 고칠 정도로 회복되었는데, 이따금 사이를 두고 갑작스레 흐느끼곤 했으므로 그것을 멈추는 데도 꽤나 시간이 걸렸다.

"나 흉측한 얼굴을 하고 있는 건 아니야, 응?"

그녀는 친구에게 물었다. 앤드루에게는 아무런 관심도 보이지 않았다.

잠시 후, 세 사람은 가봉실을 나왔다. 그들이 긴 진열실을 지나가는 것은 매우 감동적인 장면이었다. 경탄과 안심 때문에 원치는 입이 열리지 않았다. 그렇게 괴로워하던 병자가 어떻게 멀쩡하게 걸어나갈 수 있게 되었는지를 그는 알지 못했는데, 그것은 틀림없이 영원히 모르는 것으로 남을 것이다. 그는 공손한 말을 입속말로 중얼거리면서 세 사람의 뒤를 따라갔다. 앤드루가 두 여자의 뒤를 따라 현관을 나가려 하자 그는 땀이 밴 손으로 앤드루에게 감격의 악수를 청했다.

세 사람이 탄 택시는 베이즈워터 거리를 마블아치 방향으로 달렸다. 모두 입을 열 만한 화제가 없었다. 리 로이양은 야단을 맞은 응석받이처럼 완전히 토라진 채 겁먹은 모습을 하고 있었다. 게다가 이따금 손이나 얼굴의 근육이 자기도 모르게 긴장되곤 했다. 차츰 정신이 들었을 때 보니 그녀는 몹시 수척하기는 했으나 그런대로 미인이라고 할 만했다. 입고 있는 옷도 아름다웠는데, 그러나 앤드루에게는 어쩐지 일정한 간격을 두고 전류를 통과시켜서 털이 뽑힌 병아리같이 생각되었다. 그 자신도 신경질적이 되어 있고 불편한 입장이라는 것을 잘 알고 있었으나, 이같은 상태를 어디까지나 자기의 이익 본위로 철저하게 이용하리라고 결심했다.

택시는 마블아치를 돌아서 하이드 파크를 따라 달리다가 좌회전을 해 그린 가(街)의 어떤 집 앞에 멈췄다. 그들은 곧 안으로 들어갔다. 집 모양을 보고 앤드루는 꿀꺽 숨을 죽였다. 이렇게 호화로운 저택이리라고는 감히 상상도 못했던 것이다. 부드러운 느낌의 소나무 목재를 사용한 커다란 홀, 경옥(硬玉)을 아로새긴 현란한 작은 살롱, 사치스러운 액자에 끼운 한 폭의 특이한 유화, 붉은기가 도는 금빛 옻칠을 한 의자 몇 개, 크고 긴 의자 몇 개, 그리고 피부처럼 엷은 회색 깔개가 깔려 있었다.

토피 리 로이는 여전히 앤드루는 거들떠보지도 않고 새틴 쿠션이 있는 소파에 몸을 내던지자 작은 모자를 비틀어 잡아 마루에 내동댕이쳤다.

"벨을 눌러줘. 뭘 좀 마셔야겠어. 아버지가 안 계셔서 정말 다행이야."

잠시 후, 하인이 칵테일을 가지고 들어왔다. 그가 나가버리자, 토피의 친구는 눈에 희미하게 미소 띤 얼굴로, 그러나 분별이 있는 태도로 앤드루에게 말을 걸었다.

"우리들에 대한 이야기를 들려주어야겠군요, 선생님. 너무 당황해서 미처 그럴 겨를이 없었어요. 나는 미세스 로렌스입니다. 이 토피가…… 미스 리 로이인데…… 미술단체의 자선무도회에 나가게 되어 자신이 특별히 디자인한 의상을 찾다가 큰 소동이 벌어졌는데……, 사실 최근 이 아가씨는 과로를 해서 매우 신경질이 되어 있었기 때문에……. 솔직히 말해서 토피는 선생님에 대해서 매우 불유쾌하게 생각하고 있지만, 우리들을 여기까지 데려다 주신 것에 대해서 뭐라고 말씀드려야 좋을지 모르겠어요. 그건 그렇고, 나는 칵테일을 한 잔 더 마시고 싶어."

"나도." 토피는 아직도 토라진 듯한 목소리였다.

"그 로리에의 계집앤 나쁜 년이야. 아버지께 전화를 걸어서 파면시키고 말 테야. 아니지, 그래봤자 신통할 게 없어. 그만두자!"

두 잔째 칵테일을 마시자 자못 만족한 듯한 미소가 그녀의 얼굴에 천천히 퍼져나갔다.

"하지만 나는 그 상점에 반성할 재료를 주었다고 생각해. 그렇지 않아, 프랜시스? 나는 다만 울화통을 터트렸을 뿐이야! 그 할머니 같은 원치의 표정이라니, 가관이었어."

그녀는 깡마른 몸을 흔들면서 웃었다. 그러다가 앤드루의 눈과 마주쳤는데, 그녀의 눈에는 이미 악의는 사라지고 없었다.

"웃으세요, 선생님도. 그런 꼴이라니 돈 주고도 못 볼 거예요."

"아니, 웃을 일이 아닙니다."

그는 간단하게 자기소개를 한 후 자신의 입장을 상대방에게 알려서 그녀가 아직 병이 완전히 나은 것이 아님을 납득시키려고 열을 올렸다.

"아가씨는 참으로 심한 발작을 일으켰던 것입니다. 정말 실례했습니다. 그렇게라도 하지 않으면 달리 어쩔 도리가 없었지요. 마취제를 가져왔더라면 그것을 사용했을 테지만. 그랬더라면 그런……, 그런 난폭한 행동을 하지 않아도 되었을 텐데. 그리고 나는 아가씨가 일부러 그런 발작을 일으켰다고는 도저히 생각할 수 없습니다. 그러니 각별히 조심하십시오. 히스테리라고 하면……, 아까의 경우는 역시 히스테리였는데……, 이것은 공통적인 증세군(徵勢群)인데 말이죠, 누구든 이에 대해서는 이해와 동정을 가져야 합니다. 신경 계통의 변조가 원인이기 때문이죠. 아가씨는 몹시 피로해 있던 거예요. 그렇죠? 반사작용이 예민해져서 신경이 완전히 약해져 있었던 겁니다."

"정말 그 말씀대로예요." 프랜시스 로렌스는 고개를 끄덕였다.

"최근 계속해서 너무 과로했던 탓일 거야, 토피!"

"선생님은 정말로 나에게 클로로포름을 쓸 작정이었나요?" 토피는 어린애가 놀랐을 때의 표정을 하고 앤드루에게 물었다.

"그랬더라면 정말 재미있었을 거야."

"하지만 진심으로 하는 말인데, 토피." 로렌스 부인이 말했다.

"지금은 누워 있는 게 좋겠어."

"아버지 같은 말씀을 하고 있군."

토피는 토라져 기분이 상한 듯 보였다.

잠시 동안 침묵이 흘렀다. 앤드루는 칵테일을 모두 마셨다. 그리고 술잔을 뒤쪽의 조각이 되어 있는 소나무로 만든 맨틀피스 위에 놓았다. 그럭저럭 그가 할 일은 끝난 것 같았다.

"그러면······." 그는 그 말의 효과를 가늠하면서 말했다.

"지금부터 또다른 곳에 왕진이 있어서. 아무쪼록 내 충고를 유의해 주십시오, 아가씨. 가벼운 식사를 하시고 푹 주무세요. 그리고 더 이상 내가 해드릴 일은 없으니까······. 내일이라도 댁의 주치의를 부르십시오. 그럼 이만 실례하겠습니다."

로렌스 부인은 홀까지 나와 그를 전송했는데, 그 태도가 침착하고 정숙했으므로 그도 그렇게 서둘러 냉정하게 돌아갈 수가 없었다. 그녀는 키가 늘씬하고 어깨는 좀 넓은 편이었으나 작고 품위 있는 머리 모양을 하고 있었다. 아름답게 웨이브진 까만 머리카락에는 약간 철회색(鐵灰色) 부분이 섞여 있었는데, 그것이 유난히 두드러져 보였다. 그러나 나이는 아직 젊어 27세 정도일 것이라고 그는 확신했다. 키는 크지만 골격이 섬세하고, 손목이 매우 가늘면서도 아름다웠다. 사실 몸 전체가 유연하고 아름다우며 검도를 하는 사람처럼 매우 탄력이 있었다. 그녀는 은근하고 정감이 있는 온화한 미소를 지으며 그린색이 깃들인 개암색 눈으로 지그시 그의 얼굴을 바라보며 손을 내밀었다.

"나는 선생님의 새로운 치료법에 정말로 놀랐습니다. 사실 이것만은 꼭 말씀드리고 싶었어요." 그러면서 그녀는 입술을 꿈틀했다.

"그런 방법을 그만두지 마세요, 네? 어떤 일이 있더라도······, 당신이 크게 성공하리라는 것을 앞으로 알게 될 것입니다."

그린가(街)로 나와서 버스를 타려고 걸어가다 문득 정신이 들어 시계를 보니 놀랍게도 벌써 5시가 다 되어 있었다. 그 두 여자를 상대로 하여 3시간이나 소비해 버린 것이다. 이 정도라면 상당히 많은 금액을 청구할 수 있을 것이다. 그러나 이 자랑스러운 기분이, 새롭고 멋진 앞날이 펼쳐질 것 같은 징조가 분명한데도 불구하고, 무언가 불안한, 이상하게도 충족되지 못한 것 같은 느낌이 들었다. 정말 나는 기회를 최대한으로 이용한 것일까? 로렌스 부인은 그에게 호의를 갖고 있는 것 같았다. 그러나 그런 사람들의 마음이란 종잡을 수 없는 것이다. 그렇다고는 하지만 얼마나 굉장한 저택인가!

갑자기 그는 공연히 화가 나서 이를 꽉 물었다. 명함을 두고 오는 것을 잊었을 뿐만 아니라, 자기 이름을 말하는 것조차 생각지 못했던 것이다. 혼잡한 버스 속에서 더러운 코트를 입은 늙은 노동자 옆에 앉았을 때, 그는 절호의 찬스를 놓친 자기 자신을 분한 기분으로 자책했다.

6

그 이튿날 아침 11시 15분이 지나서 마슬버러 시장을 중심으로 흩어져 있는 환자에게 싸구려 왕진을 가려고 하는데 전화벨이 울렸다. 저쪽은 무척 깐깐하게 마음을 쓰고 있는 하인의 목소리였다.

"맨슨 선생님이십니까? 저, 리 로이 아가씨께서 오늘은 몇 시에 왕진을 오실 수 있는지에 대해 여쭈어 보라고 하시는데요. 아, 실례했습니다. 그대로 끊지 마시고……, 로렌스 부인이 나오셨습니다."

앤드루는 로렌스 부인이 정다운 목소리로 꼭 오라고 하면서 두 사람이 함께 기다리고 있다고 말하는 것을 흥분으로 가슴을 두근거리며 듣고 있었다.

수화기를 내려놓고 어제의 좋은 기회를 놓친 것은 아니라는 것을 당당하게 자신에게 알렸다. 염려없다. 결국 찬스를 놓치지 않은 것이다.

급한 환자이건 뭐건 다른 왕진은 일체 내버려두고 그는 그린가로 나는 듯 달려갔다. 그리하여 비로소 그 저택에서 주인인 조셉 리 로이를 만났다. 리로이는 비취로 화려하게 장식한 홀에서 초조한 마음으로 기다리고 있었다. 막상 만나보니 대머리에다가 골격이 튼튼하며 턱 밑에 군살이 붙은 남자로서, 조금도 시간을 낭비할 수 없다고 했다. 개방적인 태도였으며, 잎담배를 즐겨 피우고 있었다. 주인은 순간 서둘러 외과수술이라도 하려는 듯한 태도로 앤드루를 물끄러미 바라보았는데, 그 외모의 결과에 만족하는 것 같았다.

그리고 그는 곧 식민지 사투리로 강인하게 말했다.

"선생, 잘 들어두시오. 나는 바쁜 사람이오. 로렌스 부인이 오늘 아침 선생을 부른다고 해서 야단법석이 났었소. 선생이 수완이 있는 청년으로서 시시한 짓을 할 처지가 아니라는 것은 나도 잘 알고 있소. 물론 결혼은 했겠지? 그건 좋아. 그렇다면 내 딸을 당신에게 맡기겠소. 그 녀석을 잘 치료해서 그 괴상한 히스테리를 몸에서 쫓아주시오. 무슨 일을 어떻게 하든 상관하지 않겠소. 돈은 얼마든지 줄 테니까. 자, 그럼 실례하오."

조셉 리 로이는 뉴질랜드 사람이었다. 그리고 현재 엄청난 재산과 그린가의 저택과 이국풍의 딸 토피를 두고 있음에도 불구하고, 누구나 그 출신을 곧 짐작할 수 있었다. 친구들 사이에서 흔히 '꼬마' 리얼리로 통하고 있었던 그의 증조부는 그레이머스 항(港) 근처에 사는 농장의 노동자로서 불학무식한 자였다. 조셉 리 로이는 조 리얼리라는 이름으로 어렸을 때부터 세상의 온갖 거친 풍파를 다 겪었는데, 처음에는 그레이머스의 큰 농장에서 '젖 짜는' 일을 했다. 그러나 조는 본인도 자인하고 있는 것처럼 소의 젖이나 짜면서 만족하고 있을 사람이 아니었다. 그리하여 30년 후, 오클랜드 최초 마천루의 최상층 사무실에서 온 섬 안의 착유농장을 하나의 대분유 기업합동으로 결합하는 협정에 서명한 사람이 다름아닌 바로 이 조셉 리 로이였다.

그 크리모겐 합동회사는 요술과도 같은 사업이었다. 당시는 아직 분유제품은 일반에게 알려져 있지 않았으며, 상법적으로도 조직화되어 있지 않았다. 리 로이는 이 제품의 장래성에 주목하여 어린아이나 병약자에게는 하늘이 주신 자양물이라고 선전하면서 세상의 시장에다 내다팔았다. 이 사업이 성공한 것은 조의 제품이 좋기 때문이라기보다 그 자신의 대담무쌍한 상술에 있었다. 당시 뉴질랜드 목장에서는 크림을 뽑고 남은 우유가 지천으로 남아돌아 도랑에 버려지든가 돼지의 먹이가 되곤 했는데, 현재는 전세계의 도시에서 '크리모겐'이나 '크리맥스', 혹은 '크램파트' 등 조가 고안한 그럴 듯한 상표의 캔 분유가 생우유의 3배의 값으로 팔리고 있는 것이다.

리 로이 기업활동의 중역으로서, 영국 지점의 총지배인 자리에 있는 사람이 젬 로렌스였다. 이 사람은 이런 분야에는 어울리지 않는 인물이었다. 그는 사업계에 발을 들여놓기 전에는 근위대의 사관이었다. 그런데 로렌스 부인과 토피가 인연을 맺게 된 데는 단순히 사업상의 관계 이상의 것이 있었다. 그녀는 프랑스에 자기 재산도 있고, 런던의 사교계에서는—토피는 언젠가 조상들이 산간지방 출신이라는 사실을 우연히 알았다—토피보다 훨씬 자유를 즐기고 있었는데, 이 '응석받이' 토피에게는 유난히 각별한 애정을 품고 있었다.

앤드루가 리 로이와 헤어진 후 2층으로 올라가자 그녀는 토피의 방 밖에서 그를 기다리고 있었다.

실제로 그후에도 며칠 동안, 프랜시스 로렌스는 그가 왕진을 갈 때마다 언제나 동석하여 잘 흥분하고 제멋대로 구는 환자의 시중을 들어주었고, 토피의 병이 눈에 띄게 좋아지는 것을 인정하면서도 치료를 쭉 계속해 달라고 졸랐다. 그리고는 언제 왕진을 오겠느냐고 자진해서 물어올 정도였다.

로렌스 부인에게 감사하는 생각은 갖고 있었지만 앤드루는 그녀의 사진을 〈주간 글러브〉 등에서 보기 전부터 상류층 여자라는 것은 알고 있었기에 스스로도 선호(選好)가 심하다는 것을 인정하고 있는 이 명문가의 여성이 무엇 때문에 자기 같은 사람에게 엷은 관심을 보여주는지 아직 조금도 확신을 가질 수 없었다. 그녀의 크고 다소 귀티가 나는 입은 친밀하지 않은 사람에 대해서는 언제나 적의를 나타내고 있었는데, 다만 무슨 이유에서인지 그에게는 전혀 적의를 보이지 않았다. 그녀의 성격이나 인물됨을 그는 단순한 호기심 이상의 특별한 감정으로 어떻게든 추측해 보려 했다. 그로서는 아직 로렌스 부인의 참모습을 알고 있다고는 생각되지 않았다. 방안을 여기저기 왔다갔다할 때의 그녀의 조심스러운 몸의 움직임을 보고 있는 것은 즐거운 일이었다. 그녀는 언제나 편한 자세로 있었다. 그리고 담담하고 정숙한 말씨에도 불구하고 친절하고 신중한 눈의 배후에 있는 냉정한 머리는 스스로 자기가 하고 있는 일 모두를 엄격하게 관찰하고 있었다.

그는 그런 말을 한 것이 크리스틴이었다는 것은 생각지도 않고서, 그저 변함없이 만족한 채 푼돈으로 구입한 물건값까지 가계부에 적고 있는 크리스틴에게는 아무 소리도 하지 않았지만, 적어도 의사라는 사람이 스마트한 자가용 한 대도 없이 어떻게 상류계급으로 진출할 수 있을까 하고 밤낮 생각하게 되었다. 자가용도 없이 직접 가방을 들고 구두를 먼지투성이로 만들어 가며 터벅터벅 그린가까지 가서, 조금은 콧대가 높은 하인들을 직접 대면하는 자신을 생각할 때 어쩐지 우스꽝스러웠다. 집 뒤쪽에 벽돌로 지은 차고가 있으므로 유지비도 상당히 절약할 수 있고, 게다가 의사만을 상대로 자동차를 파는 상회에서는 지불기간이 꽤 오래 걸리더라도 좋다는 유리한 소문도 듣고 있던 터였다.

그로부터 3주일 후, 갈색 포장을 씌우고 까만 광택이 나는 최신형 쿠페 한 대가 체스버러 테라스 9번지에 비스듬히 정차했다. 앤드루는 운전석에서 천천히 조심스럽게 내려와 자기 집 계단을 뛰어올라갔다.

"크리스틴!" 그는 흥분 때문에 목소리가 떨리는 것을 억누르면서 큰 소리로 불렀다.

"크리스틴! 이리 나와봐요. 잠시 보여줄 것이 있어!"

그녀를 깜짝 놀라게 해줄 참이었다. 그리고 그것은 예상했던 대로 맞아떨어졌다.

"어머나!" 그녀는 그의 팔을 붙잡았다.

"이거 우리 거예요? 아, 얼마나 멋진지 모르겠어요!"

"그렇지? 조심해요. 칠을 한 부분에 손을 대선 안 돼. 니스칠을 한 곳은 자국이 나기 쉽거든." 그는 옛날처럼 그녀에게 미소를 지었다.

"몹시 놀랐지, 으응 크리스? 이것을 사고 면허를 따면서도 당신에게는 한마디도 하지 않았으니까. 아 타십시오, 부인. 운전을 해 보이겠어요. 마치 새처럼 날아갑니다."

모자도 쓰지 않은 그녀를 태우고 그는 스르르 광장을 한 바퀴 돌았는데, 그녀는 그저 이 새 차를 보고 감탄할 뿐이었다. 4분쯤 지나서 다시 되돌아오자 보도에 내려선 채 그의 눈은 마치 핥기라도 하듯 자동차에 못박혀 있었다. 그들에게는 요즈음 친밀감이나 이해, 함께 행복을 느끼는 순간이 거의 없었으므로 이 순간이 사라져 가는 것이 그녀에게는 매우 아쉬웠다.

그녀는 속삭이듯 말했다.

"얼마 지나지 않아 당신도 자연스럽게 타고 돌아다니게 되겠죠."

그리고는 또 머뭇머뭇하며 계속해서 말했다.

"그렇게 되면 일요일에는 시골에도 더러 가볼 수 있을까요? 숲 같은 데 가면 정말 멋질 거예요, 그렇죠?"

"물론이지." 그는 건성으로 대답했다.

"그러나 이것은 주로 왕진용이기 때문에 마음내키는 대로 타고 돌아다니며 진흙투성이로 만들 순 없지!"

그는 이 경쾌한 소형 쿠페가 환자들에게 주는 효과를 생각하고 있었다.

그런데 그 효과는 그의 예상을 훨씬 뛰어넘었다. 차를 산 다음주 목요일,

그린가 17번지의 묵직한 유리와 철격자를 끼운 문을 나오는 순간, 그는 우연히 프레디 햄손을 만났다.

"야아, 햄손."

그는 아무 생각 없이 그렇게 말했다. 그러나 햄손의 얼굴을 보는 순간 어떤 만족감을 누를 수 없었다. 처음에 햄손은 이쪽이 누군지 알아보지 못하는 것 같았다. 잠시 후 이내 알아보고는 점점 놀라움의 정도가 바뀌면서 멍한 표정을 감추지 못했다.

"뭐야, 자네였잖아!" 프레디는 말했다.

"뭘 하고 있는 거야, 이런 곳에서?"

"환자야." 앤드루는 뒤쪽의 17번지 쪽으로 머리를 돌리면서 대답했다.

"조셉 리 로이 씨 따님의 치료를 부탁받았어."

"조셉 리 로이!"

이 탄성을 듣는 것만으로도 맨슨은 만족했다. 그는 자가용인 것을 과시하는 기분으로 그 번쩍거리는 새 차 쿠페의 문에 손을 댔다.

"자네는 어느 쪽으로 가나? 어디든지 내려주겠네."

프레디는 재빨리 정신을 가다듬었다. 그는 결코 낭패하거나, 언제까지나 어물거리고 있을 사람이 아니었다. 사실 그는 겨우 30초 사이에 맨슨에 대한 지금까지의 평가, 그에게 있어서의 맨슨의 이용가치를 재빠르게 수정했다.

"그래." 그는 친구답게 미소를 지어 보였다.

"나는 벤팅크가(街)에 있는 아이다 셰링톤의 요양소로 가는 길이야. 언제나 걸어가곤 하지. 스마트해지고 싶어서 말이야. 하지만 이렇게 자네를 만났으니 같이 타고 갈까."

본드가를 달리고 있는 동안 잠시 두 사람 모두 말을 하지 않았다. 햄손은 무언가 골똘히 생각하고 있는 것 같았다. 그는 앤드루가 런던에 온 것을 진심으로 기뻐하고 있었다. 왜냐하면 앤드루가 개업을 하면 때로는 퀸 앤가로 환자를 보내주어 3기니의 진찰비를 벌 수 있을 것으로 생각했기 때문이다. 그런데 옛날 동급생이 지금은 완전히 변해서 자가용을 가지고 있을 뿐만 아니라 조셉 리 로리의 이름까지—그에게 있어서 조셉 리 로이는 앤드루가 그랬던 것 이상으로 속세적인 의미를 갖고 있었다—튀어나왔으므로, 자기의 인식부족을 깨닫게 되었던 것이다. 게다가 앤드루에게는 이상적인 직함도 있으므로 그것이 얼마나 유용할지 모르는 일이다. 장래의 일을 빈틈없이 고려한다면 앤드루와 자기가 협력하는 것은 프레디 자신에게 있어서 예상하는 것 이상으로 이익이 올지도 모른다고 생각되었다. 사실 앤드루는 성격이 까다로워서 기대할 만한 사람이 못 될는지도 모르므로 신중하게 다루어야 한다고 생각했다.

"이제부터 나와 같이 가서 아이다를 만나지 않겠나? 알아두어서 손해될 것은 없는 여자야. 사실 그녀가 경영하고 있는 곳은 런던에서도 제일 한심한 요양소이지만. 그러나 거기라고 다른 곳과 별로 다른 점은 없어. 물론 요금은 확실히 다른 곳보다 비싸다네."

"그래?"

"같이 가서 내 환자를 좀 봐주게. 레빈이라는 노부인인데, 기분 나쁜 환자는 아니야. 아이버리와 내가 지금 그녀에게 어떤 테스트를 하고 있네. 자네는 폐병 치료를 잘했었지? 한번 가서 진찰을 해주게나. 그녀도 매우 기뻐할 걸세. 그리고 5기니는 받을 수 있으니까."

"뭐라고! 그러면 정말로 자네는……, 그런데 그 폐병은 어떤 상태인가?"

"대단치는 않아." 프레디는 미소지었다.

"그렇게 놀라지는 말게! 노인성 기관지염 기미가 조금 있을 뿐이야. 자네가 가서 봐주면 매우 기뻐할 걸세. 여기서 우리들은 이런 식으로 하고 있지. 아이버리와 디드맨과 나 셋이서 말이야. 자네도 우리와 한패가 되어야 할 것 아닌가, 맨슨. 하여간 그 이야기는 이쯤 해두세. 아, 그 첫번째 모퉁이를 돌아가 주게……, 그러나 우리들이 하고 있는 일을 알면 자네도 반드시 놀랄 거야."

앤드루는 햄손이 가리킨 집 앞에서 차를 세웠다. 그것은 높고 폭이 좁은, 어디에나 흔히 있는 길쭉한 도시풍의 주택으로서, 분명히 요양소용으로 지은 것은 아니었다. 사실 거마(車馬)의 왕래로 혼잡하기 이를 데 없고 소음이 끊이지 않는 거리를 바라보며 병자들이 편안하게 제대로 요양을 할 수 있으리라고는 생각되지 않았다. 신경장애 같은 병은 치료는커녕 오히려 악화시키는 장소라고 하는 편이 더 적절했다. 앤드루는 현관 계단을 올라가면서 햄손에게 그런 말을 했다.

"알고 있어, 맨슨." 프레디는 즉석에서 진심으로 동감했다.

"하지만 모두 비슷비슷해. 웨스트 엔드의 이 좁은 구역에는 이런 것들이 얼마든지 있다구. 그리고 사실 편리한 곳에 없으면 첫째 우리가 제일 곤란하거든."

그는 싱긋 웃었다.

"물론 어디 조용한 곳에 있으면 이상적이겠지만, 의사가 자기 환자를 보기 위해 매일 10마일이나 차를 몰아야 한다면 어떻게 되겠나? 자네도 차차 이 웨스트 엔드 요양소의 사정을 알게 될 거야."

두 사람이 좁은 홀까지 갔을 때 햄손은 걸음을 멈췄다.

"요양소라는 곳은 반드시 세 가지 냄새가 나게 마련이지. 마취제, 음식, 배설물…… 지저분한 얘기지만 논리적인 순서지. 자, 그러면 아이다를 만나보세."

그는 건물의 구조를 잘 알고 있기나 한 듯 1층의 작은 사무실로 맨슨을 안내했다. 모브색 제복에 빳빳한 흰 수건을 두른 작은 몸집의 여자가 잘 정돈된 책상 앞에 앉아 있었다.

"안녕하십니까, 아이다." 프레디는 친밀감 섞인 태도로 말했다.

"또 무슨 계산이에요?"

그녀는 눈을 들어 상대방을 보더니 사람 좋은 웃음을 보였다. 날씬하면서도 탄탄한 몸에 매우 다혈질로 보이는 여자였다. 그러나 그녀의 윤기 있는 붉은 얼굴은 화장을 짙게 했기 때문에 피부가 마치 입고 있는 제복과 같은 모브색으로 보였다. 그녀는 덜렁댄다고 할 정도로 넘쳐 흐르는 활력과 유머센스도 있는, 원기왕성한 모습을 하고 있었다. 이는 틀니인데 딱 맞게 끼워져 있지 않았고, 머리카락은 희끗희끗했다. 왠지 그녀를 첫눈에 보았을 때 삼류 나이트 클럽의 마담이 연상되었으며, 큰소리를 탕탕 치고 훌륭한 경영수완을 발휘하는 모습을 쉽게 상상할 수 있었다.

그러나 아이다 셰링턴의 요양소는 런던에서도 몇째 안 가는 현대적인 것이었다. 사교계의 여성, 경마 도락을 하는 남자, 유명한 변호사와 외교관 등 상류계급의 절반 정도가 한 번쯤은 이 아이다의 신세를 진다. 조간신문을 들면 오늘도 또 무대나 은막의 젊고 유명한 배우가 어머니와 같은 아이다의 간호를 받으며 맹장수술을 무사히 마쳤다는 기사를 볼 수 있었다. 그녀는 모든 간호사에게 모브색을 띤 아름다운 옷을 입혔고, 주고주임(酒庫主任)에게는 1년에 200백파운드, 조리주임에게는 그 배의 보수를 주고 있었다. 그녀가 입원환자에게 청구하는 금액은 때로는 상상을 초월할 때가 있었다. 입원실 하나에 1주일에 40기니를 받는 경우도 드물지 않았다. 그뿐만 아니라 약값과―가끔 몇 백 파운드나 되는 액수였는데—특별 야간 간호료, 수술실료 등 별도 비용까지 드는 형편이었다. 그런데 비싼 치료비 문제가 나오게 되면 아이다는 미리 대답할 말을 준비해 두었다가 매우 침착한 말투로 여러 가지 사정을 털어놓는 것이었다. 자기 편에서도 소개비이라든가 수수료라든가하는 금액을 지불해야 하는데 그것들이 대단한 액수이므로 돈에 쪼들리고 있는 것은 도리어 나로구나 하는 느낌이 든다고 말하곤 했다.

아이다는 젊은 의사에게는 매우 친절했으므로 지금도 프레디가 농담을 섞어가며 소개를 하자 웃으며 인사를 하고 앤드루를 반갑게 맞이했다.

"이 남자를 잘 봐두세요. 머지않아 플라자 호텔 방까지 넘칠 정도로 당신네 병원으로 환자를 보내줄 테니까요."

"지금도 플라자 쪽에서 우리에게로 넘치게 보내오고 있답니다."

아이다는 눈을 찡긋하며 모자 쓴 머리를 끄덕였다.

"하하하!" 프레디는 큰 소리로 웃었다.

"그거 뉴스감인데……, 디드맨에게 그 소식을 전해주어야겠군. 폴이라면 잘 이해할 거야. 자, 맨슨. 위로 올라가 보세."

두 사람은 들것이 겨우 비스듬히 들어갈 수 있을 정도로 비좁은 엘리베이터를 타고 5층으로 올라갔다. 복도는 좁고 문 밖에는 접시가 나와 있으며, 꽃병의 꽃이 무더운 공기로 시들어 가고 있었다. 그들은 레번 부인의 병실로 들어갔다.

60이 넘은 노부인인데 상반신을 베개에 의지한 채 의사가 오기를 기다리고 있었던 모양으로, 전날 밤의 증세와 오늘 물어보고 싶은 사항을 적은 쪽지를 손에 들고 있었다. 앤드루는 이것은 노인성 우울증, 즉 샤르코(19세기 프랑스의 신경병 학자)의 이른바 '지편병(紙片病) 환자'라고 정확하게 진단했다.

프레디는 침대끝에 걸터앉아 그녀에게 말을 걸면서 맥을 짚어보았는데—그 이상의 것은 아무것도 하지 않고—그녀의 이야기를 들은 다음 명랑한 어조로 계속하여 안심을 시키고 있었다. 오후가 되면 아이버리가 매우 과학적인 실험 결과를 가지고 왕진을 올 것이라고 했다. 그리고 같이 온 맨슨 박사는 폐병 전문이니 폐를 한번 진찰받아 보는 것이 어떻겠느냐고 권했다. 레번 부인은 기분이 몹시 좋았다. 이런 일들이 기뻤던 것이다. 말하는 것으로 보아 그녀는 이미 2년 동안이나 햄슨의 치료를 받아왔음이 분명했다. 부자이지만 친척들이 없으므로 그녀는 최고급 호텔과 웨스트 엔드의 요양소에서 반

반씩 지내며 시간을 보내고 있었다.

"대단하지!" 병실을 나오자마자 프레디는 마구 떠들어댔다.

"자네는 아직 잘 모를 거야. 그 할머니가 우리들에게 있어 얼마나 큰 호구 인지를. 우리들은 그녀에게서 노다지를 캐내고 있는 거야."

앤드루는 대답하지 않았다. 이곳의 분위기에는 마음에 들지 않는 것이 다소 있었다. 노부인의 폐는 조금도 나쁜 곳이 없었고, 다만 그는 그녀의 프레디에게 향한 감격에 넘치는 감사의 눈길 덕분에 가까스로 순전한 부정의 형태를 취하지 않고 지나갔던 것이다. 그는 스스로를 타이르려고 했다. 도대체 나는 무엇 때문에 이런 자질구레한 일에 구애되는 건가? 그렇게 답답하게 자기 생각만 고집하고 있다가는 성공 따위는 생각지도 못할 것이다. 게다가 프레디도 그러한 생각에서 친절을 베풀어 나에게 그 환자를 진찰케 하는 계기를 만들어 준 것이다.

그는 차에 타기 전 햄슨과 우정이 깃들인 악수를 했다. 그달 말 레번 부인에게서 능숙한 글씨로 쓴 5파운드짜리 수표가 최상의 감사의 편지를 첨부하여 그의 집에 도착했을 때, 앤드루는 자기가 어리석을 정도로 소심했던 것을 마음껏 웃어 넘길 만한 기분이 되어 있었다. 그는 현재 수표를 받는 것이 무척 기뻤는데, 그 즐거움을 만끽하면 할수록 수표도 또한 덩실덩실 춤추며 날아드는 것이었다.

7

지금까지도 크게 번성할 징조가 보였던 돈벌이가 이제는 모든 방면에 걸쳐서 신속하다고 할까, 마치 전류가 통한 것같이 날로 팽창하기 시작했다. 그 결과 앤드루는 더욱 맹렬하게 그 흐름에 밀려 내려가게 되었다. 어느 의미에서는 자기 자신의 강렬한 의욕의 희생이 된 것이다. 과거 그의 완고한 개인주의는 패배 이외에 아무것도 가져오지 않았다. 그러나 지금은 물질상의 성공이라고 하는 놀라운 증거에 의해 자기의 언행을 정당화할 수 있게 되었던 것이다.

로리에 상점으로부터 긴급왕진을 의뢰받은 지 얼마 안 되어 그는 윈치를 만나 매우 감사하다는 말을 들었는데, 로리에의 젊은 여점원은 대부분, 그리고 고참점원 중에서도 그를 찾아오는 사람이 많아졌다. 주로 대단치 않은 병이었는데, 한번 진찰을 받으러 왔던 젊은 여자들은 이상하게 계속 찾아오곤 했다. 그것은 그의 태도가 친절하고 명랑하며, 또 민첩했기 때문이었다.

병원의 수입은 놀랄 만큼 증가했다. 얼마 후, 그는 집의 정면을 다시 페인트칠 하게 하고, 의료기기상회의 호의로, 이런 상회는 모두 젊은 개업의의 수입증가를 위한 협력을 열심히 신청하는데, 새로운 침대의자, 쿠션이 붙은 회전의자, 고무고리가 붙은 작은 붕대를 감는 대, 흰 에나멜을 칠하고 유지를 끼운, 참으로 과학적으로 보이는 우아한 각종 선반 등을 설치하여 병원과 진찰실의 분위기를 아주 새롭게 바꾸었다.

새롭게 크림색으로 다시 칠한 집과 자동차와, 이 찬연한 현대적 설비 등으로 그 병원의 번창함이 알려지자 곧 주위에 소문이 나서 옛날 호이 박사의 치료를 받던 사람들로 노의사와 그 진찰실이 점차 지저분해짐에 따라 발길을 끊었던 '돈 많은' 환자들이 앤드루의 병원으로 속속 되돌아왔다.

기대와 방황의 나날이 이제 앤드루에게서 끝난 것이다. 오후의 진찰시간이 되면 현관의 벨이 울리고 병원문이 소리를 내기 시작하면서 안과 밖에 환자가 기다리고 있으므로 그는 병원과 진찰실 사이를 뛰어다녀야 했는데, 그것만으로도 힘에 겨웠다. 아무래도 차선이 필요하게 되었다. 시간을 절약하기 위해 어떤 수를 써야 했던 것이다.

"이것 봐, 크리스." 어느 날 아침 그가 말했다.

"한 가지 생각이 떠올랐는데 말이야, 환자가 밀어닥치는 시간에는 크게 도움이 될 것 같아. 저, 내가 병원에서 환자 한 사람을 진찰한 다음 곧 집으로 들어와서 약을 조제해야 하잖아. 그 일로 언제나 5분 정도는 소비하거든. 이것은 결국 대단한 시간낭비란 말이야…… 그 시간에 진찰실에서 기다리고 있는 '돈 많은' 환자를 한 사람 볼 수 있거든. 어때, 내 생각을 알 수 있겠지? 앞으로 당신이 조제하는 일을 맡도록 해요!"

그녀는 깜짝 놀라 얼굴을 찌푸리며 그를 보았다.

"하지만 나는 약의 조제에 대해서는 아무것도 모르잖아요?"

그는 걱정 말라는 듯 미소지었다.

"걱정할 것 없어요. 내가 미리 적당한 조제를 두세 종류 준비해 놓을 테니까. 당신은 그것을 병에 넣어 라벨을 붙이고 싸주기만 하면 되는 거야."

"하지만……." 크리스틴의 눈에 당혹해하는 빛이 역력히 떠올랐다.

"물론 나도 당신을 도와주고 싶어요, 앤드루, 하지만 그것만은 정말로……."

"그렇게 할 수밖에 도리가 없잖아."

그의 눈은 그녀의 시선을 외면하고 있었다. 그는 초조해하면서 남은 커피를 다 마셨다.

"나도 어벨라러우에 있을 때 약에 대해서 까다롭게 굴었던 것을 잊지는 않았어. 하지만 그것은 모두 이론일 뿐이야. 나는……, 나는 개업의란 말이야. 그리고 로리에의 여점원들은 모두 빈혈환자뿐이거든. 좋은 철분을 조제해 놓으면 틀림없을 거야."

그녀가 대답하기도 전에 병원에서 벨이 울렸으므로 그는 서둘러 나가버렸다.

예전 같으면 그녀도 끝까지 자기 주장을 굽히지 않았을 것이다. 그러나 그녀는 지금 안타깝게도 두 사람의 이전 관계가 역전되어 있다는 사실에 생각이 미쳤다. 이미 그녀가 그를 좌우하고, 인도하던 시대가 아니었다. 앞장서서 키를 잡는 것은 바로 그였다.

이리하여 그녀는 혼잡한 진찰시간 중 비좁은 조제실에 서서 그가 '돈 많은' 환자와 병원의 환자 사이를 바쁘게 돌아다니면서 '철(鐵)!'이라든가, '알파 (이뇨성 약제)!'라든가, '구서제(驅鼠劑)!'라든가 하는 외침을 기다리게 되었다. 뿐만 아니라 이따금 그녀가 철의 조제가 떨어졌다고 하면 그는 목소리를 죽이고 요령껏 하라는 듯 말하는 것이었다.

"아무 거라도 좋아! 상관없다구! 약이라면 뭐든지 좋은 거야!"

어떨 때는 진찰이 9시 반이 되어도 끝나지 않을 때가 있었다. 그것이 끝난 다음 두 사람은 장부, 이 병원을 인수할 때 절반밖에 쓰지 않았던 호이 박사의 두꺼운 장부를 정리했다.

"와아! 오늘은 굉장한데, 크리스!" 그는 만족한 듯 미소를 지었다.

"처음에 내가 3실링 6펜스 푼돈을 받아들고 국민학생처럼 흥분했던 날을 기억하고 있겠지? 그런데 오늘은……, 오늘은 이것 봐 8파운드 이상이나 현금으로 들어왔군 그래."

그는 호이 박사가 돈주머니로 쓰고 있던 남아프리카인들이 쓰는 작은 담배 쌈지에 가득 쌓여진 은화와 몇 장의 지폐를 움켜잡고는 책상의 가운데 서랍에

넣고 자물쇠를 채웠다. 장부와 마찬가지로 복덩이라고 생각하여 그는 줄곧
그 낡은 돈주머니를 사용하고 있었다.

사실 그는 이미 이 병원을 인수한 것에 대해 처음에 품었던 염려 따위는 벌
써 깨끗이 잊어버리고 있었다.

"우리는 어느 면으로 보나 이미 최상급이야, 크리스." 그는 자신만만했다.

"돈벌이가 잘되는 병원과 견실한 중류계급과의 연줄, 게다가 제1급 고문의
사로서의 지위도 구축되어 가고 있어. 앞으로 어떻게 되는지 기대하라구."

10월 1일이 되자 그는 또 집의 가구를 새로 마련하자고 했다. 오전 진찰이
끝났을 때 그는 요즘 하나의 버릇이 되어버린, 일부러 시치미를 떼는 듯한 말
투로 말했다.

"오늘 당신이 웨스트에 다녀왔으면 좋겠는데, 크리스. 허드슨이나, 아니면
오슬리라도 좋아. 최고급 상점에 가서 무엇이든 당신이 좋다고 생각하는 새
가구를 사오도록 해요. 침실용 세트와 응접실용 세트로서 마음에 드는 것이
라면 모두 사와도 좋아."

그녀는 그가 만족하게 미소를 지으며 담배에 불을 붙이는 것을 힐끔 바라보
았다.

"이것도 돈버는 재미의 하나야, 당신이 원하는 것은 뭐든지 사줄 수 있다는
것은 말이야. 나를 구두쇠라고 생각해선 안 돼. 천만의 말씀이야! 당신은 말
이지, 크리스, 내가 가난했을 때부터 잘 참아왔소. 이제부터 둘이서 마음놓고
이 호황을 즐기는 거요."

"번쩍번쩍하는 값비싼 가구와 털이 들어간 제대로 된 양복 한 벌을 오슬리
에 주문하거나 하면서 말이죠."

그녀의 말투에 쓸쓸한 것이 숨겨져 있는 것을 그는 눈치채지 못했다. 그리
하여 큰 소리로 웃었다.

"옳은 말이야. 이제 리젠시에서 산 저 낡아빠진 잡동사니는 내버려도 좋을
때야."

그녀의 눈에 눈물이 감돌았다. 그녀의 얼굴이 붉어졌다.

"당신도 어벨라러우에서는 그것을 잡동사니라고 말씀하시지 않았어요. 그
리고 그것은 잡동사니가 아닙니다. 아, 그때가 진정한 생활이었어요. 행복한
시절이었어요!"

그녀는 목이 메어 흐느끼며 발꿈치를 홱 돌려 방을 나가버렸다.

그는 멍하니 그녀의 뒷모습을 바라보았다. 요즘 그녀는 계속해서 야릇한 감정에 지배되고 있었다. 감정이 얼룩져 있고, 늘 우울해하며 갑자기 이유도 없이 감정을 폭발시키기도 했다. 그는 두 사람이 서로 서먹서먹해져서, 이제까지 두 사람 사이에 언제나 존재해 있던 부부라고 하는 신비스러운 연결, 숨겨진 밧줄이라고 할 만한 것이 상실되어 간다는 것을 느꼈다. 하지만 이것은 내가 나쁘기 때문이 아니다. 나로서는 전력을 다해 최대의 노력을 기울이고 있다. 자기가 성공하고 있는 것이 그녀에게 있어서 전혀 가치도 없다는 것을 알았을 때 그는 분해서 참을 수 없었다. 그러나 그는 이렇듯 부당한 그녀의 태도에 언제까지나 매달려 있을 수는 없었다. 왕진을 가야 할 환자가 잔뜩 밀려 있었고, 그리고 화요일이었으므로 전에도 그랬듯 은행에도 가야 했다.

그는 1주일에 두 번씩 규칙적으로 은행에 가서 자기 구좌에 예금하기로 작정하고 있었다. 쓸데없이 현금을 장롱 속에 묻어두는 것처럼 어리석은 일은 없다는 것을 잘 알고 있었기 때문이다. 그는 이 유쾌한 은행거래를 저 초라했던 대진시절 애뉴린 리스에게 멸시당했던 드라이네피에서의 경험과 비교해 보지 않을 수 없었다. 이 은행의 지점장 웨이드 씨는 언제나 경의와 친근함이 넘치는 미소로 그를 대했으며, 지점장실에서 담배라도 피우고 가라고 권하곤 했다.

"이렇게 말씀드리면 어떨는지 모르겠습니다만, 선생님, 솔직히 말씀드려서 당신은 때를 만나셨습니다. 이 일대에 진보적이면서도 적당히 보수적인 의사 선생님이 꼭 계셨으면 합니다. 이렇게 말씀드리기는 좀 어색하지만 바로 선생님 같으신 분 말입니다. 그건 그렇고, 일전에 말씀드렸던 남부철도의 사채에 대한 일인데……."

지점장의 정중한 대우는 그에 대한 일반적 세상 사람들의 평가가 향상되고 있다는 하나의 예에 불과할 뿐이었다. 이 일대의 동업자들도 서로 쿠페로 지나칠 때 지금은 친밀한 인사를 교환하게끔 되었다. 의사회의 추계지부정례회(秋季支部定例會)에 처음으로 출석했을 때 스스로를 천민 정도로 생각했던 그도, 지금은 같은 사무실에서 환영을 받고 중요한 인물로 취급되었으며, 지부 부회장인 훼리 박사가 잎담배를 권할 정도였다.

"어렵게 출석하셨군요, 선생."

하고 혈색이 좋고 몸집이 작은 훼리가 떠들어댔다.

"나의 연설에 찬성입니까? 우리는 요금 문제를 끝까지 견지해야 합니다.

더욱이 야간왕진의 경우 나는 좀 까다롭게 굽니다. 요전날 밤에도 남자아이가 와서 깨우는 바람에……, 그것도 열두 살쯤 된 어린애였어요. '빨리 와주세요, 선생님. 아버지는 일 때문에 나가셨는데 어머니가 몹시 아파요.' 그러면서 훌쩍훌쩍 울지 않겠어요. 그때가 새벽 2시였어요. 게다가 지금까지 전혀 본 적이 없는 아이였답니다. 그래서 이렇게 말했어요. '이것 봐, 아가야. 너의 어머니는 우리 집의 환자가 아니야. 돌아가서 반 기니 가지고 오너라. 그러면 곧바로 왕진을 가겠다.' 물론 그애는 되돌아오지 않았지요. 정말이지 선생, 이 일대는 정말 형편없는 곳이랍니다!"

지부회의가 있었던 다음 주일에 로렌스 부인에게서 전화가 걸려왔다. 세련된 말씨로 일상적인 이야기를 하는 그녀의 전화를 그는 언제나 재미있게 듣고 있었는데, 오늘은 남편이 아일랜드로 낚시질을 갔다는 것과 자기도 아마 곧 뒤따라 가게 될지도 모르겠다는 것 등을 말한다음, 이것은 대단한 용건은 아니라는 식으로 오는 금요일 점심을 같이 하자고 초대하고 전화를 끊었다.

"토피도 올 거예요. 그리고 그외에 한두 사람 더……, 그다지 심심하지는 않으리라고 확신합니다. 서로 알아두시면 다소 유익하기도 할 거예요."

그는 만족감과 동시에 이상하게도 초조함을 느끼면서 수화기를 놓았다. 크리스틴도 같이 초대받지 못한 것이 마음속으로 조금 걸렸다. 그러는 동안, 이것은 사교상의 일이 아니라 다만 사무적인 것에 지나지 않는다는 것을 그도 차츰 납득하게 되었다. 어디에나 얼굴을 내밀어야 하고, 특히 이 점심식사에 초대받은 그런 계급의 사람들과는 교제할 필요가 있다고 생각했다. 뿐만 아니라 크리스틴에게는 이런 말을 해줄 필요가 조금도 없다는 생각이 들었다.

금요일이 되자 그는 햄손과 점심 약속이 있다고 그녀에게 말한 다음 '이제 안심이다'하는 기분으로 차에 올라탔다. 그리고 자기가 언어도단의 거짓말쟁이라는 사실을 잊어버렸다.

프랜시스 로렌스의 집은 나이트브리지의 한스 플레이스와 윌튼 크레센트 사이의 조용한 거리에 있었다. 리 로이의 저택처럼 그렇게 호화롭고 장엄하지는 않았지만, 그 은은한 취미가 같은 부유함을 보여주고 있었다. 앤드루는 늦게 도착했고 이미 다른 손님들은 거의 다 와 있었다. 토피, 작가인 로자 킨, 의학박사이며 영국의학회 명예회원의 직함을 갖고 있는 유명한 의학자로서 크리겐 유제품 회사 중역인 더글리 럼볼드 브레인경, 여행가이며 인류학자인 니콜 와트슨, 그밖에 그다지 유명하지 않은 사람도 몇 명인가 있었다.

그의 테이블 옆에는 손톤 부인이 앉아 있었는데, 그녀는 레이타샤에 살고 있는데 사교철이 되면 정기적으로 런던에 나와서 브라운 호텔에 체류한다고 말했다. 지금은 맨슨도 번거로운 자기소개 인사쯤은 침착하게 할 수 있게 되었는데, 그날은 그 부인의 수다 덕택에 유연한 기분을 되찾게 된 것을 기뻐했다. 그녀는 로딘의 여학생인 딸 시빌이 하키를 하다가 발이 다쳤다는 것을 어머니답게 근심하면서 이야기했다.

그는 자기가 잠자코 듣고 있는 것을 자기 말에 흥미가 있어서 그러는 것으로 생각하고 있는 손톤 부인에게 한쪽 귀를 기울이면서, 주위의 즐겁고 재치 있는 대화, 즉 로자 킨의 신랄한 농담과 와트슨의 최근 결행한 파라과이 오지 탐험에 대한 매혹적이고 우아한 이야기도 동시에 들으려고 했다. 프랜시스가 경쾌하게 이야기의 긴장이 풀리지 않도록 마음을 쓰면서 동시에 옆자리에 앉은 럼볼드경의 적절한 현학적 태도에 장단 맞추어 가는 수완에도 그는 경탄했다. 그는 한두 번 그녀가 약간은 미소를 띠고 질문을 하는 시선이 자기에게 향해지는 것을 느꼈다.

"그래, 물론." 와트슨은 이거 야단났는걸, 하는 듯한 미소를 띠면서 이야기의 결말을 지었다.

"제일 혼이 났던 것은 집으로 돌아가자마자 인플루엔자에 걸렸던 일이었어요."

"아하!" 럼볼드경이 말했다.

"그러면 당신도 피해자였군요."

헛기침을 하고, 하늘이 준 위대한 코에 코안경을 걸친 것으로 경은 모든 사람의 주목을 끌었다. 럼볼드경은 그같은 주목에는 익숙해져 있었다. 벌써 여러 해 동안이나 대영 국민의 관심이 끊임없이 그에게 집중되어 있었기 때문이다. 지금으로부터 사반세기 전 인간의 장의 어떤 부분은 단지 무용일 뿐만 아니라 확실히 유해하다고 선언하여, 인류를 놀라게 한 것도 바로 이 럼볼드경이었다. 몇 백 명이나 되는 사람이 다투어 그 위험한 부분을 잘라버렸는데도 정작 럼볼드경 자신은 그 사람들 부류에 들어가지 않았다. 그러나 외과의사들이 럼볼드 브레인 절제라고 부른 이 수술의 평판에 의해서 그는 식이요법 학자로서 명성을 크게 확립했다. 그 이후 그는 계속해서 제1선에서 활약했는데, 요구르트, 유산균 등을 국민에게 줄곧 소개하여 성공을 거두었다. 그후 '럼볼드 브레인식 저작접(咀嚼法)'을 발명하고, 또 현재는 많은 회사의 중역으로 활동하고 있을 뿐만 아니라, 유명한 레일리 음식점 체인의 식단표를 작성하고 다음과 같은 선전문구를 첨부했다. '신사 숙녀 여러분, 의학박사이며 영국의학회 명예회원인 럼볼드경이 여러분의 칼로리 선정에 적극 협력해 드리겠습니다.……' 매우 진실한 의사들 사이에는 럼볼드경은 몇 년 전에 의사 명부에서 삭제해야 했었다고 불평하는 사람도 많았다. 그러나 거기에 대한 대답은 분명했다. 럼볼드의 이름을 넣지 않은 의사명부가 무슨 의미가 있단 말인가.

경은 지금 프랜시스에게 아버지와 같은 시선을 보내면서 말하고 있었다.

"요즘 유행하고 있는 전염병의 가장 흥미있는 특징의 하나는 크리모겐이 놀랄 만한 치료효과를 갖고 있다는 것입니다. 지난주에도 나는 회사의 회의에서 이와 같은 이야기를 했는데, 우리에게는 지금……, 아무래도……, 유행성감기에 대한 치료법 하나도 없어요. 만약 치료법이 있다고 한다면, 이 살인적인 침략을 막는 유일한 수단은 병의 침입에 대처하여 신체의 저항력을 높여 지속적인 방달력을 발달시키는 것밖에는 별다른 도리가 없어요. 여기서 자화자찬을 해도 좋다고 생각하는 것은, 실험실에 있는 우리의 친구 여러분처럼 마르모트로서가 아니라……, 하하하……, 인간에게 적용해서 신체의 지속적인 저항력을 길러주고 정력을 높이는 크리모겐의 놀라운 위력을 아무런 불평 없이 증명했다는 사실입니다."

와트슨은 예의 묘한 미소를 띠면서 앤드루 쪽으로 향했다.

"당신은 크리모겐 유제품에 대해서 어떻게 생각하십니까?"

갑자스런 질문이었으므로 앤드루는 무심코 대답했다.

"탈지우유를 마셔도 역시 같은 효과는 있겠지요."

로자 킨은 어쩜 저런 실언을 하다니, 하는 것처럼 슬쩍 곁눈질을 하더니 몰인정하게도 큰 소리로 웃어버렸다. 프랜시스도 싱긋 웃었다. 럼볼드경은 급히 바로 최근에 북부의사연맹의 손님으로서 트로삭스에 갔을 때 여객기에 대한 이야기로 화제를 돌려버렸다.

이 일만 제외하고는 점심식사는 화기애애한 가운데 무리없이 진행되었다. 앤드루도 나중에 여러 사람과 어울려 자유롭게 말하게 되었다. 그가 떠나려고 응접실에서 나오자 프랜시스가 말을 걸어왔다.

"정말로 당신은 멋있군요."라고 그녀는 속삭였다.

"진찰실 밖에서도 말이에요. 미세스 손톤은 당신에 대한 이야기를 하느라고 커피도 마시지 못할 정도였어요. 당신이 그녀를 슬그머니 자기 환자로 만들어 버렸다는……, 어쩐지 그런 이상한 예감이 들었어요."

그는 언제까지나 그 말이 귓전에 남아서, 오늘은 이만하면 상당한 수확이 있었고, 크리스틴에게도 나쁠 것은 없다고 생각하며 집으로 돌아왔다.

그런데 이틀날 아침 10시 반경에 그는 불유쾌한 쇼크를 받았다.

프레디 햄슨에게서 전화가 걸려왔는데 느닷없이,

"어제 점심식사는 유쾌했겠지? 내가 어떻게 아느냐고? 뭐야, 자네 아직 오늘 아침 〈트리뷴〉 지를 읽지 않았나?"

라고 했기 때문이었다.

앤드루는 가슴을 두근거리며 대기실에 직접 들어갔다. 언제나 신문은 크리스틴과 그가 읽고 나면 그 방에 두기로 되어 있었다. 일간 사진신문으로서 상당히 유명한 〈트리뷴〉에 다시 한 번 시선을 돌렸다. 그는 순간 갑자기 흠칫했다. 어째서 아까는 이것을 보지 못했을까. 사교계의 가십만을 다룬 페이지에 프랜시스 로렌스의 사진과 함께 어제의 오찬회에 대한 짧은 기사가 실려 있고, 그 손님 중에 그의 이름이 나와 있었다.

야단났군, 하는 표정을 지으며 그는 그 페이지만을 빼내어 꾸깃꾸깃 구겨서 얼른 난로 속에 집어넣었다. 그때 그는 크리스틴도 이미 이 신문을 읽었을 것이라고 생각했다. 그리고 큰일났는데, 하면서 얼굴을 찌푸렸다. 이런 시시한 기사 따위를 그녀가 보았을 리가 없지. 그렇게 생각은 하면서도 그는 화가 난 표정으로 진찰실로 들어갔다.

그러나 크리스틴은 그 기사를 읽었던 것이다. 그 순간 그녀는 어쩔 줄 몰라 했다. 충격이 그녀의 심장을 찔렀다. 어째서 나에게는 말해주지 않았을까? 왜 그랬을까? 무슨 까닭에 그랬을까? 나는 그런 시시한 오찬회에 그가 가는 것쯤 아무렇지도 않게 생각하는데.

그녀는 마음을 가라앉히려고 노력했다. 별것 아니니까 결코 걱정하거나 괴로워할 필요가 없는 것이다. 그러나 그녀는 그 일에 포함되어 있는 의미는 결코 시시한 것이 아니라는 것을 둔중한 아픔과 함께 깨달았다.

그가 왕진을 나가자 그녀는 집안일을 계속하려고 했다. 그녀는 아까와 마찬가지로 무거운 기분을 가슴에 안고 홀쩍 진찰실에 들어가 그곳에서 다시 병원으로 가 무심히 청소를 시작했다. 책상 옆에는 그의 낡은 의료가방이 놓여 있었다. 이것은 그가 처음으로 구입한 가방으로 드라이네피에서는 갱부들의 숙사에 가지고 다니기도 했고, 갱내에서 사고가 났을 때 사용하기도 했던 것이다.

그녀는 이상하게도 그것에 애착을 느껴 가만히 손으로 만져보았다. 그는 지금은 훨씬 좋은 가방을 갖고 있었다. 그것은 그가 매우 열을 올리고 있고, 한편 그녀가 마음속으로 은근히 매우 위험시하고 있는 새로운 업무의 일부였다. 그를 위해서라고 하며 걱정을 그에게 말해봤자 소용이 없으리라는 것을 그녀는 잘 알고 있었다. 그는 최근에 매우 까다로워져서, 그 자신도 자기의 모순을 느끼고 있다는 증거인데, 그녀가 뭐라고 한 마디만 하면 곧 화를 내곤 해서 결국은 부부싸움이 일어날 뿐이었다. 그래서 그녀로서는 무언가 다른 방법으로 최선을 다해야만 했다.

토요일 오전의 일이었다. 그녀는 플로리에게 장을 보러 나가게 되면 같이 데리고 가주겠다고 약속했었다. 플로리는 명랑한 소녀로서 크리스틴도 이 아이에게 애착심을 갖고 있었다. 크리스틴의 귀에 벌써 그녀가 몸을 깨끗이 씻고 새 드레스를 입고 준비를 다 끝마친 후 어머니와 함께 지하실 계단 위에서 기다리고 있는 소리가 들려왔다. 두 사람은 토요일이 되면 자주 이렇게 같이 나가곤 했다.

그녀의 귀여운 손을 잡고 바깥 공기를 마시면 크리스틴도 차츰 기분이 좋아졌다. 그리하여 시장까지 걸어가 낯익은 행상인에게 말을 걸기도 하고 과일이나 꽃을 사기도 하고, 무엇인가 또는 앤드루가 좋아하는 맛있는 것은 없나 하고 생각하기도 했다.

그러나 상처는 여전히 아물지 않았다. 왜, 어째서 그는 나에게 말해주지 않았을까? 그리고 어째서 나는 그 오찬회에 나가지 못했을까? 그녀는 어벨라러우에서 처음으로 번의 집에 갔을 때의 일, 그를 데리고 가려고 무척 애를 먹었던 일을 회상했다. 지금은 지위가 완전히 바뀌어 버렸다! 이것은 내가 나쁘기 때문일까? 내가 전과 달라져서 자기만의 울타리 속에 틀어박혀 비사교적이 된 것일까? 그녀는 그렇게는 생각하지 않았다. 그녀는 지금도 모임을 좋아하고, 상대자의 인품이나 직업에 상관없이 남들과 어울리는 것을 무척 좋아한다. 번 부인과의 우정은 편지왕래를 통해서 지금도 계속되고 있다.

그러나 사실을 말한다면, 감정이 상하고 서먹서먹한 관계가 되기는 했지만 지금 그녀의 진정한 걱정거리는 그녀 자신의 일보다는 도리어 그의 남편의 일에 있었다. 그녀 역시 부자도 가난한 사람과 마찬가지로 병에 걸리기도 할 것이고, 또 그가 어벨라러우의 케반 빈민가에서와 마찬가지로 메이퍼어의 그린가에서도 훌륭한 의사로서 인정받게 될 가능성을 모르는 것은 아니었다. 그녀는 또 그에게 진흙투성이의 각반을 하거나, 레드 인디언 상표의 낡은 오토바이를 타는 따위의 소박한 행동만 해주기를 요구하고 있는 것도 결코 아니다. 다만 그녀는 지난날의 그의 이상주의가 순수하고 훌륭했던 점, 맑고 작열하는 불꽃으로 두 사람의 생활을 비추고 있었던 점을 마음속 깊이 느끼지 않을 수 없었다. 그런데 지금은 이미 그 불꽃은 누렇게 되었고 램프의 유리에도 그을음이 끼여버린 것이다.

그녀는 푸라우 슈미트 가게로 들어가면서 이마의 주름을 지워버리려고 했다. 그럼에도 불구하고 슈미트가 물끄러미 얼굴을 바라보는 것이었다.

그러더니 곧 슈미트가 중얼거렸다.

"입맛이 없으신 모양이군요, 부인. 그 전의 얼굴과는 전혀 달라요! 왜 그래요? 훌륭한 자동차와 돈과, 그밖에 모든 것이 다 갖추어져 있는데. 자, 이것을 잡수어 보세요. 정말 맛있으니까요!"

슈미트는 날이 잘 선 식칼로 유명한 보일드햄을 자르더니 그것을 부드러운 샌드위치로 만들어 크리스틴에게 먹어보라고 했다. 동시에 플로리에게는 아이스케이크를 꺼내주었다. 그러는 동안에도 쉬지 않고 그녀는 계속해서 수다를 떨었다.

"그리고 립타우어도 필요하지요. 헤르 박사는 벌써 이 치즈를 몇 톤이나 드셨는지 몰라요. 그런데도 아직 물리지 않았다더군요. 이제 그 선생님에게 증명서를 써달라고 해서 우리 가게 윈도우에 붙이려고 해요. 가게가 이렇게 유명해진 것은 이 치즈 덕분이니까……."

쿡쿡 웃으면서 슈미트는 두 사람이 떠날 때까지 계속 떠들어댔다.

밖에 나온 크리스틴과 플로리는 보도에서 교통정리를 하는 순경이, 전부터 친하게 지내고 있는 스트라더스, 가도 좋다는 신호를 할 때까지 기다리고 있었다. 크리스틴은 금방 뛰어나가려는 플로리의 팔을 잡고 있었다.

"언제나 차를 조심해야 해. 특히 여기를 지날 때에는."

그녀는 주의를 주었다.

"네가 사고라도 당한다면 어머니는 너없이 어떻게 하겠니?"

아직 아이스케이크의 한쪽 끝을 빨고 있던 플로리는 그 말을 아주 멋있는 농담 정도로밖에 생각하지 않았다.

집에 돌아오자 크리스틴은 재빨리 장바구니를 풀기 시작했다. 대기실에 가서 사가지고 온 국화를 꽃병에 꽂고 있노라니 또다시 마음이 슬퍼졌다.

그때 갑자기 전화벨이 시끄럽게 울렸다.

그녀는 전화가 있는 곳으로 갔다. 얼굴은 평온했으나 입술빛은 약간 파리했다. 5분 가량 그녀가 모습을 보이지 않다가 되돌아 왔을 때의 표정은 완전히 변해 있었다. 눈이 번쩍번쩍하고 흥분의 빛을 감추지 못했다. 때때로 창밖을 내다보면서 앤드루가 돌아오기를 몹시 기다리고 있었는데, 조금 전까지의 우울한 기분은 이미 사라진 지 오래였다. 그것은 그에게 중요한 소식이었다. 아니, 그들 두 사람에게 더할 나위 없는 중요한 소식이었다. 이 이상의 운수대통은 없으리라고 생각하니 그녀의 머리는 행복감으로 가득 찼다. 안이한 성공이라고 하는 독소의 해독제로서 이 이상 시기적절한 것은 없으리라. 또한 동시에 그것은 그에게 있어서는 전진이고, 진실로 한걸음을 내딛는 기회이기도 했다. 안타까운 듯 그녀는 또 창가로 가보았다.

그가 돌아왔을 때 그녀는 더 기다리지 못하고 그를 마중하려 홀까지 쪼르르 뛰어갔다.

"앤드루! 조금 전에 로버트 어베이경에게서 당신에게 전하는 말씀이 있었어요. 그분이 직접 전화를 거셨어요."

"그래?"

그녀의 모습을 보자 후회의 빛을 띠었던 그의 얼굴이 아주 환해졌다.

"그래요! 그분이 직접 걸어서 당신에게 할 말이 있다고 말씀하셨어요. 그것은……, 그분 참으로 멋져요……. 어머나……, 어머나, 나 좀 봐, 정말 바보야. 그런 말을 다 하다니. 당신이 빅토리아 병원의 외래환자계로 임명되었대요. 그것도 지금 당장 말예요."

말의 내용이 분명해지자 그의 눈은 점점 흥분의 빛을 감추지 못했다.

"뭐야……, 그것은 정말 좋은 소식이잖아, 크리스!"

"정말 그렇죠?" 그녀는 기뻐서 큰 소리로 말했다.

"당신도 다시 보람이 있는 일을 하시는 거예요……, 연구를 하실 기회가……. 광무위에 있을 때 당신이 하고 싶으면서도 할 수 없었던 일이 이번에는 모두 다!"

그녀는 두 팔로 그의 목을 감고 그를 힘차게 포옹했다.

그녀를 내려다보며 그는 그녀의 사랑, 아낌없는 헌신적인 성품에 말로 표현 못할 만큼 큰 감동을 느꼈다. 그러면서 그 순간 가슴이 몹시 아팠다.

'당신은 얼마나 다정한 여자인가, 크리스! 게다가……, 게다가……, 나는
이렇게 나쁜 인간인데 말이야!'

8

그 다음달 14일부터 앤드루는 빅토리아 호흡기 병원의 외래환자과에 근무
하게 되었다. 출근일은 화요일과 목요일이고, 시간은 오후 3시부터 5시까지
였다. 전에 어벨라러우 진료소에 있었을 때와 똑같았는데, 틀리는 점은 다만
병을 고치러 오는 환자가 폐와 기관지를 앓는 사람들뿐이라는 것이었다. 그
리고 물론 그가 은근히 큰 자랑을 느끼고 있는 것처럼 의료원조조합의 조수가
아닌 런던에서도 가장 오래되고 가장 큰 명성을 갖고 있는 병원의 명예의사가
된 것이었다.

빅토리아 병원은 확실히 오래된 병원이었다. 템즈 강에 인접한 바타 시의
그물코 같은 더러운 거리의 한가운데에 있어서 여름에도 극히 적은 햇빛이 비
출 뿐이고, 겨울이 되면 발코니는 환자를 바퀴가 달린 침대에 태워 밀고 가는
데도 언제나 짙은 강변의 안개에 뒤덮이는 형편이었다. 음산하고 낡아빠진
건물의 정면에는 흰 천에 붉은 글씨로 '빅토리아 병원, 붕괴 직전에 있음'이
라고 씌어져 걸려 있었는데, 눈여겨보지 않아도 대번에 알아볼 수 있었다.

앤드루가 근무하기 시작한 외래환자과는 그 일부분이 18세기의 유물이
었다. 사실 1761년부터 1793년까지 이 병원의 같은 과에 근무했던 명예의사
린텔 호지스 박사가 사용했다는 유봉(乳棒)과 유발(乳鉢)이 유리 케이스에 넣
어져 현관 홀에 그 위세도 당당히 전시되어 있었다. 타일을 붙이지 않은 벽은
짙은 초콜릿색이 감도는 특별한 색으로 칠해져 있었고, 울퉁불퉁한 복도는
깨끗이 청소되어 있기는 했지만 환기가 잘되지 않아서 언제나 축축한 형편이
었다. 어느 방이나 모두 옛날을 생각케 하는 곰팡이 냄새가 풍기고 있었다.

취임 첫날, 그는 유스테스 도로우굿 박사의 안내로 병원 안을 둘러볼 겸 한
바퀴 돌았다. 박사는 선임 명예의사로서 매우 작은 몸집에 명랑하고 민첩한
성격이었는데, 백발이 많이 섞인 카이젤 수염을 기르고 태도가 다정다감해

서, 어떻게 보면 싹싹한 교구위원(敎區委員)을 연상케 하는 50세 안팎의 남자
였다. 도로우굿 박사는 이 병원에 자기 병실을 가지고 있으면서 오랜 전통의
유물인 현제도에 의해서, 이 제도에 대해서 박사는 실로 해박한 지식을 갖고
있었는데 앤드루와 또 한 사람의 젊은 명예의사인 밀리간 박사에 대하여 '책
임자'의 입장에 있었다.

병원을 한바퀴 돈 다음 박사는 앤드루를 지하실의 좁고 긴 담화실로 데리고
갔다. 오후 4시밖에 안 되었는데도 이미 실내에는 전등이 켜져 있었다. 쇠로
만든 난로의 격자 속에서는 따뜻한 불이 활활 타고 있었으며, 린네르를 바른
벽에는 이 병원의 저명한 의사들의 초상이 걸려 있었다. 린텔 호지스 박사의
초상은 가발을 쓴 매우 위엄있는 얼굴이었는데, 난로 선반 위의 명예로운 장
소에 걸려 있었다. 그것은 존경할 만한 광대한 과거의 완전한 유물로서, 도로
우굿 박사가, 독신이고 교구위원이기는 하지만, 지금 그 콧구멍을 벌름거리
는 것으로 보아 그것을 자기 자식처럼 사랑하고 있는 것 같았다.

그들은 다른 동료들과 함께 향긋한 홍차를 마시고, 버터를 잔뜩 바른 매우
뜨거운 토스트를 먹었다. 앤드루는 이 동료 의사들을 매우 유망한 청년들이
라고 생각했다. 그런데 그는 도로우굿 박사와 자기에게 보내는 그들의 경의
를 보면서, 불과 수개월 전까지만 해도 자기의 환자를 병원에 입원시키려고
애쓰면서 같은 나이 또래의 '건방진 애송이들'과 곧잘 충돌했던 일을 회상하
고는 미소를 금치 못했다.

그의 옆자리에 발란스 박사라는 청년이 있었는데, 그는 미국의 메이요 형
제의 지도하에 1년간 연수를 마치고 온 의사였다. 앤드루와 그는 메이요의 유
명한 요양소와 그 제도에 대해 말하기 시작했다. 그러다가 앤드루는 갑자기
흥미를 느끼고 미국 체재중에 혹시 스틸맨에 대해 들은 바가 없느냐고 물
었다.

"네, 그것은 물론." 발란스는 말했다.

"그 나라에서는 그 사람을 상당히 높이 평가하고 있습니다. 물론 의사 자격
증은 갖고 있지 않으나, 그 사람의 연구 성과 때문에 지금은 주에서도 예외로
취급하여 인정하고 있지요. 실로 놀랄 만한 성과를 거두었습니다."

"그 요양소를 보고 왔습니까?"

"아니오." 발란스는 머리를 가로저었다.

"오리곤까지는 가보지 못했기 때문에."

앤드루는 이 말을 해도 좋을까 어떨까 주저하며 잠시 침묵을 지키다가,

"나는 그 요양소가 매우 주목할 만한 곳이라고 생각하고 있습니다."

겨우 이 말을 꺼냈다.

"우연한 일로 스틸맨과 수년간 편지왕래를 했는데……미국 위생협회에서 출판된 내 논문을 보고 그쪽에서 먼저 편지를 보내왔습니다. 그래서 그의 요양소 사진을 보았고, 여러 가지 데이터를 알게 되었죠. 환자를 보살피는 데 있어서 그 이상 이상적인 곳은 당분간은 바랄 수 없을 겁니다. 높고 건조한 곳의 솔밭 한가운데에 자리잡고 있어 세상으로부터 격리되어 있으며, 유리를 낀 발코니가 있고, 공기를 완전히 정화하고, 겨울에는 온도를 일정하게 유지시켜 주는 에어컨디셔너 장치가 있어서……."

앤드루는 다른 사람들의 대화가 중단되고 자기의 이야기만 식탁 전체에 울려퍼졌으므로, 왠지 계면쩍어져서 갑자기 말을 짧게 끊었다.

"런던의 병원 상태를 생각할 때, 꿈도 꿀 수 없는 이상일 뿐이지요."

도로우굿 박사가 뭘 그러냐는 듯 무뚝뚝한 미소를 지었다.

"우리들 런던의 의사는 언제나 이같은 런던의 조건 속에서도 훌륭하게 잘 해왔다네, 맨슨 박사. 물론 자네가 말한 것 같은 외국의 설비만도 못할는지 모르지. 그러나 나는 감히 말하지만, 우리의 견실하고 또한 실험을 끝낸 방법에 의해서……, 화려함은 없지만……, 마찬가지로 만족할 만한, 그리고 아마도 보다 항구적인 성과를 거두고 있다고 생각하네."

앤드루는 눈을 내리깐 채 대답하지 않았다. 신참자로서 자기의 의견을 그렇게 노골적으로 말하는 것은 경솔한 짓이라고 생각했기 때문이다. 게다가 도로우굿 박사도 고의적으로 이야기를 방해할 생각은 없었으므로, 이번에는 매우 쾌활한 태도로 화제를 다른 데로 돌렸다. 박사는 흡각법(吸角法)에 대해 말했다. 의학의 역사는 옛날부터 그가 특히 심취해 있는 것으로서, 고대 런던의 외과의인 이발사에 대해서는 상당한 조예를 갖고 있었다.

모두가 일어났을 때 박사는 활기찬 목소리로 앤드루에게 말했다.

"나는 현재 진짜 흡각을 한 쌍 갖고 있는데, 언제 기회가 있으면 자네에게 꼭 보여주고 싶네. 흡각법을 이용하지 않게 된 것은 실로 유감이란 말이야. 그것은 지금도 반대자극에는 훌륭한 효과가 있는 방법이니까."

처음에 약간 분위기가 어색해졌을 때 말고는 도로우굿 박사는 동정심이 많은 믿음직한 동료였다. 박사는 건전한 의사로서 거의 오진을 한 적이 없는 진

단의 명수였다. 그는 언제나 기꺼이 앤드루에게 자기의 병실을 회진시켰다. 그러나 치료라는 점에 이르면 상당한 이론가이므로 새로운 것의 침입을 꺼려 했다. 투베르쿨린 주사도 아직 치료상의 가치가 완전히 증명되지 않았다고 해서 전혀 상대하지 않았다. 또 인공 기흉(氣胸)도 좀처럼 이용하지 않았는 데, 그의 사용율은 병원 안에서도 최저였다. 그러나 간유나 맥아 같은 것에는 극단적으로 대범하여 자기의 환자 전부에게 이것을 처방 내렸다.

앤드루는 드디어 자기 일이 시작되었으므로 도로우굿 박사의 일 따위는 완전히 잊어버렸다. 여러 달 동안 기다렸던 후였으므로 연구를 다시 할 수 있게 되었다는 것은 아무리 생각해도 유쾌한 일이었다. 처음에 그는 옛날의 열의 나 광폭한 열정, 그리고 언뜻 보아 거의 변함이 없는 것 같은 마음가짐을 보였다. 그의 진애감염에 의한 결핵성 질환이라고 하는 과거의 연구는 그 당연한 결과로서 폐결핵 전반에 걸친 연구로 그를 이끌어갔다. 그는 막연하기는 하지만, 본 피르케의 실험(피부를 비벼 거기에 접종하는 투베르쿨린 반응의 일종)과 관련시켜서 발병시에 있어서 초기의 육체적 징후를 조사하려고 계획했다. 도로우굿 박사의 유명한 맥아 엑기스의 덕을 보기 위하여 어머니들이 데리고 오는 영양불량의 어린이를 이용할 수 있으므로 조사자료로는 충분했다.

그러나 그는 열심히 자기 열의를 고조시키려고 노력했으나, 연구를 하는 데는 조금도 정성이 들어가지 않았다. 진애감염 연구 당시에 자연스럽게 끓어올랐던 그 정열을 다시 자기의 것으로 할 수가 없었다. 혹은 존재하지 않을 지도 모르는 막연한 징후 따위에 열중하기에는 그의 머리는 너무나도 많은 것으로 점령되어 있었고, 또 수많은 소중한 환자를 완전히 진찰하는 데 얼마만한 시간이 필요한지 그만큼 잘 알고 있는 사람은 거의 없었다. 더욱이 그는 언제나 바쁘게 일에 쫓겨야만 했다. 이런 논거(論據)에는 항변할 수가 없었다. 얼마 후 그는 경탄할 만한 논리를 터득하게 되었다. 솔직히 말하면 아무래도 자기의 힘에 부친다는 것이었다.

무료진료부로 오는 가난한 사람들에게는 큰 노력이 들지 않았다. 그의 전임자가 난폭한 사람이었던 것 같아서 그 자신은 호기롭게 처방을 해주기도 하고, 때로는 농담을 한두 마디 하기도 했다. 그래서 그의 인기는 확실히 따를 만한 사람이 없을 정도로 대단했다. 그는 또한 같이 일하는 밀리간 박사와도 잘 화합하여 얼마 지나지 않아 단골환자의 취급은 언제나 밀리간의 방법에 따랐다. 그는 진찰을 시작하게 되면 환자를 한꺼번에 자기 책상 옆으로 불러들인 다음 재빨리 그들의 보험증을 머리글자 순으로 늘어놓았다. 그리고 Rep. Mixt. (라틴어 Repetatur mixtura의 약어) 즉 '전번과 같은 조제'라고 갈겨썼는데, 그는 이 고전적인 문구를 자기가 이전에 얼마나 비웃었던가를 회상할 틈조차 없었다. 이렇게 그는 거칠 것 없이 훌륭한 명예의사의 항상 지켜야 할 도리에 점차로 적응되어 있었던 것이다.

9

빅토리아 병원에 근무하기 시작한 지 6주일 후 어느 날 아침, 그는 크리스틴과 아침 식탁에 앉으면서 마르세유의 소인이 찍힌 한 통의 편지 봉투를 뜯었다. 그리고는 믿어지지 않는다는 표정으로 잠시 그것을 보고 있다가 자기도 모르게 큰 소리로 외쳤다.

"데니한테서야! 멕시코에도 드디어 질력이 난 모양이야! 정착하기 위해서 돌아온다고 하는데……, 실지로 돌아오기 전에는 아무래도 믿어지지 않아! 하여간 그와 다시 만나게 되다니 반가운데. 그쪽으로 간 지 몇 해나 되었지? 벌써 몇 세기 전인 것 같은 기분이 드는군. 중국을 경유해서 귀국한다고 했어. 거기 신문 있지, 크리스? 오레이타호가 언제 입항하는지 좀 봐줘."

그녀도 이 예기치 못한 통지에 앤드루와 마찬가지로 기뻐했지만, 그러나 그 이유는 그와는 달랐다. 크리스틴에게는 강한 모성적인 기질, 남편을 보호하려는 이상하게 칼빈교도적인 기질이 있었다. 그녀는 훨씬 전부터 데니가, 그리고 정도는 좀 낮으나 호프가 앤드루에게 유익한 영향을 미친다는 것을 인정하고 있었다. 더욱이 최근에 그의 인간성이 변하고 있는 것처럼 생각됨에 따라 점점 걱정되어 무언가 좋은 기회가 왔으면 하고 바라고 있었던 것이다. 이 편지를 받자마자 대번에 그녀의 머리에는 이 세 사람을 한자리에 모이게 할 계획이 수립되었다.

오레이타호가 틸버리에 입항하기 바로 전날, 그녀는 그 이야기를 꺼냈다.

"싫지 않으시다면 말이죠, 앤드루……, 저……, 내주에 오붓한 만찬회를 열려고 하는데요……. 당신과 데니 씨와 호프 씨만으로."

그는 조금 놀라며 그녀의 얼굴을 유심히 쳐다보았다. 두 사람 사이에 막연한 거북함이 있음을 생각할 때, 그녀가 융숭한 대접에 대해 말하는 것이 다소 이상하게 생각되었기 때문이다. 그는 대답했다.

"호프는 아마 케임브리지에 있을 거야. 그러니까 데니와 내가 어디 다른 장소에서 하는 것이 좋지 않을까?"

그렇게 말하면서 그녀의 얼굴을 보고 그는 서둘러 목소리를 부드럽게 누그러뜨렸다.

"그래, 좋겠지. 그런데 일요일로 하지. 일요일 저녁이라면 불편없이 모두 편리할 테니까."

그 다음 일요일에 이전보다 늘씬해지고 얼굴과 목덜미가 벽돌색으로 그을은 데니가 찾아왔다. 그는 퍽 늙어버렸으나 예전처럼 까다로운 점은 없어져 훨씬 원만한 성격이 되어 있었다. 그러나 역시 전과 다름없이 데니가 그들에게 인사한 최초의 말은 이러했다.

"야, 이거 호화로운 집인데. 내가 잘못 찾았을 리는 없을 텐데 말이야."

그리고 반쯤 크리스틴 쪽을 향하여 진지하게 말했다.

"이 훌륭한 옷을 입은 신사가 맨슨 박사입니까? 이럴 줄 알았더라면 카나리아라도 선물로 가져올 걸 그랬지."

곧 자리에 앉았으나 그는 술을 거절했다.

"안 돼요. 지금 나는 완전한 쥬스당이야. 우습다고 할지 모르지만, 나도 이젠 자리를 잡고 정리를 할 생각이야. 어지간히 제멋대로 세상을 돌아다녔으니 말이야. 이런 형편없는 나라라도 좋아하게 되려면 외국으로 나가는 게 첩경이라구."

앤드루는 우정이 담긴, 그러나 비난의 눈으로 그렇게 말하는 친구를 물끄러미 바라보았다.

"자네도 이젠 정말 정착해야 돼, 필립. 결국 벌써 자네도 마흔이 되었으니까 말이야. 그리고 자네처럼 재능이 있는 사람이⋯⋯."

데니는 눈썹 밑으로 그에게 힐끔 이상한 시선을 던졌다.

"그렇게 의젓한 모습은 보이지 말아요, 교수 선생님. 나도 머지않아서 뭔가 조그마한 것을 보여줄 수 있을 테니까."

데니는 두 사람에게 자기가 운좋게도 연봉 300파운드에 숙식을 제공해 주는 조건으로 남허트포드셔 병원의 외과의사로 임명되었다는 이야기를 했다. 물론 일생 동안 계속할 생각은 아니지만 그리로 가면 수술도 많이 하게 될 것이고, 그 결과 외과 기술을 새롭게 익힐 수 있으리라고 생각하고 있다며 그후의 일은 또 어떻게 되겠지 하고 낙천적으로 말했다.

"어째서 나에게 그런 일자리를 주었는지 나도 모르겠어. 어떤 다른 사람하고 혼동을 해서 그랬는지도 모르지."

"그런 게 어디 있어." 앤드루는 조금 무신경하게 말했다.

"의학박사라는 간판 덕분이 아니겠어. 그런 일급 학위가 있으면 어디서든지 통하는 거야."

"어떻게 된 것입니까, 이거?" 데니는 크리스틴을 향하여 큰 소리로 외쳤다 "나와 같이 하수구를 폭파하던 그때와는 전혀 다른 사람이 되지 않았읍니까?"

마침 그때 호프가 들어왔다. 그는 지금까지 데니하고는 안면이 없었다. 그러나 5분도 채 안 되어 두 사람은 죽마고우처럼 되어 버렸다. 5분 후에 식당에 들어가자마자 그들은 서로 힘을 합하여 맨슨을 공격하기 시작했다.

"물론이지, 호프." 필립 데니는 냅킨을 펴면서 애절한 투로 말했다.

"이 집의 요리에 크게 기대를 가져서는 안 돼. 아니, 절대로 안 돼. 나는 훨씬 전부터 이 두 사람을 잘 알고 있어. 교수님이 지금처럼 웨스트 엔드에서 폼을 재고 있기 전부터 알고 있지. 이 두 사람은 마르모트에게 먹이를 주지 않았다고 해서, 전에 살던 집에서 쫓겨났을 정도이니까."

"나는 언제나 자른 햄을 주머니에 넣어가지고 다닌답니다."호프가 말했다.

"얼마 전 킷첸겐가 원정을 갔을 때, 빌리 보턴에게서 배운 습관이지만 말이에요. 그런데 오늘은 운나쁘게도 계란이 떨어졌지 뭐예요. 그 어미인 암탉이 최근 전혀 알을 낳지 않아요."

이런 농담이 식사가 진행됨에 따라 자주 튀어나왔다. 데니가 있어서 호프는 평소보다 더 농담을 하는 것 같았다. 그러나 차츰 그들은 침착하게 말을 하기 시작했다. 데니는 남아메리카 여러 나라에서의 경험을 대강 말했다. 그는 흑인에 대한 이야기를 한두 마디 꺼내서 크리스틴을 웃겼다. 또 호프는 광무위의 근황을 자세히 말했다. 휘니가 드디어 오랫동안 계획했던 근육피로의 조사를 실시하는 데 성공했다는 이야기였다.

"내가 지금 하고 있는 것이 바로 그거예요."

호프는 매우 불쾌한 표정을 지었다.

"그런데 다행히도 장학금의 의무기간이 9개월 정도밖에 안 남았어요. 그렇게 되면 무언가 다른 일을 해보고 싶습니다. 노인들의 감독을 받아가면서 남이 정해놓은 일을 하는 데는 질력이 났어요."

그는 목소리를 낮추고 점잖지 못한 흉내를 냈다.

"'육유산(肉乳酸)은 어느 정도 나왔는가, 이번에는. 응, 호프군.' 나도 스스로 무언가 하고 싶어요. 절실하게 나 자신의 실험실을 갖고 싶다구요."

그런 다음에는 크리스틴이 바랐던 것처럼 맹렬한 기세로 의학 방면으로 나아갔다. 식사가 끝나고—데니의 우울한 예측에 반하여 두 사람은 한 쌍의 오리고기를 뼈도 안 남기고 다 먹어치웠다—커피를 가져온 뒤에도 크리스틴은 그 자리에 같이 있겠다고 고집을 부렸다. 그리하여 호프가 부인들이 듣기에 거북한 이야기가 나올 텐데요 하고 말해도, 그녀는 식탁에 두 팔꿈치를 세우고 양손으로 턱을 괴고는 앤드루의 얼굴을 향해 매우 진지한 시선을 보내며 다른 일은 모두 잊은 듯 가만히 귀기울이고 있었다.

처음에 앤드루는 딱딱하게 경직된 채 흉허물없는 태도를 보이지 못했다. 데니를 다시 만난 것은 기쁜 일이지만, 이 오랜 친구가 자기의 성공에 대해서 좀 지나치게 무관심하다는 것과, 그 나름대로 이를 인정해 주지 않고 다소 우롱하는 기미마저 보이는 것에 기분이 상했다. 어찌되었든 결국 나는 자력으로 여기까지 온 것이 아닌가? 그런데 도대체 데니는 무엇을…… 그렇다, 도대체 무엇을 성취했단 말인가? 호프가 농담을 하면서 즐거워하는 것을 보고 하마터면 그는 남의 돈으로 식사를 하면서 제멋대로 떠드는 것은 그만두어 달라고 퉁명스럽게 쏘아붙일 뻔했다.

그러다가 이야기가 직업에 관한 것에 미치자 그는 자기도 모르게 화제 속으로 끌려들어갔다. 얼마 동안은 별 수 없이 다른 두 사람의 기분에 감염되어 옛날처럼 진지한 태도로 자기의 의견을 기탄없이 말하기도 했다.

그들은 병원문제에 대해 토론하기 시작했는데, 갑자기 그것이 그로 하여금 전체적인 병원제도에 대해서 논의하게끔 만들었다.

"나의 견해는 이렇네."

그는 담배를 깊이 빨아들였다. 그것도 값싼 버지니아의 여송연이 아니고, 데니의 눈에 이상한 빛이 떠오르는 것을 의식하며 떳떳치 못한 태도로 담배상자에서 꺼낸 잎담배였다.

"전체적인 제도가 이미 시대에 뒤떨어져 있어. 물론 나도 내가 근무하고 있는 병원을 헐뜯을 생각은 조금도 없지만 말일세. 나는 저 빅토리아 병원을 좋아하고 있고, 또 거기서 우리는 큰일을 하고 있는 셈이지. 하지만 문세는 그 제도란 말이야. 그런 것을 아무렇지도 않은 듯 존재하게 하는 것은 선량하고 무신경한 영국 국민밖에는 없을 거야. 일례를 든다면 우리 나라의 도로 같은 것이지. 저 낡고, 게다가 손을 댈 수조차도 없는 혼란함 같은 거 말이야. 빅 토리아 병원은 붕괴 직전에 있어. 성요한 병원도 마찬가지지. 런던에 있는 병 원의 절반은 비명을 지르며 붕괴 상태임을 호소하고 있지! 그런데 그것에 대 해서 우리는 어떻게 하고 있는가? 의연금으로 푼돈을 모으고 있을 뿐이야. 현관 정면에 붙여놓은 플래카드로 몇 파운드씩 기부금이 들어오기는 하지. '브라운 맥주가 최고다' 하는 구호처럼. 조건이 좋은 이야기가 아닌가? 빅토 리아 병원도 운좋으면 10년 이내에는 새롭게 증축하거나 간호사의 숙사를 짓 는 정도는 할 수 있겠지……

　내친김에 말하겠는데, 간호사들이 어떤 곳에서 숙박하고 있는지 자네들에 게 보여주고 싶어. 그러나 그렇게 낡아빠진 누더기집을 꿰매보았자 뭐가 된다는 거야? 런던처럼 소음과 안개로 뒤덮인 도시의 한가운데에 호흡기 병 원을 두어서 대체 무슨 효과가 있겠나……, 어리석은 이야기야. 마치 폐렴환 자를 탄광 속으로 데리고 가는 것과 마찬가지야. 빅토리아 병원 뿐만 아니라 어느 병원, 어느 요양소도 모두 비슷비슷해. 시끄럽게 떠들어대는 교통기관 한가운데에서, 지반은 지하철에 흔들리고 환자의 침대는 버스가 지나갈 때 마다 덜컹거리지. 그런 곳에 들어가면 우리처럼 건강한 사람들도 밤마다 수 면제 열 알을 먹어야 겨우 잠이 들 거야. 생각해 보게나. 중환자로서 복부수 술을 끝낸 중환자나, 뇌막염으로 열이 40도를 오르내리는데 그런 소음 속에서 자야만 하는 환자를 말이야."

　"그렇다면 그 대책은 무엇인가?" 데니가 답답한 마음으로 한쪽 눈썹을 치 켜올렸다. 이것은 새로 생긴 버릇인 모양이었다.

　"자네가 병원합동 평의회의 의장이 됐다고 가정하고서 말일세."

　"어리석은 소리 하지 말게, 데니." 앤드루는 초조해하면서 대답했다.

　"대책은 지방으로 분산시키는 거야. 아니, 이것은 남의 책을 보고 그대로 하는 소리가 아니야. 런던에 온 이후 나 자신이 경험한 끝에 내린 결론이. 런 던 교외의, 그렇지, 적어도 15마일은 떨어진 녹지대에 큰 병원을 여러 채 세 워서 안 된다는 법은 없지 않은가? 예를 들면 겨우 9마일 정도 떨어진 밴함 같은 곳은 아직도 녹색 전원으로 신선한 공기와 정적이 깃들여 있잖아. 교통이 불편하다고 염려할 필요도 없어. 지하철을 타면……, 그것도 병원 직행을 특별히 설치하면 더욱 좋겠지……, 일직선의 조용한 노선으로 밴함까지 꼭 18분이면 갈 수 있어. 제일 **빠른** 구급차가 부상자를 운반하는 데 평균 40분이 걸리는 것을 생각한다면 굉장한 진보라고 생각하네. 사람들은 병원을 이전하면 각 지구에서 의료시설을 **빼앗는** 격이 된다고 말할지도 모르지. 그런 어리석은 일이 어디 있겠는가! 무료 진료시설은 각 지역에 그대로 남겨두고 병원만 이전시키면 되는 거야. 지금 이런 말을 하고 있는 동안에도 지역적인 의료 문제는 절대적인 대혼란을 초래하고 있네. 내가 여기 처음 왔을 때에는 이 서부 런던에 있는 내 환자는 동부 런던의 병원 이외에는 입원시킬 수가 없었거든. 빅토리아만 해도, 켄진튼, 일링, 마스웰 힐 등 여러 곳의 의사들이 환자를 보내오고 있어. 지역을 특별히 제한하지 않으므로 모두가 도시의 중심지로 흘러들어오는 거야. 분명히 말해서 그 혼란은 도저히 믿어지지 않을 정도야. 그런데 그 대책이라는 것은 전무한 상태라구. 깡통을 두드리고, 무슨무슨 날을 제정하고, 탄원을 하고, 영세한 기부금 모금에 학생을 가장한 쇼맨을 동원하는 등, 옛날식을 그대로 답습하고 있는 형편이지. 이런 나의 주장은 신흥 유럽 여러 나라에서는 현재 이미 행하고 있는 것이야. 아니, 만일 나더러 하라고 한다면 빅토리아 따위는 때려부수고 밴함 직행 교통시설을 갖춘 새로운 호흡기 병원을 세우겠어. 그렇게 되면, 맹세코 완쾌율을 훨씬 높일 수 있어."

이것은 아직 단순한 서론에 불과했다. 의론은 차츰 더 열기를 띠어갔다.

데니는 옛날의 지론을 끄집어냈다. 그는 거리의 보통 개업의에게 그 검은 진찰가방에서 무엇이든지 끌어내게 하는 그 어리석고 못남, 그리고 더불어 5기니의 돈 때문에 본 적도 없는 전문의가 와서 이미 늦어서 조치할 길이 없다고 하는 차라리 웃음이 나오는 비참한 순간까지 그러한 개업의가 모든 환자를 두 어깨에 짊어지고 있는 우둔함에 대해 공격했다.

호프는 전혀 조심성이 없는 말투로 상업주의와 보수주의 사이에서, 한쪽은 독점적인 약품을 만들기 위해서 그에게 월급을 주고 있는 친절한 제약회사와, 다른 한쪽은 쓸모없는 이야기만 하고 있는 늙은이들만 모여 있는 광무위 사이에서, 옴짝달싹할 수도 없는 젊은 세균학자의 실상을 말했다.

"상상할 수 있겠습니까?" 호프는 비웃었다.

"마르크스 형제(당시의 유명한 희극배우)가 서로 독립된 4개의 핸들과, 무수한 나팔이 달린 누더기 자동차를 타고 있는 모습을? 그것이 광무위에 있어서의 우리들이오."

12시가 지나도록 세 사람은 계속해서 토론을 했는데, 문득 정신을 차려보니 뜻밖에도 샌드위치와 커피가 그들 앞에 놓여 있었다.

"야, 이거 정말……, 부인." 호프는 데니에게 놀림을 당하면서도 예절바른 인사를 하는 폼이 '본래는 예절바른 청년'이라는 것을 보여주는 것 같았다.

"몹시 지루하셨죠. 이상하지요, 한참 떠들어대면 배가 고파지니 말이에요. 휘니에게 새로운 연구재료를 가르쳐 주어야겠어요. ……잡담에 의한 피로가 위액분비에 미치는 영향이라는 연구재료로 말이에요. 하하하! 이것은 '망아지'식의 아주 그럴 듯한 테마죠!"

호프가 오늘은 정말 유쾌했다고 진심으로 인사를 하고 돌아간 다음에도 데니는 옛날부터 친구라고 하는 특권을 내세워 얼마 동안 남아 있었다. 그러다가 앤드루가 전화로 택시를 부르기 위해 나가자 데니는 변명을 하면서 작지만 매우 아름다운 스페인제 숄을 꺼냈다.

"교수님한테 발각되면 칼침을 맞을지도 모르겠군요." 그는 말했다.

"이것은 부인께 드리는 선물입니다. 말해서는 안 돼요. 내가 무사히 물러갈 때까지는."

그녀가 고맙다고 인사를 하자 그는 그 말을 가로막았는데, 누구한테서든 고맙다는 말을 듣는 것이 그는 가장 질색이라고 했다.

"정말 이상해요. 이런 숄은 전부 중국에서 오는 것이. 사실은 스페인제가 아닙니다. 나도 상해에서 온 것을 샀어요."

그대로 침묵이 흘렀다. 앤드루가 홀의 전화기 옆에서 돌아오는 발소리가 들렸기 때문이다.

데니는 일어섰지만, 그 다정하고 주름이 잡힌 눈은 그녀의 시선을 피하고 있었다.

"나로서는 앤드루의 일을 그다지 걱정하고 있지 않아요."

데니는 미소지었다.

"그러나 우리는 어떻게 해서라도 드라이네피 시절의 그로 되돌려 놓지 않으면 안 됩니다."

10

부활절이 되어 학교 휴가가 시작되자 앤드루는 손톤 부인으로부터 딸의 진찰을 위해 브라운 호텔까지 와주셨으면 좋겠다는 편지를 받았다. 그 편지에는 간단하게 딸 시빌의 상처가 아직 완전히 낫지 않았으며, 로렌스 부인 댁에서 신세를 져서 고맙게 생각하고 있다, 그리고 딸을 한 번 더 진찰을 받게 해야겠다고 적혀 있었다. 그의 인품을 신용하는 것 같은 편지 내용에 기분이 좋아진 앤드루는 곧 그리로 왕진을 갔다.

진찰을 해보았더니 증세는 극히 간단한 것이었다. 그러나 빨리 수술을 할 필요가 있었다. 그는 일어서면서 침대 끝에 걸터앉아 긴 검은 스타킹을 신고 있는 탄탄한 다리를 가진 시빌에게 미소를 보내며 수술에 대하여 손톤 부인에게 설명했다.

"뼈가 굵어져 있습니다. 그대로 내버려두면 발가락이 굽어질 염려가 있습니다. 곧 수술을 하는 것이 좋겠습니다."

"학교의 교의님도 그렇게 말씀하셨습니다."

손톤 부인은 놀라워하는 기색도 없었다.

"우리도 그렇게 할 각오가 되어 있습니다. 시빌은 이곳 요양소에 들어가도 좋겠어요. 그러나 나는 정말로 선생님을 신뢰하고 있습니다. 그래서 모든 것을 선생님이 주선해 주셨으면 좋겠어요. 누구를 소개해 주시겠습니까?"

단도 직입적인 질문에 앤드루는 일종의 딜레마에 빠졌다. 그 자신은 내과가 전문이므로 일류 내과의사들은 상당한 면식이 있었으나 외과의사라면 런던에는 한 사람도 아는 사람이 없었다.

그러다가 문득 아이버리 생각이 머리에 떠올랐다. 그는 명랑한 목소리로 말했다.

"아이버리 씨라면 응해주리라 생각하는데……, 만일 그 사람이 괜찮다고 한다면……."

손톤 부인도 아이버리의 이름은 알고 있었다. 물론 좋다! 그 사람이라면 일사병 환자의 치료를 하기 위해 비행기로 카이로까지 갔다고 해서 1개월 전쯤 신문에 났던 외과의사가 아닌가. 매우 유명한 사람이다. 부인은 딸을 그 의사의 손에 맡기면 어떻겠느냐고 말해준 것을 아주 훌륭한 제안이라고 생각했다. 다만 한 가지 그녀가 내세운 조건은 시빌을 미스 셰링톤의 요양소에 들여보내겠다는 것이었다. 거기에는 친구들이 많이 있으므로 딸을 다른 곳에 보낼 생각이 나지 않았던 것이다.

앤드루는 집으로 돌아왔는데, 어쨌든 처음 해보는 교섭이므로 매우 주저하면서 아이버리에게 전화를 걸었다. 그런데 아이버리의 태도가 친절하고 소탈하며 호감이 가는 것이었으므로 그는 겨우 안심했다. 그들은 그 이튿날 함께 환자와 만나기로 약속을 했는데, 아이버리는 아이다의 요양소가 다락방까지 만원이라는 것을 잘 알고 있었으나 만일 필요하다면 손톤 씨의 따님을 위해 방 하나쯤은 비우게 할 수도 있다고 말했다.

이튿날 아침에 아이버리도 손톤 부인 앞에서 앤드루가 이미 설명한 것을 힘있게 증명하고 즉시 수술을 할 필요가 있다고 덧붙였으므로 시빌은 미스 셰링톤의 요양소로 옮겨져서 이틀 후에 곧바로 수술이 행해졌다.

수술에는 앤드루도 입회했다. 아이버리가 최대한 친근함을 나타내어 꼭 입회해 달라고 졸랐기 때문이다.

그 수술은 어려운 것이 아니었다. 사실 드라이네피 시절에는 앤드루 자신도 해본 그런 수술이었다. 그 일을 아이버리는 일부러 많은 시간을 들여 시술했는데, 어쨌든 수술솜씨는 당당한 것이었다. 커다란 흰 수술복에 묵직하고 위압적인 턱을 가진 얼굴이 정력적이고 냉정한 모습을 보이고 있었다. 찰스 아이버리만큼 훌륭한 외과의사라는 통속적인 개념에 완전하게 들어맞는 사람은 없었다.

그는 깨끗하고 부드러운 손을 갖고 있었는데, 이런 것을 대중소설은 수술실의 영웅으로서 언제나 흔히 묘사하는 것이다. 그의 훌륭한 풍채와 자신만만한 태도가 드라마틱한 인상을 주었다. 앤드루도 수술복을 입고 수술대의 반대편에서 다소 인색한 존경의 눈으로 그를 지그시 응시하고 있었다.

그로부터 2주일 후 시빌 손톤이 퇴원했을 때, 아이버리는 색크빌 클럽의 점심식사에 그를 초대했다. 유쾌한 식사였다. 아이버리는 실로 담화에 능하여 분위기를 부드럽게 조종하면서 최근 여러 가지 가십들을 들려주었다. 그런데 그의 상대방도 본인과 마찬가지로 친밀하고 세련된 태도로 만들어 버리는 것이었다. 아담식(式)의 장식을 꾸민 높은 천장과 수정 샹들리에가 있는 색크빌 식당에는 유명한 인물들이—아이버리는 그들의 이름을 유쾌한 말솜씨로 설명했는데, 그러한 인물들이—가득 차 있었다. 앤드루는 이날의 경험이 아주 마음에 들었는데, 아이버리도 확실히 예견하고 있었던 것이다.

"이번 모임에는 자네도 꼭 참가해 주었으면 좋겠는데." 아이버리가 말했다.

"자네도 알만한 사람이 많이 올 거야. 프레디와 풀과 나, 그리고 또 젬 로렌스도 회원이야. 그 부부는 행복한 결혼생활을 한다네. 부부라기보다는 사이좋은 친구랄까, 둘 다 자유로운 생활을 하고 있지! 정말로 나는 자네를 회원으로 추천하려고 생각하고 있네. 물론 자네가 나를 신용하지 않는 것은 나도 잘 알고 있지만. 그것은 자네들 스코틀랜드 사람들의 신중성 때문이지? 물론 자네도 알다시피 나는 병원근무는 하지 않고 있어. 프리랜서로 있고 싶기 때문이지. 그런데다 나는 굉장히 바쁘단 말이야. 병원근무를 하고 있는 의사 중에는 개인적인 환자가 한 달에 한 사람도 없는 경우가 있어. 나는 1주일에 평균 10명인데 말이야! 아마 손톤 부인댁에서도 불러줄 것이라고 생각하네. 그 일은 전부 나에게 맡겨두게. 그들은 정통적인 상류계급이니까. 그건 그렇고, 시빌의 편도선도 손을 써야 한다고 생각하는데, 자네 생각은 어떤가? 진찰은 하지 않았나?"

"아, 하지 않았어."

"그런가. 진찰을 해두었으면 좋았을 걸 그랬군. 완전히 매몰되어 있어서 병균을 끊임없이 흡수하므로 패혈증이 될 염려가 있어. 주제넘은 말 같지만……, 기분 나쁘게 생각하지는 말게……, 날씨가 따뜻해지면 그것을 잘라버리는 편이 좋지 않을까?"

앤드루는 돌아오는 길에 이야기를 나누어 보니 아이버리는 참 좋은 사람 같다고 생각하지 않을 수 없었다. 사실 그를 소개해 준 데 대해서는 햄손에게 감사해야 했다. 이번 환자는 모든 면에서 다 잘됐다. 손톤 일가는 몹시 기뻐했다. 이 이상의 훌륭한 증거는 있을 수 없을 것이다.

그런 지 3주일 후, 그가 저녁식사를 하려고 크리스틴과 식탁에 앉아 있을 때 오후 발신의, 아이버리가 보낸 편지가 배달되었다.

친애하는 맨슨.

손톤 부인한테서 방금 약속했던 대로 응분의 사례금을 받았네. 그러므로 마취의사에 대한 경우와 마찬가지로 자네에게도 자네의 몫을 보내네. 수술할 때 크게 협력해 준 데 대한 사례의 표시일 뿐이야. 시빌은 이번 학기말에 자네의 진찰을 받겠다고 하더군. 내가 말한 편도선에 대한 이야기는 기억하고 있을 줄 아네. 손톤 부인은 매우 기뻐하고 있네.

항상 성의 있는 친구

C. 아이버리

편지에는 20기니의 수표가 동봉되어 있었다. 앤드루는 놀라워하면서 그 수표를 응시했다. 수술중에 그가 아이버리를 도와준 것은 아무것도 없었다. 그런데 최근에 들어 돈의 얼굴을 보면 언제나 느끼게 되는 기분이 좋은 감정이 점점 가슴에 스며들었다. 그는 만족한 미소를 띠고 보아란듯 편지와 수표를 크리스틴에게 주었다.

"아이버리라는 자는 참으로 좋은 사람이지, 크리스? 이달의 수입은 반드시 신기록을 올릴 거야."

"하지만 이상하지 않아요?"그녀는 아무래도 납득이 안 가는 모양이었다. "이것은 손톤 부인이 지불한 건가요?"

"그렇지. 우습군, 그래." 그는 쿡쿡 웃었다.

"그저 대단치 않은 임시수입이야……, 수술을 하는 데 얼굴을 내민 것에 대한 품삯이지."

"그렇다면 아이버리 씨가 수술비 중에서 배당을 준 셈이군요."

그는 얼굴이 빨개지더니 갑자기 당장이라도 싸울 것 같은 기세였다.

"어리석은 소리 하지 마! 그런 말은 절대로 해서는 안 되는 거야. 우리들은 그런 건 꿈에도 생각지 않아. 내가 수술에 입회해서 그 자리에 있었던 것에 대한 사례라는 것을 당신은 모르겠소? 마취담당 의사가 마취를 시키고 사례금을 받는 것과 똑같은 이야기잖아. 아이버리는 그의 계산서에 그런 것을 전부 기입하는 거야. 그러므로 이것은 말하자면 특별보너스 같은 거라구."

그녀는 말문이 막혀서 시큰둥한 기분으로 수표를 식탁 위에 아무렇게나 놓았다.

"그렇다고 해도 금액이 너무 많잖아요."

"아무러면 어때?" 그는 공연히 화를 내면서 그 이야기의 결말을 지었다. "손톤 부인 댁은 돈이 남아돌 만큼 엄청난 부자야. 이 정도의 돈은 그 댁으로서는 우리 병원에 오는 환자의 3실링 6펜스만도 못한 액수야."

그가 나간 다음에도 그녀는 긴장되고 불안한 눈으로 말없이 수표를 바라보고 있었다. 그녀는 그가 아이버리와 직업상의 협정을 맺고 있으리라고는 생각조차 해본 적이 없었다. 그러다가 문득 이전의 불쾌한 기분이 전신으로 쫙 퍼져나갔다. 요전날 저녁 데니와 호프를 만났던 것은 아무런 효과도 없었던 것 같았다. 다만 지금의 그는 온정신이 돈에 팔려 있는 것이다. 빅토리아 병원에서의 근무도, 이 물질적인 성공에의 저돌적인 욕망 앞에서는 아무런 의미도 없는 것 같았다. 자기 병원에 있어서까지 그는 점점 조잡한 약제를 처방하여 별로 아픈 데도 없는 환자에게 공연히 여러 번 오도록 열심히 권하는 것을 그녀는 자주 보았다. 찰스 아이버리의 수표를 눈앞에 놓고 가만히 앉아 있는 크리스틴의 얼굴에 걱정하는 빛이 점점 짙어지며 괴로움으로 몸이 부들부들 떨릴 정도였다. 그러자 눈물이 차츰 그녀의 눈에 넘쳐흘렀다. 그에게 말해야겠다. 어떤 일이 있어도 말하지 않으면 안 된다.

그날 밤 진찰이 끝나자 그녀는 조심스럽게 그의 곁으로 다가갔다.

"앤드루! 당신, 제가 좋아하는 일을 해주지 않겠어요? 일요일에 시골에 데려다 주지 않을래요, 자동차로? 그 차를 샀을 때 약속해 주셨지요. 하지만 겨울에는 우리가 갈 수 없었잖아요."

그는 이상한 표정을 지으며 힐끔 그녀를 쳐다보았다.

"그래, 좋아. 그렇게 하지."

일요일은 그녀가 기대했던 대로 화창하고 따뜻한 봄날씨였다. 11시까지 그가 꼭 왕진을 가야 하는 환자들을 돌보아준 다음, 자동차 뒤에 깔개와 피크닉 바구니를 넣고 그들은 출발했다. 햄머스미스 다리를 건너서 써리 쪽으로 가는 킹스톤의 우회도로로 접어들자 크리스틴의 기분도 명랑해졌다. 얼마 후에 도킹을 빠져나와 오른쪽으로 회전하여 쉐어로 가는 길로 나왔다. 그들이 부부 동반으로 시골에 간 것은 오랫동안 없었던 일이었다. 그래서 주위의 신선한 아름다움, 논밭에서 이제 막 움트기 시작한 푸르름, 싹이 트기 시작한 자줏빛 느릅나무 잎, 늘어진 수양버들 가지의 가루를 바른 것 같은 아름다운 황금빛, 둑 밑에 군생하는 앵초의 담황색 등 그녀는 취한 듯 전신으로 그 향기로움을 만끽했다.

"그렇게 스피드를 내지 말아요, 네." 그녀는 최근 몇 주일 동안 거의 낸 적이 없는 응석조의 억양으로 말했다.

"이 일대는 아주 아름다워요."

그는 거리를 달리고 있는 모든 차를 앞지르려고 열심인 것 같았다.

1시가 다 되어서 차는 쉐어에 도착했다. 그 마을은 여기저기 보이는 붉은 지붕의 시골집과 네덜란드의 겨자 묘판 사이를 실개천이 조용히 흐르고 있을 뿐, 여름철 여행자들의 쇄도로 인한 피해는 아직까지는 입지 않고 있었다. 두 사람은 그 앞의 숲이 무성한 언덕까지 가서 풀이 많은 길 옆에 차를 세웠다. 그들이 자리를 편 작은 공터는 새들의 울음소리가 들릴 뿐, 다른 어떤 것도 번거롭게 하지 않는 정적에 싸여 있었다.

두 사람은 햇볕을 쬐면서 샌드위치를 먹고 보온병의 커피를 마셨다. 그들을 둘러싼 오리나무숲 속의 여기저기에 앵초가 탐스럽게 나 있었다. 크리스틴은 그것을 따서 그 차갑고 부드러운 꽃 속에 얼굴을 묻으면 정말 기분이 좋을 거라고 생각했다. 앤드루는 그녀의 옆에서 반쯤 눈을 감고 머리를 쉬면서 누워 있었다. 기분 좋은 정적이 그녀 영혼의 어두운 고민을 덮어주고 있었다. 언제나 두 사람의 생활이 이렇게 되어주었으면.

그의 눈이 잠시 동안 자동차에 머물러 있었다. 그러다가 문득 그는 말했다.

"이 차도 그다지 고물은 아니지, 크리스? 산 가격에 비해서는 말이야. 자동차 쇼를 하는 데에 가보면 그런데 또 새것이 갖고 싶어지더군."

그녀는 몸을 떨었다. 그녀의 불안은 그의 그칠 줄 모르는 욕망의 새로운 예증 때문에 또다시 자제할 수 없는 흥분이 되었다.

"하지만 산 지 아직 얼마 안 되었잖아요. 나는 그것으로 정말 충분하다고 생각해요."

"아니야, 이 녀석은 너무 느려. 아까 그 뷔크를 앞지르지 못한 거 눈치채지 못했어? 초고속으로 달릴 수 있는 새차를 갖고 싶단 말이야."

"하지만 어떻게?"

"괜찮아. 저런 건 마음만 먹으면 얼마든지 살 수 있어. 우리의 생활은 점점 나아지고 있으니까, 크리스. 그렇지?"

그는 담배에 불을 붙이고는 정말 만족스럽다는 듯 그녀를 바라보았다.

"당신이 모르고 있다면 알려주겠는데, 이것 봐, 드라이네피의 국민학교 선생님. 우리들은 지금 급속도로 부자가 되어가고 있다구."

크리스틴은 그의 웃는 얼굴에 결코 동조하지 않았다. 따뜻하고 평화로웠는데 갑자기 몸이 얼어붙는 것 같은 느낌이 들었다. 그녀는 풀을 뽑아다가 그것을 깔개의 굵기로 비벼 꼬고 있었다.

잠시 후, 그녀는 조용히 말을 꺼냈다.

"저, 당신, 우리는 정말로 부자가 되고 싶은 것일까요? 나는 부자가 되고 싶은 생각은 별로 없어요. 왜 그렇게 돈, 돈, 하시는지 모르겠어요. 그렇게 가난했을 때도 우리는……. 그래요, 우리는 무척 행복했어요. 그랬는데 요즘에는 돈 이외의 말은 전혀 하지 않잖아요."

그는 유연한 태도로 또 미소지었다.

"이미 여러 해 동안 진흙탕 속을 뛰어다니기도 했고, 소시지와 소금에 절인 청어를 먹기도 했고, 심보가 비뚤어진 위원들로부터 개새끼처럼 매도되기도 했고, 더러운 빈민가의 냄새나는 방에서 광부 마누라의 병치료를 해주기도 했으니까 나도 이제는 그 보상으로 획기적인 운명의 전환을 도모하려고 하는 거야. 그런데 거기에 무슨 이의가 있어?"

"여보, 농담으로라도 그런 말씀 하지 마세요. 전에는 그런 식으로 말씀하시지 않았어요. 여보, 이걸 아셔야 해요. 그렇게도 당신이 언제나 비난하고, 또 제일 싫다고 말했던 그런 제도의 희생물로 당신 자신이 되어가고 있다는 것을." 그녀의 얼굴은 흥분 때문에 슬프게 보일 정도였다.

"기억하고 있어요? 당신은 곧잘 말씀하셨어요. 인생은 미지의 것에 대한 공격, 무척 힘드는 돌격전이라고. 정상에 있다는 것만은 알고 있으나 눈에는 보이지 않는 성채를 무슨 수를 써서라도 쟁취해야겠다고. 당신은 그런 기개를 갖고 있었어요……."

그는 불쾌한 말투로 대꾸했다.

"아, 젊었었지. 그 시절에는 바보였어. 로맨틱한 이야기만 하고 있었지. 하지만 주위를 둘러보라구. 누구나 다 같은 일을 하고 있어! 가능한 한 긁어모으려고 하잖아! 이것이 인생의 유일한 목적이야."

그녀는 떨리는 입김을 힘없이 내쉬었다. 그리고 모든 것을 다 이야기해 버리든지, 그렇지 않으면 단연코 침묵을 지키든지 둘 중의 하나라고 생각했다.

"여보! 그런 것은 목적이 아니에요. 내가 말씀드리는 것을 들어주세요. 소원이에요! 나는 참으로 불행했어요. ……당신의 변한 모습을 보고서. 데니 씨도 다 알고 있어요. 우리는 그 때문에 서로 자기 짝을 잃고 말았어요. 지금의 당신은 결혼했을 때 앤드루 맨슨이 아니에요. 아, 당신이 옛날의 당신으로 되어주기만 한다면……."

"내가 뭘 어떻게 했다는 거야?" 그는 안달이 나서 목소리가 거칠어졌다.

"내가 당신을 때렸다는 거요, 술에 취해 엉망이 됐다는 거요, 사람을 죽였다는 거요? 대체 내가 어떤 나쁜 짓을 했는지 어디 한번 말해보라구."

그녀는 필사적으로 대답했다.

"그런 일반적인 이야기가 아니에요. 당신의 전체적인 생활태도를 말하는 거예요. 예를 들면 아이버리 씨가 보내준 그 수표 같은 것 말이에요. 그것은 겉으로는 지극히 사소한 일일는지 몰라요. 하지만 그 이면에는……, 그 내부를 속속들이 살펴보면 비열한 탐욕과 부정이 숨겨져 있지 않아요?"

그녀는 그가 경직되어 있음을 느꼈다. 잠시 후 그는 일어나 앉더니 노기를 품고 그녀를 노려보았다.

"닥치지 못해! 도대체 당신은 뭣 때문에 또 그 이야기를 끄집어내는 거야. 그것을 받은 것이 뭐가 나쁘다는 거야?"

"정말 모르시겠어요?"

최근 수개월 동안 참고 참아왔던 감정이 한꺼번에 봇물처럼 터져나와 그녀는 목이 메어 갑자기 왁 하고 울어버렸다. 그리고 히스테릭하게 외쳤다.

"제발 소원이에요, 여보! 그만두세요, 자기를 파는 행동 따윈!"

그는 분연히 이를 악물었다. 그리고 유연한 태도로 조용히 신랄한 말을 내뱉었다.

"이것이 마지막이야, 알겠어! 그런 노이로제 환자 같은 어리석은 말을 하는 것은 단연코 그만두어야 해. 하루종일 쫑알거리면서 방해를 하는 대신 나를 도와줄 생각은 없는 거야!"

"나는 쫑알거린 적이 없어요." 그녀는 한없이 흐느꼈다.

"전부터 말하려다가 그만둔 것뿐이에요."

"그렇다면 더 말하지 마." 그도 자제심을 잃고 갑자기 큰 소리로 꾸짖었다.

"알겠어? 그만두란 말이야. 왜 그런지는 모르겠지만 당신은 콤플렉스에 빠져 있는 거야. 당신 이야기를 듣고 있자니 내가 마치 치사한 협잡꾼이 된 것 같군. 나는 다만 성공하고 싶을 뿐이야. 그러므로 내가 돈을 벌려고 한다 하더라도 그것은 단지 목적에 대한 수단일 뿐이야. 세상 사람들은 신분이라든가 재산만으로 인간을 판단해. 그렇지, 나는 입에서 신물이 나도록 그러한 것을 경험했어. 앞으로는 남을 부리는 쪽으로 가려고 생각하고 있어. 이제 당신도 충분히 이해가 가겠지. 지금 같은 어리석은 말은 두번 다시 말하지 말라구."

"알았어요, 알았어. 하지만 명심해요. ……당신은 언젠가는 반드시 후회하게 될 거예요."

그날의 드라이브는 이렇게 해서 엉망이 되었는데, 특히 그녀에게 있어서 더욱 그랬다. 그녀는 눈물을 닦고 앵초 꽃다발을 커다랗게 만들기도 하고, 양지바른 기슭에서 그후에도 1시간 정도 둘이서 시간을 보내기도 하고, 돌아오는 길에는 차를 세우고 '라벤더 레디정(亭)'에서 차를 마시기도 하고, 겉으로는 정답게 일상 대화를 주고받기도 했지만, 그러나 그날의 즐거움은 되돌아오지 않았다. 그녀의 얼굴은 저물어 가는 황혼을 뚫고 귀가할 때에도 창백하게 굳어 있었다.

그의 노여움은 점점 격분으로 변해갔다. 하필이면 크리스가 어째서 나를 이다지도 공박한단 말인가! 다른 여자들, 그것도 매력있는 여자들은 나의 눈부신 성공을 몹시 기뻐해 주고 있는데······.

그로부터 며칠 후 프랜시스 로렌스에게서 전화가 걸려왔다. 그녀는 자마이카 섬에서 겨울을 나기 위해 여행중이었다. 그는 최근 2개월 사이에 여러 번 마이틀 뱅크 호텔로부터 온 편지를 받았다. 그런데 최근에 그 로렌스가 돌아와서 흡수해 온 햇빛을 자랑하면서 친구들을 만나고 싶어했다. 그녀는 명랑한 목소리로 햇볕에 곱게 그을린 모습이 사라지기 전에 빨리 만나러 와주었으면 좋겠다고 했다. 그리하여 그는 차 마시는 시간에 찾아갔다. 정말로 편지에 쓴 대로 그녀는 아름답게 햇볕에 곱게 타서 두 손의 날씬한 손목에서부터 무슨 말인가를 묻는 듯한 표정인 약간 파리한 얼굴에 이르기까지 완전히 목양신(牧羊神) 같은 색으로 변해 있었다. 오랜만에 만나보는 것도 기뻤지만 많은 다른 사람들에게는 무관심하면서 자기만을 환대하는 빛이 그녀의 눈에 나타나 있고, 더욱이 그 눈이 특별히 정답게 반짝이는 것을 알고는 그는 잔뜩 자만심으로 우쭐해졌다.

두 사람은 마치 오래 사귄 친구처럼 이야기를 했다. 그녀는 이번의 여행담, 산호의 정원과 배의 유리바닥을 통해서 본 물고기 이야기, 천국과도 같은 날씨 등에 대해서 이런저런 이야기했다. 그는 자기 성공의 발전상을 말해 주었다. 아마 그런 말에 그의 본심이 비쳤던지 그녀는 경쾌한 태도로 대답했다.

"당신이라는 분은 지나칠 정도로 진실하고, 거북할 정도로 산문적이에요. 내가 없으면 곧 당신은 그렇게 된단 말이에요. 안 돼요, 안 돼. 솔직히 말하는데, 그것은 당신이 너무 지나치게 일만 하기 때문이라고 생각해요. 저런 병원에서 꼭 일을 계속해야 하나요? 나에게 말하라고 한다면, 당신은 이제 왜

스트에……, 이를테면 윔폴가(街)나 웰벅가(街)에 집을 빌려서 거기서 진찰을
해도 좋을 거라고 생각해요."

그때 마침 그녀의 남편이 들어왔다. 키가 크고 사물에 개의치 않는, 참으로
명문 출신다운 남자였다. 그는 머리를 약간 숙여 앤드루에게 인사를 한 다음
의젓한 손놀림으로 홍차 찻잔을 받아들었다. 두 사람은 색크빌 클럽에서 한
두 번 브리지 게임을 한 일도 있어서 이미 꽤 가까운 사이가 되어 있었다.

그는 기분 좋은 태도로 자기에게 신경쓰지 말고 이야기를 계속하라고 했지
만 남편이 들어왔으므로 모처럼 진지했던 대화가 그것으로 중단되었다. 그들
은 럼볼드 브레인의 최근의 제품에 대해 이러쿵저러쿵하며 재미있고 우습게
이야기를 했다.

그런데 그로부터 30분쯤 지나 자동차로 체스버러 테라스를 향해 달리는 동
안 앤드루의 머리에서는 조금 전에 로렌스 부인이 말한 이야기가 머릿속에서
떠나지 않았다.

웰벅가에 진찰실을 갖는다고 해서 무엇이 나쁠 것인가? 시기는 바야흐로
익어가고 있는 것이다. 그로서는 퍼딩턴의 병원을 폐쇄할 생각은 털끝만큼도
없었다. 진찰료가 싼 병원이지만 경솔하게 내버릴 수 없을 정도로 많은 수입
을 올리고 있는 것이다. 그런데 웨스트에 진찰실을 차려서 양쪽을 경영하는
것은 간단한 일이고, 편지의 수신인으로서는 훨씬 체면도 서고, 그 사실을 메
모지나 청구서에 인쇄할 수도 있다는 이점이 있었다.

이같은 생각이 그의 머리에 번뜩이자 더한층 큰 정복을 향해서 그를 몰아
갔다. 프랜시스는 참으로 재치가 있는 여자로군. 미스 에버레트와 마찬가지
로 믿음직하기도 하고, 또 비교할 수 없을 만큼의 매력이 있어서 훨씬 자극적
이기도 하다. 더욱이 그 자신은 이미 그의 남편과도 무척 친밀해져 있는 것
이다. 그러므로 그와 눈이 마주쳐도 당황하여 눈길을 돌릴 필요는 조금도
없다. 비천한 정사를 나누는 배우들처럼 몰래 집에서 빠져나올 필요도 없다.
아, 우정이란 얼마나 멋진 것인가!

그는 크리스틴과는 아무런 의논도 하지 않고 즉시 웨스트에 적당한 진찰실
을 물색하기 시작했다. 그리하여 1개월쯤 지나서 운좋게 빈방을 구할 수 있
었다. 조간신문을 훑어보며 그는 대수롭지 않은 듯한 태도로 크리스틴에게
말을 꺼냈는데, 그의 태도는 무척 만족스러워 보였다.

"그런데 말이야……, 당신에게도 말해둘 필요가 있어서 하는 말인데……,

이번에 웰벡가에 방을 하나 빌리기로 했어. 앞으로는 그쪽을 상류계급의 진찰실로 쓸 생각이야."

11

웰벡가 57번지 A진찰실은 앤드루에게 새롭게 조수(潮水)와도 같은 승리감을 안겨주었다. 나도 드디어 여기까지 저어왔구나 하고 그는 남모르는 환희에 가슴이 뛰는 것을 느꼈다. 방은 그다지 크지 않지만 창문이 있어서 볕이 잘 들어오고, 게다가 1층이므로 그 점도 확실히 유리했다. 대부분의 환자들은 계단을 올라가는 것을 싫어하기 때문이다. 뿐만 아니라 대기실은 현관문에 훌륭한 표찰을 그와 나란히 걸어놓은 다른 몇 명의 의사와 공동으로 사용하고 있었으나 이 진찰실은 완전히 그 혼자만의 것이었다.

4월 19일 계약서에 서명을 하고 드디어 방을 양도받으러 갈 때 햄손도 같이 갔다. 프레디는 개업 준비 같은 일에는 매우 유용한 인물인데, 그는 자신이 퀸 앤가에서 데리고 있는 여자의 친구라고 하는 유능한 간호사를 구해 주었다. 그 샤프라는 간호사는 아름답지는 않았다. 중년의 무뚝뚝한 여성으로서 지금까지 혹사당해 온 것 같은 인상이었으나 수완은 좋아 보였다. 프레디는 이 샤프에 대해서 간결하게 설명해 주었다.

"미인 간호사를 원하게 되면 끝장이야. 내가 말하는 뜻 알겠지. 바람을 피우는 것은 바람을 피우는 것이고, 장사는 어디까지나 장사니까 말이야. 그러므로 이 두 가지를 뒤섞어서는 안 돼. 우리 의사는 도락으로 개업을 하고 있는 것은 아니야. 아무리 고지식한 자네라 해도 그 정도는 알겠지. 사실 자네가 이웃으로 이사를 왔으니까, 앞으로 우리 둘이서 잘 협력해 해보자구."

프레디와 둘이서 방의 배치를 의논하고 있는데, 뜻밖에도 로렌스 부인이 모습을 나타냈다. 그녀는 마침 이 앞을 지나는 길에 그가 어떤 방을 구했는지 궁금해서 왔노라고 하면서 화려한 모습으로 들어왔다. 그저 막연하게 왔다고 하는 태도, 주제넘은 기미를 보이지 않는 점이 그녀의 매력이었다. 오늘은 상의와 스커트가 모두 검정색이었는데, 목에는 값비싼 여우목도리를 휘감고 있어서 유난히 매력적으로 보였다. 그녀는 오래 머물러 있지는 않았으나, 커튼이나 책상 뒤의 휘장 등에 대해 프레디나 그의 조잡한 계획으로는 미처 생각지도 못한 정취가 있는 장식을 눈에 띄는 대로 충고해 주고 갔다.

명랑한 그녀의 모습이 사라지자 어쩐지 방안이 갑자기 공허해진 것 같았다. 프레디가 놓치지 않고 한 마디 했다.

"자네처럼 운좋은 녀석을 나는 처음 보았어. 아주 멋있는 여성이야." 그는 부러운 듯 웃었다.

"글래드스톤이 1890년에 인간을 성공으로 인도하는 가장 확실한 길은 무엇이라고 말했는지 자네는 알고 있나?"

"무슨 소리인지 자네가 말하는 것은 전혀 알 수가 없네."

어쨌든 실내장식을 끝내고 나서 보니, 프레디와 자기에게 효과적인 충고를 해준 로렌스의 생각이 확실히 정곡을 찔렀다는 것을, 모던하면서도 이 직업에 가장 적합한 장식이었다는 것을 인정하지 않을 수 없었다. 이만한 설비를 해놓았으니 3기니 정도의 진찰료 청구는 지극히 당연한 요금일 것이다.

개업 초기에는 환자가 그리 많지 않았다. 그러나 빅토리아 병원의 그에게 환자를 보내는 의사들에게 정중한 개업 인사장을 보낸 덕택으로, 물론 그 편지에는 그러한 입원환자에 대한 것과 그들의 증세 등을 기록했지만, 얼마 되지 않아서 런던 시에 그물을 쳐놓은 셈이 되어 이 진찰실로 개인적인 환자를 보내주기 시작했다. 그러므로 지금은 매우 바빠져서 새로 산 차인 비테스를 타고 체스버러 테라스에서 빅토리아로, 빅토리아에서 웰벡가로 뛰어다녔으며, 게다가 왕진 환자도 많고 병원에는 언제나 환자가 밀려 있는 상태여서 밤 10시까지 눈코 뜰 새 없이 일해야 했다.

성공이라는 강장제는 모든 것에 대해서 그를 자극하여 신통한 불로장수의 영약처럼 혈관을 소용돌이치면서 흘렀다. 그는 시간을 내 로저스 가게에 가서 새 양복을 다시 세 벌 주문하고, 햄손이 추천해 준 저민 가의 와이셔츠 가게에도 갔다. 병원에서의 그의 평판은 계속 높아져 갔다. 외래환자과에 근무하는 시간은 점점 적어졌는데 시간적으로 손실된 만큼 숙련된 솜씨로 메워나가고 있다고 스스로 변명했다. 친구에 대해서조차 적당히 웃는 얼굴을 보이고는 언제나 바쁜 듯 무뚝뚝한 인사를 하게끔 되었다.

"자, 나는 가봐야겠어, 여보게. 공연히 다리만 아플 뿐이지만."

어느 금요일 오후, 웰벡가에 개업한 지 꼭 5주일째 되는 날이었다. 초로의 부인이 인후를 봐달라면서 찾아왔다. 진찰해 보니 대단치 않은 후두염이었는데, 불만이었던지 다른 의사에게도 다시 진찰을 받았으면 했다. 앤드루는 다소 자존심이 팍 상했지만, 그래도 누구에게 소개해 줄까 하고 잠시 생각해 보았다. 로버트 어베이경과 같은 사람의 시간을 그런 일로 낭비케 한다는 것은 생각하는 것조차 어리석은 일이다. 문득 그는 바로 가까이에 있는 햄손이 머리에 떠올라 얼굴이 밝아졌다. 햄손은 요즘 그를 매우 친절하게 대해주고 있었다. 아무런 연고도 없는 남보다는 그에게 3기니를 줍게 하는 편이 나을 것이다. 앤드루는 소개 편지를 써서 그 부인을 햄손에게 보냈다.

그런 지 1시간도 못 되어 그녀는 다시 되돌아왔는데, 이번에는 완전히 기분이 달라져 침착하게 변명이라도 하려는 듯 자기 자신에게도 햄손에게도, 그리고 그 어느 누구보다도 그에게 만족해하는 것 같았다.

"선생님, 용서하세요. 다시 돌아온 것을. 신세를 졌으므로 단지 인사말씀을 드리고 싶었습니다. 햄손 선생님을 만나보았는데 그분도 선생님의 진단이 틀림없다고 확인해 주셨습니다. 그리고……, 선생님이 써 주신 처방에 대해서는 달리 더 하실 말이 없다고 하셨습니다."

6월에는 시빌 손톤이 편도선을 수술했다. 상당히 비대해져 있었으며, 최근 《의학저널》에 편도선으로부터의 병균 흡수가 류머티즘의 병인과 관계가 있는 것이 아닌가 하는 논문이 발표되었기 때문이었다. 아이버리는 질력이 날 정도로 신중하게 그 수술을 행했다.

"나는 임파선 같은 임파조직의 수술은 천천히 하기로 작정했네."

손을 씻으면서 그는 그렇게 앤드루에게 말했다.

"자네가 본 의사들은 틀림없이 재빠르게 했을 테지. 그러나 나만은 그런 식으로는 절대로 하지 않아."

앤드루가 아이버리에게서 수표를 받았을 때, 이번에도 우송해 왔는데, 마침 햄손도 같이 있었다. 두 사람은 자주 각자의 진찰실에서나 밖에서 만나고 있었다. 햄손은 앤드루가 보여준 후두염 환자에게 대한 보답으로 곧 가벼운 위염 환자를 보내왔다. 이리하여 지금은 몇 명의 환자가 소개장을 가지고 웰벡가와 퀸 앤가를 왕래하게 되었다.

"여보게, 맨슨." 햄손은 이런 말을 했다.

"나도 기뻐하고 있는데, 자네가 옛날의 그 심술궂고 융통성 없는 태도를 깨끗이 버린 것은 참으로 잘한 일이야. 하지만 아직도 자네는……."

그는 앤드루의 어깨 너머로 수표를 곁눈질해 보았다.

"오렌지즙을 전부 짜버린 것은 아니군 그래. 그걸 나에게 맡기라구. 그러면 자네의 오렌지에 즙이 있다는 것을 알게 될 걸세."

앤드루는 웃을 수밖에 없었다.

그날 밤 자동차로 돌아오는 길에 그는 평상시와는 달리 경쾌한 기분이 되어 있었다. 담배가 떨어졌다는 것을 알고 그는 차를 세우고 옥스퍼드가(街)의 담배가게로 뛰어들어갔다. 그런데 그 가게에서 나오다가 문득 어떤 여자가 바로 옆의 쇼윈도 앞을 왔다갔다 하고 있는 것을 보았다. 블로드웬 페이지였다.

그 여자라는 것을 대번에 알아보았지만 브링거워의 잔소리꾼 시절과는 판이하게 다른 한심하다고 할 정도로 변한 모습이었다. 지난날 탄탄했던 몸집도 지금은 몹시 수척했고, 그가 말을 걸었을 때 돌아본 그 눈에는 아무런 감동도 없고 다만 머뭇머뭇하고 있을 뿐이었다.

"미세스 페이지." 그는 가까이 갔다.

"아니, 미세스 리스라고 해야겠군요. 저를 기억하고 계십니까? 맨슨입니다."

그녀는 상대방의 홀륭한 복장과 경기가 좋아 보이는 모습을 금세 알아차렸다. 그리고 이내 커다란 한숨을 쉬었다.

"기억하고 있고말고요, 선생님. 아주 원기왕성해 보이는군요."

그녀는 두려워하는 듯한 눈으로 보도의 몇 야드 앞에서 기다리고 있는 머리가 벗겨진 남자 쪽을 돌아다보았다. 그리고 신경이 쓰이는 듯 말했다.

"그만 가봐야겠어요, 선생님. 남편이 기다리고 있어요."

앤드루는 서둘러 떠나가는 그녀의 모습을 바라보고 있었다. 그녀가 말없이 고개를 숙이자 리스가 얇은 입술을 움직이면서,

"어떻게 할 생각이야……, 나를 이렇게 기다리게 해놓고."

라고 불평하고 있는 듯한 모습이 보였다. 그 순간에 그는 은행 지점장의 차가운 눈이 분명히 자기에게로 향해져 있음을 느꼈다. 잠시 후 두 사람은 인파 속에 섞여 보이지 않았다.

앤드루는 그 정경을 쉽사리 잊을 수가 없었다. 체스버러 테라스에 도착하여 현관에 들어가자, 크리스틴이 차소리를 듣고 곧 준비한 홍차 그릇을 쟁반위에 놓은 채 거기서 뜨개질을 하고 있었다. 그는 힐끔 쳐다보면서 그녀의 태도를 살폈다. 지금 본 이야기를 해주며 두 사람 사이의 말썽에 종지부를 찍고 싶은 생각이 문득 들었다. 그러나 그가 홍차잔을 받아들고 이야기를 꺼내려

고 하는데 그녀 쪽에서 평온한 태도로 먼저 입을 열었다.

"로렌스 부인한테서 점심시간이 지나서 또 전화가 걸려왔어요. 전하는 말씀은 없었지만."

"뭐라고!" 그는 얼굴이 빨개져서 외쳤다.

"무슨 뜻이야! '또'라는 말은?"

"이번이 벌써 네번째 전화라구요. 이번 1주일 동안에."

"그래, 그래서 어쨌다는 거야?"

"아무것도 아니에요, 내가 뭐라고 했나요."

"이마에 씌어 있어, 당신 이마에. 그 사람이 전화를 걸었다고 해서 내가 뭐 어떻게 됐다는 거야?"

그녀는 말없이 눈을 뜨개질 대바늘 쪽으로 돌렸다. 만일 그가 그녀의 조용한 가슴에 끓어오르는 격정을 알았다면 그도 이렇게까지 화를 내지 않았을 것이다.

"당신은 마치 내가 바람이라도 피우는 줄 아는 모양이지. 그 사람은 정말 훌륭한 분이야. 그리고 그분의 남편은 나의 친구라구. 두 사람 다 흠잡을 데가 없는 사람들이야. 병든 개새끼 모양으로 여기저기 쏘다니고 있는 게 아니라구. 뭐야, 도대체……."

그는 남은 홍차를 단숨에 마셔버리고 일어섰다. 그러나 방을 나오는 순간 곧 후회하는 기분에 사로잡혔다. 그는 병원으로 뛰어가서 담배에 불을 붙이고는 비참한 기분으로 크리스틴과의 사이가 점점 험악해져 가는 것을 느꼈다. 물론 그로서는 일부러 그녀와의 관계를 악화시킬 생각은 추호도 없었다. 점점 커지고 있는 두 사람 사이의 거리를 생각하니 그는 기운이 빠져서 초조함을 느낄 뿐이었다. 그것은 성공이라는 빛나는 하늘에 떠 있는 한 점의 검은 구름이었다.

크리스틴과 그와의 결혼생활은 지금까지는 줄곧 이상적이라고 할 만큼 행복했었다. 뜻밖에 미세스 페이지를 만난 것이 그에게 드라이네피에서의 구애기간 동안의 달콤했던 기억을 되살려 주었다. 이제는 예전처럼 그녀를 우상시하지는 않지만 지금도 그는, 아, 화가 치민다, 그녀를 좋아하는 데는 변함이 없었다. 어쩌면 요즘 그가 한두 번 그녀의 감정을 해친 일이 있었는지도 모른다. 선 채로 그런 생각을 하는 동안 갑자기 그는 그녀와 화해하여 그녀를 기쁘게 해주고 싶었다. 그리하여 그 문제를 진지하게 생각했다. 그러자 갑자기 그의 눈이 반짝 빛났다. 그는 힐끔 손목시계를 보았다. 로리에의 폐점시간까지는 아직 30분이 남아 있었다. 그는 곧 자동차를 타고 미스 클렘을 만나기 위해 서둘러 떠났다.

미스 클렘은 그가 자기 의도를 말하자 즉시 열심히 상담에 응해 주었다. 그들은 여러 가지로 진지하게 의논한 결과 모피부로 갔다. 마네킹이 맨슨 박사를 위해 여러 가지 '모피'를 입고 보여주었다. 미스 클렘은 참으로 능숙한 손놀림으로 그 모피를 어루만지며 광택이라든가, 은빛 색조라든가 하는 모피에 있어서 특별히 눈여겨 보아야 할 점을 가르쳐 주었다. 한두 번 온화하게 그의 의견에 찬성하지 않으면서 품질의 선택법을 열심히 지적했다. 마지막으로 그가 선택한 것에 그녀도 진심으로 찬성했다. 그런 다음 그녀는 원치를 찾으러 갔는데, 얼굴에 기쁜 빛을 띠고서 곧 되돌아왔다.

"원치 씨께서 원가로 드려도 좋다고 말씀하셨어요."

로리에의 점원은 '도매값'이라는 말을 절대로 하지 않았다.

"그렇게 되면 55파운드가 되는데, 선생님, 그만한 값어치는 충분히 있습니다. 참으로 훌륭한 모피입니다. 부인께서 입으시더라도 이것이라면 자랑스럽게 생각할 것입니다."

그 이튿날인 토요일 11시에 앤드루는 뚜껑에 아무도 흉내낼 수 없는 상표의 문자가 예술적으로 그려진 짙은 초록색 상자를 안고 응접실로 들어갔다.

"크리스틴!" 그는 큰소리로 불렀다.

"잠깐 이리 좀 와봐요!"

그녀는 2층에서 미세스 베네트의 도움을 받아가며 침상을 정리하고 있다가 그가 부르는 것을 약간 이상하게 생각하며 숨가쁘게 내려왔다.

"여보, 이걸 보라구!" 결정적인 순간이 다가왔으므로 그는 숨이 막힐 것 같은 어떤 경직감을 느꼈다.

"이거 당신을 주려고 사왔어. 물론 나도……, 요즘 우리 사이가 그다지 잘 되어 간다고는 생각지 않아. 하지만 이것은 꼭 당신에게……."

거기서 그는 말이 막혀 마치 국민학생처럼 갑자기 상자를 그녀에게 건네주었다.

그녀는 매우 창백한 얼굴로 그 상자를 열기 시작했다. 끈을 푸는 그녀의 손이 가늘게 떨렸다. 그런데 잠시 후, 그녀는 뜻밖의 감정에 사로잡혀 짧은 소리로 외쳤다.

"어머, 참 멋진 모피로군요!"

상자 속에는 티슈 페이퍼로 소중하게 감싼 두 개의 아름다운 은빛 여우모피와 함께 최신 유행인 더블 스톨이 들어 있었다. 재빨리 그는 그것을 들어올려서 미스 클렘이 한 것처럼 털의 결을 쓸어주면서 흥분 때문에 들뜬 목소리로 이내 말했다.

"어때, 마음에 들어, 크리스? 입어봐요. 저, 그 '하프백'이 선택하는 데에 여러 가지로 조언을 해주었어. 틀림없는 고급품이야. 이 이상의 것은 없었으니까. 가격도 그렇고. 어때 이 광택, 그리고 등줄기의 은빛 색조……, 모두들 여기에 특히 중점을 두지."

눈물이 줄줄 그녀의 볼을 타고 흘러내렸다. 그녀는 홱 그의 쪽으로 얼굴을 돌렸다.

"당신, 나를 진정으로 사랑해 주시는군요. 그것만으로도 나는 더 이상 바랄 게 없어요!"

겨우 흥분이 가라앉자 그녀는 그 모피옷을 입어보았다. 정말 훌륭한 것이었다. 그것만으로는 그는 아직 뭔가 석연치 않았다. 모처럼의 화해를 좀더 완전한 것으로 하고 싶었던 것이다. 그는 만면에 미소를 지었다.

"그런데 저, 크리스. 마침 좋은 기회이니 오붓하게 축하잔치를 벌이는 게 어떨까. 오늘 점심식사는 밖에서 들기로 하지. 한 시에 플라자 호텔 그릴에서 만나자구."

"네……, 여보." 그러나 그녀에게는 다소 이의가 있는 것 같았다. "하지만 오늘은 점심식사로 셔퍼드 파이를 만들었어요. 당신이 매우 좋아하는……."

"안 돼, 안 돼!"

그의 웃음은 최근 몇 달 동안 본 적이 없는 명랑한 것이었다.

"집안에만 틀어박혀 있어서는 안 돼요. 1시야. 플라자 호텔에서 얼굴이 약간 검지만 핸섬한 신사와 만나는 거야. 당신은 붉은 카네이션 따위는 달지 않아도 돼. 그 모피옷으로 곧 알 수 있으니까."

오전 내내 그는 매우 만족한 기분이었다. 나는 얼마나 어리석은 자였던가. 크리스틴을 돌보아주지 않다니. 여자는 누구나 자기에게 관심을 가져준다든가, 밖으로 데리고 나가서 즐거운 시간을 보내도록 해주는 것을 좋아하는 것이다. 플라자 호텔의 그릴은 그렇게 하는 데는 가장 좋은 장소이다. 런던에 있는 사람들 중에서 적어도 내로라 하는 사람들은 1시에서 3시 사이에 그곳에 모습을 나타낼 것이다.

크리스틴은 좀처럼 나타나지 않았다. 이런 일은 평소에는 없었던 일이므로 그는 작은 로비의 유리 칸막이를 향해 앉으면서 좋은 자리가 자꾸만 점령되어 가는 것을 보고 마음이 약간 초조해졌다. 그는 두 잔째의 마티니를 주문했다. 그녀가 바쁘게 들어온 것은 1시에서 20분이나 지난 시간이었는데, 소음과 많은 사람들과 화려한 제복을 입은 급사와 지금까지 30분 동안이나 다른 로비에서 서 있었던 사실 등으로 인해 그녀는 몹시 당황해 있었다.

"죄송해요, 여보." 그녀는 숨이 차서 헐떡거렸다.

"정말로 나는 물어보았어요. 그리고 쭉 기다리고 있었어요. 그러다가 가만히 보니까 거기는 레스토랑의 로비가 아니잖아요."

두 사람이 안내된 곳은 요리대가 가깝고 기둥과 접한 좋지 않은 자리였다. 그릴은 몹시 혼잡했고, 테이블과 테이블 사이가 너무 좁아 마치 다른 손님의 무릎에 앉아 있는 느낌이었다. 급사들은 곡예사처럼 뛰어다니고 있었다. 홀 안은 마치 열대지방에 온 것처럼 더웠다. 소음은 어느 대학의 응원가처럼 물결쳐 들려왔다.

"자, 크리스, 당신은 뭘 들 거요?"

앤드루는 체념한 듯 그렇게 물었다.

"당신이 주문해요."

그녀는 거친 목소리로 대답했다.

그는 꽤 호화스러운 점심을 주문했다. 캐비아, 포타즈 프린스 드갈(웨일즈의 왕자 수프), 프레리슈(영계백숙), 아스파라거스, 시럽을 친 프레이즈 드보아(딸기 디저트), 그리고 1929년의 리프플라우미르히(라인 포도주의 일종) 한 병.

"우리는 드라이네피에서는 이런 음식은 알지도 못했었지."

그는 저절로 명랑해진다고 하면서 웃었다.

"즐거움이란 전혀 없었으니까, 크리스."

그녀도 그의 기분에 동조하려고 열심이었다. 캐비아가 좋다고도 했고, 풍부한 수프를 먹어치우려고 무척 애를 쓰기도 했다. 그리고 그가 영화배우인 글렌 로스코라든가, 여섯 번의 이혼 경력을 갖고 있는 것으로 유명한 마비스 요크라는 미국 여자라든가, 그 밖에 세계적으로 명성이 있다는 자들을 가르쳐 주자 그녀도 대단한 흥미를 느끼는 척했다.

그러나 그릴의 권위 있는 척하는 속된 분위기가 그녀로서는 견디기 어려 웠다. 남자들은 몹시 멋을 부려서 어느 누구나 면도자국이 새파랬고, 머리카 락은 기름을 많이 발라 반짝반짝 빛나고 있었다. 그녀의 눈에 띄는 여자는 모 두 금발에 흑색 드레스를 입었으며 스마트 하고, 짙은 화장을 한 얼굴로 유난 히 잘난 척하는 태도를 저마다 취하고 있었다.

갑자기 크리스틴은 가벼운 현기증을 느꼈다. 왠지 어찔어찔했다. 평상시의 그녀의 몸가짐은 타고난 본바탕 그대로 매우 단순했다. 그런데 최근에는 완 전히 신경을 혹사하여 지나치게 긴장하고 있었다. 새 모피옷과 별로 돈이 들 지 않은 드레스와의 불균형이 마음에 걸린 것도 사실이다. 게다가 다른 여자 들이 뚫어지게 자기를 보고 있다는 것을 피부로 느꼈다. 그녀는 자기가 난초 의 온실에 잘못 들어온 데이지이기나 한 것처럼 어떤 위화감을 느꼈다.

"어떻게 된 거야?" 갑자기 그가 물었다.

"재미없어?"

"아니, 그렇지 않아요."

그녀는 그렇게 단언하고 힘없이 미소지었다. 그러나 입술이 굳어져서 뜻대 로 되지 않았다. 그녀는 크림을 듬뿍 바른 치킨을 맛도 모르고 꿀꺽 삼켰다.

"당신은 내 이야기는 전혀 듣지도 않고 있군." 그는 화가 나서 중얼거렸다.

"아직 와인도 마시지 않았잖아. 무슨 짓이야, 나는 모처럼 생각해서 당신을 데리고 나왔는데……."

"물을 좀 마셨으면 좋겠어요."

그녀는 들릴 듯 말듯한 소리로 말했다. 가능하다면 큰 소리로 외치고 싶 었다. 자기는 이런 곳과는 인연이 없는 사람이다. 머리카락을 블론드로 염색 하지도 않았고, 얼굴에 짙은 화장도 하지 않았다. 급사까지 자기를 뚫어지게 보고 있는 것은 이상해할 것도 없다. 그녀는 신경질적으로 아스파라거스를 한 줄기 집어들었다. 그런데 그 윗부분이 꺾어지면서 새로 사 입은 모피옷 위 에 떨어져 옷을 소스투성이로 만들어 버렸다.

옆 테이블에 앉은 백금색 블론드 머리의 여자가 우습다는 얼굴로 같이 온 남자를 쳐다보았다. 앤드루도 그들이 왜 웃는지를 눈치챘다. 그는 모처럼의 축하잔치를 체념해 버렸다. 식사는 삭막한 침묵 속에서 끝났다.

두 사람은 더욱 삭막한 기분으로 집에 돌아왔다. 그리고 그는 곧 왕진을 나 갔다. 두 사람 사이는 이전보다 더욱 벌어졌다. 크리스틴 마음의 아픔은 도저히 견디기 힘든 정도가 되어 있었다. 스스로 자기 자신에 대해 자신감을 잃고, 자기가 과연 그의 아내일까, 하고 자문하기 시작했다. 그날 밤 그녀는 그의 목에 손을 감고 새삼스럽게 모피옷과 식사에 대해 고맙다고 하면서 다정한 키스를 했다.

"당신이 기뻐해 주니 나도 기쁘군."

그는 무뚝뚝하게 그렇게 말하고는 아무 미련없이 자기 방으로 가버렸다.

12

마침 이같은 시기에 어떤 사건이 발생하여 앤드루의 관심은 당분간 가정내의 부부싸움에서 벗어나게 되었다. 미국의 오리곤 주(州) 포틀랜드의 유명한 보건위생의 대가인 리차드 스틸맨이 임페리얼호로 내항하여 브룩크스 호텔에 체재중이라는 기사를 〈트리뷴〉지에서 우연히 보았던 것이다.

전 같으면 그는 그 신문을 들고 흥분하면서 크리스틴한테로 달려가서 알려 주었을 것이다.

'이것 좀 봐, 크리스! 리차드 스틸맨이 왔어. 내가 그 사람과 최근 몇 달 동안 계속해서 편지 왕래를 했었다는 것을 기억하고 있겠지. 만나 줄는지 어떨지는 잘 모르지만, 솔직히 말해서 어떻게든 만나고 싶어.'

그러나 요즘 그는 크리스틴에게로 달려가는 습관이 없어졌다. 그래서 그는 〈트리뷴〉지를 자세히 읽으면서, 지금은 자기도 의료조합의 조수가 아니라 웰벡가의 어엿한 개업의로서 그를 만날 수 있다는 것을 혼자서 기뻐했을 뿐이다. 그리고 이 미국인에게 자기를 상기시킨 후, 수요일에 플라자 호텔의 그릴에서 점심을 같이 하고 싶다는 정중한 편지를 타이프로 쳤다.

그 이튿날 아침, 스틸맨에게서 전화가 걸려왔다. 스틸맨은 온건하고 친밀감이 있는, 활발한 어조로 이야기했다.

"당신과 이야기를 할 수 있게 되어 정말 기쁘게 생각합니다, 맨슨 박사. 점심을 같이 하는 것은 좋지만 플라자에서는 그만둡시다. 어쩐지 그곳에는 가기가 싫습니다. 내가 있는 호텔에 오셔서 점심을 드시면 어떻습니까."

앤드루가 가보니 스틸맨은 브룩크스 호텔 자기 방 거실에서 기다리고 있었다. 거기는 조용한, 잘 선택된 호텔이었다. 플라자의 떠들썩함이 부끄러워질 정도였다. 날씨가 덥기도 했고, 그날따라 아침부터 택진도 많았으므로 스틸맨을 보는 순간 앤드루는 오지 않은 편이 낫지 않았을까 하는 생각이 절도 들었다. 스틸맨은 50세 전후의 체격이 작고 파리한, 그러나 그 체격과는 균형이 잡히지 않을 정도로 큰 머리와 주걱턱을 갖고 있었다. 얼굴은 소년처럼 엷은 핑크빛이고, 숱이 적은 엷은 블론드 머리를 한가운데에서 양쪽으로 갈라 빗고 있었다.

앤드루는 그 엷으면서도 사물에 동하지 않는 빙하와도 같은 푸른 눈을 보았을 때, 불면 날아갈 것 같은 육체 속에 숨어 있는 어떤 강한 박력을 깨닫고 거의 충격에 가까운 것을 느꼈다.

"일부러 나와주셔서 감사합니다."

리차드 스틸맨은 누구에게나 친절하고 조용한 태도로 응대했다.

"우리 미국 사람들이 플라자를 좋아할 것으로 알려져 있는 것 같습니다."

그는 어떤 원숙함을 보이면서 얼굴 가득 미소를 지었다.

"그러나 그곳에 가는 자들은 품위가 낮은 사람들뿐입니다."

거기서 잠시 말을 끊었다가 덧붙였다.

"그런데 이렇게 만나게 되었으니, 그 훌륭한 진애감염에 관한 논문을 축하드리고 싶습니다. 언젠가 세레사이트에 대해서 주제넘은 말씀을 드린 적이 있는데, 기분이 상하지는 않으셨는지요? 최근엔 무엇을 하고 계십니까?"

그들은 호텔의 레스토랑으로 내려갔다. 지배인이 스틸맨을 알아보고 재빨리 달려왔다.

"선생은 무엇을 드시겠습니까? 나는 오렌지 주스로."

스틸맨은 프랑스어로 적은 긴 메뉴 따위는 보지도 않고 곧 그렇게 말했다.

"그린피스를 곁들인 매톤의 커틀릿 둘, 그리고 커피."

앤드루도 자기 식사 주문을 끝내자 점차 그를 향한 존경심을 드높이며 상대방과 마주앉았다. 조금이라도 오래 스틸맨 앞에 있노라면 그 인격에 강한 흥미를 느끼지 않을 수 없었다. 그의 경력은 앤드루도 대충 알고 있었는데, 그것은 참으로 독특한 것이었다.

리차드 스틸맨은 매사추세츠 주의 오래된 가문 출신인데, 가족은 여러 대에 걸쳐 보스턴에서 법률관계의 일에 종사하고 있었다. 그러나 소년시절부터 스틸맨은 그러한 집안임에도 불구하고 의학 방면으로 나가고 싶다는 강한 희망을 가져, 8세 때 드디어 아버지를 설득하여 하버드 대학에서 의학 공부를 할 수 있는 허락을 얻어냈다. 2년 동안 이 대학에서 의학과정 공부를 계속하던 중 아버지가 급사 하는 바람에 스틸맨과 어머니, 그리고 하나뿐인 누이동생은 생각지도 못했던 궁핍 속에 내동댕이쳐졌다.

이리하여 가족을 위해서 뭔가 자활의 길을 찾지 않으면 안 될 처지에 놓였기 때문에 그의 할아버지 존 스틸맨은 그에게 의학을 그만두고 대대로 가업을 이어가기 위해 법률로 입신할 것을 주장했다. 아무리 반대를 해도 소용이 없었다. 늙은 조부는 완강히 들어주지 않았다. 그래서 그는 자기가 희망하는 의학이 아니라 법률학위를 받아냈다. 그리고 1906년, 보스턴에 있는 집안 대대로 이어져 내려오는 법률사무소에 들어가서 4년 동안 법률에 전념했다.

그러나 그는 충심으로 전념한 것은 아니었다. 그는 학생시절부터 세균학, 그중에서도 특히 생물학에 매력을 느끼고 있었으므로, 미콘힐의 다락방에 작은 실험실을 만들어 놓고 서기를 조수로 삼아 틈만 나면 의학연구에 자기의 모든 열정을 다 바쳤다. 이 다락방이 사실 '스틸맨 연구소'의 시작이었다. 그는 단순한 아마추어 연구자가 아니었다. 그는 최고도의 기술능력을 나타냈을 뿐만 아니라 거의 천재라고 할 만한 독창성을 유감없이 발휘했다. 그리고 1908년 겨울, 가장 사랑하던 누이동생 메리가 급성 폐결핵으로 죽은 후부터는 결핵균에 대해 온 정력을 집중하기 시작했다. 그는 먼저 피에르 루이스와 미국에 있는 그의 제자 제임스 젬슨 2세의 초기 연구를 다루었다. 이어서 라이네크의 청진법에 관한 필생의 업적을 조사하던 중 폐의 생리학적 연구에 종사하게 되었다. 거기서 그는 신형 청진기를 발명했다. 또 한정된 부자유한 실험장치를 사용하여 혈청을 만들어 내는 최초의 실험에 착수하기 시작했다.

조부인 존 스틸맨이 사망한 1910년, 드디어 그는 마르모트의 결핵을 치유하는 데 성공했다. 이 두 사건의 결과는 즉시 나타났다. 스틸맨의 어머니는 그의 과학적 연구를 계속 동정의 눈으로 지켜보고 있었다. 보스턴의 법률관계 사업을 처분하고, 또 조부의 유산으로 오리곤 주의 포틀랜드 부근에 있는 농장을 사는 데는 그다지 시간이 걸리지 않았다. 그리하여 그는 생애를 건 진정한 사업에 빨리 투신하게 되었다.

이미 몇 년이라는 귀중한 세월을 헛되이 보냈으므로 그는 의학상의 학위 따위를 따려고 들지는 않았다. 그가 추구하는 것은 진보이며, 성과였다. 얼마 후 그는 밤색 털의 말에서 혈청을 만들어 냈고, 이어서 소의 완친에 의해서 저지종 소 무리의 집단면역에 성공했다. 동시에 그는 헤름 호르츠와 예일 대학의 윌라드 깁스, 그리고 비자이온과 징크스 같은 그 후의 물리학자의 기초적 연구를 폐의 치료에 부동의 신념을 가지고 응용하기 시작했다. 그 이후 그는 치료학으로 급격히 돌진했다.

새로운 연구소에서의 그의 치료사업은 얼마 후에 실험실에서의 성공을 훨씬 뛰어넘는 우수한 성과를 가져왔다. 그의 환자 대부분은 요양소에서 요양소로 전전하다가 불치라는 선고를 받은 딱지가 붙은 결핵환자였다. 이러한 성공된 환자의 치료에 것에 의해서 그가 직접적으로 얻은 것은 의사들 사이의 비방, 논란, 그리고 결정적인 결사 반대였다.

이리하여 스틸맨으로서는 이제는 종전과는 다른, 더한층 장기간에 걸친 투쟁, 즉 자기 사업을 세상에 인정시키는 싸움이 시작된 것이다. 그는 연구소의 건설에 전재산을 바쳤는데 그 경영에도 막대한 비용이 필요했다. 그러면서도 선전을 싫어했고, 그 사업을 상업화하려는 모든 권유를 물리쳤다. 반대자의 박해와 연결된 물질적인 곤란 때문에 여러 번 그의 계획도 좌절되는 것이 아닌가 하고 생각되었던 때가 있었다. 하지만 불요불굴의 용기를 가진 스틸맨은 모든 위기를 어떤 신문이 전국적인 반대운동을 일으켰을 때에도 이를 잘 극복했던 것이다.

박해의 시대는 지나가고 논란의 폭풍우도 멎었다. 스틸맨도 이제 겨우 반대자들로부터 그런대로 인정을 받게 되었다. 1925년에는 위싱턴의 어떤 위원회 위원이 참관하러 왔는데, 그는 스틸맨의 연구소 사업을 온갖 열성을 다하여 보고했다.

그 결과 스틸맨에게 개인이나 재단은 물론 공공단체에서도 많은 기부금이 쏟아져 들어오기 시작했다. 이러한 기금을 그는 연구소의 확충과 완성에 바쳤는데, 그 때문에 연구소는 실로 우수한 시설과 위치와 저지종 소떼와 순혈종인 아일랜드의 혈청용 말을 소유하여 이미 오리곤 주 명소의 하나가 되었던 것이다.

현재도 스틸맨에게는 적이 전혀 없는 것은 아니었다. 예를 들면 1929년에 해고된 실험실 요원이 불평을 털어놓고, 또 터무니없는 추문을 퍼뜨린 경우도 있었다. 그러나 그는 이미 면역이 되어 있었으므로 자기 필생의 사업을 적어도 그런 것 때문에 포기하지는 않았다. 이같은 성공에도 불구하고 그는 약 25년쯤 전에 비콘힐의 다락방에서 처음으로 세균배양을 성취했을 때와 조금도 변하지 않은 온건하고 조심성스러운 인품 그대로였다.

그리고 현재 그는 브룩크스 호텔의 레스토랑에 앉아서 온건하고 우정이 가득 깃들인 눈으로 테이블 너머의 앤드루를 바라보고 있는 것이었다.

"영국에 있는 것은 참으로 즐거워요. 나는 이 나라의 시골을 좋아합니다. 미국의 여름은 이렇게 서늘하지 않습니다."

"이번에는 강연 때문에 오신 것이지요?" 앤드루가 물었다.

스틸맨은 조용히 미소지었다.

"아니오! 강연은 이제 하지 않습니다. 강연을 하는 대신 자신의 실적으로 하여금 말하게 하고자 한다면 자기 자랑으로 들릴까요? 사실 이번에는 아무도 모르게 찾아온 것입니다. 영국의 크랜스톤 씨가 훌륭한 소형 자동차를 제조하고 있는 하버트 크랜스톤 씨 말인데……, 약 1년 전에 소문도 없이 미국의 나를 찾아온 일이 있었어요. 그는 오랫동안 천식으로 고생하고 있었는데 내가, 아니 우리들의 연구소가 그럭저럭 고쳐주었습니다. 그런 일이 있은 후 포틀랜드에 있는 우리 연구소의 방식에 의거한 작은 요양소를 영국에서도 시작하겠다고 여러 번 말해 왔던 것입니다. 6개월 전에 드디어 나도 승낙을 했습니다. 여러 면에서 계획을 검토하고, 이미 건물도 '조망원(眺望院)'이라고 명명했습니다. 하이 위컴 부근의 칠턴에 대충 완성되어 있습니다. 개설하기까지의 뒷바라지는 내가 하고 있지만, 그후에는 마란드라고 하는 내 조수 중의 한 사람에게 맡길 생각입니다. 솔직히 말해서 나는 이것을 테스트 케이스로 생각합니다. 나의 방법, 특히 기후나 인종의 각도에서 본 방법의 상당히 유망한 테스트 케이스입니다. 재정면에 대해서는 걱정 안해도 되겠지요!"

앤드루는 몸을 앞으로 내밀었다.

"그것이 흥미를 느끼게 하는데요. 특히 역점을 두는 곳은 어떤 점입니까? 언제 한번 그 요양소를 보고 싶군요."

"완성이 된 다음에 꼭 와주셨으면 합니다. 거기에는 천식에 대한 근본치료의 설비를 합니다. 크랜스톤의 희망이니까요. 그리고 소수의 조기 결핵환자도 수용할 생각입니다. 지금 소수라고 말했는데, 그것은 말이죠."

그는 미소를 지었다.

"내가 호흡기의 지식이 다소 있는 생물학자에 불과하다는 것을 잊지 않기 위해서입니다. 그러나 미국에서 곤란한 것은 환자가 너무나 많아서 어떻게 할 수가 없다는 것입니다. 그리고 초기 폐결핵 문제인데, 이것은 당신도 흥미

를 가지리라고 생각합니다. 새로운 인공기흉법(人工氣胸法)을 채용하고 있어
요. 확실히 진보한 방법이지요."

"에밀 웨일의 것입니까?"

"아니, 그보다 더 우수한 것입니다. 음압(陰壓)의 동요라고 하는 불리한 점
이 없지요."

스틸맨의 얼굴이 명랑해졌다.

"병을 고정시킨 장치의 난점은 알고 있겠지요. 흉강 내의 압력과 액체의 압
력이 균형이 잡히면 가스의 흐름이 완전히 정지되지 않습니까? 그래서 이번
에 우리 연구소에서는 보조압력실을 고안했습니다. 연구소로 오시면 보여드
리지요. 그것을 사용하면 처음부터 일정한 음압으로 가스를 도입할 수 있습
니다."

"그런데 가스에 의한 색전(塞栓)은 염려없습니까?"

앤드루는 곧 그렇게 물었다.

"그 위험은 완전히 제거되어 있습니다. 저, 이것은 참으로 묘안입니다. 작
은 브로모포름 압력계를 바늘 가까이에 부착해서 압력의 저하를 피합니다.
마이너스 14센티의 동요라도 바늘 끝에는 1cc의 가스밖에 가지 않습니다. 그
뿐만 아니라 이 바늘에는 완전한 조절작용이 있으므로 생그맨의 것보다 훨씬
뛰어납니다."

앤드루는 자기도 모르게 더욱이 빅토리아 병원의 명예의사로서 심각한 인
상을 받았다.

"호오, 그렇다면 결국 흉막의 쇼크를 모두 무에 가깝도록 감소시킨 셈이군
요. 저 스틸맨 씨……, 당신이 이같은 고안을 모두 하셨다는 것이 저로서는
뜻밖이고, 참으로 놀랄 만한 것으로 생각됩니다. 아니, 용서해 주세요. 좀 이
상한 말을 했는데, 내가 말하는 의미는 알아주시겠지요. 많은 의사가 여전히
구식 장치를 쓰고 있는데……."

"그럴 리야 있겠습니까." 스틸맨은 유쾌한 표정으로 대답했다.

"처음으로 인공기흉의 사용을 주장한 카슨이 생리학 평론가에 불과했었다
는 것을 잊지 말아주십시오."

그런 이야기에서부터 시작되어 그들의 대화는 전문적인 문제로 들어갔다.
폐첨박리(肺尖剝離)와 횡경막 신경 절제술의 시비를 논하기도 하고, 브라우어
의 사점법(四點法)을 비롯하여 유흉술(油胸術), 나아가서는 프랑스에 있어서

베르농의 업적, 결핵성 농흉(膿胸)에 주사하는 흉강 내 대량주사 같은 것으로 화제가 옮겨갔다. 스틸맨이 시계를 보고, 이미 크랜스톤과의 약속시간에 30분이나 늦은 것을 알고 깜짝 놀라는 소리를 내기까지 두 사람은 하염없이 이야기했다.

앤드루는 크게 자극을 받아 흥분을 감추지 못하며 브룩크스 호텔을 떠났다. 그러나 바로 그 다음 순간부터 묘하게 착잡한 반동이 자기 일에 대한 불만이 엄습해 왔다. 나는 그 사람에 의해 들뜨게 된 것이라고 불쾌한 기분으로 스스로를 타일렀다.

그는 체스버러 테라스에 돌아온 다음에도 별로 기분이 좋다고 할 수가 없었다. 그러나 집 앞에 차를 멈추자 애써 아무렇지도 않은 표정을 짓기로 했다. 크리스틴과 그런 일이 있은 이후부터는 이러한 가면을 쓸 수밖에 없었다. 요즘 그녀는 몹시 온순하고 무표정한 얼굴을 그에게 보일 뿐이므로 그로서도 내심으로는 아무리 화가 솟구쳐도 같은 전법으로 나오는 수밖에 별다른 방법이 없었던 것이다.

그렇게 된 다음부터 그녀는 그가 알 수 없는 그녀만의 세계에 틀어박혀 버린 것처럼 생각되었다. 그녀는 책을 많이 읽고 편지를 많이 썼다. 그는 밖에서 돌아왔을 때 한두 번 그녀가 플로리와 놀고 있는 것을 보았다. 그것은 두 사람이 백화점에서 사온 색칠된 공기를 갖고 노는 유치한 게임이었다. 그러다가 그녀는 눈에 띄지 않도록, 그러나 규칙적으로 교회에 다니기 시작했다. 그런데 그것이 그를 격분케 했다.

드라이네피에서는 언제나 미세스 워킨스와 함께 그녀는 일요일마다 교구교회에 가곤 했는데, 그것에 대해서 그는 별로 불평을 할 이유를 찾지 못했다. 그런데 두 사람의 기분이 서로 맞지 않고 서로의 사이가 멀게만 느껴지는 지금으로서는 이것은 자기에 대한 더한층 강한 멸시, 자신의 괴로운 기분을 자조(自嘲)하는 사이비 신앙으로밖에는 생각되지 않았다.

그날 밤도 그가 현관에 들어섰을 때 그녀는 혼자서 테이블에 두 팔꿈치를 짚고 앉아 있었는데, 요즘 쓰기 시작한 안경을 끼고 책을 열심히 읽고 있는 그 조그만 모습은 마치 공부를 하고 있는 여학생 같았다. 그는 가까이 가서 그녀 어깨 너머로 책을 툭 낚아챘다. 그녀는 숨기려고 했으나 그럴 틈이 전혀 없었다. 읽어보니 책 페이지 상단에 '누가복음'이라는 글자가 적혀 있었다.

"흐흥!" 그는 조금 광폭한 기분이었지만 책의 제목을 보자 얼떨떨해졌다.

"당신이 이런 것을 읽게 되었나? 이번에는 성경강의라도 하려는 거야."

"상관없잖아요? 나는 당신을 만나기 전부터 쭉 성경을 읽고 있었으니까요."

"그래, 그랬던가?"

"그래요." 그녀의 눈에는 이상한 고통의 표정이 깃들여 있었다.

"아마 플라자 호텔의 당신 친구들은 이 책의 가치를 인정치 않겠지만, 이것은 적어도 훌륭한 문학이에요."

"그래! 그런데 당신이 몰라서는 안 되겠기에 말해두는데……, 요즘 당신은 아무래도 심한 노이로제에 걸려 있어!"

"틀림없이 그럴 거예요. 하지만 그것은 모두 내가 나쁘기 때문이에요. 그러나 이것만은 말해두겠어요. 내가 아무리 심한 노이로제에 걸리더라도 정신적으로 살아 있는 편이 더 낫다고 생각해요. 아무리 성공했다고 해도 정신적으로 죽은 인간이 되기보다는!"

그녀는 갑자기 말을 끊고는 입술을 깨물며 흘러넘칠 듯한 눈물을 꾹 참았다. 그리고 있는 힘을 다해 겨우 기분을 진정시켰다. 그녀의 눈에는 고통의 빛이 있었으나, 마음의 동요 없이 그를 응시하면서 자제하는 목소리로 낮게 말했다.

"앤드루! 어떨까요? 얼마 동안 내가 다른 데로 가 있으면? 우리 서로에게 좋지 않을까요? 번 부인한테서 2, 3주일 동안 쉬러 오지 않겠느냐는 편지가 왔어요. 이번 여름에 뉴키에 별장을 빌렸다는 거예요. 어때요, 역시 제가 가는 것이 좋지 않을까요?"

"좋아! 가요! 마음대로 가면 되잖아!" 그는 발꿈치를 돌려 홱 나가버렸다.

13

크리스틴이 뉴키로 간 것은 일종의 구원이었고 말할 수 없이 해방된 기분이기도 했으나, 그것도 겨우 3일 동안뿐이었다. 그후부터 줄곧 그녀는 지금 무엇을 하고 있을까, 나와 떨어져 있으면서 외로워하고 있지는 않을까 하고 그는 여러 가지로 잔걱정을 했으며, 언제 돌아올 것인가 하고 몹시 초조해하기 시작했다. 지금 자유롭다고 스스로를 타이르기는 했지만, 전에 어벨라러우에서 시험공부를 하는 그를 남겨 두고 그녀가 브리들린톤에 가버렸을 때 일이 손에 잡히지 않던 그 당시와 같이 뭔가 개운치 않은 그런 기분을 맛보았다.

그녀의 이미지가 눈앞에 나타났다. 그것은 이전의 크리스틴 같은 젊고 싱싱한 용모가 아니라, 볼이 약간 야위고 둥근 안경 뒤에 근시의 눈이 있는 안색이 아주 창백한 훨씬 어른 같은 얼굴이었다. 아름다운 얼굴은 아니었으나 어떤 영구불멸의 훌륭함이 있어서 그것이 끝까지 그에게서·좀처럼 떨어지지 않았다.

그는 자주 외출을 하기도 했고, 아이버리나 햄손, 또는 디드맨과 클럽에서 브리지를 하기도 했다. 처음에 만났을 때 그렇게 반발을 느꼈으나 지금은 스틸맨과도 자주 만나게 되었다. 스틸맨은 브룩크스 호텔과, 머지않아 완성될 위컴의 요양소 사이를 왕래하고 있었다. 그는 또 데니에게 런던으로 오라는 편지를 띄웠는데, 취직한 지 얼마 안 되는 데니는 놀러다닐 형편이 못 되는 것 같았다. 호프는 케임브리지에 있었으므로 손이 미치지 못했다.

때때로 발작적으로 병원의 임상적인 연구에 전념하려고 했다. 하지만 그것이 뜻대로 되지 않았다. 이상할 정도로 침착해지지 않았기 때문이다. 역시 침착하지 못한 기분으로 그는 은행 지점장인 웨이드를 찾아가 투자에 대한 상담을 했다. 결과는 만족스럽고 순조로웠다. 그리하여 그는 신중한 계획을 세워 웰벡가에 저택을 사고―막대한 투자였지만 수익도 상당한 액수에 달했던 것이다― 체스버러 테라스의 집은 옆에 있는 병원만 남기고 팔아버리기로 했다. 건물회사에 의뢰하면 잘해 주리라고 생각했다. 그는 바람 한 점 없는 무더운 밤에 밤잠을 설쳐가며 이런저런 계획을 짜고 사업에 대해 생각하다가 몹시 신경을 쓰고는 크리스틴이 없는 것이 더할 수 없이 외로워져서 침대 옆 테이블의 담배케이스로 자기도 모르게 절로 손을 뻗곤 했다.

마침 이 무렵, 그는 프랜시스 로렌스를 전화로 불러냈다.

"나는 요즘 쭉 혼자입니다. 어떻습니까, 밤에 어디로든지 드라이브라도 해 보지 않겠습니까? 런던은 더워서 도대체 견딜 수가 없군요."

그녀의 목소리는 침착성을 잃고 이상하게도 그를 위로하려는 듯 들렸다.

"그것 참 좋은 생각인데요. 어쩐지 나도 당신한테서 전화가 걸려오지 않나 하고 생각하고 있었어요. 당신, 크로스웨이즈를 알고 있어요? 어딘가 엘리자베스 시대풍을 닮은, 빛의 홍수라고나 할까요. 그리고 그 주변 강의 경치는 한결 더 멋져요."

이튿날 밤, 그는 한 시간도 채 안 걸려서 병원 일을 처리해 버렸다. 그리고 8시 훨씬 전에 나이트브리지에서 그녀를 태우고 챠트시 쪽으로 차를 몰았다.

두 사람은 스테인즈 변두리의 평탄한 채원지대를 빠져나와, 현란하게 불타고 있는 석양을 마주보며 똑바로 서쪽으로 차를 몰았다. 운전석의 그와 나란히 앉은 그녀는 거의 입을 열지 않았으나, 그 이국풍의 매력적인 존재는 차 속 가득히 실감되었다. 그녀는 사슴털 색깔의 엷은 감으로 만든 상의에 스커트, 그리고 자그마한 머리에는 까만 모자를 꼭 맞게 쓰고 있었다. 그는 그녀의 완벽한 아름다움에 완전히 압도되어 버렸다. 자기 바로 옆에 있는 장갑을 끼지 않은 그녀의 손은 희고 가늘며 이상할 정도로 표정이 풍부했다. 그 긴 손가락 끝은 형용할 수 없는 짙은 다홍빛의 계란 모양이었다. 참으로 아름다웠다.

크로스웨이즈는 그녀가 말한 대로 템즈 강가의 멋진 정원 속에 세워진 정교한 엘리자베스 시대풍의 집인데, 장식적으로 손질한 시대풍의 정원수라든가, 가련해 보이는 연못 등이 있으며, 호화로운 저택에서 가도 쪽에 있는 요정으로 가게 되면 현대식 설비와 질 나쁜 재즈밴드 때문에 그 멋이 완전히 손상되어 있었다. 그들이 고급 자동차로 가득 차 있는 가운데 뜰로 차를 몰고 가자 외모만은 번지르르하게 차린 급사가 뛰어왔다. 고색 창연한 벽돌은 등나무 넝쿨의 그늘에서 빛나고 있고, 몇 개의 높은 사각 굴뚝은 하늘로 향해 우뚝 솟아 있었다.

두 사람은 레스토랑으로 들어갔다. 스마트한 느낌이었으나 손님은 만원이었고, 반들반들한 마루의 사각형 홀에 테이블이 나란히 놓여져 있었다. 플라자에 있는 터키 국무총리 같은 지배인과 형제가 아닌가 싶을 만큼 닮은 지배인이 대기하고 있었다. 그는 대체로 지배인이 어쩐지 싫었고, 또 한편 무섭기도 했는데, 여기서 비로소 깨달은 사실이지만 그것은 그가 지금까지 로렌스처럼 아름다운 여성을 동반하지 않았기 때문이었다. 힐끔 쳐다보기만 했는데도 두 사람은 공손하게 제일 훌륭한 식탁으로 안내되고, 한 무리의 웨이터들에게 둘러싸였다. 그중 한 사람은 냅킨을 쭉 펴더니 공손하게 앤드루의 무릎에 놓아주었다.

로렌스는 극히 조금밖에 주문하지 않았다. 샐러드에 토스트 엘버(살짝 구운 얇은 토스트), 그리고 술을 빼고 냉수만 달라고 했다. 그런 간소한 주문에도 지배인은 아무렇지도 않은 듯 태연했으며, 도리어 신분이 높은 증거라고 생각하고 있는 것 같았다.

앤드루는 만일 자기가 크리스틴을 데리고 이런 곳에 들어와 이런 보잘것없는 요리를 시켰다면 멸시를 받고 길거리로 쫓겨났을지도 모른다고 생각하니 갑자기 침착성을 잃고 토할 것 같은 기분이 들었다.

그가 마음의 안정을 되찾았을 때 로렌스가 그를 향해 미소를 지어 보였다.

"우리들은 이미 꽤 오랫동안 서로 친밀하게 지내온 사이잖아요? 그런데 이것이 처음이에요. 당신이 데이트 신청을 한 것은."

"원망하시나요?"

"반드시 그렇지는 않아요."

그녀의 희미하게 미소 띤 얼굴에 또한 아름다운 친밀감이 표출되었으므로, 그는 마음이 몹시 흥분되고 농담 한두 마디쯤 해도 무관할 것 같은 기분이 되어 자기도 덩달아 높은 신분을 가진 사람처럼 느껴졌다. 그것은 단순한 우월감도 아니고, 어리석은 속물근성도 아니었다. 그녀의 마력이 자연스럽게 스며나와서 그를 사로잡고, 또 감싸버린 것이었다. 근처 주위의 식탁에 있는 사람들이 두 사람을 이상한 눈으로 보고 있었다. 그녀는 조금도 관심을 표명하지 않는데도 남자들이 감탄하는 눈으로 그녀를 바라보고 있는 것을 그는 의식했다. 그는 두 사람 사이가 훨씬 전부터 친했었다는 것을 분명하게 보여주지 않을 수 없었다.

그녀가 말했다.

"이런 말을 하면 당신이 너무 우쭐해할지도 모르겠지만……, 하지만 나는 전부터 극장에 갈 약속이 있었는데 취소하고 이곳으로 온 거예요. 니콜 와트슨 씨를 기억하고 있어요? 그 사람이 오늘 나를 데리고 발레 공연장에 갈 예정이었어요. 나는 발레를 무척 좋아해요……. 이런 어린애 같은 취미, 어떻게 생각하세요? 머신이 '이상한 가게'에 출연해요."

"와트슨이라면 물론 기억하고 있어요. 그분이 파라과이를 여행했었다는 것도. 상당히 사교적인 사람이더군요."

"참으로 멋진 분이에요."

"하지만 발레 공연장에 갔더라면 더워서 못 견뎠을 거예요."

그녀는 대답하지 않고 미소만 지을 뿐이었다. 그리고 정교한 부세의 정밀

화가 엷은 색으로 그려진, 에나멜을 칠한 얇은 케이스에서 담배를 꺼냈다.

"그래요. 와트슨이 당신을 쫓아다니고 있다는 말은 나도 들었어요."

그는 갑자기 격한 말투로 계속했다.

"남편은 어떻게 생각하고 있지요?"

이번에도 그녀는 말을 하지 않고 다만 그의 약간 신경질적인 이 말을 완곡하게 비난이라도 하듯 한쪽 눈썹을 치켜올렸다.

잠시 사이를 두고서 그녀가 말했다.

"아시고 있을 테죠? 남편과 나는 제일 가까운 친구예요. 그러나 우리는 서로 자기만의 친구를 갖고 있어요. 남편은 지금 주앙(프랑스 남부의 해수욕장)에 있어요. 하지만 나는 무슨 일로 거기에 가는지 이유를 묻지 않았어요."

그리고는 가벼운 어조로 말했다.

"우리 한 번만 춤출까요……."

그들은 춤을 추었다. 그녀는 가볍게 그의 팔에 안겨 변함없이 황홀하게 만드는 그런 아름다움으로, 그러나 아무 감정도 섞지 않은 채 스텝을 밟았다.

"나는 춤을 별로 잘 추지 못합니다."

자리로 되돌아오자 그가 말했다. 말씨까지 그녀를 닮아 있었다. '틀렸어, 크리스. 내가 그렇게 잘 출 수 있겠어.' 하면서 불평하던 시대는 먼 옛날의 일이 되어 버렸다.

로렌스는 대답하지 않았다. 그것이 또한 그에게 그녀가 독특한 성격의 여자임을 느끼게 했다. 만약 다른 여성이었다면 칭찬을 하거나 혹은 반대를 해서 그에게 거북한 생각을 갖게 했을 것이다. 갑자기 그는 충동적인 호기심에서 이렇게 물어보았다.

"한 가지 대답해 주시겠습니까? 어째서 당신은 나 같은 사람을 이렇게 친절하게 대해 주시는 겁니까? 여러 가지로 배려를 해주셨는데…… 최근 몇 개월 동안 계속해서……."

그녀는 장난기어린 눈으로 그를 보고 있었는데, 그러나 대답을 피하지는 않았다.

"당신은 여성에게 있어서 굉장히 매력적인 분이에요. 그리고 제일 큰 매력은 자신이 그것을 모르고 있다는 거예요."

"아니, 그러나, 솔직하게 말해서……."

그는 얼굴을 약간 붉히면서 항의했다. 그러나 곧 혼잣말처럼 중얼거렸다.

"얼마간은 의사로서도 인정해 주셨으면 하는데……."

그녀는 한 손으로 담배연기를 천천히 날려버리면서 소리내어 깔깔 웃었다.

"당신은 뜻밖이라고 생각하셨겠죠. 하지만 당신이 매력적이 아니라면 나는 이런 말을 하지도 않아요. 그리고 당신은 물론 훌륭한 의사예요. 며칠 전에도 그린가에서 우리는 당신 이야기를 했어요. 리 로이는 그 식이요법론자가 다소 취급 곤란한 눈치예요. 가련한 저 럼볼드 씨 말예요! 리 로이가 큰 소리로 '할아버지에게는 재갈을 물리지 않으면 안 돼.'라고 말하는 것을 듣고는 그 사람도 기분이 좋지는 않았을 거예요. 하지만 젬은 찬성하고 있어요. 그 사람들은 누군가 훨씬 젊고 활동력이 있는 사람을 중역으로 앉히고 싶어해요. 진부한 말로 표현한다면 장래성 있는 사람이죠. 틀림없이 그 사람들은 의학잡지에 대대적으로 선전할 계획일 거예요. 리 로이가 말하는 것처럼 과학적 견지에서 의학계에도 관심을 갖게 하고 싶다고 진심으로 생각하고 있어요. 그러므로 물론 럼볼드 따윈 그들의 눈으로 볼 때 웃음거리밖에 안 되죠. 그런데 어쩌다가 이런 말이 나왔을까? 이처럼 좋은 밤을 엉망으로 만들어 버릴 뿐인데. 어머, 그런 무서운 얼굴은 하지 마세요. 당신의 얼굴은 마치 나나 웨이터나 밴드마스터를 죽여버릴 것 같은 형상이에요. 하지만 정말로 죽여주었으면 좋겠어요……. 저 남자 능글맞지 않아요? 당신은 처음 만났을 때와 같은 얼굴을 하고 있어요. ……그 가봉실에 들어왔을 때 말이에요. 아주 고자세로 의젓한 척하면서 초조해하던 어쩐지 우스웠어요. 그리고……미안한데요, 토피에게는! 원래 여기 올 사람은 토피인데 말예요."

"나는 그녀가 오지 않아서 정말 다행스럽습니다."

그는 식탁을 내려다보며 말했다.

"소원인데, 제발 나를 그런 평범한 여자로 생각지 말아주세요. 그런 것을 나는 도저히 견딜 수가 없어요. 우리는 상당한 인텔리라고 생각하고 있어요. 그러므로 우리는……. 아니, 적어도 나만은……, 대단한 정열 따위는 믿지도 않아요. 이런 식으로 말해도 괜찮겠죠? 하지만 나는 인생이란 참으로 즐겁다고 생각해요. 만일 사람이 진정한 친구를 갖고 있어서 그 사람과 얼마 동안 교제를 할 수 있다면……."

그녀의 눈에 비웃는 듯한 빛이 또 나타났다.

"어머, 내가 마치 로제티를 흉내내는 것 같네. 그런 것은 딱 질색인데."

그리고 그녀는 다시 담배 케이스를 꺼내 들었다.

"여기는 무더우니 저쪽으로 가서 강물 위에 뜬 달을 당신에게 보여주고 싶어요."

그는 계산을 마치고 그녀의 뒤를 따라 가눌고 긴 유리를 끼운 문을 통해 밖으로 나왔다. 이 문도 아름다운 옛날 벽에 구멍을 뚫어서 만든 포학행위의 자취였다. 난간으로 둘러싸인 테라스로 나오자 댄스음악도 은은하게밖에 들리지 않았다. 두 사람의 눈앞에는 넓디넓은 잔디밭 길이 잘 다듬어진 주목(朱木) 검은 가로수 사이를 뚫고 강까지 뻗어 있었다. 그녀가 말했던 대로 달이 떠올라 커다란 나무의 그림자를 드리우고, 훨씬 아래에 있는 잔디밭 위에 세워진 대궁(大弓)의 표적들에 엷은 빛을 던지고 있었다. 그 저편은 은빛으로 빛나는 수면이었다.

두 사람은 발길 가는 대로 강가까지 내려가 강언덕의 벤치에 앉았다. 그녀는 모자를 벗고 천천히 흐르는 강물을 응시하고 있었는데, 그 끝없는 강물소리가 스피드를 내면서 멀어져 가는 고마력 자동차의 울부짖는 듯한 둔한 소리와 미묘하게 어우러져 들려왔다.

"얼마나 기묘한 밤의 소리인가!" 그녀가 탄성지르듯 말했다.

"낡은 것과 새로운 것, 게다가 거기서 탐조등이 달빛을 가로막고 있어요. 이것이 현대라는 것이군요."

그는 그녀에게 키스를 했다. 그녀는 아무런 반응도 보이지 않았다. 그녀의 입술은 뜨거웠고 메말라 있었다. 조금 있다가 그녀가 말했다.

"지금 참으로 좋았어요. 하지만 매우 서툴렀어요."

"좀더 멋지게 할 수 있어요."

그는 앞쪽을 응시한 채 미동도 하지 않고 중얼거렸다. 딱딱하게 긴장되어 자신을 가질 수 없고, 게다가 부끄러움이 앞서서 초조한 기분이었다. 그는 화가 났지만, 이런 밤에, 이런 아름답고 매혹적인 여성과 같이 있는 것은 얼마나 멋진 일인가 하고 자신에게 타일렀다. 달빛에 핑계를 대든가 주간지 소설의 줄거리대로 가든가, 어쨌든 그는 정신없이 그녀를 끌어안았어야 했을 것이다. 그런데 실제로는 쑥스러운 자신의 위치와 담배를 피우고 싶다는 욕망, 그리고 옛날부터 소화가 잘 안 되는 샐러드의 식초 맛 등을 부질없고 쓸데없이 의식하고 있을 뿐이었다.

게다가 어찌된 일인지 크리스틴의 얼굴이 괴상한 그림자가 되어 눈앞의 수면에 비쳤는데, 그것은 피곤한, 아니 차라리 고민하고 있다고 할 수 있는 표정을 짓고 뜰에는 두 사람이 처음으로 체스버러 테라스로 이사했을 때 양쪽으로 여닫는 무거운 문에 페인트칠을 한 그 가련한 자국이 묻어 있는 것이었다. 그것을 보자 그는 역겨운 생각이 번쩍 들면서 분노를 느꼈다. 나는 주위의 사정에 이끌려서 여기까지 왔을 뿐이다. 더욱이 나는 한 사람의 남자가 아닌가. 아직 보르노프—러시아 태생의 생리학자인데, 회춘을 위한 수술로서 원숭이의 생식기를 사람에게 이식했음—의 신세를 져야 할 만큼 나이를 먹은 것도 아니다. 그는 될 대로 되라며 다시 프랜시스에게 키스했다.

"당신이 각오를 하기까지는 아마 1년은 더 걸릴 거예요."

그녀의 눈에 애정인지 조롱인지 분간이 가지 않는 빛이 한순간 떠올랐다.

"우리 그만 돌아가야 하지 않겠어요, 선생님? 어쩐지 이 주변의 밤공기가 ……, 청교도에게는 약간 위험하지 않을까요?"

그는 손을 내밀고 그녀를 부축해 일으켰다. 그녀는 자동차까지 걸어가는 동안에도 그의 손을 가볍게 잡은 채 놓지 않았다. 그는 괴상한 복장을 한 자동차 지키는 사람에게 1실링을 던져주고 런던을 향해 출발했다. 그가 자동차를 모는 동안 그녀는 잠자코 있었는데, 입을 열지 않는 것이 도리어 즐거운 것 같았다.

그러나 그는 도무지 즐겁지가 않았다. 자기가 개와 다름없는 어리석은 인간으로 생각되어 견딜 수가 없었다. 자기를 미워하면서 스스로 자신에게 반발을 느끼고 있는 것이 재미없었고, 더욱이 무더운 자기의 방이나 안정감이 없는 혼자만의 침대로 되돌아가는 것이 두려웠다. 마음은 냉랭해지고 머리는 괴로운 생각으로 가득 차 있었다. 크리스틴에 대한 첫사랑의 괴로운 감미로움과 드라이네피에서의 신혼시절의 그 황홀했던 추억이 눈앞을 흐리게 했다. 그는 맹렬하게 그 추억을 떨쳐버렸다.

차는 그녀의 집에 도착했으나 그의 마음은 아직 어떠한 해결에도 도달해 있지 않았다. 그는 차에서 내려 그녀를 위해 문을 열었다. 두 사람이 복도에 서 있을 때 그녀가 핸드백을 열어 열쇠를 꺼냈다.

"들어오시는 거죠? 하인들이 벌써 잠들어 버리지 않았는지 모르겠네."

그는 주저하며 더듬더듬 말했다.

"너무 늦지 않았을까요?"

그녀는 못 들은 척하고 열쇠를 손에 든 채 층계를 두세 계단 올라갔다. 그 뒤를 살금살금 따라가는 그의 눈에 낡은 장바구니를 들고 시장거리를 걸어가고 있는 크리스틴의 모습이 사라져 가는 환영처럼 슬프게 비쳤다.

14

그로부터 3일 후, 앤드루는 웰벡가의 진찰실 의자에 걸터앉아 있었다. 무더운 오후였다. 열어젖힌 창의 그물창을 통하여 지친 공기가 가져다 주는 매우 단조로운 거리의 소음이 끈질기게 계속 들려왔다. 그는 과로 때문에 완전히 지쳐서 이번 주말 크리스틴의 귀가를 두려워하며, 전화가 걸려올 때마다 기대를 하면서도 초조해하면서, 1시간 동안에 3기니를 받는 환자를 여섯 명씩이나 진찰해야 했으며, 로렌스를 만찬에 초대하기 위해서는 병원 일을 빨리 끝내야 한다고 생각하니 땀을 뻘뻘 흘릴 수밖에 없었다. 간호사 샤프가 매우 못마땅한 듯한 얼굴을 평상시보다 더 노골적으로 드러내 보이며 들어왔을 때 그는 몹시 초조해하면서 쳐다보았다.

"어떤 남자분이 찾아왔어요. 무서운 인상을 한 분이에요. 환자는 아니고, 물건을 강매하는 사람도 아니라고 했어요. 명함도 갖고 있지 않았어요. 이름은 볼랜드라고 했습니다."

"볼랜드?" 앤드루는 무심히 이름을 되풀이하다가 갑자기 표정이 밝아졌다.

"콘 볼랜드가 아닐까? 들어오시라고 해! 당장 빨리!"

"하지만 환자 한 분이 아직 기다리고 있어요. 그리고 10분 후에는 로버트 부인이……."

"로버트 부인에 대해서는 걱정하지 말아요."

그는 안절부절 못하면서 내뱉듯 말했다.

"내가 시키는 대로 해요."

샤프 간호사는 그러한 그의 태도에 울컥 화가 나서 얼굴이 빨개졌다. 그리고 이런 식으로 말한 적은 없었다는 말이 금방 터져나오려는 것을 꿀꺽 삼킨 채 그녀는 홍 하고 코방귀를 뀌고 머리를 똑바로 쳐들고 나가버렸다. 그녀는 곧 볼랜드를 안내해 왔다.

"야, 이거 볼랜드 아닌가!"

앤드루는 뛸 듯이 기뻐하며 말했다.

"여, 어떤가!"

콘은 이렇게 외치면서 개방적이고, 명랑한 웃는 얼굴로 가까이 다가왔다. 언제나 변함없는 붉은 머리카락의 치과의사로서 방금 목조차고에서 나온 것 같은 모양이었으며, 헐렁헐렁하고 번들번들 윤이 나는 곤색 양복을 입고 커다란 갈색 장화를 신은 단정치 못한 모습이었다. 예전보다 조금 더 나이가 든 것 같았으나, 침투성이의 솔 같은 붉은 콧수염을 기르고 텁수룩한 머리를 한 채 괴상한 목소리로 떠들어대는 버릇은 예전과 조금도 변함이 없었다.

그는 앤드루의 등을 툭 쳤다.

"반갑네, 맨슨! 자네를 다시 만나다니. 멋있군 그래. 당당한 얼굴을 하고 있군. 참으로 당당해. 백만 명 속에서도 자네를 잘못 보는 일은 없을 걸세. 그래! 그래! 옛날에 비해서 재미가 어때? 여기로 말하면 일류 장소가 아닌가 말이야."

그는 경멸하는 듯한 눈으로 보고 있는 떨떠름한 얼굴 표정의 샤프 간호사를 웃는 얼굴로 돌아다보았다.

"이 간호사 아가씨는 나도 의사라고 말하기까지에는 들여보내려 하지 않더군. 사실 말이지만, 간호사 아가씨, 이 몹시 거드름을 피우고 있는 선생님은 현재 아가씨를 고용하고 있지만 얼마 전까지만 해도 나와 함께 초라한 의료조합에서 일하고 있었다네. 저 두메산골인 어벨라러우에서 말이야. 그쪽으로 오는 길이 있으면 꼭 우리 부부가 사는 곳에 들러주시오. 차 한 잔쯤은 대접해 드릴 테니까. 옛친구 맨슨의 친구라면 누구든지 환영할 거야."

샤프 간호사는 그를 힐끔 쳐다보고 방을 나갔다. 그러나 그런 것에는 개의치 않고 볼랜드는 진심에서 우러나오는 순수한 기쁨으로 정신없이 떠들어대다가 잠시도 가만 있을 수 없는지 갑자기 앤드루 쪽으로 말머리를 향했다.

"미인이라고는 말할 수 없군. 그렇지, 맨슨? 그러나 꽤 깔끔한 여자인 것 같은데. 좋아, 좋아! 그런데 어때? 자네는 아무 일 없나?"

그는 앤드루의 손을 놓지 않고 기쁨으로 싱글벙글 웃으면서 그 손을 펌프처럼 올렸다 내렸다 했다.

오늘처럼 맥이 빠져 있을 때 볼랜드를 다시 만났다는 것은 더없이 좋은 강장제였다. 앤드루는 겨우 콘의 손을 놓자 회전의자에 털썩 앉아서 비로소 인간다운 기분이 되어 담배를 볼랜드에게 슬그머니 밀어주었다. 그러자 볼랜드는 더러운 엄지손가락을 한쪽 옆구리 밑에 밀어넣고 한쪽 손은 방금 불을 붙인 담배의 젖은 물부리에 대고 자기가 찾아온 이유를 설명했다.

"잠시 휴가를 얻었어, 맨슨. 그리고 두세 가지 용건도 있고 해서. 아내가 가서 처리를 하고 오면 어떻겠느냐고 하더군. 최근엔 브레이크의 느슨함을 죄는 일종의 용수철을 발명하고 있는데, 틈만 있으면 그 일에 매달리고 하지. 그런데 화가 나는 것은, 누구 한 사람 그 장치를 인정해 주려 하지 않는다는 점이야. 하지만 좋아, 그건 그것으로 일단 좋아. 다른 하나의 일에 비교한다면 그것은 문제도 되지 않아."

콘은 담뱃재를 카펫 위에 떨어뜨리고 한층 진지한 얼굴이 되었다.

"그런데 말이지, 맨슨! 메리에 대해서인데……, 틀림없이 메리를 기억하고 있겠지. 그애는 자네를 잊지 못하고 있어! 그런데 그애가 어디가 아픈지 도무지 기운을 차리지 못한단 말이야. 그래서 루엘린한테 데리고 갔는데, 조금도 나아지질 않는 거야."

볼랜드는 갑자기 흥분하여 탁한 목소리를 냈다.

"울화통이 터지겠단 말이야, 맨슨. 그 주제에 그 녀석이 건방지게도 폐결핵의 기미가 있다는 거야……, 어쨌든 메리의 숙부인 단이 15년 전에 요양소에 들어간 이후 볼랜드 일가에는 단 한 명도 그러한 사람이 나온 일은 없단 말이야. 그래서 말인데, 맨슨, 어떤가? 옛친구 정으로 한번 어떻게 손을 좀 써주지 않겠나? 오늘날 자네는 훌륭한 의사야. 어벨라러우에서는 자네에 대한 소문이 무성해. 우리들을 위해서 메리를 일단 한번 봐주지 않겠나? 그애가 자네를 얼마나 신뢰하는지 자네는 모를 걸세. 우리들……, 나도 아내도 같은 마음일세. 그래서 아내가 나에게 말하더군. '맨슨 선생님한테 가서 부탁을 해보세요. 그래서 봐주신다고 하면 언제든지 형편이 닿을 때 딸을 보내기로 해요.' 어떤가, 맨슨? 바빠서 못하겠다면 나는 즉시 그렇게 알고 물러가겠네."

앤드루의 표정은 근심의 빛으로 금방 변해 있었다.

"그렇게 말하는 법이 어디 있소, 볼랜드. 당신은 모르겠소, 당신을 만나서 내가 얼마나 기뻐하는지를? 그리고 메리는 가련하게도……, 내가 할 수 있는 거라면 뭐든지 하지, 뭐든지."

간호사 샤프가 눈짓으로 독촉하는 것도 개의치 않고 그가 귀중한 시간을 지금 낭비하며 볼랜드와의 이야기에 빠져 있자 드디어 그녀도 더 참을 수 없어진 듯했다.

"환자가 다섯 분이나 기다리고 있어요, 맨슨 선생님. 그리고 약속하신 왕진 시간도 한 시간이나 이미 늦었구요. 저로서는 이 이상 더 어떻게 양해를 구해야 할지 도통 모르겠어요. 저는 이런 식으로 환자를 다루는 데는 익숙해져 있지 못하니까요."

그래도 그는 볼랜드를 서둘러 보내려고 하지 않고 문까지 전송하면서 여러 가지 이야기를 했으며, 간호사의 불평에도 개의치 않았다.

"그렇게 빨리 고향에 돌려보내지는 않을 거요, 볼랜드. 어느 정도나 머무를 수 있소? 사흘이나 나흘이라고? 그러면 됐어요! 어디에 숙박하고 있소? 웨스트랜드 호텔인가요. 베이즈워터 앞에 있는……, 그건 안 돼요! 그렇게 하지 말아요. 어째서 우리 집으로 오지 않는거요? 바로 이 근처에 우리 집이 있는데. 그리고 방은 얼마든지 있다구. 크리스틴도 금요일에는 돌아와요. 당신 얼굴을 보면 무척 기뻐할 거요, 볼랜드. 정말 기뻐할 거요. 우리 함께 옛날 이야기나 합시다."

그 이튿날 볼랜드는 체스버러 테라스로 자기 가방을 가지고 왔다. 야간진찰을 끝내자 두 사람은 함께 팔레디엄 뮤직홀로 야간 공연을 보기 위해 출발했다. 볼랜드와 함께 보고 있으니 어느 막이든지 매우 재미가 있었다. 볼랜드가 큰 소리로 웃어대자 처음에는 다소 당황했으나 가까이 있는 손님에게도 곧 그것이 전염되었다. 모두들 볼랜드 쪽을 돌아보면서 동감이라는 미소를 함께 보냈다.

"이거 못견디겠는걸!"

볼랜드는 관람석에서 데굴데굴 구를 정도였다.

"저 녀석을 봐요! 자전거에 탄 녀석을! 그때의 일이 생각나지 않나, 맨슨……."

막간에 두 사람은 바에 가서 앉았다. 볼랜드는 모자를 깊숙이 내려쓰고 수염을 거품투성이로 만들며 갈색 장화를 신은 채 명랑하게 마구 떠들어댔다.

"야, 이것은 정말 내게는 고마운 진수성찬이야. 자네는 참으로 친절, 그 자체라네!"

볼랜드에게서 진심에서 우러나온 감사의 말을 듣고 앤드루는 어쩐지 자기가 치사한 위선자가 된 것 같아서 견디기 어려웠다.

공연이 끝난 다음 그들은 카데로에 들러서 비프스테이크를 안주로 맥주를 마신 다음 집으로 돌아와 현관방에 불을 피우고 또 맥주를 몇 병 비웠다. 그렇게 하고 있는 동안만은 앤드루도 지나치게 도시화한 신변의 복잡한 일들을 이내 잊었다. 일로 인한 극도의 긴장, 리 로이가 자기를 신임할까 어떨까의 예상, 빅토리아 병원에서의 찬스, 투자의 형세, 프랜시스 로렌스의 델리키트한 매력, 멀리 있는 크리스틴의 비난하는 듯한 눈에 대한 공포. 이런 모든 일들이 볼랜드가 큰 소리로 떠들고 있는 동안 말끔히 사라져 버렸다.

"우리들이 루엘린과 싸우고 있을 때 일인데, 기억하고 있겠지? 어커트와 다른 녀석들이 다 살금살금 물러나고 말았지. 어커트로 말하면 노익장인데, 자네에게 안부 전해달라고 하더군. 그후에 우리 둘이서 맥주를 전부 마셔버렸었지."

다음날이 되었다. 그리고 그날은 싫든 좋든 크리스틴과 얼굴을 마주대할 수밖에 없었다. 앤드루는 평정을 유지할 자신이 없었으므로 볼랜드를 구세주로 생각하여 아무것도 모르는 그를 플랫폼의 한쪽 끝까지 끌고 갔다. 열차가 들어왔을 때 그의 심장은 괴로운 기대로 물결쳤다. 크리스틴의 낯익은 작은 얼굴이, 그녀도 또한 어떤 기대로 긴장하여 승객의 무리 속에서 그에게로 걸어오는 것을 보니 고통과 회한으로 그는 거의 미칠 것만 같았다. 하지만 곧 그는 모든 감정을 떨쳐버리고 아무렇지도 않은 표정을 지으려고 애썼다.

"아, 크리스. 다시는 돌아오지 않는 줄 알았지. 그런데 이분을 잘 보라구. 콘이야! 보시는 바와 같이, 콘 볼랜드 씨야! 그런데 조금도 늙지 않았어. 우리 집에 묵고 있지. 크리스, 차 안에서 모두 말해줄게. 차는 밖에 두고 왔어. 어때, 재미있었어? 이것 봐, 어떻게 된 거지! 가방을 직접 들고 오다니 ……."

예상치도 못했던 정거장까지의 마중에 다소 당황했다. 정거장에서 만나리라고는 꿈에도 생각지 못했다. 크리스틴의 얼굴에는 근심스런 표정이 사라지고 두 볼에는 싱싱한 붉은 기가 감돌았다. 그녀도 또한 다시 한 번 새롭게 해보려는 열망이 있었으므로 마음에 걸리기도 하고, 신경이 날카로워지기도한 것이다. 그런데 이 정도라면 희망이 있을 듯했다. 볼랜드와 나란히 자동차에 올라앉아 그녀는 운전석에 있는 앤드루의 옆모습을 훔쳐보며 쉬지 않고 콘과 이야기를 했다.

"아, 역시 자기 집이 최고야."

한 발자국 현관에 발을 들여놓자마자 그녀는 후 하고 크게 숨을 내쉬며 경쾌하고 강한 어투로 물었다.

"내가 없어서 쓸쓸했었어요, 앤드루?"

"물론이지. 모두가 쓸쓸해했지. 그렇죠, 베네트 부인? 내 말이 맞지, 플로리? 콘, 뭘 꾸물거리고 있어. 자, 빨리 나가 짐을 옮깁시다."

그는 곧 밖으로 나가 굳이 그럴 필요가 없는데도 여행 가방을 들고 오는 콘을 도와주었다. 그러다가 무슨 일을 할 사이도 없이, 말 한 마디도 변변히 나누지 못한 채 외출을 해야 했다. 왕진 때문이었다. 그는 저녁식사 때까지 꼭 돌아올 테니 기다려 달라면서 현관문을 열어제쳤다. 그리고 차에 뛰어올라 자리에 앉기 바쁘게 중얼거렸다.

"아, 이제 한시름 놓았다! 크리스는 휴양을 하러 갔었지만 별로 좋아진 것 같지도 않군. 하지만 안심이야! 크리스가 전혀 눈치채지 못한 것 같으니까. 지금으로서는 이것이 제일 중요한 것이야."

집에 늦게 돌아왔으나 그의 발랄함과 명랑함은 보통이 아니었다. 콘도 그 같은 분위기에 곧 말려들었다.

"참으로 놀랐는걸! 자네는 전에 비해 매우 씩씩해졌군 그래, 맨슨."

화해의 신호로 자기에게 보내는 크리스틴의 눈빛을 앤드루는 어렴풋이 느꼈다. 하지만 그녀는 그가 보기에 화해보다도 메리의 일이 더 마음에 걸려 있는 듯했다. 그녀는 메리 병이 염려가 되어서 어쩐지 불안한 것 같았다. 그녀는 콘에게 즉시, 될 수 있으면 내일이라도 메리에게 이리로 오도록 전보를 치라고 부탁했다는 것을 다른 이야기의 중간에 말했다. 그녀는 메리에 대해서 여러 가지로 신경을 썼다. 어떻게든 빨리, 아니, 온갖 방법을 다 동원하여 그녀의 병을 고쳐주고 싶다고 했다.

모든 일은 앤드루가 예상했던 것보다 훨씬 더 순조롭게 진행되었다. 메리에게서는 내일 오전 중에 도착할 것이라는 회답이 왔다. 그래서 크리스틴은 그녀를 맞이할 준비로 눈코 뜰 새 없었다. 온 집안의 소란과 흥분이 그의 야릇하게 무성의한 척하는 태도를 잘 커버해주었다.

그런데 메리가 모습을 나타냈을 때, 그는 갑자기 본래의 모습으로 되돌아갔다. 그녀의 용태가 좋지 않다는 것을 한눈에 알 수 있었다. 메리는 그 동안 약간 처진 어깨의 지나치게 여윈 스무 살의 처녀가 되어 있었다. 그런데 축 처진 몸집과는 달리 안색은 어색할 정도로 아름다웠는데, 그것을 보는 순간 앤드루도 곧 빨리 손을 쓰지 않으면 큰일나겠는걸 하고 놀랄 정도였다.

그녀는 여행을 했기 때문에 몹시 지쳐 있었다. 그들과의 재회를 몹시 기뻐하며 일어나서 말하고 싶다고 했으나 모두가 권해서 6시경에 자리에 눕게 했다. 그후에 앤드루는 2층에 올라가서 그녀의 가슴을 진찰했다.

15분 가량 지나자 그는 콘과 크리스틴이 있는 응접실로 내려왔다. 크리스틴이 돌아왔을 때 의도적인 활달함과는 달리 그의 얼굴에는 우려의 빛이 가득했다.

"아무래도 틀림없는 것 같아. 왼쪽 폐첨(肺尖)이야. 루엘린이 말한 것은 사실이오, 콘. 그러나 걱정하지 않아도 돼요. 아직 초기이니까 치료할 방법은 있어!"

"그렇다면 여보게."

콘은 매우 근심하는 얼굴로 말했다.

"나을 가망은 있다는 건가?"

"그래요, 그렇게 단정해도 좋을 거요. 물론 그애한테서 눈을 떼지 않고 늘 진찰하며 동원할 수 있는 모든 방법을 다 동원한다는 조건이라면 말이오."

일단 말을 멈춘 그는 눈썹을 찌푸리면서 뭔가 잠시 생각했다.

"그런데 어벨라러우는 그애에게 있어서 제일 좋지 못한 지방이라고 생각해요. 초기 폐결핵을 가정에서 치료한다는 것 자체가 잘못된 생각이니까. 어때요, 내게 맡겨서 빅토리아 병원에 입원시키면? 나는 도로우굿 박사와는 잘 아는 사이이니까 걱정없어요. 그의 병실에 입원시킬 수 있어요. 그러면 내가 직접 늘 돌볼 수 있을 것이고."

"맨슨!" 콘은 감동하여 외쳤다.

"이것이 진정한 우정이라는 거야. 그애가 얼마나 자네를 신뢰하고 있는지 자네는 모를 걸세. 자네 말고 누가 그애를 고쳐주겠나."

앤드루는 즉시 도로우굿 박사에게 전화를 하려고 나갔다가 5분쯤 경과한 후 되돌아왔다.

"콘, 메리는 이번 주말에 빅토리아 병원에 입원시킬 수 있게 됐네."

콘은 당장 명랑해졌다. 호흡기 전문 병원, 앤드루의 간호, 도로우굿의 감독, 따위를 생각하니 타고난 낙천주의가 고개를 들어 메리가 이미 다 완쾌된 것 같은 기분이 되었다.

그후 이틀간은 입원 준비 때문에 눈코 뜰 새 없었다. 토요일 오후에 메리는 입원하고 콘은 퍼딩턴 역에서 기차를 탔는데, 그제야 앤드루는 겨우 주위를 돌아볼 여유가 생겼다. 그는 크리스틴의 팔을 잡고 병원으로 돌아오는 도중에 경쾌한 기분으로 이렇게 말했다.

"좋지? 또 이렇게 우리 둘만 있게 되었으니 말이야, 크리스! 참 정말 지난 1주일 동안은 몹시 어수선했어."

그것도 분위기에 잘 어울리는 말투였다. 하지만 사실 앤드루는 그녀의 얼굴에 나타나 있는 표정을 눈치채지 못하고 있었다. 그녀는 혼자서 방에 앉아 약간 머리를 갸우뚱하고 두 손을 무릎 위에 놓은 채 미동도 하지 않았다. 돌아왔을 당시에는 그녀도 퍽 희망을 갖고 있었다. 그러나 지금은 마음속에 무서운 예감이 들었다. 하나님! 언제 그리고 어떻게 하면 이런 일들이 끝장이 날까요?

15

그의 성공은 갑자기 밀어닥친 홍수처럼 둑을 무너뜨리고 굉음을 내면서 큰 물결이 되어 손 쓸 새도 없이 그를 끝없이 밀고 나갔다.

햄슨과 아이버리와의 제휴는 지금 더욱 긴밀하게 되었고, 그리고 더욱 큰 이익을 올리고 있었다. 게다가 디드맨에게서 르 투케에 1주일 예정으로 골프를 치러가는데 그 동안 플라자 호텔에서 자기 대리를 해달라는 부탁을 받았다. 사례는 그곳 수입의 절반이라는 묵계였다. 지금까지 디드맨의 임시 대리는 언제나 햄슨이었는데, 앤드루가 본 바로는 최근 이 두 사람 사이에 뭔가 안 좋은 일이 일어나고 있는 것 같았다.

앤드루에게 있어서 발작을 일으켜 괴로워하고 있는 여배우의 침실에 곧바로 들어가서 그녀의 비단 시트에 앉아 정확한 솜씨로 그 성별도 없는 것 같은 육체를 타진하고, 시간이 있을 때에 같이 담배도 피울 수 있다는 것이 얼마나 자랑스러운 기분이었겠는가!

그러나 그보다 더 자랑스러웠던 것은 조셉 리 로이가 그의 능력을 인정해 주었다는 점이었다. 그 전 달에 그는 두 번 리 로이와 점심을 같이 했다. 그리하여 상대방의 마음속에 중대한 계획이 세워져 있음을 알았다. 두 사람이 최근 만났을 때 리 로이는 그의 관심을 끌려는 듯 이런 말을 했다.

"저, 선생. 이번 사업에 나는 선생을 계산에 넣었어요. 이번 사업은 꽤 큰

일인데 의학적인 의견도 매우 필요로 하오. 나는 본래 이럴까 저럴까 하고 주
저하는 것은 딱 질색인데……. 럼볼드 노인은 말이오, 자기 몫의 칼로리도 제
대로 감당 못하는 판국이니 일찌감치 은퇴를 시켜버릴 예정이오! 그리고 이
른바 전문가라는 사람들에게 이리저리 끌려다니는 데도 이젠 질력이 났소.
나에게 필요한 것은 분별력 있는 의학고문 정도인데, 선생이 어떨까 하는 생
각이 들었소. 저, 우리 제품도 일반적인 인기에 편승하여 대중 속에 널리 파
고들어가 있소. 그런데 솔직히 말해서 훨씬 사업을 확장하여 좀더 과학적인
것에도 손을 대야 할 시기에 이르렀다고 생각하고 있소. 우유의 성분을 분해
하여 그것을 전기로 처리하거나, 광선을 쬐거나 해서 정제를 만드는거요. 비
타민 B가 첨가된 '크리모', 영양불량, 꼽추병, 불면증에 잘 듣는 '크리모팍
스'나 '레더틴'……. 잘 알겠죠, 선생. 그밖에 훨씬 본격적인 것이 제조되면
전 의학계의 찬동을 얻어 모든 의사들을, 말하자면 잠재적인 세일즈맨으로
삼는 것도 가능할 것이라고 나는 생각하고 있소. 결국 이것이 과학적인 선전,
과학적인 진출이라는 것인데, 회사 내부에 과학정신이 있는 젊은 의사를 두
면 장래에는 모든 방면에 걸쳐 도움을 받을 수 있으리라고 믿고 있소. 그러니
까 지금 내가 한 말을 잘 이해해주기 바라오. 사실상 우리들은 제품의 수준을
올리고 있소. 그런데 각 방면의 의사가 추천하고 있는 시시한 엑기스류 따위
를 생각하면, 예를 들면 '마로빈 C'라든가, '베가터그'라든가 '본브란' 같은
거 말이오……. 어쨌든 우리들도 국민에 대해 일반적인 건강수준 향상에 크
게 봉사하고 있다고 생각해도 좋지 않겠소."

앤드루는 그러나 몇 통의 '크리모팍스'보다는 한 알의 신선한 완두콩에
보다 많은 비타민이 포함되어 있다는 생각을 떨쳐버릴 수가 없었다. 그런데
그는 중역으로서의 활동에 의해서 받는 보수보다는 리 로이의 관심을 끌 수
있었다는 점에 감격하고 있었다.

리 로이의 눈부신 시장조작에 의해서 그도 많은 이익을 분배받을 것이라고
귀띔을 해준 것은 로렌스였다. 궤변이 능하고 매력이 넘치는 그녀를 찾아가
같이 차를 마시며 노닥거리거나 그 재능 있는 여자가 특별한 눈으로 그를 향
해 재빨리 던지는 안타까운 듯한, 그리고 격의 없는 미소를 음미하는 것은 즐
거운 것임에 틀림없었다. 그녀와의 교제로 인하여 그 또한 능수능란하게 궤
변을 구사할 뿐만 아니라, 행동거지가 더한층 세련되어지기도 했다. 그리하
여 그는 무의식중에 그녀의 철학을 흡수했다. 그는 그녀의 지도하에 현상적

인 취미를 기르는 것만을 배우고, 보다 본질적인 것에 대해서는 눈도 돌리지 않게끔 되어갔다.

그는 이미 크리스틴과 얼굴을 마주쳐도 거리낌이라든가 죄책감 따윈 조금도 들지 않았다. 로렌스와 한 시간쯤 함께 지낸 뒤에도 아무렇지 않은 얼굴로 집에 돌아올 정도가 되었다. 그는 이 놀랄 만한 변화를 이상하게 생각할 여유조차 없었다. 가령 그것을 깨닫는다 해도 자기는 로렌스 부인을 사랑하는 것도 아니며, 이것은 크리스틴도 전혀 모르는 사실이지만, 무릇 남자란 누구나 일생 동안 한 번쯤은 이같은 특별한 막다른 골목에 잘못 들어갈 수도 있는 것이라고 간단하게 일축해 버렸다. 뭐 이제 와서 새삼스럽게 나만은 다른 남자들과 다르다고 위선적인 태도를 취할 필요가 있을까?

그런 것에 대한 보상으로 그는 크리스틴에게 필요 이상으로 다정하게 굴었고, 말을 할 때 동정심을 표시했으며, 앞으로 자기 계획을 이야기해 주기까지 했다. 그녀는 그가 내년 봄에 웰벡가에 큰 저택을 살 예정이고, 준비가 되는 대로 체스버러 테라스를 떠날 것이라는 사실을 알게 되었다. 그녀는 이제 그와 의논을 하지도 않게 되었고, 처음부터 비난을 퍼붓는 일도 하지 않게 되었다. 설령 불만이 있다고 해도 그녀 속마음을 그는 도무지 알지 못했다. 그녀는 완전히 소극적이 되어버린 것 같았다. 한편 그는 그대로 일상생활이 너무나 바빠서 천천히 반성해 볼 틈이 없었다. 이 눈이 핑핑 돌 지경으로 바쁜 생활이 그를 들뜨게 하여 자기에게 그만한 힘이 있는 것 같은 착각을 갖게 만들었다. 정력이 넘치고 있다는 느낌을 가지고 있었는데, 그 느낌은 점점 더 팽창하여 마침내 자기 자신과 자기의 운명을 자유로이 조종할 수 있다고까지 생각하게 되었다.

마침 이러한 시기에 그는 청천벽력과 같은 타격을 받았다.

어느 날 저녁, 체스버러 테라스의 그의 진찰실에 그 근처에서 조그만 가게를 하고 있는 부인이 찾아왔다. 미세스 비들러라고 하는 작은 새 같은, 그리고 명랑한 눈을 가진 민첩한 중년 여자였는데, 지금까지 마게이트는 물론 보우 벨스 이상은 가본 적이 없는 순수한 런던 본토박이였다. 앤드루는 비들러 집안을 잘 알고 있었다. 이곳에서 처음 개업했을 무렵 가벼운 병에 걸린 그 집 아이를 진찰한 일이 있었다. 또 그때 자기 구두를 수선해 달라고 보낸 일도 있었다. 그것은 똑똑하고 매우 부지런한 비들러 집안이 퍼딩턴가의 첫 골목에 '만물재생상회'라는 간판을 걸고 두 가지 장사─한편에선 구두 수선,

다른 한편에선 세탁소를 하고 있었기 때문이다. 남편인 해리 비들러는 체격이 탄탄하고 얼굴이 하얀 남자로서 칼라도 붙이지 않은 셔츠를 입고 팔을 걷어붙인 채 구두 수선을 하기도 하고 세탁일이 바쁠 때에는 일꾼을 두 사람이나 두고도 자신이 직접 빨래판에 나앉아 빨래를 하는 모습을 자주 볼 수 있었다.

미세스 비들러가 한 이야기는 그녀의 남편 해리에 대한 것이었다.

"선생님." 그녀는 평소처럼 쾌활한 투로 이야기를 시작했다.

"우리 집 양반의 건강이 좋지 않아요. 벌써 몇 주일 전부터 계속 저렇답니다. 제가 몇 번이나 이곳에 가보라고 말했지만 그럴 필요가 없다고 고집을 부려요. 그러니 선생님이 내일 좀 와주시지 않겠습니까? 편안히 자리에 누워 있도록 할테니까요."

앤드루는 왕진을 가겠다고 약속을 했다.

이튿날 아침 그녀의 집에 가보니 해리는 자리에 누워 있었다. 그는 앤드루에게 복부가 아프고 너무 뚱뚱해졌다고 하소연했다. 최근 수개월 간 허리둘레가 매우 굵어지자, 병이라는 것을 모르고 산 많은 환자들처럼, 그도 여러 가지로 그 원인을 생각해 보았다. 맥주를 너무 많이 마신 탓이거나, 아니면 앉아서만 일을 하는 생활 때문인지도 모르겠다고 했다.

진찰을 끝낸 앤드류는 그같은 설명에 반기를 들지 않을 수 없었다. 병은 낭종(囊腫)인데, 위험하다고 할 수는 없어도 수술을 할 필요는 분명히 있었다. 비들러 부부를 안심시키기 위해 그는 간단한 낭종도 내버려두면 내부에서 자라나는 경우가 있는데, 그렇게 되면 손을 쓸 수 없게 되지만, 지금 잘라버리면 그것으로 낫게 된다고 열심히 설명해주었다. 그는 수술의 결과에 대해서는 조금도 위험하다고 생각하지 않았기 때문에 비들러에게 곧 자선병원에 입원하라고 권했다.

그런데 그 말을 들은 비들러의 아내가 두 손을 들고 반대했다.

"안 됩니다, 선생님. 저는 해리를 자선병원 같은 데는 입원시키지 않을 겁니다."

그녀는 계속해서 마음의 동요를 진정시키려고 애쓰고 있었다.

"오래전부터 저는 이런 일이 생기면 어쩌나 하고 걱정을 하고 있었어요—우리 집 양반이 너무 지나치게 일을 했거든요. 하지만, 비록 이렇게 됐지만 고맙게도 이럭저럭 꾸려나갈 만한 형편은 된답니다. 물론 우리는 풍족한 편은 아니에요, 선생님. 하지만 얼마간의 저축은 있어요. 게다가 이런 경우가 아니라면 그것을 쓸 데도 없어요. 저는 해리에게 자선사업가의 소개장을 받으러 가게 하거나 줄을 서게 한다거나, 가난뱅이들처럼 공동병실에 들어가게 하고 싶지는 않아요."

"하지만 아주머니, 그런 것에 대해서는 내가 잘……."

"아니에요. 안 됩니다! 개인 경영의 요양소에 입원시키겠어요, 선생님. 그런 요양소는 이 주변에도 얼마든지 있어요. 그리고 자격이 있는 전문의사 선생님께 수술을 받겠습니다. 미리 말씀드리지만 선생님, 제 눈이 시퍼렇게 살아 있는 한 해리 비들러를 자선병원 같은 데는 입원시키지 않겠습니다."

그녀는 단호했다. 게다가 비들러 자신도 이 불유쾌한 수술을 할 바에야 개인 병원의 전문의에게 치료받겠다는 의견이었다. 그는 힘이 미치는 한 최선의 조처를 바라고 있었다.

그날 밤, 앤드루는 아이버리를 전화로 불러냈다. 요즘 남의 도움이 필요할 경우, 아이버리에게 의뢰하는 것이 하나의 습관처럼 되어 있었다.

"또 하나 부탁할 게 있어, 아이버리. 배에 낭종이 생긴 환자 한 명이 있는데 수술이 필요해요. 부지런한 사람인데, 돈이 넉넉한 편이 못 돼서 당신에게는 그다지 고마운 환자라고 할 수는 없어요 하지만 당신이 그의 수술을 맡아준다면 매우 고맙겠어. 보통 사례금의 3분의 1 정도라면 어떨까."

"맨슨, 그따위 말을 하려거든 전화를 끊게. 내가 한 일로 그대의 체면이 선다면 그보다 더 기쁜 일은 없을 성싶네. 그대의 말처럼 보통 그 수술은 100기니를 받는데 30기니로 해주지."

정중한 아이버리의 말에 앤드루는 마음이 놓였다.

그는 곧바로 미세스 비들러에게 전화를 걸었다.

"금방 찰스 아이버리 선생과 연락을 취했습니다. 나와 매우 친한 친구인데, 웨스트 엔드의 외과의사입니다. 내일 나와 같이 가서 남편의 진찰을 받도록 하죠. 11시입니다. 괜찮지요? 그런데 그는……, 여보세요, 듣고 계십니까? ……그의 말에 의하면 수술을 해야 할 경우에는 30기니로 해주겠다고 합니다. 보통이라면 100기니, 혹은 그 이상을 받기도 하지만……, 그런 점을 생각한다면 좋은 편이 아닌가 합니다."

"네, 선생님, 알았습니다."

근심 어린 말투였으나 그녀는 그래도 이제 안심했다는 것을 보이려고 노력했다.

"정말 고맙습니다. 어떻게든 그 정도의 금액은 마련할 수 있으리라 생각합니다."

이튿날 아침 아이버리는 앤드루와 같이 환자를 진찰했고, 그 다음다음날 해리 비들러는 브런스랜드 광장에 있는 브런스랜드 요양소에 입원했다.

그것은 체스버러 테라스에서 그다지 멀지 않은 깨끗하면서도 옛스러운 요양소였는데, 요금은 비싸지 않으나 설비가 빈약한, 이 일대에 얼마든지 있는 것 중의 하나였다. 입원환자는 거의 내과관계인데, 반신불수라든가 만성심장병, 그리고 장기입원으로 인한 합병증을 방지하는 데 더 손이 많이 가는, 항상 누운 채로 지내는 늙은 할머니라든가 하는 그런 부류의 사람들이었다. 이곳도 앤드루가 가본 일이 있는 런던의 다른 요양소와 마찬가지로, 현재와 같은 요양을 목적으로 해서 세워진 것은 아니었다. 승강기도 없고, 게다가 수술실 같은 것도 이전의 온실을 개조한 것에 불과했다. 그러나 소유자인 미스 박스톤은 간호사 자격을 갖고 있으며, 부지런한 여성이었다. 여러 가지 결점이 있지만 이 브런스랜드 요양소는 청결 그 자체라고 할 만큼 소독이 잘되어 있고, 번쩍번쩍 빛나는 리놀륨 바닥의 구석구석까지 먼지 하나 없이 깨끗했다.

수술은 금요일로 정했으나, 아이버리의 형편이 여의치 못해 2시라고 하는 이례적으로 늦은 시간에 시작하기로 하였다.

앤드루가 먼저 브런스랜드 광장에 도착하고, 그 뒤를 이어 아이버리도 정각에 도착했다. 차에서 내리자 아이버리는 마취의와 함께 선 채로 수술도구가 들어 있는 큰 가방을 운반하는 운전수를 바라보고 있었다. 이제부터 행할 수술을 위해 스스로 안정을 유지하려는 듯한 태도였다. 그는 요양소 같은 것은 그다지 중요시하지 않았지만, 사람을 대하는 태도는 여느 때와 마찬가지로 매우 은근한 것이었다. 그런 다음 약 10분 동안, 아이버리는 문간방에서 기다리고 있던 비들러 부인을 안심시키고, 미스 박스톤과 이곳의 간호사들에게 사교적인 대화를 몇 마디 한 다음, 형편없이 작은 수술실에서 수술복과 장갑을 끼고는 침착한 태도로 준비를 갖추었다.

환자는 결심이 다 된 듯 씩씩하게 들어와서 환자복을 벗어 간호사에게 넘겨주고 좁은 수술대 위로 올라갔다. 이제부터 상당한 고통을 받지 않으면 안된다고 각오하고 있었으므로 비들러는 완전히 마음을 담대하게 가졌다. 마취의가 얼굴에 마스크를 씌우기 전에 그는 앤드루에게 웃는 얼굴을 보였다.

"수술이 끝나면 곧 회복될 거요."

해리와 앤드루는 고개를 끄덕이며 곧 눈을 감았다. 그리고 나서 몹시 탐내기라도 하는 것처럼 에틸을 깊이 들이마셨다. 미스 박스톤이 붕대를 들었다. 그러자 요오드를 바른 복부가 부자연스럽게 팽창하면서 번들번들 빛나는 흙더미처럼 노출되었다. 아이버리는 수술을 시작했다.

그는 먼저 허리 부위의 근육에 어마어마한 주사를 깊숙이 놓았다.

"쇼크에 대비하기 위해서야."

그는 엄숙한 말투로 내뱉듯 앤드루에게 말했다.

"나는 언제나 이것을 사용해."

그러고 나서 드디어 본격적인 수술이 시작되었다.

복부 한가운데가 크게 절개되자 곧 우스울 정도로 간단하게 환부가 드러났다. 낭종은 잔뜩 팽창된 젖은 축구공 같은 모습으로 절개구 사이로 모습을 드러냈다. 자기의 진단이 정확했던 것을 확인한 앤드루는 자부심을 느꼈다. 그리고 이 기분 나쁜 귀찮은 물건을 제거하면 비틀러도 아마 시원할 것이라고 생각하면서, 그의 마음은 이미 다음 환자에게로 옮겨져 슬그머니 손목시계 쪽으로 시선을 보냈다.

그러는 동안 아이버리는 평소의 당당한 태도로 그 축구공을 상대로 태연히 두 손을 놀리며 그것이 붙어 있는 부분을 붙잡으려 하다가 그만 놓쳐버리고 말았다. 붙잡으려 할 때마다 공은 미끈미끈 미끄러졌다. 적어도 그는 그것을 20회나 되풀이했다.

앤드루는 애가 타서 아이버리를 힐끗 쳐다보았다―이 친구, 뭘 하고 있는 거야 라는 생각이 들었다. 뱃속은 그다지 넓지는 않았으나 그렇다고 조작(操作)에 부자유스러울 정도로 좁지는 않았다. 루엘린과 데니와 그밖에 수십 명의 수술을 이보다 훨씬 좁은 환부상태에서 교묘하게 해내는 것을 그는 보아왔다. 아무리 좁은 장소에서도 교묘하게 처리하는 것이 외과의사의 일이 아닌가. 그러다가 문득 그는 아이버리가 그의 부탁을 받고 행한 수술 중 복부절개는 이것이 처음이라는 데 생각이 미쳤다. 무의식적으로 그는 시계를 주머니에 집어넣고 약간 경직된 얼굴로 다시 수술대로 다가갔다.

아이버리는 여전히 침착한 태도로 기민하고 냉정하게 낭종이 붙어 있는 부분을 열심히 붙잡으려고 했다. 미스 박스톤과 젊은 간호사는 대단한 일이라고는 생각지 않고 전폭적으로 신뢰하는 태도로 옆에 서 있었다. 흰 머리카락이 섞여 있는 초로의 마취의는 조용히 생각에 잠긴 듯 뚜껑을 닫은 마취약병을 엄지손가락으로 만지작거리고 있었다. 설비라고는 아무것도 없는 유리지붕의 작은 수술실의 분위기는 더할 나위 없이 평온무사했다. 예리한 긴박감도 없었지만 뜨거운 극적인 감동도 없이 다만 아이버리가 한쪽 어깨를 쳐들고 장갑을 낀 손을 움직이며 젖어 있는 고무공 같은 것을 붙잡으려 애쓰고 있을 뿐이었다. 그런데 어찌된 셈인지 갑자기 오싹하는 듯한 느낌이 앤드루를 엄습했다.

정신을 차려보니 아이버리는 이마에 깊은 주름살을 지으며 엄숙하게 지켜보고 있었다. 무엇을 벌벌 떨고 있는 것인가? 두려워할 것은 아무것도 없다. 그저 간단한 수술일 뿐이다. 앞으로 4,5분만 지나면 틀림없이 완벽하게 끝내버릴 것이다.

아이버리는 만족스러운 미소 같은 은근한 미소를 띠면서 낭종이 붙은 부분을 찾으려는 노력을 포기해버렸다. 그에게서 메스를 달라는 말을 들은 젊은 간호사는 조심스럽게 그를 쳐다보았다. 아이버리는 메스를 받아들었다. 그의 의사생활 중 이때만큼 소설 속의 위대한 외과의사처럼 보였던 일은 아마도 없었을 것이다. 그는 메스를 들자 앤드루가 어찌하려는건지 생각할 틈도 주지 않고 번들번들하는 낭종의 벽에다 푹 찔러넣었다. 그런 뒤에는 모든 일이 한꺼번에 일어났다.

낭종은 파열하여 진흙과 같은 정맥혈이 공중으로 치솟아 흩어지고, 그 속에 있던 내용물을 복강 내부로 토해버렸다. 방금 전까지만 해도 둥그렇고 팽팽한 공이 있었는데 지금은 쭈글쭈글해진 자루가 한꺼번에 흘러나온 피 바다에 떠 있을 뿐이었다. 미스 박스톤은 미친 사람처럼 되어서 용기 속에 있는 탈지면을 꺼냈다.

마취의사는 갑자기 후닥닥 일어섰다. 젊은 간호사는 거의 실신을 한 것 같았다. 아이버리는 장엄한 목소리로 말했다.

"겸자를 주게."

공포의 큰물결이 앤드루를 엄습했다. 아이버리는 낭종의 뿌리가 잡히지 않자 그저 무턱대고 낭종을 자르고 있을 뿐이었다. 그런데 그것은 출혈성 낭종이었다.

"탈지면을 주게."

아이버리는 평소와 다름없는 태연한 목소리로 그렇게 말했다. 그는 겸자로

혈관을 누르고 피로 가득 찬 복강 속을 닦아내면서 멈춰지지 않는 피를 어떻게 해보려고 이 혼란 속에서 끊임없이 암중모색을 하고 있었다. 그 순간 앤드루의 머리에 한 가지 사실이 떠올랐다. 그는 생각했다. 어떻게 된 일인가! 이 사람은 수술을 할 줄 모른다. 전혀 할 줄 모르는 것이다.

환자의 경동맥을 손끝으로 누르고 있던 마취의사는 온건하게 변명하는 듯한 목소리로 속삭였다.

"뭡니까……. 이미 틀린 것 같습니다, 아이버리!"

아이버리는 겸자를 내던지고 피투성이가 된 거즈를 복강에 가득 채워넣었다. 그리고 봉합을 하기 시작했다.

이미 부기는 완전히 빠져 있었다. 비들러의 배는 홀쭉하게 들어가고 핏기를 잃어 완전히 속이 비어 있는 것 같았다. 그도 그럴 것이 비들러는 이미 죽어버렸던 것이다.

"아, 지금 돌아가셨습니다."

마침내 마취의가 그렇게 말했다.

아이버리는 최후의 한 바늘을 꿰매자 실을 끊은 다음 기구접시 쪽으로 얼굴을 돌리고 그 위에 가위를 놓았다. 앤드루는 마비된 것처럼 몸을 움직일 수가 없었다. 미스 박스톤은 얼굴이 흙빛이 되어 기계적으로 모포에서 뜨거운 물통을 꺼냈다. 그녀는 강한 의지력으로 겨우 침착성을 되찾고 있는 것 같았다. 그리고 수술실을 나갔다. 아무것도 모르는 수위가 들것을 갖고 들어왔다. 그리고 그 다음 순간, 해리 비들러의 시체는 그의 병실로 운반되었다.

아이버리가 겨우 입을 열었다.

"운수가 지독히 나빴어."

그는 수술복을 벗으면서 예의 신중한 목소리로 말했다.

"역시 쇼크였던 것 같아. 그렇게 생각지 않는가, 그레이?"

마취의인 그레이는 입속으로 뭐라고 대답을 했다. 그는 기구들을 챙겨넣느라고 매우 바빴다.

그래도 역시 앤드루는 입을 열 수가 없었다. 멍한 감정의 혼란 속에서 갑자기 비들러의 아내가 아래층에서 기다리고 있다는 것을 생각했다. 그러자 그 기분을 짐작한 것처럼 아이버리가 말했다.

"걱정할 것 없어, 맨슨. 내가 그 여자를 만나고 올게. 자네를 대신하여 해결을 할 터이니까."

저항력을 잃은 사람처럼 앤드루는 본능적으로 아이버리를 뒤따라 계단을 내려갔다. 구토가 치밀어올랐다. 대기실에 들어가서도 비들러 부인을 바로 쳐다볼 수 없었다. 두 손을 모으고 남편 해리의 쾌유를 비는 그녀에게 해리의 죽음을 전한다는 것은 도저히 불가능할 것 같았다. 임기응변으로 이 난국에 정면으로 맞선 것은 아이버리였다.

"아주머니."

그는 최고의 동정심을 발휘하여 꼿꼿이 선 채 다정하게 그녀의 어깨에 손을 대면서 말했다.

"말씀드리기 곤란하지만……, 당신에게 몹시 나쁜 소식을 전해드려야겠습니다."

그녀는 닳고 닳은 다갈색 가죽장갑을 낀 두 손을 마주 쥐었다. 공포와 애원이 뒤섞인 표정이 그녀의 눈에 떠올랐다.

"뭐라구요!"

"주인께서는 말이죠, 아주머니. 불쌍하게도 우리들은 최선을 다했습니다만……."

그녀는 무너지듯 의자에 쓰러졌다. 얼굴은 잿빛이 되었고, 장갑을 낀 두 손을 아직도 꽉 쥐고 있었다.

"해리!" 그녀는 가슴이 찢어지는 듯한 목소리로 속삭였다. "해리!"

"다만 분명한 것은 말이죠."

아이버리는 슬픈 말투로 계속했다.

"맨슨 박사, 그레이 의사, 미스 박스톤, 게다가 나 자신도 최선을 다했지만 인력으로는 도저히 댁의 주인양반을 구할 수가 없었다는 사실입니다. 뿐만 아니라 비록 수술을 견디어냈다 해도……." 아이버리는 모종의 암시를 하듯 어깨를 움츠려보였다.

그녀는 그가 말하는 뜻을 짐작하면서 자기에 대한 상대방의 간절함과 선의를 한치도 의심하지 않고 그를 쳐다보았다.

"그런 사정만이라도 알려주셔서 참으로 고맙습니다, 선생님."

그녀는 눈물을 흘리며 그렇게 말했다.

"여기로 간호사를 보내겠습니다. 너무 낙심하지 마십시오. 당신이 꼿꼿한 태도를 취해주셔서 나로서는 무척 고맙게 생각합니다."

아이버리가 대기실을 나가자 앤드루도 얼른 뒤따라 갔다. 홀의 한쪽 끝 사무실 문이 열려 있었다. 아이버리는 담배 케이스를 찾으면서 사무실로 들어 갔다. 그리고 담배에 불을 붙이더니 한 모금 깊이 빨아들였다. 그의 안색은 평소보다 약간 창백한 듯했으나, 그러나 그의 턱은 꿋꿋했고 손도 떨리지 않 았으며 기분에도 아무런 동요를 보이지 않았다.

"그러면 이것으로 끝났군."

그는 냉랭한 말투로 말했다.

"미안하네, 맨슨. 나는 그 낭종이 출혈성일 줄은 꿈에도 몰랐다네. 하지만 이런 실수는 아무리 훌륭한 의사에게도 있는 일이지."

좁은 방안에는 의자가 하나 책상 밑에 밀어넣어져 있었다. 앤드루는 가죽 을 덧대어 난로 주위를 둘러싼 울타리에 앉았다. 불기 없는 난로 속에 있는 푸른 풀빛 화분에 심어놓은 엽란(葉蘭) 위에 뜨거운 시선을 던졌다. 몸 전체 가 노곤해지고 머리는 멍해져 금방이라도 졸도할 것 같은 기분이었다. 시중 드는 사람도 없이 수술대로 걸어간 해리 비들러는 "이것이 끝나면 좋아지겠 죠."라고 말했었는데, ⋯⋯앤드루는 머리를 뒤흔들었다. 그 10분 후에 토막으 로 잘린 시체로 되어 들것 위에 기다랗게 누워 있던 해리의 환영에서 벗어날 수가 없었다. 그는 어금니를 악물고 두 손을 들어 눈을 가렸다.

"물론." 아이버리는 담뱃불이 마음에 걸리는 것처럼 보였다.

"그는 수술대 위에서 죽은 게 아니야. 나는 그 전에 수술을 끝냈었으니까⋯ ⋯, 그러니까 걱정없어. 문제될 것 없다구. 검시를 받을 필요도 없네."

앤드루는 얼굴을 들었다. 그는 부들부들 떨고 있었다. 공포에 가까운 무서 운 일에 직면했을 때, 인간으로서 아무 일도 할 수 없다는 자괴감에 참을 수 없을 만큼 화가 났다. '아이버리 녀석, 냉혈동물 같은 신경으로 뻔뻔스럽게도 부끄러워하지 않는군.'

앤드루는 광기에 가까운 소리를 냈다.

"제발 소원이니 되지 못한 수작은 그만두게. 자네가 그 사람을 죽였다는 것 은 자네도 알고 있지 않은가. 자네는 외과의사가 아니야⋯⋯. 지금까지도 그 랬지만, 앞으로도 단연코 외과의사가 될 수 없어. 자네 같은 돌팔이 의사는 내 생전 처음이야."

잠시 침묵이 흘렀다. 아이버리는 앤드루에게 창백한, 그러나 격렬한 시선 을 던졌다.

"그런 식의 논법은 마음에 들지 않는걸, 맨슨."

"마음에 들지 않는다구?"

앤드루는 괴롭고 히스테릭한 흐느낌으로 몸을 떨었다.

"그야 그렇기도 하겠지! 그러나 이것 하나만은 사실이야. 지금까지 내가 자네에게 부탁한 환자는 모두 어린애라도 처리할 수 있는 사람들뿐이었어. 그런데 이번에는……, 처음으로 환자다운 환자였어. 아, 그것도 몰랐었다니 ……, 나도 자네와 마찬가지로 책임을 져야 해."

"진정하라니까, 이 히스테릭한 바보야. 누가 듣겠어."

"들으면 어떻다는 거야."

앤드루는 또다시 분노로 가득 찬 광기에 사로잡혔다.

"자네도 나와 마찬가지로 그것이 사실임을 알았을 테지. 자네는 큰 실수를 한 거야……. 살인을 한거나 마찬가지야!"

그 순간, 아이버리가 난로의 틀을 뽑아 앤드루를 두들겨 패려는 것이 아닌가 하고 생각되었다. 그의 체중과 체력으로라면 그 정도는 간단한 일이었다. 그러나 상당히 애를 써서 그는 스스로를 자제했다. 그리고 아무 말도 하지 않고 발꿈치를 돌려 방을 나갔다. 보기 싫게 일그러진 그 냉랭하고 굳어진 얼굴은 영원히 풀리지 않을 것 같은 분노를 말해 주고 있었다.

앤드루는 맨틀피스의 차가운 대리석에 이마를 댄 채 얼마 동안이나 그 사무실에 남아 있었는지 스스로도 알지 못했다. 그런 와중에도 아직 해야 할 일이 있다고 멍청히 생각하면서 겨우 일어섰다.

이 불상사로 인한 무서운 쇼크는 폭탄과도 같은 맹렬한 파괴력을 가지고 그를 철저하게 넘어뜨렸다. 그 자신의 내장이 모두 뽑혀서 마치 몸속이 텅 비어 버린 것 같았다. 그런데도 그는 아직도 자기를 기다리고 있는 의무를 다하기 위해 거의 기계적으로 되어버린 습관의 힘에 이끌려 무거운 상처를 입은 군인처럼 걸어갔다.

이런 식으로 그는 그런대로 나머지 왕진을 끝마쳤다. 그런 다음, 납덩이 같은 마음과 깨어질 듯 아픈 머리를 안고 집으로 돌아왔다. 그럭저럭 7시가 다 되어 있었다. 그래도 야간 진찰 시간에는 가까스로 댈 수 있었다.

현관의 대기실은 만원이고, 병원도 입구까지 환자가 넘쳐 있었다. 그는 다 죽어가는 사람처럼 녹초가 되어 있었지만 그 한 사람 한 사람을 진찰해 나갔다. 환자들은 상쾌한 여름밤인데도 그의 수완과 그 인품을 칭찬하기 위해 모인 것이었다. 거의 모든 환자가 여성이었으며, 그중 대부분은 로리에 여점

원이었는데, 모두 이미 여러 주일 동안 치료를 받으면서 그의 미소와 붙임성
과, 잘 참고 약을 복용하라는 그의 권고로 용기를 되찾은 사람들이었다. 그는
병원의 회전의자에 털썩 주저앉아 가면을 쓴 것 같은 얼굴로 평상시와 똑같이
야간근무를 시작했다.

"기분은 어때요? 아, 약간 안색이 좋아진 것 같은데요! 그래, 맥박도 상
당히 나아졌어요. 그 약이 효과가 있는 모양이죠. 어때요, 그다지 마시기 힘
들지는 않죠?"

그리고 기다리고 있는 크리스틴에게로 가 빈 약병을 건네주고 복도를 지나
진찰실로 들어가 틀에 박힌 질문을 반복하고, 역시 똑같이 겉치레에 불과한
동정을 표시한 후, 또 복도를 따라 되돌아와서 약이 든 병을 가지고 병원 쪽
으로 되돌아오는 것이었다. 이렇게 그는 자기가 자초한 지옥과도 같은 곡예
를 계속하고 있었다.

무더운 밤이었다. 견딜 수 없이 싫기는 했지만 그래도 그는 자기로서는 자
제할 수 없었으므로 반은 스스로를 고문하기 위해, 그리고 반은 방심한 상태
로 이 일을 계속해 나갔다. 괴로움으로 비틀비틀 왔다갔다 하면서 그는 계속
자문하고 있었다. 나는 무엇 때문에 이런 일을 하고 있는가? 도대체 무엇 때
문에?

머리 속에는 파괴에 가까운 의문들이 들끓었다. 가까스로 평상시보다는 늦
게, 10시 10분 전에 진찰이 끝났다. 그는 병원의 바깥문에 자물쇠를 채우고
진찰실로 들어갔다. 평소와 마찬가지로 크리스틴이 거기서 환자 명부를 불러
주고, 장부 기록을 도우려고 기다리고 있었다.

최근 몇 주일 동안 그가 제정신으로 그녀의 얼굴을 본 것은 이것이 처음이
었다. 눈을 내리깐 채 손에 든 명부를 지그시 들여다보고 있는 그녀의 얼굴을
그는 뚫어져라 응시했다. 그의 머리는 마치 감각을 잃은 것 같았으나, 그렇더
라도 그녀의 변한 모습에는 그도 깜짝 놀랐다. 그녀의 표정은 몹시 굳어 있는
것 같았고, 입술은 힘없이 처져 있었다. 그를 돌아다보지는 않았지만 그 눈에
는 무서울 정도로 슬픔이 담겨져 있었다.

그는 무거운 장부가 놓여 있는 낡은 책상 앞에 앉았다. 옆구리에 심한 결림
이 느껴졌다. 긴장 때문이다. 그러나 그의 육체, 그 송장 같은 육체는 내부의
고통이 겉으로 드러나는 것은 조금도 허락하지 않았다. 그가 뭐라고 하기도
전에 그녀는 명부를 부르기 시작했다.

그는 왕진에는 ✕표, 택진에는 ○표라는 식으로 자기의 부정행위의 총계를 거침없이 기입해 나갔다. 그것이 끝나자 비로소 그녀가 입을 열었다. 그 말에는 사람의 마음을 콕콕 찌르는 것 같은 빈정거림이 숨겨져 있음을 그는 그제야 비로소 눈치챘다.

"그런데 오늘의 합계는?"

그는 대답하지 않았다. 아니, 대답할 수 없었다. 그녀는 방을 나갔다. 그리고 2층 자기 방에 올라가 조용히 문을 닫는 소리를 그는 들었다. 그는 모래를 씹는 듯한 견딜 수 없는 기분으로 망연히 혼자 남았다. 나는 무엇을 하려는 것인가? 도대체 무엇을 하려는 것인가? 문득 그의 시선이 오늘 하루의 수입이 들어 있어 터질 것 같은 담배주머니에 와 멎었다. 그러자 다시 히스테릭한 감정의 큰 물결에 휩쓸려버렸다. 그는 그 주머니를 집어들어 방구석으로 내던졌다. 주머니는 철썩 하는 둔탁한 소리를 내면서 떨어졌.

그는 벌떡 일어섰다. 숨이 가쁘고 질식할 것 같았다. 진찰실 문을 박차고 뛰어나와 작은 안마당으로 달려나갔다. 그곳은 별이 총총한 하늘을 우러러보는 작은 암흑의 우물 같은 느낌이 들었다. 그는 이웃집과의 경계에 있는 벽돌담에 기댔다. 그러자 심한 구토증이 일어나 토하기 시작했다.

16

그날 밤 그는 밤새도록 침대 위에서 몸을 뒤척이다가 아침 6시경이 되어서야 겨우 잠이 들었다. 아침 늦게 잠에서 9시가 지나 깨어난 창백한 얼굴에 무거운 눈으로 아래층으로 내려가니 크리스틴은 벌써 아침식사를 끝내고 어딘가로 나간 뒤였다. 여느 날 같으면 이건 놀랄 일도 아니었으나, 오늘처럼 기분이 매우 우울한 날에는 두 사람 사이가 얼마나 멀리 떨어져 있는가를 새삼 느끼지 않을 수 없었다.

베네트 부인이 솜씨 좋게 만든 베이컨 에그를 가져왔지만 먹고 싶은 기분이 아니었다. 목구멍의 근육이 전혀 옴짝달싹하지 않을 듯했다. 그는 커피를 한 잔 마신 다음, 문득 생각이 난 듯 위스키 소다를 진하게 손수 만들어 단숨에 들이켰다. 이것으로 그럭저럭 오늘 하루는 버틸 수 있을 것 같았다.

그는 아직도 기계에 조종당하고 있는 느낌이었으나, 그래도 그의 동작은 이전처럼 자동적으로 움직여지는 느낌은 아니었다.

희미한 불빛, 한 가닥의 광선이 몽롱하고 불안정한 그의 마음속으로 비쳐들어왔다. 그는 자신이 지금 엄청난 파멸의 가장자리에 서 있다는 사실을 깨달았다. 게다가 또 한 발자국 잘못 내딛어 그 심연으로 떨어져 버리면 두번다시 헤어나올 수 없다는 것도 잘 알고 있었다. 그는 억지로 마음을 진정시킨 다음 차고의 셔터를 올리고 자동차를 꺼냈다. 별로 힘든 일이 아님에도 불구하고 손바닥에는 땀이 흥건하게 배었다.

오늘 아침 중요한 일은 빅토리아 병원까지 가는 것이었다. 그는 도로우굿 박사와 메리 볼랜드에게 문병을 가겠다고 약속을 했었다. 그는 적어도 이 약속만은 어기고 싶지 않았다. 그는 천천히 차를 병원 쪽으로 몰았다. 솔직히 말해 걸을 때보다는 자동차를 타고 있는 편이 훨씬 기분이 편안했다. 이미 운전은 익숙해져 있으므로 그저 자동적으로, 그리고 반사적으로 손만 놀리면 되었다.

병원에 도착하자 차를 주차시키고 병실로 들어갔다. 그는 간호사에게 고개를 끄덕여보이고는 메리의 침대 곁으로 다가가 체온표를 집어들었다. 그리고 붉은 담요를 깐 침대 끝에 걸터앉아 그를 환영하는 그녀의 웃음 띤 얼굴과 그 곁의 커다란 장미꽃다발에 관심을 기울이면서 그대로 체온표를 물끄러미 들여다보고 있었다. 별로 만족할 만한 기록은 아니었다.

"안녕하셨어요? 이 꽃 예쁘죠? 어제 크리스틴 아주머니가 가지고 오셨어요." 하고 그녀가 말했다.

그는 그녀의 얼굴로 시선을 돌렸다. 미열로 인한 홍조는 사라지고 없었지만 입원 당시보다 약간 야위어 보였다.

"응, 예쁜 꽃이군. 메리, 기분은 어때?"

"어머……, 좋아요."

그녀는 순간 눈을 딴 곳으로 돌렸으나 곧 다시 강한 신뢰감에 사로잡혔다.

"어쨌든 오래 걸리지 않을 것으로 알고 있는 걸요. 선생님께서 곧 고쳐주시겠죠."

그녀의 말과, 특히 그 눈에 담긴 전폭적인 신뢰감으로 인해 그의 심장이 세차게 고동치기 시작하더니 전신으로 퍼져나갔다. 그러면서 그는 여기서 뭔가 안 좋은 일이라도 생긴다면 자기도 끝장이라고 생각했다.

　마침 그때 도로우굿 박사가 회진차 병실로 들어오면서 앤드루의 모습을 보고 곧 그에게로 다가왔다.

　"오, 자네 웬일인가? 맨슨……."

　박사는 시원시원하게 큰 목소리로 말했다.

　"그래, 자네는 어떤가? 안색이 별로 좋지 않군? 어디가 나쁜가?"

　앤드루는 일어섰다.

　"아니, 아무렇지도 않아요. 고맙습니다."

　도로우굿 박사는 이상한 눈으로 그를 흘끔 쳐다보고는 다시 메리의 침대 쪽으로 눈길을 돌렸다.

　"자네가 이 환자를 함께 진찰해주니 고맙군. 자아, 가리개를 좀 가려요, 간호사!"

　두 사람이 함께 10여분 동안 메리를 진찰하고 나서 도로우굿 박사는 맨 끝 창문 옆 구석으로 갔다. 여기서라면 병실 전체가 완전히 보이긴 했지만 이야기가 들릴 염려는 없었다.

　"좀 어떤가요?"

　앤드루는 이렇게 묻고 있는 자신의 목소리를 꿈 꾸는 듯한 기분으로 들었다.

　"도로우굿 선생님, 어떻게 생각하실지 모르겠습니다만, 아무래도 저로서는 이 환자의 경과가 예상만큼 그다지 만족스럽다고는 생각되지 않는데요……."

　"한두 군데 걱정스러운 점이 있기는 한데……."

　도로우굿 박사는 가늘고 짧은 턱수염을 잡아당겼다.

　"아무래도 저로서는 얼마쯤 더 번지고 있는 듯한 느낌이 듭니다."

　"나는 그렇게 생각하지 않네, 맨슨."

　"체온이 계속 불규칙하군요."

　"흠, 어쩌면……."

　"이런 말씀 드리긴 좀 뭣합니다만……, 저도 선생님과 제 입장을 충분히 알고 있습니다. 그러나 이 환자는 저에게는 아주 큰 의미를 지니고 있어요. 어떨까요. 이 상태라면 인공기흉을 해보는 것이……. 메리가, 아니 이 환자가 입원할 때 제가 인공기흉을 해보고 싶다고 몇 번 말씀드린 것으로 생각하고 있는데."

　도로우굿 박사는 곁눈질로 흘끗 맨슨을 쳐다보았다. 그의 얼굴이 변하면서 딱딱한 주름이 이마에 나타났다.

"그건 안 돼, 맨슨. 이 상태라면 그런 것을 사용할 필요는 없지 않을까. 그때도 그랬지만, 지금도 그건 똑같은 의견이야."

침묵이 계속되었다. 앤드루는 더 이상 아무 말도 할 수 없었다. 도로우굿의 편집광적인 완고함은 그도 잘 알고 있었다. 그는 심신이 모두 사그라져 가는 느낌이어서 아무 효과도 없는 논란을 벌일 생각은 없었다. 박사가 메리에 대해서 자신의 견해를 이러쿵저러쿵 지껄여대고 있는 모습을 그는 무표정한 얼굴로 듣고 있었다. 상대방이 말을 끝내고 나머지 다른 환자의 회진에 들어가자, 그는 메리에게로 가서 내일 다시 오겠노라고 말하고는 병실을 나왔다. 그리고 병원에서 차를 타기 전에 수위한테 자기 집에 전화를 걸어 점심 때 들어가지 못한다고 전해달라고 부탁했다. 벌써 1시가 가까운 시간이었다. 그는 여전히 몽롱한 정신으로 괴로운 자기반성을 계속하고 있었는데, 갑자기 배가 고파서 현기증이 날 것만 같았다. 버터시 다리를 벗어나자 그는 조그만 싸구려 다방 앞에서 차를 세웠다. 안으로 들어가 커피와 버터 토스트를 주문했다. 그러나 커피만 겨우 마셨을 뿐, 토스트는 위에서 받아주지 않았다. 종업원이 이상한 눈빛으로 보고 있는 것을 느꼈다.

"맛이 없나요? 마음에 안 드시면 바꿔드릴까요?"

종업원이 말을 건넸다.

그는 머리를 가로저으며 계산을 부탁했다. 종업원이 계산서를 쓰고 있는 동안 그는 멍청히 그녀의 옷에 매달린 번쩍거리는 검은 단추를 세고 있었다. 아주 오래전 드라이네피 국민학교 교실에서 세 개의 진주빛 단추를 본 적이 있었다.

밖으로 나오자 희뿌연 안개가 강물 위에 짙게 깔려 있었다. 그는 아득히 먼 곳에서 누가 부르기라도 한 듯 오늘은 오후부터 웰벡가에서 두 명의 환자를 진찰하기로 약속한 것이 생각났다. 앤드루는 웰벡가 쪽으로 차를 천천히 몰았다.

샤프 간호사는 기분 나쁜 얼굴을 하고 있었는데, 그것은 토요일 출근을 부탁할 때마다 하는 버릇이었다. 그녀도 무슨 좋지 않은 일이라도 있었느냐고 그에게 물었다. 그리고 약간 상냥한 목소리로—이것은 햄슨 의사가 그녀의 존경 대상이었기 때문인데—햄슨이 점심식사 후 두 번이나 전화를 걸어왔음을 알려주었다.

그녀가 진찰실을 나가자 그는 책상 앞에 앉아 똑바로 앞을 응시했다. 첫번째 환자가 2시 반에 찾아왔다. 광산국의 젊은 관리로서 길의 소개로 왔는데, 변막증(癬膜症)이라는 지병을 앓고 있었다. 그는 예전과는 달리 오랫동안 그 청년을 붙들고 앉아 있었다. 자상하고 끈질기게 청년을 치료했다. 치료가 끝나고 청년이 얄팍한 지갑을 꺼내는 것을 보자 그는 서둘러 말했다.

"지금 당장 지불하지 않아도 괜찮습니다. 청구서를 보내드릴 테니 그때 내주십시오."

청구서 따위를 보낼 생각은 없다는 것, 자신이 금전에 대한 욕구를 잃고 다시 예전처럼 그것을 경멸하게 된 것을 생각하니 그는 묘하게 기분이 누그러졌다.

그러는 동안 두번째 환자가 찾아왔다. 마흔다섯 살의 바스든 부인으로, 그의 신봉자 중에서도 가장 충실한 환자의 한 사람이었다. 그의 마음은 그녀의 모습을 보자 웬지 착 가라앉았다. 부자에다 이기주의자이고 노이로제인 그녀는 그가 이전에 햄슨과 세링톤 요양소에서 진찰했던 레번 부인보다 약간 더 젊고 더 이기적인 여자였다.

그는 자기 이마에 한 손을 대고 지루하게 듣고 있었는데, 그녀는 미소를 지으며 며칠 전 이곳에서 진찰을 받고 간 이후에 일어난 여러 가지 자신의 일상을 장황하게 늘어놓았다. 그러자 갑자기 그가 머리를 쳐들었다.

"어째서 저한테로 왔죠, 바스든 부인?"

그녀는 얘기 도중에 그만 입을 다물어 버렸다. 얼굴의 상반부에는 아직 만족스런 듯한 표정이 남아 있었는데, 입은 놀란 듯한 모양으로 천천히 벌어졌다.

"아아, 이거 실례했습니다. 오시라고 한 건 이쪽이었죠. 그러나 사실 부인에게는 나쁜 데가 하나도 없습니다."

"맨슨 선생!"

그녀는 자신의 귀를 의심하면서 부르짖듯 소리를 질렀다.

거짓도 숨기는 것도 없는 사실이었다. 그는 그녀의 모든 증상이 돈에 기인한다는 것을 잔혹한 눈빛으로 뚫어보고 있었다. 그녀는 지금까지 단 하루도 일한 적이 없어 육체는 연약하고 영양과다에 걸려 있었다. 불면증을 호소했지만 그것도 근육을 움직이지 않기 때문이었다. 그녀는 두뇌마저도 사용하는 일이 없었다. 증권을 사고, 배당금을 생각해 보고, 하녀들을 야단치고, 자신

과 애견인 포멜러니언의 식단을 생각하는 이외에 하는 일이라곤 전혀 없었던
것이다. 그녀에게 있어 최대의 치료약이란 이 진찰실에서 내가 무언가 실제
적인 일을 해보는 것뿐이다. 조그만 알약이라든가, 진정제라든가, 수면제라
든가, 혹은 하제(下劑)라든가, 그 밖의 모든 쓸모없는 약을 그만 먹으면 되는
것이다. 자기 재산의 일부를 가난한 사람들에게 나눠주면 되는 것이다. 챙기
기에 급급하지 않고 다른 사람도 도와주며 여유를 가지면 되는 것이다. 그러
나 그녀는 절대로 그런 일들을 하지 않았으며, 요구하는 것도 헛수고였다. 그
녀는 정신적으로는 이미 죽은 사람이나 마찬가지였던 것이다. 아아, 그런데
그 자신도 그러한 부류가 아닌가!

그는 침울한 음성으로 말했다.

"죄송합니다만 바스든 부인, 이 이상 더 돌봐드릴 수가 없게 되었습니다…
…. 어쩌면 저는 런던을 떠날지도 모릅니다. 그러나 이 근방엔 다른 의사들도
많이 있으니까 틀림없이 당신을 기꺼이 맡아줄 사람을 얼마든지 찾아낼 수 있
을 겁니다."

그녀는 물으로 건져낸 물고기처럼 몇 번이나 입을 벌렸다 오므렸다 계속
했다. 그러는 동안 그녀의 얼굴에는 진상을 알아차렸다는 듯한 표정이 나타
났다. 분명 앤드루의 정신에 이상이 생긴 거라고 그녀는 머릿속에서 단정하
고 있는 듯했다. 그리하여 그녀도 더 이상 사리에 맞는 이야기 따위는 하려고
하지 않고 허둥지둥 일어서더니, 대충 소지품을 챙겨들고는 서둘러 방을 나
갔다.

그는 책상서랍을 닫으면서 이제 한 건은 일단락지었다는 태도로 돌아갈 준
비를 했다. 막 일어서려 하는데 샤프 간호사가 미소를 지으며 방으로 뛰어들
어왔다.

"햄손 선생님이 오셨습니다! 전화를 거는 대신 직접 오셨습니다."

얼마 후 햄손이 들어와 담배에 불을 붙이며 의미 있는 눈빛으로 의자에 털
썩 주저앉았다. 말투가 지금까지 한 번도 들어보지 못했을 만큼 다정스러
웠다.

"토요일에 방해를 해서 미안하네. 그러나 자네가 여기 있다는 것을 알고 산
에서 마호메트를 찾아오는 기분으로 왔네. 그런데 맨슨, 어제 수술 이야긴데,
그 소식을 다 듣고 사실은 나도 아주 유쾌했다네. 아주 좋은 기회였어. 아이
버리에게 자네가 독설을 퍼부어댄 것은…….."

햄손의 목소리가 갑자기 거칠어졌다.

"내가 요즘 아이버리나 디드맨하고 사이가 나쁘다는 건 자네도 알고 있을 거라고 생각하네. 녀석들은 어쩐지 나를 꺼려하고 있지. 우리끼리 조합을 하나 만들고 있었는데, 그 녀석들한테 좀체 먹혀들어가야 말이지. 그런데 최근 녀석들이 내가 받아야 할 몫을 빼돌리는 것이 분명해졌단 말이야. 그 바람에 아이버리가 능글맞은 위인이라는 것을 깨닫게 되었지. 녀석은 외과의사가 아냐, 바로 자네가 말한 대로야. 그저 낙태의사에 불과해. 자넨 그 녀석을 몰랐지, 응? 그럼 내 말을 믿어도 좋을 거야. 여기서 100마일도 안 되는 곳에 두세 개의 요양소가 있지. 거기서는 그것만 전문으로 하고 있어……. 물론 겉은 아주 근사하고 공공연한 것이지만……. 아이버리는 그곳 소파수술 주임이야! 디드맨도 마찬가지지. 녀석은 말재주가 좋은 마약행상인에 불과해, 아이버리만큼 약삭빠르지는 않지만. 그 녀석도 얼마 안 있어 그런 방면으로 된통 혼이 나게 될 거야. 이봐, 잘 들어봐. 나는 자네를 위해 얘기하고 있는 거니까. 녀석들의 내막을 완전히 알려주고 싶다구. 그건 다름이 아니고, 녀석들과 결별하고 나와 한패가 되어주었으면 하기 때문이야. 자네는 이제까지 너무 세상을 몰랐어. 지금까지는 당연히 차지해야 할 몫마저 찾지를 못했던 거야. 몰랐지? 아이버리가 한 번의 수술로 100기니를 받는 경우, 50기니는 자네에게 주어야 된다는 것도……. 이 정도면 녀석의 수술료가 얼마인지 알겠지. 그런데 자네한텐 얼마를 주었었지? 15기니 아니면 기껏해야 20기니였겠지. 이걸로 모든 것을 알 것 같지 않아, 맨슨! 더군다나 어제처럼 큰 실수를 저지를 테니까. 자네의 일을 생각하면 나도 견딜 수가 없단 말이야. 그 녀석들하고는 아무 얘기도 하지 않았어. 나도 그런 면에서는 철저하니까. 아무튼 한 가지 계획이 있어. 녀석들을 제쳐놓고 자네와 내가 긴밀한 제휴를 하는 거야. 하기야 우리는 대학시절 친구니까. 그렇잖아? 난 자네가 좋아. 옛날부터 좋아했었지. 이 정도면 나도 자네한테 충분히 가르쳐 준 셈이지."

프레디는 잠시 말을 멈추고 만지작거리던 담배를 꺼내 불을 붙였다. 그리고는 아무래도 자신이 유력한 짝이라는 것을 과시하려는 듯 친근하게 미소를 지었다.

"자네는 내가 하고 있는 대담한 행동을 믿지 않을 거야. 예를 들면 최근의 이야긴데, 딱 한 번의 주사에 3기니, 그것도 살균수 주사라구! 어느 날 완친 주사를 맞으러 한 여자 환자가 찾아왔어. 공교롭게도 나는 그 주사약의 주문을 깜박 잊고 있었어. 그래서 실망시키는 것보다는 낫겠다는 생각으로 물을 주사해 주었어. 그런데 그 여자가 다음날 와서 다른 주사보다 훨씬 효과가 있는 것 같다고 말하는 거야. 그래서 그걸 계속 놓아주었지. 그런다고 해서 무슨 탈이 있겠어. 완전히 소독하여 색깔을 가미한 물이니까. 그리고 필요하다면 약국의 약을 모두 주사할 수도 있으니까. 나는 아무것도 모르는 돌팔이가 아니야. 진짜, 진짜 의사라고! 요컨대 머리를 쓰는 거야. 그러니까 맨슨, 자네와 내가 손을 잡기만 하면 말이지……, 자네는 학위로, 나는 나의 기지로……, 단물을 번개처럼 먹어치울 수 있을 거야. 그러려면 우리 둘이서 같이 하지 않으면 안 돼. 누구라도 반드시 입회의사를 원하잖아. 그리고 나는 마음에 드는 젊은 외과의사를 찾는 거야. 아이버리 따위보다 훨씬 훌륭한 사람을 곧 붙잡게 되겠지. 결국은 우리끼리 요양소를 만드는 거야. 그러면 황금방석에 앉은 거나 마찬가지 결과가 되지."

앤드루는 꼼짝 하지 않고 굳어진 채로 있었다. 햄손에 대해서는 조금도 분노를 느끼지 않았지만, 자기 자신에 대한 통렬한 혐오의 정은 억제할 길이 없었다. 햄손이 지금 한 말처럼 그의 입장, 그의 지금까지 취해온 행위와 목적을 생생하게 드러내 보이는 것은 없었다. 그는 마침내 무언가 대답을 요구당하고 있다고 생각하고 중얼거렸다.

"프레디, 나는 자네와 손을 잡을 수 없어. 나는……, 나는 갑자기 심한 혐오감이 들었어. 얼마 동안은 그런 짓은 그만두기로 생각하고 있다네. 이 근방에는 이리 같은 자들이 지나치게 많아. 물론 좋은 일을 하고 정직하고 훌륭하게 의사 노릇에 충실한 사람들도 적지 않지만. 그러나 그밖의 무리들은 모두 이리와 다름없어. 필요도 없는 주사를 놓아주기도 하고, 조금도 장애가 안 되는 편도선이나 맹장을 도려내기도 하고, 서로 짜고 환자를 조종해 치료비를 나눠먹는가 하면 낙태수술을 하고 괴상한 과학요법의 후원이나 하고 있어. 즉 쉴새없이 돈만 쫓아다니며 설쳐대는 이리들이야."

햄손의 얼굴이 붉그락푸르락 해졌다.

"무슨 소릴 하는 거야! 그럼 자네 자신은 어떻고?"

그는 빠르게 소리질렀다.

"알고 있어, 프레디. 나도 나쁜 건 마찬가지지. 자네와 나 둘 사이에 나쁜 감정을 갖고 싶지는 않아. 자네와는 오랜 친구 사이니까."

앤드루는 맥없는 목소리로 말했다.

햄손은 급히 일어섰다.

"자네, 미친 것은 아니겠지! 어떻게 된 거야?"

"어쩌면 그런지도……, 그러나 나는 말일세 이젠 돈이라든가 물질적인 성공 따위는 생각하지 않기로 했어. 그런 것은 좋은 의사의 증거가 될 수 없어. 1년에 5000파운드나 번다고 하면 무언가 반드시 부정한 짓을 하고 있다는 증거야. 그리고……, 그리고 고생하고 있는 사람들로부터 돈을 짜낸다니, 그 얼마나 분별이 없는 짓인가?"

"자네 말이 통하지 않는 엄청난 바보군."

햄손은 내뱉듯 말하고 홱 돌아서서 얼른 방에서 나가버렸다.

다시 앤드루는 얼이 나간 사람처럼 멍한 표정으로 책상 앞에 쓸쓸히 앉았다. 그러다가 얼마 뒤에 자리에서 일어나 집으로 차를 달렸다. 집이 가까워질수록 자신도 느낄 수 있을 만큼 심장의 고동이 사납게 뛰었다. 6시가 좀 지난 시간이었다. 모래를 씹는 듯 쓸쓸했던 하루도 막바지에 이른 것 같았다. 그리하여 크리스틴이 좀 관심을 보여주었으면 하는 마음이 간절했다.

그러나 그녀는 언제나처럼 무심한 음성으로 말할 뿐이었다.

"꽤 늦었군요. 진찰 전에 차라도 한 잔 드릴까요?"

"진찰은 안해도 돼, 오늘 밤은……."

그의 대답에 그녀는 흘끗 쳐다보았다.

"그러나 토요일이에요……. 가장 바쁜 저녁이잖아요?"

그는 대답 대신 '오늘 밤 휴진'이라는 글자를 종이에 썼다. 그는 심장이 너무 세차게 뛰었으므로 이대로 파열해 버리는 게 아닌가 하고 생각했다. 복도를 되돌아오자 그녀가 진찰실에 있었다. 그의 얼굴은 더욱 창백했고, 눈에는 심상치 않은 빛이 떠올라 있었다.

"무슨 일이 있었어요?"

그녀는 묘한 목소리로 물었다.

그는 그녀를 물끄러미 쳐다보았다. 가슴의 고동이 더욱 심해졌으며, 갑자기 분류와도 같은 기세로 넘쳐흘러 더 이상 어떻게 할 수 없을 지경이 되었다.

"크리스틴!"

마음속에 있는 모든 것이 이 한 마디에 담겨져 있었다. 그는 울면서 그녀의 발밑에 쓰러지듯 무릎을 꿇었다.

17

이번 화해는 두 사람이 처음으로 사랑에 빠진 이후 가장 멋있는 사건이었다. 다음날 아침은 일요일이었으므로 그는 어벨라러우에서처럼 그녀의 곁에 누운 채 마치 몇 년이나 만나지 못하고 지냈던 것처럼 마음속에 쌓여 있던 말을 끊임없이 속삭여댔다. 문밖은 일요일의 고요함으로 충만해 있었고, 마음을 달래주려는 듯 평화로이 종소리가 울려오고 있었다. 그러나 그는 평화로운 기분은 아니었다.

"어떻게 이런 짓을 하게 되었지?"

그는 마음을 안정시키지 못하고 울먹이는 듯한 소리를 냈다.

"정신이 돌아버렸던 걸까…… 크리스? 지금 생각해 보면 도저히 나라고 생각할 수 없을 정도야. 데니나 호프와 가까이 지내던 내가 그런 무리들하고 함께 어울리다니……, 사실 난 사형에 처해도 마땅해."

그녀는 그를 위로했다.

"그렇지만 아차 하는 순간에 일어난 일이잖아요. 그런 경우라면 누구나 마찬가지였을 거예요."

"그런 게 아니야, 크리스. 정직하게 말해서 지금 생각해 보면 뭔가 정신이 이상하게 되었던 것 같아. 그 동안 당신은 매우 쓸쓸하고 괴로웠겠지?"

그녀는 미소를 지었다. 그것은 진심에서 우러나온 미소였다. 그녀의 얼굴에서 얼음장 같던 무표정이 사라지고 상냥하고 행복한, 그의 일을 걱정해 주는 표정이 나타난 것은 정말 뜻밖의 즐거움이라고 그는 생각했다.

"이제부터 내가 할 일은 한 가지뿐이야."

그는 이미 결심한 듯 눈썹을 찡그렸다. 아직 이렇다 할 계획은 없었지만, 이미 절망적인, 허탈한 기분에서 해방되어 당장이라도 행동으로 옮기고 싶은 정력을 마음속 깊숙한 곳에서부터 느끼고 있었다.

"내가 그런 위선과 거짓부렁 속에서 발을 빼려면 아무래도 이곳을 떠나지 않으면 안 돼. 나는 너무 깊이 들어갔어, 크리스. 너무나 깊이 들어갔다니까. 이곳에 있으면 곳곳에서 지금까지 해왔던 속임수에 언제 또 손을 댈지 모르고, 그렇게 되면 또 옛날로 되돌아가지 않는다고 보장할 수도 없는 노릇이야. 이 병원이라면 곧 팔릴 거야. 그리고 크리스, 근사한 일거리를 생각해 냈어."

"어머! 여보, 어떤 일인데요?"

그는 신경질적인 눈썹 위의 주름을 펴면서 그녀에게 몹시 조심스럽게 상냥한 미소를 보냈다.

"정말 오랜만인데, 당신한테서 그런 호칭을 듣는 것이……역시 즐겁군. 으응, 옛날엔 나도 그렇게 불릴 만큼 좋은 인간이었지……. 아아, 크리스, 지금은 그런 일들이 다시 생각나지 않게 해줘요. 이번 계획은……, 오늘 아침 잠에서 깨자마자 문득 생각난 거야. 햄손 녀석이 수상쩍은 조합을 만들어 나한테 가입하라고 했던 말을 웬지 다시 생각하게 되었는데, 그러자 갑자기 어째서 진짜 조합을 만들지 않는가 하는 생각이 떠오른 거야. 미국의 의사들 사이에서는 벌써부터 실시되고 있는 방법인데……, 스틸맨이 곧잘 이야기를 하며 칭찬했었지. 그 사람은 의사가 아닌데도 말이야……. 그러나 영국에는 아직은 그다지 찬성하는 사람이 없는 모양이야. 그런데 크리스, 아주 작은 시골이라도 괜찮으니까 소규모의 의사조합을 만들어 제각기 자신의 전문을 맡는 조합을 만들면 좋지 않겠어. 그것도 햄손이나 아이버리나 디드맨 같은 사람이 아니라, 데니와 호프를 불러다가 오붓한 3인조를 만들지 못할 것도 없잖아? 데니는 외과 일체를 전담하고…… 당신도 그의 훌륭한 솜씨는 알고 있겠지? 나는 내과를 맡는 거야. 그리고 호프는 우리의 세균학자가 되는 거야. 우리가 각각 전문분야를 맡아 각자의 지식을 결합하면 그보다 유리한 일은 없을 거야. 당신도 기억하고 있으리라 생각하지만 데니가 늘 말해왔던, 그리고 내 지론이기도 한 영국의 융통성 없는 개업의 제도……, 일반 개업의가 모든 병을 치료한다는, 완전히 불가능한 일을 떠맡고 이러지도 저러지도 못하고 있는 상태야. 집단진료야말로 그것에 대한 해결책이야. 완전한 해결책이야. 이것은 국가경영과 개인경영의 중간쯤 되는 것이지만 말이야. 여태까지 우리 나라에서 이것이 불가능했던 유일한 이유는 이름있는 사람들이 모든 것을 자기 손아귀에 쥐고 흔들려고만 했기 때문이야. 그렇지만 얼마나 멋있는 일이야. 만일 우리들이 과학적으로……그래, 감히 말한다면……정신적으로 결합하여 작은 전위단체를 만들어 편견을 타파하고 우상을 파괴하는 일종의 선구자로서 일어선다면 우리 나라의 전 의료제도에 완전한 혁명을 불러올는지도 몰라."

그녀는 뺨을 베개에다 붙이고 눈을 반짝거리며 물끄러미 그의 얼굴을 쳐다보며 말했다.

"웬지 옛날 같은 생각이 드는군요. 당신이 그렇게 말하는 걸 듣고 있으니. 당신의 입에서.다시 그런 말이 나온다는 사실이 얼마나 좋은지 이루 다 표현할 수 없어요. 아아, 처음부터 다시 한 번 시작해 보고 싶어요. 나는 행복해요, 여보. 아주 행복해요."

"나에겐 이제부터 보상해야 할 일들이 태산처럼 쌓여 있어."

그리고 그는 우울한 목소리로 말을 계속했다.

"나는 바보였어. 아니, 바보보다 더 나빴었어."

그는 두 손으로 이마를 꽉 눌렀다.

"저 불행한 해리 비들러의 일이 잊혀지지가 않아. 뭔가 그에 대한 보상이 될 만한 일을 하기까지는 잊혀지지 않을 것 같아."

그는 갑자기 울먹이는 소리를 냈다.

"나도 그 일에 관한 한 아이버리와 같은 죄인인걸, 크리스. 그렇게 간단히 손을 뗐다는 것이 스스로 생각해도 이상할 정도야. 그 사건으로부터 감쪽같이 도망칠 수 있었다니, 정당한 일은 못 된다고 생각하고 있어. 그러나 이제부터 나도 부지런히 활약할 거야, 크리스. 그리고 데니나 호프도 함께 동조해 주리라고 믿고 있어. 그 두 사람의 생각은 당신도 알고 있을 거야. 아마 데니도 다시 옛날로 돌아가서 덮어놓고 외과의 솜씨를 발휘하고 싶어서 좀이 쑤실 테니까 말이야. 그리고 호프도 우리가 쓸 혈청을 만드는 동안에 자신이 원하는 일을 하도록 조그만 실험실을 만들어 준다면 어디라도 우리를 따라올 거야."

그는 침대에서 뛰쳐나와 예전의 버릇처럼 초조하게 방안을 서성거리며 미래에의 기대와 과거에 대한 자책감에 시달리면서 고민과 희망과 계획을 파노라마처럼 활발하게 머리 속에서 회전시켰다.

"처리해야만 할 일이 있어, 크리스!" 그는 크게 소리질렀다.

"특히 한 가지는 꼭 하지 않으면 안 돼. 지금부터 편지 두 통을 쓰고……점심을 먹고 나서……어때? 교외로 함께 드라이브나 나갈까?"

그녀는 수상쩍다는 듯한 눈으로 그를 바라보았다.

"그렇지만 바쁘시지 않아요?"

"제아무리 바쁘더라도 괜찮아, 크리스. 솔직이 말해 나는 메리 볼랜드의 일이 아무래도 마음에 걸려. 빅토리아 병원에 입원시킨 것만으로는 어쩐지 꺼림칙하고, 또 나도 마음껏 치료해 줄 수도 없고 해서 말이야. 도로우굿은 아주 불친절하고, 메리의 병세를 올바르게……적어도 내가 생각하고 있는 것같이는 이해를 못하고 있어. 아아, 그토록 콘에게 큰소리를 쳐놓았는데, 만일 메리에게 무슨 일이라도 생기면 나는 그야말로 미쳐버리고 말 거야. 자신이 다니는 병원의 흉을 본다는 것은 경솔한 짓이지만, 빅토리아 병원에 있는 한 메리는 절대로 나을 가망이 없어. 그 아이는 시골로, 신선한 공기 속으로, 좋은 요양소로 가지 않으면 안 돼."

"그래요?"

"그러니까 함께 스틸맨한테 가자는 거야. 조망원만큼 경치 좋고 훌륭한 병원은 달리 찾아볼 수 없을 거야. 스틸맨에게서 메리의 입원을 허락받기만 한다면……응, 나도 만족스러울 뿐만 아니라 참으로 의의있는 일을 했다고 스스로 자부할 수 있기 때문이야."

그녀는 명랑한 어조로 말했다.

"준비가 되는 대로 당장 가도록 해요."

그는 옷을 갈아입고 아래층으로 내려가 데니와 호프에게 길다란 편지를 썼다. 현재 중한 환자는 세 명뿐이었으므로 그 왕진길에 편지를 우체통에 집어넣었다. 왕진을 끝내자 가볍게 식사를 하고 그와 크리스틴은 위컴을 향해 떠났다.

감정적인 긴장이 아직 머리에서 떠나지 않고 있었지만 드라이브는 꽤 재미가 있었다. 행복이라는 것은—설사 남들이 뭐라고 비웃든—세속적인 재산 따위와는 무관한, 완전히 정신적인 마음의 상태라는 사실을 그는 이전보다 더욱 분명하게 깨달았다. 요 몇 개월 동안 부나, 지위 등 모든 물질적인 의미에서의 성공을 탐내어 추구하고 있던 동안에는 머리 속으로만 자신이 행복하다고 생각하고 있었다. 그러나 그는 행복하지 못했다. 그는 자신이 얻은 것보다 더욱 많은 것을 얻기를 바라면서 일종의 정신착란에 빠져 있었던 것이다. 돈, 모두가 그 불결한 돈 때문이었다고 그는 괴롭게 생각했다. 처음에 그는 연수입 1000파운드를 목표로 했다. 그런데 그만큼의 수입이 들어오자 이번에는 곧 그 목표액을 2배로 늘리고 그 숫자를 최대의 수치로 정했다. 그러나 그 최대 수치에 도달해도 그는 만족하지 못했다. 욕망은 한없이 치솟아오를 뿐이었다. 그대로 그 길로 갔다면 결국 그는 틀림없이 파멸하고 말았을 것이다.

그는 곁눈질로 크리스틴 쪽을 슬쩍 훔쳐보았다. 나 때문에 그녀는 얼마나 괴로웠을까! 그러나 지금 만일 그가 자신의 결의가 건전한 것을 확인하고 싶다면 그녀의 새롭게 변한 표정과 혈색만 보아도 대번에 알 수 있다. 그 얼굴은 이제 아름답다고 말할 수는 없었다. 생활의 피로와 눈물자국이 있고, 눈가에 거무죽죽한 주름살까지 희미하게 자리잡고 있었기 때문이다. 그러나 그것은 언제나 평온과 진실이 넘쳐나는 얼굴이었다. 게다가 이번 일로 그녀의 얼굴이 이다지도 밝게 감동을 받고 있는 것을 보자, 강렬한 후회가 새삼스럽게 그의 마음을 깊이 찌르는 것처럼 느껴졌다. 그는 이제 그녀를 슬프게 하는 일은 절대로 하지 않겠다고 마음속으로 맹세했다.

두 사람은 3시경에 위컴에 도착했는데, 거기에서 레이지 그린을 지나 산등성이를 따라 올라가는 샛길로 접어들었다. 조망원은 북쪽은 막혀 있고 양쪽 골짜기를 내려다볼 수 있는 약간 고원지대에 자리잡고 있었다.

스틸맨은 두 사람을 진심으로 환영했다. 그는 신중하고 말이 없는 조그만 사나이로서 좀처럼 기분을 표면에 나타내지 않는 사람이었는데, 앤드루의 방문을 반기면서 자신이 창설한 요양소의 아름다움이나 능률에 대해서 여러 가지로 자세히 설명해 주었다.

조망원은 일부러 소규모로 세운 것이었는데, 어디로 보나 의문의 여지가 없을 만큼 완벽하게 설계되어 있었다. 두 동이 관리과로 쓰이는 중앙 건물로부터 남서향으로 뻗어나간 건물이었다. 현관의 홀과 사무실 위쪽이 설비를 갖춘 치료실이고, 그 남쪽 벽은 완전히 바이타글라스(자외선투사 유리)로 붙여져 있었다. 창문도 전부 이 바이타글라스였고, 난방과 환기장치는 현대적 능률이라는 점에서 만전을 기하고 있었다. 앤드루는 건물을 둘러보는 동안 이 초현대적 완벽함과, 100년이나 이전에 세워진 런던의 낡은 병원 건물이나 요양소로 둔갑한, 변변히 개조도 않고 시설도 나쁜 옛날 주택을 비교하지 않을 수 없었다.

스틸맨은 빙 돌아 안내를 끝낸 뒤 두 사람에게 차를 대접했다. 그리고 앤드루는 더듬거리며 부탁 말부터 꺼냈다.

"당신의 호의에 매달리는 것은 아주 괴로운 일입니다만, 스틸맨 씨."

거의 잊고 있었던 앤드루의 말투를 듣고 크리스틴의 얼굴에 미소가 저절로 떠올랐다.

"어떨까요? 환자 한 사람을 여기서 맡아주셨으면 하는데요. 초기 폐결핵 환자인데……, 인공기흉이 필요하리라 생각합니다. 환자는 제 친구이자 같은 직업에 있는 치과의사의 딸인데, 지금 있는 병원에서는 어쩐지 안심을 할 수가 없어서……."

스틸맨의 담청색 눈 속에 뭔가 장난기 같은 빛이 떠올랐다.

"당신은 설마 나한테로 환자를 보내려는 건 아니시겠죠? 영국에는 나한테 환자를 보내는 의사는 없습니다…… 물론 미국에서는 보내오지만요. 잊으셨습니까, 나는 여기서 부정한 요양소를 경영하고 있는 가짜 치료사입니다. 그것도 아침식사로 환자에게 당근즙을 먹이기 전에 맨발로 이슬을 밟으며 걸어다니게 한답니다."

앤드루는 꼼짝하지 않았다.

"놀라지 마십시오, 스틸맨 씨. 그 아이에 대해서 저는 진심으로 걱정하고 있으니까요."

"그러나 공교롭게도 지금 만원입니다. 영국 의사들로부터 반감을 사고 있는데도 나한테는 신청자가 엄청나게 밀려 있어요. 이상한 일이죠."

스틸맨은 여기서 비로소 무표정한 미소를 보였다.

"모두 이곳으로 병을 고치러 오는 겁니다, 많은 의사들이 있는데도……."

"그렇습니까!" 앤드루는 중얼거렸다. 스틸맨에게 거절당한 것은 그에게 대단한 실망이었다.

"이쪽에 약간 기대를 걸고 있었습니다. 만일 메리를 여기서 맡아주신다면 ……얼마나 도움이 될지 모르겠습니다. 무엇보다도 여기는 영국에서 제일가는 요양소이니까요. 그렇다고 아첨을 하고 있는 것은 아닙니다. 이건 사실입니다! 지금 그애가 누워 있는 빅토리아 병원의 낡은 병실을 생각하면 어쩐지 병실 밑을 기어다니는 바퀴벌레 소리까지 들리는 것 같아서……."

스틸맨은 약간 허리를 앞으로 구부리고 세 사람 앞에 있는 낮은 테이블에서 엷은 오이 샌드위치를 집어들었다. 그는 무엇을 다루는 데에 괴이하리만큼 결벽증이 있어서 방금 씻은 손을 더럽히기가 싫은 듯한 별난 버릇을 갖고 있었다.

"하하하, 그래서 약간 냉소적인 연극을 꾸몄던 것이군요. 아니, 아니, 이런 식으로 말해선 안 되죠. 당신이 걱정하고 있는 뜻을 잘 알겠습니다. 그러니 힘닿는 데까지 도와드리겠소. 당신도 의사이지만 당신의 환자는 내가 맡도록 하죠."

스틸맨은 앤드루의 망연한 표정을 보고 입술을 약간 일그러뜨렸다.

"어떻소, 내 배짱이 두둑하죠?…… 아니, 지금 이건 농담입니다. 달리 생각지는 말아주십시오. 비록 유머센스는 없지만 당신은 동업자들보다 훨씬 진보적인 식견을 갖고 계십니다. 좀 기다려 주십시오. 내주까지는 빈방이 없지만, 그 다음 수요일쯤엔 날 것 같습니다. 그러니 환자를 그때쯤 데려오십시오. 내가 할 수 있는 데까지 노력해 볼 테니까요."

앤드루의 얼굴이 감사로 빨갛게 되었다.

"저는 어떻게 감사를 드려야 할지……저는……."

"그런 인사 같은 것은 그만두십시오. 또 그렇게 딱딱한 표정도 짓지 마세요. 나는 당신이 뭐든지 다 집어던질 듯 덤벼들 때가 가장 좋은걸요. 부인, 맨슨 씨가 부인한테 커피잔 같은 것을 아무렇게나 내던진 적이 있습니까? 미국에서 신문사를 열여섯 개나 경영하고 있는 내 친구가 있는데, 화가 나면 언제나 5센트짜리 접시를 깨부수는 버릇이 있어요. 그런데 어느 날, 우연히……."

그는 맨슨으로서는 전연 감을 잡을 수 없는 얘기들을 장황하게 늘어놓았다. 기분 좋은 시원한 바람이 한들거리는 저녁 무렵, 귀로에 올라 차를 몰면서 앤드루는 깊은 생각에 잠긴 채 크리스틴에게 말했다.

"한 건은 어떻게 해결이 됐군, 크리스……무거운 짐을 벗은 것 같아. 메리에겐 그렇게 좋은 곳은 절대로 없을 거야. 훌륭한 사람이야, 스틸맨은 내 맘에 꼭 들어. 겉보기엔 신통치가 않지만 속은 단련된 강철같은 사람이야. 우리 모두 그런 요양소를 경영할 수 있게 되면 얼마나 좋을까?……그곳을 흉내내는 것이라도 좋으니까……호프와 데니와 나 셋이서 말이야. 당치 않은 꿈일까, 응? 하지만 그건 알 수가 없지. 게다가 나는 이런 생각을 하고 있어. 만일 데니와 호프가 찬성을 하고 어딘가 지방을 선택하라고 하면, 어쩌면 탄광 근처로 가서 다시 진애감염에 관한 연구를 시작하게 되는지도 모른다고 말이야. 크리스, 당신은 어떻게 생각해?"

그녀는 대답 대신 그에게 기대면서 대로상의 교통도덕도 아랑곳하지 않고 위험스럽게 마음껏 키스세례를 퍼부었다.

18

다음날 아침, 그는 지난밤에 잠을 푹 잤으므로 일찍 일어났다. 무슨 일이라도 닥치는 대로 해치울 것 같은 기분이었다. 일어나자 곧 전화를 걸어 아담가의 병원 매매 대리업자인 풀거 앤 터너 상사에 이 병원 매매를 일임하기로 했다. 역사가 깊은 이 회사의 사장인 제럴드 터너 씨가 직접 전화를 받아 앤드루의 이야기를 듣고 즉시 체스버러 테라스로 왔다. 그리고 오전 동안 장부들을 자세히 조사해 보더니, 이 정도라면 당장 팔릴 거라고 장담했다.

"선생도 아시다시피 안내광고를 내는 데는 무언가 이유를 붙여야만 하는데요."

터너 씨는 샤프펜슬로 가볍게 이를 툭툭 치면서 말했다.

"사려는 사람으로선 누구나 한 번쯤은 고려를 할 테니까요. 이런 노다지를 왜 내놓는 것일까 하고 생각할 거 아닙니까? 이렇게 말씀드리는 건 실례입니다만, 선생, 이건 사실 금광이에요. 나도 이렇게 현금 수입이 좋은 곳은 요즘 본 적이 없어요. 그저 병 때문이라고 해둘까요?"

"아니오." 앤드루는 무뚝뚝하게 대답했다.

"사실대로 말씀해 주시오. 그래요⋯⋯."

잠깐 생각하더니 그는 다시 고쳐 말했다.

"아니, 일신상의 형편 때문이라고 해두십시오."

"좋습니다, 선생." 그리고는 제럴드 터너 씨는 수첩에다 광고문 초안을 잡았다. '순수하게 일신상의 형편에 의해 의업과는 전혀 관계없이 폐업.'

앤드루는 이야기를 마무리지으려는 듯 이렇게 말했다.

"그리고 말이죠, 나는 이것으로 한밑천 잡으려는 건 아니고, 다만 적당한 가격에 팔아주었으면 하는 것뿐이니까 그리 아십시오. 길들인 고양이도 새 주인에겐 달라붙지 않는 법이니까요."

점심 때 크리스틴이 그의 앞으로 온 전보 두 통을 가져왔다. 전날 보낸 편지에 데니와 호프에게 전보로 회답을 달라고 부탁해 두었던 것이다.

한 통은 데니로부터의 간단한 전문이었다. '찬성, 내일 밤 도착.' 또 한 통은 언제나처럼 수다스러운 것이었다. '미치광이들과 평생을 살란 말인가. 영국 시골은 선술집, 창고, 교회, 돼지시장뿐인데. 실험실은 확실한가. 발신인

성난 납세자.'

점심을 먹고 나서 앤드루는 빅토리아 병원으로 갔다. 도로우굿 박사의 회진시간은 아니었는데, 그게 그의 목적을 위해서는 훨씬 편했다. 공연한 소란이나 불유쾌한 일들을 피하고 싶었으며, 특히 상대는 완고하고 옛날 이발사 외과의 연구에 우스꽝스러울 만큼 열을 올리고 있지만 언제나 그에게 호의를 가져주는 선배이므로 놀라게 만들고 싶지는 않았던 것이다.

메리의 침대 곁에 앉자, 그는 조용히 자기가 계획하고 있는 일을 그녀에게 들려주었다.

"처음부터 내가 나빴어……."

하고 안심시키려는 듯 그녀의 손을 가볍게 두드렸다.

"나도 여기가 네게 도움이 안되리라는 것 정도는 알고 있었어. 조망원으로 가면 여기와 다르다는 걸 너도 알게 될 거야…… 정반대이니까, 메리. 그러나 이곳 사람들도 아주 친절히 대해주었으니 그 사람들의 감정을 해칠 필요는 없을 거야. 그러니까 네가 직접 오는 15일에 퇴원하고 싶다고 말하면 되는 거야. 만일 직접 말하기가 곤란하면 내가 아버지한테 편지를 보내서 아버지가 그렇게 말하도록 할게. 병실이 비기를 기다리고 있는 사람이 얼마든지 있으니까 그건 간단해. 그리고 수요일에 내가 차로 조망원에 데려다 주겠어. 간호사나 그밖의 모든 일도 내가 준비할 거구. 이렇게 간단하게 너한테 도움이 되는 일은 없을 거야."

그는 자신이 여지껏 말려들거나 처해 있던 난국을 하나씩 해결한 것처럼 느끼면서 뭔가 또 한 가지를 해냈다는 기분을 안고 집으로 향했다. 그날 밤 병원에서 그는 만성병 환자에게 이별을 고하고, 자주 오던 아름다운 아가씨 환자들도 용서없이 희생했다. 1시간에 십여 차례나 그는 단호하게 선고를 내렸다.

"오늘 밤으로 저의 치료는 끝납니다. 당신은 꽤 오랫동안 다니셨죠? 많이 좋아지셨군요. 이 이상은 약을 복용할 필요가 없습니다."

그런 일이 끝나자 그의 기분은 놀랄 정도로 유쾌해졌다. 자기 자신에게 오랫동안 거부해 왔던 사치였다. 그는 소년과 같은 걸음걸이로 크리스틴에게로 갔다.

"이것으로 조금은 목욕탕용 소독제를 파는 세일즈맨 같지는 않게 된 기분이 드는군."

그리고 그는 신음했다.

"아니, 그런 소릴 지껄일 때가 아니지. 여지껏 저질렀던 일······비들러 사건 이며 그밖에 내가 한 일들을 벌써 거의 다 잊어가고 있다니!"

마침 그때 전화벨이 울렸다. 그녀가 받으러 나갔는데, 약간 오래 걸리는 듯했다. 그리고 돌아왔을 때 그녀의 표정은 또 이상하게 긴장되어 있었다.

"누군지, 당신한테 전화가 왔어요."

"누군데?······."

갑자기 그는 프랜시스 로렌스라고 직감했다. 방안에 어두운 침묵이 깔렸다. 그는 당황하면서 말했다.

"없다고 해줘. 어디 나갔다고. 아냐, 기다려!"

그는 결심한 듯한 표정으로 후닥닥 뛰어나가면서,

"내가 직접 받지."

하고 말했다.

앤드루는 5분쯤 지나서 돌아왔는데, 그녀는 일거리를 가지고 언제나처럼 전등불이 밝은 구석에 앉아 있었다. 그는 슬쩍 그녀의 얼굴을 쳐다보다가 곧 고개를 돌리고 창가로 가서 두 손을 호주머니에 쑤셔넣은 채 물끄러미 밖을 내다보았다. 그녀의 가느다란 뜨개 바늘을 움직이는 희미한 소리가 그로 하여금 스스로를 바보라고 말하는 듯한 기분을 느끼게 했다. 금지구역에 들어가 무언가 나쁜 짓을 저지르곤 꼬리를 축 내린 채 슬슬 기어 돌아온 불쌍한 개와 같다는 느낌이었다. 그러나 그러는 동안 그는 더 이상 자제할 수가 없게 되어 역시 그녀에게 등을 돌린 채 말했다.

"이 일도 이젠 끝났소. 당신도 어이없게 생각하겠지만, 모두가 나의 어리석은 허영심과 그리고 사리사욕에 불과했었어. 난 언제나 당신 이외에는 그 누구도 사랑해 본 적이 없어."

그는 갑자기 이를 갈면서 말했다.

"쓸데 없는 일이었어. 크리스, 다 내가 나빴어. 그들은 인간은 누구나 똑같다고 생각하는 모양이지만 난 그렇게 생각하지 않아. 단지 나는 너무 간단히 발을 빼려고 하는 것 같아. 너무 간단히 말이야. 그러나 좀 들어보라구 방금 전화를 받으러 나갔을 때 나는 리 로이도 불러냈어. 그와의 일도 함께 정리하는 게 좋을 듯싶어서. 그렇게 되면 크리모 제품과 나는 아무런 관계도 없게 되는 거야. 그쪽도 깨끗이 다 청산했어, 크리스. 이제 이것으로 모든 것이 깨끗해진 거야."

그녀는 대답하지 않았지만, 그러나 그 손에 쥔 바늘이 조용한 방안에서 시원스럽게 즐거운 듯한 소리를 내고 있었다. 그후 그는 오랫동안 밖 거리의 동정이나 여름밤의 어둠 속에 떠오르는 등불에 조용히 회한의 시선을 쏟으며 서 있었다. 겨우 제정신을 차리고 되돌아보자 방에는 어느덧 밤의 어둠이 스며들어 있었다. 아직 그녀는 그 작고 가냘픈 모습을 어두운 의자 속에 거의 눈에 띄지 않을 만큼 파묻고 뜨개질을 계속하고 있었다.

그날 밤 그는 땀에 흠뻑 젖어 고통스럽게 눈을 뜨고는 잠결에 그녀 쪽으로 돌아누웠는데, 아직도 꿈속의 공포에 떨고 있었다.

"어디 있어, 크리스? 잘못했소, 정말 잘못했소. 앞으로는 온 힘을 다해 당신에게 잘해 줄 거야."

이윽고 마음이 가라앉았는지 다시 깊은 잠 속으로 빨려들어가며 말했다.

"이 집이 팔리면 잠시 동안 어딘가로 휴양하러 갑시다. 난 신경이 발기발기 찢어져버렸어. 얼마 전까지는 당신을 노이로제 환자라고 말했는데 말이야! 그리고 어디든 좋으니까 정착을 하게 되면 당신은 정원을 만드는 거야……크리스, 기억하고 있겠지? 계관장 말이오, 크리스."

다음날 아침, 그는 커다란 국화꽃다발을 그녀에게 사주었다. 그는 옛날과 같은 열성으로 그녀에 대한 애정을 보이려고 노력했는데, 그것은 그녀가 아주 싫어하는, 과시하려는 듯한 애정이 아니라—플라자 호텔에서 점심 식사를 했을 때의 일을 생각하면 그는 지금도 소름이 끼치는 걸 어쩔 수가 없었다—자상하고 아량이 있는, 곧 잊어버려도 좋은 그런 것이어야 한다고 생각한 것이다.

차 마시는 시간에 그는 크리스틴이 좋아하는 특제 스폰지 케이크를 사가지고 돌아왔다. 그런데 그가 잠자코 복도 끝에 있는 신장에서 그녀의 슬리퍼를 꺼내가지고 오자 그녀는 의자에서 자세를 바로하고는 얼굴을 찡그리면서 약간 항의조로 말을 꺼냈다.

"안 돼요, 여보. 안 된다니까요, 그런 것은……나중에 후환이 있을까 두려우니까요. 다음주쯤 되면 자기 머리칼을 쥐어뜯거나 욕지거리를 해대면서 나를 좋아다닐 텐데요. 언제가처럼……."

"크리스!" 그는 별안간 얼굴 가득 고통스런 빛을 띠면서 외쳤다.

"모든 것이 변했다는 것을 모르겠어! 이제부터 당신한테 보상을 할 작정이야."

"괜찮아요. 괜찮아요, 여보!"

그녀는 웃으면서 눈물을 닦았다. 그러나 뜻밖의 격한 목소리로 말을 이었다.

"나는요, 우리 둘이 함께 있을 수만 있다면 어떤 일이 생기더라도 상관이 없어요. 당신에게 내 비위를 맞추라는 게 아녜요. 다만 내가 부탁하고 싶은 건 다른 사람을 쫓아다니지만 말아줬으면 하는 거예요."

그날 밤은 약속대로 데니가 와서 저녁식사를 같이 했다. 데니는 호프에게서 전갈을 받고 왔는데, 그는 오늘 밤 런던에 올 수 없다고 캐임브리지에서 전화가 걸려왔다는 것이었다.

"볼일이 생겨서 못 온다는 거야. 하지만 호프녀석 어쩌면 머지않아 신랑이 되는 게 아닌가 하는 예감이 드는군. 볼일 치고는 로맨틱한 볼일일 거야…… 세균학자가 장가를 간다."

데니는 담뱃재를 털면서 분명히 말했다.

"내 계획에 대해 무슨 얘기 않던가?"

앤드루는 빠른 어조로 물었다.

"아아, 찬성하는 것 같아……아니, 어찌되었든 녀석은 대체로 잘 견뎌내는 편이니까 어디라도 우리들이 가는 곳으로 데려갈 수 있어! 나도 대찬성일세."

데니는 냅킨을 펼쳐놓고 샐러드를 먹었다.

"나도 미처 상상을 못했었지, 그렇게 멋있는 계획이 자네의 돌대가리에서 튀어나오리라고는…… 무엇보다 자네가 웨스트 엔드의 비누장수로 타락한 줄로 생각하고 있던 참이었으니까. 아무튼 그 이야기를 자세히 들려주지 않겠나?"

앤드루는 점점 열을 올리면서 자상하게 그 계획을 이야기했다. 그리고 둘이서 이 계획을 더욱 실제적인 세목에 걸쳐 검토해 나갔다. 그런데 그들은 문득 이야기가 너무 앞서 나가는 것을 깨닫고, 데니가 이를 가로막았다.

"내 의견은 너무 큰 도시를 선택하지 말자는 거야. 인구 2만 명 이하, 그게 이상적이야. 그 정도면 경기가 좋을 테니까. 웨스트 미드랜드의 지도를 보라구. 겸손한 체하면서 서로의 뒷덜미를 노리고 있는 의사가 4,5명쯤 있는 정도이고, 상냥한 나이 든 의학박사가 어느 날 아침에 편도선을 반쯤 끌어낸 다음날 아침에는 기침약이나 조제하고 있는 공업도시가 얼마든지 있을 거야. 우리가 말하는 전문별 협동조합의 착상을 실시할 수 있는 곳이 바로 그런 지방이지. 아무런 선전도 할 필요가 없어. 그저 가기만 하면 되는 거야. 재미있을 거야. 녀석들의 얼굴을 보고 싶은 걸. 브라운이라든가, 존스라든가, 로빈슨 같은 의사들을 말이야. 물론 중상모략은 단단히 각오를 해야겠지……. 어쩌면 린치를 당할지도 모르고. 그렇지만 솔직히 말해서, 자네가 말했듯 호프의 실험실이 딸린 병원이 필요해요. 가능하면 2층에 두세 개의 침대도 놓았으면 좋겠구. 처음부터 너무 크게 벌일 필요는 없어. 신축보다 개조가 좋다는 의미인데, 그러면 대강……기초는 잡힐 거라고 나는 생각하네.”

그들의 이야기를 들으며 눈을 반짝거리고 있는 크리스틴을 의식하고 그는 싱긋 웃었다.

“부인 생각은 어떻습니까? 미친 짓 같은가요?”

“네에!” 그녀는 약간 쉰 목소리로 대답했다.

“하지만 일이라는 것은 좀 미친 듯 하는 것이 중요하지 않을까요?”

“옳은 말이야, 크리스! 정말 그게 중요하지.”

앤드루가 주먹을 내리치는 바람에 나이프와 포크가 튀어올랐다.

“계획은 상당히 좋아. 그러나 문제는 그러한 계획의 배후에 있는 이상이라구! 히포크라테스 선서의 새로운 해석이야. 과학적 이상에 대한 절대적인 충성이지. 경험에만 의존해서도 안 되고, 가짜 치료법은 더더욱 안 돼. 처방을 엉망으로 해도 안 되고, 터무니없는 부당요금을 징수도 안 돼. 그리고…… 아아, 피로해. 뭐 마실 것 좀 없어? 이래가지고는 성대가 견뎌내질 못하겠어. 큰북의 가죽이라도 붙이지 않으면…….”

그들은 새벽 1시까지 이야기를 계속했다. 앤드루의 흥분하는 모습은 냉철한 성격의 데니에게도 감동을 주었다. 데니가 탈 예정인 마지막 열차는 오래 전에 이미 떠나버렸다. 그는 그날 밤 묵고 다음날 아침, 일찌감치 식사를 하고 헤어지면서 다음 금요일에 또 찾아오겠다고 약속했다. 그날까지 그는 호프와 만날 것이고, 또 그의 열광의 결정적인 증거로서 웨스트 미드랜드의 대형지도를 사오기로 했다.

“잘될 거야, 크리스. 잘되고말고.”

앤드루는 현관에서 의기양양하게 되돌아왔다.

“데니는 벌써 희망에 빠져 있어. 입으로 말하지 않지만 나는 잘 알고 있지."

　바로 그날 병원을 사겠다는 희망자들이 줄을 이었다. 가망이 있을 듯한 희망자가 잇달아 찾아왔다. 살 듯 보이는 사람에게는 제럴드 터너가 따라붙었다. 유창하고 아름다운 화술을 터득하고 있는 터너는 차고의 건축에 대해서까지 상세하게 설명했다. 월요일에는 노엘 로우리 박사가 오전에는 혼자서, 오후에는 주선업자와 함께 두 번씩이나 찾아왔다. 그 뒤에 터너에게서 앤드루에게 조용하고도 자신있는 전화가 걸려왔다.

　"로우리 박사는 마음에 드는 모양입니다, 선생. 아주 마음에 들도록 만들었다고 해도 좋겠죠. 박사는 집을 자기 부인에게 보여주기 전에 팔릴까 봐 걱정하고 있어요. 부인은 애들을 데리고 해수욕장에 갔는데 수요일쯤 돌아올 예정이랍니다."

　수요일이라면 앤드루가 메리를 조망원으로 데려다 주기로 약속한 날이었다. 그러나 집 문제는 터너한테 맡겨두면 될 것이라 생각했다. 병원에서는 만사가 예정대로 돼 나갔다. 메리는 2시에 퇴원하기로 되어 있었다. 그는 샤프 간호사와 자동차로 데리러 갈 생각이었다.

　비가 세차게 퍼붓고 있었으나 그는 1시 반에 샤프 간호사를 데리러 웰벡가로 차를 몰았다. 57번지 A호에 도착해 보니 그녀는 시무룩한 표정으로 기다리고 있었다. 그 폼을 보건대 아무래도 기분이 나쁜 듯 보였다. 월말까지 그만두라고 말한 이후 이전보다 한층 더 변덕스러워진 것 같았다. 그가 인사를 하자 그녀는 물어뜯기라도 할 듯 대꾸를 하고는 얼른 차 안으로 들어갔다.

　다행히도 메리의 일은 순조롭게 진행되었다. 마침 그녀가 수위실에 나와 있었으므로 자동차가 서자마자 곧바로 메리는 따뜻하게 모포에 싸여진 채 발밑에는 보온물통을 놓고 뒷자리에 샤프 간호사와 나란히 앉았다. 그러나 얼마 안 가서 그는 오만상을 찌푸리고 부어 있는 간호사 따위는 데리고 오지 않는 게 좋았을 거라고 후회하기 시작했다. 그녀는 오늘의 일을 자기의 근무시간 외의 일이라 생각하고 있음이 명백했다. 오랫동안 이런 여자를 어떻게 참고 데리고 일했는지 그는 놀라면서 어리벙벙한 기분이 되었다.

　3시 반이 되어서야 그들은 조망원에 도착했다. 이제 비는 그쳐 현관까지의 자갈길을 올라가자 구름 사이로 햇빛이 내리비쳤다. 메리는 몸을 앞으로 내밀고 비상한 기대를 안겨준 이 요양소를 긴장된, 그러나 약간은 불안한 시선으로 물끄러미 바라보았다.

스틸맨은 사무실에 있었다. 앤드루는 당장이라도 그와 함께 환자를 보았으면 싶었다. 인공기흉을 해야 되는 건지 아니지 몹시 궁금했기 때문이다. 그는 담배를 한 대 피우며 차를 마시는 동안 그 문제에 대해 이야기했다.

"알겠습니다." 스틸맨은 그의 이야기가 끝나자 고개를 끄덕였다.

"그럼, 곧 가보실까요?"

그는 앞장서서 메리의 병실로 안내했다. 메리는 이미 침대에 들어가 있었다. 차멀미 탓인지 창백한 얼굴로 방 한쪽 구석에서 그녀의 옷을 정리하고 있는 샤프 간호사를 지켜보고 있었는데, 어딘지 모르게 불안한 모습이었다. 스틸맨이 다가가자 그녀는 약간 놀라는 눈치였다.

그는 정성스럽게 메리를 진찰했다. 조용하고 묵묵한, 절대적으로 정확한 그 진찰태도는 앤드루에게는 하나의 계시였다. 의사 특유의 거드름을 피우는 태도 같은 것은 조금도 보이지 않았다. 사실 의사의 진찰과는 많은 점에서 차이가 있었다. 오히려 고장난 복잡한 계산기를 수리하고 있는 사무원과 흡사했다. 청진기도 사용하긴 했지만 주로 타진으로 늑간(肋間)과 쇄골상근(鎖骨上筋) 주변을 촉진하고 있는 것을 보자 마치 섬세한 그의 손가락을 통해서 피부 밑에서 살아 호흡작용을 하고 있는 폐세포의 상태가 실제로 느껴지는 것만 같았다.

스틸맨은 진찰을 끝내자 메리에게는 아무 말도 하지 않고 앤드루를 문밖으로 데리고 나갔다.

"인공기흉을 합시다. 의심의 여지가 없습니다. 몇 주일만 빨랐더라도 이렇게까지 되지는 않았을 텐데……당장 실시할 테니 당신이 본인에게 그렇게 말해 주십시오."

그가 기계를 살펴보러 간 사이 앤드루는 다시 병실로 들어가서 상담 결과를 메리에게 알렸다. 앤드루는 가벼운 기분으로 말했지만, 지금 당장 인공기흉 치료법을 실시해야 한다는 이야기가 그녀를 꽤 실망시켰음이 분명했다.

"선생님이 해주시는 거죠?"

그녀는 불안한 듯 물었다.

"네? 저는 선생님이 해주셨으면 좋겠어요."

"아무렇지도 않아, 메리. 조금도 아프지 않다구. 나도 여기 있으면서 거들 거야. 그러니 너무 걱정하지 마. 꼭 지켜봐 줄게."

앤드루는 기술상의 문제는 모두 스틸맨에게 일임할 생각이었다. 그러나 메리가 매우 흥분해서 그에게만 의지하려 드는 데다, 또 사실 그녀를 이리로 데려온 데 대해 그 자신도 책임을 느끼고 있었으므로 치료실로 가서 자기도 돕겠다고 스틸맨에게 제의했다.

10분쯤 걸려 모든 준비가 끝났다. 메리를 데려오자 앤드루는 그녀에게 국소마취를 실시했다. 그런 다음 스틸맨이 능숙한 솜씨로 기흉침을 찔러넣고 흉강 내에 무균 질소가스를 집어넣는 동안 그는 압력계 곁에 서 있었다. 기계는 정교하기 짝이 없었고, 또 스틸맨의 기술은 실로 놀라운 솜씨였다. 그는 능숙한 솜씨로 카슈레를 다루며 늑막까지 통과했다는 것을 알리는 째깍하는 소리가 날 때까지 압력계를 응시하면서 교묘하게 집어넣고 있었다. 그리고 그 특유의 교묘한 조작으로 피하기종이 생기는 것을 방지하고 있었다.

처음에 메리는 신경이 매우 날카로워져 있었지만, 수술이 진행되는 동안 불안감이 차츰 사라져 갔다. 그녀는 치료 도중에 점점 신뢰감을 갖게 되었으며, 끝날 무렵에는 완전히 마음이 놓였는지 앤드루에게 미소까지 지어 보일 정도가 되었다. 병실로 되돌아가자 그녀는 이렇게 말했다.

"말씀하셨던 대로 아무렇지도 않았어요. 뭘 하고 있는지, 조금도 느끼지 못한 것 같아요."

"그래?" 하고 그는 한쪽 눈썹을 치켜올리며 큰 소리로 웃음을 터뜨렸다.

"그래야지⋯⋯떠들 것도 없고, 뭔가 두려운 일이 일어날 것 같은 느낌도 없는⋯⋯수술이란 게 모두 그런 식이라면 정말 좋으련만! 하지만 어쨌든 그것으로 너의 한쪽 폐는 정지했어. 이젠 얼마 동안 휴식을 취해야 돼. 그리고 이번에 호흡을 다시 시작할 때에는⋯⋯알겠어⋯⋯벌써 다 나아 있을 거야."

그녀는 잠깐 그의 얼굴을 바라보다가 이윽고 깨끗한 병실을 휙 둘러보고는 창 밖에 펼쳐진 산골짜기의 경치로 시선을 옮겼다.

"전 여기가 점점 좋아지기 시작했어요. 스틸맨 선생님은⋯⋯어쩐지 아주 다정한 분 같은 느낌이 들어요. 저, 홍차 좀 마셔도 괜찮을까요?"

19

그가 조망원을 나온 것은 7시가 가까워서였다. 예상 외로 늦게 귀가하게 된 것은 아래층 베란다에서 시원한 바람을 쐬면서 스틸맨과 조용히 이야기를 나누는 것이 즐거웠기 때문이었다. 돌아올 때는 아주 평정한 기분에 잠겨 차를 몰았다. 스틸맨의 여유있는 인품과 일상의 세속적인 일들에 구애되지 않는 품격이 앤드루의 당돌한 성격에 좋은 영향을 미쳤는데, 그런 의미에서도 얻는 바가 매우 컸다. 게다가 이젠 메리의 일도 한결 마음이 놓였다. 엉겹결에 그녀를 구식 시설의 병원에 입원시켰던 그 당시의 자신의 성급한 행동과 오늘 오후에 그녀에게 한 일을 비교해 보았다.

이번 일은 그에게는 좀 부담이 되기도 했으며, 까다로운 절차나 준비가 꽤 많았다. 완전히 상식에서 벗어난 일이었다. 비용에 관해서는 스틸맨과 아무 타협도 하지 않았지만, 콘의 형편으로는 조망원의 입원비를 낼 수가 없을 테니 결국 그 부담이 자기에게 돌아오리라는 것을 그도 알고 있었다. 그러나 지금 자신의 마음을 가득 채우고 있는, 한 가지 일을 처리했다는 만족감에 비한다면 그런 것은 문제도 아니었다. 요 몇 달 동안에 처음으로 그는 자기의 신념에 따라 무언가 보람있는 일을 했다는 느낌을 맛보았다. 이것이 지금까지 자기가 한 일에 대한 설욕의 첫걸음이라는 은밀한 생각이 포근하게 마음을 가득 채웠다.

그는 밤의 적막을 즐기면서 천천히 차를 몰았다. 샤프 간호사는 돌아오는 길에도 뒷자리에 탔는데, 입 한 번 벌리지 않았고 그 역시 자기만의 생각에 잠겨 있어서 그녀의 존재를 완전히 잊었다. 그래도 런던 시내로 들어서자 어디서 내리겠느냐고 그녀에게 묻고는 그녀의 대답대로 노팅 힐 지하철역에서 차를 세웠다. 그는 이제 앓던 이를 빼버린 것 같은 홀가분한 기분이었다. 그녀는 좋은 간호사였으나 내성적이고 꽁한 기질이 있었다. 무엇보다도 그녀는 그에게 전혀 호감을 갖고 있지 않았다. 그는 내일이라도 이달치 봉급을 우송하리라 생각했다. 그렇게 하면 이제 다시는 그녀의 얼굴을 볼 필요가 없는 것이다.

어찌된 일인지 퍼딩턴가를 지나치고 있자니 기분이 완전히 바뀌기 시작했다. 늘 있는 일이지만 비들러의 가게 앞을 지날 때마다 무거운 기분이 되는 것이다. 그는 갑자기 곁눈질로 '만물재생상회'라는 간판을 보았다. 점원 하나가 셔터를 내리고 있는 중이었다. 그 단순한 동작이 웬지 매우 상징적이었으므로 그는 갑자기 부르르 몸을 떨었다. 초조한 기분으로 체스버러 테라스로 돌아오자 그는 차를 차고에 집어넣었다. 그리고 이상스레 서글픈 마음을 안고 집으로 들어갔다.

크리스틴은 즐거운 듯한 얼굴을 하고 현관까지 마중을 나왔다. 그녀는 그
의 기분은 아랑곳없이 좋은 소식을 들은 터라 들떠 있는 상태였다. 그녀는 눈
을 반짝거리면서 재빨리 뉴스를 전했다.

"팔렸어요!"

그녀는 명랑한 소리로 말했다.

"낙찰이에요. 집도, 재고품 약도, 지하실까지. 그 사람들이 당신을 기다리
고 기다리다 이제 방금 돌아갔어요. 로우리 박사와 그의 부인 말이에요. 그분
은 매우 들떠 있었어요."

그녀는 큰 소리로 웃었다.

"그런데 진료시간이 다 되었는데도 당신이 안 돌아오잖아요. 그래서 그분
이 직접 환자를 봐주셨어요. 나는 그분들에게 저녁식사를 대접했어요. 그러
고 나서 또 얼마 동안 이야기를 했어요. 그 부인은 당신이 틀림없이 자동차
사고라도 난 모양이라고 생각하더군요. 그래서 나까지 얼마나 걱정이 되었는
지 몰라요. 그런데 이렇게 무사히 돌아와 주셨군요, 여보! 이제 모든 일이
잘될 거예요. 내일은 11시에 터너 씨의 회사에서 그분과 만나 계약서를 작성
해야 돼요. 그리고……그래, 맞아요……그분이 벌써 터너 씨에게 계약금을
건네주었어요."

그는 그녀의 뒤를 따라 거실로 들어갔는데, 이미 저녁식탁은 말끔히 치워
진 뒤였다. 병원이 팔린다는 건 그로서는 즐거운 일임에 틀림없었으나 현재
의 기분으로는 그다지 생기 있는 안색을 보여줄 수가 없었다.

"잘된 거죠?" 크리스틴은 계속 재잘댔다.

"이렇게 빨리 팔릴 줄은 몰랐어요. 그분도 개업하실 때까지 그다지 오랜 시
간이 걸리지는 않을 거라고 나는 생각해요. 아아, 나는 당신이 돌아올 때까지
줄곧 이런 저런 생각을 하고 있었어요. 새로 일을 시작하기 전에 잠깐이라도
좋으니까 또 한 번 발 앙드레에 가보았으면 좋겠어요. 정말 좋은 곳이죠! 여
보, 그리고 정말로 즐거웠어요……."

그녀는 급히 말을 끊고 그의 얼굴을 바라보았다.

"아니, 도대체 당신 왜 그래요?"

"으응, 아무것도 아니야." 그는 자리에 앉으면서 미소를 지었다.

"좀 피곤해서 그런가 봐. 저녁을 거른 탓인지도 모르고……."

"뭐라구요? 나는 조망원에서 드시고 오신 줄로 알았는데."

그녀는 놀라며 주위를 둘러보았다.

"그래서 다 치우고, 베네트 부인을 영화구경 보냈는걸요."

"상관없어."

"아니 그렇지 않아요. 그래서 집이 팔렸다는데도 별로 기분이 좋아 보이지 않았었군요. 그럼, 거기 조금만 앉아 계세요. 곧 가져올 테니까⋯⋯뭐 특별히 드시고 싶은 거라도 있어요? 수프를 데워드릴까요?⋯⋯아니면 뭘?"

그는 약간 고개를 갸웃했다.

"계란탕이 좋겠어, 여보. 너무 거창한 건 필요없어. 음⋯⋯그래, 뭣하면 나중에 치즈나 좀⋯⋯."

그녀는 잠시 후에 계란탕 한 그릇에 샐러리를 담은 컵, 빵과 비스킷, 버터, 그리고 치즈 접시 등을 담은 큰 쟁반을 가져와서 테이블 위에 놓았다. 그가 의자를 당겨 앉자 그녀는 찬장에서 맥주 한 병을 꺼내왔다.

그가 먹고 있는 동안 그녀는 걱정스런 표정으로 그를 바라보고 있었다. 그러다가 그녀는 미소를 지었다.

"나는요, 여보, 잘 생각해 보았어요⋯⋯우리가 계속 케반 거리에 살았더라면⋯⋯그 왜 있잖아요? 부엌에 방 하나밖에 없는 그 집 말이에요. 거기 살았더라면 좋았을 거라구요. 사치스런 생활은 우리에겐 어울리지 않아요. 이번에 또 정말로 일하는 사람의 아내가 된다고 생각하니 전 아주 행복해요."

그는 계란탕을 먹었다. 빈 배가 채워짐에 따라 기분도 한결 나아졌다.

"그리고 여보!"

그녀는 언제나처럼 두 손을 턱밑에 받치면서 말했다.

"요 3, 4일 동안에 나는 여러 가지 생각을 했어요. 그 전에는 웬지 머리가 멍해서 아무것도 보이지 않는 듯한 기분이었어요. 그러나 우리가 다시 예전처럼 되고 보니, 또 예전처럼 우리가 결합되고 나서는 모든 것이 밝아진 것 같은 생각이 들어요. 돈이건 무엇이건간에 정말로 가치가 있는 것은 열심히 일해서 얻은 경우뿐이에요. 하늘에서 저절로 굴러떨어진 듯한 것에는 만족할 수 없어요. 어벨라러우 시절의 일을 기억하고 계시죠? 나는 늘 생각이 나요. 하루도 생각하지 않는 날은 거의 없어요. 그 시절엔 우리 둘 다 정말 굉장히 고생을 했었잖아요? 이제부터 우리는 다시 똑같은 일을 시작할 생각이에요. 아아, 그것을 생각하면 나는 너무너무 행복해요."

그는 흘끗 그녀에게로 눈을 돌렸다.

"정말로 행복하다고 생각하는 거요, 크리스?"

그녀는 가볍게 그에게 키스를 했다.

"이렇게 행복했던 적은 지금까지 한 번도 없었어요."

잠시 침묵이 흘렀다. 그는 비스킷에 버터를 바르고 치즈를 뜨려고 뚜껑을 열었다. 그런데 속을 들여다보고 그는 약간 실망하는 빛을 띠었다. 그가 좋아하는 립타우어 치즈가 아니라 베네트 부인이 언제나 요리에 사용하는 체다치즈의 찌꺼기밖에 들어 있지 않았다. 그것을 본 순간 크리스틴은 미안한 듯 외쳤다.

"그러잖아도 오늘은 슈미트의 가게에 갈 생각이었어요."

"아니, 괜찮아, 크리스."

"아니에요, 그래선 안 되죠."

그녀는 그가 손을 내밀기도 전에 치즈통을 옆으로 치워놓았다.

"아니, 나 좀 봐. 센치한 여학생처럼 넋을 잃고 있다가 이렇게 저녁식사도 변변히 차려드리지 못하고……당신이 지친 채 식사도 않고 돌아오셨다는데도 말예요. 내가 정신이 나간 모양이에요. 이래가지고 어떻게 일하는 사람의 아내 노릇을 하겠다는 건지!"

그녀는 벽시계를 올려다보면서 벌떡 일어났다.

"서두르면 가게문을 닫기 전에 갔다올 수 있을 거예요."

"그러지 않아도 된다니까, 글쎄."

"글쎄, 괜찮다니까요, 여보."

그녀는 쾌활하게 말하며 그의 말을 막았다.

"내가 가고 싶은걸요, 여보. 당신은 슈미트 가게의 치즈를 좋아하시고, 나는……당신이 좋은걸요."

그가 또 말리려 하기 전에 그녀는 방을 나갔다. 그는 현관 홀을 분주히 걸어나가는 그녀의 발소리와 바깥문을 가볍게 닫는 소리를 들었다. 그의 눈은 아직도 미소를 짓고 있었다. 이런 일을 하는 것은 실로 크리스틴다웠다. 그는 다시 비스킷에 버터를 바르면서 유명한 립타우어 치즈와 그녀가 돌아오길 기다리고 있었다.

집안은 매우 조용했다. 플로리는 계단에서 잠들어 있으며, 베네트 부인은 영화구경을 갔지 하고 그는 생각했다. 그리고 베네트 부인이 어떻게 될지 모르는 자기네의 새로운 생활을 따라오겠다는 것도 즐거운 일이었다. 오늘 오후의 스틸맨은 정말 훌륭했었다. 메리도 이젠 괜찮을 거고. 오랜 가뭄 끝에 단비를 만난 것과 같았다. 그러고 보니 오후부터 비가 그친 것도 참 멋진 일이었다. 귀로의 시골길은 시원하고 조용해서 정말로 아름다웠다. 다행스럽게도 이번에는 크리스틴도 곧 정원을 가질 수 있게 될 것이다. 자신과 데니와 호프는 어느 시골 마을에서 다섯 명 정도의 의사들로부터 린치를 당할지도 모른다. 그래도 크리스틴은 정원을 갖게 되겠지.

그는 멍하니 버터를 바른 비스킷을 먹기 시작했다. 그녀가 빨리 돌아오지 않으면 나중에 시장기가 사라지고 식욕이 없어질지도 모른다. 플라우 슈미트와 잡담이 벌어진 것이 분명하다. 그녀는 좋은 여자였다. 자기에게 첫번째 환자를 보내준 사람이 아닌가. 나도 그런 짓을 하지 않고 진실하게 살았더라면……아니, 다행히도 이젠 그것도 문제가 아니다. 크리스틴과 자기는 이제 다시 결합되어 지금까지보다 더 행복하게 될 것이다. 방금도 그녀가 말했지만 웬지 정말 기분이 좋았다. 그는 담배에 불을 붙였다.

갑자기 바깥에서 벨소리가 요란하게 울렸다. 앤드루는 눈을 크게 뜨고 담배를 재떨이에 놓고 현관으로 나갔다. 그런데 그가 미처 나가기 전에 또 찢어질 듯 울려댔다. 그는 현관문을 열었다.

그러자 곧 문 밖의 소란함이며 보도 위의 군중들, 어둠에 잠겨 있는 사람의 얼굴과 머리들이 한꺼번에 보였다. 뭐가 뭔지 몰라 멍하니 서 있는데 벨을 눌렀던 순경이 그 앞에 불쑥 나타났다. 그와 같은 고향인 화이프 태생으로 교통 정리를 맡고 있는 낯익은 친구였다. 그 친구가 이상하게 보인 것은, 흰자위가 드러나도록 앤드루를 노려보고 있었기 때문이다.

"선생!"

그는 급히 달려왔는지 숨을 헐떡이고 있었다.

"부인이 다치셨어요. 달려나오다가……아아! 정말 무슨 영문인지!……급히 가게에서 뛰어나오다가 버스와 정면으로 충돌했습니다."

얼음장처럼 차갑고 커다란 손이 덥썩 그를 끌어안았다. 그러나 그가 아직 입도 열기 전에 군중이 몰려들었다. 그러고는 갑자기 무서운 기세로 몇 사람이 현관으로 뛰어들었다. 울고 있는 프라우 슈미트, 버스 안내원, 다른 경찰관, 그밖의 처음 보는 사람들이 그를 밀치고 진찰실로 몰려들어왔다. 그리고 그 뒤로 군중을 헤치며 두 사나이가 크리스틴을 운반해왔다. 그녀의 머리는 가늘고 흰 목덜미를 드러낸 채 뒤로 홱 젖혀져 있었다. 왼손에는 슈미트네 가게에서 산 조그만 꾸러미의 끈이 아직 손가락에 감겨 있었다. 사람들은 그녀를 진찰실의 높은 의자 위에 뉘었다.

그녀는 이미 숨이 끊어져 있었다.

20

앤드루는 실컷 얻어맞은 사람처럼 며칠 동안 정신을 잃고 있었다. 이따금 정신이 들어 베네트 부인이나 데니, 그리고 한두 번은 호프의 얼굴을 알아보기도 했다. 그러나 대개는 마치 로보트처럼 명령받은 행동만 하고 있을 뿐, 그의 존재는 하나의 긴 악몽 속에 깊숙이 처박힌 채였다. 그의 마멸된 신경조직은 병적인 망상과 회한의 공포를 자아냈고, 그 고통으로 말미암아 눈물과 땀으로 범벅이 되어 눈을 뜨면 잃은 것에 대한 고뇌를 더욱더 통감할 뿐이었다.

그는 검시를 할 때 검시 법정에서의 불유쾌한 약식 처리와 증인이 진술한 달갑잖은 일, 아무 필요도 없는 증언 등을 모두 희미한 기억으로만 느끼고 있을 뿐이었다. 다만 그때 살찐 둥그스름한 눈에 눈물을 줄줄 흘리고 있는 프라우 슈미트의 듬직한 모습을 그는 뚫어지게 응시하고 있었다.

"그분은 우리 가게로 들어올 때부터 줄곧 웃고 계셨어요. 빨리 주세요……바깥 양반을 기다리게 하면 안 된다고 말씀하시면서……."

검시관이 뜻밖의 불행에 대해 맨슨 박사에게 동정의 뜻을 표했을 때, 이것으로 끝난 것이라고 생각했다. 앤드루는 기계적으로 일어섰는데, 정신을 차리고 보니 어느새 데니와 회색의 보도 위를 걷고 있었다.

모든 장례 절차가 어떻게 마무리 되었는지 그는 조금도 몰랐다. 모든 것은 그가 모르는 사이에 꿈처럼 왔다가 지나간 것뿐이었다. 자동차로 켄슬그린으로 가는 동안, 그의 생각은 몇 년 전의 옛날로 돌아가 화살처럼 이리저리 날아 돌아다녔다. 좁고 더러운 묘지에 들어서자, 계관장 뒤의 넓은 벌판에 풀어 놓고 기르는 조랑말들이 헝클어진 갈기를 휘날리면서 달리고 있는 모습이 자꾸만 되살아났다. 크리스틴은 그 주위를 거닐며 미풍을 쐬는 것을 좋아했

었다. 그런데 지금 그녀는 이 검게 그을린 시내의 묘지에 묻히려 하는 것
이다.

그날 밤, 그는 노이로제 현상이 심해져 고통에 잠긴 채로 의식을 잃을 때까
지 취하고 싶었다. 그러나 아무리 위스키를 퍼마셔도 자기 자신에 대한 분노
의 감정만 새삼 되살아날 뿐이었다. 그는 한밤중까지 취해서 방안을 거닐면
서 큰 소리로 자신에게 욕설을 퍼부어댔다.

"바보같으니라구, 넌 도망칠 수 있다고 생각했었지. 벌써 도망쳐 나왔다고
생각하고 있었어. 그렇지만 제기랄, 그렇겐 안 될걸. 죄를 지으면 당연히 벌
을 받게 마련이지. 인과응보야! 그녀가 이렇게 된 것도 모두 다 네 탓이야.
고통을 받는 건 당연해!"

그는 모자도 쓰지 않고 어슬렁어슬렁 시내로 걸어나가 셔터를 내린 비들러
가게의 허전한 창문을 실성한 사람처럼 바라보았다. 그리고 고통의 눈물을
흘리며 중얼거리면서 돌아왔다.

"하나님의 눈은 못 속여요! 크리스틴이 언젠가 그런 말을 했었지······하나
님의 눈은 속일 수 없다고."

그는 휘청거리며 2층으로 올라갔다. 그리고 잠시 망설이다가 조용하고 한
기가 도는, 인기척이 없는 그녀의 방으로 들어갔다. 화장대 위에 그녀의 핸드
백이 놓여 있었다. 그는 그것을 들어 볼에 대고 있다가 불안스런 눈빛으로 열
어보았다. 그 속에는 은전화와 동전 몇 개, 그리고 조그만 손수건과 식료품점
의 영수증이 들어 있었다. 그런데 문득 한가운데의 주머니에 몇 장의 종잇조
각이 있는 걸 보았다. 드라이네피에서 찍은 퇴색한 그의 사진과, 그리고······
그도 분명히 기억이 났으므로 가슴이 아파왔다······어벨라러우 시절 크리스마
스 때 환자들로부터 받은 '감사의 표시로'라고 씌어 있는 조그만 종이쪽지
였다. 그녀는 이런 것들을 오늘까지 모두 소중히 간직해두었던 것이다. 격렬
한 오열이 갑자기 치밀어올라왔다. 그는 침대 곁에 쓰러지듯 무릎을 꿇고 넘
쳐나는 뜨거운 눈물을 줄줄 흘렸다.

데니도 그가 술을 들이키는 것을 말리려 하지 않았다. 그에게는 데니가 거
의 매일 그의 집에 있는 것처럼 생각되었다. 그것은 환자를 보기 위해서는 아
니었다. 그것은 이미 로우리 박사가 하고 있었기 때문이다. 로우리는 어딘가
다른 곳에 살고 있었는데, 그곳에서 택진이나 왕진을 다녀오곤 했다. 그는 이
런 모든 일이 어떻게 되어가고 있는지 통 몰랐지만, 또 알려고도 하지 않

았다. 그는 어떻게든 로우리와 마주치지 않으려고 했다.

그의 신경은 완전히 마멸되어 있었다. 현관의 벨소리를 들으면 심장이 미친 듯 뛰었으며, 누군가의 발소리를 들으면 손바닥에 땀이 홍건히 스며나왔다. 2층 자기 방에 앉은 채 손가락 사이로 손수건을 돌돌 말아 가끔 그 손바닥의 땀을 닦고, 또 밤이 되면 불면증에 시달릴 일을 생각며 난롯불로 시선을 돌렸다.

이런 상태에 처해 있을 때, 어느 날 아침 데니가 들어서자마자 말을 꺼냈다.

"겨우 자유의 몸이 되었어, 고맙게도. 이젠 언제라도 떠날 수 있네."

앤드루가 거절할 리 만무했다. 그에게는 반항할 힘이라고는 전혀 남아 있지 않았다. 이제부터 어디로 가는 거냐는 것조차 물으려 하지 않았다. 그저 묵묵히 무감동하게 데니가 그의 옷가방을 챙기고 있는 것을 바라보고 있을 따름이었다. 그로부터 1시간 후, 두 사람은 퍼딩턴 역을 향해 떠났다.

두 사람은 그날 오후 내내 남서쪽의 여러 주들을 거쳐 뉴포트에서 차를 갈아타고 몽마드셔로 올라갔다. 아버가베니에서 내려 역을 빠져나오자 데니가 차를 불러왔다. 차가 시내를 벗어나 아스크 강을 건너 가을색이 짙은 시골길을 달리자 데니가 말했다.

"여긴 이전에 내가 자주 찾아오던 조그만 도시야—낚시질을 하러 말이야. 랜토니 어베이라는 곳이지. 여기라면 좋을 거라고 생각되네."

두 사람은 개암나무숲에 둘러싸인 그물코 같은 작은 길을 지나 6시에 목적지에 도달했다. 푸른 잔디가 깔린 좁은 광장을 에워싸고 옛 문화의 흔적을 보여주는 승원(僧院)의 폐허가 있고 매끄러운 회색 돌과 화랑의 아치가 서 있었다. 그리고 바로 그 근처에 폐허의 돌만으로 세워진 여관이 있었다. 그 바로 앞에는 시냇물이 흐르고 있는데 마음을 진정시켜 주는 잔잔한 물소리가 쉴 새없이 들려오고, 굴뚝에서 파란 연기가 곧장 조용히 저녁놀이 진 하늘로 솟아오르고 있었다.

다음날 아침 데니는 앤드루를 산책길에 끌어냈다. 화창한 날씨였지만 앤드루는 잠을 푹 자지 못했기 때문에 몸이 후들거려 첫번째 동산을 넘는 데도 그의 풀린 근육이 말을 듣지 않았다. 그는 조금 걸었는데도 그만 돌아가자고 말했다. 그러나 데니는 꿈쩍도 하지 않았다. 그는 앤드루를 첫날은 8마일을 걷게 했고, 그 다음날은 10마일을 걷게 했다. 그 주말에는 하루에 20마일씩 걷게 했으므로 앤드루는 저녁이면 기어가듯 2층 자기 방으로 올라가서는 그냥 곯아떨어지곤 했다.

그들을 괴롭힐 사람은 어베이에는 아무도 없었다. 송어 낚시철도 막바지에 이르렀으므로 낚시꾼도 두세 사람밖에 없었다. 그들은 판자를 깐 식당으로 가서 모닥불 앞에 놓인 길다란 떡갈나무 탁자에서 식사를 했다. 요리는 간단했으나 맛은 좋았다.

산책하는 동안 두 사람 다 입을 열지 않았다. 곧잘 하루종일 걸어다녔으나 그 동안에도 말이라곤 고작 두세 마디밖에 나누지 않았다. 처음에 앤드루는 산책길 주변의 전원에 대해서 전연 무관심했는데, 날이 갈수록 숲이나 강, 고사리 같은 것들이, 많은 동산의 아름다움이 어느새 점점 그의 마비된 오관으로 침투해 왔다.

그의 회복은 두드러지게 빠른 것은 아니었지만 그래도 한 달쯤 지나자 멀리 산책을 나가도 별로 피로해하지 않았으며, 식사도 수면도 정상이 되었고, 아침마다 냉수욕을 했으며, 장래의 일에 대해서도 더 이상 두려워하지 않게 되었다. 그도 자신의 회복을 위해서는 이 한적한 고장만큼 적합한 것은 없고, 또 이 스파르타적인 승원생활보다 더 좋은 방법은 없다는 것을 알게 되었다. 첫서리가 지면을 하얗게 물들였을 때, 그는 본능적으로 피가 끓어오르는 것 같은 기쁨을 느꼈다.

그러한 그가 갑자기 입을 열었다. 두 사람의 화제는 처음엔 무의미한 것들이었다. 그의 마음은 마치 큰 시합을 눈앞에 두고 간단한 연습을 하는 경기자처럼 새로운 생활에 부딪칠 준비를 게을리하지 않았다. 그리고 그도 어느새 이번 사건의 경위를 데니로부터 듣고 현실로 받아들이게 되었다.

병원은 알선업자인 터너가 말한 액수만큼은 안 되었지만—이런 상태에서는 환자를 인계하는 일을 할 수가 없었기 때문인데—거의 근사한 값으로 로우리 박사에게 팔아넘겼다. 호프는 급비행의 의무연한을 가까스로 끝마치고 지금은 버밍검의 자택에 있었고, 데니도 자유의 몸이 되었다. 랜토니로 오기 전에 직장을 그만두었던 것이다. 그러한 자신의 추측이 분명해지자 앤드루는 갑자기 얼굴을 쳐들었다.

"나도 내년부터는 일을 할 수 있게 될 걸세."

그리하여 두 사람은 열심히 이야기를 하기 시작했는데 그로부터 1주일이 지나자 그렇게도 심했던 그의 무감각 상태도 깨끗이 사라져 버렸다. 인간의 마음이 이번 사건과 같이 자기를 철저하게 절망시킨 치명적인 타격에서도 다시 재기할 수 있다는 사실이 그로서는 이상하게 생각되기도 하고, 또 서글프게도 느껴졌다. 그렇더라도 현재 이렇게 회복이 되었으니 그로서도 어찌할 수 없는 일이었다. 여태까지 그는 마치 완전한 기계처럼 무감각한 생활을 계속해왔다. 그런데 지금은 활기차게 차가운 공기를 호흡하면서 지팡이로 고사리를 세차게 치기도 하고 자기에게 온 편지를 데니의 손에서 빼앗아 보고, 우편물이 와도 〈의학저널〉이 안 왔다고 불평을 할 정도가 되었다.

밤이 되면 데니와 그는 커다란 지도를 펼쳐놓고 성실히 검토했다. 그리고는 연감을 참고하여 도시의 표를 만들고, 그것을 차례차례 하나씩 삭제하여 이윽고 8개의 소도시로 선택범위를 좁혔다. 그중 둘은 스태퍼스셔 주, 셋은 노샘프턴셔 주, 또 셋은 워릭셔 주에 있었다.

다음 월요일, 데니는 1주일 예정으로 여행길에 올랐다. 그 1주일 동안 앤드루는 일에—자기 자신의 사업, 즉 호프와 데니와 함께 해야 할 진짜 사업에—한시라도 빨리 손을 대고 싶은 옛날의 그 열정을 느꼈다. 그의 초조함은 견딜 수 없을 만큼 커졌다. 토요일 오후, 그는 이번 주 마지막 열차를 마중하려고 아버가베니까지 걸어갔다. 그러나 실망하고 돌아오면서 또 이틀 밤과 만 하루를 참아야만 하는가 하고 생각하면서 돌아와 보니, 검정색의 조그만 포드가 여관 앞에 세워져 있었다. 그는 서둘러 출입문을 열었다. 그러자 램프가 켜져 있는 식당에서 데니와 호프가 햄 에그와 크림을 넣은 홍차가 차려진 식탁에 앉아 있고, 곁에는 복숭아 통조림까지 놓여 있는 모습이 보였다.

그 주말의 여관은 온통 그들이 전세를 낸 것 같았다. 풍부한 요리들을 먹으면서 말하는 데니의 보고는 서두부터 그들 세 사람의 최고조로 열띤 논쟁의 서곡이 되었다. 밖에는 우박이 섞인 진눈깨비가 창문을 때리고 있었다. 점차로 날씨는 폭풍우로 변해갔다. 그러나 일기 따위는 그들과는 아무런 관계가 없었다.

데니가 돌아보고 온 도시 중에 둘은—프랜톤과 스탠버러우는—호프의 표현을 빌리면 의학적 발전의 기틀이 무르익고 있는 터였다. 양쪽 모두 견실한 반농(半農) 도시로서, 최근에 새로이 공업이 성행하기 시작했다. 스탠버러우에는 발동기용 베어링 제조공장이 새로 건설되고, 프랜톤에는 커다란 사탕무우 제당공장이 들어서고 있었다. 교외에는 주택이 해마다 늘어나 인구도 급증하고 있었다. 그러나 그 어디에도 의료시설은 없었다. 플랜톤에 병원 출장소가 하나 있을 뿐이고, 스탠버러우에는 그것마저도 없었다. 그러므로 급한 환자의 경우에는 15마일 떨어진 코벤트리까지 가야만 하는 형편이었다.

이런 것만으로서도 냄새를 맡아 쫓아가는 사냥개와 같은 그들의 용기를 돋우어 주기에 충분했다. 그러나 데니는 더욱 자극적인 뉴스를 가져왔다. 그는 자동차 협회의 미드랜드 도로 안내서에서 찢어가지고 온 스탠버러우의 평면도를 꺼내놓고 이렇게 설명했다.

"부끄러운 이야기지만 이건 스탠버러우의 호텔에서 슬쩍 실례를 해온 걸세. 거기서 시작한다면 재수가 좋을 것 같지?"

"빨리 보여줘요!"

여지껏 농담만 하고 있던 호프가 초조한 듯 외쳤다.

"뭐예요, 이 표지는?"

세 사람이 평면도 가까이 얼굴을 모으자 데니가 말했다.

"여기가 시장의 광장이라고 할 수 있는데, 무슨 이유에선지 그 고장 사람들은 '원형장(圓形場)'이라고 부르고 있어. 시가의 중심이고, 게다가 지대가 높은 좋은 자리에 위치해 있어. 주택이나 상점, 회사가 빙 둘러서 나란히 세워져 있는데, 그 회사라는 것도 절반은 주택이고 절반은 옛날 그대로 상회로 낮은 창문과 주랑, 현관이 있는, 마치 조지 왕조 스타일의 건물이야. 그 지방의 의사 대표라는 자를 나도 만나보았는데 고래처럼 큰 사나이로 괜히 거들먹거리는, 붉은 얼굴의 염소수염을 기른 녀석이야. 이 친구는 대진을 두 사람이나 두었고⋯⋯원형장 안에도 집을 갖고 있지."

데니의 어조는 부드러운 야유조였다.

"그 맞은편에, 즉 원형장 중앙의 깨끗한 화강암을 깐 분수의 반대편에 방도 크고 바닥도 탄탄한, 그럴 듯하게 잘 지은 현관이 있는 빈 집이 두 채 있는데, 게다가 그것은 팔려고 내놓은 거야. 그게 내 마음에⋯⋯."

"아니, 나도 불만은 없어. 그 분수 맞은편에 조그만 실험실을 갖추게만 된다면 괜찮지 않겠어요?"

호프가 숨을 크게 들이마시면서 말했다.

그들은 다시 이야기를 계속했다. 데니는 더욱 자상하게 흥미있는 이야기를 들려주었다.

"물론 우리는⋯⋯." 그는 결론을 내렸다.

"어쩌면 모두 미쳐 있는지도 몰라. 이런 계획은 미국의 큰 도시에서 철저한 조직과 튼튼한 재력이 바탕이 되어야 비로소 완전히 실현될 수 있는 일이야. 그런데 여긴 스탠버러우라고! 더구나 우리에겐 가진 재산도 변변치 않잖아. 그러니 우리 동지는 죽기 아니면 미치기로 싸워야만 될 걸세. 그러나 거긴 뭐랄까……."

"하나님, 도와주십시오! 염소수염 선생인가로부터……."

호프는 그렇게 말하고 일어서서 기지개를 켰다.

그들은 일요일에 계획을 더욱 구체화하고 월요일에는 호프가 집으로 돌아가는 길에 스탠버러우에 들러보기로 일단락을 지었다. 데니와 앤드루는 수요일에 스탠버러우의 호텔에서 그와 만나고, 누군가 한 사람이 시의 가옥 주선 업자에게 신중히 조사해오기로 했다.

다음날 아침, 만 하루 동안의 기대를 안고 호프는 다른 사람이 아직 아침도 안 먹었을 때 포드를 타고 흙탕물을 튀기면서 출발했다. 하늘에는 아직도 비구름이 무겁게 드리워져 있었는데, 바람이 세차게 일며 돌풍으로 변했으므로 곧 날씨가 갤 것 같았다.

아침을 먹고 나서 앤드루는 혼자서 한 시간 남짓 산책을 나갔는데, 새로운 병원이라는 매우 모험적인 사업으로 다시 자기다운 일에 전력을 기울일 수 있게 된다고 생각하니 그는 참으로 유쾌한 기분이었다. 지금 이렇게 갑자기 꿈의 실현이 목전에 다가오기 전까지는 이 계획이 얼마나 자기에게 중대한 의미를 지니고 있는가를 몰랐던 것이다.

11시에 돌아와 보니 런던에서 온 편지가 한 묶음 도착해 있었다. 그는 뭔가 기대되는 기분으로 테이블로 가 앉아서 편지를 한 통씩 뜯었다. 데니는 난롯가에서 조간신문을 읽고 있었다.

처음 뜯은 것은 메리 볼랜드로부터 온 편지였다. 편지지 가득 써 넣은 내용을 쭉 훑어보던 그의 얼굴에 뜻밖에 웃음이 쫙 퍼졌다. 편지는 우선 그에게 동정의 뜻을 표하고, 이젠 완전히 회복되었으리라고 생각한다는 내용이었다. 그리고 다음에는 자기에 관한 일들이 간단히 적혀 있었다. 상태가 많이 좋아져서 이젠 다 나은 것과 마찬가지이며, 체온도 요즘 5주간은 계속 정상온도를 유지하고 있고, 이제는 자리에서 일어나 조금씩 운동도 하고 체중도 많이 늘었기 때문에 다음에 만날 때는 알아보지 못할 것이 틀림없을 거라면서 만나러 오지 않겠느냐고 했다. 그리고 스틸맨 선생은 수개월 예정으로 미국으로 돌아가 조수인 머랜드 선생이 대리로 근무하고 있으며, 자기를 조망원으로 보내준 것은 아무리 감사해도 부족할 정도라는 내용으로 끝을 맺었다.

앤드루는 메리의 완쾌를 생각하며 밝은 표정으로 편지를 테이블 위에 놓았다. 그리고 반 페니짜리 우표가 붙은 얄팍한 안내장이나 선전광고를 모두 한쪽으로 치워놓고는 다음 편지를 집어들었다. 그것은 길쭉한 어떤 관공서 봉투였다. 그는 봉투를 뜯고 두툼한 편지를 꺼냈다.

그러자 그의 표정에서 미소가 사라지고 긴장감이 감돌았다. 그리고 믿어지지 않는다는 듯한 눈으로 그 편지를 들여다보았다. 동공이 크게 벌어졌다. 안색은 어느새 창백해져 있었다. 얼마 동안 그는 꼼짝도 않고 그 편지만 응시하고 있었다.

"데니!" 앤드루는 낮은 음성으로 불렀다.

"이걸 좀 보게."

21

8주일 전에 앤드루가 샤프 간호사를 노팅 힐 역에서 내려주자 그녀는 지하철로 옥스퍼드 서커스까지 가고, 거기서 다시 퀸 앤가 쪽으로 급히 발길을 옮겼다. 그녀는 햄슨 의사의 접수일을 맡고 있는 친구인 토렌토 간호사와 함께 그날 밤 퀸 극장에 가기로 약속이 되어 있었던 것이다. 두 사람은 루이스 세버리의 팬이었는데, 그가 '공작 부인의 성명(聲明)'에 출연하고 있었으므로 그것을 보기 위해서였다. 그런데 그때는 이미 8시에서 15분이나 지나 있었고, 연극은 8시 45분에 시작하므로 친구를 데리고 퀸 극장 3층석에 당도하려면 시간이 너무 촉박했다. 그뿐만 아니라 예정하고 있던 코너 하우스에서 따근하고 맛있는 식사를 할 짬도 없이 도중 어딘가에서 샌드위치를 먹든가 아니면 저녁을 거를 수밖에 도리가 없었다. 때문에 퀸 앤가를 종종걸음으로 달려가는 샤프 간호사는 몹시 학대받은 사람처럼 언짢은 기분이었다. 그날 오후부터 일을 거듭 회상해 볼 때 분노와 원한으로 가슴이 끓어오르는 것만 같았다. 17번지 C지역의 계단을 올라가자 그녀는 급히 벨을 눌렀다.

문을 연 것은 토렌토 간호사였는데, 그녀는 당장이라도 덤벼들 듯한 얼굴을 하고 있다. 그러나 그녀가 입을 열기 전에 샤프 간호사는 토렌토의 팔을 잡으면서 말했다.

"얘." 그녀는 빠른 어조로 말했다.

"정말, 미안해. 하지만 난 오늘 말이지, 별꼴을 다 봤지 뭐니. 나중에 얘기해 줄게. 좀 안으로 들어가자. 이걸 좀 놔두고 가야겠어. 지금 빨리 가면 늦진 않을 거야."

마침 그때 두 사람이 복도에서 이야기하고 있는 쪽으로 턱시도 차림의 햄슨이 자기 옷매무새를 좌우로 살피면서 재빨리 계단을 내려왔다. 그는 여자들을 보고 발걸음을 멈췄다. 프레디는 자신의 매력을 과시할 기회를 놓칠 사나이는 아니었다. 자기에게 호감을 갖게 하여 될 수 있는 한 그 인간을 이용하자는 것이 그의 처세술의 하나였다.

"야아! 샤프 간호사." 그는 금으로 된 담배 케이스에서 담배 한 개비를 꺼내며 명랑한 목소리로 불렀다.

"피로해 보이는군 그래. 왜 이렇게 늦게까지 있는 거요? 오늘 밤 어디 극장엔가 간다고 토렌토 간호사한테 들었는데?"

"그래요, 선생님. 하지만 제가……맨슨 선생님의 환자 때문에 늦었거든요." 샤프 간호사가 말했다.

"그래?" 프레디의 목소리에는 약간 반문하는 듯한 억양이 섞여 있었다.

샤프 간호사에게는 이것만으로도 충분했다. 부당한 취급을 받았다는 분노, 앤드루에 대한 혐오와 햄슨에 대한 찬탄이 뒤범벅이 되어 그녀는 갑자기 지껄여대기 시작했다.

"이런 일은 난생 처음이에요, 햄슨 선생님. 정말이에요. 빅토리아 병원에서 환자를 살짝 빼내다가 아무도 몰래 조망원 같은 데로 이송해갔어요. 게다가 맨슨 선생은 의사도 아닌 무면허 돌팔이와 기흉을 실시하는 동안 몇 시간씩이나 저를 기다리게 했어요……."

그녀는 울분의 눈물이 쏟아지려는 것을 억지로 누르면서 그 일을 다 털어놓았다.

그녀의 이야기가 끝나자 잠깐 세 사람 모두 잠자코 있었다. 프레디의 눈에 묘한 감정이 떠올랐다.

"큰일을 해냈군." 이윽고 프레디가 침묵을 깼다.

"그런데……연극에 늦지 않겠어? 빨리 가보라구. 토렌토 간호사, 어서……택시로 가요. 계산은 나한테 청구하고. 출금전표를 써내라구. 안됐지만 난 바빠서 이만……."

프레디는 깊은 생각에 잠긴 채 클럽으로 차를 몰았다. 그는 앤드루와 싸운 이후 나름대로 속셈이 있어서 자존심을 접어두고 다시 디드맨이나 아이버리와 더욱 긴밀하게 어울리고 있었다. 오늘 밤도 셋이서 회식을 하기로 되어 있었다. 그리고 식사를 하면서 프레디는 악의라기보다는 오히려 두 사람을 즐겁게 만들어 옛날의 관계를 회복해 보려는 생각에서 가벼운 어조로 이런 말을 했다.

"맨슨은 어지간히 재주를 부리려 드는 것 같아. 우리와 손을 뗀 이후 말이야. 웬지 모르지만 스틸맨이라는 녀석에게 환자를 보내고 있는 모양이야."

"뭐라고?" 아이버리는 포크를 내려놓았다.

"그리고 같이 경영까지 하고 있는 것 같더군."

햄손은 지금 들은 이야기에 꼬리를 덧붙여 슬쩍 그렇게 말했다.

이야기가 끝나자 아이버리는 갑자기 거친 목소리로 물었다.

"그게 정말인가?"

"농담이 아냐, 이 친구야."

프레디는 불쾌한 듯 대답했다.

"맨슨의 간호사에게서 내가 직접 들은걸. 30분쯤 전에."

잠시 침묵이 감돌았다. 아이버리는 눈을 내리깐 채 식사를 계속하고 있었다. 그러나 그 평온함의 이면에는 지독한 만족감을 감추고 있었다. 그는 맨슨이 비들러의 수술이 있은 뒤 마지막으로 내뱉었던 말에 대해 도저히 용서할 수 없는 원한을 품고 있었다. 아이버리는 성질이 급한 건 아니었지만 자신의 약점을 잘 알고 그것을 주의깊게 감추고 있는 남자로서 지독하게 강한 자존심을 지니고 있었다. 그도 마음속으로는 자신이 무능한 외과의사라는 것을 알고 있었다. 그러나 그의 그런 무능을 뼈에 사무치도록 아프게 말해준 사람은 지금까지 아무도 없었다. 그것이 거짓없는 진실인 만큼 그는 맨슨을 미워했던 것이다.

다른 두 사람이 잠시 이야기를 나누고 있는데 그가 갑자기 고개를 쳐들었다. 그리고 아무렇지 않은 듯 말했다.

"그 맨슨 간호사의 주소를 자네 알고 있나?"

프레디는 말을 뚝 끊고 테이블 너머로 그를 쳐다보았다.

"알고말고."

"어쩐지 나도……이건 가만 있을 일이 못된다고 생각해."

아이버리가 냉정한 표정으로 말했다.

"자네하고 나 사이니까 얘긴데, 프레디, 자네가 데려온 그 맨슨이란 사내 말이야. 난 별로 관심도 없었지만, 그런 건 문제가 되지 않아. 나는 순수하게 윤리적인 면에서 생각하고 있는 거야. 개스비가 요전날 밤 그 스틸맨에 관해 나한테 이야기해 주었네. 우리 둘 다 메이프라이의 만찬회에 초대 받았을 때 지. 그 사내…… 스틸맨 말이야, 요즘엔 신문에도 이름이 나게 됐는가 보던 데, 프리트가(런던에 있는 신문사 거리)의 바보녀석들이 의사에게 푸대접당한 환자가 스틸맨의 치료로 나았다는 사람들의 이름들을 쭉 늘어놓았더군. 흔히 있는 일이긴 하지만, 개스비는 노발대발하더군. 처스톤도 이전에는 놈의 환 자였었으니까……그의 사기수법에 분노를 느끼고 손을 딱 끊기까지는 말일 세. 하지만 의사라는 사람이 그런 엉터리 무면허 의사하고 짜고 놀아난다면 어떻게 되겠나. 생각하면 생각할수록 나는 불쾌해서 견딜 수 없네. 당장이라 도 개스비한테 연락을 취해보기로 하세. 어이, 웨이터! 모리스 개스비 박사 가 클럽에 와 계시지 않나 좀 알아봐 주겠나? 오시지 않았으면 접수계에 전 화를 걸게 해서 댁에 계시는지 좀 알아봐 주게."

햄손도 이번만은 썩 좋은 기분이 아니었다. 그는 끈질긴 성격도 아니었고, 맨슨에게 악감정 같은 것도 없었다. 다만 표면상 이기적인 면은 있었지만, 오 히려 항상 그에게 호의를 갖고 있었던 것이다. 그는 중얼거렸다.

"내 이름은 들먹이지 말아주게."

"바보 같은 소리 작작하게, 프레디. 잠자코 있을 작정인가? 뒷발로 모래를 끼얹고, 게다가 이런 쇼까지 부리는 녀석을!"

웨이터가 돌아와서 개스비 박사는 자택에 있다고 알려주었다. 아이버리는 웨이터에게 고맙다는 말을 했다.

"덕분에 오늘 밤엔 브리지도 못하게 되었군. 개스비의 집에 손님이라도 와 있다면 문제는 다르겠지만……."

그러나 개스비에게는 먼저 온 손님이 없었으므로 아이버리는 그날 밤 조금 늦게 박사를 찾아갔다. 두 사람은 친구라고 말할 정도는 아니었으나 개스비 쪽에서 두번째로 좋은 술과 잎담배를 권할 만큼은 친숙했다. 개스비 박사는 아이버리라는 인물을 잘 알고 모르고는 제쳐놓고 적어도 이 외과의사의 사회 적 지위만큼은 인정하는 터였다. 그것은 상류사회의 인기를 바라고 있는 모리스 개스비로서는 이 사나이도 적당한 우정으로 대접할 만큼 높은 지위였다.

아이버리가 찾아온 이유를 말하자, 개스비는 몹시 흥미를 느끼는 듯 싶었다. 그는 의자에서 몸을 내밀더니 그 작은 눈으로 뚫어져라 아이버리를 응시하며 그의 말에 귀기울였다.

"흐음, 엉뚱한 녀석이군 그래!"

이야기가 일단락되자 그는 전에 없이 격렬한 어조로 외쳤다.

"나도 알고 있네. 그 맨슨이란 사내는 한동안 광무위에서 일했었는데, 말썽을 부려서 쫓겨난 것과 다름없지. 전혀 문외한이어서 시키는 대로 일을 처리하지 못했었다네. 그런데 자넨 그 녀석이 빅토리아 병원에서 환자를 빼내서……도로우굿 환자임이 분명한 것 같은데, 도로우굿이 그에 대해 뭐라고 하는지 한번 물어보기로 하자구……그 환자를 스틸맨한테로 데려갔다는 건가?"

"그뿐만이 아니라 수술중에 실제로 스틸맨을 거들었답니다."

"그게 만일 사실이라면……."

개스비는 신중하게 생각하며 말을 이었다.

"전국 법의학 심리회에 고발해야 할 일일세."

"참, 그렇군요." 아이버리는 그럴 듯하게 망설이는 듯한 표정을 지었다.

"저도 그 의견에는 동감입니다. 그러나 그렇게까지하는 것은 너무……아시는 바와 같이 저도 한때는 선생님보다 더 가깝게 그와 교제했었으니까요. 제 손으로 고발할 생각은 사실 엄두를 못 내겠습니다."

"내가 하지." 개스비는 엄숙하게 선언했다.

"만일 자네의 이야기가 정말 사실이라고 한다면 내가 제기할 걸세. 당장이라도 행동에 옮기지 않으면 스스로도 직무태만으로밖에 생각되지 않으니까. 이건 매우 중대한 문제야, 아이버리. 그 스틸맨이라는 사나이는, 일반인들에게야 뭐 그런 정도는 아니지만 우리 의사들에게는 하나의 위협이라구. 요전날 만찬 때에도 한번 이야기한 것으로 생각되는데—그 사나이에 대한 내 경험에 의하면 그는 우리 신분이나 전통에 대한 위협이야. 우리가 대표하고 있는 모든 것에 대한 위협이지. 우리의 유일한 대항책은 녀석을 보이콧하는 걸세. 그리하면 조만간에 진단서 문제로 실각하게 될 게 뻔하네. 바로 그거야, 아이버리! 다행스럽게도 그 특권은 우리 의사들이 손아귀에 쥐고 있는 게 아닌가. 하지만 혹시라도…… 알겠나…… 만일 이 사나이와 맨슨 같은 사람이 의사로서 협력하게 된다면 우리는 끝장이네. 다행히도 전국 법의학 심리회는 지금까지 이런 종류의 사건에 항상 엄격한 태도를 취해왔었지. 참, 몇 년 전에 접골의사인 저비스라는 사람이 어떤 의사를 시켜 마취를 했던 일이 있었지. 그 사람도 당장 차단을 당하지 않았는가 말일세. 나는 그 스틸맨인가 하는 무례한 녀석을 생각하면 할수록 한번 본때를 보여줘야겠다는 생각이 드네. 잠깐……도로우굿에게 전화 좀 걸어야겠군. 그리고 내일은 그 간호사에게서 상세한 내용을 들어야겠네."

그는 도로우굿 박사에게 전화를 걸었다. 그리고 다음날 도로우굿 박사의 입회하에 샤프 간호사로부터 구술서를 받아 서명을 시켰다. 그녀의 증언은 결정적인 것이었으므로 그는 때를 놓치지 않고 자신의 변호사인 브룸즈베리 광장의 부운 앤드 에바턴 법률사무소에 연락을 했다. 물론 그는 스틸맨을 미워하고 있었다. 그러나 일반인들 가운데도 의사의 윤리에 대한 지지자들이 꽤 많을 것이라고 생각하고 완전히 안심을 하고 있었다.

그런 사실을 전연 모르는 채 앤드루가 랜토니에 가 있는 동안 그에 대한 소송절차는 착착 진행되고 있었다. 크리스틴의 죽음에 관한 심리상황을 보도한 신문기사를 보고 프레디 햄손이 깜짝 놀라서 아이버리에게 전화를 걸어 고소를 중지시키려고 한 것은 사실이었다. 그러나 그때는 이미 늦었다. 고소는 이미 제기되어 있었다.

그후 전국 법의학 심리회는 이 소송을 심사하고 그 권한에 의거, 앤드루에게 11월의 심의총회에 출두해서 그와 관련된 혐의에 대해 답변을 하도록 요청한 편지를 발송했다.

그가 지금 손에 들고 있는 것이 바로 그 소장이었다. 까다로운 법률용어로 가득 찬 문장에 겁을 먹고 그는 안색이 창백해져 있었다. 그 내용은 다음과 같았다.

귀하 앤드루 맨슨은 9월 15일 사정을 알면서도 자진해 무면허 의사인 리차드 스틸맨이라는 사람의 의료행위의 일부분을 시행함에 있어 이에 조력한 건 및 이와 관련된 의료행위를 시행함에 있어서 의사의 자격으로 파렴치한 행위를 범한 건.

22

사건은 11월 10일에 심리하기로 되어 있었는데 앤드루는 그 1주일 전 런던으로 돌아와 있었다. 그때 그는 혼자였는데, 그것은 호프에게나 데니에게나 자기 혼자 힘으로 일을 해결하겠다고 말했기 때문이었다. 그리고 그는 괴롭고 우울한 기분으로 뮤지엄 호텔에 묵었다.

겉으로 보기엔 자제를 하여 평정을 유지하고 있는 듯했으나 그의 속마음은 절망 그 자체라 해도 과언이 아니었다. 고통 때문에 마침내 쓰러져 버릴 것 같거나, 이것도 저것도 아닌 뭐라 형언할 수 없는 기분에 휩싸이곤 했는데, 그 원인은 자신의 장래에 대한 의구심 뿐만 아니라 의사로서 자신의 과거의 모든 순간들이 생생하게 되살아났기 때문이기도 했다.

6주일 전이라면 이런 위기가 닥쳤다 하더라도 크리스틴의 죽음으로 인한 고통 때문에 방심상태가 계속되어 있었으므로, 어쩌면 괴로움을 느끼지도 못하고 지나가 버렸을지도 모른다. 그러나 가까스로 재기해 다시금 일을 시작하려고 버티고 있던 타라서 이건 너무나 가혹한 충격이었다. 그는 이번의 희망이 만일 물거품이 되어버린다면 자신은 죽을지도 모른다고 생각하니 마음이 괴롭기 이를 데 없었다.

그러한 괴로운 생각이 이리저리 쉴새없이 머리 속을 어지럽혔고, 때로는 정신이 이상해지는 경우까지 있었다. 그는 자신이, 앤드루 맨슨이 이런 무서운 상황에 처해졌다는 사실과, 어떤 의사라도 두려워할 악몽에 직면할 수 있다는 사실이 아무래도 믿어지지 않았다. 왜 심리회 같은 곳에 출두하지 않으면 안 되는가? 왜 그들은 나의 자격을 박탈하려 하는가? 나는 아무것도 부끄러워해야 할 짓을 저지른 기억이 없다. 중죄이건 경죄이건 죄 따위를 범한 일은 없다. 내가 한 일이라곤 다만 메리 볼랜드의 폐병을 고쳐준 것뿐이다.

그의 변호는 데니가 적극적으로 추천한 링컨즈 인 필드의 호너 변호사 사무소에 위임했다. 언뜻 보기에 토머스 호너는 관록이 보잘것없고, 금테 안경을 쓴 붉은 얼굴의 좀 까다롭게 보이는 작달막한 사나이였다. 혈액순환계에 어딘가 장애가 있는 듯 곧잘 피부가 홍조를 띠기 때문에 수줍음을 잘 타는 사람처럼 보여 결코 믿음직스러운 인상은 아니었다. 그럼에도 불구하고 호너는 이번 사건의 취급에 단호한 견해를 갖고 있었다. 앤드루가 괴로움을 견디다

못해 런던에서 유력한 세력을 갖고 있는 유일한 친구인 로버트 어베이경에게
로 달려가려고 했을 때도 호너는 괴로운 얼굴을 하고 경이 심리위원의 한 사
람임을 지적하며 허락하지 않았다. 또한 이 까다로운 땅딸보 변호사는 앤드
루가 미친 사람처럼 매달려도 미국에 가 있는 스틸맨에게 곧 미국에서 돌아오
도록 전보를 치는 것을 허락하지 않았다. 스틸맨이 제출할 수 있을 정도의 증
거는 이미 다 갖추어져 있고, 또 그 무면허 의사가 실제로 출두하더라도 심리
위원의 감정만 격앙시킬 뿐이고, 같은 이유로 현재 조망원을 책임지고 있는
머랜드도 절대로 출두해서는 안 된다는 것이었다.

이윽고 앤드루도 이 사건의 법률적인 해석이 그 자신의 해석과는 전혀 다
르다는 것을 깨닫기 시작했다. 그는 호너의 사무실에서 자신의 무죄를 열을
올려 떠들어댔지만, 그것은 변호사의 이마에 납득할 수 없다는 주름살만 생
기게 할 뿐이었다. 최후에는 호너도 설명하지 않고는 견딜 수가 없었다.

"맨슨 박사, 한 가지 부탁이 있습니다. 수요일 심리 도중에 지금과 같은 말
을 절대로 사용하지 말아주십시오. 그 사건에서 그만큼 불리한 말은 없으니
까요."

앤드루는 잠시 입을 다물고 두 주먹을 쥐고서 눈을 부릅떴다.

"그러나 나는 모두에게 진실을 알려주고 싶습니다. 그 아가씨를 고쳐준 것
이 이 몇 년 동안에 내가 해낸 가장 좋은 일이었다는 것을 알아달라는 것입
니다. 몇 개월씩이나 하잘것없는 돈벌이에만 급급하던 이번에야말로 내가 정
말로 훌륭한 일을 했는데 그것이……그것이 도리어 나를 이 지경으로 몰아넣
었기 때문입니다."

안경 속에서 호너의 눈이 걱정에 가득 찬 빛을 띠었다. 그는 애가 타서 얼
굴을 붉혔다.

"제발, 제발 부탁이에요, 맨슨 박사님, 그것만은 그만두십시오. 당신은 우
리 입장이 중대함을 이해하지 못하시는군요. 이 기회에 솔직히 말합니다만,
우리에게……이길 승산은 아주 희박합니다. 지금까지의 판례를 보면 절대적
으로 불리합니다. 1909년의 켄트, 1912년의 로우덴, 1919년의 풀거 등이 모두
무면허 의사와 결탁했다고 해서 제명처분당했습니다. 게다가 유명한 1921년
의 헥삼 사건에서는 접골의사인 저비스를 위해 환자에게 전신마취를 한 혐의
로 헥삼이 제명처분을 당했습니다. 그래서 내가 부탁드리는 것은……질문에
대한 대답은 '예, 아니면 아니오'로 해주시고, 그게 어려운 경우라도 되도록

간단히 답변하라는 겁니다. 진지하게 충고해 두는데요, 가령 당신이 아까 말한 대로 사건과 관계없는 말로 빗나간다면 우리가 지는 것은 명백한 것이며, 당신의 자격이 박탈된다는 것은 불을 보듯 뻔한 일이 될 테니까요."

앤드루도 막연하게나마 적절히 감정을 억제해야 된다는 것을 이해할 수 있게 되었다. 수술대 위의 환자처럼 심리위원회의 법적 수술을 묵묵히 받아들이지 않으면 안 되는 것이다. 그런데 그러한 소극적인 태도를 취하는 것이 그에게는 무척이나 어려운 일이었다. 원통함을 풀 수 있는 모든 노력을 포기하고 다만 '예', '아니오'만을 바보처럼 대답해야 한다는 것은 생각만 해도 견디기 어려운 일이었다.

11월 9일 화요일 밤, 내일로 임박한 심리에 대한 열병과도 같은 예감이 그 절정에 달했을 무렵, 이상한 잠재의식적인 충동에 사로잡힌 그는 무슨 이유에선지 퍼딩턴으로 가서 어느 틈엔가 비들러의 가게 쪽으로 발걸음을 옮기고 있었다. 그의 머리 속 깊은 곳에 이 몇 달 동안에 일어난 모든 재액은 모두 해리 비들러의 죽음에 연유된 형벌이라는 병적인, 도저히 지워버릴 수 없는 망상이 도사리고 있었다. 그렇게 생각하는 것은 물론 그의 의지는 아니었고, 또 납득할 만한 것도 아니었다. 그런데 그것은 처음부터 그의 신념 깊숙한 곳에 뿌리박고 있어서 엄연히 존재하는 것이었다. 그리고 그는 잠깐이라도 비들러의 미망인을 만난다면 어쩐지 자신의 고통을 조금이라도 위로받을 수 있을 듯한 느낌이 들어서 자기도 모르게 그녀의 가게 쪽으로 끌려갔던 것이다.

비가 내리는 어두운 밤이어서 거리에는 별로 인적이 없었다. 이 부근에서는 얼굴이 알려져 있었음에도 아무에게도 들키지 않고 걸어가고 있노라니 이상하게도 현실에서 떨어져 나온 듯한 기분이었다. 자기 자신의 검은 모습이 억수같이 쏟아지는 빗속을 서둘러 지나가는 다른 유령 같은 사람들과 마찬가지로 외로운 하나의 그림자가 되어 있었다. 가게 앞까지 온 것은 문을 닫기 직전이었다. 잠깐 망설였지만 손님 한 명이 막 나오자 그는 급히 안으로 들어갔다.

비들러 부인은 혼자서 세탁소의 카운터 뒤에서 방금 나간 손님이 놓고 간 여자 외투를 정리하고 있는 중이었다. 그녀는 검은 스커트에 목부분이 약간 트인 헌 브라우스를 검은색으로 새로 염색해 입고 있었다. 그 상복 차림이 그녀를 전보다 약간 작아 보이게 했다. 그녀가 갑자기 눈을 치뜨고 앤드루를 바라보았다.

"어머나! 맨슨 선생님, 안녕하세요?"

그녀는 밝게 미소지으며 소리쳤다.

그는 무뚝뚝하게 대답했다. 그리고 지금 자기가 느끼고 있는 고민을 그녀는 조금도 모를 것이라고 생각했다. 그는 뻣뻣하게 문 앞에 서서 그녀를 물끄러미 쳐다보고 있었다. 빗방울이 모자의 챙에서 뚝뚝 떨어졌다.

"들어오세요, 선생님. 어머나, 흠뻑 젖으셨군요. 날씨가 궂은 밤이에요……."

그는 꾸며낸 듯한 흥분된 음성으로 그녀의 말을 가로막았다.

"아주머니, 나는 오래전부터 한번 뵈었으면 하고 생각하고 있었어요. 부인께서 어떻게 지내고 계실지 언제나 마음에 걸렸으니까요."

"그럭저럭 지내고 있어요, 선생님. 그렇게 나쁘지도 않은 편이에요, 구두 수선 가게에는 새로 소년을 데려다 놓았는데, 무척 부지런하답니다. 그런데 잠깐만 들어오시죠. 차라도 한 잔 드릴게요."

앤드루는 고개를 가로저었다.

"뭘요, 그저 잠깐 지나치는 길에 들렀을 뿐입니다."

그리고 그는 거의 필사적인 어조로 계속했다.

"해리 씨가 안 계셔서 정말 쓸쓸하시겠습니다."

"그야 그렇지만…… 아무튼 그 당시는 몹시 외로웠어요. 하지만 이상하군요."

그녀는 그렇게 말하면서 미소까지 지어 보였다.

"인간이란 그럭저럭 지내는 가운데 길들여져·버리거든요. 무슨 일에서나 말이에요."

그는 당황하며 재빨리 말했다.

"나는 나 자신을 책망하고 있어요……어떤 의미에서는. 아주머니로서도 모든 게 너무나 급작스런 일이었기 때문에 틀림없이 날 원망하셨을 거라고 생각했어요."

"선생님을 원망하다니요!" 그녀는 머리를 설레설레 흔들었다.

"왜 그런 말씀을 하시는 거죠. 요양소의 일까지 걱정을 해주시고, 훌륭한 외과의사까지 불러주시는 등 모든 일을 도와주셨는데요."

"아니, 그래도." 그는 전신에 섬뜩한 오한을 느끼면서 쉰 목소리로 말했다.

"만일 아주머니가 뭔가 다른 방법을 취했다면, 가령 해리 씨를 자선병원에 입원시켰다면…….”

“달리 어떤 방법을 취해보았더라면 하고 생각해 본 적은 한 번도 없어요, 선생님. 남편에게는 돈으로 할 수 있는 일은 다했으니까요. 장례식 때 화환만 해도 선생님께 보여드리고 싶었을 정도로 훌륭한 것이었어요. 선생님을 나쁘게 생각한다는 것은 말도 안 돼요. 저는 가게에서도 곧잘 그런 얘길 하곤 해요. 해리는 선생님같이 친절하고 훌륭한 기술을 가진 의사의 치료를 받았으니, 그 이상 좋은 일은 없었을 것이라고요…….”

그녀가 떠들어대고 있는 동안 그는 아무리 자신이 속마음을 털어놓고 고백한다 하더라도 상대방은 도저히 믿으려 들지 않을 것이라는 것을 알고 이루 형언할 수 없는 쓰라림을 맛보았다. 그녀는 그녀 나름대로 해리에게 많은 돈을 들여 할 수 있는 방법은 다 써본 끝에 평화롭게 죽게 한 것이라고 생각하고 있는 것이다. 애써 만족스럽게 생각하고 있는 것을 밑바탕에서부터 허물어뜨리려 드는 것은 잔혹하다고밖에 말할 수 없었다. 그는 얼마 동안 잠자코 있다가 이윽고 입을 열었다.

“아주머니와 다시 만나게 되어 정말 좋았습니다. 방금도 말했듯 꼭 한 번 찾아뵙고 안부를 듣고 싶었습니다.”

그는 말을 끊고 그녀와 악수를 나누며 인사를 하고는 그곳을 나왔다.

방문을 하긴 했으나, 이것도 안심이나 위로를 주기는커녕 오히려 자신의 비참함을 더해주는 데 불과했다. 그의 기분은 갑자기 확 변해 버렸다. 도대체 나는 무엇을 기대하고 있었던 것일까? 옛날 소설에 나오는 것과 같은 그런 용서를 받고 싶었던 것일까, 아니면 벌을 받고 싶었던 것일까? 그런데 그녀는 이전보다도 나를 더 높이 평가하고 있는 게 아닌가. 그는 씁쓰레한 생각이 들었다. 비에 흠뻑 젖은 거리를 터벅터벅 걸어가면서 문득 그는 내일은 보나마나 패소하게 되리라고 생각했다. 그렇게 생각하니 그것은 무서운 확신으로 변해갔다.

앤드루는 자신이 묵고 있는 호텔에서 그다지 멀지 않은 어느 조용한 골목길에서 문을 열어놓은 교회당 앞을 지나갔다. 여기서도 그는 또 충동적으로 발걸음을 멈추고 발꿈치를 돌려 안으로 들어갔다. 실내는 어둡고 텅 비어 있었는데, 예배가 끝난 지 얼마 안 되었는지 어딘지 모르게 사람의 온기가 느껴졌다. 그는 무슨 교회인지 이름도 몰랐으며, 또 그런 것에 별로 관심도 없었다. 다만 맨 뒷자리에 앉아 덮개를 씌운 어둠침침한 강단을 초췌한 눈으로 물끄러미 바라보았다. 그는 크리스틴이 두 사람 사이가 좋지 않았을 때 신을 의지하게 되었던 일을 회상했다. 여태까지 그는 교회에는 한 번도 가본 적이 없었지만, 그러나 지금은 이렇게 이름도 모르는 교회에 와 있다. 고난은 사람들을 교회로 인도하여 그 본성으로 되돌아가게 하고, 그리고 마음속으로 신을 생각하게 만드는 것이다.

거기에서 그는 여행에 지쳐 휴식을 취하고 있는 사람처럼 앉아 정중하게 머리를 조아렸다. 그의 답답한 마음은 명백한 기도의 말로서가 아니라 영혼의 간절한 염원에 재촉을 받아 갑자기 입에서 새어나왔다.

"하나님이시여! 저의 자격을 박탈시키지 말아주십시오. 오오, 하나님이시여! 저의 자격을 박탈시키지 말아주십시오."

그는 아마 30분쯤 그런 이상한 묵상을 계속하고 있었는데, 이윽고 일어서자 곧바로 호텔로 돌아갔다.

잠을 잘 잔 것 같은데도 다음날 아침 눈을 떴을 때는 병적인 불안이 더욱 심해져 있었다. 옷을 갈아입으려 하자 손이 가늘게 떨렸다. 영국 의학회 회원 자격시험을 회상케 하는 이 호텔에 묵은 것을 그는 후회했다. 지금 느끼고 있는 공포감은 그때의 시험 직전의 공포감의 100배나 되는 강렬한 것이었다. 아래층 식당으로 갔어도 음식이 목구멍을 넘어가지 않았다. 심리가 시작된 것은 11시였는데, 호너는 일찌감치 출정하는 게 좋다고 말했다. 할렘가로 가는 데는 20분이면 충분하다고 생각하고, 그는 10시 반까지 호텔 로비에서 안절부절 못하면서 마음을 가라앉히기 위해 신문을 읽으려고 했다. 그러나 막상 출발하고 보니 옥스퍼드가에서 사고가 일어나 그가 탄 택시는 혼잡 속에 휘말려 한동안 오도 가도 못하게 되었다. 심의위원회의 사무국에 도착했을 때는 정각 11시를 치고 있었다.

그는 황급히 심리실로 들어갔는데, 그 크기나 의장석에 앉아 있는 제너 할리디경을 비롯해서 심리위원들이 나란히 자리잡고 있는 높다란 테이블 등으로 인해 어쩐지 불안한 인상을 받았을 뿐이었다. 맨 구석에는 이 사건의 관계자 일동이 차례를 기다리고 있는 배우들과 같은 모습을 하고 앉아 있었다. 호너도 있었고, 아버지와 같이 온 메리 볼랜드, 샤프 간호사, 도로우굿 박사, 보언 씨, 병실담당 간호사 마일즈도 있었는데, 그의 시선은 의자의 줄을 따라 움직이고 있었다. 그리고는 바삐 호너의 옆자리로 가서 앉았다.

"좀 일찍 와달라고 부탁했는데도……." 변호사는 약간 불평하는 말투였다.

"첫번째 심리는 거의 끝났어요. 심리위원에게는 지각은 치명적인 영향을 준답니다."

앤드루는 대답하지 못했다. 호너의 말대로 때마침 의장은 앤드루의 바로 앞 사건에 대한 판결을, 그것도 자격박탈이라는 운수 나쁜 판결을 내리고 있는 참이었다. 뭔가 하찮은 죄로 유죄판결을 받은, 아무래도 먹고 살기 위해 무척 고생을 해온 듯 보이는 초췌한 그 사나이로부터 그는 눈을 뗄 수가 없었다. 자기와 같은 직업을 가진 이 까다로운 위원들로부터 유죄를 선고받고 서 있는 그 사나이의 절망적인 표정이 갑자기 앤드루의 온몸을 떨게 했다.

그러나 약간 동정을 느꼈을 뿐, 그로서는 그 이상 생각할 시간이 없었다. 다음 순간 그 자신의 차례가 되었다. 심리가 시작됨과 동시에 그의 심장은 바싹 오그라드는 것처럼 느껴졌다.

형식에 따라 기소장이 낭독되었다. 낭독이 끝나자 원고측 변호사인 조지 부운 씨가 일어나서 입을 열었다. 프록코트 차림의 야윈 얼굴에 깔끔한 성격의 사나이로, 말끔히 면도를 하고 코안경에 폭이 넓은 검은 리본을 달고 있었다. 그의 목소리는 분명하고 침착했다.

"의장 각하, 그리고 위원 여러분, 지금부터 심려를 끼쳐드릴 본 건은 의료법 제28조에 규정되어 있는 의료원칙 같은 것을 일부러 들먹일 것까지도 없는 문제입니다. 이것은 무면허 의사와 의사가 의료상의 협력을 한 명백한 일례로서 제가 본 바로는 이미 위원 여러분께서도 개탄해 마지않았던 그런 사건이라고 생각합니다. 본건의 내용은 다음과 같습니다. 폐첨결핵 환자인 메리 볼랜드는 7월 18일 빅토리아 호흡기 병원의 도로우굿 박사의 병실에 입원을 허락받았습니다. 그리하여 도로우굿 박사의 감독 아래 9월 14일까지 입원해 있었는데, 그날에 이르러 자기 집으로 돌아가고 싶다는 핑계로 퇴원했던 것입니다. 방금 저는 '핑계'라고 말씀드렸습니다만 그것은 퇴원 당일 환자가 집으로 가지 않고, 병원 수위실에서 맨슨 박사와 만나 곧장 조망원이라는 요양소로 갔기 때문입니다. 맨슨 박사가 그 환자를 폐질환 치료를 행한다고 알려진 조망원이라는 곳으로 데려갔던 것입니다. 이 조망원이란 곳에 도착하자 곧 환자는 의사 자격이 없는 그……제가 들은 바로는 외국인인 리차드 스틸맨 씨와 그 사람의 협력자인 맨슨 박사의 진찰을 받았던 것입니다. 진찰이 끝나자 두 사람의 협의하에—특히 이 말에 위원 여러분은 주의해 주시기 바랍니다만—맨슨 박사와 스틸맨 씨가 환자에게 인공기흉을 하기로 결정했던 것입니다. 여기에서 맨슨 박사는 국소마취를 담당하고 인공기흉은 맨슨 박사와 스틸맨 씨에 의해 합동으로 실시되었던 것입니다. 자, 여러분, 이상으로 사건의 개요를 간단히 말씀드렸습니다만, 계속해서 위원 여러분의 승낙을 얻어 증인심문으로 들어가려 합니다. 유스테스 도로우굿 박사, 부탁합니다."

도로우굿 박사는 일어서서 앞으로 나아갔다. 부운은 코안경을 벗고 문제점을 강조할 때의 준비로 안경을 손에 든 채 질문에 들어갔다.

"도로우굿 박사, 폐를 끼쳐드릴 생각은 추호도 없습니다. 폐결핵 고문의사로서의 선생의 명성, 그 높은 명성은 우리 모두 익히 알고 있는 바입니다. 또 선생이 후배를 위해 함부로 관대한 인정에 이끌릴 그런 분이 아니라는 것도 확신하고 있습니다. 그런데 도로우굿 박사, 9월 10일 토요일 아침 맨슨 박사가 이 환자 메리 볼랜드의 진찰을 당신에게 강요했다는 건 사실입니까?"

"그렇습니다."

"그리고 그 진찰을 할 때 맨슨 박사가 당신 의견에는 부적절하다고 생각되는 치료법을 사용하도록 강요한 것도 역시 사실입니까?"

"인공기흉을 해달라는 희망이었습니다."

"그렇습니까? 그래서 환자를 위해 좋지 않다고 생각되어 당신은 거절하셨던 거군요?"

"그렇습니다."

"맨슨 박사의 태도에 무슨 특별한 점은 안 보였습니까, 당신이 거절을 하셨을 때?"

"글쎄요."

도로우굿은 망설였다.

"도로우굿 박사, 부탁합니다. 당신의 입으로 직접 말하기가 곤란하실 줄 압니다만……."

"맨슨 씨는 그날 아침 여느 날과는 전혀 다른 것 같았습니다. 내가 거절한 것이 비위에 좀 거슬렸던 것 같습니다."

"감사합니다, 도로우굿 박사. 그럼 당신의 생각으로는 환자가 병원의 치료법에 불만이었다든가……."

그렇게 말하는 부운의 바짝 마른 얼굴에는 엷은 웃음이 떠올랐다.

"아니면, 당신이나 직원들에게 불만 같은 걸 품고 있을 만한 이유는 없었나요?"

"전혀 없습니다. 환자는 언제나 상냥했고, 행복감에 젖어 있는 듯했습니다."

"감사했습니다, 도로우굿 박사."

부운은 다음 서류를 집어들었다.

"그럼, 다음에 병실담당 간호사인 마일즈양, 부탁합니다."

도로우굿 박사는 자리에 가 앉았다. 병실담당 간호사 마일즈 양이 앞으로 나갔다. 부운은 질문을 계속했다.

"마일즈양, 월요일 오전, 그러니까 도로우굿 박사와 맨슨 박사가 진찰에 관해 협의를 하던 날로부터 하루 지난 9월 12에 맨슨 박사는 환자를 회진하러 왔었습니까?"

"오셨습니다."

"박사가 평소에 회진하는 그 시간이었습니까?"

"아닙니다."

"환자를 진찰했습니까?"

"아뇨, 그날 아침은 칸막이를 세우지 않았었습니다. 선생님은 앉아서 환자와 이야기를 나눴을 뿐입니다."

"그랬군요……당신의 진술을 그대로 인용한다면, 장시간에 걸친 진지한 대화였군요. 그런데 이번에는 당신 자신의 입으로 맨슨 박사가 돌아간 직후에 어떤 일이 일어났는지 얘기해 주십시오."

"그뒤 30분쯤 지나 17번이, 즉 메리 볼랜드가 제게 이렇게 말했습니다. '간호사님, 여러 가지로 생각했습니다만, 병원을 나가기로 결정했어요. 당신은 아주 친절히 대해주었습니다만, 다음 수요일에 퇴원했으면 합니다.'"

부운은 재빨리 가로막았다.

"다음주 수요일이라고 했죠. 고맙소, 마일즈양. 내가 확인하고 싶었던 것은 바로 그 점이었습니다. 지금은 그것만 알면 충분합니다."

마일즈 간호사는 자기 자리로 돌아갔다.

변호사는 리본이 달린 코안경으로 우아한 제스처를 해보였다.

"그럼, 다음에……샤프 간호사, 부탁합니다."

그리고 그녀가 일어서기를 기다렸다가 말을 계속했다.

"샤프 간호사, 당신은 9월 14일 수요일 오후, 맨슨 박사의 행동에 관한 진술을 한 번 더 여기서 증언해 주십시오."

"네, 저도 함께 갔었습니다!"

"당신의 말투로 짐작하건대, 샤프 간호사, 당신이 간 것은 본의는 아니었던 것 같은데요?"

"그때의 행선지와 스틸맨이라는 사람이 의사도 아무것도 아니라는 사실을 알았을 때 저는……."

"쇼크를 받았겠군요?" 부운이 보충했다.

"네, 그렇습니다." 즉시 샤프가 빠른 속도로 말을 했다.

"저는 지금까지 어엿한 의사, 진짜 전문의사 선생님이 아니면 함께 일을 한 적이 없습니다."

"좋습니다." 부운은 목청을 높였다.

"그리고 샤프 간호사, 위원 여러분을 위해 꼭 분명히 해두고 싶은 점이 한 가지 있습니다. 맨슨 박사는 스틸맨 씨와 실제로 협력을 했었습니까? 인공기흉을 실시할 때 말입니다."

"네." 샤프 간호사는 확고한 어조로 대답했다.

이때 어베이경이 무릎을 내밀면서 의장을 통해 정중히 질문을 했다.

"어떻게 된 거요, 샤프 양? 지금 문제가 되고 있는 사건이 일어났을 때, 당신은 맨슨 박사로부터 해고통고를 받고 있었던가요?"

샤프 간호사는 얼굴을 붉히며 침착성을 잃고 더듬거렸다.

"네, 그랬던 것으로 생각합니다."

잠시 후, 그녀가 자리로 돌아갔을 때 앤드루는 다소나마 마음이 따뜻해지는 것을 느꼈다.……적어도 어베이경은 아직 자기 편인 것이다.

부운은 말참견을 당한 것이 적지 않게 불만스러워 위원들의 테이블 쪽으로 향했다.

"의장 각하 및 위원 여러분, 아직 증인심문을 얼마든지 계속할 수 있습니다만, 그러나 위원 여러분의 시간이 귀중함을 본인은 특별히 고려하고 있습니다. 그래서 이상의 사실만으로도 본건은 결정적으로 증명되었다고 해도 좋으리라 생각됩니다. 즉, 환자인 메리 볼랜드는 맨슨 박사와 완전한 묵계 아래 런던에서 가장 좋은 병원의 뛰어난 전문의의 손으로부터 이 정체불명의 요양소로 옮겨갔다는 것—이 요양소 자체도 의료행위상 중대한 불법행위를 구성하는 것입니다—그리고 이 환자에게 윤리상의 책임을 지닌 입장에 있는 전문의 도로우굿 박사가 이미 반대를 표명한 위험한 치료법을 실시함에 있어, 맨

슨 박사가 이 요양소의 무자격 소유주에게 사정을 알면서도 협력한 것은 조금
도 의심할 여지가 없습니다. 의장 각하 및 위원 여러분, 본건은 당초에 생각
했던 것처럼 우연의 과실로 간주할 단독적 사례가 아니라 계획적으로 사전에
고려된 거의 조직적인 의료법 위반이라고 간주하지 않을 수 없습니다."

부운 씨는 만족스런 얼굴로 자리에 앉더니 안경을 닦기 시작했다. 잠시 침
묵이 흘렀다. 앤드루는 눈을 내리깐 채로 있었다. 사건의 왜곡된 설명을 묵묵
히 듣고 있는 것은 그로서는 마치 고문을 받고 있는 것과 같은 고통이었다.
여기서는 자신을 완전히 무면허의 죄인 취급을 하고 있는 것이라고 그는 떨떠
름하게 생각했다. 그러자 이번에는 그의 변호사가 나와 변론준비를 하기 시
작했다.

언제나처럼 호너는 술취한 사람처럼 불그스름한 얼굴을 하고 서류를 챙기
는 것조차도 어려운 듯 보였다. 그런데 신기하게도 그런 태도가 위원들의 호
감을 산 것 같았다. 의장이 말했다.

"무슨 일인가요, 호너 씨?"

호너는 헛기침을 했다.

"미리 말씀드려 두겠습니다만, 의장 각하 및 위원 여러분, 본인은 방금 부
운 씨가 제기한 증거에 대해서 논박할 생각은 없습니다. 사실의 배후를 조사
할 의도가 본인에게는 없기 때문입니다. 그러나 사실을 해석하는 태도가 우
리에게는 중요하다고 생각합니다. 뿐만 아니라 피고에게 아주 유리한 형세를
가져다 줄 사실이 아직 몇 가지 남아 있는 것입니다. 미스 볼랜드는 7월 11
일, 도로우굿 박사와 만나기 전에 맨슨 박사의 진료를 받고 있었으므로 원래
는 맨슨 박사의 환자였다는 점이 아직 지적되지 않았습니다. 그뿐만 아니라
맨슨 박사는 개인적으로 이 환자와 연고가 있는 것입니다. 미스 볼랜드는 박
사 친구의 딸입니다. 그러므로 박사는 시종일관 그녀를 자신이 책임지고 맡
은 사람이라고 생각하고 있었던 것입니다. 우리는 맨슨 박사의 행위가 완전
히 잘못되었다는 점을 솔직히 인정하지 않을 수 없습니다. 그러나 그것이 비
열하거나 악의에 의한 것이라고는 생각할 수 없다는 것입니다. 도로우굿 박
사와 맨슨 박사와의 사이에 치료법상의 문제로 약간의 의견 차이가 있었던 것
은 이미 들으신 바와 같습니다. 이 환자에 대한 맨슨 박사의 커다란 관심을
고려에 넣는다면 다시 자기의 손으로 치료를 해보고 싶다고 생각하는 것도 박
사에게는 결코 부자연스러운 일이 아닙니다. 당연히 선배에 해당되는 동료에

게 폐를 끼치지 않아야겠다는 생각을 박사는 우선 하게 되었던 것입니다. 방금 부운 씨가 강조하신 '핑계'라는 것에 대한 이유는 이것 이외에는 있을 수 없는 것입니다."

호너는 여기서 말을 끊고 손수건을 꺼내 또 기침을 했다. 그는 곤란한 장애물에 부닥치게 되었다는 태도를 보였다.

"그럼, 이번에는 스틸맨 씨와의 협력행위 및 조망원의 문제에 대해서 약간 언급하고자 합니다. 위원 여러분께서도 스틸맨 씨의 이름은 이미 알고 계시리라고 본인은 생각하고 있습니다. 그분은 의사 자격은 없습니다만 상당한 명성을 얻고 있으며, 세상에 알려지지 않은 치료법을 발견했다고까지 보도되고 있습니다."

의장이 엄숙한 음성으로 끼여들었다.

"호너 씨, 당신과 같은 문외한이 어떻게 그런 문제를 아십니까?"

"지당하신 말씀입니다, 각하."

호너는 급하게 말을 받았다.

"제가 진정으로 말씀드리고 싶었던 점은 스틸맨 씨가 인격자라는 사실입니다. 그와 맨슨 박사와의 교제는 수년 전 박사가 발표했던 폐에 관한 연구에 대해 스틸맨 씨가 편지로 찬사를 보낸 데서부터 시작되고 있습니다. 이 두 사람은 그후 스틸맨 씨가 요양소 창설차 왔을 때, 순수하게 직업을 떠난 입장에서 접근을 했던 것입니다. 이리하여 유감스러운 일이기는 하지만, 맨슨 박사가 자신의 손으로 미스 볼랜드를 치료할 수 있는 장소를 물색하던 끝에 조망원이 제공하는 편의를 이용하고자 했던 것은 부자연스런 일이 아닙니다. 부운 씨는 조망원에 대해 '정체불명의 시설'이라고 표현했습니다. 그러나 이 점에 관해 위원 여러분은 증언을 들으실 만큼 관심을 가지고 계실 것으로 생각합니다. 미스 볼랜드, 나와주십시오."

메리가 일어서자 심리위원들은 호기심을 보이며 자꾸만 그녀에게로 눈길을 보냈다. 그녀는 무척 신경질적으로 호너의 얼굴만 바라보며 앤드루는 쳐다보려고도 하지 않았다. 이제는 완쾌되어 건강을 되찾은 듯 보였다.

"볼랜드양! 솔직하게 대답해 주십시오. 당신이 조망원에 입원해 있는 동안 뭔가 불만스런 일이 있었습니까?"

호너가 말했다.

"없었습니다! 그와 정반대예요."

그녀가 미리 신중하게 충고를 받았다는 사실을 앤드루는 곧 알 수가 있었다. 그녀는 조심스럽게 빈틈없이 대답했다.

"병세에 해로운 결과는 없었습니까?"

"천만에요! 이렇게 건강해진걸요."

"실제로 거기서 받은 치료법은 당신이 처음 맨슨 박사와 만났던……에, 그러니까……7월 11일에 박사가 권한 치료법과 동일한 것이었나요?"

"네."

"그것은 관련이 있는 질문입니까?"

의장이 질문을 했다.

"이 증인신문은 이것으로 끝났습니다, 각하."

호너는 재빨리 그렇게 말했다. 메리가 자리에 앉자 그는 위원석을 향해 습관적인 변명하는 듯한 모습으로 두 손을 내밀었다.

"본인이 굳이 말씀드리고 싶은 것은, 여러분, 조망원에서 이루어진 치료법은 사실 맨슨 박사의 치료법으로써 —어쩌면 그것이 반윤리적인지는 모르겠지만— 다만 그것이 다른 사람들에 의해서 이루어졌다는 점입니다. 따라서 조례(條例)의 참된 의미에서는 스틸맨 씨와 맨슨 박사와의 사이에 뭔가 직업상의 협력은 없었다고 본인은 주장하는 바입니다. 맨슨 박사에게 질문하겠습니다."

앤드루는 일어섰는데, 자신의 현재의 입장과 모두의 시선이 일제히 자기에게 집중되어 있음을 뼈아프게 의식했다. 파랗게 질린 초췌한 얼굴이었다. 명치 부분이 싸늘해지며 허한 느낌이 들었다. 그는 호너의 질문을 들었다.

"맨슨 박사, 당신은 문제의 스틸맨 씨와의 협력행위에 관해서 경제적인 보수는 전연 받지 않았습니까?"

"1페니도 받지 않았습니다."

"무언가 숨겨진 동기라든가 좋지 않은 목적은 없었겠죠? 그것을 행할 때에 말입니다."

"없습니다."

"선배인 도로우굿 박사에 대한 비난의 의미는 없었던가요?"

"없습니다. 우리는 줄곧 원만한 관계를 유지해 왔으니까요. 다만…… 이 환자의 일로 의견이 일치하지 않았던 것뿐입니다."

"좋습니다." 호너는 약간 성급히 말을 막았다.

"그렇다면 의료법을 위반할 의사는 추호도 없었다는 것과, 또 당신의 행위를 어떤 의미에서도 부끄럽게 생각하지 않는다는 것을 성심껏 심리위원 여러분에게 맹세할 수 있으시겠죠?"

"물론입니다. 틀림이 없습니다."

호너는 안도의 한숨을 억제하고 단지 고개만을 끄덕이며 앤드루에 대한 질문을 끝마쳤다. 하는 수 없이 이 공술(供述)을 요구하긴 했으나, 앤드루의 조급함에 호너는 살얼음을 밟는 듯했다. 그러나 이것으로 무사히 끝났으므로 비록 그의 변론은 간단한 것이기는 했지만 조금이나마 좋은 결과를 가져올 희망을 걸 수 있다고 생각했다.

이쯤 호너는 깊이 후회하고 있다는 듯한 투로 말했다.

"저는 더 이상 심리를 계속하는 것을 바라지 않습니다. 이미 본인은 맨슨 박사가 단순히 불행한 잘못을 저지른 데 불과하다는 것을 명백히 밝히려고 했습니다. 그래서 본인은 위원 여러분의 정의감에 호소할 뿐만 아니라, 관용에도 호소하고 싶은 것입니다. 마지막으로 박사의 학식과 조예에 관해 여러분의 주의를 환기시키고자 합니다. 박사의 과거 경력에는 참으로 자랑할 만한 점이 많습니다. 본인은 유능한 인물이 사소한 실수로 문책받고, 관대한 처분을 받지 못한 채 일생을 불우하게 끝마친 사건을 수없이 보고 또 듣고 있습니다. 여러분이 현재 판결을 내리려고 하는 본 사건이 그 같은 결과로 끝나지 않기를 본인은 희망하는 바입니다. 아니, 충심으로 소원하는 바입니다."

호너의 말투에 깃들인 변명과 겸양은 그 효과에 있어 진실로 놀랄 만한 결과를 심리위원들에게 초래했다. 그러나 잠시 여유를 주지 않고 부운이 또다시 일어서더니 의장에게 발언권을 요청했다.

"의장 각하의 허락을 얻어 맨슨 박사에게 한두 가지 질문을 하고 싶은 게 있습니다만……."

그는 휙 둘러보더니, 안경을 들고 있는 손을 쳐들어 앤드루를 일으켜 세웠다.

"맨슨 박사, 당신이 방금 하신 답변은 나로서는 이해할 수 없는 것이었습니다. 당신은 당신의 행위가 어떤 의미에서도 파렴치한 행위라고는 생각되지 않았다고 하셨습니다. 그러나 스틸맨 씨가 의사 자격을 갖고 있지 않다는 것을 똑똑히 알고 계시지 않았습니까?"

앤드루는 뚫어져라 부운을 노려보고 있었다. 지금까지 쭉 변론을 들었으면서도 끈질긴 만큼 다짐을 하고 나서는 변호사의 태도에 그는 자신이 뭔가 수치스런 짓을 범한 죄인 같은 감정을 갖게 되었던 것이다. 명치 부분의 얼어붙은 듯한 텅 빈 곳이 조금씩 열기를 띠기 시작했다. 앤드루는 분명하게 단언했다.

"그렇습니다. 스틸맨 씨가 의사가 아님을 알고 있었습니다."

부운의 얼굴에 만족스러운 듯한 차가운 미소가 감돌았다. 그는 더욱 자극하는 듯한 투로 말했다.

"그렇습니까? 잘 알았습니다. 그런데도 당신은 자신의 계획을 포기할 생각은 없었지 않습니까?"

"그래요. 포기할 생각은 없었습니다."

앤드루는 씁쓸한 기분으로 내뱉었다. 그는 자제심도 이젠 한계에 달했다고 느껴졌다. 그는 숨을 깊이 들이마셨다.

"부운 씨, 나는 당신이 실로 많은 질문을 하는 것을 듣고 있었습니다. 이제 나도 한 가지만 물어보려고 생각하는데, 괜찮겠습니까? 당신은 루이 파스퇴르(프랑스의 화학자며 유명한 세균학자)에 대해서 들으신 적이 있습니까?"

"네에!" 부운은 깜짝 놀라면서 대답했다.

"모르는 사람은 없겠죠!"

"좋습니다! 모르는 사람이 없을 것입니다. 그러나 아마 당신은 이 사실은 모르실 겁니다, 부운 씨. 실례지만 과학적 의학에서 가장 위대한 인물인 루이 파스퇴르가 의사가 아니었다는 사실을 말씀드리고 싶습니다. 에를리히(독일의 세균학자, 화학자로 살바르산 606호의 발견자)도 마찬가지입니다. 이 사람은 전세계 역사상 가장 뛰어난 특수 치료법을 의학계에 제공해 준 인물입니다. 또 하프킨(러시아 태생의 세균학자로, 특수한 왁친에 의해 콜레라와 페스트 예방접종을 실시한 인물)도 그렇습니다. 이 사람은 인도의 전염병과 싸운, 어떤 자격 있는 의사도 따르지 못할 만큼 위대한 인물입니다. 그 위대성에 있어서 파스퇴르에는 미치지 못하지만, 메치니코프(러시아 태생의 프랑스의 생리학자, 세균학자로서 노벨상 수상자)도 역시 의사는 아니었습니다. 이런 상식적인 이야기를 지금 새삼스럽게 늘어놓아서 죄송합니다, 부운 씨. 다만 이 사람들의 업적이 말해주는 것은, 비록 그 이름이 의사 명부에 올라 있지 않더라도 병마와 싸우고 있는 모든 사람들을 반드시 악한이나 바보라고 말할 순 없다는 사실입니다."

긴장된 침묵이 계속되었다. 그때까지는 시골의 간이법정에서처럼 심리는 거드름을 피우는 지루함과 곰팡이가 낀 것 같은 분위기 속에서 진행되고 있었다. 그러나 위원 일동은 즉시 자세를 바로했다. 특히 어베이 경은 뜨거운 눈길로 앤드루를 지켜보았다. 그대로 잠시 얼마쯤 시간이 지났다.

호너는 손을 얼굴에 갖다대면서 당황한 듯 신음소리를 냈다. 사실 이것으로 이제 본건도 끝장이라고 생각했던 것이다. 부운은 몹시 당황하고 있었으나 이내 곧 침착해졌다.

"그래요, 그렇습니다. 모두가 유명한 사람들뿐입니다. 그러나 설마 당신은 스틸맨을 그 사람들과 비교하려는 건 아니겠죠?"

"비교해서 안 될 이유라도 있습니까?" 앤드루는 분노에 차서 떠들어댔다.

"이 사람들은 죽었기에 유명해진 것입니다. 피르호(독일의 생리학자이며 인류학자)는 코호(독일의 세균학자이자 의학자로, 결핵균과 콜레라균 등을 발견한 노벨상 수상자)가 살아 있을 때 그를 비웃고, 욕설까지 했습니다! 그러나 현재 우리는 그를 욕하지 않습니다. 우리가 욕설을 해대는 것은 스퍼링거라든가 스틸맨과 같은 현존하는 인물들입니다. 여기에도 좋은 예가 하나 있습니다. 스퍼링거는 위대한 독창적인 과학 사상가입니다. 그는 의사는 아닙니다. 의사 학위는 갖고 있지 않습니다. 그러나 학위가 있는 우리들을 수천 명을 모아놓은 것보다도 위대한 의학상의 업적을 남기고 있습니다. 스퍼링거가 저항을 받고 경멸당하고 죄까지 뒤집어쓴 채 연구나 치료에 재산을 탕진해버리고 가난 속에서 악전고투하고 있을 때, 학위를 가진 사람들은 자가용을 타고 자유롭게 살면서 비싼 치료비를 받아내고 있었던 것입니다."

"그러면 리차드 스틸맨에 대해서도……."

부운은 일부러 비웃으며 말했다.

"똑같이 당신은 감복하고 있는 거군요?"

"그렇습니다! 그는 위대한 인물입니다. 전생애를 인류의 복지를 위해 바치고 있는 인물입니다. 그도 역시 질투라든가 편견이라든가 와전이라 하는 것들과 싸우지 않으면 안 되었습니다. 그리곤 조국에서 이윽고 승리를 거두었습니다. 그러나 이 나라에서는 확실히 아직 거기까지는 미치지 못했습니다. 다만 결핵에 대해서는 이 나라의 어느 누구보다도 훌륭한 업적을 이룩하고 있다고 본인은 확신하고 있습니다. 그러나 그는 의사는 아닙니다. 그렇지만 의사이면서도 오랫동안 폐결핵과 인연을 갖고 연구해 왔으면서도 이 싸움에서 티끌만큼의 공적도 세우지 못한 사람들이 얼마든지 있는 것입니다."

천장이 높은 길다란 방안은 술렁이기 시작했다. 앤드루에게 쏠려 있던 메리 볼랜드의 눈이 감탄과 불안으로 어리벙벙해진 듯 빛났다. 호너는 실망 속에 천천히 서류를 챙겨 슬쩍 가죽가방에 집어넣었다.

의장이 가로막고 나서며 말했다.

"당신은 자신이 무슨 말을 하는지 이해하고 계십니까?"

"이해하고 있습니다."

앤드루는 자신이 어느새 경솔이라는 중대한 실수를 범하고 있음을 깨달았다. 그러나 자신의 의견을 이대로 밀어 부치자고 결심을 하며 의자의 등을 꼭 붙잡았다. 극도로 흥분된 그는 숨을 헐떡이며 의외로 기분이 대담해짐을 느꼈다. 어차피 자격을 박탈당할 테니까 이쪽에서 그 구실을 만들어 주자는 배짱이었다.

그는 빠르게 떠들어댔다.

"오늘 저를 위해 행해진 변론을 들으면서, 그 동안 제가 도대체 어떤 나쁜 짓을 저질렀는가를 생각하고 있었습니다. 저는 사기꾼과 함께 일할 생각은 추호도 없습니다. 가짜 약을 믿지도 않습니다. 그렇기 때문에 우편물을 받을 때마다 섞여들어오는 매우 과학적인 것처럼 선전하는 광고 책자도 반쯤은 봉투조차 뜯어보지 않습니다. 저는 제가 지금 필요 이상으로 거센 발언을 하고 있다는 사실을 알고 있습니다만, 저로서는 그렇게 하지 않을 수 없습니다. 우리는 아직도 진정으로 자유로워지지 않았습니다. 만일, 의사 이외의 사람은 모두 엉터리고 의사들만이 모두 옳다고 한다면 그것은 과학적 진보의 죽음을 의미합니다. 이렇게 되면 의사사회는 보잘것없는 동업옹호사회(同業擁護社會)로 되어버리고 맙니다. 이제 바야흐로 동업자간 질서를 개혁하고 정비해야 할 절호의 시기를 맞이하고 있습니다. 지금 표면적인 의미로 말하고 있는 것이 아닙니다. 시초로 되돌아가 의사가 받고 있는 구제불능일 정도로 불충분한 교육을 생각해 보십시오. 의사 자격을 땄을 때 저는 사회에 있어서 위협 그 자체라는 것 이외의 아무것도 아니었습니다. 저의 지식은 몇 개의 병명과 그 병을 고치는 데 필요한 약뿐이었습니다. 조산원들이 쓰는 겸자조차 제대로 사용하지 못했던 것입니다. 현재 제가 알고 있는 것은 모두 훨씬 뒤에야 배우게 된 것들입니다. 실지로 보통 수준 이상의 지식을 배운 의사가 어느 정도나 있겠습니까? 가련하게도 그들에겐 시간이 없습니다. 다만 정신없이 움직이고 있을 따름입니다.

우리 나라의 조직 전체가 취약한 것은 바로 이런 점 때문입니다. 우리는 과학적인 구성단위로써 구성되어야 할 것입니다. 대학졸업 후 의무적 재교육 시설을 만들어야 할 것입니다. 과학을 제일에 두고 지리멸렬한 약병존중주의를 버리고 개업의 모두에게 공부할 기회, 공동으로 연구할 수 있는 기회를 주는 대대적인 기회가 이루어져야만 합니다. 그런데 영리주의는 어떻습니까? 무익한 돈벌이 위주의 개선, 필요도 없는 수술, 가치도 없는 숱한 사이비 과학적인 특허설비, 이런 것은 이제 웬만하면 배제해도 괜찮지 않겠습니까? 의학계 전체 흐름은 너무 편협하고도 독선적입니다. 그 조직만 하더라도 정지상태입니다. 진리라든가 제도의 개혁 같은 것은 아예 생각하지도 않습니다. 몇 년 동안이나 간호사들의 가혹한 노동상태나 보잘것없는 임금에 대해 눈물로 호소해 왔습니다. 그런데 어떻습니까? 간호사들은 아직도 가혹한 노동을 계속하며, 보잘것없는 임금을 받고 있는 것입니다. 이건 단지 하나의 예에 불과합니다. 진정 제가 말하고 싶은 것은 보다 깊은 데에 있습니다. 우리는 선구자에게 기회를 주지 않습니다. 접골의사인 저비스를 위해 용감하게 마취를 감행했던 헥삼은 스스로 개업을 하려던 차에 의사의 자격을 박탈당했습니다. 10년 후, 런던에서 일류 외과의사들로부터 외면당한 몇 백 명의 환자들을 저비스가 완쾌시키자 '나이트'의 작위를 수여하고 '일류저명 인사'들이 그를 천재라고 지칭하게 되자 의학계는 살짝 양보하여 그에게 명예의학박사직을 수여했습니다. 그러나 그때는 이미 헥삼은 실의 때문에 죽은 후였던 것입니다. 저도 개업중에 많은 오진, 중대한 오진을 범해 온 것을 잘 알고 있습니다. 그리고 후회하고 있습니다. 그러나 리차드 스틸맨의 경우는 단연코 오진은 아닙니다. 그리고 그와 함께 한 일을 후회하고 있지 않습니다. 제가 여러분께 부탁드리고 싶은 것은 메리 볼랜드를 봐달라는 것입니다. 그녀가 스틸맨에게 갔을 때 폐첨결핵에 걸려 있었습니다. 그런데 지금은 완쾌되었습니다. 저의 부끄러워해야 할 행위가 정당했는지 어떤지 증거를 보여달라고 말한다면, 그것은 바로 이 방안에, 여러분의 눈앞에 있습니다."

그는 갑자기 말을 끊고 제자리로 돌아갔다. 높은 위원석에 앉아 있는 어베이경의 얼굴이 이상 야릇한 광채로 빛났다. 부운은 아직도 서 있었는데, 혼란된 기분으로 맨슨을 바라보고 있었다. 이윽고 부운은 적어도 이 건방진 의사로 하여금 자신의 목에 올가미를 걸게 한 것만은 확실하다고 생각하며, 복수심에 불타며 의장에게 꾸벅 고개를 숙이고 제자리로 돌아갔다.

순간 야릇한 침묵이 실내 전체를 지배했는데, 이내 의장이 관례대로 선고를 했다.

"심리위원 이외에는 퇴장해 주시기 바랍니다."

앤드루도 다른 사람들과 함께 복도로 나왔다. 이제는 포악스런 기분도 사라지고 머리가, 아니 전신이 심하게 혹사당한 기계처럼 떨리고 있었다. 심리실 안의 분위기로 인해 숨이 막힐 것 같았다. 그로서는 호너나 볼랜드나 메리나 그밖의 증인들이 있는 것이 견딜 수가 없었다. 특히 변호사의 우울한 얼굴에 나타난 비난의 빛이 무서웠다. 자신이 바보처럼 행동했던 일, 궁지에 몰린 비참한 웅변가라도 된 듯 행동했다는 것을 그도 알고 있었다. 지금은 자신의 정직함이 단순히 미친 짓이었다고 생각하지 않을 수 없었다. 그렇다, 그런 식으로 심리위원에게 장광설을 늘어놓는 따위는 미친 짓이다. 그래서야 의사는 하이드 공원의 노천 연설가에 불과하지 않은가. 그렇다, 나도 머지않아 의사가 아니게 된다. 그들은 깨끗하게 내 이름을 명부에서 지워버릴 것이다.

그는 웬지 혼자 있고 싶어져 클로크룸으로 들어가 세면대 한쪽 끝에 걸터앉아 기계적으로 담배를 꺼내 들었다. 그러나 바싹 말라붙은 혀에는 담배도 맛이 없어 구둣발로 그것을 짓뭉개버렸다. 방금 전에 의학계의 현실을 날카롭게 비난했던 자신이 그 의학계로부터 추방을 당한다면 얼마나 비참할까 생각하니 어쩐지 묘한 기분이었다. 스틸맨에게로 가면 무언가 일자리가 있을 것 같기는 했다. 그러나 그것은 자기가 구하고 있는 것은 아니다. 그렇다, 나는 데니와 호프와 협력해서 자신의 결의를 실행에 옮기고, 그 계획의 창끝을 무감동과 보수주의자의 가슴에 찔러넣어 주고 싶은 것이다. 그러나 그러한 짓은 모두가 의학계 내부에 있을 때에만 가능한 것이고, 영국에서는 자격이 없는 자가 외부에서 활동하는 것은 절대로 불가능하다. 지금으로서는 데니와 호프만으로서 트로이의 목마에 올라타지 않으면 안 된다. 비통한 울분이 큰 파도처럼 그를 엄습했다. 눈앞에 전개되고 있는 자신의 미래는 황량한 것이었다. 그는 이미 그 뼈를 깎는 듯한 괴로움……추방자의 패배감을 맛보았다. 그리고 동시에 자신의 생애는 끝난 것이다. 이것이 마지막이라는 생각이 들었다.

복도를 지나가는 사람들의 발소리를 듣고 앤드루는 지친 몸을 일으켰다. 그는 그 사람들 틈에 섞여 다시 심리실 안으로 들어가면서 이제 남은 방법은 단 한 가지라고 엄숙하게 자기 자신을 타일렀다. 비겁한 행동은 하지 말자,

비굴한 행동이나 우유부단한 태도는 털끝만큼도 보여서는 안 된다. 그는 기도하는 기분으로 되풀이하여 되뇌었다. 그는 자기 바로 앞의 땅바닥을 물끄러미 내려다보며 아무도 쳐다보지 않고, 심리위원석 쪽은 거들떠보지도 않고 마치 화석이라도 되어버린 듯 꼼짝도 하지 않고 앉아 있었다. 실내의 잡음까지……의자를 당기거나, 기침을 하거나, 소곤거리거나, 누군가 괜히 연필을 두들겨대거나 하는 이상한 소리가 그를 안절부절 못하게 할 정도로 주위에서 들려오고 있었다. 그런데 갑자기 주위가 조용해졌다. 앤드루도 갑자기 몸이 굳어졌다. 드디어 올 것이 왔다고 그는 생각했다.

의장이 입을 열었다. 그것은 인상적인 여유 있는 말투였다.

"앤드루 맨슨, 심리위원은 당신에 대해 제기된 고소 및 이것을 보증하는 증언에 대해 아주 신중한 배려를 했음을 본관은 먼저 말해두는 바이다. 위원들의 의견은 사건이 지닌 특수한 사정이나 이에 대한 당신 자신의 태도, 특히 궤도를 벗어난 발언이 있었음에도 불구하고 귀하가 올바른 신념에 입각해서 행동했고, 또 의사로서 행동의 고결한 규범을 요구하는 정신에 부응할 것을 성의있는 태도로 열망하고 있었다고 인정하는 바이다. 따라서 심리위원들은 귀하의 성명 삭제를 등록 사무원에게 명령하는 것은 적당치 않다고 인정했음을 본관은 이에 통고한다."

그 순간 그는 머리가 완전히 비어버린 듯 방금 무슨 말을 들었는지 이해되지 않았다. 그런데 별안간 온몸이 떨리는 듯한 벅찬 감격의 회오리가 전신으로 퍼졌다. 심리위원회는 그의 자격을 박탈하지 않은 것이다. 그는 억울한 죄명을 벗고 만천하에 자유로운 몸이 된 것이다.

앤드루는 떨면서 머리를 쳐들어 심리위원석을 쳐다보았다. 이상스럽게 흐릿한 얼굴들이 모두 자기 쪽을 향하고 있다고 생각했는데, 그 중에서 가장 똑똑히 보이는 것은 로버트 어베이경의 얼굴이었다. 모든 것을 이해하고 있다고 말하는 듯한 어베이경의 눈과 마주치자 그는 더욱더 당황했다. 자신을 구해준 것은 어베이경이었다는 생각이 번개처럼 그의 머리를 스쳤다.

그때까지 억지로 가장하고 있던 의젓한 태도는 당장 어딘가로 사라져 버렸다. 그는 가느다란 목소리로 중얼거렸다……. 표면으로는 물론 의장을 향해서 말한 것이지만 실은 어베이경에게 하고 싶었던 말이었다.

"감사합니다."

의장이 선고했다.

"이것으로 폐정을 선언합니다."

앤드루가 자리에서 일어서자 곧 친구들과 콘과 메리와, 놀라고 있는 호너 씨와 여태껏 만나본 적도 없는 사람들에게 에워싸여 그들의 진심어린 악수세 례를 받았다. 어느새 그는 어깨를 토닥거리는 콘과 함께 거리로 나와 있었다. 그러자 지나가는 버스와 차들의 행렬이 밀려오고 밀려감을 보고서 혼란했던 신경도 신기하게 안정을 되찾았으며, 그후부터는 시종 마음이 들떠서 무죄가 되었다는 것이 믿을 수 없을 정도로 극도의 기쁜 기분이 되어 있었다. 문득 아래를 보니 뜻밖에도 메리가 아직도 눈물이 글썽이는 눈으로 그를 올려다보 고 있었다.

"저 사람들이 선생님을 어떻게 하려고 했다면……선생님이 저를 이렇게 고 쳐주셨는데……분명히 저는 그 할아버지 의장을 죽여버렸을 거예요."

"바보 같은 소리 말아!" 콘이 가만히 있을 수 없다는 듯 내뱉었다.

"네가 뭘 그렇게 걱정하고 있었는지 나는 모르겠다! 맨슨이 한번 나서기 만 한다면…… 뭐, 그런 녀석들 따위는 즉각 때려눕혀 묵사발을 만들어 버리 리라는 걸 몰랐단 말이냐?"

앤드루는 좀 얼떨떨한, 그러나 즐거운 듯한 미소를 지었다.

세 사람은 1시가 지나서 뮤지엄 호텔에 도착했다. 로비에서 데니가 기다리 고 있었다. 그는 진지한 표정에 미소를 머금고 그들이 있는 쪽으로 휘청거리 며 걸어왔다. 호너가 전화로 연락을 해 무죄 사실을 알려주었던 것이다. 그러 나 데니는 그 일에 관해서는 아무 말도 하지 않았다. 다만 이렇게 말했을 뿐 이다.

"난 배가 고파. 그러나 여긴 안 되겠어. 모두 함께 가서 식사를 하자구."

그들은 코너트 레스토랑에서 점심을 먹었다. 데니의 얼굴에는 감정의 움직 임은 보이지 않고 콘과 자동차 이야기만 하고 있었는데, 그에게 있어서는 결 국 그것이 즐거운 축하모임이었다.

식사가 끝나자 데니는 앤드루에게 말했다.

"우리가 탈 열차는 4시에 출발하네. 호프가 스탠버러우 호텔에서 우리를 기다리고 있다네. 그 집을 터무니없이 싼 값에 구입했어. 나는 뭘 좀 사야만 되네. 자네들과는 4시 10분 전에 유스턴에서 만나기로 하지."

앤드루는 데니의 얼굴을 물끄러미 쳐다보며 그의 두터운 우정, 그리고 드 라이네피의 조그만 진료소에서 처음 만난 순간부터 그에게서 받은 모든 호의를 뼈아프게 의식했다.

앤드루가 갑자기 말했다.

"어쩔 참이었지? 내가 제명되었더라면?"

"제명되지 않았잖아?"

데니는 고개를 가로저어 보였다.

"그리고 앞으론 그런 일이 없을 거야. 내가 붙어 있으니까."

데니가 물건을 사기 위해 나가버리자 앤드루는 콘과 메리를 퍼딩턴 역까지 전송해 주었다. 그는 플랫폼에서 열차를 기다리며 아까도 말했던 초청에 관한 이야기만을 되풀이하고 있었다.

"스탠버러우에는 꼭 와줘야 하네."

"가고말고. 모두 갈게."

콘이 쾌활하게 말했다.

"봄에 말이야……, 조그만 버스를 다 만들면 즉시 가겠네."

그들이 탄 열차가 역을 빠져나간 뒤에도 앤드루에게는 아직도 1시간 정도의 여유가 있었다. 그런데 그가 가고 싶은 곳은 이미 마음속으로 결정되어 있었다. 그는 본능적으로 버스에 탔는데, 얼마 후에 켄슬 그린에 도착했다. 묘지에 들어선 그는 여러 가지 일을 생각하면서 오랫동안 크리스틴의 묘 앞에 서 있었다. 맑게 갠 청명한 오후였다. 크리스틴이 좋아하던, 몸이 스머드는 듯한 미풍이 불어오고 있었다. 머리 위의 그을린 나뭇가지에서 참새 한 마리가 즐거운 듯 지저귀고 있었다.

이윽고 그가 발길을 돌려 시간에 늦지 않도록 급히 나가려 할 때 문득 눈앞의 하늘을 보니 성채와 같은 형상의 뭉게구름이 밝게 피어오르고 있었다.

성채

1판 1쇄 인쇄 Ⅰ 1980년　12월　15일
1판 1쇄 발행 Ⅰ 1980년　12월　20일
9판 1쇄 발행 Ⅰ 2023년　11월　 1일

지은이 Ⅰ A. J. 크로닌
옮긴이 Ⅰ 이상길
펴낸이 Ⅰ 김용성
펴낸곳 Ⅰ 지성문화사
등　록 Ⅰ 제5-14호(1976. 10. 21)
주　소 Ⅰ 서울시 동대문구 신설동 117-8 예일빌딩
전　화 Ⅰ 02-2236-0654
팩　스 Ⅰ 02-2236-0655

정　가 Ⅰ 25,000원